岳麓書社

读名著 选岳麓

经史百家简编

〔清〕曾国藩 编　梅季坤 注译

岳麓書社·长沙

前言

　　中国的文化典籍,源远流长,浩如烟海。读古文,是打开古代文化宝库的前提。应当怎样增长自学古文的能力呢?一是由浅入深地学点有关古代汉语的文字、音韵、训诂、语法、修辞等方面的理论知识,二是由少到多地熟读一些有代表性的文言文作品。对于优秀的古文篇章,既有今人选本,也有前贤选本。前人有些选本,经受了成百乃至上千年的历史检验,流传甚广,经久不衰,成为读书人争相研习的古文范本。例如,曾国藩简选,从《经史百家杂钞》中脱胎而出的《经史百家简编》,就是曾被士林称赞的范本。曾氏的这部古文选本《经史百家简编》(以下简称《简编》),具有如下四个特色:

　　一、文体全。曾氏认为六经、诸子和史传,是千百年文章之源,后来文章只是其流,正本必须清源尊源,故《简编》将文章分为论著、词赋、序跋、诏令、奏议、书牍、哀祭、传志、叙记、典志、杂记等三门十一类予以编选,大大开拓了《昭明文选》的范围,与《古文辞类纂》比较,也增加了叙记、典志两类,增加了诸子经史之篇幅,形式多样,文体周全。

　　二、内容广。《简编》选文,上起先秦,下讫宋代,从中可见我国两千多年来的政治、哲学、军事、经济、法律、科技、文化、教育、文学、历史和地理概貌之一斑,其内容之广泛,《昭明文选》固然不可比拟,就是比之其他选本,亦见其广:《古文观止》,不选经史辞赋和传记;《文章正宗》，多注重道学家文论，从宣扬性理出发；《古文笔法百篇》，只从文章写法着眼；前人还有一些选本，或由于立足一朝一代，或由于立足一家一派，都因为内容有所局限，也就不免有所不足。

三、约而精。清代古文大家姚鼐，宣扬义理、考据、辞章三者不可偏废，他文宗唐宋，以比较接近口语的雅洁文笔，纠正明代文人强学秦汉时文之失，所编《古文辞类纂》一书，有清一代奉为正宗、标准。但姚氏此书收文七百篇，整理后长达七十万言，故林纾有《古文辞类纂评选》之作传世。曾氏《经史百家杂钞》虽选文也只七百篇，但由于有数篇万言书（文），故整理后洋洋洒洒有一百万字，致使初学者有望洋兴叹之感。曾氏在清咸丰十年（1860年）二月编选《经史百家杂钞》时，希望其弟国荃能在战火纷飞中以最少时间读到最佳之作，于是又从《经史百家杂钞》中"择其尤者四十八首"而成《简编》，约八万来字，可说是字字珠玑，篇篇珍宝，简约精当之极了。曾氏《简编》，又是给子侄用的家庭教育速成读本，尽管约又精，但却浅显易读，便于初学。

四、经世致用。曾国藩在太平天国运动期间，曾以沾满鲜血的屠刀维护了清王朝摇摇欲坠的统治，又以敏锐开通的思想引进西洋的科技工业，是所谓"中兴重臣"；他提出义理、考据、辞章、经济（即"经世济民""经世致用"）四位一体的文章观点，使写作与政事、动机与功效紧密联系起来，扩大了桐城派恪守的范围，形成了清中叶后有新风格的湘乡派文，亦是清代古文创作上的"中兴坛主"。"经世致用"不但是曾氏继承孔子儒家传统的基本处世观点，也是他的基本文学观点。《简编》所选之文，大都着眼于启发人们如何做人求学、治家从政，贯串了一条修身齐家治国平天下的主线，且大都气象光明俊伟，情趣遒劲温厚，格局雄奇万变，磅礴跌宕，激扬奋厉，读者在这种文风感染下，谁能不意气风发，胸怀壮阔，立志于时世，关心家国大事？这大概是曾氏这位选家的眼光了吧！正因为它有利于广大读者读古文，从而能引导读者去接触、认识祖国文化传统，做到吸取精华，古为今用，故本人就不顾才疏学浅，勉为其难地把它整理注译，做些架桥工作，意在方便今天的一般读者的阅读、赏析和研究。

这次整理，以光绪二年（1876年）传忠书局《曾文正公全集·经史百家简编》刻本为底本，参照商务印书馆1932年石印本和传忠书局《经史百家杂钞》刻本以及所选各篇之出处进行校勘，加以新式标点，把古体、异体、繁体字按照现行出版规范进行适当简化处理。至于原文因出处不同或同一出处因版本不同而文字有异者，先秦两汉古籍，往往校不胜校，也一时难以确定此优彼劣谁是谁非，则从"读文章"角度出发，不出校记；错讹之处，只在注解中交代。曾氏原已归纳段意者，今分段悉遵原旨，不作更动；余者据文意酌定。为便于阅读，每篇之前有提示，简要介绍作家生平、该文出处、分析思想内容、写作特色等，不求一律，力求明了。曾氏说"读古书以训诂为本"，故对原文之人、地、时间、典故、典章制度和某些生难语词，给出直截简明的注解，不旁征博引和串讲。译文根据原作词汇、语法和文意文气，不画蛇添足增文成训，亦不敢偷工减料置某些字词而不顾，尽量把相关信息准确传达给今人，力求真实可信。读者若要体会范文之美妙，则应反复诵读原文，细细品味其中奥妙，译文仅供理解而已。由于注译者水平有限，又是利用两年编暇陆续撰成，乖戾舛讹在所难免，敬请专家、读者教正。撰就此书，参考了前贤和今人若干著作，在此一并说明，特此深表谢意。

目录

序	001
序例	002
论著类	001
孟子・孔子在陈章	001
庄子・养生主	005
韩愈・原道	011
韩愈・伯夷颂	021
词赋类	024
诗・七月	024
扬雄・解嘲	029
班固・两都赋并序	042
苏轼・赤壁赋	085
序跋类	093
易・下系十一爻	093

史记·汉兴以来诸侯年表序 099
　　韩愈·张中丞传后序 105
　　曾巩·先大夫集后序 113
诏令类 119
　　书·吕刑 119
　　汉文帝·赐南粤王赵佗书 129
　　司马相如·谕巴蜀檄 132
　　汉光武帝·赐窦融玺书 136
奏议类 139
　　书·无逸 139
　　贾谊·陈政事疏 144
　　匡衡·戒妃匹劝经学威仪之则疏 180
　　诸葛亮·出师表 185
书牍类 191
　　左传·叔向诒子产书 191
　　魏文帝·与吴质书 194
　　韩愈·与孟尚书书 199
　　韩愈·答李翊书 206
哀祭类 211
　　书·金縢册祝之辞 211
　　屈原·九歌 213
　　韩愈·祭柳子厚文 235

韩愈·祭张员外文 238

传志类 245

　　史记·伯夷列传 245
　　史记·孟子荀卿列传 251
　　史记·魏其武安侯列传 261
　　汉书·霍光传 285
　　韩愈·赠太尉许国公神道碑铭 323
　　韩愈·试大理评事王君墓志铭 335
　　欧阳修·泷冈阡表 341
　　王安石·王深甫墓志铭 350

叙记类 355

　　左传·秦晋韩之战 355
　　通鉴·赤壁之战 367
　　韩愈·平淮西碑 382
　　韩愈·柳州罗池庙碑 395

典志类 400

　　书·禹贡 400
　　史记·平准书 414
　　欧阳修·五代史职方考 448
　　曾巩·越州赵公救灾记 473

杂记类 479

　　周礼·轮人 479

周礼·舆人 487
周礼·梓人 489
周礼·匠人 494
韩愈·蓝田县丞厅壁记 502
欧阳修·丰乐亭记 505
曾巩·宜黄县学记 509

序 曾国藩

自六籍燔于秦火，汉世掇拾残遗，征诸儒能通其读者，支分节解，于是有章句之学。刘向父子，勘书秘阁，刊正脱误，稽合同异，于是有校雠之学。梁世刘勰、钟嵘之徒，品藻诗文，褒贬前哲，其后或以丹黄识别高下，于是有评点之学。三者，皆文人所有事也。

前明以《四书》经艺取士，我朝因之。科场有句股点句之例，盖犹古者章句之遗意。试官评定甲乙，用朱墨旌别其旁，名曰圈点。后人不察，辄仿其法，以涂抹古书，大圈密点，狼籍行间。故章句者，古人治经之盛业也，而今专以施之时文；圈点者，科场时文之陋习也，而今反以施之古书。末流之迁变，何可胜道！惟校雠之学，我朝独为卓绝，乾嘉间巨儒辈出，讲求音声故训校勘，疑误冰解的破，度越前世矣！

咸丰十年，余选经史百家之文，都为一集，又择其尤者四十八首，录为简本，以诒余弟沅甫。沅甫重写一册，请余勘定。乃稍以己意分别节次句绝，而章乙之间，亦厘正其谬误，评骘其精华。雅与郑并奏，而得与失参见，将使一家昆弟子姓，启发证明，不复要涂人而强同也。曾国藩识。

序例 _{曾国藩}

著述门三类

论著类　著作之无韵者。经如《洪范》《大学》《中庸》《乐记》《孟子》皆是；诸子曰篇、曰训、曰览，古文家曰论、曰辨、曰议、曰说、曰解、曰原皆是。

词赋类　著作之有韵者。经如《诗》之《赋》《颂》，《书》之"五子作歌"皆是；后世曰赋、曰辞、曰骚、曰七、曰设论、曰符命、曰颂、曰赞、曰箴、曰铭、曰歌皆是。

序跋类　他人之著作序述其意者。经如《易》之《系辞》，《礼记》之《冠义》《昏义》皆是；后世曰序、曰跋、曰引、曰题、曰读、曰传、曰注、曰笺、曰疏、曰说、曰解皆是。

告语门四类

诏令类　上告下者。经如《甘誓》《汤誓》《牧誓》等，《大诰》《康诰》《酒诰》等皆是；后世曰诰、曰诏、曰谕、曰令、曰教、曰敕、曰玺书、曰檄、曰策命皆是。

奏议类　下告上者。经如《皋陶谟》《无逸》《召诰》，及《左传》季文子、魏绛等谏君之辞皆是；后世曰书、曰疏、曰议、曰奏、曰表，曰札子、曰封事、曰弹章、曰笺、曰对策皆是。

书牍类　同辈相告者。经如《君奭》,及《左传》郑子家、叔向、吕相之辞皆是;后世曰书、曰启、曰移、曰牍、曰简、曰刀笔、曰帖皆是。

哀祭类　人告于鬼神者。经如《诗》之《黄鸟》《二子乘舟》,《书》之《武成》《金縢》祝辞,《左传》荀偃、赵简告辞皆是;后世曰祭文、曰吊文、曰哀辞、曰诔、曰告祭、曰祝文、曰愿文、曰招魂皆是。

记载门四类

传志类　所以记人者。经如《尧典》《舜典》,《史》则《本纪》《世家》《列传》,皆记载之公者也;后世记人之私者,曰墓表、曰墓志铭、曰行状、曰家传、曰神道碑、曰事略、曰年谱皆是。

叙记类　所以记事者。经如《书》之《武成》《金縢》《顾命》,《左传》大战、记会盟,及全编皆记事之书,《通鉴》法《左传》,亦记事之书也;后世古文如《平淮西碑》等是,然不多见。

典志类　所以记政典者。经如《周礼》《仪礼》全书,《礼记》之《王制》《月令》《明堂位》,《孟子》之"北宫锜章"皆是;《史记》之八《书》,《汉书》之十《志》,及《三通》,皆典章之书也;后世古文如《赵公救灾记》是,然不多见。

杂记类　所以记杂事者。经如《礼记·投壶》《深衣》《内则》《少仪》,《周礼》之《考工记》皆是;后世古文家修造宫室有记,游览山水有记,以及记器物、记琐事皆是。

姚姬传氏之纂古文辞，分为十三类。余稍更易为十一类：曰论著，曰词赋，曰序跋，曰诏令，曰奏议，曰书牍，曰哀祭，曰传志，曰杂记，九者，余与姚氏同焉者也；曰赠序，姚氏所有而余无焉者也；曰叙记，曰典志，余所有而姚氏无焉者也；曰颂赞，曰箴铭，姚氏所有，余以附入词赋之下编；曰碑志，姚氏所有，余以附入传志之下编。论次微有异同，大体不甚相远，后之君子以参观焉。

村塾古文有选《左传》者，识者或讥之。近世一二知文之士纂录古文，不复上及六经，以云尊经也。然溯古文所以立名之始，乃由屏弃六朝骈俪之文，而返之于三代两汉。今舍经而降以相求，是犹言孝者敬其父祖而忘其高曾，言忠者曰"我家臣耳，焉敢知国"，将可乎哉？余钞纂此编，每类必以六经冠其端，涓涓之水，以海为归，无所于让也。姚姬传氏撰次古文，不载史传，其说以为史多不可胜录也；然吾观其奏议类中录《汉书》至三十八首，诏令类中录《汉书》三十四首，果能屏诸史而不录乎？余今所论次，采辑史传稍多，命之曰《经史百家杂钞》云。

姚氏纂古文辞，至七百余首之多，余钞录又加多焉。兹别选简本，仅得四十八首，以备朝夕吟诵，约而易守。并钞一册，与沅甫弟同收温故知新之益。咸丰十年四月，国藩记。

论著类

孟子·孔子在陈章

导读

《孟子》是记录孟子言行的一部儒家经典著作。孟子名轲,战国时邹国(今山东邹城)人,曾受业于孔子孙子思之门人,其学说核心是仁政、王道和性善。《孟子》最后一篇《尽心下》共有三十八章,提出了尧、舜、禹、汤、文王、孔子一贯的儒家道统。"孔子在陈章"为《尽心下》第三十七章,阐述了孔子"乡原德之贼"的观点,提出了"经正庶民兴无邪慝"的主张。

曾氏以此为《简编》之首,首先是向世人推崇孔、孟这两位儒家大师;其次是告诫弟、子不要做危害道德的假好人,应积极向上,有所作为;再次是介绍如何以流畅、简练、雄辩的语言和层层紧扣的论说来论证道理。

原文

万章[1]问曰:"孔子在陈[2]曰:'盍归乎来[3]?吾党之士狂简[4],进取,不忘其初。'孔子在陈,何思

译文

万章问道:"孔子在陈国时说道:'为什么不回去呢?我家乡那些学生志气大而略于实事,追求上进而又不忘当初的志向。'孔子在陈国,为什么要思念鲁国的狂士?"孟子答道:"孔子认为'得不到中行之

鲁之狂士?"孟子曰:"孔子'不得中道[5]而与之,必也狂狷[6]乎!狂者进取,狷者有所不为也'。孔子岂不欲中道哉?不可必得,故思其次也。"

士传授学行,必定只能传授给这些狂放狷介的人啊。狂放的人追求上进,狷介的人对坏事决不会去做。'孔子难道不想将学行传授给中行之士吗?因为不一定能得到,所以才想起了这些次一等的人。"

[注释] 1 万章:孟子学生,曾参与《孟子》一书的笔录叙定工作。 2 陈:西周至春秋时诸侯国名,在今河南开封至安徽亳州一带。此处可参看《论语·公冶长》篇。 3 盍:何不。来:句末语气助词。 4 士:《十三经注疏》本作"小子"。狂简:朱熹注为"志大而略于事"。 5 中道:即中行,不左不右,不偏不倚。此处可参看《论语·子路》篇。 6 狂狷:狂放狷介。

"敢问何如斯可谓狂矣[1]?"曰:"如琴张、曾晳、牧皮者[2],孔子之所谓狂矣。""何以谓之狂也?"曰:"其志嘐嘐然[3],曰:'古之人,古之人。'夷[4]考其行,而不掩焉者也。狂者又不可得,欲得不屑不洁[5]之士而与之,是狷也,是又其次也[6]。"以上狂狷[7]。

"请问怎样才可以叫作狂放呢?"孟子答道:"像琴张、曾晳、牧皮这类人,就是孔子所说的狂放的人。""为什么说他们是狂放的人呢?"孟子答道:"他们一副志大口气大的样子,开口就说'古时的人,古时的人!'然而考察他们的行为,却不能掩盖他们这些言论。狂放的人又不能得到,就想得到不屑于做污浊事的人来传授学行。这就是狷介之士,这又是次一等的了。"

[注释] 1 敢：谦敬副词。斯：连词，相当于"才""就"。 2 琴张：有人说"名牢，字子张"，王引之认为其人不可考。曾皙：名点，曾参之父。牧皮：有人说即孟子反，无确证。 3 嘐嘐（xiāo xiāo）：志大口气大。然：助词，样子。 4 夷：发语词。 5 不屑不洁：不屑于做不洁净之事。 6 两个"是"字，均为指代词，同"此"。 7 全书原文部分凡这种小字体，都是曾国藩所加段意，以下不再一一注出，亦不译出。

"孔子曰：'过我门而不入我室，我不憾焉者，其惟乡原乎[1]！乡原，德之贼[2]也。'"曰："何如斯可谓之乡原矣？"曰："'何以是嘐嘐也？言不顾行，行不顾言，则曰"古之人，古之人。"''行何为踽踽凉凉[3]？生斯世也，为斯世也，善斯可矣[4]。'阉然媚于世也者[5]，是乡原也。"以上乡原。

"孔子说过：'我对经过我的家门却不进入我的屋内不感到遗憾的，大概只有那些乡里的假好人吧。乡里的假好人，是道德的害贼啊！'"万章问："怎样的人才可以叫作乡里的假好人呢？"孟子答道："他们批评狂放之士说'为什么要这样志大口气大呢？说话不顾行为，行为不顾言论，就说古时的人，古时的人！'他们批评狷介之士说'做事为什么要孤独冷落人？生在这世上，就要为这世俗做事，有人说好就可以了。'对世俗遮遮掩掩求媚取悦的人，就是乡里的假好人。"

[注释] 1 其：副词，表语气，相当于"大概"。惟：唯，只有。乡原：原通愿，愿即谨善。此处乡原即指乡里表面装好人却言行不一的人。 2 贼：公贼，公害。 3 踽踽（jǔ jǔ）：独行不进的样子。凉凉：凉薄不亲厚人。 4 前两"斯"字，指代词，这；后一"斯"字，连词，相当于"就"。 5 阉（yān）：掩藏遮盖。媚：取媚求悦。

万章[1]曰:"一乡皆称原人[2]焉,无所往而不为原人,孔子以为德之贼,何哉?"曰:"非[3]之无举也,刺之无刺也[4]。同乎流俗,合乎污世。居之似忠信,行之似廉洁,众皆悦之,自以为是,而不可与入尧、舜之道,故曰'德之贼'也。孔子曰:'恶[5]似而非者:恶莠[6],恐其乱苗也;恶佞[7],恐其乱义也;恶利口[8],恐其乱信也;恶郑声[9],恐其乱乐也;恶紫,恐其乱朱也;恶乡原,恐其乱德也。'以上乡原之可恶。

万章说:"像这种人,全乡的人都称他是谨厚人啊,随便到哪个地方都不会不是一个谨厚人。孔子却认为这种人是道德的害贼,为什么呢?"孟子答道:"这种人你要非议他,却又没有可列举的证据;指责他,却又没有可指责的地方。同化于流俗,迎合于浊世。平时好像忠诚老实,行动好像方正廉洁。大家都喜欢他,他自己也认为正确,但是不可能把他的行为归入尧舜的大道,所以说是道德的害贼啊。孔子说:'君子厌恶外表相似但内容完全不同的东西:厌恶狗尾草,是怕它混在禾苗间阻碍禾苗生长啊;厌恶邪佞的人,是怕他淆乱义理啊;厌恶夸夸其谈的人,是怕他混淆真实情况啊;厌恶郑国的声乐,是怕它混乱雅乐啊;厌恶紫色,是怕它混乱红色啊;厌恶乡里的假好人,是怕他们混乱道德啊。'

注释 1 万章:《十三经注疏》本作"万子"。 2 原人:谨厚人,老好人。 3 非:非议。 4 刺:前一个为动词,指责;后一个为名词,可指责的地方。 5 恶:讨厌。 6 莠:狗尾草。 7 佞:奸邪。花言巧语,似义非义。 8 利口:快嘴快舌,多言而不切实。此句参看《论语·阳货》篇。 9 郑声:郑国之音乐,是民间音乐,与雅乐相背,往往被儒家斥为淫声。

原文	译文
"君子反经而已矣[1]。经正则庶民兴[2],庶民兴,斯无邪慝矣[3]。"	"君子归复经常不变之道就行了。经常不变之道端正了,那么百姓就会奋发向上,百姓奋发向上,那么就没有邪心恶念了。"

[注释] 1 反:同"返",返归,归复。经:经常。返经即归复经常不变之道,与"复礼"同。而已矣:句末复合语气助词,可译为"罢了""行了"。 2 庶民:老百姓。兴:奋发向上。 3 斯:连词,同"则",相当于"那么就"。慝(tè):邪恶,恶念。

庄子·养生主

[导读]
庄子即战国时蒙(今河南商丘)人庄周,是我国著名的思想家,为道家学派代表人物之一。《庄子》颇多寓言故事,绘声绘色,富有文学趣味。

《养生主》为《庄子》内篇之一,从循中虚之道、依乎天理、安时处顺等方面阐述养生之道,强调要顺应自然。作者以形象的手法和细致的笔调描绘了庖丁解牛这一脍炙人口的故事,启示人们只要勤学苦练,掌握客观规律,做什么事都会得心应手,运用自如。做人做事应于消极中见积极,大概就是曾氏简选此篇之主旨。

原文	译文
吾生也有涯[1],而知[2]也无涯。以有涯	我们的生命是有限度的,可是智识却没有边际。用有限的生命去追求没有边

随无涯,殆已[3];已而[4]为知者,殆而已矣。为善无近名,为恶无近刑[5]。缘督以为经[6],可以保身,可以全生[7],可以养亲,可以尽年[8]。

际的智识,就很危险了。既然这样还要去从事追求智识的活动,就危险了啊!若能忘记善恶观念,就不会有心去做好事以追求名声,也不会有心去做坏事而触犯刑法。沿着自然之道作为常法,可以保护身体,可以保全天性,可以敬养双亲,可以享尽寿年。

[注释] 1 涯:边际,界限,尽头。 2 知:读"智",智识。 3 殆(dài)已:殆,不安,危险;已,句末语气助词,可译为"了"。 4 已而:王引之《经传释词》解为"此而"。 5 近:接近,前"近"可引申为"追求",后"近"可引申为"触犯"。 6 缘督:缘,沿着,顺着;督,中医把人身后的中脉叫作督脉,此处引申为中虚,即自然之道。经:经常,常法。 7 生:同"性"。 8 尽年:达到年岁的极限,即享尽寿年。

庖丁为文惠君解牛[1],手之所触[2],肩之所倚,足之所履,膝之所踦[3],砉然向然[4],奏刀騞然[5],莫不中音[6]。合于《桑林》[7]之舞,乃中《经首》之会[8]。

庖丁替文惠君宰牛,手指所接触的地方,肩膀所倚靠的地方,双足所踩踏的地方,膝盖所抵住的地方,哗哗作响,进刀割解时哗啦哗啦响,没有不合于音律的。合于《桑林》乐曲的舞步,合于《经首》乐章的节奏。

[注释] 1 庖(páo):厨师。丁:厨师的名字。文惠君:疑指梁惠王。解:解剖分割。 2 触:原刻本作"解",据通行本《庄子》改。 3 踦(yǐ):抬起一条腿用膝盖抵住。 4 砉(xū)然:象声词,剥离牛的皮骨之声。向:

响。 5 奏：进。騞（huō）然：象声词，比砉然声大，形容东西破裂的声音。 6 莫：相当于"没有什么"。中（zhòng）音：合乎音律。 7《桑林》：相传为商汤时乐曲名。 8《经首》：相传为尧时乐曲名。会：此处指节奏。

文惠君曰："嘻[1]，善哉！技盖[2]至此乎？"庖丁释刀对曰："臣之所好者道也[3]，进乎技矣。始臣之解牛之时，所见无非牛者[4]。三年之后，未尝见全牛也。方今之时，臣以神遇而不以目视，官知止而神欲行[5]。依乎天理[6]，批大郤[7]，导大窾[8]，因其固然[9]。技经肯綮之未尝[10]，而况大軱[11]乎！良庖岁更[12]刀，割[13]也；族庖[14]月更刀，折[15]也。今臣之刀十九年矣，所解数千牛矣，而刀刃若新发于硎[16]。

文惠君说："嘻！好啊！你的技巧怎么能达到这种程度呢？"庖丁放下刀回答说："我所爱好的是道，已经超过技术了。刚开始我宰牛时，所看见的无非是一头整牛。三年以后，就未曾看见整牛了。到现在，我只用精神和牛接触，而不用眼睛去注视，感觉器官的知觉停止了，但心神却在运行。依照牛身天然的生理结构，剖入筋肉间隙，导向骨节的空隙，刀顺着牛本来的生理结构运行，经络相连和骨肉粘连的地方不去试刀，何况大骨头呢！好厨师一年更换一把刀，是用刀去分割筋肉；普通厨师一个月更换一把刀，是用刀去砍断骨头。现在我的刀用了十九年了，所剖解的牛有数千头，但是刀口好像刚从磨刀石磨出来时一样锋利。

注释 1 嘻：叹词，表赞叹。 2 盖（hé）：通"盍"，怎么。 3 好（hào）：爱好。道：自然规律。 4《庄子》另本作"无非全牛者"。 5 官知：感觉器官的知觉。神欲：心神。 6 天理：指牛天然的生理结构。　7 批：剖，削。郤（xì）：通"隙"，间隙。　8 导：引导，导向。窾（kuǎn）：空隙。　9 因：顺着。固然：指牛本来的生理结构。10 技：当作"枝"，即支脉，脉络。经：指经脉。枝经，指经络相连的地方。肯：紧附在骨头上的肉。綮（qìng）：筋骨结合处。肯綮，指骨肉粘连的地方。"未尝"连用，是"不曾"的意思。　11 軱（gū）：大骨。　12 更：更换。　13 割：分割。　14 族庖：一般的厨师。15 折：砍断。　16 发：磨出刀锋。硎（xíng）：磨刀石。

"彼节者有间[1]，而刀刃者无厚，以无厚入有间，恢恢乎[2]其于游刃必有余地矣，是以十九年而刀刃若新发于硎。虽然，每至于族[3]，吾见其难为，怵然为戒[4]，视为止，行为迟，动刀甚微，謋然[5]已解，如土委[6]地。提刀而立，为之四顾，为之踌躇满志[7]，善[8]刀而藏之。"文惠君曰："善哉！吾闻庖丁之言，得养生[9]焉。"

"牛的骨节有间隙，可是刀口没有厚度，将没有厚度的刀刃切入有间隙的骨节，刀刃来回活动，牛体宽阔必定有空余的地方。因此，这把刀用了十九年但刀锋却像刚从磨刀石上磨出来似的。即使这样，每碰到筋骨交错聚结的地方，我看到那里难于下手，也会小心谨慎，眼神专注，行动从容不迫，动刀时很轻，牛哗啦一声已经解体了，好像泥土散落到地上。我提刀站立起来，为之张望四方，悠然自得，心满意足，好好地擦拭刀子并把它收藏起来。"文惠君说："好啊！我听了庖丁的话，得到了养生的道理啊。"

注释　1 彼：指牛。节：骨节。间（jiàn）：间隙。　2 恢恢乎：宽广的样子。"乎"是形容词词尾。　3 族：交错聚结。　4 怵（chù）然：警惕的样子。为（wèi）：介词，后面省去宾语"之"。"为之"即"因此"。5 謋（huò）然：象声词，骨肉剥离声。　6 委：散落。　7 踌躇：

悠然自得的样子。满志：心满意足的样子。　8 善：形容词活用为动词，好好擦拭收拾之意。　9 养生：即养生之道。

公文轩见右师而惊曰[1]："是何人也，恶乎介也[2]？天与，其人与[3]？"曰："天也，非人也。天之生是使独[4]也，人之貌有与[5]也。以是知其天也，非人也。"

泽雉[6]十步一啄，百步一饮，不蕲畜乎樊中[7]。神虽王[8]，不善也。

公文轩看见了右师，惊奇地说："这是什么人呢？怎么只有一只脚呢？是天生的呢？还是人为的呢？"回答说："是天生的，不是人为的。天生下来就只有一只脚，人的形貌是上天赋予的呀。因此知道这是天生的，不是人为的。"

草泽里的野鸡走十步啄一口食，走百步饮一口水，但不祈求被畜养在笼子里。关在笼里精神虽然旺盛，但不自由自在呀。

注释　1 公文轩：姓公文，名轩，宋国人。右师：官名，春秋时宋国有执政官左师、右师。　2 恶（wū）：疑问代词。介：独特，此指独脚。　3 其：并列句中表选择的连词，可译为"还是"。与：同"欤"，句末表疑问语气助词。　4 独：独足。　5 与：赋予。　6 雉（zhì）：野鸡。　7 蕲（qí）：祈求。樊：笼子。　8 王（wàng）：通"旺"，旺盛。

老聃[1]死，秦失[2]吊之，三号而出。弟子曰："非夫子之友邪？"曰："然。""然则吊焉若此，可乎？"曰："然。始也吾以为其人[3]也，而今非也。

老聃死了，秦失去吊丧，号哭了三声就出来了。弟子问道："您不是先生的朋友吗？"秦失回答说："是的。"弟子问道："那么像您这样子吊丧，可以吗？"秦失说："可以。开始，我认为他是一个至人，现在才知道不是。刚才

向[4]吾入而吊焉,有老者哭之,如哭其子;少者哭之,如哭其母。彼其所以会[5]之,必有不蕲言而言[6],不蕲哭而哭者。是遁天倍情[7],忘其所受,古者谓之遁天之刑。适来,夫子时也[8];适去,夫子顺也。安时而处顺,哀乐不能入也,古者谓是帝之县解[9]。"

指穷于为薪[10],火传也,不知其尽也。

我进去吊唁,看见有老年人哭他,如同哭自己的儿子;有少年哭他,如同哭自己的母亲。他们之所以神情如此悲伤,必定有不愿吊唁而吊唁的,有不愿哭丧而哭丧的。这是逃避天道,背弃人情,忘掉了自己的感受,古人称这个叫逃避天道的刑法。当降临时,先生应时而生;当离去时,先生顺道而死。安于时命并顺应变化,哀乐的情绪便不能侵入心中,古人称此为解倒悬。"

用脂作为烛薪燃烧有穷尽,火光传续下去,不知它的尽头。

【注释】 1 老聃(dān):即老子,春秋战国时楚国苦县(今河南鹿邑东)人。 2 秦失(yì):即秦佚,应是老子之友。 3 其人:陈碧虚《庄子阙误》引文海堂本作"至人"。 4 向:时间副词,原先。 5 会:领会,感会。 6 蕲:此处意为情愿。言:通"唁",慰问遭丧之人。 7 遁天:逃避天道(自然规律)。倍情:背弃实情,倍通"背"。 8 适:时间副词,正好。时:名词活用为动词,顺应时间之意。 9 县(xuán):同"悬"。悬解即解倒悬,指在困境中获得解救。 10 指:前人谓"指"为"脂"之误。穷:穷尽。

韩愈·原道

导读

韩愈,字退之,河南河阳(今河南孟州)人,祖籍河北昌黎。唐德宗时进士,历任监察御史、刑部侍郎、刺史、国子监祭酒、京兆尹、兵部吏部侍郎等,卒谥文。是我国文学史上杰出的古文家,著名的诗人和思想家。

原道,即探寻道的本原。本文所论的本原,即是儒家仁义之道。唐代儒、释、道三教并立,韩愈以修身、齐家、治国、平天下之仁义为道的内涵,从政治、经济两方面抨击了逃离社会的"去仁与义"的老子之道,以及逃避现实的"弃君臣、去父子、禁生养"的佛教"夷狄之道",这是作者思想光辉所在。与此同时,他以系统的"先王之教"作为治国纲领,第一次完整且正面地提出了尧、舜至孔、孟的儒家传统,这是很可贵的。至于君权至上、圣人创造一切,则是违背历史唯物主义的了。本文开头四句是纲领,接着从辨析老子道德论发起,感慨异端害道,继而说明释道与儒教并主教化,致使民穷,再从仁的角度辟老,从义的角度辟佛,又从义的角度辟老,从仁的角度辟佛,最后阐明先王之道以消弭异端。洋洋洒洒,奥衍闳深,如长江黄河,屈折盘旋,波涛起伏。末段一气到底,气势磅礴,表现了韩愈文风雄健奇特、雄浑浩大、波澜曲折的特色。《原道》是韩文公代表性作品,亦是中国思想文化宝库里一颗灿烂的明珠。

原文

博爱[1]之谓仁,行而宜

译文

广泛爱人叫作仁,行动适宜去实

之之谓义²；由是而之焉之谓道³，足乎己无待于外之谓德⁴。仁与义为定名⁵，道与德为虚位⁶。故道有君子小人，而德有凶有吉⁷。老子之小仁义，非毁之也，其见者小也。坐井而观天，曰天小者，非天小也。彼以煦煦⁸为仁，孑孑⁹为义，其小之也则宜。其所谓道，道其所道，非吾所谓道也；其所谓德，德其所德，非吾所谓德也。凡吾所谓道德云者，合仁与义言之也，天下之公言也；老子之所谓道德云者，去仁与义言之也，一人之私言也。

现"仁"就是"义"，从仁义出发向前进叫作道，自己本来就具有而不需要外来影响的叫作德。仁和义是固定的名称，道和德是空虚抽象的东西。所以道有君子之道和小人之道，德有恶德和美德。老子以仁义为小，不是诋毁仁义，是他所见狭窄。好比在井底去观察天，说天很小的，不是天真的小。他把巧言令色当作仁，把谨小慎微当作义，他贬低仁义也就不足为怪了。老子所说的道，是把他所说的道当作道，不是我所说的道；他所说的德，是把他所说的德当作德，不是我所说的德。凡是我所说的道和德，是包括仁和义而谈的，是天下的公论；老子所说的道和德，离析仁和义而谈，是他一个人的私论。

【注释】 1 博爱：大爱，广泛爱人。 2 行：行动，实践。宜：适宜，适合于人情事理。 3 由：从。是：代仁和义。之：往。焉：语助词。道：应走的道路，此指应遵循的道理。 4 足：本来具有。乎：于。 5 定：固定。名：名称。 6 虚位：空位，抽象的东西。 7 凶：凶德，即恶德。吉：吉德，即美德。 8 煦煦：和悦的样子，此处指巧言令色。 9 孑孑：谨小慎微。

周道衰[1],孔子没[2],火于秦[3],黄老[4]于汉,佛[5]于晋、魏、梁、隋之间。其言道德仁义者,不入于杨,则入于墨[6];不入于老,则入于佛。入于彼,必出于此。入者主之,出者奴之;入者附之,出者污[7]之。噫!后之人其欲闻仁义道德之说,孰从而听之?老者[8]曰:"孔子,吾师之弟子也[9]。"佛者曰:"孔子,吾师之弟子也[10]。"为孔子者,习[11]闻其说,乐其诞而自小也[12],亦曰:"吾师亦尝师之云尔[13]。"不惟举之于其口,而又笔之于其书。噫!后之人虽欲闻仁义道德之说,其孰从而求之?以上言道德不能去仁义而言之。

周朝大道衰微,孔子去世,儒家经典在秦朝被火焚毁,黄老学说在汉朝盛行,佛学在晋、魏、梁、隋几个朝代盛行。那些谈论道、德、仁、义的人,不是信奉杨朱,就是信奉墨翟;不是信奉老子,就是信奉佛教。信奉那一说,必然排斥这一说。信奉的学说被奉为宗主,排斥的学说被踩为奴仆;信奉的学说被夸大,排斥的学说被污蔑。咦!后来人想要闻知仁义道德的学说,到底听从谁的呢?崇尚老子的人说:"孔子,是我们老师的学生。"崇尚佛教的人说:"孔子,是我们佛祖的弟子。"学习孔子学说的人,听惯了那些说法,乐意接受那些荒诞的言论,并且自己贬低自己,也跟着说:"我们老师也曾经拜老子作老师呢!"不只在他们口头上称颂老子,而且还在他们的书籍中记下来。咦!后来人即使想要闻知仁义道德的学说,他们又跟从谁去探求呢?

【注释】 1 指周平王东迁后,周朝政令不能号令全国。 2 没:通"殁"。孔子于鲁哀公十六年(前479)死后,诸子百家争鸣,儒家内部分成多派。 3 指秦始皇三十四年(前213)下令烧毁除秦国以外的不是博士官所掌握的书籍。 4 黄老:黄帝、老子,此指汉代盛行黄老道家学说,活用为动词。 5 佛:此指佛教盛行,亦是活用为动词。 6 杨:杨朱。

墨：墨子墨翟。　7 污：污蔑，贬低。　8 老者：信奉老子学说的人。　9 庄子说孔子曾向老聃问道，后来有人把孔子拉入道家。　10 释家说如来佛派弟子来中国教法，其中儒童菩萨是孔子，光净菩萨是颜回。　11 习：习惯。　12 诞：荒诞。自小：自以为小，自我贬低。　13《礼记》《孔子家语》等有记载孔子向老聃问学之事。

甚矣，人之好怪也！不求其端，不讯其末，惟怪之欲闻。古之为民者四[1]，今之为民者六[2]；古之教者处其一[3]，今之教者处其三[4]。农之家一，而食粟之家六；工之家一，而用器之家六；贾之家一，而资焉之家六。奈之何民不穷且盗也！

人们喜好怪诞也太过分了！不探求事物的开端，不讯问事物的结果，只想听些荒诞无稽的话。古时百姓有四类，现在百姓增加到六类；古时行教化的人只占四分之一，现在行教化的人增加到六分之三。农民一户，吃饭的有六户；工匠一户，使用器具的有六户；做生意的一户，需要生活资料的有六户。如何不使老百姓穷困而被迫去做盗贼呢！

注释　1 四：四民，指士、农、工、商四种人。　2 六：六种人，士、农、工、商之外增加了道、释二家。　3 处：居。古时仅士民掌教化，只占百姓的四分之一。　4 指现在掌教化的增加了道、释二家，占百姓的六分之三。

古之时，人之害多矣。有圣人[1]者立，然后教之以相生相养[2]之道。为之君，为之师，驱其虫

古时，人类遇到的危害很多。有圣人立世，然后教导人们共同生存的道理。为他们设立君主，为他们设置老师，驱逐那些虫蛇禽兽，使他们居住在中原地区。

蛇禽兽,而处之中土[3]。寒,然后为之衣;饥,然后为之食,木处而颠[4],土处[5]而病也,然后为之宫室。为之工以赡[6]其器用,为之贾以通其有无,为之医药以济其夭死,为之葬埋祭祀以长其恩爱,为之礼以次其先后,为之乐以宣其湮郁[7],为之政以率其怠倦[8],为之刑以锄其强梗[9]。相欺也,为之符玺斗斛权衡以信之[10];相夺也,为之城郭甲兵以守之。害至而为之备,患生而为之防。今其言曰:"圣人不死,大盗不止;剖斗折衡,而民不争。"呜呼,其亦不思而已矣!如古之无圣人,人之类灭久矣。何也?无羽毛鳞介[11]以居寒热也,无爪牙以争食也。以上言圣人多方备患,而后人类不灭。

寒冷了,然后给他们缝衣穿;饥饿了,然后替他们找吃的;住在树上容易掉下来,住在洞里容易生病,然后替他们建造房屋。替他们设置工匠,用来供给他们的器皿用具;替他们设置商人,用来沟通他们的有无;替他们发明医药,用来拯救他们的夭折病死;替他们埋葬祭祀,用来增长他们的恩情怜爱;替他们制订礼仪,用来分别他们的长幼先后;替他们创作音乐,用来抒发他们抑郁的感情;替他们制定政令,用来督促他们不至于怠惰;替他们颁布刑律,用来锄除那些强暴之徒。有欺骗别人的行为,替他们设置符节、印玺、斗斛、权衡,用以使人们诚信;有抢夺别人的行为,替他们设置城郭制造武器,让人们去守卫。危害降临,就替他们做好准备;患难发生,就替他们做好防范。现在老子一派的话说是:"圣人不死,大盗就不会停止;劈破斗桶,折断秤杆,老百姓就不会争夺。"哎呀!说这话的人也是不假思索罢了!假如古时候没有圣人,人类已经灭绝很久了。为什么呢?人们没有羽毛鳞甲来适应寒热不同气候而居住,没有爪子和牙齿跟禽兽争夺食物呀。

注释 1 圣人：通达事理之人。 2 相生相养：互相合作维持生活，共同生存。 3 中土：中原地带。 4 木处：树居，古人在树上架巢而居。颠：颠仆。 5 土处：穴居，古人在山洞地穴中居住。 6 赡：供给。 7 宣：宣泄，发抒。湮郁：抑郁，被抑塞的情志。 8 率：使……顺服，督促。怠倦：怠惰，不勤奋。 9 梗：硬，猛。强梗即强暴。 10 符：竹制符节。玺：玉制印章。斗：量具，容十升。斛：量具，容十斗。权：秤锤。衡：秤杆。 11 介：通"甲"。

是故君者，出令者也；臣者，行君之令而致之民者也；民者，出粟米麻丝、作器皿、通货财，以事其上者也。君不出令，则失其所以为君；臣不行君之令而致之民，则失其所以为臣；民不出粟米麻丝、作器皿、通货财，以事其上，则诛[1]。今其法曰："必弃而[2]君臣，去而父子，禁而相生相养之道。"以求其所谓清净寂灭者[3]。呜呼！其亦幸而出于三代[4]之后，不见黜于禹、汤、文、武、周公、孔子也；其亦不幸而不出于三代之前，不见正于禹、汤、文、武、周公、孔子也。以上言明君臣父子之伦，而后人与人相安。

所以说君主，是发号施令的；臣下，是执行君上的命令并且传达给老百姓的；老百姓，是生产粟米丝麻、制造器皿、沟通货物钱财用以侍奉上司的。君主不发布命令，那么就失去了他做君主的职责；臣下不执行君主的命令并传达给老百姓，那么就失去了做臣下的职责；老百姓不生产粟米丝麻、不制造器皿、不沟通货物钱财来侍奉上司，那么就要受到惩罚。现在的佛教教法说"必须废弃你们的君臣礼节，断绝你们的父子亲谊，禁行你们互相生活养育的道理"，用来追求其所说的清净寂灭的境界。哎呀！那些怪话也幸而出现在三代之后，没有被禹、汤、文王、武王、周公、孔子废黜；那些怪话也不幸没有出在三代以前，没有被禹、汤、文王、武王、周公、孔子纠正。

[注释] 1 诛:惩罚。 2 而:你们的。 3 净:原刻本作"静",据《韩昌黎集》改。清净,佛家语,谓离开一切恶行烦恼。寂灭:修行到了清净无为的程度,本体寂静,超出世间,达到涅槃(意译为寂灭)。4 三代:夏、商、周。

帝之与王[1],其号虽殊,而其所以为圣一[2]也。夏葛而冬裘,渴饮而饥食,其事虽殊,其所以为智一也。今其言曰:"曷不为太古之无事?"是亦责冬之裘者曰:"曷不为葛之之易也?"责饥之食者曰:"曷不为饮之之易也?"以上申明备患一节之意。

五帝和三王,他们的称号虽然不同,但他们所以成为圣人的道理是一致的。夏天穿麻布衣,冬天穿皮衣,渴了饮水,饿了吃饭,那些事情虽然不同,但他们所以成为聪明人的道理是一致的。现在老子一派的人说道:"为什么不回到远古时的无事无为?"这也像责备冬天穿皮衣的人的说法:"为什么不缝件麻布衣穿上容易简单得多呀?"像责备饥饿时吃饭的人的说法:"为什么不喝点水容易简单得多呀?"

[注释] 1 帝:五帝(黄帝、颛顼、帝喾、尧、舜)。王:三王(夏禹、商汤、周文王)。 2 一:一致。

《传》[1]曰:"古之欲明明德[2]于天下者,先治其国;欲治其国者,先齐其家;欲齐其家者,先修其身;欲修其身者,先正其心;欲正其心者,先诚其意。"然则

《大学》说:"古时想要在天下阐明美德的人,就要先治理好他的国家;想要治理好他的国家,就先整肃他的家庭;想要整肃他的家庭,就先加强自我修养;想要加强自我修养,就要先端正自己的思想;想要端正自己的思想,就

古之所谓正心而诚意者，将以有为也。今也欲治其心，而外[3]天下国家，灭其天常[4]，子焉而不父其父，臣焉而不君其君，民焉而不事其事。孔子之作《春秋》也，诸侯用夷礼则夷之，进于中国[5]则中国之。经[6]曰："夷狄之有君，不如诸夏之亡也[7]。"《诗》曰："戎狄是膺，荆舒是惩[8]。"今也举夷狄之法，而加之先王之教之上，几何其不胥[9]而为夷也！以上申明明伦一节之意。

先使自己的意念诚实。"既然这样，那么古时所说的正心和诚意，将会借此有所作为了。现在佛家想要怡养自己的心性，却疏远天下国家，灭绝人类天伦，做儿子的不以他的父亲为父亲，做臣下的不以他的君上为君上，做老百姓的不把自己的事情当作事情。孔子修撰《春秋》，中原的诸侯如果用夷礼则认为他是夷狄，夷人进入中原地区，如果用华夏之礼则认为他是中原人。经书说："夷狄无礼而有君主，不如中原地区有礼而无君主。"《诗经》说："打击戎狄，惩罚荆舒。"现在称扬外国的教法，把它加在先王的教化之上，不久后大家不是都要成为夷人了吗？

[注释] 1 传：指《礼记·大学》篇。 2 明明德：第一个"明"为动词，显明，彰明。明德，即美德。 3 外：疏远。 4 天常：天伦，如君臣、父子、兄弟、夫妇关系等。 5 中国：中原地区。 6 经：指经书《论语》（见《八佾》篇）。 7 诸夏：亦中原地区。亡：无。 8 膺：打击。荆：楚国。舒：楚之附属小国，今安徽舒城一带。此诗见《诗经·鲁颂·閟宫》。 9 胥：都。

夫所谓先王之教者，何也？博爱之谓仁，行而宜之之谓义，由是而

所论说的先王之教，又是什么呢？无所不爱叫作仁，行为适当叫作义，从仁义出发向前进叫作道，对于自己满足而

之焉之谓道,足乎已无待于外之谓德。其文,《诗》《书》《易》《春秋》;其法,礼、乐、刑、政;其民,士、农、工、贾;其位,君臣、父子、师友、宾主、昆弟、夫妇;其服,麻丝;其居,宫室;其食,粟米、果蔬、鱼肉。其为道易明,而其为教易行也。是故以之为己,则顺而祥;以之为人,则爱而公;以之为心,则和而平;以之为天下国家,无所处而不当。是故生则得其情,死则尽其常[1],郊焉而天神假[2],庙焉而人鬼飨[3]。曰:斯道也,何道也?曰:斯吾所谓道也,非向[4]所谓老与佛之道也。尧以是传之舜,舜以是传之禹,禹以是传之汤,汤以是传之文、武、周公,文、武、周公传之孔子,孔子传之孟轲。轲之死,不得其传焉。

对于外利无所等待叫作德。那些经文就是《诗经》《书经》《易经》《春秋》,那些法度就是礼仪、乐制、刑律、政令,那些百姓就是士人、农民、工匠、商人,那些位次就是君臣、父子、师友、宾主、兄弟、夫妇,他们穿丝麻,他们住宫室,他们吃粟米、果子、蔬菜和鱼肉。先王之教作为道理容易明了,而它作为教化容易施行。因此拿它来治理个人,那么就会顺畅吉祥;拿它来要求别人,那么就会仁爱公正;拿它来修养心性,那么就会心平气和;拿它来治理天下国家,采取的方针、政策没有什么不适当。所以,它使人在生时言行无失、合乎情理,死去时大节已尽,终其天年;郊祭时天神降临,庙祭时祖宗来享食。若有人问道:"这个道,是什么道呀?"我回答说:"这就是我所说的道,不是从前所讲的老子与佛教的道。"尧把这个道传给舜,舜把这个道传给禹,禹把这个道传给汤,汤把这个道传给文王、武王、周公,文王、武王、周公传给孔子,孔子传给孟轲。孟轲死后,这个道不能传下来。荀子和扬雄,虽然都有成就,荀子择取丰富但不精粹,扬雄论说简略而不详尽。从周公上溯,上头的是做君主,所

荀与扬也[5],择焉而不精,语焉而不详。由周公而上,上而为君,故其事行;由周公而下,下而为臣,故其说长。然则如之何而可也?曰:不塞不流,不止不行。人其人[6],火其书,庐[7]其居,明先王之道以道之[8],鳏寡孤独废疾者有养也。其亦庶乎其可也[9]。

以他们的事功能施行;从周公下推,下头的是做臣子,所以他们的学说能长久。既然如此,那么应该怎么办才行呢?我回答说:"佛老之道不堵塞不禁止,先王之道就不能流传就不能施行。使那些道士僧尼返归于四民之中,烧毁那些道经佛经,把那些寺观改为民屋,大力宣扬先王之道用以引导人们,鳏夫寡妇、少而无父母、老而无子女的人以及残废的人能得到供养。这样也就差不多可以了吧!"

注释 1 常:天年,天伦。 2 郊:郊祭。古时在南郊祭天。假(gé):通"格",来到,降临。 3 庙:庙祭。人鬼:指祖宗神灵。飨:享食祭品。 4 向:以前。 5 荀:荀子荀况,战国时人,著有《荀子》一书。扬:扬雄,西汉人,著有《法言》一书。 6 第一个"人"字即"民"字,因避唐太宗讳而改,活用为动词,使僧、道返回四民中的意思。 7 庐:活用为动词,使寺观改作民房的意思。 8 第二个"道"通"导",引导。 9 第一个"其"为副词,大概。庶:庶几,差不多。

韩愈·伯夷颂

导读

伯夷、叔齐是殷代孤竹国国君的儿子,父死,互相推让为君,最后一起弃国出逃。周武王伐纣,二人曾叩马阻谏。殷亡,二人逃进首阳山,不食周粟而死。作者以非之而不惑立论,高度赞颂他们维护君臣大义的"高风亮节",亦借此自况,表示不愿变更自己的政治见解而随俗浮沉。

原文

士之特立独行[1],适于义而已,不顾人之是非,皆豪杰之士,信道笃[2]而自知明者也。一家非之,力行而不惑者,寡矣;至于一国一州非之,力行而不惑者,盖[3]天下一人而已矣;若至于举世非之,力行而不惑者,则千百年乃一人而已耳。若伯夷者,穷天地、亘[4]万世而不顾者也。昭乎日月不足为明,崒[5]乎泰山不

译文

读书人只是能要做到特立独行,符合于义就行了,他们不顾及别人的赞誉或批评,都是豪杰之士,坚定信奉大道而又非常清楚地了解自己。一家人反对他,能够坚决躬行而不怀疑动摇的很少;至于一国一州人反对他,仍坚持下去而不疑惑的,大概普天下只有一个人罢了;若至于全世界反对他,还能坚定不移的,那么千百年仅有一个人罢了!像伯夷,是穷尽天地、纵贯万代而不在乎别人非议的人。日月光明跟他比不足为明亮,泰山耸立跟他

足为高,巍乎天地不足为容也!

比不足为高峷,天地高大跟他比不足为宽广。

[注释] 1 特立独行:有独特见地和操行,不随波逐流。 2 笃:诚笃坚定。 3 盖:大概。 4 亘(gèn):横贯,贯串。 5 峷(zú):耸立。

当殷之亡,周之兴,微子¹贤也,抱祭器而去之;武王、周公²,圣也,从天下之贤士,与天下之诸侯,而往攻之,未尝闻有非之者也。彼伯夷、叔齐者,乃独以为不可。殷既灭矣,天下宗周,彼二子乃独耻食其粟,饿死而不顾。由是而言,夫³岂有求而为哉?信道笃而自知明也。

今世之所谓士者,一凡人誉之,则自以为有余;一凡人沮之,则自以为不足。彼独非圣人,而自是如此。夫圣人乃万世之标准也。余故曰:若伯夷者,特立独行,穷天地、亘万世而不顾

当殷朝灭亡、周朝兴盛时,微子这样的贤人都抱着祭祀的器具离开殷商;周武王、周公旦是圣人,率领天下的贤士和诸侯前去攻打殷商,未曾听到有人非议他们。唯独那伯夷、叔齐,竟认为不可以。殷商已经灭亡了,天下宗奉周朝,那两兄弟却独独以吃周粟为耻,饿死也不顾惜。从这里说来,他们难道另有图谋才这样做吗?是他们相信大道诚笃坚定而又非常了解自己啊。

现今世上的所谓读书人,一个普通人赞誉他,就自认为学行有余;一个普通人诋毁他,就自认为学行不足。他们独独否定圣人的行为而自认正确到了如此地步。圣人,是万世的标准啊。我所以说:像伯夷这样的人,是不随波逐流,有独特见地和操

者也。虽然,微⁴二子,乱臣贼子接迹于后世矣。举世非之而不惑,乃退之生平制行作文宗指,此自况之文也。

行,穷尽天地、纵贯万代而不顾及别人非议的人。既然这样,假如没有这两兄弟树立君臣大义,后世乱臣贼子就会足迹相接了。

[注释] 1 微子:名启,殷纣王庶兄,后投顺周武王。 2 周公:名旦,武王的弟弟。 3 夫(fú):发语词。 4 微:连词,假如没有。

词赋类

诗·七月

[导读]

《诗经》是我国文学史上最早的诗歌总集。分风、雅、颂三部分,《七月》即十五国风中《豳风》里面的一首,它翔实记录了西周早期男女一年四季辛勤劳动,备受贵族压迫剥削而过着悲惨生活的实况,有很重要的史料价值。全诗八章,顺应农时,正面平铺直叙,风格朴质浑厚,是杰出的长篇叙事诗。

曾氏选《七月》,以之告诫子弟注重农事,体察民忧,并学习直陈作赋法。

[原文]

七月流火[1],九月授衣[2]。一之日觱发[3],二之日栗烈[4]。无衣无褐[5],何以卒岁[6]?三之日于耜[7],四之日举趾[8]。同我妇子[9],馌彼南亩[10]。田畯至喜[11]。

[译文]

七月火星向西移,九月为主人缝制衣服。十一月北风呼呼叫,十二月凛冽动寒气。粗布衣服都没有,凭什么度过这年底?正月来了修农具,二月光脚下田地。女人娃娃一同去,送饭送到南边地。田官来到田间地里,看到大家在劳动,心里满满是欢喜。

【注释】 1 七月：即夏历七月。流：向下行。火：即大火，又名心宿，星名。这句指心宿到了七月，就偏向西下了。 2 九月：即夏历九月。授衣：授予裁制衣服之事。 3 一之日：周历一月（正月）的日子，即夏历十一月的日子。觱发（bì bō）：风吹动的声音。 4 二之日：周历二月即夏历十二月的日子。栗烈：即凛冽，寒气重重。 5 褐（hè）：粗麻制作的短衣，此处泛指粗布衣服。 6 何以：即"以何"的倒装，凭什么。卒：终结。 7 三之日：周历三月即夏历正月。于：为，此处指修理。耜（sì）：此处泛指农具。 8 四之日：周历四月即夏历二月。举趾：举足下地，开始耕种之意。 9 同：偕同，约同。妇子：妇人和孩子。 10 馌（yè）：送饭食。南亩：向南的土地，泛指田间。 11 田畯（jùn）：掌管农田之官。喜：欢喜。

七月流火，九月授衣。春日载阳[1]，有鸣仓庚[2]。女执懿筐[3]，遵彼微行[4]，爰[5]求柔桑。春日迟迟，采蘩祁祁[6]。女心伤悲，殆及公子同归[7]。

七月火星偏西方，九月为主人缝衣裳。春天开始暖洋洋，黄莺声声枝头唱。姑娘手提深竹篮，沿着墙下小路行，采摘把把嫩叶桑。春天日子渐渐长，采集白蒿一筐筐。姑娘心里暗悲伤，恐怕公子把人抢。

【注释】 1 春日：三月的日子（夏历三月，周历称"春"）。载：开始。阳：阳光普照，温暖之意。 2 仓庚：黄莺。 3 懿筐：深竹筐。 4 遵：遵循，沿着。微行（háng）：墙下边的小路。 5 爰：于是，在这里。 6 蘩（fán）：原刻本作"繁"，据《十三经注疏》本改。蘩，草名，又叫白蒿，用来煮水润湿蚕子，蚕就容易出来。一说用其做蚕山，以便蚕在上面结茧。祁祁：众多的样子。 7 殆（dài）：恐怕。及：与。公子：贵族少爷。同归：被强行带回去。

七月流火,八月萑[1]苇。蚕月条桑[2],取彼斧斨[3]。以伐远扬[4],猗彼女桑[5]。七月鸣鵙[6],八月载绩[7]。载玄载黄[8],我朱孔阳[9],为公子裳。

七月火星向西偏,八月割苇一片片。蚕月挑选桑枝来修整,举起斧头闪银光。砍掉高处杂乱枝,攀着柔枝摘嫩桑。七月伯劳叫喳喳,八月开始绩麻忙。染成黑色染成黄,我染的大红最漂亮,拿给公子做衣裳。

[注释] 1 萑(huán):荻的别名,芦苇的一种。此处指收割萑苇做蚕箔。 2 蚕月:蚕的月份,即夏历三月。条:通"挑",挑选桑枝,即修剪的意思。 3 斨(qiāng):方孔的斧头。 4 远扬:指又长又高的桑枝。 5 猗(yǐ):通"掎",攀折。女桑:柔桑。 6 鵙(jú):伯劳鸟。 7 载:开始。绩:绩麻线。 8 载:则,就。玄、黄活用为动词,染成玄色、染成黄色。 9 朱:红色。孔:很。阳:形容色彩鲜明。

四月秀葽[1],五月鸣蜩[2]。八月其获[3],十月陨萚[4]。一之日于貉[5],取彼狐狸,为公子裘。二之日其同[6],载缵武功[7]。言私其豵[8],献豜于公[9]。

四月远志长了穗,五月知了起叫声。八月庄稼待收获,十月叶儿落纷纷。十一月里猎貉,剥下狐皮一张张,替公子做皮袄针针缝。十二月大伙齐会合,继续田猎不放松。打得小兽私人有,打得大兽献主人。

[注释] 1 秀:长穗。葽(yāo):药草,即远志。 2 蜩(tiáo):蝉。 3 其:语助词。获:收获。 4 陨(yǔn):坠落。萚(tuò):草木叶落地。 5 于:为,此处作猎取解。貉(hé):像猿熊的一种野兽。 6 同:会合。 7 载:则,就。缵(zuǎn):继续。武功:古时武功一指战事,二指狩猎,此指田猎。 8 言:语助词。私:私人占有。豵(zōng):一岁小猪,

此处泛指小兽。 9 豜（jiān）：三岁大猪，此处泛指大兽。公：公家，指贵族奴隶主。

五月斯螽动股[1]，六月莎鸡振羽[2]。七月在野[3]，八月在宇[4]，九月在户[5]，十月蟋蟀入我床下。穹窒熏鼠[6]，塞向墐户[7]。嗟我妇子，曰为改岁[8]，入此室处[9]。

五月斯螽振双腿，六月纺织娘展翅羽。七月蟋蟀野外叫，八月在屋檐下歌唱，九月跳进大门口，十月钻到床下伏。烟熏鼠穴堵塞尽，泥涂门户封北窗。哎呀我的老婆和孩子，眼看就要过年了，且进这所茅屋住一住。

注释　1 斯螽（zhōng）：一种鸣虫。股：腿。古人把虫子振动翅翼发出响声看成是"动股"。 2 莎（shā）鸡：纺织娘。羽：翅翼。 3 野：野外。 4 宇：屋檐下。 5 户：门。 6 穹（qióng）：穷尽，穷究。窒（zhì）：堵塞。 7 向：朝北开的窗子。墐（jìn）：涂泥。 8 曰：语助词。改岁：更改年岁，即过年。 9 处：居住。

六月食郁及薁[1]，七月亨葵及菽[2]。八月剥[3]枣，十月获稻。为此春酒[4]，以介眉寿[5]。七月食瓜，八月断壶[6]。九月叔苴[7]，采荼薪樗[8]，食[9]我农夫。

六月吃郁李和野葡萄，七月煮豆和葵苗。八月打下大红枣，十月收割黄金稻。酿成春酒一缸缸，用来祈求人长寿。七月喝的瓜菜粥，八月挖开瓠瓜。九月拾取麻籽收藏好，采些苦菜砍臭椿，靠它们养活我庄稼佬。

注释　1 郁：郁李，似李子。一说山楂。薁（yù）：野葡萄。 2 亨："烹"的本字，煮。葵：菜名。菽：豆类。 3 剥：通"扑"，打。 4 春酒：冬天用枣、稻等原料酿酒，春天始成，故称春酒。 5 介：祈求。眉寿

人老眉长,此为长寿之称。 6 壶:通"瓠"(hù),瓠瓜。 7 叔:收拾。苴(jū):麻籽,可食。 8 荼(tú):苦菜。薪:砍柴,用如动词。樗(chū):臭椿树,木质劣下。 9 食(sì):给……吃。

九月筑场圃[1],十月纳[2]禾稼。黍稷重穋[3],禾麻[4]菽麦。嗟我农夫,我稼既同[5],上入执宫功[6]。昼尔于茅[7],宵尔索綯[8]。亟其乘屋[9],其始播百谷[10]。

九月筑好打谷场,十月谷物收进仓。小米高粱各种稻,芝麻豆麦分开藏。哀叹我们庄稼汉,作物刚集中收割光,又要服役修宫房。白天割茅一堆堆,晚上搓绳长又长。回家赶紧修破漏,来年又要忙种粮。

[注释] 1 场圃:古人秋天平整菜园以作打谷场,称场圃。 2 纳:收进。 3 黍:小米。稷:高粱。重:通"穜",早种晚熟谷物。穋(lù):同"稑",晚种早熟谷物。 4 麻:芝麻。 5 同:会同,集中送交农奴主。 6 上:通"尚",还得。执:从事,指服役。宫:此指贵族农奴主住宅。功:事,活计。 7 尔:语助词。于:为,取。 8 綯(táo):绳子。 9 亟(jí):急匆匆,紧张。乘屋:登上屋顶,此指修整自己的房屋。 10 其:那,指来年。其始即来年春初。

二之日凿冰冲冲[1],三之日纳于凌阴[2]。四之日其蚤[3],献羔祭韭[4]。九月肃霜[5],十月涤场[6]。朋酒斯飨[7],曰[8]杀羔羊。跻[9]彼公堂,称彼兕觥[10],万寿无疆!

腊月凿冰冲冲响,正月运去冰窖藏。二月取冰行祭礼,献上韭菜和羔羊。九月天高气又爽,十月清扫打谷场。捧上两壶待客酒,杀掉嫩嫩小羔羊。大家登上老爷堂,举起酒杯齐祝福,同声高祝万寿无疆!

[注释] 1 冲冲：凿冰的声音。 2 凌阴：凌即冰；阴通"窨"，地窖。 3 蚤：通"早"，此指早朝祭祀仪式。 4 古代在夏历二月用小羊、韭菜祭祀司寒之神。 5 肃霜：即"肃爽"，天高气爽。 6 涤场：把打谷场清扫干净。 7 朋酒：两壶酒。斯：副词，就，于是就。飨（xiǎng）：以酒食待客。 8 曰：语助词。 9 跻（jī）：登上。 10 称：双手举杯祝酒。兕觥（sì gōng）：饮酒器，形状似伏着的犀牛。

扬雄·解嘲

[导读]

扬雄，字子云，蜀郡成都(今四川成都)人，西汉时文学家、经学家。因不趋附权势，一生抑郁不得志。

解嘲，即对别人的嘲笑进行辩解。作者以古比今，揭露了当时小人用事、竞尚逢迎的黑暗政治，表明自己不愿同流合污。通篇以"时"字立义，其行气、结响、赋色，皆臻绝顶，是汉赋中的佳作。

曾氏段意曰"功名之士全系乎时"，即意图以此赋告诫子弟"为可为于可为之时，为不可为于不可为之时"，顺应时势潮流，洁身自守而已。

[原文]

客嘲扬子[1]曰："吾闻上世[2]之士，人纲人纪[3]，不生则已，生必上尊人君，下荣父母。析人之

[译文]

客人嘲笑扬雄说："我听说上古时代的士子，对于人纲人纪，不产生拟订则罢了，若产生拟订，则必定上使君主尊贵，下使父母荣耀。得到人君赐予的

珪[4],儋[5]人之爵,怀人之符[6],分人之禄[7],纡青拖紫[8],朱丹其毂[9]。

玉版,承受人君的封爵,怀揣人君的令符,享受人君的俸禄,身佩青色或紫色绶带,漆红自己的车轮。

[注释] 1 扬子:即扬雄。 2 上世:上古时代。 3 人纲人纪:做人的纲纪,即人们应遵循的准则。 4 析:分开。人:指人君。珪(guī):古"圭"字,长形玉版。古时以青圭封诸侯作为信符,诸侯朝见天子时用它;白圭则天子自藏。 5 儋(dān):同"擔"(担),承担,承受。 6 符:古代帝王诸侯用来传令遣将的凭证。 7 禄:俸禄,官吏的俸给。 8 纡(yū):缠绕。青:青色绶带。紫:紫色绶带。汉制公侯佩紫绶,九卿佩青绶。 9 朱丹:朱和丹都是红色,此处活用为动词,漆红。毂(gǔ):车轮。汉制,二千石以上的官可以乘红轮车。

"今吾子[1]幸得遭明盛之世,处不讳[2]之朝,与群贤同行,历金门、上玉堂有日矣[3]。曾不能画一奇、出一策,上说人主,下谈公卿,目如耀星,舌如电光[4],一从一横[5],论者莫当[6]。顾默而作《太玄》五千文[7],枝叶扶疏[8],独说数十余万言,深者入黄泉[9],高者出苍天,大者含元气[10],细者入无间[11]。然而位不过侍郎[12],擢才给事黄门[13],

"现在您有幸遇上开明盛世,处于说话无所忌讳的朝代,跟群贤同行列,经历金马门、登上玉堂指日可待了。你却未曾筹划一个奇谋,献出一计良策,对上游说君王,下和公卿交谈,目光炯炯如耀眼的星星,口若悬河舌似闪电,纵横捭阖,议论的人没有谁能抵挡。却反而默默地写作五千字的《太玄经》,似枝叶繁茂四布,独特的解说有数十万言,精深的论说深入黄泉,高妙的论说超出苍天,宏博的论说包括了宇宙,细密的论说渗入了没有间隙的地方。可是做官没有超过侍郎,提

意者玄得无尚白乎！何为官之拓落[14]也？" 拔也才一个给事黄门。想起来黑的莫非还是白的吧！为什么做官不得意呢？"

注释　1 子：对人的尊称。　2 不讳：不忌讳。　3 金门：金马门。汉制天下被征之士中最优异的，在金马门等待诏令。玉堂：《三辅黄图》载有大、小玉堂的官署名，略等于后世的翰林院。　4 前句形容眼光炯炯有神，后句形容口才敏捷、雄辩。　5 从：即纵。纵、横，指先秦时倡纵、连横的辩士。此处还是指辩才。　6 当：抵挡，阻挡。　7 顾：反而。《太玄》：即扬雄仿《易经》《老子》所作的哲学著作《太玄经》。　8 扶疏：繁茂分披的样子。此处以大树枝叶繁茂四布，比喻文章的结构文采。　9 黄泉：地下的泉水，比喻很深的地方。　10 元气：古人认为是天地没有开辟前的混沌之气。　11 无间：没有间隙的地方。　12 侍郎：秦汉时皇帝左右的侍从官，地位较低。　13 给事黄门：秦汉时宫中官职，在侍郎之上，中郎将之次。　14 拓落：潦落不谐，失意的样子。

扬子笑而应之曰："客徒欲朱丹吾毂，不知一跌将赤吾之族也[1]！往者周网[2]解结，群鹿争逸[3]，离为十二[4]，合为六七[5]，四分五剖，并为战国。士无常君，国无定臣，得士者富，失士者贫，矫翼厉翮[6]，恣意所存[7]。故士或自盛以橐[8]，或凿坏以遁[9]。是故邹衍以颉颃而 扬雄笑一笑回答他说："您只想使我的车轮漆红，却不晓得一失足就会使我的三族被诛灭啊！从前周朝统治瓦解，宗室诸侯离去，分割为十二国，后合并为七雄，四分五裂，兼并为战国局面。士子没有固定的人君，国家没有固定的人臣，得到士子的君主就会富有，失去士子的君主就会贫困，昂举振奋羽翼，可任意安身止息。所以士子有的藏身囊橐以干进，有的凿开墙壁逃跑以避官。因此邹衍凭借奇怪的言辞却为当

取世资[10]，孟轲虽连蹇[11]，犹为万乘[12]师。

世所看重，孟轲虽然遭遇坎坷，还是受到诸侯们的尊敬。

【注释】 1 跌：失足，差失。赤：形容词活用为使动用法，使红，即"使……流血"，此指诛灭。 2 周网：比喻周王朝的统治。 3 群鹿：比喻在爵位的诸侯贵族。逸：逸去，离散。 4 十二：指春秋时鲁、卫、齐、宋、楚、郑、燕、晋、陈、蔡、秦、曹等十二国。 5 六七：指战国时齐、楚、韩、魏、赵、燕六国，再加秦国为七国。 6 矫：通"挢"，昂举。厉：振奋。翮（hé）：本指羽根，泛指鸟翼。 7 恣意：任意。存：止息。安身之意。 8 橐（tuó）：袋子。此指范雎藏于橐中入秦之事。 9 坏（péi）：墙壁。此指颜阖不应鲁君之聘相，凿墙而逃之事。 10 邹衍：齐国阴阳家，号谈天衍，当时名声很大，燕昭王曾拜他为师。颉颃（xié háng）：奇怪之辞。资：凭借，依赖。 11 连蹇（jiǎn）：艰难，遭遇坎坷。 12 万乘：本指万辆车，周制天子有万乘之师（军队），此指诸侯。

"今大汉左东海[1]，右渠搜[2]，前番禺[3]，后椒涂[4]。东南一尉[5]，西北一候[6]。徽以纠墨[7]，制以镈铁[8]。散[9]以礼乐，风[10]以《诗》《书》。旷[11]以岁月，结以倚庐[12]。天下之士，雷动云合，鱼鳞杂袭[13]，咸营于八区[14]。

"现今大汉地界东到东海，西到渠搜，南到番禺，北到椒涂。在东南设都尉，在西北设候所。用绳索捆绑罪犯，用腰斩之刑制裁叛逆。用礼乐宣扬大义，用《诗经》《尚书》感化人们。遵礼教构建倚庐，空费三年时光守丧。天下的士子，闻风而动如云而合，好像鱼鳞一样众多纷沓，都从四面八方来谋求官位。

[注释] 1 东海：指会稽郡东海（今浙江东部）。 2 渠搜：古西戎国，汉时为康居，或在今新疆北部及中亚一带。 3 番（pān）禺：南海郡，今广州一带。 4 椒涂：北方国名，汉时在渔阳郡（今北京、天津以北）北界。 5 尉：都尉。汉制边疆各郡设都尉管理军事，此指会稽郡尉。 6 候：关隘上候望之所，此指玉门关、阳关之候所。 7 徽：三股绳，此活用为动词，捆绑。纠：两股绳。墨：即"缪"，绳索。 8 制：裁断，决断。锧（zhì）：锧刀座。铁（fū）：锧刀。锧铁，指腰斩之刑。 9 散：散布，引申为宣扬。 10 风：风化，感化。 11 旷：空旷，这里指空费（时间）。 12 结：结构，构建。倚庐：古人守丧时住的草木房子。汉制，若不为双亲居丧三年，不能从政。 13 杂袭：众多杂沓的样子。 14 咸：都。八区：八方。

"家家自以为稷、契[1]，人人自以为皋陶[2]。戴缞垂缨而谈者[3]，皆拟于阿衡[4]；五尺童子，羞比晏婴与夷吾[5]。当涂者升青云，失路者委沟渠。旦握权则为卿相，夕失势则为匹夫[6]。譬若江湖之崖，渤澥[7]之岛，乘雁[8]集不为之多，双凫[9]飞不为之少。

"家家自以为是姬姓、子姓，人人自以为是皋陶的后代。包上头发戴好帽子，丝带垂在腰下而滔滔不绝的人，都以伊尹自比；可只几岁的小孩子，却羞于跟图谋霸业的晏婴和管仲相较。当权的青云直上，失势的委弃沟渠。早上大权在握，则是公卿宰相；晚上失势，就一下成为匹夫。譬如长江、洞庭湖边的崖岸，渤海中的岛屿，四只大雁停留不显得多，两只野鸭飞走不显得少。

[注释] 1 稷（jì）：即后稷，舜帝时农事官，周的先祖，别姓姬。契：传说中商始祖帝喾的儿子，舜帝时助禹治水有功，官司徒，赐姓子。 2 皋陶：舜时掌刑狱的官。春秋时很多诸侯小国都称自己为皋陶后人。

3 纚（xǐ）：包头发的巾帕。缨：系帽子的丝带。此指当时士子的服饰。
4 拟：比拟。阿衡：指伊尹。阿衡是商代官名，伊尹曾做过此官。
5 晏婴：春秋时齐景公之相。夷吾：即管仲之名，曾相齐桓公。两人都辅佐齐侯成为春秋时霸主。　6 匹夫：男性平民，寻常之人。
7 渤澥（xiè）：即渤海。　8 乘雁：四只雁。　9 双凫（fú）：两只野鸭。

"昔三仁去而殷墟[1]，二老归而周炽[2]。子胥[3]死而吴亡，种、蠡存而越霸[4]。五羖[5]入而秦喜，乐毅[6]出而燕惧。范雎以折摺而危穰侯[7]，蔡泽以噤吟而笑唐举[8]。故当其有事也，非萧、曹、子房、平、勃、樊、霍[9]，则不能安；当其无事也，章句之徒[10]相与坐而守之，亦无所患。故世乱，则圣哲驰骛[11]而不足；世治，则庸夫[12]高枕而有余。

"从前微子、箕子、比干，逃的逃、死的死，殷商就成为废墟了；伯夷、姜太公归附，周朝就兴盛发达。伍子胥被逼自杀，吴国灭亡；文种、范蠡存活于世，越国称霸。五羖大夫回到秦国，秦王大喜；乐毅离开燕国，燕王恐惧。范雎凭借打断了肋骨和牙齿的身子，却使穰侯魏冉遭殃；蔡泽因下巴下垂闭不住口的形态，使得唐举与他开玩笑。所以当国家有大事时，没有萧何、曹参、张良、陈平、周勃、樊哙、霍光，就不能安定；当天下太平时，鼓吹章句之学的儒生相与坐高堂、守显职，也没有什么危害。所以世道大乱，即使圣人哲士四处奔波也不够；世道太平，则平庸之人高枕无忧还有余。

注释　1 三仁：指殷纣王时微子、箕子、比干。当时微子离去，箕子贬为奴，比干因谏而被杀。墟：名词活用为动词，成为废墟。此指亡国。
2 二老：指伯夷、姜尚（太公）。炽：炽烈，兴盛。　3 子胥：春秋时吴国大夫，姓伍名员，曾帮助吴王阖庐、夫差伐楚伐越。后因夫差听信谗言被逼自杀。九年后，吴被越灭亡。 4 种：文种，春秋时越国大夫。蠡（lǐ）：范蠡，春秋时越国大夫。两人曾齐心合力协助勾践灭亡吴国。 5 五羖（gǔ）：虞大夫百里奚被晋献公俘虏后送到秦国，又逃亡到楚，秦穆公听说他有才能，便用五张黑羊皮把他赎回来，委以国政，人称五羖大夫。 6 乐毅：战国时燕国大将，为燕昭王破齐，名扬天下，惠王心疑，便逃亡至赵国。 7 雎（jū）：原误刻作"睢"，下同。范雎，战国时魏人，曾被魏相打断肋骨，后逃入秦国，游说昭王驱逐秦相魏冉，被拜为相，封应侯。折摺（zhé）：折肋摺齿，打断肋骨打落牙齿。穰侯：即秦相魏冉，是昭王之舅，专权骄横。 8 蔡泽：战国时燕辩士，秦昭王待为客卿，后拜为秦相。噤吟：下巴下垂闭不住口的样子。唐举：魏国一个看相的人。 9 萧：萧何，协助刘邦建立汉朝，封丞相。曹：曹参，刘邦大将。子房：张良，刘邦军师，被封为留侯。平：陈平，刘邦谋臣，惠帝时宰相。勃：周勃，刘邦大将，后为太尉，与陈平合力平诸吕之乱。樊：樊哙，刘邦大将。霍：霍光，汉昭帝时大司马大将军，因昌邑王刘贺为帝之后淫乱，倡议废去，又迎立宣帝，有功于国。 10 章句之徒：大倡章句之学的儒生。 11 骛（wù）：奔驰。 12 庸夫：平庸之人。

"夫上世之士，或解缚而相[1]，或释褐而傅[2]；或倚夷门[3]而笑，或横江潭而渔[4]；或七十说而不遇[5]，或立谈而封侯[6]；或枉千乘于陋巷[7]，或拥彗而先驱[8]。是以士颇得信[9]其舌而奋其笔，窒隙蹈瑕而无所诎也[10]。当

"上古时代的士子，有的被释放就拜相，有的由平民而成太傅；有的倚着夷门发出笑语，有的横渡江湖悠然打鱼；有的游说七十国君却不遇明主，有的刚与国君谈过话就被封侯；有的使人君屈驾来到陋巷，有的使人君拿着扫帚在前面开路。因此士子很能够畅所欲言而奋笔写作，见有可乘之机即前往而不会受到挫折。现今的县令不请士子，郡

今县令不请士,郡守不迎师,群卿不揖客,将相不俯眉。言奇者见疑,行殊者得辟[11]。是以欲谈者卷舌而同声,欲步者拟足而投迹。乡使上世之士处乎今世,策非甲科[12],行非孝廉[13],举非方正[14],独可抗疏[15]时道是非,高得待诏[16],下触闻罢[17],又安[18]得青紫?以上言平世则异才不能表见。

官不迎老师,朝廷九卿不对客作揖,将相不低眉自谦。言论奇特的被怀疑,行为特殊的便受刑罚。因此想谈论的,卷起舌头不言,只得人云亦云;想举步的,抬脚比量比量才放下脚步,只好亦步亦趋。假使上古时代的士子处在当世,射策对策不是甲科,品行不是孝廉,选拔不是贤良方正,只可向皇帝上疏谏言时道是非,如果说得好,最高的待遇不过是待诏;如果说得不好,有所触犯,一闻声便遭罢免,又怎么能够得到青色、紫色的绶带而位列公卿呢?

[注释] 1 解缚:解开束缚,即释放罪人。此指管仲被鲍叔牙释放,并被推荐做齐桓公之相。 2 释褐:脱掉粗布衣服。傅:太傅,三公之一。此"傅"与上句"相"均是名词活用为动词。此指殷高宗得平民傅说举为三公之事。 3 夷门:魏都大梁的东门。战国时侯嬴为夷门监守,被信陵君迎为上宾。秦攻赵,信陵君准备去死拼,后回车请教侯嬴,侯嬴笑着向他谋一妙计解邯郸之围。 4 横江潭:横渡江湖。渔:动词,打鱼。此指《楚辞·渔父》中与屈原谈话的渔父。 5 此指孔子游历七十余国而没有遇上明主。 6 此指虞卿游说赵王,只谈了两次话,赵孝成王便拜他为上卿。 7 枉:委屈。千乘:有千乘之国君。此指齐桓公三次亲自到陋巷看望小臣稷一事。 8 彗(huì):扫帚。此指驺衍到燕,昭王恭迎,以师礼相待一事。 9 信:通"伸"。伸舌表示畅所欲言。 10 窒:阻塞不通。蹈:踩踏。瑕:缝隙。窒隙蹈瑕,意为君臣上下如有瑕隙乖离的苗头,则可乘机前去取代。诎(qū):同"屈",

挫折。无所诎即无往而不利。　11 辟：罪。　12 策：指汉代考试士子的射策和对策。甲科：汉平帝时科举分甲、乙、丙三种，甲科最优。13 孝廉：孝顺父母又廉洁者。　14 方正：汉时选拔士子分两类，一是重品行的孝廉，一是重才学的贤良方正。　15 抗疏：向皇帝上疏进谏。　16 高：最高的。待诏：等待皇帝召对。　17 罢：罢免不用。18 安：疑问代词，怎么，哪里。

"且吾闻之，炎炎[1]者灭，隆隆[2]者绝。观雷观火，为盈为实。天收其声，地藏其热。高明之家，鬼瞰其室[3]。攫拏[4]者亡，默默者存，位极者宗危[5]，自守者身全。是故知玄知默，守道之极[6]；爰[7]清爰静，游神之庭；惟寂惟寞，守德之宅。世异事变，人道不殊，彼[8]我易时，未知何如。今子乃以鸱枭[9]而笑凤凰，执螾蜓[10]以嘲龟龙，不亦病乎！子之笑我玄之尚白，吾亦笑子病甚，不遇俞跗与扁鹊也[11]，悲夫！"以上言静为动宰，玄为白宗。

"况且我又听说，旺盛的火光会熄灭，隆隆的雷声会断绝。听闻雷声观看火光，充盈耳目。上天收雷声，地下藏火热。显贵人家，鬼会窥伺他的家室，最终也会家败人亡。争夺名利的人会身亡，默默无争的人却能生存下去，做大官的人宗族都会危险，恬静自守的人性命却能保全。所以说懂得玄妙幽静，不求闻达，是遵守大道的最高标准；清静无为，是游动的精神所寄托的处所；安于寂寞无声，是自守道德的境界。时代不同，事物变化，做人的道理没有不同，上世之士和我换一个时代，也不知会怎么样。现在您竟拿猫头鹰耻笑凤凰，持壁虎嘲讽寿龟苍龙，不是大错特错吗！您嘲笑我黑还是白，我也嘲笑您病得很厉害，碰不到良医俞跗和扁鹊，悲哀啊！"

[注释] 1 炎炎：火光旺盛的样子。 2 隆隆：不绝的雷声。 3 瞰（kàn）：窥看。以上八句，是《周易》丰卦之义。 4 攫拿：攫取争夺。 5 宗危：曾氏《经史百家杂钞》作"高危"。 6 极：极点，最高标准。 7 爰：语助词，于是。 8 彼：指上世之士。 9 鸱枭（chī xiāo）：即鸱鸮，猫头鹰。 10 蝘蜓（yǎn diàn）：壁虎。 11 俞跗：上古良医。扁鹊：战国时良医。

客曰："然则靡¹《玄》无所成名乎？范、蔡²以下，何必《玄》哉？"

客人说："如此说，那么没有《太玄》就不能成就名声了吗？范雎、蔡泽以下的人物，何必遵从《太玄》之义呢？"

[注释] 1 靡：没有。 2 范、蔡：范雎、蔡泽。

扬子曰："范雎，魏之亡命也，折胁摺髂¹，免于徽索²，翕肩蹈背³，扶服⁴入橐，激卬⁵万乘之主，界泾阳抵穰侯而代之⁶，当也。蔡泽，山东之匹夫也，顩颐折頞⁷，涕唾流沫，西揖强秦之相，扼其咽而亢其气⁸，拊⁹其背而夺其位，时也。天下已定，金革¹⁰已平，都于洛阳¹¹，娄敬委辂脱挽¹²，掉三寸之舌，建不拔之

扬雄说："范雎，是魏国的亡命之徒，被打断了肋骨、腰骨，才免于坐牢，缩着身子被人踩着背，匍匐装入袋子，入秦激怒君主，离间泾阳君与昭王的兄弟感情，从旁攻击魏冉，取而代之为秦相，是机会适当啊。蔡泽，只是崤山之东一个普通男子，弯下巴塌鼻梁，满脸鼻涕口水，向西入秦，会见强秦之相范雎作揖而不拜，仿佛掐住他的咽喉而断绝他的气息，又安抚他的背脊，最终夺取他的相位，这是时势有利啊。天下已经安定，战火已经平息，汉高祖定都在洛阳，娄敬卸下车辆，鼓动三寸之舌，提

策,举中国徙之长安[13],适也。五帝垂典[14],三王[15]传礼,百世不易,叔孙通起于枹鼓之间[16],解甲投戈,遂作君臣之仪,得也。《吕刑》靡敝[17],秦法酷烈,圣汉权[18]制,而萧何造律[19],宜也。

出稳当可靠的国策,把京都搬迁到长安,是机会适宜啊。五帝留下典籍,三王传授礼仪,百代不可改变,叔孙通起议于乐奏酒醉之时,使武将们脱下戎装排除骄气,于是定下君臣之间的礼仪,是时机适合啊。周代末年刑法侈靡败坏,秦朝刑法残酷严厉,汉朝权宜法式,萧何制定律令,是时机合宜啊。

[注释] 1 髂(qià):腰骨。 2 徽索:绳索,此指捕捉。 3 翕(xī):收敛。翕肩,缩起身子。蹈背:背被踩着。 4 扶服:同"匍匐"。 5 卬:通"昂"。激卬,使……激怒。 6 界:《经史百家杂钞》作"介",离间。泾阳:秦昭王弟泾阳君。抵:当作"扺(zhǐ)",从旁攻击。范雎入秦后,向昭王陈说泾阳君、魏冉等借太后势力权重一时,会篡夺王位。于是昭王废去太后,驱逐了泾阳君、穰侯,范代而拜秦相。 7 頞(qín):下颌敛曲。颐(yí):下巴。頞(è):鼻梁。折頞即塌鼻梁。 8 扼:掐住。亢:绝。此指蔡泽严厉控制范雎。 9 拊:抚,安抚。此指蔡对范又来软的一手。范雎因用人失当有罪,蔡泽要挟他退位,昭王就拜蔡为相。 10 金革:兵革,泛指战争。 11 此指刘邦建都洛阳。 12 娄敬:西汉时齐人,因向刘邦献建都关中之策,赐姓刘,后封关内侯。委:委弃。轳(lù):车前的横木。脱:解脱,卸下。挽:牵引(车),此指牵引车子的皮带。 13 中国:国之中心,此指京都。长安:故址在今西安市西北。 14 五帝:一般指黄帝、颛顼、帝喾、尧、舜。典:典籍。 15 三王:一般指禹、汤、文王。 16 叔孙通:薛人,深究儒学,秦二世拜为博士,后降刘邦。枹(fú):鼓槌。刘邦定天下登基为帝,群臣因功醉酒,喧闹朝廷,叔孙通召集儒生习礼,高祖令群臣仿效,

君臣尊卑始有定规。 17《吕刑》:《尚书》中一篇,记载周穆王司寇吕侯制定刑法通告四方一事。此泛指周代刑法。靡(mí)敝:侈靡败坏。 18 权:权宜。 19 萧何造律:汉初,萧何集秦法适合于时宜的条文,制定律令。

"故有造萧何律于唐、虞¹之世,则悖²矣;有作叔孙通仪于夏、殷之时,则惑矣;有建娄敬之策于成周之世,则缪矣³;有谈范、蔡之说于金、张、许、史⁴之间,则狂矣。夫萧规曹⁵随,留侯画策,陈平出奇⁶,功若泰山,响若坻隤⁷,虽其人之赡⁸智哉,亦会其时之可为也。故为可为于可为之时,则从;为不可为于不可为之时,则凶。以上言功名之士,全系乎时。

"所以说,在尧舜时代有人制定萧何的律令,那么就会有错误了;在夏商时代有人练习叔孙通的礼仪,那么就会令人迷惑不解了;在周公辅佐成王(营建成周)时,有人进献娄敬的策谋,那么就会错误了;在汉宣帝显宦和外戚时代有人谈论范雎、蔡泽的说法,那么就显得狂妄了。萧何的规定曹参遵循,张良出谋划策,陈平六出奇计,功勋似泰山高耸,声誉像岩崩远闻,虽然这些人才智充裕,也是碰上时世才可以有作为啊。所以在可以有所作为的时世做可以做的事情,就顺利;在无可作为的时世做不可以做的事情,就危险。

注释 1 唐、虞:陶唐氏(尧为领袖)和有虞氏(舜为领袖)。 2 悖(pī):错误。 3 成周:周公辅佐成王时所筑之洛邑(洛阳)。缪(miù):通"谬",错误。 4 金、张、许、史:汉宣帝时显宦金日䃅(mì dī)、张安世,外戚许广汉、史恭史高父子。 5 曹:继萧何为相的曹参。 6 陈平出奇:陈平辅佐刘邦,曾六出奇计。 7 坻(dǐ):山坡。一说即"氐",山上突出欲坠的岩石。隤(tuí):崩落。 8 赡(shàn):充足,充裕。

"若夫蔺生收功于章台[1]，四皓采荣于南山[2]，公孙[3]创业于金马，骠骑发迹于祁连[4]，司马长卿窃赀于卓氏[5]，东方朔割炙于细君[6]。仆诚不能与此数子者并[7]，故默然独守吾《太玄》。"

"至于蔺相如在秦国章台取得功绩，四老在南山隐居而获取荣名，公孙弘从金马门待诏创立了功业，骠骑将军霍去病在祁连山打胜仗起家，司马相如从卓王孙那里窃取了财物，东方朔为妻子割得烤肉。我确实不能跟这几个人并列，所以只能默默地独自保守我的《太玄》经义。"

注释　1 若夫：转接连词，相当于"至于"。蔺生：蔺相如。章台：秦国宫殿。蔺相如在章台见秦昭王，凭机智勇敢完璧归赵，因功拜为赵国上大夫。　2 四皓：四个白发老人，即东园公、绮里季、夏黄公、甪(lù)里先生。采荣：采花，用以供食，隐士们借此钓取荣名。南山：即今河南商山。吕后依张良计接来四老辅佐太子，迫使高祖不敢废太子。　3 公孙：公孙弘，汉武帝时被征为贤良文学，对策时录取第一，拜为博士。待诏金马门，后官至丞相。　4 骠骑：骠骑将军霍去病。祁：原刻本作"祈"，据《扬雄集校注》改。祁连，今甘肃张掖西南。汉武帝时，霍去病攻打匈奴至祁连山，大获胜仗，屡次加官晋爵，最后为大司马。　5 司马长(zhǎng)卿：西汉文学家司马相如，字长卿。窃赀：窃来财物。卓氏：临邛大富豪卓王孙。卓王孙女儿卓文君寡居在家，被司马相如琴声挑动私奔，夫妻开酒店过活，王孙无奈，只得分与女儿奴婢百人、钱百万及种种嫁妆。　6 东方朔：西汉时文学家，为人诙谐。炙：烤肉。细君：妻的代称。一说朔妻名细君，后以此称妻子。有次汉武帝在大热天赐肉，天已傍晚，主持官还没来，东方朔便独自割肉而去。第二天武帝令其自责，他说：受赐不等待诏令，是多么无礼；自己拔剑割肉，是多么雄壮；割得不多，是多么廉洁；回家送给妻子，是多么仁义。武帝笑着又赏给他很多酒肉。　**7** 仆:自我谦称。诚:确实。数子:指上述数人。并:并列。

班固·两都赋并序

[导读]

赋是汉代流行的文学体裁。长篇大赋讲究文采、韵节和铺陈描写,有相当高的文学价值。

班固,字孟坚,扶风安陵(今陕西咸阳东北)人,东汉明帝时兰台令史。他以辞赋家独具的铺陈手法创作了《西都赋》,首述西汉长安形势、田里之饶,中言宫室之盛,末言游猎之乐,语语都从"炫耀"二字铺排出来。其以特有的历史眼光而创作的《东都赋》,从颂扬东汉光武之功德及明帝永平时事出发,对秦及西汉之好大喜功不无鞭挞,在一褒一贬中存劝诫之意,全以议论成文。两赋一开一合,以宾、主二人问答设意,最后收局严密,气势磅礴,形势山川、宫室苑囿包举无遗,实为大赋中之杰作。

[原文]

或曰:赋者,古诗之流也[1]。昔成、康没而颂声寝[2],王泽竭而诗不作。大汉初定,日不暇给,至于武、宣[3]之世,乃崇礼官,考文章,内设金马、石渠之

[译文]

有人说:赋,是古诗的支流。从前周成王、周康王逝世后,颂声就休止了,周王的恩泽完了,诗歌就不作了。大汉刚平定天下,君臣忙于国事,整天没有一点空闲,到了武帝、宣帝时代,就崇敬礼官,考查文章,朝廷内设置金

署[4]，外兴乐府协律[5]之事，以兴废继绝，润色鸿[6]业。是以众庶悦豫[7]，福应尤盛，《白麟》《赤雁》《芝房》《宝鼎》之歌[8]，荐于郊庙；神雀、五凤、甘露、黄龙之瑞[9]，以为年纪。故言语侍从之臣，若司马相如、虞丘寿王、东方朔、枚皋、王褒、刘向之属[10]，朝夕论思，日月献纳；而公卿大臣御史大夫倪宽、太常孔臧、太中大夫董仲舒、宗正刘德、太子太傅萧望之等[11]，时时间作。或以抒下情而通讽谕，或以宣上德而尽忠孝。雍容揄扬[12]，著于后嗣，抑亦《雅》《颂》之亚也[13]。故孝成[14]之世，论而录之，盖奏御者千有余篇。而后大汉之文章，炳[15]焉与三代同风！

马、石渠之署，此外加封乐府协律都尉这个官职，用以使废亡了的事物重新兴盛继承，好润色宏大的事业。因此百姓普遍欢悦安乐，各种祥瑞尤其盛多，《白麟》《赤雁》《芝房》《宝鼎》等歌，被荐缮在郊宫和宗庙上；神雀、五凤、甘露、黄龙等瑞应，被用来作为年号。所以以文辞侍从的近臣，如司马相如、虞丘寿王、东方朔、枚皋、王褒、刘向一班人，早晚聚在一起论说思索，年年月月献上诗赋；而公卿大臣，如御史大夫倪宽、太常孔臧、太中大夫董仲舒、宗正刘德、太子太傅萧望之等人，也时不时抽空创作赋作。或者用来抒发臣下情而表达讽喻之意，或者用来宣扬皇上盛德而尽忠孝之心。这些作品仪态大方，称引颂扬，显著于后代，或又是与《雅》《颂》可相匹配的。所以孝成帝时候，讨论并又记录下来的作品，大概上奏皇上的就有千余篇。以后大汉的文章光辉灿烂，跟夏、商、周三代的文风先后相同呢！

注释 1 此话参见《毛诗序》。 2 成、康：周成王姬诵、周康王姬钊，治时称为盛世。寝：休歇。 3 武、宣：汉武帝刘彻、宣帝刘询。

4 金马：待诏所居之署。石渠：阁名，在大秘殿北，秘书办事处所。
5 乐府协律：汉武帝定郊祀礼，立乐府这一官署，加李延年为协律都尉。
6 鸿：宏大。 7 是以：因此。豫：安乐。 8《白麟》：武帝至雍，获白麟，作歌颂之。《赤雁》：武帝至东海，获赤雁，又作歌。《芝房》：武帝时甘泉宫内生长灵芝，九茎连叶，作歌颂之。《宝鼎》：武帝在后土祠旁得宝鼎，又作歌。 9 神雀：因神爵（即神雀）集于长乐宫，宣帝改年号叫神爵。五凤：因凤凰五次飞来，宣帝又改年号叫五凤。甘露：因谓降甘露，宣帝又改年号叫甘露。黄龙：因谓新丰见黄龙，宣帝又改年号叫黄龙。 10 司马相如：字长卿，为武骑常侍。虞丘寿王：字子赣，由待诏迁侍中、中书。东方朔：字曼倩，由待诏拜太中大夫、给事中。枚皋：字少孺，由待诏拜为郎。王褒：字子渊，由待诏擢谏议大夫。刘向：字子政，为辇郎，迁中垒校尉。 11 倪宽：因善治《尚书》由郡选，以射策为掌故，迁御史大夫。孔臧：孔子之后，因才博迁御史大夫，乞为太常。董仲舒：西汉著名儒学大师、哲学家，曾任博士、太中大夫。刘德：字路叔，武帝称他为千里驹，官宗正。萧望之：字长倩，以射策甲科为郎，后迁太子太傅，一代名臣。 12 雍容：仪态大方，从容不迫。揄：称引。扬：传播。 13 抑亦：还又是。亚：可与相比者。 14 孝成：汉元帝儿子刘骜，即汉成帝。 15 炳：光辉。

且夫道有夷隆[1]，学有粗密，因时而建德者，不以远近易则[2]。故皋陶歌虞[3]，奚斯颂鲁[4]，同见采于孔氏，列于《诗》《书》，其义一也。稽[5]之上古则如彼，考

且道路有平坦有隆起，学问有粗浅有细密，但是适应时势而建立功德的君王都普遍以礼乐文章光耀王业，不因远近不同而改变原则。所以皋陶歌唱虞舜，奚斯歌颂鲁庙，其作品同时被孔子采录，列进《诗经》和《尚书》，这中间的意思是一样的。探求上古往事，则似皋陶歌赞虞舜；

之汉室又如此。斯事虽细,然先臣之旧式[6],国家之遗美,不可阙[7]也。

考察汉室今事,则又如司马相如颂扬武帝这样。此事虽然细小,然而先臣以往所树立的楷模,国家留下来的美德,不可缺少啊。

[注释] 1 夷:平坦。隆:突起。 2 则:准则。 3 皋陶(gāo yáo):传说为舜掌管刑法之人。《尚书·益稷》记皋陶歌颂虞舜曰"元首明哉"。 4 奚斯:春秋时鲁公子。《韩诗》说《鲁颂》"新庙奕奕"是奚斯所作。 5 稽:调查,探求。 6 旧式:旧时的楷式。 7 阙:缺少。

臣窃[1]见海内清平,朝廷无事,京师修宫室,浚城隍[2],起苑囿[3],以备制度。西土耆老[4],咸怀怨思,冀[5]上之眷顾,而盛称长安旧制,有陋雒邑之议[6]。故臣作《两都赋》,以极众人之所眩曜[7],折以今之法度。其词曰:

臣私下里看见国家太平清明,朝廷没有乱事,京城修建宫室,疏浚城池,修筑花园和兽禽园林,用以完备规制。西京老辈,都怀着怨望之情,希望皇上眷念垂顾,并盛赞长安旧制,有轻视洛阳的议论。所以微臣写作《两都赋》,尽言众人感到眼花缭乱的事物,并用现今的法度使之折服。赋的词句是:

[注释] 1 窃:私下。 2 隍(huáng):无水的护城河。 3 囿(yòu):古代帝王畜养禽兽的园林。 4 西土:长安在西,故称。耆(qí):老。"耆老"为同义复词。 5 冀:希冀。 6 长安:今西安。陋:形容词活用为动词,鄙视。雒邑:洛阳。 7 极:最高位置,此处形容词活用为动词。眩曜:同"炫耀",夸张。

西都赋

【原文】

有西都宾问于东都主人曰:"盖闻皇汉之初经营也[1],尝有意乎都河洛矣[2],辍而弗康,实用西迁,作我上都。主人闻其故而睹其制乎?"主人曰:"未也,愿宾摅怀旧之蓄念[3],发思古之幽情,博我以皇道,弘我以汉京。"宾曰:"唯唯!"

汉之西都,在于雍州[4],实曰长安。左据函谷、二崤之阻[5],表以太华、终南之山[6];右界褒斜、陇首之险[7],带以洪河、泾、渭之川[8]。众流之隈,汧[9]涌其西。华实之毛[10],则九州之上腴焉;防御之阻,则天地之隩[11]区焉。是故横被六合[12],三成帝畿[13],周以龙兴,秦以虎视。

【译文】

有西都宾客向东都主人问道:"听说大汉开始筹划营建首都时,曾经有意在洛阳定都。停止了一阵,后来认为此地定都不安宁,故因此而西迁,在关中建造我朝上都。您听到了那故事并看到了那规制吗?"主人说:"没有呀,希望您舒散怀旧的心绪,抒发思古的幽情,以正大之道使我博通学识,以大汉京都的壮观使我增长见闻。"宾客说:"好好!"

汉朝的西都,在古雍州,实叫作长安。左边雄踞函谷关、崤山的险阻,以华山、终南山为标志;险峻的褒斜、陇首为右边界,以浩大的黄河、泾水、渭水为长带。众多河流的弯曲处,河水涌流向西方。草木开花结果,则是九州最肥沃的良田;防守抵御敌人的险固,则是天地间深险之地。因而此地连通天地四方,成为三朝帝京,周朝凭此似龙兴云雨而创立,秦王凭此似虎视山河而建国。

及至大汉受命而都之也,仰悟东井之精,俯协《河图》之灵[14]。奉春[15]建策,留侯演成[16],天人合应,以发皇明[17]。乃眷西顾,实[18]惟作京。

及至大汉受天命在此建都,仰则晓悟东井星聚之精神,俯则协和《河图》谶语之灵气。奉春君倡建大策,留侯引而赞成,天人合应,用以启发皇上的英明。于是眷恋西行入关,在此建造京城。

[注释] 1 盖:大约。皇:大。 2 尝:曾。河洛:即洛阳。 3 摅(shū):舒散,抒发。蓄:积蓄。 4 雍州:中国古九州之一,今甘、青、宁部分地区。 5 函谷:关名。二崤:崤山。山南有夏王皋之墓,山北有周文王避风雨地,因二陵而名二崤。一说即东、西二崤山。 6 表:标记。太华:即华山,属秦岭东段,在陕西华阳县南,因其西有少华山,故称太华。终南:在今西安市南,又称南山,为秦岭主峰。 7 褒斜:终南山谷口名。取褒水、斜水两河谷而得名,是陕西通四川古要道。陇首:山名,在今陕西陇县西北。 8 洪:大。泾:水名,源自甘肃平凉,东流至陕西入渭。渭:源自甘肃渭源,至陕西潼关入黄河。 9 汧(qiān):水泉潜出。 10 华:花。实:果实。毛:指草木植物。 11 隩(ào):通"奥",深险。 12 是故:因此。横:东西为横。被:及。六合:天地四方。 13 此指周、秦、汉三朝建都。畿:京城周围千里的领地。 14 悟:一作"寤",晓悟。东井:据《汉书》说,高祖至霸上,五星聚于东井。东井即井宿,在银河东,故以名其星。按分野,东井当指秦地,兆验汉当代秦而都关中。《河图》:传说龙马出现于黄河,背负《河图》。在这传说的图籍中有"帝刘季"字样。 15 奉春:奉春君,本叫娄敬,赐姓刘,第一个倡议从洛阳迁都关中。 16 留侯:张良。演:引。张良劝刘邦入关中。 17 天:指五星聚东井和《河图》记言之事。人:指娄敬、张良等进言。皇明:指汉高祖。 18 实:此。

于是睎秦岭,䀮北阜,挟沣、灞,据龙首[1]。图皇基于亿载,度宏规而大起。肇自高而终平[2],世增饰以崇丽。历十二之延祚[3],故穷泰而极侈。建金城而万雉[4],呀[5]周池而成渊。披三条之广路,立十二之通门[6]。内则街衢洞达,闾阎[7]且千,九市[8]开场,货别隧[9]分。人不得顾,车不得旋,阛[10]城溢郭,旁流百廛[11]。红尘四合,烟云相连。于是既庶且富,娱乐无疆[12]。都人士女,殊异乎五方,游士拟[13]于公侯,列肆侈于姬、姜[14]。乡曲豪举[15],游侠之雄,节慕原、尝、名亚春、陵[17],连交合众,骋骛乎其中[18]。以上城市。

在这时,西行君臣远望秦岭,遥视北冈,旁挟沣水、灞水,上据龙首山。希冀帝王基业能够绵延亿载,拟定宏大的蓝图而广兴建筑。从高祖开始到平帝时止,世代增加修饰,使之崇高壮丽。经历十二代延续的皇位,因而穷尽骄恣并且极端奢侈。修建坚固的城墙万雉,四周的护城河浩大而宽阔,汇水成潭。开辟三条广阔的道路,建立十二座畅通的大门。城内则街巷四通八达,里巷之门将近千数,九处市井开场,货物按店铺道路分陈。人群拥挤难以转身,车如流水不能掉头,里城外城都挤满了人,旁边遍布各种做生意的房子,贸易运转不停。市区飞尘四处弥漫,烟尘与云彩相衔连。在这个时候,西都既富庶又宽裕,人民的生活丰富多彩,欢娱快乐而没有止境。京都男女,跟外地有很大不同,游览之士可跟公侯比拟,店铺商人可跟诸候比赛奢侈。乡村豪强自相称举,成为游侠中的英雄,他们仰慕平原君、孟尝君的气节,名声仅次于春申君、信陵君,广交天下朋友,在京城中,聚集徒众纵横驰骋。

[注释] 1 睎(xī)：远望。秦岭：在今陕西南部。峨(é)：遥望。北阜：陕西三原北之高土丘。沣(fēng)：水名，源自陕西长安西南，北至西安入渭水。灞(bà)：水名，源出陕西蓝田东，过灞桥入渭水。龙首：山名，头入渭水，尾达樊川。 2 肇(zhào)：初始。高：汉高祖。平：汉平帝。 3 祚(zuò)：皇位。西汉经高祖、惠帝、文帝、景帝、武帝、昭帝、宣帝、元帝、成帝、哀帝、平帝到孺子刘婴，共十二代。若刘婴不算，则可算吕后。 4 金城：比喻坚固。雉(zhì)：古代城墙高一丈、长三丈为一雉。 5 呀(xiā)：大而空阔。 6 据《周礼》，天子都城每方有三门，每门有大路，叫"三条"，故总有十二门。 7 闾阎：里巷的门。 8 九市：长安有九处市井，六在道西，三在道东。 9 隧：道路。 10 阗(tián)：充满。 11 廛(chán)：此处指用以做生意的房子。 12 疆：境域。 13 拟：比拟。 14 肆：市井中陈货物的店子。姬、姜：周朝大诸侯国的姓，此泛指名门大姓。 15 乡曲：乡村。豪举：一作"豪俊"，指朱家、郭解、原涉等人。 16 节：气节。原：赵平原君赵胜。尝：齐孟尝君田文。 17 春：楚春申君黄歇。陵：魏信陵君魏无忌。 18 骋(chěng)：奔驰。骛(wù)：亦即急驰。

若乃观其四郊，浮游近县，则南望杜、霸[1]，北眺五陵[2]，名都对郭，邑居相承。英俊之域，绂冕所兴[3]，冠盖如云。七相五公[4]，与乎州郡之豪杰，五都之货殖[5]，三选七迁[6]，充奉陵邑。盖以强干弱枝[7]，隆上都而观万国也。

至于观看京城四郊，周游近县，则向南可远望杜陵、霸陵，向北可眺望五陵，著名的都会对着县邑的城郭，房屋相互连接。英豪俊杰居住的地域，达官显贵所建之区。高冠华盖，往来如云。七相五公，跟那些州郡的豪杰，五都的商人，选出这三等人迁于汉家七陵，用以充实供奉陵园的县邑。大概是为了加强主干削弱枝叶，使上都隆重并显威于万国。

【注释】 1 杜：汉宣帝葬杜陵。霸：汉文帝葬霸陵。均在城南。 2 五陵：高祖葬长陵，惠帝葬安陵，景帝葬阳陵，武帝葬茂陵，昭帝葬平陵。均在渭水之北。 3 绂（fú）：系印的绶带。冕（miǎn）：王侯卿大夫的礼帽。 4 七相：七位丞相，其中车千秋徙长陵，黄霸、王商徙杜陵，韦贤、平当、魏相、王嘉徙平陵。五公：五位三公，其中太尉田蚡徙长陵，大司马张安世、司空朱博徙杜陵，司徒平晏、大司马韦赏徙平陵。一说五公为御史大夫张汤、杜周，前将军萧望之，右将军冯奉世，大将军史丹，不如前说确切。 5 五都：洛阳、邯郸、临淄、宛、成都。货殖：此指经商的人。 6 三选：选三等人，即徙官员、富商、豪强之家于诸陵。七迁：迁往上述七陵。汉元帝以后，地方大族不徙京都，故只有七迁。 7 强干弱枝：使树干强大，使枝叶变弱。比喻加强中央王室权力，削弱地方势力。

封畿之内，厥[1]土千里，逴跞诸夏[2]，兼其所有。其阳则崇山隐天，幽林穹谷[3]，陆海[4]珍藏，蓝田[5]美玉。商、洛缘其隈[6]，鄠、杜滨其足[7]，源泉灌注，陂池[8]交属。竹林果园，芳草甘木，郊野之富，号为近蜀[9]。

在京城封畿之内，那里土地千里，超过中原地区，并兼有其富饶。那里向南高山接天，幽林深谷，肥沃的土地里有各种珍藏，蓝田盛产美玉。商、洛二县傍依水湾，鄠、杜二县迫近山脚，源流泉水灌注流入，池沼纵横相连。竹林果园，芳草美树，郊野之富饶，号称是接近蜀地。

【注释】 1 厥：代词，可译为"那里的"。 2 逴跞（chuō luò）：超越。诸夏：周代姬姓王室所分封的中原各国。《论语》曰："夷狄之有君，不如诸夏之亡也。" 3 穹谷：深谷。 4 陆海：指陆地富饶，如海之所出无穷。 5 蓝田：今陕西有蓝田，其蓝田谷盛产美玉。 6 商、洛：

当时的商县和上洛县。隈（wēi）：山水弯曲处。　7 鄠（hù）、杜：当时的鄠县和杜阳县。滨：通"濒"，迫近。足：山麓。　8 陂（bēi）池：池沼。　9 近蜀：与蜀相类。

其阴则冠以九嵕[1]，陪以甘泉[2]，乃有灵宫[3]，起乎其中。秦、汉之所极观，渊、云之所颂叹[4]，于是乎存焉。下有郑、白之沃[5]，衣食之源，提封[6]五万，疆埸[7]绮分。沟塍[8]刻镂，原隰龙鳞[9]，决渠降雨，荷插[10]成云。五谷垂颖[11]，桑麻铺棻[12]。

那里向北处，高峻的九嵕山直入云端，有甘泉山伴佐，于是有灵宫在其中兴建。秦、汉时极度壮观的宫殿，王子渊、扬子云所歌唱的赋颂，都保存了下来啊。下边有郑国渠、白渠所灌溉之沃野，这是衣食的来源，总共有五万顷，田界纵横交错，好似罗绮。水沟田塍交错如镂，平原、低地相连，好似龙的鳞片，开通河渠灌溉如天降甘霖，扛上铁锹治水的人好似彩云。五谷垂下穗头，桑树麻苗遍地铺满且十分茂盛。

注释　1 阴：山北。九嵕（zōng）：山名，在陕西礼泉东北。山势高峻。2 甘泉：山名，在陕西淳化北。　3 灵宫：甘泉山上有秦二世所建之林光宫，西汉所建之甘泉宫、延寿馆、通天台等。　4 渊：王褒字子渊，作《甘泉颂》。云：扬雄字子云，作《甘泉赋》。　5 郑：战国时水工郑国说秦，引泾水注洛溉田，开凿了郑国渠。白：汉武帝时赵中大夫白公从谷口引泾水入栎阳溉田，开凿了白渠。　6 提封：积土为封限。"提"一作"堤"。　7 埸（yì）：田界。　8 塍（chéng）：田间的小路界。　9 原：高平之处。隰（xí）：低下的湿地。　10 插：《后汉书》作"臿"，民歌有"举臿为云，决渠为雨"之句。臿（chā），即掘土的锹。　11 五谷：黍、稷、豆、麦、稻。颖：禾穗。　12 棻（fēn）：通"纷"，茂盛。

东郊则有通沟大漕[1]，溃渭洞河[2]，泛舟山东[3]，控引淮、湖，与海通波。西郊则有上囿[4]禁苑，林麓薮[5]泽，陂池连乎蜀汉。缭[6]以周墙，四百余里，离宫别馆，三十六所[7]，神池[8]灵沼，往往而在。其中乃有九真之麟[9]，大宛之马[10]，黄支之犀[11]，条支之鸟[12]。逾昆仑，越巨海，殊方异类，至于三万里。以上郊畿。

　　东郊则有四通八达的水路运输，旁决渭水，贯通黄河，在崤山之东驾船浮行，控制导引淮河和洪泽湖的流水，跟大海连通。西郊则有皇帝的上林苑，山岭树木，干沼水泽，池沼相连可通到汉中及蜀地。围绕着长长的围墙，有四百多里，离宫别馆，有三十六所，神池灵沼，到处皆是。其中就有九真郡献的麒麟，有从大宛国缴获来的汗血马，有黄支国进贡的生犀，有条支国那边献来的大鸟。这些珍禽奇兽或是越过昆仑山，或是渡过重洋大海，他方的奇异品种，是从三万里外运来的啊。

〖注释〗 1 漕：水运。 2 溃：河水旁决。洞：穿通。武帝时曾为漕渠通渭，又引黄河水东南流，与淮、泗水会合。 3 山东：崤山之东广大地区。 4 上囿：即上林苑。 5 薮（sǒu）：无水的泽地。 6 缭：围绕。 7 上林有建章、承光十一宫，平乐、茧观等建筑二十五处，合三十六所。 8 神池：昆明池中有神池，通白鹿原。 9 九真：郡名，西汉时南越王赵佗置，辖地即今越南清化及义安省东部。麟：古代传说中的麒麟，样子像鹿，独角，全身生鳞甲，尾似牛，象征吉祥。 10 大宛（yuān）：古西域国名，在今中亚费尔干纳盆地。武帝时李广利斩大宛王，获汗血马。 11 黄支：国名，有"三万里贡生犀"之说。 12 条支：西域国名，在安息西，临波斯湾。武帝时安息发使来献大鸟。

其宫室也,体象乎天地,经纬乎阴阳,据坤灵[1]之正位,仿太、紫之圜方[2]。树中天之华阙[3],丰冠山之朱堂[4],因瑰材而究奇[5],抗应龙之虹梁[6],列棼橑以布翼[7],荷栋桴而高骧[8]。雕玉瑱以居楹[9],裁金璧以饰珰[10],发五色之渥[11]彩,光焰朗以景[12]彰。

那里的宫室呀,总体形势跟圆天方地相似,方位契合日月运行规律,根据地神的正位,仿太微星而方,仿紫宫星而圆。竖立高入中天的华阙,筑起冠于山巅的殿堂,凭借奇伟之材而巧施技艺,高架的横梁似应龙之形又似虹贯云空,栋梁排列、椽片广布,屋檐恰如鸟翼飞翔,梁栋负重,梁头好比马首高昂。雕琢玉石柱基用以立稳大柱,裁割金片玉璧用来装饰瓦当,闪耀出五彩温润的光华,光辉灿灿,宫室图像更加鲜明。

注释 1 坤灵:地神。 2 太:太微星,四方。紫:紫宫星,圆环。天子明堂之制,内有太室像紫宫,南有明堂像太微。 3 中天:周穆王所做的中天台。阙:门观。 4 丰:大,丰厚。冠山:在山之上。 5 瑰(guī):原刻本作"壞(坏)",据《后汉书》改。瑰,奇伟。究:推究,推求。 6 抗:高举。应龙:有翼之龙。 7 棼(fén):楼阁的栋梁。橑:屋椽。翼:屋的四角。 8 荷:负载。桴(fú):房屋的二梁。骧(xiāng):昂举。 9 瑱(tiàn):柱子的基石。楹(yíng):厅堂前的柱子。 10 珰(dāng):瓦当,房屋椽头的装饰。 11 渥:润泽。 12 景:"影"的本字。

于是左城右平[1],重轩[2]三阶。闺[3]房周通,门闼洞开[4]。列钟虡[5]于中庭,立金人于端闱[6]。

在正殿这个地方,左边是百官上殿的阶基,右边是平铺的文砖,栏杆重重,台阶层层。宫中内室四面相通,大门小门张开。在中庭摆列着钟和悬乐

仍增崖而衡阈[7],临峻路而启扉。徇[8]以离宫别寝,承以崇台闲馆,焕[9]若列宿,紫宫是环[10]。清凉、宣、温,神仙长年,金华、玉堂、白虎、麒麟[11],区宇若兹,不可殚[12]论。增盘崔嵬[13],登降炤烂[14],殊形诡[15]制,每各异观。乘茵步辇[16],惟所息宴。以上宫室。

器的架子,并在正门竖立着座座金像。沿着高墙横着门槛,面临宽大过道开启宫扉。周围以离宫别殿环绕,以高台闲馆承接,光明熠熠,好像群星围绕紫宫。清凉、宣室、温室,长乐的神仙,金华、玉堂、白虎、麒麟等都是富丽豪华的宫殿,像这种壮丽的屋宇,不可能将它们全部说完。建筑重叠回旋,险峻高耸,楼阁高低,明亮光辉,特殊的形状、怪异的规模,每每各自呈现出奇异的景象。帝后们乘坐车辇代步,唯在此间休息饮宴。

注释 1 城(cè):台阶的级。天子殿高九尺,阶为九级,左有齿供人行,称为城。右边则以有文采的砖头相匹配,称为平。 2 轩:栏杆。 3 闱:宫中内室的门。 4 闼(tà):宫中的小门。洞:通。 5 虡(jù):悬挂钟、磬的木架。 6 金人:金属铸的人像。秦始皇收天下兵器于咸阳,销熔后铸成人像十二座,放置宫中。端:正。闱:宫中大门。 7 仍:因循,沿着。增:高。崖:墙壁陡立的侧面。衡:通"横"。阈(yù):门槛。 8 徇(xún):环绕。 9 焕:光明。 10 是:介词,使宾语前置。此句即"环紫宫"的倒装。 11 清凉殿、宣室殿、中温室殿、金华殿、大玉堂殿、中白虎殿、麒麟殿等属未央宫,神仙殿则属长乐宫。 12 殚(dān):竭尽。 13 增:通"层",重复。盘:通"蟠",回绕。屈曲。 14 炤(zhāo)烂:明亮有光彩。 15 诡:诡异。 16 茵:车垫子,此泛指有垫的车。步辇:用人推以代步的轿车。

后宫则有掖庭、椒房[1],后妃之室,合欢、增城,安处、常宁,茝若、椒风,披香、发越,兰林、蕙草,鸳鸾、飞翔之列[2]。昭阳[3]特盛,隆乎孝成[4]。屋不呈[5]材,墙不露形,裹以藻绣[6],络以纶连[7],隋侯明月[8],错落[9]其间。金釭衔璧[10],是为列钱。翡翠火齐[11],流耀含英;悬黎、垂棘[12],夜光在焉。

后宫则有掖庭、椒房殿,是后妃们的内室,还有合欢殿、增成舍,安处、常宁、茝若、椒风,披香、发越、兰林、蕙草,鸳鸾、飞翔等一系列殿、舍。昭阳殿特别豪奢,在孝成帝时则倍加彩饰。房屋不露梁栋,墙壁不显露原墙,用五彩丝绣缠裹,用青丝带缠绕,隋侯的明珠在其中交错缤纷。以黄金做壁带上的饰环,上面嵌着很多玉璧,就像一列列的钱币。翡翠火齐,流动着光华,饱含着光辉;悬黎、垂棘,夜里闪现出光彩。

[注释] 1 掖庭、椒房:泛指后妃居住的宫室。 2 上述皆后宫妃子所居之殿、舍,如班婕妤曾住增成舍,董贤妹住椒风舍等。 3 昭阳:汉成帝赵昭仪所居之殿。 4 孝成:即汉成帝刘骜。 5 呈:呈现,外露。 6 裹(yì):缠裹。藻绣:五彩丝刺的绣。 7 络:缀络,缠绕。纶:青丝带。 8 隋侯:姬姓诸侯,在汉东。曾用药治蛇伤,蛇在江中衔珠相报。明月:即大蛇所报之明月珠。 9 错落:错杂。 10 釭(gāng):壁带(墙壁间露出的像带子一样的横木)上的环状金属饰物。衔:含。 11 翡(fěi):红色宝石。翠:绿色宝石。火齐:宝珠名。 12 悬黎:美玉名。垂棘:美玉名。

于是玄墀釦砌[1],玉阶彤[2]庭,碝磩彩致[3],琳、珉青荧[4]。珊

在这里,黑漆的台阶用金银玉石镶砌,白玉阶基,红色大庭,碝、磩美石文理细密,琳、珉美石露出青色微光。珊瑚枝

瑚碧树,周阿[5]而生。红罗飒纚[6],绮组缤纷[7]。精曜华烛[8],俯仰如神。后宫之号,十有四位[9],窈窕[10]繁华,更盛迭[11]贵,处乎斯列者,盖以百数。以上宫室中之专言后宫。

和碧玉般的青石树,环绕着后宫弯廊曲角摆设。宫娥嫔妃们红色丝绸衣袖飘然舞动,花细绫和丝绶带五彩缤纷。明眸像星星一样闪耀,似火烛一样光明,一仰身一俯首好似神仙自天而降。后宫的称号,有十四等级,一个个幽闲美好,繁盛华丽,一个更比一个高贵,身有爵号的,大概要以百来计算。

注释 1 墀(chí):台阶。因以黑漆涂饰,故称玄墀。釦(kòu)砌:以玉石金银镶砌。 2 彤(tóng):朱红色。 3 碝(ruǎn)、磩(qì):似玉之美石。彩致:文理细密。 4 琳、珉(mín):似玉的美石。荧(yíng):微光。 5 阿:弯曲处。 6 飒纚(xǐ):长袖舞动的样子。 7 绮(qǐ):有花纹的丝织品。组:丝织宽带。 8 精:此处指星星。曜(yào):照耀。华:光彩。 9 汉后宫称号,正嫡称皇后。妾称夫人,分为昭仪(位视丞相)、婕妤(位视上卿)、妤娥(视中二千石)、傛华(视真二千石)、美人(视二千石)、八子(视千石)、充依(视千石)、七子(视八百石)、良人(视八百石)、长使(视六百石)、少使(视四百石)、五官(视三百石)、顺常(视二百石)十三等,又有无涓、共和、娱灵、保林、良使、夜者(视同百石)共为一等,合十四等。 10 窈窕:文静而美好。 11 迭:更迭。

左右庭中,朝堂百寮[1]之位。萧、曹、魏、邴[2],谋谟[3]乎其上,佐命则垂统,辅翼则成化,流大汉

左右厅堂之中,有朝廷百官的位置。萧何、曹参、魏相、邴吉,在这厅堂上谋划计策,佐助君主则使基业传给后代,协助德政则成就教化,传扬大汉和

之恺悌[4],荡亡秦之毒螫[5]。故令斯人扬乐和之声,作画一之歌[6]。功德著乎祖、宗[7],膏泽洽乎黎庶[8]。

乐平易之风,荡涤亡秦的种种流毒。所以让这班人宣扬和乐之声,百姓唱出了"画一"的歌。其功德可昭告于历代祖宗,恩泽浸润到广大黎民百姓之间。

注释 1 寮(liáo):同"僚"。百寮即百官。 2 萧:沛人萧何。曹:沛人曹参。魏:济阴人魏相。邴:鲁人邴吉。均为汉朝丞相。 3 谟(mó):计策。 4 恺悌(kǎi tì):和乐平易。 5 螫(shì):毒害。 6 画一:一致。萧何死,曹参为相,民歌曰:"萧何为法,较若画一,曹参代之,守而勿失。" 7 祖:汉高祖刘邦。宗:太宗孝文帝刘恒。 8 膏泽:膏雨,比喻恩泽。洽:浸润。

又有天禄[1]、石渠,典籍之府。命夫惇诲故老名儒师傅[2],讲论乎六艺[3],稽合乎同异[4]。又有承明[5]、金马著作之庭。大雅宏达,于兹为群,元元本本[6],殚见洽闻[7],启发篇章,校理秘文[8]。

又有天禄、石渠,是藏典籍的府库。任命那些殷勤教诲的旧臣元老、名儒,以及太师少师、太傅少傅,在这里讲论六艺,考核总结他们宣讲的异同。又有承明庐、金马署等著书立说的厅堂。大雅宏博、学识通达的才子,在这里相聚,探讨原始,得其根本,个个博闻广见,启发篇章,校勘整理典籍秘书。

注释 1 天禄:未央宫大殿北之阁,以藏秘书。 2 夫:那些。惇诲:殷勤教告。 3 六艺:指《诗》《书》《易》《礼》《乐》《春秋》。 4 稽:考核。合:汇聚,总结。 5 承明:殿前石渠阁门外之庐。 6 元元:元其元,追源其原始。本本:本其本,根据其根本。 7 殚:尽。洽:周遍。 8 秘文:典籍秘书。

周以钩陈之位[1]，卫以严更之署[2]。总礼官之甲科[3]，群百郡之廉孝[4]。虎贲赘衣[5]，奄尹阍寺[6]，陛戟百重[7]，各有典司。以上宫室中之专言官寺。

宫卫像钩陈星环绕紫宫一样环绕宫室，并且还有守更司夜的官吏守护。聚集礼官所考选的甲科之士，会合天下郡县所推荐的孝廉。守卫宫殿之将士，主管穿着之官，太监宦官，执戟之人在阶陛上一层又一层，各处都有人掌管主持。

注释 1 周：环绕。钩陈：紫宫星座外之星。 2 指督行夜鼓之司署。 3 礼官：奉常掌礼仪，属官有五经博士，掌试策考优劣，分甲乙之科。 4 廉孝：汉制，要求各郡县兴廉举孝，推荐人才。 5 虎贲（bēn）：皇宫中卫士及其将领。赘衣：主管帝王衣物之官。 6 奄（yān）：同"阉"。阉尹，管太监之官。阍（hūn）：宫门。阍寺，宦官。 7 重：层。

周庐千列，徼道[1]绮错，辇路经营[2]，修除[3]飞阁。自未央而连桂宫，北弥明光而亘长乐[4]，凌隥道而超西墉[5]，掍建章而连外属[6]。设壁门之凤阙[7]，上觚棱而栖金爵[8]。

周遍于宫殿的宿卫庐舍有千百栋，巡查的道路互相交错，辇车在路上来来往往，有长长的宫楼台阶和飞架的阁道。西起未央宫而北接桂宫，北边到明光宫楼阁，又连通长乐宫，石砌的道路向前延伸而远达西城，通向建章宫并连接外边隶属的建筑。设置了璧门和凤阙，宫殿顶上的瓦脊栖息着铜凤凰。

注释 1 徼（jiào）道：巡查的路。 2 经营：往来。 3 除：宫楼台阶。"除"一作"涂"。 4 未央宫在西，长乐宫在东，桂宫、明光宫在北，都是长安帝王宫殿。弥：遍覆。亘：从这头直达那头。 5 凌：升。隥（dèng）：石头砌的台阶。超：远。墉：城。 6 掍（hǔn）：同，混合。建章：宫名，在城西。　7 璧门：建章宫之南。凤阙：建章宫之东，高二十余丈。　8 觚(gū)棱：宫阙顶上转角处的瓦脊。爵：通"雀"，指建章宫阙楼上的铜凤凰。

内则别风之嶕峣[1]，眇丽巧而耸擢[2]，张千门而立万户，顺阴阳以开阖[3]。尔乃[4]正殿崔嵬，层构厥高，临乎未央。经骀荡而出馺娑，洞枍诣以与天梁[5]，上反宇以盖戴，激日景[6]而纳光。神明郁其特起[7]，遂偃蹇而上跻[8]，轶云雨于太半[9]，虹霓回带于棼楣[10]，虽轻迅与僄狡[11]，犹愕眙[12]而不能阶。攀井幹[13]而未半，目眴[14]转而意迷，舍梮槛[15]而却倚，若颠坠而复稽[16]。魂恍恍[17]以失度，巡回涂而下低。

建章宫内则有别风阙高高耸立，精妙丽巧拔地而起，陈设很多大门，置立很多窗子，顺着阴阳有关有开。至于正殿崔嵬，重重构筑而高拔，凌驾于未央宫之上。经过骀荡殿，走出馺娑殿，穿过枍诣殿以及天梁宫，殿顶飞檐用来覆盖殿堂，金饰的瓦当晶莹闪光，与日光交相辉映使殿内充满光亮。神明台巍然崛起，高耸入云，云雨飘落其下半，虹霓萦绕在它的梁间，即使轻巧迅捷的人，也只能瞪眼惊愕，不能沿阶而登。攀登井幹楼不到一半，双目昏眩，心意迷茫，放开栏杆离开倚靠，好似要颠倒坠落，可却又停留在原地。精神恍惚而失去平衡，只好循着回去的道路，下到低处。

【注释】　1 别风：又叫折风，建章宫东之阙楼。嶕峣(jiāo yáo)：高耸的样子。　2 眇(miǎo)：通"妙"，精妙。擢(zhuó)：耸起。　3 阖(hé)：通"合"。　4 尔乃：至于。　5 "骀(dài)荡""馺(sà)娑""枍(yì)诣"都是建章宫殿名。天梁：宫名。　6 景："影"的本字。　7 神明：台名，武帝所立。郁：繁盛。　8 偃蹇(jiǎn)：夭矫高耸。跻(jī)：登上，上升。 9 轶（yì）：超越，超过。太半：数的三分之二。 10 楣：门上的横梁。 11 僄（piào）：轻捷。狡：疾迅。 12 愕眙（chì）：惊愕瞪眼。 13 井幹：楼名，武帝时建，高五十丈。 14 眴（xuàn）：目光摇晃。 15 棂（líng）槛：栏杆。 16 稽：稽留。 17 恍恍（huǎng huǎng）：恍惚，模糊。

既惄[1]惧于登望，降周流[2]以徬徨。步甬道以萦纡[3]，又杳窱[4]而不见阳。排飞闼[5]而上出，若游目[6]于天表，似无依而洋洋[7]。前唐中而后太液[8]，览沧海之汤汤[9]，扬波涛于碣石[10]，激神岳之嶈嶈[11]。滥瀛洲与方、壶[12]，蓬莱起乎中央。

既然对于登高远望感到苦恼害怕，就下来周游，但却彷徨不定。漫步在迂回曲折的甬道上，这里幽深而不见太阳。推开楼阁轩窗而从上眺望，好似望到了天外，在这广阔无边的天际中，目光又无所依归。前边是唐中池，后面是太液池，人们好像观览到了沧海的激流水势，在那碣石边，波涛汹涌，飞起的水波冲击神山，发出锵锵的响声。水流激荡瀛洲、方丈、壶梁，蓬莱仙山矗立中央。

注释 1 惄：苦于。 2 周流：周游。 3 甬道：飞阁之间的复道。萦纡（yíng yū）：回绕纡曲。 4 杳窱（tiǎo）：幽深。 5 飞闼：指阁楼上的门。 6 游目：目光由近而远随意观览。 7 洋洋：广阔无边。 8 唐中：池名，在建章宫西。太液：池名，在建章宫北，池中有蓬莱、方丈、瀛洲、壶梁等假山。 9 海：大海。汤汤（shāng shāng）：大水激流的样子。 10 碣石：山名，渤海边黄河入海口附近。 11 嶈嶈（qiāng qiāng）：水波与山石相击之声。 12 滥：泛，此指泛舟。瀛洲、方（方丈）、壶（壶梁）及下句蓬莱，都是传说中的海上仙山。

于是灵草冬荣，神木丛生[1]，岩峻嶵崪[2]，金石峥嵘[3]。抗仙掌以承露[4]，擢双立之金茎[5]，轶埃壒之混浊[6]，鲜颢气之清英[7]。骋文成之丕诞[8]，驰五利之所刑[9]，庶松、乔之群类[10]。时游从乎斯庭，实列仙之攸[11]馆，非吾人之所宁。以上宫室中之专言别苑。

在这里，灵草冬天茂盛，神木丛生，岩石险峻，金石峭拔。神明台铜人舒掌而承接甘露，柏梁台铜柱屹立与之遥遥相对，超越混浊的尘埃，洁净了颢气的精华。听任文成将军的大欺诈，向往五利将军的仙法，或许就是赤松子、王子乔一流的人物吧。当时游览这片宫廷，这里确实是列仙所居住的亭馆，不是我们这些人所安乐的地方。

注释 1 灵草和神木都是方士们宣扬的不死之药。 2 嶵崪（qiú zú）：高峻的形状。 3 峥嵘：亦即高峻。 4 抗：举。武帝在建章宫做铜器承露盘，高二十丈，大七围，上有金属铸的仙人之掌，以接雨露。 5 擢：耸立。金茎：指承露盘的铜支柱。 6 轶：超出。埃壒（ài）：尘埃。 7 鲜：洁净，形容词活用为动词。颢气：白气，即雾气。 8 骋：放纵。文成：齐地方士李少翁，被封为文成将军。丕：大。诞：荒诞，欺诈。 9 驰：向往，趋求。五利：胶东人栾大好为大话，被武帝封为五利将军。刑：法。 10 庶：或许。松：赤松子，传说为神农氏雨师，口服水玉以教神农。乔：王子乔，传说周灵王太子晋羽化时，道士浮丘公接他上嵩山。 11 攸：所。

尔乃盛娱游之壮观，奋泰武乎上囿[1]，因兹以威戎夸狄[2]，耀威灵而讲武事。命荆州使起鸟，诏梁野而驱兽。毛群

至于大规模娱游的壮观，在上林苑奋起炫耀武力，用这些来震慑西戎，向北狄夸耀，因而耀武扬威谋划武备。命令荆州，使人捕取鸟儿，诏令梁州，四野驱赶兽类；因此走兽充满苑内，飞禽遮掩上

内闃[3]，飞羽上覆。接翼侧足，集禁林而屯聚。水衡虞人[4]，修其营表。种别群分，部曲[5]有署。罘网连纮[6]，笼山络野。列卒周匝[7]，星罗云布。

空。飞禽翅膀接连翅膀，走兽腿脚站不正只能侧着，都集合到禁林屯留聚居。水衡都尉和虞人，修建营垒，竖立标记。动物分门别类饲养，管理机构都有专门的府署。捕兽的网连着绳索，笼罩山野。一队队士卒四周环绕，星罗棋布。

[注释] 1 泰：此处指"大"。大武即大陈武事。上圃：即上林苑。 2 戎：西戎。狄：北狄。古时对西、北方少数民族的称呼。 3 毛群：指兽类。闃：充满。 4 水衡：水衡都尉，掌上林苑，兼管皇室财物铸钱。虞人：掌管山泽的官员。 5 部曲：军队的组织。当时大将军有营五部，部有校尉一人，部下有曲，曲有军候一人。 6 罘（fú）：捕兽的网。纮（hóng）：绳索。 7 匝：环绕。

于是乘銮舆，备法驾[1]，帅群臣，披飞廉[2]，入苑门。遂绕酆、鄗[3]，历上兰[4]，六师发逐，百兽骇殚。震震爞爞[5]，雷奔电激，草木涂地，山渊反覆。蹂躏其十二三，乃拗怒而少息[6]。尔乃期门佽飞[7]，列刃钻镞[8]，要跌追踪[9]，鸟惊触丝，兽骇值锋。机不虚掎[10]，弦不再控，矢

在这时天子乘坐銮舆，备齐法驾，统率群臣，驰出飞廉馆，跨入上林苑门。于是绕过酆都、镐京，经过上兰观，军卒发动追逐，百兽惊骇恐惧。轰轰隆隆，队伍似雷奔，明光闪闪，刀戟如电击，草木被踏得伏倒在地，高山深潭像要翻过来覆过去。被捕获或击毙的野兽有十分之二三，于是稍微停息，抑制一下军队的锐气。至于期门、佽飞这些掌管游猎弋射的将士，齐举刀剑，簇聚箭头，中途拦截，奔马腾空而追击兽踪，飞鸟惊恐而触进丝网，走兽骇惧而碰上刀锋。弩机不虚发，弓弦不虚张，

不单杀，中必叠双。猋猋[11]，矰缴相缠[12]，风毛雨血，洒野蔽天。平原赤，勇士厉。猿狖[13]失木，豻狼慑窜。

飞矢不杀单个，射中的必定叠双。空中飞着纷纷弋箭，短箭和丝绳互相缠绕，兽毛如风发，鸟血如雨落，洒遍原野，遮蔽天空。平原被血染红，勇士们更加猛烈。猿狖失去可藏之树，豻狼慑服逃窜。

[注释] 1 法驾：天子车驾分大驾（千乘万骑，公卿奉引）、法驾和小驾等。法驾居次等，用六马，只执金吾奉引，侍中骖乘。 2 披：开。飞廉：武帝所做之馆。 3 酆：周文王之都，在鄠县东。鄗：同"镐"，周武王之都，在上林苑中。 4 上兰：观名，在上林苑。 5 震震：声音宏大响亮，与下句"雷奔"照应。爚爚（yuè yuè）：光明耀目，与下句"电激"照应。 6 拗（yù）：抑制。少：稍。 7 期门：汉武帝时光禄勋属下之护卫，掌游猎，因期之于殿门而命名。佽（cì）飞：官名，掌弋射。 8 钻：通"攒"，簇聚。镞（hóu）：剪去羽毛的箭头。 9 要（yāo）：通"邀"，中途拦截。趹（jué）：奔马后蹄踢地腾空。 10 机：弩弓的发动机关。掎（jǐ）：发射。 11 猋猋（biāo biāo）：突出的强风，此指疾迅。纷纷：指多。 12 矰（zēng）：缠丝的短箭。缴：系在箭上的丝绳。 13 狖（yòu）：黑色长尾猿。或云似狸之兽。

尔乃移师趋险，并蹈潜秽[1]，穷虎奔突，狂兕触蹷[2]。许少施巧，秦成力折[3]。掎僄狡[4]，扼猛噬[5]，脱角挫脰[6]，徒搏独杀。挟师[7]豹，拖熊螭[8]，曳犀犛，顿象

于是调动军队开赴险峻处，直蹈深深的榛芜之林，被追到尽头的老虎还在东奔西突，凶狂的兕牛角怒抵猛踢。许少施展巧法，秦成尽力捕杀。拖住轻捷走兽的脚，扼住凶猛大兽的喉，打脱它的角，拧断它的脖子，空手搏斗，独自射杀。挟住狮子豹子，拖住大熊蛟龙，拽住犀牛犛牛，压住

黑[9]。超洞壑,越峻崖,蹩崭[10]岩。巨石陨[11],松柏仆,丛林摧。草木无余,禽兽殄夷[12]。

大象和棕熊使其头叩地。跨过山洞沟壑,越过险峻的崖壁,跳过突出高耸的岩石。巨石坠落了,松柏倒伏了,丛林摧毁了。野草小树一棵也不剩,飞禽走兽也都被灭尽。

注释 1 潜:深。秽:指虎兕所居之榛芜之林。 2 兕(sì):似牛之青色大兽,独角。蹩:跳。 3 许少和秦成都是人名,不详。折:挫折。 4 挎:拖住。僄狡:此指轻捷之兽。 5 噬(shì):咬。猛噬即猛兽。 6 脰(dòu):脖子。 7 师:即狮子。 8 螭(chī):蛟龙。 9 顿:头叩地。黑(pí):棕熊。 10 崭(chán):通"巉",高峻的样子。 11 陨(tuí):坠落。 12 殄(tiǎn):灭绝。夷:杀。

于是天子乃登属玉之馆[1],历长杨之榭[2],览山川之体势,观三军之杀获,原野萧条,目极四裔[3]。禽相镇压,兽相枕藉[4]。然后收禽会众,论功赐胙[5]。陈轻骑以行炰[6],腾酒车以斟酌,割鲜野食,举烽命醻[7]。以上田猎。

于是天子就登上属玉楼,经历长杨宫亭榭,饱览山川的形势,综观三军所杀所捕的禽兽,原野一片肃杀冷落,目光达到四方边远地区。射死的禽鸟满地积压,杀死的野兽东横西卧。然后才收拢猎物会合众人,论功赐予祭肉。排列轻骑用以传送烤肉,驰骋酒车用来酌酒畅饮,切割鲜肉,在郊野会餐,高举火把诏命大家干杯。

注释 1 属玉:黄阳宫的一处观楼。属玉本是水鸟,观楼顶上饰有此金属鸟,故名。 2 长杨:上林有长杨宫。榭(xiè):建在高土台上有木架的敞屋。 3 四裔(yì):四方边远之地。 4 枕藉(zhěn jiè):纵枕横卧。 5 胙(zuò):祭祀用的肉。 6 炰(páo):烤肉。

7 釂（jiào）：喝干杯里的酒。

饟赐毕，劳逸齐，大路鸣銮[1]，容与[2]徘徊。集乎豫章[3]之宇，临乎昆明[4]之池。左牵牛而右织女[5]，似云汉[6]之无涯。茂树荫蔚[7]，芳草被堤。兰茝发色[8]，晔晔猗猗[9]，若摛[10]锦与布绣，烛[11]耀乎其陂。鸟则玄鹤白鹭，黄鹄鴢鹳[12]，鸧鸹鸨鷁[13]，凫鹥鸿雁[14]，朝发河海，夕宿江、汉，沉浮往来，云集雾散。

饮宴赏赐完毕，劳逸结合，天子乘车，响着銮铃，悠闲自得，缓步行进。集结在豫章观舍，驾临昆明池上。左边牵牛，右边织女，好似银河无边无际。树木浓荫繁茂，芳草掩盖堤岸。兰草白芷色泽焕发，光彩灿灿，美丽茂盛，如同铺开的丝锦和绣布，照耀在那池沼上。禽鸟则有玄鹤白鹭，黄鹄、鱼鸹、鹳雀、黄鹂糜鸹、鸨鸟鹥鸟、野鸭鸥鸟和大雁，它们早晨出发自黄河大海，晚上歇宿在长江、汉水，在水面上出没往来，来如云集，去如雾散。

注释 1 大路：一作"大辂"，君王乘坐的车子。銮（luán）：君王车子横木上的金铃。 2 容与：悠闲自得的样子。 3 豫章：上林苑的一处观楼。 4 昆明：汉武帝准备和昆明国作战，在长安西南开凿昆明池训练水师，周围四十里。 5 昆明池有两尊石像，象征牵牛、织女。 6 云汉：天河。 7 蔚：茂盛的样子。 8 茝（zhǐ）：香草，即白芷。发：显现。 9 晔晔（yè yè）：光彩灿灿的样子。猗猗（yī yī）：美丽茂盛的样子。 10 摛（chī）：舒张。 11 烛：火炬。 12 鴢（jiāo）：鱼鸹鸟。鹳（guàn）：形似鹤和鹭，食鱼蛙等。 13 鸧（cāng）：黄鹂。鸹（guā）：即糜鸹（老鸹），似雁而黑。鸨（bǎo）：比雁略大，形亦相似。鷁（yì）：即鹥，像鹭，能高飞。 14 凫（fú）：野鸭。鹥（yī）：鸥鸟。

于是后宫乘辁[1]辂,登龙舟,张凤盖[2],建华旗,袪黼帷[3],镜清流,靡[4]微风,澹淡[5]浮。棹女讴,鼓吹震,声激越,訇[6]厉天。鸟群翔,鱼窥渊。招白鹇[7],下双鹄,揄文竿[8],出比目。抚鸿罿[9],御矰[10]缴。方舟并鹜[11],俯仰[12]极乐。以上水嬉。

在这时,后宫嫔妃乘坐卧车辁车,登上龙舟,大张凤盖,竖起华旗,揭开黑白花纹的帐帷,以清流为镜照照面容,没有一丝微风,水波轻轻荡漾。划桨的女子歌唱,鼓敲震响,乐声高亢激扬,轰响声冲上九天。鸟儿群群飞翔,鱼儿窥视深潭。张开白鹇之弓,射下对对天鹅,挥动翠羽钓竿,钓出比目鱼。撒下巨网射出飞缴。两船并排急驶,一时之间快乐无比。

注释 1 辁(zhàn):卧车。 2 凤盖:帝后乘车仪仗所用的宝盖,上饰以凤。 3 袪(qū):举起。黼(fǔ):黑白相间的花纹。 4 靡:无。 5 澹淡:水波随风微微起伏的样子。 6 訇(hōng):轰响声。 7 白鹇(xián):鸟名。 8 揄(yú):挥引。文竿:翠羽所饰之钓竿。 9 罿(chōng):捕鸟网。 10 矰:通"缯",拴着丝绳的短箭。 11 方舟:两船相并。鹜(wù):通"骛",奔驰。此指急驶。 12 俯仰:瞬息之间。

遂乃风举云摇,浮游溥[1]览,前乘[2]秦岭,后越九嵕,东薄[3]河、华,西涉岐、雍[4],宫馆所历,百有余区[5]。行所朝夕,储不改供,礼上下[6]而接山川,究休祐之所用[7]。采游童之欢谣[8],第从臣之嘉颂[9]。

于是队伍似风起云涌,漫游博览,前而登上秦岭,后而越过九嵕,东边迫近黄河、华山,西边到达岐山、雍县,所经历过的宫馆,有百多处。行在朝朝夕夕,积储很多不改变祭献,礼敬天地,接祭河山大川,穷尽求得保佑所用的祭物。采集游童的欢歌俗谣,评定侍从歌颂辞章的高下。在这个时候,都城与都

于斯之时,都都相望,邑邑相属。国借十世之基,家承百年之业[10],士食旧德之名氏,农服先畴之畎亩[11],商循族世之所鬻[12],工用高曾之规矩,粲乎隐隐[13],各得其所。

若臣者,徒观迹于旧墟,闻之乎故老,十分而未得其一端,故不能遍举也[14]。

城间互相可望,邑里与邑里间互相连属。国家借此创立了世世代代的根基,汉家继承了千百年的大业,士人享有先辈功德之名位,农民在祖先开垦的田地从事农活,商人遵循祖宗买卖的营生,百工沿用高祖曾祖们定下的规矩,光辉灿烂,兴旺众多,各得其所。

至于我啊,仅仅只在旧墟中看到古迹,从故老中听到这些奇闻,因而十件还没有得到其中的一件,所以不能够全部列举出来。

注释 1 溥:普,广泛。 2 乘:登上。 3 薄:迫近。 4 岐:原刻本作"歧",据《后汉书》改。岐,指岐山,古邑,周族祖先古公亶父由豳迁此居住。故城在今陕西岐山东北。雍:雍邑,秦德公在此建都,西汉时改为县,治所在今陕西凤翔南。 5 区:处。 6 上下:上指天,下指地。 7 究:穷究。休:荫庇。祐:保佑。用:指祭祀用的牺牲玉币等物品。 8 尧帝微服出巡,闻童谣曰:"立我蒸民,莫匪尔极,不识不知,顺帝之则。"此言现在同尧世。 9 第:次第。汉宣帝好神仙,所到宫馆,王褒、张子侨等就为之歌颂。 10 十世、百年均是泛指之数。 11 服:从事。畴:已耕之田地。畎(quǎn)亩:田间。 12 鬻(yù):卖。 13 粲:灿烂。隐隐:即殷殷,兴盛众多的样子。 14 从前面"汉之西都"起一直到结尾,都是宾客的口述。

东都赋

【原文】

东都主人喟然[1]而叹曰："痛乎风俗之移人也！子实秦人，矜夸馆室，保[2]界河山，信识昭、襄而知始皇矣[3]，乌[4]睹大汉之云为乎？夫大汉之开元[5]也，奋布衣以登皇位，由数期而创万代，盖六籍[6]所不能谈，前圣靡得而言焉！当此之时，功有横而当天[7]，讨有逆而顺民，故娄敬度势而献其说[8]，萧公权宜而拓其制[9]。时岂泰而安之哉！计不得以已也。吾子曾不是睹，顾曜后嗣之末造[10]，不亦暗[11]乎？今将语子以建武之治[12]，永平[13]之事，监于太清[14]，以变子之惑志。以上言西京事不尽可法。

【译文】

东都主人喟然长声叹息，说道："风俗对人的影响真是太大了！您确实是个秦地人，夸耀那里的楼台宫馆，仗恃河山以为险固，确实只认识秦昭王、襄王，并只知晓秦始皇了，哪里看得到大汉朝的所作所为呢？大汉开创纪元时，高祖奋起于平民，以至高登皇位，经数年就创建了万世基业，这大概是六经所不能谈到，前圣所不能言及的啊！在这个时候，高祖进攻横暴的秦王而顺应天命；讨伐暴君而造反顺应了民心。所以娄敬估计形势而献上他的意见，萧何因时势而变通，扩大长安宫殿规制。时世难道是太平清明了吗？是形势所需而不得不这样。您非但认识不到这一点，反而炫耀后嗣子孙的奢侈逸乐，不也是愚昧不明么？现在我将向您说说光武帝建武之治和明帝永平年间的政事，以天道为镜，用以改变您糊涂的观念。

【注释】 1 喟（kuì）然：叹息的样子。 2 保：保守。 3 昭：秦昭王。襄：秦襄王。 4 乌：一作"恶"，疑问代词，相当于"哪里"。 5 开元：开创纪元。 6 六籍：《诗》《书》《易》《礼》《乐》《春秋》等六经。 7 横（hèng）：横暴。当：承受。天：天命。 8 指娄敬献迁都之策。 9 萧公：萧何。拓：开拓。当时萧何大修未央宫，甚为壮丽。 10 顾：反而。曜：炫耀。 11 暗：愚昧不明。 12 建武：东汉开国皇帝光武帝刘秀年号（25年至55年）。又，公元56年至57年年号为建武中元。治：一作"理"。 13 永平：东汉明帝刘庄年号（58年至75年）。 14 太清：无为之化，道家谓之天道。

"往者王莽作逆[1]，汉祚[2]中缺，天人[3]致诛，六合相灭。于时之乱，生人几亡，鬼神泯[4]绝，壑无完柩，郛罔遗室[5]，原野厌[6]人之肉，川谷流人之血。秦、项[7]之灾，犹不克[8]半；书契[9]以来，未之或纪。故下人号而上诉，上帝怀而降监[10]，乃致命乎圣皇[11]。

"从前王莽作乱篡位，汉朝国统中断，天意人事一致诛罚，四处共相讨灭。在这个大动乱的时代，生民几乎灭亡，神灵几乎灭绝，沟壑中的尸骨没有完整的棺木收敛，外城荒废没有剩下的房屋，原野饱吞人肉，川谷遍流人血。秦始皇、项羽造成的灾难，还不能达到这样的一半；文字出现以来，还没有这种记录。所以下民号泣上诉，上帝悲悯而下临监察，于是传命于圣皇光武。

【注释】 1 王莽：字巨君，王皇后之侄，毒死汉平帝（一说为病逝），立刘婴做太子，自为摄政。公元8年又取而代之，改国号为新。 2 祚（zuò）：国统。 3 天人：指天意人事。 4 泯：灭。 5 郛（fú）：外城。罔：无。 6 厌：通"餍"，饱足。 7 项：指项羽。 8 克：能。 9 书契：指刻写的文字。 10 监：监视。 11 圣皇：

指光武帝刘秀。

"于是圣皇乃握乾符[1],阐坤珍[2],披[3]皇图,稽[4]帝文,赫然发愤,应若兴云,霆击昆阳[5],凭[6]怒雷震。遂超大河,跨北岳[7],立号高邑[8],建都河洛[9]。绍百王之荒屯[10],因造化之荡涤,体元[11]立制,继天而作。系唐统[12],接汉绪,茂育群生,恢复疆宇,勋兼乎在昔,事勤乎三五[13]。岂特方轨并迹[14]、纷纶后辟[15]、治近古之所务、蹈一圣之险易云尔哉!

"在这个时候,圣皇手握天符,阐发地瑞,打开皇图,查考先帝文告,赫然发愤起兵,天下响应,似云相从,以迅雷之势奋战昆阳,盛怒之下如雷震动。于是横渡黄河,跨过北岳,在高邑建立帝号,定都洛阳。继续历代荒废了的艰难王业,因循天地造化,荡除暴政恶法,体法天地之德,建立新制,承受天命而做君主。继续唐尧国统,承接大汉中断的帝业,广育天下生灵,让四方疆域归于一统,勋绩盖过往昔圣君,事业上比三皇五帝更加努力。难道能说光武帝仅仅只能与近代圣君并驾齐驱,与近代明君一样治理国务,只是蹈袭个别圣君治国安邦之法吗?

[注释] 1 乾符:天符。 2 坤珍:地瑞。 3 披:打开。 4 稽:查考。 5 霆:迅雷。昆阳:古县名,故治在今河南叶县。公元23年,刘秀在此大败王莽大司徒王寻、大司空王邑之军。 6 凭:盛。 7 北岳:恒山。 8 高邑:刘秀于公元25年在鄗称帝,即改鄗为高邑,故治在今河北柏乡北。 9 刘秀于建武元年(25年)十月定都洛阳。 10 绍:继承。屯:艰难。 11 体元:体法天地之德。 12 系:承继。唐统:唐尧之大统。 13 三五:三皇(燧人、神农、伏羲)和五帝(尧、舜、禹、汤、文、武)。 14 特:只。方轨:两车并行。 15 纷纶:杂糅。后辟:君主。

"且夫¹建武之元,天地革命²,四海之内,更造夫妇³,肇有父子,君臣初建,人伦实始,斯乃伏牺氏之所以基皇德也⁴。分州土,立市朝⁵,作舟舆,造器械,斯乃轩辕氏之所以开帝功也⁶。龚行天罚,应天顺人,斯乃汤、武之所以昭王业也⁷。迁都改邑,有殷宗中兴之则焉⁸;即土之中⁹,有周成隆平之制焉¹⁰。不阶¹¹尺土,一人之柄,同符乎高祖;克己复礼,以奉终始,允恭乎孝文¹²;宪章¹³稽古,封岱勒成¹⁴,仪炳乎世宗¹⁵。案六经而校¹⁶德,眇古昔而论功,仁圣之事既该¹⁷,而帝王之道备矣。以上建武之治。

"况且建武元年,天地之间,一切为之变革,四海之内,人们重结夫妇之缘,开始有了父子之亲,君臣之礼也开始树立,人世间伦理实已创建,这就是伏牺氏所以凭此而开创大德的根基。划分州县,设立集市,建造船只车辆,制造各种器械,这就是轩辕氏所以开创王业的措施。恭敬地代上天惩罚叛逆,顺应天命人心,这就是商汤、周武王所以昭彰王业的举动。迁都改邑,有殷朝盘庚中兴的标准啊;即位中土洛阳,有周成王盛世升平的规制啊。不依借一尺封土与世袭之权,功业跟汉高祖共相符合;克制己身,恢复道德,奉行始终,诚信恭敬跟文帝一样;效法先人的法则考察古代的礼仪,泰山封禅,刻石记其成功,礼仪显著跟武帝一样。遵奉六经而与古帝比较德行,观览古史而与先贤评论功绩,仁人圣者的事迹都已包含,则帝王的大道就具备了呀。

【注释】 1且夫:连词,相当于"况且"。 2革命:变革天命。 3传说由伏羲和女娲氏兄妹婚配而产生人类,又制嫁娶之礼。此言刘秀如伏羲拯救人类。 4伏牺:亦作伏羲、庖牺,传说中的人类始祖。基:

创始。皇:大。 5 市朝:集市。黄帝以中午为市。 6 轩辕氏:黄帝之号。此言刘秀如轩辕氏利人利天下。 7 汤、武:商汤和周武王。昭:彰显。此言刘秀如汤、武伐暴君。 8 殷宗:此指殷中兴之王盘庚。则:法则。 9 土之中:指中原地区洛阳。 10 周成:原刻本作"成周",据《后汉书》改。周成,指周成王,周武王儿子姬诵。隆平:升平,盛平。 11 阶:凭借。 12 允:诚允。孝文:汉文帝刘恒。 13 宪章:法则。 14 岱:岱宗,即泰山。勒:刻石。 15 炳:显著。世宗:即汉武帝。 16 校(jiào):比较。 17 该:此处指尽备,包括。

"至于永平之际,重熙而累洽[1],盛三雍之上仪[2],修衮[3]龙之法服,铺鸿藻,信景铄[4],扬世庙[5],正雅乐[6],人神之和允洽,群臣之序既肃。乃动大辂,遵皇衢[7],省方巡狩[8],躬览万国之有无,考声教之所被[9],散皇明以烛幽。然后增周旧[10],修洛邑,扇巍巍[11],显翼翼[12]。光汉京于诸夏,总八方而为之极[13]。以上永平之事。

"到了明帝永平之际,累世光明和洽,盛备明堂、辟雍、灵台的隆重祭仪,修饰衮龙祭服,铺陈雄伟的文章,发扬光辉的美德,称扬世祖庙号,端正雅乐,人与神灵和谐融洽,群臣的次序亦已端肃。于是天子车驾出动,沿着驰道,察看巡视各个地方,亲身观览各地礼俗状况,考核教化所普及的程度,广布圣皇光明,用以照耀幽暗角落。然后扩展周朝京师旧制,整修洛阳的宫室,辉煌巍峨,雄伟显赫。在中原地带光大汉朝京都,总括八方而作为全国中心。

【注释】 1 重(chóng):重复。熙:光明。累洽:累世和合。 2 三雍:指明堂、辟雍、灵台。东汉明帝于永平二年(59年)正月祀其父光武帝于明堂,礼毕登灵台;三月到辟雍官行大射礼。 3 衮(gǔn):绣卷龙的帝王、公侯礼服，祭祀时穿。 4 铺：《后汉书》作"敷"。藻：文藻。信：通"伸"。景：光明。铄（shuò）：通"烁"，光辉美盛的样子。 5 扬世庙：为父王上尊号。光武帝庙号世祖。 6 正：改正。雅乐：《后汉书》作"予乐"，释曰"依谶文改大乐为大予乐"。 7 皇衢：指驰道。 8 省（xǐng）：察看。方：地方。巡狩：天子巡视诸侯郡守所守的地方。 9 被：覆盖。 10 此指周成王定都洛阳，东汉又增修。 11 此处《后汉书》作"翩翩巍巍"。 12 此处《后汉书》作"显显翼翼"。 13 极：中心。

"于是皇城之内，宫室光明，阙廷神丽，奢不可逾，俭不能侈。外则因原野以作苑，填[1]流泉而为沼，发蘋藻以潜鱼[2]，丰圃草以毓[3]兽。制同乎梁邹[4]，谊合乎灵囿[5]。以上宫室。

"因此在皇城之内，宫室一片光辉，楼堂神奇瑰丽，铺张虽不可超过界限，但节俭也不能过分。城外则依原野地势来建造园苑，疏浚流泉而修建池沼，使蘋藻生长而让鱼儿潜藏，使园草丰美而用以养育百兽。制度跟古时天子之田相同，意义跟文王灵囿相吻合。

注释 1 填：《后汉书》作"顺"。 2 蘋：一种水草。藻：水藻。 3 毓（yù）：养育。 4 梁邹：古时天子之田。 5 灵囿：周文王的苑囿。

"若乃顺时节而蒐狩[1]，简[2]车徒以讲武，则必临之以《王制》[3]，考之以《风》《雅》。历《驺虞》[4]，览《驷铁》[5]，嘉《车攻》[6]，采《吉日》[7]，礼官整[8]仪，乘舆乃出。

"至于顺应时节而打猎，挑选兵车步卒而习武事，则必定按《王制》实施，并以《风》《雅》的精神考核。选择《驺虞》，观览《驷铁》，赞叹《车攻》，采用《吉日》，礼官整顿仪仗，天子才乘车出发。

注释　1 蒐（sōu）狩：狩猎，春为蒐，冬为狩。　2 简：挑选。　3 临：亲临。《王制》：《礼记》中篇名，其中规定王侯一年春、秋、冬三次田猎。　4 《驺虞》：《诗经·召南》中篇名。驺虞当为牧场猎场管理官。　5 《驷铁》：此为《诗经·秦风》中篇名，讲奴隶主驾起四匹黑马拉的车子去打猎。　6 《车攻》：《诗经·小雅》中篇名，讲周王到东方打猎。　7 《吉日》：《诗经·小雅》中篇名，说周王在吉日打猎。　8 整：严整，整顿。

"于是发鲸鱼[1]，铿华钟[2]，登玉辂，乘时龙[3]，凤盖棽丽[4]，和銮玲珑[5]，天官景从[6]，寑[7]威盛容。山灵[8]护野，属御方神[9]，雨师泛洒[10]，风伯清尘[11]，千乘雷起，万骑纷纭，元戎竟野[12]，戈鋋彗云[13]，羽毛扫霓，旌旗拂天。焱焱炎炎[14]，扬光飞文[15]，吐焰生风，欱野歕山[16]，日月为之夺明，丘陵为之摇震。

"在这个时候，举起鲸鱼槌，击响华钟，登上玉辂车，乘坐四时大马，凤盖绵密披覆，车铃和鸣清越，百官小吏如影子随从着，军威兴盛，阵容壮大。山神在郊野保护，四方神灵驾车跟随，雨师遍洒前路，风伯清除灰尘，千乘兵车似雷起，万骑纷纷驰逐，大戎车满山遍野，长戈短矛拂着云彩，羽毛扫着虹霓，旌旗拂着天空。刀戟戈矛，光华灿灿，旌旗飞扬，文彩绚丽，似吐出火花，生出风响，山岳平野，清气波动，日月被这景象夺去光彩，丘陵被这气势摇撼。

注释　1 发：奋起。鲸鱼：击钟之槌，刻有鲸鱼形，故名。　2 铿：击钟后洪亮的声响。华钟：钟上刻有篆文，故名。天子将出，撞黄钟，右五钟皆应。　3 时：四时。龙：八尺以上大马。天子出，按春、夏、秋、冬而乘有关颜色的马。　4 棽（shēn）丽：绵密披覆的样子。《后汉书》作"飒洒"。　5 玲珑：清越的金石响声。　6 天官：百官小吏。景："影"本字。　7 寑：《后汉书》作"祲"，盛也。　8 山灵：山神。　9 方神：

四方之神。 10 实为随从喷水洒路。 11 实为随从清扫灰尘。 12 元戎:大戎车,先行官。竟:通"境"。 13 镵(chán):短矛。彗(huì):拂。 14 焱焱(yàn yàn)和炎炎,都是刀剑等兵器所闪烁的火灿灿的光彩。 15 文:文采。 16 欱(hē):吮啜。《后汉书》作"吹"。歔:《后汉书》作"爆"。

"遂集乎中囿[1],陈师按屯[2],骈[3]部曲,列校[4]队,勒[5]三军,誓将帅。然后举烽伐鼓,申令三驱[6],轺[7]车霆激,骁骑电鹜。由基[8]发射,范氏[9]施御,弦不睼[10]禽,辔不诡遇[11],飞者未及翔,走者未及去。指顾倏忽[12],获车已实。乐不极盘[13],杀不尽物,马踠[14]余足,士怒未渫,先驱复路,属车案节[15]。以上田猎。

"于是集合到苑囿之中,陈师屯驻,并排部曲,横列营队,统率三军,令将帅誓师。然后举起烽火,击响战鼓,发令田猎开始,轻车似迅雷激荡,勇骑似闪电飞驰。如同养由基射箭,范氏驾车,张弦不看禽,执辔按规矩礼节,飞鸟未及飞翔而坠落,走兽未及逃跑而仆倒。顷刻之间,装载猎物的车子已经装满。寻乐而不极乐,猎杀而不灭绝。骏马尚有余力,士卒锐气未散。先驱已经踏上归路,副车缓缓行进。

[注释] 1 中囿:苑囿之中。 2 按屯:驻屯。汉制营下分部,部下有曲,曲下设屯。 3 骈:并列。 4 校:军之一部,营垒之称。 5 勒:统率。 6 三驱:射猎礼节等级,一为干豆,二为宾客,三为充君之庖。此代指打猎。 7 轺(yóu):一种轻便车。 8 由基:养由基,春秋时楚国人,善射,能百步穿杨。 9 范氏:春秋时赵国人,御车射禽用礼法。 10 睼(tiàn):视。《后汉书》作"失"。 11 诡遇:不按规矩横冲直撞追逐禽兽。 12 指顾:指一指、回头看一看,形容时间短促。倏(shū)忽:很快地,一瞬间。 13 极:尽。盘:游乐。

14 踠（wǎn）：屈曲，委屈。　15 渫：同"揲"，散去。属车：副车，天子大驾有副车八十一乘。案节：按照节拍徐行。

"于是荐三牲[1]，效五牲[2]，礼神祇[3]，怀百灵，觐明堂[4]，临辟雍[5]，扬缉熙[6]，宣皇风，登灵台[7]，考休征[8]。俯仰乎乾坤，参象乎圣躬[9]，目中夏而布德，瞰四裔而抗棱[10]。西荡河源，东澹海漘[11]，北动幽崖，南耀朱垠[12]。殊方别区，界绝而不邻，自孝武之所不征，孝宣之所未臣，莫不陆詟水栗[13]，奔走而来宾。遂绥哀牢[14]，开永昌[15]，春王三朝[16]，会同汉京。

"在这个时候，向天、地、宗庙呈献祭品，郊祀用五牲，礼敬天神地祇，招来百神，在明堂接受诸侯朝见，驾临辟雍宫，发扬光明之德，宣扬皇风，登上灵台，考察天降祥瑞的征兆。仰观于天，俯察于地，反思自身之德是否与天地参合，目视中原而散布大德，遥望边地而远扬神威。威德荡涤西边黄河的源头，摇动东边大海之滨，震动北方幽深的崖谷，显耀于南方红色边界。异域他乡，边界隔绝而不相邻，从孝武帝起未去征服，孝宣帝时未能使之称臣，现在无不水陆兼程，战战兢兢，奔走来京称臣。于是安抚哀牢国，开辟永昌郡，周王春正月元日诸侯朝见天子，会同在大汉京城。

【注释】　1 荐：进献。三牲：祭天、地、宗庙用的纯色牲。　2 效：郊祭。五牲：牛、羊、猪、犬、鸡（一说麋、鹿、麇、狼、兔）。　3 神：天神。祇（qí）：地神。　4 明堂：天子宣明政教之殿堂。　5 辟雍：天子所设之太学。　6 缉熙：光明。　7 灵台：汉代的天象台。　8 休：美好。征：证验。　9 参：参合。象：星象。　10 四裔：四夷，泛指边地。棱：威棱，神威。　11 澹：动。漘（chún）：水边。　12 垠：《后汉书》作"崖"。耀：炫耀。《后汉书》作"趣"。垠（yín）：边界。

13 讋（zhé）：震慑，恐惧。栗（lì）：战栗，恐惧。　14 绥：安抚。哀牢：西南夷之古国，在今云南保山怒江以西。　15 永昌：郡名。永平十二年（69年），哀牢国王柳貌投附，以其地设郡。故治在今云南保山东北。16 春王：周王纪年之春。三朝：岁之朝、月之朝、日之朝，即正月初一。

"是日也，天子受四海之图籍，膺[1]万国之贡珍，内抚诸夏，外绥百蛮。尔乃盛礼兴乐，供帐置乎云龙[2]之庭，陈百寮而赞群后[3]，究皇仪而展帝容。于是庭实千品，旨酒万钟[4]，列金罍[5]，班玉觞[6]，嘉珍御，太牢飨[7]。

"在这天啊，天子接受四海献上的图籍，接受天下进贡的珍品，内则抚定中原，外则安定各种少数民族。继而盛行礼乐，供设帷帐安置在云龙门的殿厅，站列百官，引见各地王侯，极尽皇仪，展示君王之尊容。在这个时候，厅堂中摆放的佳肴有上千种，美酒上万钟，摆列金罍，排列玉觞，将美味尽用，将三牲遍尝。

【注释】1 膺：受。　2 云龙：门名。　3 赞：引见。后：君主，此指诸侯及各国之王。　4 旨：甘，美。钟：圆壶形酒器。　5 罍（léi）：似壶的酒器。　6 班：排列。觞：酒器。　7 太牢：牛、羊、猪三牲。飨：通"享"。

"尔乃食举《雍》彻[1]，太师[2]奏乐，陈金石，布丝竹，钟鼓铿鍧[3]，管弦晔煜[4]。抗五声[5]，极六律[6]，歌九功[7]，舞八佾[8]，《韶》《武》备[9]，泰古[10]毕。四夷间[11]奏，

"至于吃完唱起《雍》诗撤席，乐官奏乐，陈列编钟编磬，布满丝竹之弦，钟声鼓声铿鍧庄重，乐管丝弦激越热烈。飞扬五声，极尽六律，歌唱九功，跳八佾之舞，《韶》乐、《武》乐广备，远古舞蹈毕具。四夷之乐穿插

德广所及，《僸》《佅》《兜离》[12]，罔不具集。万乐备，百礼暨[13]，皇欢浃，群臣醉，降絪缊[14]，调元气[15]。然后撞钟告罢，百寮遂退。以上宴享。

演奏，这是大德广化所致啊，《僸》《佅》《兜离》乐曲，无不齐全。万乐俱备，百礼加至，皇上欢欣和悦，群臣大醉，君臣融洽感动上天，上天普降吉祥之气，人的精神得以调和。此后便撞钟宣告罢宴，百官于是退去。

[注释] 1 食举：当食举乐。《雍》：《诗经》中篇名。彻：食毕歌唱《雍》篇撤席。 2 太师：乐官，掌六律、六吕。 3 铿鍧（hōng）：响声。 4 晔煜（yù）：光辉明亮。 5 抗：飞扬。五声：宫、商、角、徵、羽五种音调。 6 六律：黄钟、太簇、姑洗、蕤宾、夷则、无射六种音律。 7 九功：金、木、水、火、土、谷、正德、利用、厚生九种功用。 8 佾（yì）：乐舞的行列。八佾，即八列，每列八人，共六十四人之舞。 9 《韶》：舜乐名。《武》：武王乐名。 10 泰古：即太古、远古。 11 间（jiàn）：更迭。 12 《僸》《佅》《兜离》：古代少数民族之乐名。 13 暨：至。 14 絪缊：同"氤氲"，形容云气浓郁。此处指吉祥之气。 15 元气：混沌未分时的气。

"于是圣上睹万方之欢娱，又沐浴于膏泽，惧其侈心之将萌，而怠于东作[1]也，乃申旧章，下明诏，命有司，班[2]宪度，昭节俭，示太素[3]。去后宫之丽饰，损乘舆之服御，

"在这个时候，皇上目睹万方的欢快娱乐，又目睹万方沐浴在恩泽之中，恐怕他们侈靡的思想将会萌发，从而懒于从事春耕生产，于是就重申旧有典章，下达明诏，命令有关臣僚，颁布法令制度，昭彰节俭，宣扬朴素。去掉后宫富丽的装饰，减少乘舆的车服器用，贬

抑工商之淫业，兴农桑之盛务。遂令海内弃末而反本[4]，背伪而归真，女修织纴[5]，男务耕耘，器用陶匏[6]，服尚素玄，耻纤靡而不服，贱奇丽而不珍，捐金于山，沉珠于渊。以上农桑。

抑工商之末业，推广农桑盛事。于是令全国舍弃末枝，回到根本上来，去掉雕饰，回归本真，女人研习纺织，男人从事耕耘，器皿用陶器匏瓢，服装崇尚单一的黑色，以纤巧华丽的衣服为耻而不穿，以奇异光彩的珠宝为贱而不爱，把金银抛弃到大山中，把珍珠沉入到深潭里。

注释 1 东作：春耕生产。 2 班：此处指颁布。 3 太素：朴素，质朴。 4 末：指商。本：指农。 5 纴（rèn）：织布帛的丝缕。织纴，即为纺织。 6 匏（páo）：指匏瓜做的瓢。

"于是百姓涤瑕荡秽，而鉴至清，形神寂漠[1]，耳目弗营[2]，嗜欲之源灭，廉耻之心生，莫不优游而自得，玉润[3]而金声。是以四海之内，学校如林，庠序[4]盈门，献酬[5]交错，俎豆莘莘[6]，下舞上歌，蹈德咏仁。登降饫宴之礼既毕[7]，因相与嗟叹玄德[8]，谠言弘说[9]，咸含和而吐气[10]，颂曰：'盛哉乎斯世！'以上学校。

"于是百姓们荡涤自身的瑕疵污秽，而鉴戒于天道自然，他们的形神保持虚静，耳目不会被外物迷惑，嗜欲的根源绝灭，廉洁知耻的思想产生，没有谁不悠闲自得，养成如玉之润，如金之声的君子之德。因此四海之内，学校如林，学生满堂，饮酒酬宾，酒杯交错，肉盘菜碟排列众多，下边手舞足蹈，上边歌咏吟唱，都是歌颂德和仁。饫宴之礼既已完毕，因而相与赞叹深沉静默的德行，发表正直光大的言论讲说，都饱含和气，痛快淋漓，众人一致颂美说：'多么兴盛啊，这个时世！'

注释 1 形神:形体精神。寂漠:寂寞,清静。 2 营:通"荧",迷惑。 3 润:润泽。 4 庠序:学官之名。当时郡国称学,县邑侯国称校,乡叫庠,聚叫序。 5 献酬:饮宴中献酒酬劝。 6 俎(zǔ):祭祀时盛牛羊的礼器。豆:食器,形似高脚盘。莘莘:众多的样子。 7 饫(yù):穿鞋升堂的家庭私宴。宴:脱鞋赤脚落座的饮宴。 8 嗟叹:吟和赞叹。玄:深沉静默。 9 谠(dǎng):正直。弘:光大。 10 吐气:倾吐内心之气,表示痛快。

"今论者但知诵虞、夏之《书》[1],咏殷、周之《诗》[2],讲羲、文之《易》[3],论孔氏之《春秋》[4],罕能精古今之清浊,究汉德之所由。唯子颇识旧典,又徒驰骋乎末流[5]。温故知新已难,而知德者鲜[6]矣!且夫僻界西戎,险阻四塞,修其防御,孰与处乎土中,平夷洞达[7],万方辐凑?秦岭、九嵕。泾、渭之川,曷若四渎、五岳[8],带河溯[9]洛,图书之渊[10]?建章、甘泉,馆御列仙,孰与灵台、明堂,统和天人?太液、昆明,鸟兽之囿,曷[11]若辟雍海流,道德之富?游侠

"现今论者只知道诵读《虞书》《夏书》,吟咏《商颂》《周颂》,讲说伏羲、文王的《易经》,议论孔子的《春秋》,很少能精通古今的清浊善恶,很少能追究汉朝大德的由来。唯您颇能记住一些旧典,但又只迷恋于往昔奢侈逸乐的末流之中。温故知新已经难做到,而要知晓大德的就很少了啊!并且长安地势偏僻,邻接西戎,河山险阻而四周堵塞,修治那里的关口防御,哪里比得上东都地处中央,平坦通达,万方似辐条凑聚?西都依凭秦岭、九嵕之山,夹带泾渭之川、怎能比得上东都四河贯通,五岳巍峨,呈现图书的河洛呢?建章、甘泉,宫馆位列众仙,哪里如灵台、明堂,统合天人之德?太液、昆明,是鸟兽的园苑,哪里如辟雍环海周流,象征传布四方的道德之富呢?西都的

逾侈，犯义侵礼，孰与同履法度，翼翼济济也[12]？子徒习秦阿房之造天[13]，而不知京洛之有制也；识函谷之可关，而不知王者之无外也。"以上伸东抑西。

游侠更加奢侈，侵犯义礼，哪里如东都之人共同履行法令制度，恭恭敬敬，威仪众多呢？您只熟知秦朝阿房宫的登峰造极，而不懂得大汉京都洛阳尽有的规制；只记得函谷可当作防御的关口，而不懂得帝王的威德是没有外界的。"

注释　1 指《尚书》中的《虞书》《尧典》《皋陶谟》《禹贡》《甘誓》等。　2 指《诗经》中的《周颂》《商颂》。　3 相传伏羲氏画八卦，周文王作卦辞，而成《易经》。　4 相传孔子作《春秋》。　5 末流：最低的等列。　6 鲜（xiǎn）：少。　7 夷：平。洞：通。　8 四渎：指长江、黄河、淮河、济水。五岳：东岳泰山，南岳衡山，西岳华山，北岳恒山，中岳嵩山。　9 溯：逆流而上。　10 渊：渊泉，指黄河、洛水而言，有河出图、洛出书之说。　11 曷：何。　12 翼翼：恭敬的样子。济济：威仪众多的样子。　13 习：熟知。阿房：秦始皇筑于骊山下的阿房宫。造：至。造天，谓登峰造极的程度。

主人之辞未终，西都宾矍然[1]失容，逡巡[2]降阶，悚然[3]意下，捧手欲辞。主人曰："复位，今将授子以五篇之诗。"宾既卒业[4]，乃称曰："美哉乎斯诗！义正乎扬雄[5]，事实乎相如[6]，匪[7]唯主人之好学，盖乃遭遇乎斯时也。小子狂简[8]，不知

主人的言辞没有终结，西都宾客已经惊惶四顾，失去容态，迟疑不决地走下台阶，恐惧地意欲退出，拱手打算告辞。主人说："再坐坐，现将五首诗送给您。"宾客既已拜读完，就称赞说："多么美的诗篇啊！比扬雄的思想端正，比司马相如的叙事充实，不但只是主人好学，大概也是因为遇到了这种好时局啊。小子我狂妄鄙

所裁,既闻正道,请终身而诵之。"其诗曰:

陋,不知深浅,既已听到正大之道,请让我一辈子诵读它们。"这些诗是:

[注释] 1 矍(jué)然:惊惶四顾的样子。 2 逡(qūn)巡:迟疑不决的样子。 3 惵(dié)然:疑为"慑",恐惧的样子。 4 卒业:毕业,此指拜读诗作完毕。 5 指扬雄的《长杨赋》《羽猎赋》。 6 指司马相如的《子虚赋》《上林赋》。 7 匪:非。 8 狂简:急于进取却不切实际。

《明堂诗》:於昭明堂[1]!明堂孔阳[2]。圣皇宗祀,穆穆煌煌[3]。上帝宴飨,五位[4]时序。谁其配之?世祖光武。普天率土[5],各以其职。猗欤缉熙[6]!允怀多福[7]。

《明堂诗》:啊呀,光明的明堂!明堂特别亮堂。圣皇的宗祀,穆穆庄严光彩煌煌。上帝在此宴飨,五帝依方位按时祭奠。谁又能配享?只有世祖光武。普天之内,各自遵照自己的职守。光明的盛德,诚实的胸怀带来多种幸福。

[注释] 1 於(wū):叹美之词。昭:光明。 2 孔:很。阳:明亮。 3 穆穆:庄严的样子。煌煌:鲜明光彩的样子。 4 五位:五帝。五个方位之帝为苍帝、赤帝、黄帝、白帝、黑帝。 5 率土:即率土之滨,四海之内的意思。 6 猗(yī):叹美之词。欤:叹词。 7 允:信、实。怀:胸怀,心意。

《辟雍诗》:乃流辟雍,辟雍汤汤。圣皇莅止[1],造舟为梁[2]。皤皤[3]国老,乃父乃兄。抑抑[4]威仪,孝

《辟雍诗》:清水流至辟雍,辟雍水势荡荡。圣皇驾临到此,连接船只作为浮梁。白发苍苍的国老,是父兄一辈的贤臣。威仪谨慎细致,孝敬父母

友光明。於赫太上[5]！示我汉行。洪化惟神[6]，永观厥成[7]。

友爱弟兄，一片光明。啊呀！远古立德圣贤，指示我大汉去遵行。宏大的教化唯以精神，把那成就永远示人。

[注释] 1 莅：临。止：至。 2 梁：浮梁，渡桥。 3 皤皤（pó pó）：白发苍苍的样子。 4 抑抑：谨慎细密的样子。 5 於赫：叹美之词。太上：太古立德之圣人。 6 洪：大。化：教化。 7 观：示人。厥：代词，其。成：成就。

《灵台诗》：乃经灵台，灵台既崇。帝勤时登，爰[1]考休征。三光宣精[2]，五行布序[3]。习习祥风[4]，祁祁[5]甘雨。百谷蓁蓁[6]，庶草蕃庑[7]。屡惟丰年，於皇乐胥[8]！

《灵台诗》：经过灵台，灵台已很崇高。皇帝经常登临，在此考求美好的征兆。日、月、星三光传播光明，金、木、水、火、土五行各顺其性。习习的吉祥之风吹拂，纷纷甘雨也落个不停。百谷茂盛，花草丰美。屡屡是丰收之年，啊，皇上是多么欢欣！

[注释] 1 爰：相当于"于此"。 2 三光：日、月、星三种能放出光明之物。宣：布。精：明。 3 五行：金、木、水、火、土五种物质。序：次序。布序谓各顺其次序本性。 4 习习：微风和煦的样子。祥：吉祥。 5 祁祁：纷纷众多的样子。 6 蓁蓁（zhēn zhēn）：草木茂盛的样子。 7 庑：通"芜"。蕃庑，指茂盛。此句《后汉书》即作"庶卉蕃庑"。 8 胥：有才智。

《宝鼎诗》：岳修贡兮川效珍，吐金景兮歊浮

《宝鼎诗》：山岳出产贡品啊，河川献出珍宝，山川放射金光啊，升起

云[1]。宝鼎见兮色纷缊[2],焕其炳兮被龙文。登祖庙兮享圣神,昭灵德兮弥[3]亿年。

《白雉诗》:启灵篇兮披瑞图[4],获白雉兮效素乌[5],嘉祥阜兮集皇都。发皓羽兮奋翘英[6],容洁朗兮于纯精[7]。彰皇德兮侔周成[8],求延长兮膺天庆。

祥云笼罩。宝鼎出现啊,色彩斑斓,焕发光辉啊,覆盖着龙纹。登上祖庙啊,祭享圣神,昭彰神灵之德啊,亿年永播清芬。

《白雉诗》:打开洛书灵篇啊,翻开河出之瑞图,获得了白雉啊,献来了白乌鸦,各地的祥瑞都集中到了皇都。显现出白羽毛啊,奋起长尾花,容貌洁朗啊,是纯净的太阳之精。昭彰大德啊,与周成王相等,膺受天赐啊,汉祚永远流长。

[注释] 1 景:光。歊(xiāo):云气上升。 2 汉明帝永平六年(63年),王雒山得宝鼎,庐江太守献上。纷缊:五彩斑斓的样子。 3 弥:遍。 4 此指洛书与河图。 5 永平十年(67年)白雉出,又有白乌鸦降临。 6 皓:白。翘:羽尾。 7 精:太阳叫三足乌,乌鸦是太阳之精。 8 侔:相等。周成:周成王。当时越裳曾向周公献白雉。

苏轼·赤壁赋

前赤壁赋

导读

　　苏轼,字子瞻,号东坡,眉州眉山(今四川眉山)人。北宋嘉祐二年进士,官至礼部尚书。中国文学史上著名的诗人,唐宋八大家之一。他被贬谪黄州时,两次游览赤壁,借景抒情,写下千古绝唱《念奴娇·赤壁怀古》和前后两篇《赤壁赋》。

　　《前赤壁赋》第一层描写泛舟大江之景,抒发忘怀世俗之情;第二层抚今追昔,哀叹人生短促;第三层阐述哲理,表现超脱旷达的人生态度。此赋借景物描写与主客问答等手法,寓情于景,写景、抒情、议论水乳交融,使笔下的客观景色和作者主观感情和谐一致,而所发议论又充满诗情,余味无穷,大大超越了汉魏以来小赋的成就。

原文

　　壬戌[1]之秋,七月既望[2],苏子与客泛舟游于赤壁[3]之下。清风徐来,水波不兴。举酒属[4]客,诵明月之诗[5],歌窈窕之章[6]。

译文

　　壬戌年秋天,七月十六日,我和客人荡着船儿在赤壁下面游览。清风徐徐吹来,水面没有多少波动。举起酒杯敬客人饮酒,朗诵明月之诗,歌吟窈窕之章。不多久,明月从东山上头

少焉,月出于东山之上,徘徊于斗牛[7]之间。白露横江,水光接天。纵一苇之所如[8],凌[9]万顷之茫然,浩浩乎如冯虚御风[10],而不知其所止;飘飘乎如遗世[11]独立,羽化[12]而登仙。以上游景。

升起,好似在斗宿、牛宿之间徘徊不动了。白色的水汽横罩江面,水光和天色相接。我们听任小船漂流,越过那茫茫无际的宽阔江面,浩浩荡荡地像凌空驾风般飞翔,却不知道船要飞到什么地方才停住;飘飘摇摇地似离开人世独立于天地间,化成神仙,飞登仙境。

[注释] 1 壬戌:宋神宗元丰五年,即公元1082年。 2 既望:每月十五日。既望指十六日。 3 赤壁:此地为黄州(今湖北黄冈)城外赤鼻矶,非周瑜大败曹操之赤壁。 4 属(zhǔ):倒酒请人饮。 5 明月之诗:《诗经·陈风》中《月出》篇。一说是曹操《短歌行》"明明如月"及"月明星稀"句。 6 窈窕之章:《月出》第一章有"舒窈纠兮"句,窈纠与窈窕音相近而通。一说是《诗经·周南·关雎》第一章"窈窕淑女"句。 7 斗牛:亦作"牛斗",二十八星宿中的斗宿和牛宿。 8 纵:听任。一苇:比喻船似一片小而轻的苇叶漂浮。如:往。 9 凌:越过。 10 冯(píng):通"凭",依托。虚:空间。凭虚即凌空。御:驾驭。 11 遗世:离开人世。 12 羽化:传说得道成仙的人能飞升,像长了羽翼一样,故叫羽化。

于是饮酒乐甚,扣[1]舷而歌之。歌曰:"桂棹兮兰桨[2],击空明兮溯流光。渺渺兮予怀,望美人[3]兮天一方。"客有吹

在这个时候,我们喝酒非常快乐,并敲着船舷按节歌唱。歌词是:"丹桂做的棹啊木兰做的桨,打着清澈的流水啊逆着江面的月光。我的情怀无限悠远,仰望心上人啊却在天的那一方。"客人

洞箫者，倚歌而和之。其声呜呜然，如怨如慕，如泣如诉，余音袅袅[4]，不绝如缕[5]。舞幽壑之潜蛟，泣孤舟之嫠妇[6]。

中有吹洞箫的，按着歌声伴奏。那箫声呜呜吹出，好像哀怨，好像思慕，好像哭泣，好像低诉。曲终拖音悠扬不绝，好似丝线般柔和细长。箫声使潜伏在深沟里的蛟龙起舞，使孤船上的寡妇饮泣。

注释 1 扣：敲。 2 桂棹：丹桂制的棹。兰桨：木兰树制的桨。形容划船工具的精美。 3 美人：心中思慕的人，不是指美女。 4 袅袅（niǎo niǎo）：悠扬不绝的样子。 5 缕：丝线。 6 嫠（lí）妇：寡妇。

苏子愀然[1]，正襟危坐而问客曰[2]："何为其然也？"客曰："'月明星稀，乌鹊南飞[3]'，此非曹孟德[4]之诗乎？西望夏口[5]，东望武昌[6]，山川相缪[7]，郁乎苍苍，此非孟德之困于周郎者乎[8]？方其破荆州[9]，下江陵[10]，顺流而东也，舳舻千里[11]，旌旗蔽空，酾[12]酒临江，横槊[13]赋诗，固一世之雄也，而今安在哉？况吾与子渔樵于江渚[14]之上，侣鱼虾而友麋鹿，驾一叶之扁舟，举匏尊[15]以相属；寄蜉蝣[16]于天地，渺沧海之一粟。哀吾

我很忧愁，整理一下衣襟，端正地坐着，询问客人道："箫声为什么吹奏成这样子呀？"客人回答说："'月明星稀，乌鹊南飞'，这不是曹孟德的诗吗？西望夏口，东望鄂城，山河互相环绕，一片苍翠，这不是曹操被周郎围困的地方吗？正当他攻破荆州，打下江陵，顺着长江水流东下时，战船首尾相接千里，旗帜遮蔽了天空，面临大江酌酒，横握长矛赋诗，本来是一代英雄啊，但现在又在哪里呢？何况我和您在江中水洲上面捕鱼砍柴，以鱼虾为伴侣，同麋鹿做朋友，驾着一只小船，举起酒葫芦互相敬酒；在天地之间寄托短促的生命，就像沧海一粟那样渺小。哀叹我们一生只

生之须臾,羡长江之无穷。挟飞仙以遨游,抱明月而长终。知不可乎骤得,托遗响于悲风。"以上客因哀生世苦短而发悲声。

在须臾之时,羡慕长江没有穷尽。与飞升的神仙一块游玩,抱着明月一道长存。但我知道不可能马上得到它,只好在悲凉的秋风中寄托洞箫的余音。"

注释 1 愀(qiǎo)然:脸色改变,忧愁的样子。 2 正:整理。危:正,端正。 3 这是曹操《短歌行》中的两句诗。 4 曹孟德:曹操,字孟德,东汉末著名的政治家、军事家和诗人。 5 夏口:故城在今湖北武汉蛇山上。 6 武昌:今湖北鄂州。 7 缪(liǎo):同"缭",缭绕。 8 此指赤壁之战一事。周郎:周瑜,字公瑾,三国时庐江郡舒县(今安徽庐江西南)人,二十四岁当了建威中郎将,故称。 9 荆州:东汉时州名,故治在今湖北襄阳。 10 江陵:县名,即今湖北江陵。 11 舳(zhú):船后掌舵的地方。舻(lú):船前安棹的地方。舳舻即船头连船尾之意。 12 酾(shī):滤酒,斟酒。 13 槊(shuò):长矛。 14 渚(zhǔ):水中小洲。 15 匏(páo)尊:用葫芦老瓜壳做的酒壶。 16 蜉蝣(fú yóu):水边一种寿命极短的小昆虫,常以比喻人生之短促。

苏子曰:"客亦知夫水与月乎?逝者如斯[1],而未尝往也,盈虚者如彼,而卒[2]莫消长也。盖将自其变者而观之,则天地曾不能以一瞬,自其不变者而观之,则物与我皆无尽也。而又何羡乎?且夫[3]天地之间,物

我说:"您也知道那江水和明月吗?流逝的事物就像这江水,但未曾流走呀,有盈有虚的东西就像那明月,但终究没有消减或增长。从变化的角度来看,那么天地间的事物在眨眼间都不能保持原样,从不变的角度来看,那么万物和我们都没有穷尽。又为何要羡慕什么(长江的无穷)

各有主。苟非吾之所有,虽一毫而莫取。惟江上之清风,与山间之明月,耳得之而为声,目遇之而成色,取之无禁,用之不竭,是造物者之无尽藏也[4],而吾与子之所共适[5]。"以上苏子言物我皆有无尽之机,不必以短生为哀。

呢?况且在天地之间,万物各自有主宰。假若不是我所应有的,即使是一毫也不能去取用。只有江上的清风,和山间的明月,耳朵听到的就成为声响,眼睛看到的就成为颜色,拿取它没有谁禁止,使用它不会枯竭,这是造物主无穷无尽的宝藏,是我和你所共同畅快享受的事物。"

注释 1 斯:此,代指水。见《论语·子罕》篇。 2 卒:终究。 3 且夫:况且。 4 是:此。造物者:指自然界。 5 适:畅快。

客喜而笑,洗盏更酌。肴核[1]既尽,杯盘狼藉[2]。相与枕藉[3]乎舟中,不知东方之既白。

客人高兴地笑了起来,洗洗酒杯重新酌酒。菜肴果品都已吃光,杯子盘子纵横散乱。我们在船上你枕着我,我垫着你睡着了,不知不觉东方已经发白了。

注释 1 核:果核,指果品。 2 狼藉(jí):纵横散乱的样子。 3 枕藉(jiè):横七竖八地躺在一起。

后赤壁赋

导读

初游赤壁后,忽又有凑趣之客、月、肴、酒,作者游兴再次勃发。写重游,既能照顾前篇,又能别开一路:前番写万顷江水,此番写千尺悬崖;前番写泛舟,此番写攀岩;前篇刻绘秋色,此篇描写冬景;前篇写舟中与客共游,客之悲转而为乐,此篇写舍舟个人独登,己之乐转而为悲;前番枕藉舟中,此番独睡室内;前篇重在议论,此篇则重在记叙;前篇气氛幽雅宁静,消极中带开阔旷达,此篇恐怖惊险,情绪又虚无缥缈,且语言简洁,极为形象。前后两赋写作的变化,是人们料想不及的。前人说若无前篇,则不见后赋之妙,若无后赋,则又不见前文之佳,确为真知灼见。

原文

是岁[1]十月之望,步自雪堂[2],将归于临皋[3]。二客从予,过黄泥之坂[4]。霜露既降,木叶尽脱。人影在地,仰见明月,顾而乐之,行歌相答。已而叹曰:"有客无酒,有酒无肴。月白风清,如此良夜何?"客曰:"今者薄暮,举网得鱼,巨口细鳞,状如松江之鲈。顾[5]安所得酒乎?"归而谋诸[6]妇,妇曰:"我有斗酒,藏之久矣,以待子不时之需。"于是携酒与鱼,复游于赤壁之下。江流有声,断岸[7]千尺,山

译文

这年十月十五,我从雪堂步行,将要回到临皋亭。两位客人跟从我,经过黄泥坂。这时霜露已降,树叶都脱落了。人影映在地上,抬头望见一轮明月,我们看着这景色很高兴,边走边唱,互相应和。过了一会儿,我叹息说:"有客人却没有酒,有酒却没有菜肴。月光皎洁,微风清爽,怎么度过这个美好的夜晚呢?"客人说:"今天傍晚,我投网捕得一条鱼,大嘴巴,细鳞片,形状像松江的鲈鱼。但是从哪儿去弄到酒呢?"我回到家里跟妻子商量,妻子说:"我有一斗酒,收藏很久了,以防不时之需。"于是我们携带着酒和鱼,又到赤壁下面游览。江里流水发出声响,悬崖峭壁有千尺高,山一高,月亮就显得小了,

高月小，水落石出。曾日月之几何，而江山不可复识矣！以上游景。

水一落，石头就露出来了。上次游览至现在才过了多久啊，但江山景象不再认识了！

注释　1 是岁：此年，即写《前赤壁赋》的北宋元丰五年（1082）。 2 雪堂：苏轼于黄州所建的厅堂，在今湖北黄冈城东。 3 临皋：苏轼在黄州时所居住的临皋亭，在今黄冈城南长江边。 4 坂（bǎn）：黄泥坂在黄冈城东，雪堂到临皋亭必经之路。 5 顾：但。 6 诸："之于"之合音，代词加介词。 7 断岸：陡峭的江岸。

予乃摄衣而上，履巉岩[1]，披蒙茸[2]，踞虎豹[3]，登虬龙[4]，攀栖鹘之危巢[5]，俯冯夷之幽宫[6]。盖[7]二客不能从焉。划然[8]长啸，草木震动，山鸣谷应，风起水涌。予亦悄然[9]而悲，肃然而恐，凛乎其不可留也。反[10]而登舟，放乎中流，听其所止而休[11]焉。以上自构兴象，非必实事。

我于是提起衣襟上岸，脚踩高峻的山岩，拨开纷乱丛生的杂草，蹲踞在如虎似豹的石头上，登上那盘曲的树根藤蔓，仰攀悬崖上鹘鸟栖息的高巢，俯视河伯幽深的水府。两位客人大概不能跟从了。鹘鸟哗地一声长叫，草木震动，山谷回响，风吹浪涌。我也觉得忧愁悲凉，肃然恐怖，凛冽地感到那儿不能停留。转身登上小船，随它漂浮到江中心，听任它停在什么地方就在什么地方停泊。

注释　1 巉（chán）岩：高峻的山岩。 2 蒙茸：纷乱丛生的野草。 3 踞：蹲踞。虎豹：形如虎豹的岩石。 4 虬（qiú）龙：此指盘曲的树根藤蔓等。 5 鹘（hú）：鹰一类猛禽。危：高。 6 冯夷：水神，即河伯。幽宫：此指水府。 7 盖：大概。 8 划然：哗地，长啸的声音。

9 悄然：忧愁的样子。 10 反：同"返"。 11 休：停泊。

时夜将半，四顾寂寥。适有孤鹤，横江东来，翅如车轮，玄裳缟衣[1]，戛[2]然长鸣，掠余舟而西也。须臾客去，予亦就睡。梦一道士，羽衣翩跹[3]，过临皋之下，揖余而言曰："赤壁之游乐乎？"问其姓名，俯而不答。"呜呼噫嘻！吾知之矣。畴昔[4]之夜，飞鸣而过我者，非子也耶？"道士顾笑，余亦惊悟。开户视之，不见其处。以上亦自构意境，即庄子《逍遥游》、韩公《调张籍》之意。

这时将近半夜，我们向四周望去，寂静无声。恰好有一只孤鹤，从东边横越大江飞来，翅膀像车轮那么大，身白尾黑，戛然长叫，掠过我的船向西飞去。一会儿，上岸后客人走了，我也回去睡觉了。我梦见一位道士，穿着羽衣，轻快飘飘，走过临皋亭下边，对我作个揖，说道："赤壁一游，快活吗？"我问他的姓名，他低头不回答。"哎呀呀！我知道您了。昨天晚上，飞着长叫着掠过我头顶上的，不就是您吗？"道士回头一笑，我也被惊醒了。打开窗子看外面，却看不到他在哪里。

[注释] 1 缟（gǎo）：白色丝织品。此句指鹤身子白，尾巴黑。 2 戛（jiá）：尖声高叫的声音。 3 翩跹：飘然轻快的样子。 4 畴昔：从前。

序跋类

易·下系十一爻

导读

《易》即《周易》(《易经》)之简称,西周初期作品。原为卜筮之书,记载了上古时代多种社会现状及很多哲学观点,是儒家重要经典著作之一。《系辞》是上古时期为《易》的经文作注解的七种书之一,它以通论形式论述《易经》的意蕴与功用,并选释说明《周易》六十四卦中各爻要义的文辞——爻辞十九条,因篇幅较长,分为上、下两篇。本文即从《易·系辞》下篇节选而成,其中"天下同归而殊涂,一致而百虑""安而不忘危,存而不忘亡,治而不忘乱""知微知彰,知柔知刚"等,已成为千古名言,人们从中可洞见古人的光辉思想。

原文

《易》曰:"憧憧[1]往来,朋从尔思[2]。"子[3]曰:"天下何思何虑?天下同归而殊涂,一致而百虑。天下何思何虑?日往则月来,月往则日

译文

《易经》说:"往来不绝,朋友都随从你。"孔子解说:"天下人思虑什么?天下人最后都回到同一个地方,但各人所走的道路不同,天下的道理本来是一致的,但人们有上百种不同的想法。天下人又思虑什么?太阳下去则月亮出来,月亮下去

来,日月相推[4],而明生焉[5]。寒往则暑来,暑往则寒来,寒暑相推,而岁[6]成焉。往者屈也,来者信[7]也,屈信相感,而利生焉。尺蠖[8]之屈,以求信也。龙蛇之蛰[9],以存身也。精义[10]入神,以致用也。利用安身,以崇德也。过此以往,未之或知也。穷神知化[11],德之盛也。"

则太阳出来,太阳月亮互相推移交替,光明就在这里产生了。严寒过去则炎暑降临,炎暑过去则严寒降临,严寒炎暑互相推移交替,年岁于是就形成了。往者屈曲而退,来者伸展而进,屈曲伸展互相感应交替,有利的事情就产生了。尺蠖之所以弯曲身体,为的是向前伸展。龙蛇之所以潜伏冬眠,为的是保存自身。精神义理进入神妙境界,为的是致用。利用所学安存自身,为的是提高才德。超出这些之外,我不知道了。穷究事物神妙,知晓事物变化,这是最大的道德呀。"

[注释] 1 憧憧(chōng chōng):往来不绝的样子。 2 朋:朋友。从:随从。尔:人称代词,你。思:语气词,无义,但《系辞》中孔子解释为动词"思想"。这两句经文出自《咸》九四爻。 3 子:此指孔子。 4 推:推移。 5 焉:于此,相当于一个介词加近指代词。 6 岁:年。 7 信:通"伸",伸展。 8 尺蠖(huò):尺蛾的幼虫,身体细长。行动时一屈一伸像个拱桥。 9 蛰(zhé):动物潜伏在土穴中冬眠。 10 精义:精神义理。 11 穷:穷究。知化:知道事物的变化。

《易》曰:"困[1]于石,据于蒺藜[2],入于其宫,不见其妻,凶。"子曰:"非所困而困焉,名必辱;非所据而据焉,身必危。既辱且

《易经》说:"走路被石头绊倒,手抓在蒺藜上面,进入他的宫室,不见他的妻子,这是凶兆。"孔子解说:"在不应被绊倒的地方而被绊倒,名声必定受辱。在不应占据的时候而去用手抓

危,死期将至,妻其可得见邪?" | 取,人身必定危险。既受辱又危险,死期将会到来,怎能见到妻子呢?"

[注释] 1 困:窘迫,此处指绊倒。这几句经文出自《困》六三爻。 2 据:手抓。蒺藜(jí lí):植物,果皮有刺。

《易》曰:"公用射隼于高墉之上[1],获之,无不利。"子曰:"隼者,禽也;弓矢者,器也;射之者,人也。君子藏器于身,待时而动,何不利之有[2]?动而不括[3],是以出而有获。语成器而动者也。" | 《易经》说:"某公在高高的城墙上头射隼,获得了隼,没有不利的。"孔子解说:"隼,是飞禽;弓箭,是器械;射隼的,是人。君子在身后隐藏器械,等待时机行动,有什么不利的?行动而没有阻碍,因此出发做事总有收获。这是说人先制成利器而后行动啊。"

[注释] 1 隼(sǔn):一种猛禽,比鹰小。墉(yōng):城墙。这三句经文出自《解》上六爻。 2 此句即"有何不利"之倒装。 3 括:闭塞,阻碍。

子曰:"小人不耻不仁,不畏不义,不见利不劝,不威不惩。小惩而大诫,此小人之福也。《易》曰'屦校灭趾[1],无咎[2]',此之谓也。" | 孔子说:"小人对于不仁不感到羞耻,对于不义不感到害怕,没有见到利益不会努力,不临之以威刑就受不到惩戒。小惩罚而能得到大教训,这是小人的福气。《易经》说'拖曳木桎割掉脚趾,不会加罪',说的就是这个。"

[注释] 1 屦（jù）：践踏拖曳。校（jiào）：古代囚具，此指脚上的木桎。灭：掩灭，此指去除。趾：脚趾。 2 咎（jiù）：加罪。这两句经文出自《噬嗑》初九爻。

"善不积不足以成名，恶不积不足以灭身。小人以小善为无益而弗为也，以小恶为无伤而弗去也，故恶积而不可掩，罪大而不可解。《易》曰：'何校灭耳，凶[1]。'"

"不积善就不足以成名，不积恶就不足以毁身。小人把小善当成无益的事而不去做，把小恶当成无害的事而不舍弃，所以恶积累起来就不能掩盖了，罪过大起来就不能解救了。《易经》说：'负载木枷割去耳朵，这是凶兆。'"

[注释] 1 何：通"荷"，负荷，负载。校：此指颈上的木枷。这两句经文出自《噬嗑》上九爻。

子曰："危者，安其位者也；亡者，保[1]其存者也；乱者，有其治者也。是故君子安而不忘危，存而不忘亡，治而不忘乱，是以身安而国家可保也。《易》曰：'其[2]亡！其亡！系于苞桑[3]。'"

孔子说："受到危害的，是从前安于其位的人；被灭亡的，是从前安于其存的人；受到扰乱的，是从前具有治理地位的人。因此君子居安却不忘危，存在却不忘灭亡，治平却不忘乱世，所以自身安然而国家又可维护。《易经》说：'将会亡，将会亡，就应牢固依附根深蒂固的桑树。'"

[注释] 1 保：安。 2 其：副词，相当于"将"。 3 系：依附。苞桑：根深蒂固的桑树。这几句经文出自《否》九五爻。

子曰："德薄而位尊，知[1]小而谋大，力小而任重，鲜不及矣[2]！《易》曰：'鼎折足，覆公𫗦[3]，其形渥[4]，凶。'言不胜其任也。"

孔子说："德行浅薄却地位尊显，才智短浅却图谋大事，力量不足却负担沉重，很少有人不遭受祸难啊。《易经》说：'鼎器折断了脚，倾倒了公侯的食物，地面水汪汪的，这是凶兆。'这是说担负不起重任呀。"

[注释] 1 知：读为智（zhì），才智。 2 鲜（xiǎn）：少。及：遭受祸难。 3 覆：倾倒。𫗦（sù）：鼎内米粥菜汤。 4 渥（wò）：水汁沾润的样子。这几句经文出自《鼎》九四爻。

子曰："知几[1]，其神乎！君子上交不谄[2]，下交不渎[3]，其知几乎！几者，动之微，吉凶之先见者也。君子见几而作，不俟[4]终日。《易》曰：'介于石[5]，不终日，贞吉。'介如石焉，宁[6]用终日？断可识矣。君子知微知彰[7]，知柔知刚，万夫之望[8]。"

孔子说："懂得几微，大概就是神妙了吧！君子对上不讨好谄媚，对下不轻慢侮辱，大概就是懂得几微了吧。几，是行动的微象，是吉凶的先验。君子见机而行，不必等待一天完毕。《易经》说：'像石头一样坚硬不易毁，刚坚不过一日之间，则所占问之事就吉利。'像石头一样坚硬，难道还要整日之时？断然可知晓了。君子懂得隐微、懂得明显，懂得坚硬、懂得柔和，就能成为众人所仰望的人。"

[注释] 1 几：亦作"机"，几微。 2 谄（chǎn）：讨好谄媚。 3 渎：轻慢。 4 俟（sì）：等待。 5 介：此处指坚硬。于：如。这三句经文出自《豫》六二爻。 6 宁：难道。 7 微：隐微。彰：明显。

8 万夫：万人，指众人。望：仰望。

子曰："颜氏之子[1]，其殆庶几乎[2]！有不善，未尝不知；知之，未尝复[3]行也。《易》曰：'不远复[4]，无祗悔[5]，元吉[6]。'"

孔子说："颜回，他做得大概差不多了吧！有过失未曾不知，知晓后未曾再犯。《易经》说：'出行不远又返回，没有大的不幸，这是大吉之兆。'"

注释 1 颜氏之子：指颜回，孔子高足。 2 殆：大概。庶几：近乎，差不多。这是赞扬之词。 3 复：反，返还。 4 这三句经文出自《复》初九爻。 5 祗（qí）：大。悔：较小的不幸。 6 元吉：大吉。

"天地絪缊[1]，万物化醇[2]。男女构[3]精，万物化生[4]。《易》曰：'三人行，则损一人，一人行，则得其友。'[5] 言致一[6]也。"

"天地之间阴阳二气交融，万物变化纯净。男女交媾合精，人类万物变化孳生。《易经》说：'三人出行如不能合作，就会损失一个人，一人出行如能求合，就会得到他的朋友。'这是说归致于合作呀。"

注释 1 絪缊：即"氤氲"，阴阳二气交融。 2 化：变化。醇（chún）：通"纯"，纯净无杂。 3 构：合。 4 生：孳生，生育。 5 这段经文出自《损》六三爻。 6 致一：归致于一，合作之意。

子曰："君子安其身而后动，易其心而后语[1]，定其交而后求。君子修

孔子说："君子安定自己然后行动，平心静气然后言谈，定妥他的交情然后向朋友求助。君子修养这三个方面，所

此三者,故全也。危以动,则民不与²也;惧以语,则民不应也;无交而求,则民不与³也。莫之与⁴,则伤⁵之者至矣。《易》曰:'莫益⁶之,或击⁷之,立心勿恒⁸,凶。'"

以就会安全。君子在危险中去行动,那么人们不会追随他;在恐惧中去交谈,那么人们不会答应他;没有交情就去求助,那么人们不会给予他。没有人帮助,那么伤害他的人就乘机而至了。《易经》说:'没有谁帮助他,有的人还会攻击他,不能坚持己见,这是凶象。'"

注释 1 易:平。易心,即平心静气。 2 与:帮助,追随。 3 与:给予。 4 此句即"莫与之"倒装。 5 伤:伤害,毁伤。 6 益:增益,帮助。 7 击:攻击。 8 立心:立志。恒:恒久。这段经文出自《益》上九爻。

史记·汉兴以来诸侯年表序

导读

《史记》是我国第一部纪传体历史著作,分为本纪、表、书、世家、列传等,共一百三十篇,上自传说中的黄帝,下至汉武帝时代,概括了中华民族三千多年的发展历史,因而也就成为一部举世皆知的巨著。作者司马迁,字子长,夏阳(今陕西韩城)人,汉武帝时太史令。因用毕生心血创作了《史记》,也就成为我国历史上伟大的历史学家和文学家。

《史记》共有十表。表是用来排比并列历代帝王和侯国大事的。《汉兴以来诸侯年表》,排列了汉高祖至武帝时各路诸侯的兴起和衰败。其序则提纲挈领阐述了汉初王侯地广,宗族势强,因而大者叛乱,小者不轨,后来诸侯日削,则万事各得其所,充分肯定了"强本干、弱枝叶"的治国大计。"形势虽强,要之以仁义为本",太史公在强调加强中央集权时,建议武帝施以仁政,则是借题发挥,落笔万钧了。

【原文】

太史公曰:殷以前尚[1]矣。周分五等:公、侯、伯、子、男。然封伯禽、康叔于鲁、卫[2],地各四百里,亲亲之义,褒有德也。太公[3]于齐,兼五侯地,尊勤劳也。武王、成、康所封数百[4],而同姓五十五,地上不过百里,下三十里,以辅卫王室。管、蔡、康叔、曹、郑[5],或过或损。厉、幽之后[6],王室缺,侯伯强国兴焉,天子微,弗能正。非德不纯,形势弱也。

【译文】

太史公说:殷代以前时间很久远了啊。周朝时封爵为五等:公、侯、伯、子、男。然而把伯禽封在鲁,把康叔封在卫,地方各有四百里,这是亲近亲人的意思,同时也是褒奖有德之人。姜太公封于齐,兼有五个侯爵的土地,这是为了尊重勤劳有功的人。武王、成王、康王时所封的诸侯有几百个,而同姓的有五十五个,土地面积最大的不超过一百里,最小的只三十里,用以辅佐捍卫周王室。管叔、蔡叔、唐叔、曹叔和姬友,封地有的超过规定,有的则少一些。厉王、幽王之后,王室政治废缺,侯伯中的强国便出现了,天子力量日渐微弱,不能阻止它们。这不是周天子道德不纯洁,而是形势衰弱的缘故。

【注释】 1 尚:久远。 2 伯禽:周公姬旦之子,封于鲁。康叔:姬封,武王弟,封于卫。 3 太公:姜太公,名尚,字子牙,其先封于吕,故又称吕尚。 4 成:周成王姬诵。康:周康王姬钊。 5 管:管叔姬鲜,武王弟,周公兄,封于管。蔡:蔡叔姬度,武王弟,封于蔡。康叔:

疑为唐叔之误。唐叔姬虞，成王弟，周公封他在唐。曹：曹叔姬振铎，武王弟，封于曹。郑：周宣王立二十二年，才封其弟姬友为郑桓公，在管、蔡等封之后。此处司马迁所记或有误。　6 厉：周厉王姬胡。幽：周幽王姬宫湦，西周最后一君。

汉兴，序二等[1]。高祖末年，非刘氏而王者，若[2]无功上所不置而侯者，天下共诛之。高祖子弟同姓为王者九国[3]，唯独长沙异姓[4]，而功臣侯者百有余人。自雁门、太原以东至辽阳[5]，为燕、代国；常山[6]以南，太行左转[7]，度河、济、阿、甄以东薄海[8]，为齐、赵国；自陈[9]以西，南至九疑[10]，东带江、淮、谷[11]、泗，薄会稽[12]，为梁、楚、吴、淮南、长沙国。皆外接于胡、越[13]。而内地北距山[14]以东，尽诸侯地，大者或五六郡，连城数十，置百官宫观[15]，僭[16]于天子。汉独有三河、东郡、颍川、南阳[17]，自江陵以西至蜀[18]，北自云中至陇西[19]，

汉朝兴盛，序列功臣为王、侯两个等级。汉高祖末年，不是姓刘而称王的，以及没有功劳、皇上没有设置却自己称侯的，天下人共同诛灭之。高祖的子弟同姓而封为王的有九国，唯独长沙国是异姓，但功臣封侯的有一百多人。从雁门、太原郡以东到辽阳，是燕国和代国；恒山以南，太行山向东拐，越过黄河、济水、东阿、鄄城，往东一直靠近大海，是齐国和赵国；从陈地往西，南至九嶷山，东统括长江、淮河、谷水、泗水，一直迫近会稽山，是梁国、楚国、吴国、淮南和长沙国。外界都与胡、越交接。而内地北至太行山以东，尽是诸侯封地，大诸侯有的占五六郡，城邑相连有几十座，设置百官建造宫观，超越规制，拟于天子。汉朝中央仅有河东郡、河内郡、河南郡、东郡、颍川郡、南阳郡，以及从江陵以西一直至蜀郡的地方，北

与内史[20]凡十五郡,而公主列侯[21]颇食邑其中。何者？天下初定,骨肉同姓少,故广强庶孽[22],以镇抚四海,用承卫天子也。以上王侯分地多,汉郡少。

边从云中郡至陇西郡,跟京兆总合起来共十五郡,可是还有公主、列侯的食邑在这中间。为什么会是这样呢？因为天下初定,同姓亲骨肉少,所以广泛地使庶子远亲强大,用来镇抚四海,相承拱卫天子。

[注释] 1 二等：大者为王,小者为侯。 2 若：及。 3 九国：即齐、楚、荆（后为吴）、淮南、燕、赵、梁、代、淮阳。 4 长沙异姓：长沙王为吴芮,故曰异姓。 5 雁门：郡名,领善无等十四县,今山西西北一带,郡治在故善无城。太原：郡名,今山西太原一带。辽阳：县名,属辽东郡,今辽宁辽阳。 6 常山：即北岳恒山,横亘河北、山西。常山郡治在今河北石家庄南。 7 太行：山名,纵贯今山西、河北、河南境。左转：即向东转。 8 济：水名,在常山郡,入漳水,属今河北。阿：东阿,战国时齐邑,汉置县,属东郡,今山东阳谷。甄：即鄄城,战国时齐邑,汉置县,属济阴郡,今山东鄄城。薄：迫近。 9 陈：汉淮阳国都城,故址在今河南淮阳。 10 九疑：即九嶷山,在今湖南宁远。 11 谷：水名,即泗水下游。泗水流经今山东、江苏,入洪泽湖注淮水。 12 会稽：山名,在今浙江绍兴南。当时设有会稽郡,辖区为今江苏东南及浙江东部,郡治在今江苏吴中。 13 胡：对西北少数民族之称。越：对东南少数民族之称。 14 山：此指太行山。 15 观：官门前的双阙。 16 僭(jiàn)：超越本分,冒名。 17 三河：即河东、河南、河内三郡,今河南、山西相接处一部分。东郡：今山东、河北、河南交接一带,故治在今河南濮阳西南。颍川：郡名,今河南许昌一带,故治在今禹州。南阳：郡名,今河南、湖北交接处一部分,故治在今河南南阳。 18 江陵：县名,属南郡,

故治在今湖北荆州。蜀：郡名，今四川松潘至泸定一线，郡治在今成都。 19 云中：郡名，今山西大同西北有故云中城，即为郡治。陇西：郡名，今甘肃、四川交界的一部分，郡治在今甘肃临洮。 20 内史：即京兆，今西安一带。 21 列侯：侯中爵位最高者。 22 庶孽：不是嫡系的兄弟子侄。

汉定百年之间，亲属益疏，诸侯或骄侈，忕[1]邪臣计谋为淫乱，大者叛逆，小者不轨于法，以危其命，殒身亡国。天子观于上古，然后加惠，使诸侯得推恩[2]分子弟国邑，故齐分为七[3]，赵分为六[4]，梁分为五[5]，淮南分三[6]，及天子支庶子为王，王子支庶为侯，百有余焉。吴、楚时[7]，前后诸侯或以適[8]削地，是以燕、代无北边郡，吴、淮南、长沙无南边郡，齐、赵、梁、楚支郡[9]名山陂海，咸纳于汉。诸侯稍微，大国不过十余城，小侯不过数十里，上足以奉贡职，下足以供养祭祀，以蕃[10]辅京师。而汉郡八九十，形错[11]诸

汉朝平定天下后的百年里，亲属关系愈加疏远，诸侯有的骄横奢侈，习惯于奸佞之臣的阴谋诡计，做出淫乱的事来，情节重大的叛乱谋逆，情节轻的不遵守法度，以致危及自己性命，丧身亡国。天子观览上古的典籍，然后加恩施惠，使诸侯能够依据推恩令，将城邑分给子弟，所以齐国分为七国，赵国分为六国，梁国分为五国，淮南分为三国，以及天子的支宗庶子封为王，王子的支宗庶子封为侯，共有一百多人。吴、楚七国叛乱时，前前后后，诸侯有的因被贬谪而削去或削减封地，因此燕、代两国失去了北边郡，吴国、淮南、长沙国失去了南边郡，齐、赵、梁、楚等国的支郡、名山、池海，都被纳进了汉天子直管的版图。诸侯势力稍稍衰微，大国不超过十多城，小侯不超过几十里，对上足以进呈贡品，对下足以供养和祭祀，用以保卫辅佐京城。汉朝中

侯间,犬牙[12]相临,秉其厄塞地利,强本干、弱枝叶之势也,尊卑明而万事各得其所矣。以上诸侯衰微而汉郡多。

央的郡有八九十个,犬牙交错在诸侯封地之间,控制诸侯的要塞地利,形成根本强大、枝叶弱小的形势,使得尊卑分明而万事各得其所。

注释 1 怵:《史记》作"忕",相当于"习惯于"。 2 推恩:将己之物推及他人。汉武帝用主父偃之言,曾下推恩令。 3 分为七:指除齐本身外,还分为城阳、济北、济南、菑川、胶西、胶东等,共七小国。 4 指除赵本身外,还分为河间、广川、中山、常山、清河等,共六小国。 5 指除梁本身外,还分为济阴、济川、济东、山阳等,共五小国。 6 指除淮南本身外,还分为庐江、衡山,共三小国。 7 吴、楚时:即汉景帝时吴王刘濞、楚王刘戊等七国反叛之际。 8 適(zhé):通"谪",因罪被降职或流放。 9 支郡:指不属中央而属侯国的分郡。 10 蕃:通"藩",屏障。 11 错:交错。 12 犬牙:似犬牙般参差不齐。

臣迁谨记高祖以来至太初[1]诸侯,谱其下益损之时,令后世得览。形势虽强,要之[2]以仁义为本。

臣司马迁恭谨地记载了高祖以来至太初年间的诸侯,在他们的下边谱写兴盛和衰落的时间,让后代人能够观览。朝廷现在势力虽然强大,总之要以仁义为根本。

注释 1 太初:汉武帝年号,公元前104年至前101年。 2 要之:总之。

韩愈·张中丞传后序

导读

唐玄宗天宝十四年(755)冬,安禄山在范阳发动叛乱。第二年攻陷长安,张巡(曾诏拜御史中丞)、许远坚守睢阳,保卫了江淮,这对削平安史之乱起到了重要作用,但他们死后却得不到公正评价。此文前半篇从许远后死非畏死,睢阳陷落非分城而守、计划不精,死守睢阳实关系天下等三个方面为张、许申辩,后半篇补叙南霁云、张巡遗事。截然五段,不用勾连,而神气流注,章法浑成。

后序即后记,如同随笔,写作相当自由。此文记叙典型史实及细节,形象鲜明,说理步步深入,蹈厉奋发,不可辩驳。文章熔叙事、议论于一炉,互相映衬,相得益彰,气盛言宜,盘郁顿挫,尽得司马迁史笔精髓,实乃千古不朽之篇章。

原文

元和二年四月十三日夜[1],愈与吴郡张籍阅家中旧书[2],得李翰[3]所为《张巡传》。翰以文章自名,为此传颇详密,然尚恨有阙[4]者:不为许远[5]立传,又不载雷万春事首尾[6]。

译文

元和二年四月十三日晚上,韩愈我和吴郡张籍阅览家中旧书,看到了李翰写的《张巡传》。李翰以写文章闻名,这篇传记写得很详尽周密,可是还遗憾有欠缺:不替许远立传,又不记载雷万春事迹的始末。

注释 1 元和：唐宪宗年号，公元806年至820年。二年即公元807年。 2 吴郡：今江苏吴中。张籍：字文昌，今安徽和县人（吴郡为祖籍）。韩愈弟子，中唐诗人。 3 李翰：字子羽，安史之乱时，曾随同张巡守睢阳。 4 阙：此处指欠缺，不足。 5 许远：曾任睢阳太守。 6 雷万春：张巡部下偏将，英勇善战，与南霁云齐名。首尾：始末。

远虽材若不及巡者[1]，开门纳巡，位本在巡上，授之柄而处其下[2]，无所疑忌，竟与巡俱守死成功名，城陷而虏，与巡死先后异耳[3]。两家子弟材智下[4]，不能通知二父志[5]，以为巡死而远就虏，疑畏死而辞服[6]于贼。远诚[7]畏死，何苦守尺寸之地，食其所爱之肉以与贼抗而不降乎[8]？当其围守时，外无蚍蜉[9]蚁子之援，所欲忠者，国与主耳。而贼语以国亡主灭[10]，远见救援不至，而贼来益众，必以其言为信。外无待而犹死守[11]，人相食且尽，虽愚人亦能数[12]日而知

许远的才能好像不及张巡，但打开城门接纳张巡，职位本来在张巡之上，却授给他权力，自己居于他的下面，没有什么猜疑妒忌，最后竟和张巡一道守城，一起死难，建立功名，城池陷落后被俘虏，跟张巡就义只是时间先后不同罢了。两家儿子才智低下，不能通盘知晓两位父亲的志气，以为张巡战死而许远被俘，怀疑是许远怕死而向贼人投降屈服。许远果真怕死，为什么苦苦坚守小小的地方，还把所爱的人杀了分肉给士卒吃，跟贼人对抗而不投降呢？当他们被围坚守时，外边没有一点儿援助，所要效忠的，是国家和君主罢了。贼人把国家破亡君主已死的话告诉他，许远看到救兵不来，而叛军来得越来越多，必定把那些话认作是真实的。外援没有期待却仍然死守，守城之人互相残食将要灭亡，即使是笨蛋也会计算着日子而

死处矣。远之不畏死亦明矣!乌[13]有城坏其徒俱死,独蒙愧耻求活?虽至愚者不忍为。呜呼!而谓远之贤而为之耶?

晓得死期了。许远不怕死也就明显了!哪里有城破且他的手下都牺牲,而他独自蒙受羞愧耻辱来求活的?即使是最蠢的人也不忍心去做。哎呀!难道说许远贤明却会去干这种事吗?

[注释] 1 若……者:似……的。 2 柄:权柄。当时许远为太守,张巡只是县令,许自以为打仗不及张,请张指挥作战,自己只管后勤守备。 3 张巡城破后被俘就义,许远被俘后解送至河南偃师,因不屈而被杀,死在张之后。 4 两家子弟:指张巡儿子张去疾,许远儿子许岘。下:低下。 5 通:副词,全。大历年间,张去疾年幼不晓事,上书说许远怀有异心,请夺官爵,为父洗刷冤耻;许岘因年幼,亦不能为父申辩。 6 辞服:认罪屈服。 7 诚:果真。 8 睢阳被围十个月,城孤粮尽,连鼠雀都被吃光,张巡杀其爱妾,许远杀其爱童,分饷士卒。 9 蚍蜉:黑色大蚂蚁,此处比喻微弱的力量。 10 令狐潮带贼兵围攻雍丘,曾说唐朝大势已去和玄宗存亡不知,诱劝张巡投降。 11 当时河南节度使贺兰进明驻临淮,许叔冀、尚衡驻彭城,都观望不救,于是张、许否定弃城东走建议,决计死守。 12 数:计算。 13 乌:哪里。

说者又谓远与巡分城而守[1],城之陷自远所分始,以此诟[2]远。此又与儿童之见无异。人之将死,其脏腑必有先受其病者;引绳而绝之[3],其绝必有处。观者见其然,从而尤[4]之,其亦不

议论的人又说许远和张巡分城门守卫,城池陷落是从许远分守的一面开始的,拿这个辱骂许远。这又跟小孩子的见识没有什么不同了。人在将死时,他的内脏必定有先遭受某种病害的;扯紧绳子拉断它,那断绝处必定有口子。观察者看到这

达[5]于理矣。小人之好议论,不乐成人之美[6]如是哉!以上讼许远之屈。

[注释] 1 说者:指张去疾等人。当时张巡守东北门,许远守西南门。 2 诟:辱骂。 3 引:持。绝:断绝。 4 尤:罪过,归罪。 5 达:通达。 6 成人之美:成全别人的好事。

如巡、远之所成就,如此卓卓[1],犹不得免,其他则又何说?当二公之初守也,宁能知人之卒不救弃城而逆遁[2]?苟[3]此不能守,虽避之他处何益?及其无救而且穷也,将其创残饿羸之余[4],虽欲去,必不达。二公之贤,其讲[5]之精矣。守一城,捍天下,以千百就尽[6]之卒,战百万日滋[7]之师,蔽遮江、淮,沮遏[8]其势,天下之不亡,其[9]谁之功也?当是时弃城而图存者,不可一二数;擅强兵坐而观者,相环也[10]。不追议此,而责二公以死守,亦见其自比于逆乱,设淫辞而助之攻也[11]。愈尝从事于汴、徐二府[12],屡道[13]于两府间,亲祭于其所谓双庙[14]者,其老人往往说巡、远时事云[15]。以上明巡、远之功。

可见他们把自己放在与叛乱者相同的位置,捏造谎言来帮助敌人进攻。我曾经在汴、徐二州幕府当从事,屡次取道于两府之间,亲自到那座双庙祭祀,那里的老人家常常说起张巡、许远的事迹。

注释 1 卓卓:高超出众。 2 宁:岂。卒:终究。逆:预先。 3 苟:如果。 4 将:率领。羸(léi):瘦弱。 5 讲:讲究,考虑。 6 就尽:将要死完。 7 滋:滋长,增多。 8 沮遏:阻止遏制。 9 其:表反诘语气。 10 当时谯郡、彭城、临淮守将按兵不动,这些地方就在睢阳四周。 11 比:比同。淫辞:谎言,邪说。 12 从事:官名,州郡长官僚属,此处活用为动词。汴:汴州,今河南开封。徐:徐州,今江苏徐州。府:幕府。韩愈曾在这两地节度使手下当过推官。 13 道:活用为动词,取道。 14 双庙:睢阳有张、许二人的合庙。从汴至徐,必经睢阳。 15 云:语末助词。

南霁云之乞救于贺兰也[1],贺兰嫉巡、远之声威功绩出己上,不肯出师救。爱霁云之勇且壮,不听其语,强留之,具[2]食与乐,延[3]霁云坐。霁云慷慨语曰:"云来时,睢阳[4]之人不食月余日矣。云虽欲独食,义不忍!虽食,且不下

南霁云向贺兰进明乞求救兵,贺兰嫉妒张巡、许远的名声、威望、功绩超出自己,不肯出兵救助。但喜爱霁云勇敢强健,不听他求救的话,强迫留住他,置办酒食和音乐,邀请霁云入座。霁云慷慨陈词说:"我来的时候,睢阳城内的人没有粮食已一个多月了。我虽然想一个人吃一顿,但是道义上不忍啊!即使吃,也咽不下啊!"

咽。"因[5]拔所佩刀断一指，血淋漓以示贺兰。一座大惊，皆感激，为云泣下。云知贺兰终无为云出师意，即驰去。将出城，抽矢射佛寺浮图[6]，矢着其上砖半箭，曰："吾归破贼，必灭贺兰，此矢所以志[7]也！"愈贞元[8]中过泗州，船上人犹指以相语。城陷，贼以刃胁降巡，巡不屈，即牵去，将斩之。又降霁云，云未应，巡呼云曰："南八[9]，男儿死耳，不可为[10]不义屈！"云笑曰："欲将以有为也，公有言，云敢不死！"即不屈。以上载南霁云之事。

因而拔出佩刀砍断一指，鲜血淋漓，并给贺兰看。在座的人都感动地为霁云流下眼泪。霁云知晓贺兰终究没有替他出兵的心意，当即骑马离开。将要出城时，霁云抽出箭射向佛寺宝塔，箭射中塔上的砖，陷入半截，他发誓说："我回去破贼后，必定要诛灭贺兰，就用这支箭作为标志吧！"我于贞元年间经过泗州，船上的人还指着射箭处说给我听。城池陷落，贼兵用刀刃威胁张巡投降，张巡不屈服，当即被牵去，准备杀掉他。贼兵又叫霁云投降，霁云不答应，张巡呼喊霁云说："南八，男子汉死就死了，不能向不义之人屈服！"霁云笑着说："我想要寻找机会有所作为，您既然这样说了，我岂敢不死！"于是他誓不投降。

[注释] 1 南霁云：张巡部将，出身微贱，作战英勇。贺兰：复姓。此指贺兰进明，御史大夫，任河南节度使，驻临淮。 2 具：置办，准备。 3 延：邀请。 4 睢阳：郡名，故治在今河南商丘。 5 因：因而，于是。 6 浮图：亦作浮屠，"塔"的译音。 7 志：此处指标记。 8 贞元：唐德宗年号，公元785年至805年。 9 南八：南霁云排行第八，故称。 10 为：被。

张籍曰:有于嵩者,少依于巡,及巡起事[1],嵩常[2]在围中。籍大历中于和州乌江县见嵩[3],嵩时年六十余矣。以巡初尝得临涣县尉[4],好学,无所不读。籍时尚小,粗问巡、远事,不能细也。云巡长七尺余[5],须髯若神。尝见嵩读《汉书》,谓嵩曰:"何为久读此?"嵩曰:"未熟也。"巡曰:"吾于书读不过三遍,终身不忘也。"因诵嵩所读书,尽卷不错一字。嵩惊,以为巡偶熟此卷,因乱抽他帙[6]以试,无不尽然。嵩又取架上诸书试以问巡,巡应口诵无疑[7]。嵩从巡久,亦不见巡常读书也。为文章,操纸笔立书,未尝起草。初守睢阳时,士卒仅万人[8],城中居人[9],户亦且数万,巡因[10]一见问姓名,其后无不识者。巡怒,须髯辄[11]张。及城陷,贼

张籍说:有个叫于嵩的人,小时就跟随张巡,到了张巡举兵讨伐叛乱时,于嵩曾在被包围的城里。张籍于大历年间在和州乌江县看到了于嵩,他当时年纪六十多了。凭借张巡的功劳,于嵩曾一开始就得到临涣县尉一职,好学,没有什么书不读。张籍当时还小,简单地询问了张巡、许远的事迹,不能详细记下来。于嵩说张巡有七尺多高,胡子好似神仙。他曾看到于嵩读《汉书》,就对于嵩说:"为什么总在读这本书?"于嵩说:"因为没有读熟呀。"张巡说:"我读书不超过三遍,就终生不会忘记。"于是便背诵于嵩所读的书,背完了一卷,不错一个字。于嵩很惊奇,以为是张巡碰巧熟读了这一卷,因而随意抽出另一卷来试试他,没有一卷不是这样的。于嵩又取架子上各种书试着考问张巡,张巡随口背诵没有迟疑。于嵩跟从张巡很久,也不见张巡经常读书,他写文章,拿起纸笔立即书写,不曾打草稿。开始守睢阳时,士卒多至万人,城中居民也将近几万,张巡凭借一面之见,凡问过姓名的,之后就没有不认识的。张巡发起

缚巡等数十人坐,且将戮。巡起旋,其众见巡起,或起或泣。巡曰:"汝勿怖。死,命也!"众泣不能仰视。巡就戮时,颜色不乱,阳阳[12]如平常。远宽厚长者,貌如其心,与巡同年生,月日后于巡,呼巡为兄,死时年四十九。以上张籍述于嵩语,记巡、远杂事。

嵩贞元中死于亳、宋间[13]。或传嵩有田在亳、宋间,武人夺而有之,嵩将诣[14]州讼理,为所杀。嵩无子。张籍云。

脾气,胡子就张开。到了城陷时,贼人捆绑张巡等几十个人坐在一起,将要杀掉他们。张巡起身旋转一圈,部下看见他起身,有的跟着起立,有的掉下眼泪。张巡说:"你们不要恐惧。死,是命运啊!"众人哭泣,不能抬头看他。张巡被杀时,脸色不变,像平常一样毫不动心。许远是宽厚长者,外貌像他的内心一样,跟张巡同年生,出生月日在张巡之后,称呼张巡作老兄,死时四十九岁。

于嵩贞元年间死于亳、宋一带。有人说他在那里有田地,武人把它霸占了,于嵩想去州里打官司,却被武人杀死。于嵩没有后代。这些是张籍告诉我的。

[注释] 1 起事:指起兵讨伐安禄山叛乱一事。 2 常:通"尝",曾经。 3 大历:唐代宗年号,公元766年至779年。和州乌江县:故治在今安徽和县东北,张籍家乡。 4 以:因为。临涣:故治在今安徽宿州西南。县尉:主管一县治安捕盗之事。张巡死后,朝廷封赏他的部属官职。 5 七尺余:合今天五尺多,即一米六七的样子。 6 帙(zhì):装书的布套,此指书卷。 7 疑:迟疑。 8 睢:原误刻作"雎"。仅:接近,差不多达到,表示数目之多。 9 居人:居民,因避唐太宗李世民讳而改。 10 因:凭借。 11 辄(zhé):就,总是。 12 阳阳:毫不动心的样子。 13 亳(bó):州名,故治在今安徽亳州。宋:州名,故治即睢阳(今河南商丘)。 14 诣:前往。

曾巩·先大夫集后序

导读

曾巩,字子固,北宋建昌军南丰县(今江西南丰)人。曾编校史馆书籍,官拜中书舍人。唐宋八大家之一。先大夫即其已故祖父曾致尧,赠谏议大夫,故称。

曾致尧屡被贬官,究其缘由是勇言当世得失,不为权臣所容,故此序在详述祖父奏议和改革弊政中,事事突出一个"直"字,既颂扬了先世功德,又正人视听,以垂后世。文章前呼后应,平易明白,刚气直达,浑然磅礴。然而既要指斥朝政,又要回护天子,顾大局,得大体,故行文委曲感慨,用心良苦。

原文

公所为书,号《仙凫羽翼》者三十卷,《西陲要纪》者十卷,《清边前要》五十卷,《广中台志》八十卷,《为臣要纪》三卷,《四声韵》五卷,总一百七十八卷,皆刊行于世。今类次诗赋书奏一百二十三篇,又自为十卷,藏于家。方五代[1]之际,

译文

公所写的书籍,有《仙凫羽翼》三十卷,《西陲要纪》十卷,《清边前要》五十卷,《广中台志》八十卷,《为臣要纪》三卷,《四声韵》五卷,总共一百七十八卷,都刊刻发行于世。现今按类排列诗、赋、书信、奏议一百二十三篇,又自己编辑十卷,收藏在家里。正当五代之际,儒学已经被摈弃。年轻晚辈,在街头巷尾研习

儒学既摈²焉。后生小子，治术业于闾巷，文多浅近。是时公虽少，所学已皆知治乱、得失、兴坏之理。其为文闳深隽美，而长于讽谕，今类次乐府已³下是也。宋既平天下，公始出仕。当此之时，太祖、太宗已纲纪大法矣⁴。公于是勇言当世之得失，其在朝廷，疾当事者不忠，故凡言天下之要，必本天子忧怜百姓、劳心万事之意，而推大臣从官执事之人，观望怀奸，不称天子属⁵任之心，故治久未治⁶。至其难⁷言，则人有所不敢言者。虽屡不合而出，而所言益切⁸，不以利害、祸福动其意也。以上言在五代作乐府等，至宋作奏议。

学术文化，所写的文章多浅近。这时公虽然年少，但所学都已通晓治乱、得失、兴坏的道理。他写的文章，气势宏大，意境深邃，韵味隽永，辞藻秀美，并长于讽喻，现今分类排列的乐府诗以下作品就是这样的。宋朝既已平定天下，公才开始出来做官。当此之时，太祖、太宗已用大法治理了。公于是奋勇议论当世的得失，他在朝廷上痛恨当权者的不忠，所以凡是议论治理天下的要务，必定要根据天子忧怜百姓、劳心于万事的意思，从而推究大臣从官和侍臣这些人，徘徊观望，心怀奸计，不符合天子托付重任的心意，所以参政长久，国家却没有得到妥善治理。至于他责难大官的言论，则是别人所不敢说出口的。虽然屡次因意见不合而被贬黜，但所发议论更加恳切，不因利害、祸福而动摇自己的意志。

注释 1 五代：指唐末至宋初之间（907至960）后梁、后唐、后晋、后汉、后周五代。 2 摈：摈弃，排斥。 3 已：同"以"。 4 太祖：指宋太祖赵匡胤。太宗：指宋太宗赵光义。纲纪：治理。 5 属（zhǔ）：通"嘱"，托付。 6 未治：《元丰类稿》作"未洽"。 7 难（nàn）：责难，驳诘。 8 切：恳切。

始公尤见奇于太宗[1],自光禄寺丞、越州监酒税召见[2],以为直史馆[3],遂为两浙转运使[4]。未久而真宗[5]即位,益以材见知。初试以知制诰[6],及西兵起[7],又以为自陕以西经略判官[8]。而公尝切论大臣[9],当时皆不说[10],故不果用[11]。然真宗终感其言,故为泉州[12],未尽一岁,拜苏州[13],五日又为扬州[14],将复召之也。而公于是时又上书,语斥大臣尤切,故卒以龃龉终[15]。以上言因论事,屡起屡踬。

一开始,公特别被太宗重视,以为是奇才,任光禄寺丞、越州酒税监时被召见,让他任职于史馆,后又充当两浙转运使。不久,真宗即位,他更凭借才能被真宗赏识。刚开始被任命为知制诰,及至陕西叛兵作乱,又被任命为自陕以西经略府判官。可是公曾言论激切地议论过大臣,当时大臣们都不喜欢他,所以结果还是没有被重用。然而真宗终究被他的言论所感动,所以让他当泉州太守,没有一年,又任苏州太守,五天后又任扬州太守,将再次被召见。但是公在这个时候又上奏章,言语斥责大臣尤其激切,所以最终在与朝廷意见不融洽中去世了。

注释 1 见:被。奇:形容词活用为意动词。 2 光禄寺:掌朝廷祭祀、朝会、宴飨、酒醴膳馐等事。长官为少卿,九卿之一,丞为少卿助手。越州:宋属江南东道,治理浙江会稽、山阴两县,故治在今浙江绍兴。监:州和军所设置的属官,掌茶盐酒税、场务征输和冶铸等事。 3 直:通"值",当值,任馆职。史馆:宋崇文院内设史馆、昭文馆、集贤院三馆,史馆掌史书修撰。 4 两浙:宋太宗至道三年(997),改江南东道为两浙路。转运使:掌一路之财赋,察其增减,用以满足朝廷之供给和所属郡县之开支。 5 真宗:宋真宗赵恒。 6 知制诰:专掌官内文书诏诰之撰述,属翰林学士院。 7 西兵起:指李继迁在陕西一带据兵作乱,围灵州一事。 8 经略:经略安抚司,掌一路之军政。

当时丞相张齐贤经略环庆以西,署曾致尧为判官(助手),曾辞。 9 切:激切。大臣:曾致尧曾指责丞相向敏中无功德而进官,不可重用。 10 说:通"悦"。 11 果:结果。此指曾致尧被贬为黄州团练副使一事。 12 泉州:宋属福建路,故治在今福建泉州。 13 苏州:宋属两浙路,故治在今江苏苏州。 14 扬州:宋属淮南路,故治在今江苏扬州。曾致尧丁母忧复官后曾授吏部员外郎,先后知泉、苏、扬三州。 15 卒:终究。龃龉(jǔ yǔ):上下牙齿不能配合,比喻言语不融洽。

公之言,其大者:以自唐之衰,民穷久矣,海内既集,天子方修法度,而用事者尚多烦碎,治财利之臣又益急。公独以谓宜遵简易,罢管榷[1],以与民休息,塞[2]天下望。祥符[3]初,四方争言符应[4],天子因[5]之,遂用事泰山[6],祠汾阴[7],而道家之说亦滋[8]甚。自京师至四方,皆大治宫观[9]。公益诤[10],以谓天命不可专任,宜绌[11]奸臣,修人事,反覆至数百千言。呜呼!公之尽忠,天子之受尽言[12],何必古人?此非传之所谓"主圣臣直"者乎?何其盛也,何其盛也!以上言奏议之大,在罢管榷、谏封禅二事。

公的言论,其中重大的:认为自从唐末衰败以来,百姓穷困已很久了,至宋,国家已经统一,天子开始修整法制,但是办事程序尚多烦琐,治理财务的大臣又更加急迫。公独自认为应当遵从简易的原则,停止专卖管理,以此让百姓休养生息,满足天下百姓的愿望。祥符初年,四方争说符应,天子听信这种论调,于是去泰山封禅,祭祀汾阴后土,道家学说更加兴盛。从京城到天下四方,处处大修宫观。公更加直言规谏,认为凡事不可都听天命,应当贬退奸臣,整顿用人制度,反反复复上奏至百千余言。唉!公竭尽忠心谏诤,天子能接受直言,何必再称道古人?这难道不是史书所说的"主圣臣直"吗?何其兴盛呀!何其兴盛呀!

[注释] 1 榷(què)：专卖。 2 塞：弥补。 3 祥符：宋真宗"大中祥符"年号，公元1008年至1016年。 4 符应：古时将天降祥瑞附会人事称作符应。大中祥符元年，有黄帛曳于京城左承天门顶上，真宗召群臣迎拜，称为天书。以后又有苍龙现、芝草出等说法。 5 因：因循。 6 大中祥符元年十月，真宗君臣车驾发京师，前往泰山封禅。 7 汾阴：汾水之阴。山西蒲州荣河县北有后土祠，大中祥符四年正月，真宗君臣奉"天书"发自京师，二月祭祀后土神。 8 滋：更加。 9 据《玉海·郊祀》记载，当时京城建有玉清昭应宫、会灵观，规模特大，而地方所修宫观更多。 10 诤(zhèng)：直言规谏。 11 绌：通"黜"，贬退。 12 尽言：直言。

公在两浙，奏罢苛税二百三十余条；在京西[1]，又与三司[2]争论免民租，释逋负之在民者[3]。盖公之所试如此。所试者大，其庶几[4]矣！公所尝言甚众，其在上前及书亡者，盖不得而集。其或从或否，而后常可思者，与历官行事，庐陵欧阳修公已铭公之碑特详焉[5]。此故不论，论其不尽载者。公卒以龃龉终，其功行或不得在史氏记。借令[6]记之，当时好公者少，史其果[7]

公在两浙路为官时，上奏停罢苛捐杂税二百三十多条；在京西路为官时，又跟三司衙门争论免除百姓的租税，取消老百姓拖欠的赋税。大概公所试做的就这些。有这样大的作为，大概也就差不多了啊！公曾经所论说的很多，那些在皇上面前奏对的和书写后亡佚的，就不能编集了。他的议论，有的被采纳，有的被否定，而值得后人常常思考的言论，以及历任官职做的事情，庐陵欧阳修公已经在为他写的碑铭中作了非常详尽的记载。所以这里不再论说，只论碑文所不能详尽记载的内容。公最终在与朝廷意见不合中去世，他的功劳品行或许不能上史家的记述。

可信欤！后有君子，欲推而考之，读公之碑与书，及予小子之序其意者，具见表里，其于虚实之论可核矣！

公卒，乃赠谏议大夫[8]。姓曾氏，讳某，南丰[9]人。序其书者，公之孙巩也。

假使记载了，当时喜爱公的人少，史书难道果真可以相信吗？后世君子想要推究并考察的，读欧阳公的碑文和书信，以及我这篇序中表达的意思，就都能见到公为人的里里外外，对于那些虚虚实实的议论，大概就可查核了。

公逝世后，追赠为谏议大夫。公姓曾，名字叫某某，南丰人。在他的书后写序的，是他的孙子曾巩。

[注释] 1 京西：宋朝时路名，辖今河南大部，湖北、安徽、河南与陕西交界处一小部。 2 三司：三司使，辖盐铁、户部、度支三衙门，掌管全国财政。 3 释：舍弃，取消。逋负：拖欠租税。 4 庶几：差不多。 5 庐陵：宋吉州府所属之县名，故治在今江西吉安。欧阳修：详见后面作者介绍，他曾写有《曾公神道碑》。 6 借令：假使。 7 果：果真。 8 谏议大夫：宋时为谏院之长，掌议论。 9 南丰：宋建昌军所属之县名，故治在今江西南丰。

诏令类

书·吕刑

导读

《书》即《尚书》（或称《书经》），是一部上古文献汇编，亦是儒家经典之一。

《吕刑》是今文《尚书》二十八篇之一，它以正反对比、古今映照、宽严有别等方法提出了鲜明的法制理论，介绍了刑法及量刑的种种原则和方法，虽古奥难懂，然富有重要的历史、哲学、法学和文学价值。曾氏析此文为五段，归纳出苗刑之失、古刑之中、断狱宜慎、疑狱可设为罚赎等大旨，意在强调治国理民应明德慎刑，中允公平，杜绝贪赃枉法，以成法治。

原文

惟吕命[1]，王享国百年[2]，耄[3]，荒度作刑[4]，以诘四方。王曰："若古有训[5]，蚩尤[6]惟始作乱，延及于平民，罔不寇贼[7]，鸱义奸宄[8]，夺攘矫虔[9]。苗民弗

译文

吕侯受命时，穆王享国多年，年老了，还广泛地谋划制定刑律，用来整治天下。穆王说："古时有教训，那时蚩尤带头作乱，波及平民百姓，人们无不相互抢掠残害，犯法作乱，巧取豪夺。苗民们不听从政令，就用刑罚来制服他

用灵[10]，制以刑，惟作五虐[11]之刑曰法。杀戮无辜，爰始淫为劓刵椓黥[12]。越兹丽刑[13]，并制，罔差有辞[14]。民兴胥渐[15]，泯泯棼棼[16]，罔中于信[17]，以覆诅盟[18]。虐威庶戮[19]，方告无辜于上[20]。上帝监[21]民，罔有馨香德，刑发闻惟腥[22]。以上言苗民制刑之失。

们，于是制定了五种酷刑，称之为刑法。杀害无辜，开始过分地使用割鼻、割耳、宫刑、墨刑等刑罚。于是使苗民遭遇杀戮，并管制他们，使之没有什么申述的言辞可选择。民间欺诈的风气逐渐兴起，纷乱不堪，没有忠诚和信用，以致违背咒语誓言。蚩尤残暴惩罚杀戮众百姓，他们都一起向上帝申诉无罪。上帝考察民情，发现没有什么美德善行，刑罚所散发传播的只有血腥的气味。

注释 1 惟：语首助词，无实义。吕：即吕侯（又叫甫侯），周穆王宰相。命：受穆王之命。 2 王：指周穆王。其即位时已五十岁，在位五十五年，故虚称"百年"。 3 耄（mào）：年老。九十叫耄。 4 荒：大。度：谋度，度量。 5 若：语首助词，无实义。训：教训。 6 蚩尤：古苗族酋长，相传与黄帝作对被杀。 7 罔：没有。寇贼：抢掠残害。 8 鸱（chī）：鹞鹰，一种猛禽，是人们讨厌的恶鸟。"鸱义"即鸱的行为，是恶行。奸宄（guǐ）：犯法作乱。 9 攘：窃取。矫虔：诈称强取。 10 灵：通"令"，政令。 11 五虐：五种残酷的刑罚。 12 爰：语首助词。淫：过分地。劓（yì）：割鼻之刑。刵（èr）：割耳之刑。《说文解字》引作"刖"，断足之刑。椓（zhuó）：宫刑，即男子割去生殖器。黥（qíng）：墨刑，即在脸上刺字再涂上墨。 13 越兹：于是。丽：通"罹"，使遭遇。刑：刑杀。 14 差：选择。有辞：申述解释的言辞。 15 兴：兴起。胥：互相。渐：欺诈。 16 泯泯棼棼（fén）：纷乱不堪的样子，四字同义叠用。 17 中：通"忠"。于：与。 18 覆：推翻。诅：诅咒，咒语。盟：结盟，盟誓之语。 19 威：施威，惩罚之意。庶：众百姓。　20 方：通"旁"，溥也，普遍。上：指上帝。　21 监：监视考察。　22 发：散发。惟：只。

"皇帝[1]哀矜庶戮之不辜，报虐以威，遏绝苗民[2]，无世在下[3]。乃命重、黎[4]，绝地天通，罔有降格[5]。群后之逮在下[6]，明明棐常[7]，鳏寡无盖[8]。

"天帝怜悯众百姓无罪而被杀戮，就用惩罚来回报残暴，制止杀绝苗民，(使过分用刑的人)在世间没有后代。天帝于是下令南正重与北正黎，阻断地上众生与天上神明的相互感通，神和民再不能升降往来。后来继位的君王，勉力辅助旧制常道，鳏寡之人都不会受到伤害。

[注释]　1 皇帝：传说中指颛顼。　2 遏：遏制，制止。绝：消灭杀绝。　3 世：嗣，后代。下：人世间。　4 重、黎：颛顼时分管天地的南正重、北正黎。重管天，黎管地(臣民)。　5 降：降下。格：来，至。　6 后：君主。群后指高辛及尧、舜。逮：及，相继之意。　7 明明：明显有明德之人。棐(fěi)：辅助。常：常规，常道。　8 鳏(guān)寡：指老弱孤苦者。盖：通"害"，祸害。

"皇帝亲问下民[1]，鳏寡有辞于苗。德威惟畏，德明惟明。乃命三后[2]，恤功于民[3]：伯夷降典[4]，折[5]民惟刑；禹[6]平水土，主名山川；稷[7]降播种，农殖嘉谷[8]。三后成功，惟殷[9]于民。士制百姓于刑之中[10]，

"天帝亲自询问下界百姓，对于苗首，老弱孤苦者都有怨言。天帝政令威严使人畏惧，德教彰明使人尊重。于是命令三位君王，为抚恤民众建功立业：伯夷颁发法典，凭刑法治理百姓；大禹治平水土，负责为山取名；后稷教授播种，勉力种植好庄稼。三位君王成就其事功，使百姓富足。以后，治

以教祗德[11]。穆穆在上[12],明明在下[13],灼[14]于四方,罔不惟德之勤。故乃明于刑之中,率乂于民棐彝[15]。典[16]狱,非讫于威,惟讫于富[17]。敬忌[18],罔有择言[19]在身。惟克天德[20],自作元命[21],配享[22]在下。"以上言皇帝制刑之中。

理百姓只用适中的刑罚,用以教导大众敬德。尧帝庄重美好,臣民明智勉力,光辉照耀天下,没有人不勤奋按德行办事的。所以能明察刑法的平允公正,治理百姓辅助以常规常法。掌管刑罚的人不应以立威为目标,而应该为民造福。要时刻敬畏戒惧,远离恶言。承担起上天仁爱之德,自己求得长寿,在人世间就能享受到上天赐予的幸福。"

[注释] 1 亲问:亲自询问。"亲"通常作"清",清问即讯问。下民:下界苗民以外之百姓。 2 三后:伯夷、禹、稷三位君王。 3 恤:抚恤。功:事功,用为动词。 4 伯夷:尧时名臣,相传为尧制定礼法。降:降下,颁发。典:法典。 5 折:制,裁判。 6 禹:即大禹,相传为夏朝创立者。 7 稷(jì):后稷,尧时名臣,主农事,周人尊为祖先。 8 农:勉力。殖:种植。 9 殷:殷厚,富足。 10 士:士师,主管狱政。制:控制。中:适中平正之意。 11 教:教导。祗德:敬德。 12 穆穆:端庄、恭敬、美好的样子。在上:此指尧。 13 明明:明智勉力。在下:此指臣民。 14 灼:闪烁,光辉闪耀。 15 率:语首助词。乂:治理。彝:常规常法。 16 典:主持,掌管。 17 富:造福。 18 忌:慎戒。 19 择言:坏话,乱德之言。 20 克:肩任,承担起责任。天德:上天所立的仁爱之德。 21 元命:长命。 22 配享:配天而享其禄。

王曰:"嗟[1]！四方司政典狱[2]，非尔惟作天牧[3]？今尔何监[4]？非时伯夷播刑之迪[5]？其今尔何惩？惟时苗民匪察于狱之丽[6]，罔择吉人观于五刑之中[7]。惟时庶威夺货[8]，断制五刑，以乱无辜，上帝不蠲[9]，降咎[10]于苗，苗民无辞于罚，乃绝厥[11]世。"

穆王说:"啊！四方诸侯官吏，难道不是你们为上天做治民官吗？现在你们取法什么？难道这不是伯夷施行刑法的道理吗？现在你们惩罚什么？这些苗民对于刑罚的苦难不细察，不善于选择好人详究五刑的公允平正。导致权贵滥用权势掠夺财货，专断地制定五种刑罚，用来乱罚无罪的人，天帝不能赦免他们，所以向苗民降下罪罚，苗民对于惩罚无辞申述，于是他们的后代被断绝了。"

注释 1 嗟：叹词，表示呼唤。 2 "司""典"都是主管之意。此句意谓天下诸侯、官吏。 3 惟：为。牧：治理。 4 监：取法。 5 时：近指代词，是（这）。播：传播，施行。迪：道理。 6 时：这些。匪：不。 7 观：细观详察。五刑：即下文墨、劓、剕、宫、大辟五种刑。 8 庶威：盛为威势，滥用威势。夺货：掠夺财物。 9 蠲（juān）：此处指赦免。 10 咎（jiù）：罪罚。 11 厥：代词，他们的。

王曰:"呜呼！念之哉！伯父、伯兄、仲叔、季弟、幼子、童孙，皆听朕[1]言，庶有格命[2]。今尔罔不由慰日勤[3]，尔罔或戒不勤。天齐[4]于民，俾[5]我一日，非终惟终，

穆王说:"哎呀，记住这个教训吧！父老兄弟、子孙幼辈们，都听从我的话，这样便会保有所赐天下的大命。现在你们没有不用天天勤奋来自我安慰，你们没有不以勤奋来自我警诫。上天要整顿百姓而使之一致，使我们现在掌管权力，事情有结果还是没有结果，全在于人为。

在人。尔尚敬逆天命[6]，以奉我一人，虽畏勿畏，虽休勿休[7]，惟敬五刑，以成三德[8]。一人有庆，兆[9]民赖之，其宁惟永[10]。"以上言断狱宜出以勤慎。

你们应当谨慎迎接上天的大命，用以拥护我一个人，即使遇到可怕的事也不要畏惧，即使遇到可喜的事也不必兴高采烈，唯有谨慎使用五刑，用以成就刚、柔、正直三种美德。我一个人有喜庆善事，亿万百姓赖此得利，大概国家的安宁就会长久了。"

注释 1 朕：帝王自称。 2 庶：庶几。格：通"嘏"，大也。大命即赐予天下。 3 由：用。慰：安慰。勤：勤奋。 4 齐：整顿一致。 5 俾（bǐ）：使。 6 尚：尚犹。逆：迎。 7 休：喜，美。 8 三德：刚、柔、正直三种美德。 9 兆：万亿。 10 永：长久。

王曰："吁[1]！来，有邦有土[2]，告尔祥[3]刑。在今尔安百姓[4]，何择非人？何敬非刑？何度非及[5]？两造具备[6]师听五辞[7]。五辞简孚[8]，正[9]于五刑；五刑不简，正于五罚[10]；五罚不服，正于五过。五过之疵：惟官、惟反、惟内[11]、惟货、惟来[12]。其罪惟均，其审克之[13]。五

穆王说："喂！过来，各位诸侯和大臣，告诉你们一种善德之刑。现在你们安抚百官和平民，不选有德行的人还去选择谁呢？不是用刑法还去谨慎什么呢？不是得当又还去审度什么呢？原告被告都到齐了，士师从辞、色、气、耳、目五方面听求口供。口供真实准确，就用墨、劓、剕、宫、大辟五种刑罚治罪；用五种刑罚不能核实，就用五等罚金治罪；如果达不到五等罚金处罚标准，就用五种过失论处。五种过失是：依仗官势、恩怨报复、走内线、用货物贿赂、拜托请求。犯了这些错误的狱官与犯人罪过相均等，你们要审察核实这些事。用五刑治罪，

刑之疑有赦,五罚之疑有赦,其审克之。简孚有众,惟貌有稽[14]。无简不听,具严天威。

有疑问便可宽大减等,用五罚治罪有疑问便可宽大减等,你们要审察核实这些事。核对事实应有众多臣民参与,还要对细微之处详加稽查。没有核实就不受理狱案,我们要共同敬畏上天的威严。

[注释] 1 吁:叹词,随口而出的招呼声。 2 有邦:指畿外诸侯。有土:畿内有采地的大臣。 3 祥:善。 4 安:安抚。百姓:泛指百官和平民。 5 度:谋议,审度。及:俞樾认为是"宜"之误,《尔雅》:"宜,事也。"《史记》正作"宜",得其宜之意。这三句都是倒装句。 6 两造:即两曹,指原告被告双方。具:俱,都。 7 师:士师,典狱之官。听五辞:《周礼·小司寇》:"以五声听狱讼,求民情,一曰辞听,二曰色听,三曰气听,四曰耳听,五曰目听。"即从辞、色、气、耳、目五方面去听求口供。 8 简:核实。孚:信,诚实。 9 正:定罪,治罪。 10 五罚:五等罚金。 11 内:本指妻室,此指走内线。 12 来:一作"求",受人请托。 13 审:审察。克:此处指核实。 14 貌:细微。稽:稽查,考查。

"墨辟[1]疑赦,其罚百锾[2],阅实其罪。劓辟疑赦,其罚惟倍,阅实其罪。剕[3]辟疑赦,其罚倍差[4],阅实其罪。宫辟[5]疑赦,其罚六百锾,阅实其罪。大辟[6]疑赦,其罚千锾,阅实其罪。

"处墨刑有疑问的可以赦减,拟罚他一百锾,但要核实他的罪行。处劓刑有疑问的可以赦减,拟罚他二百锾,但要核实他的罪行。处剕刑有疑问的可以赦减,拟罚他五百锾,但要核实他的罪行。处宫刑有疑问的可以赦减,拟罚他六百锾,但要核实他的罪行。处死刑有怀疑可以赦减,拟罚他一千锾,但要核实他的罪

墨罚之属[7]千,劓罚之属千,剕罚之属五百,宫罚之属三百,大辟之罚其属二百。五刑之属三千。上下比罪[8],无僣乱辞[9],勿用不行[10],惟察惟法,其审克之。上刑适[11]轻,下服;下刑适重,上服。轻重诸罚有权[12]。刑罚世轻世重,惟齐非齐[13],有伦有要[14]。

行。墨罚的条目有一千,劓罚的条目有一千,剕罚的条目有五百,宫罚的条目有三百,死刑处罚的条目有二百。五刑处罚的条目共有三千。比量罪行大小定罪罚轻重,不要错乱狱辞,已经赦免的,不要重新处罚,一定要细察并依法办事,你们要审察核实这些事。犯了重罪,宜于从轻发落的,用轻刑处罚;犯了轻罪,宜于从重处罚的,用重刑处罚。轻重不一的各种刑罚可以根据实情有所变通。刑罚有时轻有时重,或相同或不同,是有道理有约束的。

注释 1 墨辟:即上文黥刑。 2 锾(huán):古时重量单位,重六两。 3 剕(fèi):当作"腓",断足之刑。 4 倍差:一倍又半倍,即五百锾。 5 宫辟:即上文椓刑,男子割去生殖器,女子禁闭宫中。 6 大辟:指死刑。 7 属:属类,此指条目。 8 上下:当指罪之大小与定罪之轻重。比:比量,则例。 9 僣:差错。辞:犯人供词。 10 不行:行,指已赦免之事。不行即指赦免后又加处罚。 11 适:适宜。 12 诸:各种。权:权变,根据实际情况变通。 13 齐:相同。 14 伦:伦理,道理。要:要束,约束。

"罚惩非死,人极[1]于病。非佞折狱[2],惟良折狱,罔非在中。察辞于

"罪罚惩处并非置人于死地,因为犯人已被痛苦所困厄了。不应让巧言善辩的人去判断狱案,而只有让善良公正的人去判断狱案,才合于中道,准确无误。在矛盾的地方察究

差[3],非从惟从。哀敬[4]折狱,明启刑书胥占[5],咸庶中正[6]。其刑其罚,其审克之。狱成而孚,输而孚[7]。其刑上备,有并两刑。"以上言疑狱设为罚赎之法。

狱词的真实性,则犯人中不服从的也会服从了。怀着哀怜悯惜的心情审案,明白无误地打开刑书揣度一番,希望使案件都能得到公正处理。是判他的刑还是罚他的钱,要审察核实这些事。犯人的供词确信无疑,判决后才令人信服,若是供词不实,查实后改变判决,也能令人信服。据罪行定刑如实上报,如犯有两种同样轻重的罪,只按其中一罪之刑惩处。"

注释 1 极:困厄。 2 佞(nìng):花言巧语。折:决断,判断。 3 差:偏差,供词中参差矛盾之处。 4 敬:应读为"矜",怜悯。 5 启:打开。胥:副词,相互之意。占:揣度。 6 咸:都。庶:希望。 7 狱成:指供词已定性。输:与上文"成"相对,变更的意思。

王曰:"呜呼,敬之哉!官伯族姓[1],朕言多惧。朕敬于刑,有德惟刑。今天相[2]民,作配[3]在下。明清于单辞[4],民之乱[5],罔不中听狱之两辞[6],无或私家[7]于狱之两辞。狱货非宝,惟府辜功[8],报以庶尤[9]。永畏惟罚,非天不中,惟人在命[10]。天罚不极[11],庶

穆王说:"哎呀,谨慎处理狱案啊!诸侯大臣和同姓官吏们,我的话多是畏惧之词,因为我对于刑法很谨慎,唯有慎用刑法才能对百姓有德。现在上天扶助我们,我们在下要配合好上天的旨意。对于一面之词要明察秋毫,对民众的治理,无不是法官中允公平地兼听两曹狱词,对于两曹狱词不要因为私利而偏袒任何一方。狱案刑罚中的钱财不可私下收为宝物,那样只会聚集罪证,会得到无数的恶报。长久可畏的只有上天的惩罚,不是上天不公允,而是人们自寻死路。若上天的惩罚不降下

民罔有令政[12]在于天下。"

来，那么天下百姓就享受不到善政了。"

注释 1 官伯：诸侯大臣。族姓：即前文伯父、伯兄……童孙等同姓官吏。 2 相：佐助。 3 作配：这里指天上的上帝与地上的君王相配。 4 明清：明察。单辞：一面之词。 5 乱：治。 6 中：中允公正。两辞：被告原告两曹的供词。 7 私家：自营私利。 8 府：聚集。辜功：犯罪之事。 9 报：审判。庶：众多。尤：过失，罪责。 10 在：终止。 11 极：至。 12 令政：善政。

王曰："呜呼！嗣孙，今往何监[1]非德？于民之中，尚明听之哉！哲人[2]惟刑，无疆[3]之辞，属于五极[4]，咸中有庆[5]。受王嘉师[6]，监于兹祥刑。"安章宅句，与后世卿、云、马、班、韩、柳诸人蹊径相近，惜不能尽通其读耳。

穆王说："啊呀！后嗣子孙们，从今以后，以什么来监督你们办案呢，难道不是德政吗？对于老百姓狱讼的中允公平，还得要明白听取啊！明智的人唯有按刑法办事，在无休无止的狱词中，凡是合于五刑的，都应中允公平留下善泽。你们从我这里承担治理善良民众的重任，一定要明察我上面所说的善德之刑。"

注释 1 监：监督。 2 哲人：明智之人。或谓"哲"通"折"，决断治理。 3 无疆：即没有止境，此处形容狱词之多。 4 属：关合。五极：即指严酷的五刑。 5 庆：福庆，善泽。 6 嘉：美善。师：众，此指民众。

汉文帝·赐南粤王赵佗书

[导读]

汉文帝,即刘邦儿子刘恒,在位二十三年,有德政。赵佗,真定(今河北正定)人,秦二世时据南粤(越)自称王。汉高祖初定天下,派陆贾前往封为南粤王。高后时,赵佗又自立为武帝,并攻打长沙国边境。为了释争息民,文帝又派陆贾携书前往谕意。

篇中大旨,只是要赵佗去帝号。开头称侧室之子奉藩于外,不以气势压人,至诚感人;再以王侯官吏不释之故被立为帝,为末段"争让"二字伏笔。中间言待赵佗之仁义,使其感知,而于扰边叛汉处,则借吏言置之度外,既出脱了对方,又自显胸怀。最后点出"王之号为帝",不斥其僭,只说争而不让仁者不为,重提不为寇灾一事。全文一味去势言情,和婉之极,故赵佗深受感动,去帝号称臣,有书回报。此篇有详有略,无不得法,前人誉之为汉诏第一。

[原文]

皇帝谨问南粤王,甚苦心劳意。朕,高皇帝侧室之子[1],弃外,奉北藩于代[2]。道里辽远,壅蔽朴愚,未尝致书。高皇帝弃群臣,孝惠皇帝即世,高后自临

[译文]

皇帝谨问候南粤王,您很是苦心劳累。我,是高皇帝侧室生的儿子,遗弃在外,在代国奉守北疆。因为道路遥远,闭塞愚朴,所以不曾通信致意。高皇帝遗弃群臣,孝惠皇帝又去世,高后亲自临朝听政,不幸有疾,小人日

事,不幸有疾,日进不衰,以故悖³暴乎治,诸吕⁴为变故乱法,不能独制,乃取它姓子为孝惠皇帝嗣⁵。赖宗庙之灵,功臣之力,诛之已毕。朕以王侯吏不释之故,不得不立,今即位。

进,因此在治国上出现乖谬之事,吕氏兄弟子侄改变故制扰乱法度,高后不能独裁,就取他姓人家儿子作为孝惠皇帝的后代。幸赖宗庙之灵,功臣之力,已把他们杀完了。我因为王侯官吏不放过我的缘故,不得不立为皇帝,现在已即位。

注释 1 文帝刘恒是刘邦薄姬所生,非吕后子,故曰侧室之子。2 藩:屏障。代:所属太原、雁门、代三郡,立都中都(今山西平遥西南)。高祖十一年(前196)立中子刘恒为代王。 3 悖:乖违,谬误。4 诸吕:吕后侄吕台当时为吕王;吕产为梁王,相国;吕禄为赵王,上将军;吕通为燕王。 5 孝惠皇后无子,假装有孕,恰有一被吕氏所幸美人有子,故杀之而夺其子作为太子。

乃者闻王遗将军隆虑侯书¹,求亲昆弟²,请罢长沙³两将军。朕以王书罢将军博阳侯⁴,亲昆弟在真定⁵者,已遣人存问,修治先人冢。前者闻王发兵于边,为寇灾不止⁶。当其时,长沙苦之,南郡⁷尤甚。虽王之国,庸⁸独利乎?必多杀士卒,伤良将吏,寡人之妻,

从前听说您寄给将军隆虑侯的信,访求您的亲兄弟,请求罢免长沙国两个将军。我按您的信,罢免了将军博阳侯的职务,您在真定的亲兄弟,我已经派人去查访慰问,并修整您先人的坟墓。此前听说您发兵到边境,为寇成灾不止。当时,长沙方面很苦恼这件事,南郡一带更加严重。即使是您的国土,两军交战,难道是单独对您有利的吗?战争必定会杀戮众多士卒,伤害好将官,使人家的妻子成寡妇,使人家的儿子成

孤人之子,独人父母,得一亡十,朕不忍为也!

| 孤儿,使人家的父母成独身,得一却要丢掉十,我不忍去做呀!

注释 1 乃者:曩者,从前。隆虑侯:周灶。 2 昆弟:亲兄弟。 3 长沙:汉时为诸侯国。 4 博阳侯:陈濞。 5 真定:西汉诸侯国,今河北正定。 6 高后时,赵佗几次发兵攻长沙国边邑。 7 南郡:汉郡,辖今湖北襄阳、荆门、荆州一带。 8 庸:副词,相当于"难道"。

朕欲定地犬牙相入[1]者,以问吏,吏曰:"高皇帝所以介[2]长沙土也。"朕不能擅变焉。吏曰:"得王之地,不足以为大;得王之财,不足以为富。"服领以南[3],王自治之。虽然,王之号为帝,两帝并立,亡一乘之使以通其道,是争也。争而不让,仁者不为也。愿与王分弃前患,终今以来,通使如故。故使贾[4]驰谕告王朕意,王亦受之,毋为寇灾矣。上褚[5]五十衣、中褚三十衣、下褚二十衣遗[6]王,愿王听乐娱忧,存问邻国[7]。

| 我想要划定犬牙交错的地盘,拿这事去问官吏,官吏说:"这是高皇帝用来隔开长沙国土的。"我不能擅自改变啊。官吏又说:"得到您的土地,不足以称为大;得到您的财产,不足以称为富。"五岭以南的地方,您自己治理吧。既然这样,那么您仍号称皇帝,就是两帝并立了,又没有一个信使沟通,这是争夺了。争而不让,这是仁者不做的。我愿意跟您抛弃以前的隔阂,从今以后,像从前一样互通使者。所以派遣陆贾驰马向您告知我的心意,希望您能接受这份心意,不要再侵扰边境造成灾难了。将上等丝绵衣五十件、中等丝绵衣三十件、下等丝绵衣二十件赠送给您,希望您尽情娱乐,省视慰问邻国。

[注释] 1 犬牙相入：属地如犬牙形状，互相交错。 2 介：隔开。 3 服：指王畿以外的地方，此指南服。领：通"岭"，即今五岭山脉。 4 贾：陆贾，楚人，以客卿从刘邦定天下，有辩才，后拜太中大夫。著有《新语》十二篇。 5 褚（zhǔ）：丝绵衣。 6 遗（wèi）：赠予。 7 邻国：指东越、瓯等少数民族政权。

司马相如·谕巴蜀檄

[导读]

檄即用以征召、告谕或声讨的文书。司马相如，字长卿，蜀郡成都（今四川成都）人，汉武帝时任郎官。因汉使唐蒙以武力导致西南震恐，司马相如被汉武帝派往西南劝抚，故向巴蜀官佐父老发出了这篇软硬兼施的文告。他以辞赋家特有的大手笔，把一场可能爆发的重大政治军事冲突轻轻带过，反复说明诉诸武力不是皇上心意，处处为朝廷周旋，却说得正大有理；对巴蜀官民，句句是安慰，却句句又是责备。通过檄文开释其心，动其向慕，叙述娓娓动人，却又苍劲有力，深得立言之法。

[原文]

告巴、蜀太守：蛮夷自擅不讨之日久矣，时侵犯边境，劳士大夫。陛下[1]即位，存抚天下，集安中国[2]。然后兴师出兵，北征匈奴，

[译文]

告示巴郡、蜀郡太守：周边少数民族不顺从朝廷搞对立，却没有受到军事打击已经很久了，他们时常侵犯边境，使士大夫忧劳。当今皇上即位，体恤安抚天下百姓，团结稳定中原。然

单于怖骇,交臂³受事,屈膝请和。康居⁴西域,重译⁵纳贡,稽首⁶来享。移师东指,闽越相诛⁷;右吊番禺⁸,太子入朝。南夷之君,西僰⁹之长,常效贡职,不敢惰怠。延颈举踵,喁喁¹⁰然皆向风慕义,欲为臣妾,道里辽远,山川阻深,不能自致。夫不顺者已诛,而为善者未赏,故遣中郎将往宾之¹¹。发巴、蜀之士各五百人,以奉币帛¹²,卫使者不然¹³,靡有兵革之事,战斗之患。今闻其乃发军兴制,惊惧子弟,忧患长老,郡又擅为转粟运输,皆非陛下之意也。

以上晓谕百姓以发卒之事。

后兴兵出师,向北征讨匈奴,使单于恐惧惊骇,拱手称臣,屈膝请和。康居等西域各国,辗转翻译,献纳贡品,叩头来朝拜。接着调换大军开向东方,东越被诛灭;又乘势向右攻下南越,南越王派太子来朝廷作人质。南夷的君主,西僰的酋长,以经常呈献贡品为职守,不敢懒惰怠慢。各地伸长脖子,抬起脚跟,都向往仰慕汉朝风义,愿意作为臣下,但因道路遥远,山川深阻,不能亲自到达。不顺从的已经被诛杀,但为善的却没有奖赏,所以派遣中郎将前来使你们宾服。至于发动巴、蜀士卒各五百人,是为了奉送钱币布帛,保护使者不发生意外,并没有军事行动和投入战斗的忧患。现今听说使者竟派遣军队兴制法令,惊骇当地子弟,使父老忧患,郡中又擅自转运粮食,这都不是皇帝的意思。

【注释】 1 陛下:此指汉武帝。 2 集:通"辑",协和。中国:中原地区。 3 交臂:拱手。 4 康居:古西域国名,约在今巴尔喀什湖和咸海之间。 5 重译:因言语不通而辗转翻译。 6 稽首:叩头到地的大礼。 7 闽越:此指东越。其王汉初为驺无诸。武帝建元六年(前135),无诸后代驺郢谋反,被王恢等击杀。 8 吊:吊慰。番禺:南越都城所在,在今广州。汉置南海郡。建元三年(前138),东越围攻南越,汉朝派兵相救,南越遣太子婴齐入朝称谢。 9 僰（bó）：古代少数民族，居今川南、滇东一带，汉置犍为郡。 10 喁喁（yóng yóng）：众人向慕的情状。 11 中郎将：皇帝侍卫的统领，隶属光禄勋。此指唐蒙出使西南夷一事。宾：宾服。 12 币帛：原刻本无"帛"字，据《史记》补。 13 不然：不然之变故，意思是意外事变。

当行者，或亡逃自贼[1]杀，亦非人臣之节也。夫边郡之士，闻烽举燧燔[2]，皆摄[3]弓而驰，荷兵而走[4]，流汗相属[5]，惟恐居后。触白刃，冒流矢，议不反顾[6]，计不旋踵，人怀怒心，如报私仇。彼岂乐死恶生，非编列之民，而与巴、蜀异主哉？计深虑远，急国家之难，而乐尽人臣之道也。故有剖符[7]之封，析[8]圭而爵，位为通侯[9]，居列东第，终则遗显号于后世，传土地于子孙。事行甚忠敬，居位甚安佚[10]。名声施于无穷，功烈著而不灭。是以贤人君子，肝脑涂中原、膏液润野草而不辞也。今奉币使至南夷，即自贼杀，或亡逃抵

应当服役的人，有的逃亡有的自杀，这也不是人臣的气节啊。边郡的吏卒，白天看到举起的烽火，晚上望见燃起的薪燧，都手持弯弓奔驰，或扛着兵器奔跑，流出的汗水连连淌下，唯恐落后了。他们身触白刃，冒着中箭的危险，义无反顾，决计不退缩，人人怀着怒气，好像是为报私仇一样。他们难道是乐于送死厌恶生存，不是编户之民，就跟巴、蜀有不同的君主吗？只是他们考虑深远，心急国家的危难，而乐于尽人臣之道罢了。因此有人立了功，得到封官职、授爵位的凭证，生前当公侯，住豪宅。死后留美名扬后世，传封地给儿孙。他们做事很忠诚恭敬，处在岗位上也很安乐。名声永远流传，功勋显著而永远不灭。因此，贤人君子即使肝脑涂染中原大地、鲜血润泽野草都不推辞呀。现在奉送钱币的使者到达南夷，就自相残杀，或者逃亡抵

诛,身死无名,谥为至愚[11],耻及父母,为天下笑。人之度量相越[12],岂不远哉!以上数百姓不忠死亡之罪。

抗被杀,身死后没有好名声,被称为最蠢的人,还影响到父母也受羞辱,被天下人所耻笑。人的胸怀见识相差岂不是太远了吗?

[注释] 1 贼:伤残。 2 燧:积薪,古代告警的烽烟。燔(fán):焚烧。 3 摄:引持。 4 荷:扛着。兵:兵器。 5 属:连属。 6 议:《史记》作"义"。顾:回头。 7 剖符:剖分符节分封功臣,君臣各执一半作为凭证。 8 析:从中分开。 9 通侯:爵位中最高一等。汉高祖曾剖符析圭封曹参等为通侯。 10 佚:通"逸"。 11 谥(shì):称号,称作。至:极。 12 越:超出。

然此非独行者之罪也,父兄之教不先,子弟之率[1]不谨,寡廉鲜耻,而俗不长厚也。其被刑戮,不亦宜乎?以上让三老孝弟以不教诲之过。

然而这些不只是服役之人的罪责,是父兄在先前没有教育,子弟们的顺从之心不谨慎,缺乏廉耻,而且当地风俗不淳厚啊。他们受刑被杀,不也是理所当然的吗?

[注释] 1 率:顺服。

陛下患使者有司之若彼,悼[1]不肖愚民之如此,故遣信使,晓谕百姓以发卒之事,因数[2]之以不忠死亡之罪,让三老、孝弟以不教诲之过[3]。方

皇上忧虑使者和有关官吏办事是那样鲁莽,又痛心不肖之徒和愚民行事如此愚钝,所以又派遣信使,把征召士兵的事情告诉百姓,并且还把不忠于国家、愚昧而死的人的罪名列举出来,责备三老、孝弟有失教导。目前正是农忙时节,

今田时,重⁴烦百姓,已亲见近县,恐远所溪谷山泽之民不遍闻,檄到,亟下县道⁵,咸谕陛下意,毋忽⁶。

不愿一再烦难百姓,已经亲自闻见近县情况,但恐怕远方溪谷、山泽之间的老百姓不能普遍知晓,所以檄文一到,就应马上下发各县,使百姓都明白皇上的心意,不可疏忽。

[注释] 1 悼:悲痛。 2 数(shǔ):列举罪状。 3 让:责让。三老:掌教化的乡官,五十岁以上有修养能统众者为之。孝弟:即孝弟(悌)力田的省称,也是掌教化的乡官。 4 重:难。 5 亟:急。道:汉代于县内有少数民族的地方设置道。 6 此处《史记》作"使咸知陛下之意,唯毋忽也"。

汉光武帝·赐窦融玺书

[导读]
　　汉光武帝,即东汉开国之君刘秀。刘秀即位时天下纷纷,公孙述据蜀,隗嚣据天水,各与汉军相抗。窦融据河西五郡,兵强马壮,粮足民富,成为举足轻重的人物,有人劝说他联合蜀、陇以与汉朝抗争,他却派长史与汉相通,因此光武帝便赐此书。
　　玺书先热情赞颂对方功绩,以稳其心;接着中肯地分析天下形势,亦为对方挑明扶汉与鼎足两条出路;最后归结为分土不分民,真是字字千钧。河西得此书,人人惊服天子明见万里之外,从而坚定了维护统一之信心。此书处处以诚相见,语语慰藉周备,坦白明快,在极和平中显得极爽直,充满以柔道化成天下之意。

原文

制诏行河西五郡大将军事、属国都尉[1]：劳镇守边五郡[2]，兵马精强，仓库有畜，民庶殷富。外则折挫羌胡，内则百姓蒙福。威德流闻，虚心相望，道路隔塞，邑邑[3]何已！长史[4]所奉书、献马悉至，深知厚意。今益州有公孙子阳[5]，天水有隗将军[6]，方蜀、汉相攻，权在将军，举足左右，便有轻重。以此言之，欲相厚岂有量哉！诸事具长史所见，将军所知。王者迭[7]兴，千载一会。欲遂立桓、文[8]，辅微国，当勉卒功业；欲三分鼎足，连横合从，亦宜以时定。天下未并，吾与尔绝域，非相吞之国。今之议者，必有任嚣效尉佗制七郡之计[9]。王者有分土，无分民[10]，自适己事而已。今以黄金二百斤赐将军，

译文

诏令代理河西五郡大将军事的属国都尉：烦劳您镇守边境五郡，兵马精悍强壮，仓库富有积蓄，百姓很富裕。对外挫败了羌人等少数民族，对内使老百姓获得了幸福。威仪大德流布传闻，令我虚心相望，但道路阻塞，闷闷不乐的心事怎能了却！长史所奉送的文书和所献的马都收到了，深知您一片厚意。现今益州有公孙子阳，天水有隗将军，正当蜀、汉相攻之际，权衡全在将军了，您投足左右，便会有轻重之势。以此而言，想要厚交难道还有限度吗！种种事都由长史所见，将军您所知。称王称霸的更迭兴起，是千载难得的好时机。想要成就建立齐桓公、晋文公的事业，辅助弱主，就应当努力成就功业；想要三分天下成鼎足之势，合纵连横，也应当适时而定。天下没有统一，我和你隔绝甚远，不是能够互相吞并的小国。现今议论的人，必定有任嚣授予南海尉赵佗控制七郡的计策。但称王的有封疆土地，没有分隔的百姓，自己做好该做的事罢了。现在把黄金二百斤赐予将军，对国家

便宜[11]辄言。　　　有利的事您尽管讲就是。

[注释] 1 制诏:诏令。皇帝命称制,令称诏。行:兼代某职。属国都尉:都尉的一种,辅佐边境郡守并掌全郡军事。当时窦融为张掖郡属国都尉,以威信抚结五郡,僚属共推他兼行河西五郡大将军事。 2 五郡:武威、酒泉、张掖、金城和敦煌五郡。 3 邑邑:闷闷不乐的情态。 4 长史:总理将军幕府的属官,此指刘钧。 5 公孙子阳:公孙述,字子阳,扶风人,当时据有成都,尽得益州之地。 6 天水:郡名,故治在今甘肃通渭西北。隗将军:名嚣,时据有天水、陇西、安定、北地四郡。公孙述与隗嚣均起兵反对刘秀。 7 迭:更迭。 8 桓:春秋时齐桓公。文:春秋时晋文公。 9 任嚣:秦二世时南海尉。效:致,授予。尉佗:尉为官名,佗即赵佗。七郡:苍梧、郁林、合浦、交趾、九真、南海、日南,在今两广及越南一带。秦二世时,南海尉任嚣病危,召龙川令赵佗说:"此亦一州之主,可为国。"赵佗行南海尉事,后自称南粤王。 10 有分土:指有封疆。无分民:指百姓不分隔,互相往来。 11 便宜:指有利于国家的事。

奏议类

书·无逸

【导读】

成王壮年时嗣位,周公恐其沉溺于酒色游猎,荒废政事,就告诫他不可逸乐。史官记录周公之言,名曰《无逸》。

此文先从知劳动之艰难、知百姓之隐痛着手,对君主提出无逸要求;再从历史正反两方面总结经验教训,论证无逸之紧要;然后阐明要正确对待百姓的怨骂。在位者不应拒训告,不可罪怨詈,则是曾氏在段意中所强调的。这些进步思想,在今天又何尝没有现实教育意义?

本文中心思想突出,条理明晰,富于说服力,且较流畅,为《尚书》中杰出之作。

【原文】

周公曰:"呜呼!君子所其无逸[1]。先知稼穑[2]之艰难,乃逸,则知小人之依[3]。相[4]小人,厥[5]父母勤劳稼穑,厥子乃不知稼穑之艰难,乃逸乃谚[6],既

【译文】

周公说:"唉!君子做官,一定不要贪图安逸。先了解耕种收获的艰难困苦,再去享受,那么就知道平民百姓的艰难了。看看那些百姓,他们的父母勤勤恳恳劳动,他们的儿子却不懂得劳动的艰难,就心图安乐,行为粗鲁,甚至放

诞[7],否[8]则侮厥父母曰：'昔之人无闻知！'"

荡狂妄，时间长了，乃至于侮辱他的父母说：'上了年纪的人什么也不懂！'"

【注释】 1 君子：指在官位的人。所：处所，此指所处的官位。其：副词，表劝告，相当于"要""一定"。 2 稼穑：耕种收获，泛指劳动。 3 小人：平民百姓。依：隐，隐痛，苦衷。 4 相：视，看看。 5 厥：代词，第三人称。 6 谚：通"喭"，粗野。 7 诞：同"延"，长久。 8 否：《熹平石经》作"不"。"不则"即于是，乃至于。

周公曰："呜呼！我闻曰：昔在殷王中宗[1]，严恭寅畏[2]，天命自度[3]，治民祗[4]惧，不敢荒宁[5]，肆中宗之享国七十有五年[6]。其在高宗[7]，时旧劳于外[8]，爰暨小人[9]。作[10]其即位，乃或亮阴[11]，三年不言。其惟不言，言乃雍[12]。不敢荒宁，嘉靖殷邦[13]。至于小大[14]，无时[15]或怨，肆高宗之享国五十有九年。其在祖甲[16]，不义惟王，旧[17]为小人。作其即位，爰知小人之依，能保惠于庶民[18]，不敢侮鳏寡，肆祖甲之享国三十有三年。

周公说："唉！我曾听说：从前殷王中宗，庄严恭敬，小心翼翼，以恪守天命来要求自己，治理百姓恭敬慎重，不敢荒废政事而自图安乐，因此中宗在位七十五年。到了高宗，年轻时长久在外服役劳动，于是能和平民们生活在一起。等到他即位为王，就讲诚信并能沉默寡言，三年中不乱说国事。他虽然不说，偶尔论及国事，却又得到广泛赞同。他不敢荒废政事而自图安乐，很好地治理殷邦。从平民到大臣，这个时候没有一点埋怨，因此高宗在位五十九年。到了祖甲，认为立自己为王是不义，于是逃往民间长期当百姓。等到他继承兄长登上王位，就能了解平民百姓的隐痛苦衷，能够养育老百姓并施加恩惠，不敢轻侮无依无靠的人，因此祖甲在位

自时厥后[19]，立王生则逸。生则逸，不知稼穑之艰难，不闻小人之劳，惟耽乐[20]之从。自时厥后，亦罔或克[21]寿，或十年，或七八年，或五六年，或四三年。"以上殷王。

三十三年。从此之后，所立的君主生来就安逸。生来就安逸，便不懂得劳动的艰难，听不到平民百姓的劳苦声，只知沉溺在享乐之中。自此以后，殷王也就没有能够长久在位的了，有的十年，有的七八年，有的五六年，有的三四年就完了。"

[注释] 1 中宗：殷朝第七代君主祖乙。一说第五代君主太戊。 2 严：严肃庄重。寅：恭敬。严恭指外貌，寅畏指内心。 3 度（duó）：忖度，图谋。 4 祗（zhī）：恭敬。 5 荒宁：荒废自安。 6 肆：故，因此。有：又。 7 高宗：即武丁，殷朝君主。 8 时：《中论》引作"实"。旧：久，长期。 9 爰：于是。暨：与，和……在一起。 10 作：及，等到。 11 或：有。亮：诚信。阴：沉默。一说"亮阴"为居丧庐守默。 12 雍：和谐。 13 嘉：美善。靖：安定。 14 小大：指小人（百姓）和群臣。 15 时：是，相当于代词"此"。 16 祖甲：武丁的儿子，殷朝君主。 17 旧：久。祖甲有兄叫祖庚，但不如祖甲贤，高宗想立祖甲为王，祖甲认为废长立少是不义，于是逃亡民间当百姓。 18 保：养育保护。惠：施惠。 19 时：此。厥：相当于代词"之"。 20 耽乐：沉醉于享乐。 21 克：能够。

周公曰："呜呼！厥亦惟我周太王、王季[1]，克自抑畏[2]。文王卑服[3]，即康功田功[4]。徽柔懿恭[5]，怀保小民，惠鲜鳏寡[6]。自朝

周公说："唉！此后只有我们大周的太王和王季，能够自我谦虚敬畏。文王从事过卑微的事，就是平整道路和下田劳动的工作。他和善仁爱，美好恭敬，关心爱护平民百姓，普施恩惠

至于日中昃[7]，不遑[8]暇食，用咸和万民[9]。文王不敢盘于游田[10]，以庶邦惟正之供[11]。文王受命惟中身[12]，厥享国五十年。"以上文王。

给那些无依无靠的人。他从早上、中午一直到下午，忙忙碌碌无暇吃饭，为了使万民和谐地生活。文王不敢沉湎于游玩和田猎，使众邦诸侯只需进献正税就可以了。文王即位时已到中年，他在位却有五十年。"

注释 1 厥：此后之意。太王：即古公亶父，周文王之祖父。王季：即季历，周文王之父。 2 抑畏：谦虚敬畏。 3 卑服：从事卑微之事。 4 功：事，工作。康功指平整道路的工作，田功指田地里劳动之事。 5 徽：和善。懿：美好。 6 惠：普施恩惠。鲜：曾运乾解为"斯"，近指代词。 7 昃（zè）：太阳偏西。 8 不遑：没有闲暇。 9 用：用以。咸：和。咸和，即和合。 10 盘：耽乐。田：田猎。 11 以：使。正：正税。供：进献。"惟正之供"即"惟供正"之倒装。 12 中身：中年。

周公曰："呜呼！继自今嗣王[1]，则其无淫于观于逸、于游于田，以万民惟正之供，无皇[2]曰'今日耽乐'。乃非民攸训[3]，非天攸若[4]，时人丕则有愆[5]！无若殷王受[6]之迷乱，酗于酒德哉！"以上诫嗣王。

周公说："唉！成王你今后对于观览享乐、游玩田猎不要过度，只要使天下臣民进献正税就够了，况且也不要说什么'今天尽情欢乐一番吧'。若这样，就不是臣民所顺从的了，也不是上天所答应的了，这样的人便有大错了！不要像殷纣王那样迷惑昏乱，酗酒无度啊！"

注释 1 嗣王：指成王。 2 皇：《熹平石经》作"兄（kuàng）"，况且。

3 攸：所。训：顺从。　4 若：顺从。　5 时：此。愆：过失，错误。
6 受：即商纣。

周公曰："呜呼！我闻曰：古之人犹胥训告[1]，胥保惠，胥教诲，民无或胥诪张为幻[2]。此厥[3]不听，人乃训之[4]，乃变乱先王之正刑[5]，至于小大[6]。民否则厥心违怨[7]，否则厥口诅祝[8]。"以上不拒训告者。

周公说："唉！我曾听说：古人还相互劝导告诫，相互保护惠爱，相互教诲，民众也就没有互相欺诳惑乱的事了。这些话若不听从，官吏就会以此作榜样，于是会改变扰乱先王的政教法律，以至于影响大大小小的法条。民众于是心里有了怨恨，就会口出咒骂了。"

[注释]　1 犹：还。胥：互相。　2 或：有。诪（zhōu）张：欺诳。幻：惑乱。　3 厥：其，无义。　4 人：指官吏。训：典式，榜样。　5 正：通"政"，政治。刑：法律。　6 小大：指大大小小各种法条。　7 否：《熹平石经》作"不"。"不则"即于是。违：恨。　8 诅祝：诅咒。以官告神叫祝，请神加殃叫诅。

周公曰："呜呼！自殷王中宗及高宗及祖甲及我周文王，兹四人迪哲[1]。厥或告之曰[2]：'小人怨汝詈[3]汝。'则皇自敬德[4]。厥愆[5]，曰：'朕之愆允若时[6]。'不啻[7]不敢含怒。此厥不听，

周公说："唉！从殷代中宗、高宗到祖甲，到我大周文王，这四位才是通达明智的人啊。那时有人告诉他们说：'老百姓在怨恨你，责骂你。'他们就更加敬慎自己的德行。那时有人检举他们的过失，他们就说：'这确实是我的过错。'他们不但不敢怀有怨恨，而且很愿意听，以便检讨自己的得失。这些道理若不听从，官

人乃或诪张为幻,曰'小人怨汝詈汝',则信之。则若时,不永念厥辟[8],不宽绰[9]厥心,乱罚无罪,杀无辜。怨有同[10],是从[11]于厥身。"以上不罪怨詈者。

周公曰:"呜呼!嗣王其监[12]于兹。"

吏中就会有人欺诈惑乱,说'老百姓在怨恨你,责骂你',你就会相信他们。如果像这样轻信他们,就不会长久去考虑那些法度,不会去开阔缓和自己的心胸,会胡乱惩罚没有过失的人,随意杀掉没有罪恶的人。人们的怨恨会聚合起来,便会集中到他的身上。"

周公说:"唉!成王,你要以此为鉴啊!"

注释 1 迪哲:通达明智。 2 厥:其,那时。或:不定代词,有人。 3 詈(lì):责骂。 4 皇:《熹平石经》作"兄"(音况),益也,更加。敬:敬慎。 5 厥愆:为"厥或愆之"的省略。愆,活用为动词,检举过失之意。 6 允:信,的确。时:此。 7 不啻(chì):不但。 8 永:长久。辟:法度。 9 绰:缓和。 10 同:会同,会合。 11 丛:积聚,集中。 12 监:同"鉴",借鉴。

贾谊·陈政事疏

导读

贾谊,西汉洛阳(今河南洛阳)人。二十多岁时被汉文帝召为博士,升任太中大夫,后出为长沙王太傅、梁怀王太傅,多才而不得志,三十三岁因忧伤而丧身。

贾谊是我国历史上杰出的政论家和文学家。他针对时政,利用向皇帝陈述意见的"疏"这种文体,以雄辩严谨的论证,委婉中透着坚定的语言,极力宣扬立制度、兴礼义的重要性,旨在削弱诸侯王势力,抵御匈奴入侵,加强中央集权,教育太子,礼遇臣下。贾谊的忧国之心,治国之才,一一跳跃在纸上。全文以痛哭、流涕、长叹息三句总起,分别阐述,提纲挈领,洋洋洒洒中浑然一体;每层以"故"字作结,一层扣一层,不可驳诘。全文波澜纵横,论述令人倾心诚服。且语言明白显豁,通俗易晓。曾氏认为千古奏议,当推此篇为绝唱。本篇是我国古代长篇政论文中少见之精品,无论在汉代、清朝,还是在今天,都具有很高的政治、文学价值。

【原文】

臣窃惟事势[1],可为痛哭者一,可为流涕者二,可为长太息[2]者六,若其他背理而伤道者,难遍以疏[3]举。进言者皆曰天下已安已治矣,臣独以为未也。曰安且治者,非愚则谀,皆非事实知治乱之体者也。夫抱火厝之积薪之下[4],而寝其上,火未及然[5],因谓之安。方今之势,何以异此?本末舛逆[6],首尾衡[7]决,国势抢攘[8],非甚有纪[9],胡可谓治?

【译文】

我私下考虑如今的形势,可为之痛哭的有一项,可为之哭泣的有两项,可为之大声叹息的有六项,至于其他违背情理而伤害大道的事,难于全部分条陈述列举。向皇上进言的人都讲天下已经安定、已经治理了,我个人认为并没有。说安定太平的人,不是愚蠢就是阿谀奉承,都不是真正懂得治乱之本的人。有人抱着火炉放置在堆积的柴薪下边,自己却在柴薪上面睡大觉,大火还没有燃烧起来的时候,他便认为这是安宁的地方。当前的形势,跟这个有什么不同呢?本和末错乱违背,首和尾横向决裂,国家形势乱纷纷,不是十分有条理,怎么可以说是治理太平呢?陛下为什么不完全令我

陛下何不壹令臣得熟数之于前[10]？因陈治安之策,试详择焉！

在您跟前仔细陈说一番？提出国家真正大治大安的策略,以供陛下仔细斟酌选用呢？

注释 1 窃：私下地。惟：思虑。 2 太息：叹息。 3 疏：分条陈述。 4 抱：一说古"抛"字。厝（cuò）：通"措",措置。厝火积薪这一成语,比喻潜伏极大的危机。 5 然："燃"的本字。 6 舛（chuǎn）：错乱。逆：违背。 7 衡：通"横"。 8 抢攘：纷乱的样子。 9 甚：非常。纪：头绪,条理。 10 壹：完全。熟：仔细。数（shǔ）：陈说。

夫射猎之娱,与安危之机孰急？使为治,劳智虑,苦身体,乏钟鼓之乐,勿为可也。乐与今同,而加之诸侯轨道[1],兵革不动,民保首领,匈奴宾服,四荒乡风[2],百姓素朴,狱讼衰息。大数既得,则天下顺治,海内之气,清和咸理[3]。生为明帝,没为明神,名誉之美,垂于无穷。《礼》：祖有功而宗有德。使顾成[4]之庙,称为太宗[5],上配太祖[6],与汉亡[7]极。建久安之势,成长治之业,以承祖庙[8],以

射箭狩猎的欢娱,跟国家安危的形势相比,哪个急迫？假使为了治平,要耗费心血,摧残身体,耽误敲钟击鼓的礼乐,不采纳是可以的。我的治国方策,能保证陛下享受的乐趣不受影响,并给诸侯施加法制,战争不发生,百姓能保住性命,匈奴按时进贡服从,四方边远地区趋从教化,人民素诚朴质,牢狱案件减少甚至不出现。大体要略既已获得,那么天下就会顺从治理,海内气象普遍清和治平。陛下生前是英明之帝,死后是英明之神,名声赞誉之美,永垂不朽。《礼记》说：祖上有功而又宗嗣有德。所以使顾成庙号称作太宗,得以与太祖共享盛名,与大汉天下共存亡。创造长期安定的局势,建成永久太平的功

奉六亲[9],至[10]孝也;以幸天下,以育群生,至仁也;立纲陈纪[11],轻重同得,后可以为万世法程[12],虽有愚幼不肖之嗣,犹得蒙业而安,至明也。以陛下之明达,因使少知治体者得佐下风[13],致此非难也。其具可素陈于前,愿幸无忽[14]。臣谨稽[15]之天地,验之往古,按之当今之务,日夜念此至孰也,虽使舜、禹复生,为陛下计,亡以易此[16]。以上序。

业,用来承继祖庙,侍奉六亲,这是最大的孝顺啊;用来使天下幸福,抚育众生生长,这是最大的仁义啊;建设纲纪法制,罪轻、罪重同样能得到处治,对后代可以为万世子孙树立楷模,即使有愚蠢幼稚不肖的后代,还是能够承蒙祖业而安居,这是十分明智的啊。凭借陛下的聪明通达,再有稍知治理大体的人辅佐,要达到这一境界是不难的呀。其内容全都可以原本地向陛下陈述,希望陛下不要忽视。我谨慎地用它来考察天地的变化,检验过去,按照当前时务,日日夜夜思考而详细地知道了它的内容,即使舜和禹再生,替陛下考虑,也不能改变这些想法。

【注释】 1 轨道:比喻遵法制。 2 四荒:四方荒远的边地。乡:通"向"。风:教化。 3 清和:指国家升平气象。咸:普遍。 4 顾成:庙名,汉文帝为自己所建。 5 太宗:即汉孝文皇帝刘恒。 6 太祖:即汉开国高祖刘邦。 7 亡:读"无"。 8 祖庙:此指开国君主之庙。 9 六亲:父、母、兄、弟、妻、子。 10 至:特别,极端。 11 纲:《汉书·贾谊传》作"经"。纲常纪道指法制。 12 程:式,规章。 13 少:稍。下风:比喻低下的地位。这里是贾谊自荐。 14 忽:忽视。 15 稽:考求。 16 亡:无,没有。易:改变。

夫树国固必相疑之势[1]，下数被其殃，上数爽[2]其忧，甚非所以安上而全下也。今或亲弟谋为东帝[3]，亲兄之子西乡而击[4]，今吴又见告矣[5]。天子春秋[6]鼎盛，行义未过，德泽有加焉，犹尚如是，况莫大[7]诸侯权力且十此者乎！然而天下少安，何也？大国之王，幼弱未壮，汉之所置傅相[8]，方握其事。数年之后，诸侯之王大抵皆冠[9]，血气方刚，汉之傅相，称病而赐罢，彼自丞尉以上，遍置私人，如此，有异淮南、济北之为邪？此时而欲为治安，虽尧舜不治。

建立诸侯国，必定会形成互相疑忌之势，臣下屡次遭受其祸殃，皇上经常被那些忧心事伤神，这实在不是使皇上安然、臣下保全的做法。现在亲弟弟谋反自称东帝，亲哥哥的儿子带兵向西袭击朝廷，如今吴王又被控告。天子您正当壮年，品行礼义没有过失，对他们施加功德恩泽，他们竟还是这样，何况最大的诸侯权力比他们还要大十倍呢！可是天下能稍稍安定下来，又是什么缘故呀？大国的诸侯王，年幼弱小，汉室所安排的太傅丞相，正掌管他们的政事。数年以后，诸侯王大都已成年，血气方刚，汉室所安置的太傅丞相，或称病而被罢免，丞、尉以上官职，诸侯王普遍安置私人，如此，这跟淮南王、济北王的做法有不同吗？这个时候要想达到天下安定，即使是尧舜也不能了。

[注释] 1 国：指诸王被封之国。疑：疑心。 2 殃：灾祸。 3 淮南厉王刘长，出入拟于天子，自为东帝，因谋反被废，死于徙蜀道中。 4 乡：通"向"。齐悼惠王子刘兴居，为济北王，谋反发兵袭荥阳。 5 吴：指吴王刘濞，汉高祖兄刘仲之子。见告：被告；不循汉法，有人上告。 6 春秋：年岁。 7 莫大：没有比其国大，即最大。 8 傅相：诸侯王的太傅和丞相。 9 冠：动词，指成年。

黄帝曰:"日中必蘴,操刀必割。"[1]今令此道顺,而全安甚易,不肯蚤[2]为,已乃堕骨肉之属而抗到之[3],岂有异秦之季世乎?夫以天子之位,乘今之时,因天之助,尚惮[4]以危为安、以乱为治,假设陛下居齐桓之处,将不合诸侯而匡天下乎?臣又知陛下有所必不能矣。假设天下如曩时,淮阴侯尚王楚[5],黥布[6]王淮南,彭越[7]王梁,韩信[8]王韩,张敖[9]王赵,贯高[10]为相,卢绾[11]王燕,陈豨[12]在代,令此六七公者皆亡恙[13],当是时而陛下即天子位,能自安乎?臣有以知陛下之不能也。天下淆乱,高皇帝与诸公并起,非有仄室之势以豫席之也[14]。诸公幸者,乃为中涓[15],其次仅得舍人[16],材之不逮至远也。高皇帝以明圣威武即天子位,割膏腴之地以王诸公,多者百余

黄帝说:"太阳到中午必定暴晒,操起刀子必定割肉。"现在让这个道理顺行,追求全面安定很容易,如果不肯及早行动,不久就会使骨肉毁坏,举起头让人割脖子,难道这跟秦朝晚期有不同吗?凭借天子的尊位,趁着当前的时机,依靠上天的帮助,尚且对转危为安、以乱为治还感到畏难,假设陛下处在齐桓公的位置上,大概不会联合诸侯而去匡救天下吧?臣又晓得陛下必定不能那样做啊。假设天下像过去那样,淮阴侯还当楚王,黥布当淮南王,彭越当梁王,韩信当韩王,张敖当赵王,贯高做赵国的丞相,卢绾当燕王,陈豨在代地,使这六七位都安然无恙,在这个时候陛下您即天子大位,自己能够感到安然吗?臣又因此知道陛下不能啊。天下复杂混乱,高皇帝和诸公共同起事,您只有侧室之势,身边无人依靠。您的亲信幸运的才不过是中涓,其次的仅得舍人职位,他们的才能远不及前人。高皇帝依靠自己的明圣威武当上天子,分割富饶的土地用来封诸公为王,多的有一百多个城,少的也

城，少者乃三四十县，德至渥¹⁷也。然其后七年之间，反者九起¹⁸。陛下之与诸公，非亲角¹⁹材而臣之也，又非身封王之也。自高皇帝不能以是一岁为安，故臣知陛下之不能也。

有三四十个县，恩德丰厚啊。可是此后七年之间，谋反的就有九起。陛下跟这些王公，既没有亲自去较量才能高下，使他们称臣，又不是亲自封他们为王。即使高皇帝也不能因此而得到一年的安宁，所以我也晓得陛下同样不能够安宁。

注释 1 熭（wèi）：暴晒。这两句讲时不可失，从《六韬》引出。 2 蚤：通"早"。 3 已乃：不久。堕（huī）：通"隳"，毁坏。抗：举，此指举首。到：割脖子。 4 惮（dàn）：畏惧。 5 淮阴侯：韩信。王（wàng）：动词，称王。 6 黥（qíng）布：即英布，从项羽归刘邦后有战功。 7 彭越：起义后归刘邦，多有战功。韩信、英布、彭越三人封王侯后都因谋乱被杀。 8 韩信：是战国韩的后代韩王信，不是通常所说的淮阴侯韩信。 9 张敖：张耳之子，嗣为王，刘邦之婿。 10 贯高：张敖的丞相，曾劝张敖杀刘邦。 11 卢绾：曾跟随刘邦，多有战功。 12 陈豨：赵国丞相，住代地，亦谋反。 13 亡恙：没有忧病。 14 仄：旁边，侧面。侧室本指卿大夫的庶子，但文帝自称是高皇帝侧室之子，此处正指文帝而言。豫：通"与"。席：借，凭借。 15 中涓：皇帝左右管内务清洁的官。 16 舍人：皇帝侍从，如樊哙。中涓、舍人均无权势。 17 渥：厚。 18 七年：《汉书》作"十年"。九起：自从汉高祖七年起，谋反之大者为韩王信、贯高、陈豨、韩信、彭越、黥布、卢绾等七起，另有臧荼、利幾两起。 19 角：较量。

然尚有可诿者曰疏[1],臣请试言其亲者:假令悼惠王[2]王齐,元王[3]王楚,中子[4]王赵,幽王[5]王淮阳,共王[6]王梁,灵王[7]王燕,厉王[8]王淮南,六七贵人皆亡恙,当是时陛下即位,能为治乎?臣又知陛下之不能也。若此诸王,虽名为臣,实皆有布衣昆弟[9]之心,虑亡不帝制而天子自为者[10]。擅爵[11]人,赦死罪,甚者或戴黄屋[12],汉法令非行也。虽行,不轨[13]如厉王者,令之不肯听,召之安可致乎?幸而来至,法安可得加?动一亲戚,天下圜[14]视而起,陛下之臣,虽有悍如冯敬[15]者,适启其口,匕首已陷[16]其胸矣。陛下虽贤,谁与领[17]此?

然而还有可以推托的,是说"异姓疏远",那就请允许我试着谈谈那些亲近诸侯王吧:假使令悼惠王当齐王,元王当楚王,中子当赵王,幽王当淮阳王,共王当梁王,灵王当燕王,厉王当淮南王,假如这六七位贵人都无恙,在这个时候陛下即位当皇帝,能够去治理国家吗?臣又知道陛下不能啊。像这些王,虽然名义上是臣下,实际上都有平民兄弟那种平起平坐的心思,大概都是无不想着帝制而自己去当天子的。他们擅自给人封爵,赦免死罪,甚至有人乘坐天子的黄屋车,汉室的法令难于施行。即使施行,像厉王等人,不遵守法制,向他下令不肯听从,又怎么能召他来呢?幸而来到,刑法怎么能够施加到他头上?动一个亲戚,天下环视惊起,陛下的大臣虽然有像冯敬一样勇敢的,话刚出口,匕首就已经刺入他的胸膛了。陛下虽然贤明,谁又能一道领会这些?

注释 1 诿(wěi):推辞,托辞。疏:疏远,此指异姓王。 2 悼惠王:刘肥,刘邦早年外妇之子。 3 元王:刘交,高祖同父异母少弟。 4 中子:即仲子刘如意,高祖戚夫人所生。 5 幽王:刘友,高祖子。

6 共王：即恭王刘恢，高祖子。 7 灵王：刘建，高祖子。 8 厉王：刘长，高祖子。 9 布衣昆弟：普通百姓兄弟。 10 虑：大概，大率。亡：无。 11 爵：活用为动词。 12 黄屋：天子车盖以黄缯为里并张黄罗伞，故称。 13 不轨：不遵法制。 14 圜：环。 15 冯敬：孝文帝时典客，行御史大夫事，曾奏劾淮南厉王，后与匈奴作战时战死，非被刺杀。 16 陷：攻入。 17 领：领会，理解。

故疏者必危，亲者必乱，已然之效也。其异姓负强而动者，汉已幸胜之矣，又不易其所以然。同姓[1]袭是迹而动，既有征[2]矣，其势尽又复然。殃祸之变，未知所移，明帝处之尚不能以安，后世将如之何？屠牛坦[3]一朝解十二牛，而芒刃不顿[4]者，所排击剥割，皆众理解[5]也。至于髋髀[6]之所，非斤[7]则斧。夫仁义恩厚，人主之芒刃也；权势法制，人主之斤斧也。今诸侯王皆众髋髀也，释斤斧之用，而欲婴[8]以芒刃，臣以为不缺则折。胡

所以疏远的异姓大臣必定危险，亲近的同姓王侯必定作乱，这已经得到验证了。那些异姓依仗自身的强大而造反的，汉室幸亏已经战胜了他们，但又不能改变酿成叛乱的法制。同姓沿袭这种做法，发动叛乱，已经有征兆了，他们的形势全部又回到以前那样。灾祸的变化，不知怎么转移，明睿的皇帝处在这种情况下尚且不能感到安然，后世又将会怎么样？杀牛工坦一个早晨剖开十二头牛，而屠刀锋刃不会变钝，是因为推排敲击，削剥割裂，都是顺着众多纹理下刀。至于大腿骨髋骨那些地方，则不是用砍刀就是用斧头。仁义厚恩，是君主的尖刀利刃；权势法制，是君主的大斧头。现在诸侯王都是大骨头，丢开斧头不用，却想以尖刀薄刃绕着大骨头拨弄，臣认为不是刀口有缺就是刀

不用之淮南、济北？势不可也。

子断折。大斧头为什么不用于淮南王、济北王？因为情势不可以啊。

[注释] 1 同姓：指吴王濞。 2 征：征兆。 3 坦：孔子时的杀牛人，事见《管子》。 4 顿：通"钝"。 5 解：剖开，肢解。 6 髋（kuān）：通称胯骨。髀（bì）：大腿骨。 7 斤：斧的一种，此处是指大砍刀之类。 8 婴：缠绕。

臣窃迹前事，大抵强者先反：淮阴王楚最强，则最先反；韩信倚胡，则又反；贯高因赵资，则又反；陈豨兵精，则又反；彭越用[1]梁，则又反；黥布用淮南，则又反；卢绾最弱，最后反。长沙[2]乃在二万五千户耳，功少而最完，势疏而最忠，非独性异人也，亦形势然也。曩令樊、郦、绛、灌据数十城而王[3]，今虽以[4]残亡可也；令信、越之伦，列为彻侯[5]而居，虽至今存可也。然则天下之大计可知已[6]。

我私下考察前事的踪迹，大抵是强大的先造反：淮阴侯当楚王时最强大，就最先谋反；韩王信依赖胡人，于是又谋反；贯高借助赵王的资本，于是又谋反；陈豨兵卒精锐，于是又谋反；彭越役用梁国百姓，于是又谋反；黥布役用淮南民众，于是又造反；卢绾势力最弱，最后一个谋反。长沙王只处于二万五千户食邑的地位罢了，功劳少却保全了下来，势力最小但最忠诚，这不只是由于性情和别人不同，也是形势使他这样呀。过去若让樊哙、郦商、周勃、灌夫占据几十座城称王，可以知晓，他们现今已经残败灭亡了；若让韩信、彭越之辈，只位列为彻侯而安居，即使到现今也是可以保存的。这样，天下的大局就可以知道了。

注释 1 用：役用。 2 长沙：吴芮被封为长沙王。 3 樊：左丞相舞阳侯樊哙。郦：右丞相曲周侯郦商。绛：太尉绛侯周勃。灌：中郎将、太仆灌夫。 4 以：通"已"。 5 彻侯：即列侯。 6 已：语尾助词。

欲诸王之皆忠附，则莫若令如长沙王；欲臣子之勿菹醢[1]，则莫若令如樊、郦等；欲天下之治安，莫若众建诸侯而少其力。力少，则易使以义；国小，则无邪心。令海内之势如身之使臂，臂之使指，莫不制从。诸侯之君不敢有异心，辐凑[2]并进而归命天子，虽在细民[3]，且知其安，故天下咸知陛下之明。割地定制，令齐、赵、楚各为若干国，使悼惠王、幽王、元王之子孙，毕以次各受祖之分地[4]，地尽而止，及燕、梁他国皆然。其分地众而子孙少者，建以为国，空而置之，须[5]其子孙生者，举使君之。诸侯之地，其削颇

想要诸王都忠诚附从，那最好让他们都像长沙王一样；要想臣子不被惨杀，那最好让他们像樊哙、郦商那样；要想天下治平安定，最好多多建立诸侯以减少他们的势力。势力单薄，则容易使之遵守礼义；国家范围小，则没有反叛的邪念。让海内形势好似全身使动手臂，手臂使动指头，没有不控制听从的。诸侯们不敢有异心，像辐木凑集于毂上一样归顺天子，即使寻常百姓，也会知道可使国家安定，所以天下都知道陛下英明。分割领地，规定制度，令齐、赵、楚各自分为若干国，使悼惠王、幽王、元王的子孙都按照次序各自承受祖上的封地，土地分完了子孙也封完了，对燕、梁等其他国也都这样。那种封地广阔但子孙少的，也都分成若干侯国，暂时空着搁置起来，等待子孙繁衍，推举出继承者使之成为君主。诸侯的土地，其中有因废爵或不公正而归入汉室的，由于疆界迁移和诸侯王分封自己的子孙

入汉者[6]，为徙[7]其侯国及封其子孙也，所以数偿之。一寸之地，一人之众，天子亡所利焉，诚以定制而已，故天下咸知陛下之廉。地制壹[8]定，宗室子孙莫虑不王[9]，下无倍畔[10]之心，上无诛伐之志，故天下咸知陛下之仁。法立而不犯，令行而不逆，贯高、利几[11]之谋不生，柴奇、开章[12]之计不萌，细民乡善，大臣致顺，故天下咸知陛下之义。卧赤子天下之上而安，植遗腹，朝委裘，而天下不乱。当时大治，后世诵圣。壹动而五业附[13]，陛下谁惮而久不为此[14]？

而减少了土地，可按侯国的应有户数，给予补偿。一寸土地，一个户口，天子无所利用呀，确实是应确定规制，所以天下都知道陛下廉洁。土地制度一经确定，刘姓宗室子孙没有不考虑保住自己统治的，臣子没有背叛的心思，皇帝没有讨伐的意愿，所以天下都知道陛下仁慈。法纪确立而无人触犯，政令施行而无人违背，贯高、利几的阴谋就不会出现，柴奇、开章的诡计也不会萌发，百姓向往善良，大臣都向皇帝表示顺从，所以天下都知道陛下尚义。这样，即使让幼儿当皇帝，天下也很安定，即使扶立遗腹幼子，坐朝时裘衣拖地，天下也不会混乱。这样，就可以使天下安定无事，后代也会称颂陛下圣明。只要采取这样的措施，上述五个方面的业绩也就随之而来了，陛下畏难什么而久久不去实施这些呢？

注释 1 菹醢（zū hǎi）：把人剁成肉酱，汉代有这种酷刑。 2 辐凑：车轮辐木凑集于毂上，这里比喻人物集聚。 3 细民：小百姓。 4 毕：都。分：同"份"。 5 须：等待。 6 削：废封削地。颇（pō）：偏颇，不公正。 7 徙：迁移。列侯国邑在诸侯王封内而土地犬牙交错，正疆界时，列侯要迁移。 8 壹：副词，一经。 9 虑：计虑。莫虑不王,据王先谦说应为"虑莫不王"。 10 倍畔:通"背叛"。 11 利几:曾为项羽将军,降汉后被封颍川,因谋反被汉高祖击破。 12 柴奇、开章:二人都是与淮南厉王一同谋反的人。 13 壹:副词,一旦。附:依附。 14 谁:何。惮:畏难。

天下之势,方病大瘇[1]。一胫之大几如要[2],一指之大几如股,平居不可屈信[3],一二指搐[4],身虑亡聊[5]。失今不治,必为锢疾[6],后虽有扁鹊[7],不能为已。病非徒瘇也,又苦跖盭[8]。元王之子,帝之从弟也[9],今之王者,从弟之子也。惠王[10]之子,亲兄子也,今之王者,兄子之子也。亲者或亡分地以安天下,疏者或制大权以逼天子,臣故曰非徒病瘇也,又苦跖盭。可为痛哭者,此病是也! 以上痛哭之一。

天下形势,正像患了严重的脚肿病一样。一条小腿肿得差不多如腰大,一个指头肿得差不多如大腿粗,平时不能弯曲伸展,一两个指头抽搐,全身几乎都没有依靠。失去现在的时机不去医治,必定会变成顽症,以后即使扁鹊再生,也不能治好了。病患不仅是脚肿,还苦于脚掌反扭。元王的儿子,是您的堂弟,现在的王,是堂弟的儿子呀。惠王的儿子,是您亲哥哥的儿子,现在的王,是兄长的孙子呀。亲近的人有的没有封地来安定天下,疏远的人有的控制大权用来威逼天子,所以我说不仅只患了脚肿病,还苦于脚掌反扭。令人痛哭的,就是这种病呀!

【注释】 1 瘇(zhǒng):脚肿病。 2 胫(jìng):小腿。几(jī):几乎,差不多。要:古"腰"字。 3 信:通"伸"。 4 搐(chù):抽搐疼痛。 5 聊:依赖。 6 锢疾:经久难治的疾病。 7 扁鹊:原名秦越人,战国时名医。 8 跖(zhí):足底,脚掌。盭(lì):此处指反扭。

9 楚元王是高祖弟,其子是文帝堂弟。　10 惠王:即齐悼惠王,文帝兄。

天下之势方倒县[1]。凡天子者,天下之首,何也?上也。蛮夷者,天下之足,何也?下也。今匈奴嫚娒[2]侵掠,至不敬也,为天下患,至亡已也,而汉岁致金絮采缯以奉之。夷狄征令,是主上之操也[3];天子共[4]贡,是臣下之礼也。足反居上,首顾[5]居下,倒县如此,莫之能解,犹为国有人乎?非亶[6]倒县而已,又类辟[7],且病痱[8]。夫辟者一面病,痱者一方痛。今西边北边之郡,虽有长爵不轻得复[9],五尺以上不轻得息[10],斥候望烽燧不得卧[11],将吏被介胄而睡[12],臣故曰一方病矣。医能治之,而上不使,可为流涕者此也!

现今天下的形势正如人倒挂着一样。天子,是天下的头,为什么呢?是居于上啊。蛮夷,是天下的脚,为什么呢?是处于下啊。现在匈奴倨傲轻侮,侵略掠夺,极为不恭敬,是天下大患,以至于没有止境,可是大汉朝每年都送给他们金絮采缯。本来征召号令夷狄,是皇上所操持的事;向天子供奉进贡,是臣下应尽的礼节。脚反过来居于上首,头反而处在下方,倒置如此,没有人能解救,还说治国有人吗?非但倒挂而已,又像瘸脚,而且患有半身不遂的病。瘸脚和中风都是局部之痛。如今西边北边的郡县,即使有高官厚爵之赏,因要御敌而不能轻易得到安逸,小孩子也不能轻易得到休息,斥候昼夜观望烽火不能睡觉,将吏披挂介胄只能坐着打盹,所以我说是局部的病痛啊。医生能够治疗它,可是陛下却不让他治,这是应该为之流泪悲伤的事啊!

注释　1 县:同"悬"。倒悬,倒挂,比喻处境痛苦危急。　2 嫚(màn):

通"慢",倨傲。姆:通"侮",欺负。 3 征:征召。令:号令。操:操持。 4 共:通"供",供奉。 5 顾:反而。 6 亶(dàn):通"但"。非但,不仅。 7 类:类似。辟:通"躄",脚病。 8 痱:此处指中风病。 9 长爵:高官厚爵。轻:轻易。复:安逸。 10 五尺:指小孩。西汉一尺合今六寸九分。息:休息。此指人无大小,都得战备。 11 斥候:侦察兵。烽燧:汉代边远地区十里筑一土台,并沿途多置薪堆,匈奴军至,则燃以报警。 12 被:通"披"。睡:坐寐,打盹。

陛下何忍以帝皇之号为戎[1]人诸侯?势既卑辱,而祸不息,长此安穷!进谋者率[2]以为是,固不可解也,亡具[3]甚矣。臣窃料匈奴之众不过汉一大县,以天下之大困于一县之众,甚为执事[4]者羞之。陛下何不试以臣为属国之官,以主匈奴?行臣之计,请必系单于之颈而制其命[5],伏中行说[6]而笞其背,举匈奴之众惟上之令[7]。今不猎猛敌而猎田彘[8],不搏反寇而搏畜兔,玩细娱而不图大患,非所以为安也。德可远施,威可远加,而直数百里外威令不信[9],

陛下怎么能以皇帝的尊号忍辱做西戎的诸侯?位势既已卑贱屈辱,而祸害又不停息,长此下去怎么能穷尽啊!献谋的人大都以此为正确,本来就不能解决问题,太缺少御敌治安的防备了。我私下估计匈奴的人数不会超过汉朝一个大县,让整个天下的大局被一县之众困扰,我很为那些主持朝政的人感到羞耻。陛下为什么不试试让我做属国一类的官,主持与匈奴打交道?施行我的计谋,必定要勒住单于的颈脖,控制他的行动,降伏中行说而鞭打他的背脊,全部匈奴人都只听从皇上的命令。现在不猎取猛敌却猎取田猪,不搏击反贼却搏击家兔,沉溺娱乐,没法对付国家大患,这不是追求安然的道理啊!威德本来可以远播于四海之外,可是我们仅在数百里外

可为流涕者此也！以上流涕之二。

咸令就不能伸展了，这又是应该为之流泪悲伤的事啊！

[注释] 1 戎：古时对西方少数民族的称呼。 2 率：大都，一律。 3 亡具：没有具备，指没有御敌的防备。 4 执事：此指皇帝左右的大官。 5 请：表敬副词。单（chán）于：匈奴最高首领。制：控制。 6 中行（háng）说（yuè）：姓中行，名说，汉文帝时宦官。其奉使送公主为匈奴妻，教单于与汉作对。 7 惟上之令：即"惟上令是从"之省略。 8 彘（zhì）：猪。 9 直：只。信：通"伸"。

今民卖僮者，为之绣衣丝履偏诸缘[1]，内之闲中[2]，是古天子后[3]服，所以庙而不宴者也，而庶人得以衣[4]婢妾。白縠[5]之表，薄纨[6]之里，緁[7]以偏诸，美者黼[8]绣，是古天子之服，今富人大贾嘉会召客者以被[9]墙。古者以奉一帝一后而节适[10]，今庶人屋壁得为帝服，倡优下贱得为后饰，然而天下不屈[11]者，殆未有也。且帝之身自衣皂绨[12]，而富民墙屋被文绣[13]；天子之后以缘其领，庶人孽[14]妾缘

现在百姓卖奴婢，替他们穿上绣衣丝鞋，还要用花边绲边，推进栏杆内，这是古时天子后妃的服饰，用来庙祭时穿而闲居时不穿的，可是普通人能够用来给婢妾穿。白绉纱做面子，薄绸绢做里子，用花边缝衣边，美的还要绣上斧形花纹，这是古时天子的服饰，如今富豪大商人却用于招待客人时装饰墙面。古人只用来供奉一帝一后而不轻易使用的，如今普通人屋壁能用天子的服饰，倡优下贱之人能用后妃的服饰，这样做而天下财力不竭尽，大概不可能了。且天子自身穿黑色厚缯，而富豪墙壁屋壁覆盖着绣画锦帛；天子后妃只用花边绲衣领边，普通人的小妾却用花边绲鞋边：这就是

其履:此臣所谓舛[15]也。夫百人作之不能衣一人,欲天下亡寒,胡[16]可得也?一人耕之,十人聚而食之,欲天下亡饥,不可得也。饥寒切于民之肌肤,欲其亡为奸邪,不可得也。国已屈矣,盗贼直须[17]时耳,然而献计者曰"毋动",为大[18]耳。夫俗至大不敬也,至亡等[19]也,至冒[20]上也,进计者犹曰"毋为"。可为长太息者此也!以上长太息之一。

我认为错乱的事情。百人缝制衣服还不能供一人穿,要想天下没有寒冻,怎么能够呀?一人耕种,十人聚集起来吃喝,想要天下没有饥饿,是不能够的呀。饥寒交迫切割着百姓的肌肉皮肤,想要他们不做奸邪之事,是不能够的呀。国家财力已经竭尽了,盗贼只是等待时机罢了,然而献计的人却说"天下安然不可动摇",这是讲大话罢了。当今风俗已经极不恭敬了,以至于尊卑没有等差,以至于冒犯皇上,进计的人还说"皇上不要有所更张"。这就是可以为之长叹息的啊!

【注释】 1 偏诸:古代衣服上花边、丝带一类的装饰品。缘:绲边。 2 内:同"纳"。闲:卖奴婢的遮栏。 3 后:妃后。 4 衣:动词,读去声。 5 縠(hú):绉纱一类的丝织品。 6 纨(wán):绸绢之类。 7 緁(jī):缝衣边。 8 黼(fǔ):斧形花纹。 9 被:覆盖。 10 节适:节省适宜,指不轻用。 11 屈(jué):竭尽。 12 皂(zào)绨:黑色的厚缯。 13 文绣:绣画的锦帛。 14 孽(niè):同"孼",妾所生之庶子。 15 舛(chuǎn):错乱。 16 胡:疑问代词,怎么。 17 须:等待。 18 大:此指好为大话。 19 等:等差,差别。 20 冒:冒犯。

商君遗礼义[1],弃仁恩,并心于进取,行之二岁,秦俗日败。故秦

商鞅缺乏礼义,抛弃仁恩,一心只想兼并天下,变法施行两年,秦国风俗日益败坏。所以秦人中富裕家庭的儿子长大

人家富子壮则出分,家贫子壮则出赘²。借父耰³锄,虑有德色,母取箕⁴帚,立而谇⁵语。抱哺其子,与公并倨⁶;妇姑不相说⁷,则反唇而相稽⁸。其慈子耆利⁹,不同禽兽者亡几耳。然并心而赴时,犹曰蹶六国¹⁰,兼天下。功成求得矣,终不知反廉愧之节、仁义之厚。信¹¹并兼之法,遂进取之业,天下大败;众掩寡,智欺愚,勇威怯,壮陵衰¹²,其乱至矣。是以大贤¹³起之,威震海内,德从天下。

成人就要分家,贫困家庭的儿子长大成人就入赘做上门女婿。把耰锄借给父亲,大都容色自矜以为是恩德;母亲来取箕帚扫帚,立刻发出责骂声。儿媳抱着怀中吃奶的婴儿,跟公公一起伸腿坐着;婆婆和媳妇关系不好,就公开争吵。他们慈爱自己的子女使之贪财嗜利,这跟禽兽已经没有多少差别了。然而由于齐心并抓住了时机,还声称要"颠覆六国,兼并天下"。秦的功业虽然成了,目的也达到了,仍然不知返还到讲廉耻羞愧的气节和醇厚仁义的正轨上来。施展兼并天下的法术,成就进取的功业,使天下风俗大大败坏;人多的压迫人少的,狡诈的欺侮老实的,胆大的凌侮怯弱的,年轻的侵犯年老的,社会混乱达到极点。因此大智大贤之人起而拯救天下,威风震动海内,天下顺从其德。

[注释] 1 商君:即战国时秦国左庶长商鞅,为秦孝公变法强秦。遗:缺失。 2 赘(zhuì):入赘。 3 耰(yōu):古时一种平整土地的榔头形农具。 4 箕(jī):簸箕。 5 谇(suì):责骂。 6 倨:通"踞",伸开脚而坐。 7 说:通"悦"。 8 稽:计,计较。 9 慈子:慈爱其子。耆:读为"嗜",贪婪。 10 曰:原刻本作"日",据《汉书》改。蹶:原刻本作"蹙",据《汉书》改。蹶,挫折,颠覆。 11 信:通"伸",展开。 12 威:通"畏"。衰:怯弱。 13 大贤:此指汉高祖刘邦。

曩[1]之为秦者,今转而为汉矣。然其遗风余俗,犹尚未改。今世以侈靡相竞,而上无制度,弃礼义、捐廉耻日甚,可谓月异而岁不同矣。逐利不耳,虑非顾行也[2],今其甚者杀父兄矣。盗者剟[3]寝户之帘,搴两庙之器[4],白昼大都之中,剽[5]吏而夺之金。矫伪者出几十万石粟[6],赋六百余万钱,乘传[7]而行郡国,此其无行义之尤至者也,而大臣特以簿书不报[8],期会之间以为大故[9],至于俗流失,世坏败,因恬[10]而不知怪,虑不动于耳目,以为是适[11]然耳。夫移风易俗,使天下回心而向道,类[12]非俗吏之所能为也。俗吏之所务,在于刀笔筐箧[13],而不知大体。陛下又不自忧,窃为陛下惜之。

过去是秦朝人,如今转而成为汉朝人了。然而那时的遗风余俗,还没有改变。如今时代以奢侈浪费互相竞赛,而上头没有一定的制度,丢弃礼义、舍弃廉耻日益严重,可以说是月月有异、年年不同了。人们在做某件事之前,只考虑能不能获取利益,并不顾及操行,如今严重到竟有残杀父亲兄长的。盗贼割取皇陵寝室的窗帘,拔取两庙的祭器,光天化日之下到大都市里抢劫官吏并夺取他们的金钱。伪造诏令的人巧言取走近十万石粟,贡赋六百多万钱,乘坐传车巡行各郡和侯国,这是没有品行节义到极点了啊。可是大臣只以簿书没有上报和限期会办之间作为重大理由,以至于风俗流失,世道坏败,因循安然而不知怪异,大都不去用耳听听、用眼看看,认为这是适宜、当然罢了。移风易俗,使天下人回心转意向往道德,大抵不是俗吏所能做到的。俗吏所勉力从事的,在于刀笔书写和筐箧装书,可是不懂得大局。陛下又不自己考虑这个问题,臣暗暗地替陛下惋惜啊。

[注释] 1 曩（nǎng）：从前。 2 不：同"否"。行（xíng）：品行。 3 剟（duō）：割取。 4 搴（qiān）：拔取。两庙：指汉高祖和惠帝之庙。 5 剽（piāo）：抢劫。 6 矫伪：诈称伪托。几（jī）：近。石（dàn）：古代一百二十斤为一石。 7 传（zhuàn）：传车，古代驿站专用车。 8 特：只。簿书：官衙中的文书簿册。 9 期会：公牍限日期会办。故：缘故。 10 恬（tián）：安然，无动于衷。 11 适：适当，适宜。 12 类：大抵。 13 刀笔：西汉笔写竹简，还用刀刻刀削。此指写字工具。箧（qiè）：小箱子。筐箧指装书的用具。

夫立君臣，等上下，使父子有礼，六亲有纪[1]，此非天之所为，人之所设也。夫人之所设，不为不立，不植则僵[2]，不修则坏。《管子》[3]曰："礼义廉耻，是谓四维[4]。四维不张，国乃灭亡。"[5]使管子愚人也，则可；管子而少[6]知治体，则是岂可不为寒心哉！秦灭四维而不张，故君臣乖乱[7]，六亲殃戮，奸人并起，万民离叛，凡十三岁，而社稷为虚[8]。今四维犹未备也，故奸人几幸[9]，而众心疑惑。岂如今定经制，令君君臣臣，上下有差，父子

立下君臣大礼，使上下有别，使父子有礼，六亲有伦理，这不是上天所做，是人为所设的呀。世人设立这些规矩，是因为不设立就不能建立社会的正常秩序。不建立秩序，社会就会混乱，不治理社会，社会就会垮掉。《管子》说："礼义廉耻，这就叫作四维。四维不伸展扩充，国家就会灭亡。"假使管子是愚人，那就算了；假使管子稍知治国大体，这样岂可不为之寒心担忧呢！秦朝抛弃四维使之不伸展扩充，所以君臣关系混乱，六亲遭殃受戮，坏人并起，百姓离心背叛，总共才十三年，国家就变为废墟。如今四维还是没有具备呀，所以坏人仍存希望侥幸，而民众之心疑惑不解。现在就确定经常制度，使君为君德、臣为臣道，上上

六亲,各得其宜,奸人亡所几幸,而群臣众信,上不疑惑!此业壹定,世世常安,而后有所持循[10]矣。若夫经制不定,是犹渡江河亡维楫[11],中流而遇风波,船必覆矣。可为长太息者此也!以上长太息之二。

下下各有等差,父子六亲,都得到适当的安置,奸人没有什么可希冀侥幸的,而群臣共为忠信,皇上也不至于疑惑!这种制度一经确定,世世代代长久安定,而后便有所遵循了。如果制度经常不确立,这好似渡江河却没有缆绳和船桨,到中流遇上大风大浪,船就必然倾覆了。这是值得深深叹息的!

注释 1 纪:纲常伦理。 2 植:设立。僵:仆倒,垮掉。 3《管子》:战国时齐国人记录管子言行的著作。管子,春秋初期齐国的宰相,名夷吾,字仲。他帮助齐桓公改革政理,使之成为春秋时第一个霸主。 4 四维:四种纲领。 5 这四句可参见《管子》的《牧民》篇。 6 少:稍微。 7 乖乱:错乱。 8 虚:此处指"墟"。 9 几(jì):通"冀",希望。幸:侥幸。 10 持循:遵循。 11 维:大绳。楫:船桨。

夏为天子,十有余世而殷受之;殷为天子,二十余世而周受之;周为天子,三十余世而秦受之;秦为天子,二世而亡。人性不甚相远也,何三代之君有道之长,而秦无道之暴[1]也?其故可知也。古之王者,太子乃[2]生,固[3]举以礼,使士负之,有司齐[4]肃

夏禹为天子,十多代后殷商承继江山;商汤为天子,二十多代后周朝承继江山;周文、武王为天子,三十多代后秦朝承继江山;秦始皇做天子,只两代便灭亡了。人性隔得不很远呀,为什么三代君王有道就长久,而秦代无道就很快灭亡了呢?其中缘故是可以知晓的。古代称王的,太子刚生下来时,必定要按礼仪来举办仪式,使士人背负着他,执事者恭恭敬敬穿上祭服陪伴,拜见于

端冕，见之南郊，见于天也。过阙[5]则下，过庙则趋[6]，孝子之道也。故自为赤子，而教固已行矣。

南郊，即拜见于天呀。经过宫阙时就下车，经过祖庙时就俯身小步疾走，这是孝子的道德啊。所以太子从婴儿起，教化就必定已经施行了。

注释 1 暴：暴殄，很快灭亡。 2 乃：始，刚刚。 3 固：必定。 4 齐（zhāi）：同"斋"，古人祭祀或典礼前清心洁身以示庄重。 5 阙：宫门两旁楼亭，官吏上朝时过此常思己过，故名。 6 趋：俯身小步疾走。

昔者成王幼，在襁[1]褓之中，召公[2]为太保，周公[3]为太傅，太公[4]为太师。保，保其身体；傅，傅之德义；师，道[5]之教训：此三公之职也。于是为置三少，皆上大夫也，曰少保、少傅、少师，是与太子宴[6]者也，故乃孩提有识[7]。三公、三少固明仁孝礼义以道习[8]之，逐去邪人，不使见恶行。于是皆选天下之端士、孝弟博闻有道术者以卫翼[9]之，使与太子居处出入。故太子乃生而见正事，闻正言，行正道，左右前后皆正人也。夫习与正人居

从前周成王年幼，在襁褓之中，便有召公当太保，周公当太傅，太公当太师。保，就是保护太子的身体；傅，就是以德义教导太子；师，就是以教育训诲启导太子：这就是三公的职责。在这时还要增置三少，都属于上大夫，叫作少保、少傅、少师，这些是跟太子一道生活而随时辅导的大臣，所以太子在幼儿时就已经有见识了。三公和三少必定明确仁孝礼义以启导教习太子，驱逐邪人，不使他见到坏的品行。在这时都要选拔天下的正人君子和孝悌博闻、有道行术业的人来护卫辅佐太子，使他们跟太子朝夕相处。所以太子刚生下来就能目睹正事，耳闻正言，熏染正道，因为左右前后都是正人啊。学习时跟正人在一块，不会不正，

之,不能毋[10]正,犹生长于齐不能不齐言也;习与不正人居之,不能毋不正,犹生长于楚之地不能不楚言也。故择其所耆[11],必先受业,乃得尝之;择其所乐,必先有习,乃得为之。孔子曰:"少成若天性,习贯[12]如自然。"

好似生长在齐地不能不说齐地方言;学习时和不正之人在一块,不能做到正,好似生长在楚地不能不说楚地方言啊。所以选择他所喜好的东西,必定要先使他接受正业,才能让他尝试;选择他所喜爱的东西,必定要先有教习,才能给他玩。孔子说:"小时候培养的品格就像是生来就有的天性,长期形成的习惯就像是完全出于自然。"

[注释] 1 襁(qiǎng):背婴儿所用的布兜。 2 召公:姬奭,因采邑在召,故称。 3 周公:姬旦,因采邑在周,故称。 4 太公:即姜太公吕尚。 5 道:通"导"。 6 宴:安居,生活。 7 乃:刚刚。孩提:幼。 8 习:温习。 9 弟:同"悌"。翼:辅助。 10 毋:不。 11 择:区别。耆:通"嗜"。 12 贯:通"惯",习惯。

及太子少长,知妃色,则入于学。学者,所学之官[1]也。《学礼》[2]曰:"帝入东学[3],上[4]亲而贵仁,则亲疏有序[5]而恩相及矣;帝入南学,上齿[6]而贵信,则长幼有差而民不诬矣;帝入西学,上贤而贵德,则圣智在位而功不遗矣;帝入北学,上贵

等到太子稍稍长大,懂得婚配女色的时候,就要进小学。学校,就是所学习的官舍。《学礼》说:"太子进入东学,学习尊重父母,崇尚仁爱,则亲疏有次序而恩德能推及百姓了;太子进入南学,学习尊重老人,崇尚诚实,则长幼有差别而百姓不会相互欺骗了;太子进入西学,学习尊重贤人,崇尚恩德,则聪明智慧的人当权而功业不会被遗弃了;太子进入北学,学习尊重显贵,崇尚爵位,则

而尊爵,则贵贱有等而下不踰[7]矣。帝入太学[8],承师问道,退习而考于太傅,太傅罚其不则而匡其不及[9],则德智长而治道得矣。此五学者既成于上,则百姓黎民化辑于下矣[10]。"

贵贱有等级而下不会逾越上了。太子进入太学,跟着老师学习道德原则,学习之后到太傅那里接受考试,太傅批评他有不合法则之处,就匡正他的不足之处,那么品德和智慧都得以增长,治理国家的大道也就获得了。这五学既然已经被帝王成功掌握,那么官吏百姓就可以通过教化而和睦相处了。"

[注释] 1 官:指官舍。 2 《学礼》:《礼古经》五十六篇之一。 3 帝:当指未为皇帝时的太子。东学:未详。可能指四时之小学的春学。下文南学指夏学,西学指秋学,北学指冬学。 4 上:通"尚",崇尚。 5 序:次序。 6 齿:人以年齿相次列。 7 踰(yú):通"逾",逾越。 8 太学:古时太子八岁入小学,十五岁入太学。 9 则:法则。匡:匡正。 10 百姓:指百官族姓。黎民:老百姓。化:教化。辑:和谐。

及太子既冠[1]成人,免于保、傅之严,则有记过之史[2],彻膳[3]之宰,进善之旌[4],诽谤[5]之木,敢谏之鼓[6]。瞽[7]史诵诗,工[8]诵箴谏,大夫进谋,士传民语。习与智长,故切[9]而不愧;化[10]与心成,故中[11]道若性。三代之礼:春朝朝日[12],秋暮夕

等到太子加冠成人,虽免于太保、太傅的严教,但有记录他过错的史官,有撤去他膳食的宰官,有向他进善言的人所竖立的旌旗,有讥刺他恶事的人所书写的木柱,有敢于向他强谏的人所击的大鼓。盲眼史官诵读诗篇,乐工诵读箴言谏章,大夫进呈谋略,士大夫传达百姓的言语。学业跟才智日益增长,所以每被责备而无羞愧之事;教化跟思想日益成熟,所以所作所为都符合道德好

月¹³，所以明有敬也；春秋入学，坐国老¹⁴，执酱而亲馈之，所以明有孝也；行以鸾和¹⁵，步中《采齐》¹⁶，趣中《肆夏》¹⁷，所以明有度¹⁸也；其于禽兽，见其生不见其死¹⁹，闻其声不食其肉，故远庖厨，所以长恩且明有仁也。

似天性。三代的礼制是：春分早晨祭日，秋分黄昏祭月，用以明示有恭敬；春、秋入学时，国老在座，手捧着酱亲自馈送给他们吃，用以明示孝道；迈步要按车铃节拍，徐步要合于《采荠》乐曲，疾步要合于《肆夏》乐曲，用以明示规矩；他对于禽兽，看见那活着的就不杀它吃，听到叫声就不吃它的肉，所以应远离厨房，用以将大恩施于动物并明示仁义。

【注释】 1 冠(guàn)：古时男子年二十加冠，表示成年。 2 史：指史官。 3 彻膳：撤去膳食。古制太子有过要记入史书，膳宰要撤去膳食，若膳宰不彻底撤食则被处死。 4 进善之旌：进善言者立于旌下。 5 诽谤：讥弹恶事。 6 敢谏之鼓：强谏者击鼓。 7 瞽(gǔ)：瞎眼。古时以盲人为乐官。 8 工：乐工。 9 切：切磋，研讨。用在这里带责备之意。 10 化：教化。 11 中(zhòng)：适合。 12 朝日：帝王春分早晨祭日神之称。 13 夕月：帝王秋分黄昏祭月神之称。 14 国老：告老致仕的卿大夫。 15 鸾和：车上的两种铃。 16《采齐》：或作《采荠》《采茨》，乐诗名。 17 趣：同"趋"，疾步。《肆夏》：乐诗名。 18 度：制度，仪式规矩。 19 后一"见"字《汉书》作"食"。

夫三代之所以长久者，以其辅翼太子有此具¹也。及秦而不然，其俗固非贵辞让也，所上者告讦²也；固非贵礼义也，所上者刑罚

三代之所以长久，是因为那时辅助太子广泛具备这些条件。到秦朝却不是这样，当时风俗本来不崇尚谦让，所上报的是揭人阴私之事；本来就不珍重礼义，所上献的是刑法惩

也。使赵高傅胡亥而教之狱³,所习者非斩劓人⁴,则夷人之三族也⁵。故胡亥今日即位,而明日射人⁶,忠谏者谓之诽谤,深计者谓之妖言,其视杀人若艾草菅然⁷。岂惟胡亥之性恶哉?彼其所以导之者非其理故也。

秦始皇使赵高辅佐胡亥,赵高却教他兴刑狱,所学习的不是斩脚趾割鼻子,就是灭三族。所以胡亥今天即位,明天就在上林苑射人,说怀忠进谏的人是诽谤,说深为谋虑的人是胡言乱语,他把杀人看作割茅草一样。难道只是胡亥天性凶恶吗?是教育他的人不循正理的缘故啊。

注释 1 具:具备。指前有道后有承,左右有辅弼。 2 讦(jié):揭人短处、阴私。 3 赵高:秦宦官,秦二世丞相。胡亥:即秦始皇第十八子,继承皇位为秦二世。 4 斩:斩左右趾。劓(yì):割鼻。 5 夷:杀。三族:父系、母系、子系。 6《汉书·李斯传》曾记秦二世亲自射杀进入上林苑的行人。 7 艾(yì):通"刈",收割。菅(jiān):一种茅草。

鄙谚曰:"不习为吏,视已成事。"又曰:"前车覆,后车诫。"夫三代之所以长久者,其已¹事可知也;然而不能从者,是不法圣智也。秦世之所以亟²绝者,其辙迹可见也;然而不避,是后车又将覆也。夫存亡之变,治乱之机,其要在是矣。天下之命,

俗话说:"不要学习做官的办法,看看已办成的事便可知晓。"又说:"前车颠覆了,后车应引以为戒。"三代之所以长久的原因,观察往事就可知道了;然而却不加以学习,这是不效法圣人的聪智啊。秦朝之所以很快灭亡,那历史原因可以清楚看得见;然而不回避,这样后车又将会倒翻啊。国家存亡的变更,治乱的关键,其大要都在这里了。天下的命运,悬系在太子身上;使太子向善,

县[3]于太子；太子之善，在于早谕教与选左右。夫心未滥而先谕教，则化易成也；开于道术智谊之指[4]，则教之力也；若[5]其服习积贯，则左右而已。夫胡、粤[6]之人生而同声，耆欲不异，及其长而成俗，累[7]数译而不能相通，行有虽死而不相为者，则教习然也。臣故曰选左右、早谕教最急。夫教得而左右正，则太子正矣，太子正而天下定矣。《书》曰："一人有庆，兆民赖之。"[8]此时务也。以上长太息之三。

在于早早晓谕教导和选择左右辅佐。心思还没有泛滥就先晓谕教导，则教化容易收到成效；使太子知晓道德、技能、知识、义理的要旨，则是教育的职责；至于使太子在日积月累、潜移默化中养成良好的品行，则是左右辅佐之人的职责罢了。北胡南粤的人生下来就同一个声音，嗜好欲望没有分别，等到他们成长而形成不同方言，即便多次翻译也不能互相交流，有的人宁死也不愿去对方那里生活，这是教学习惯造成的。所以我说选择左右辅佐和早早晓谕教育是最紧急的事。教育得当而左右皆正，则太子也会正了，太子正，天下就会大定了。《书经》说："一人有善，亿万老百姓倚靠他。"这是当今要务呀。

[注释] 1 已：已往。 2 亟：急。 3 县：同"悬"，悬挂。 4 谊：通"义"。指：指要，旨意。 5 若：及。 6 胡、粤：北边少数民族称胡，今两广称粤。"胡粤"又作"胡越"，一北一南之称。 7 累：多次。 8 一人：本指天子，此处实指太子。庆：善。赖：靠。这两句见《尚书·吕刑》。

凡人之智，能见已然，不能见将然[1]。夫礼者禁于将然之前，而法者禁于已然之后，是故法之所

一般人的才智，能看清已经发生的事，不能洞见将要发生的事。礼就是要在坏事发生前就制止，而法则在坏事发生后才禁止，所以刑法的作用

用易见，而礼之所为至难知也。若夫²庆赏以劝善，刑罚以惩恶，先王执此之政，坚如金石；行此之令，信如四时；据此之公，无私如天地耳，岂顾³不用哉？然而曰礼云礼云者，贵绝恶于未萌，而起教于微眇⁴，使民日迁善远罪而不自知也⁵。孔子曰："听讼，吾犹人也，必也使毋讼乎！"⁶为人主计者，莫如先审取舍；取舍之极⁷定于内，而安危之萌应于外矣。安者非一日而安也，危者非一日而危也，皆以积渐然，不可不察也。人主之所积，在其取舍：以礼义治之者，积礼义；以刑罚治之者，积刑罚。刑罚积而民怨背⁸，礼义积而民和亲。故世主欲民之善同，而所以使民善者或异，或道⁹之以德教，或驱之以法令。道之以德教者,德教洽而民气乐;驱之以法令者,法令极而民气哀。哀乐之感,祸福之应也。秦王之欲尊宗庙而安子孙,与汤、武同,然而汤、武广[10]大其德行,六七百岁而弗失;秦王治天下,十余岁则大败。此无他故矣,汤、武之定取舍审,而秦王之定取舍不审矣!

化诱导的,道德教化融洽而百姓气氛欢乐;用法律政令驱赶的,法律政令穷极而百姓风气悲哀。悲哀欢乐的感情,是祸患福气的兆应。秦始皇想要尊崇宗庙并安定子孙的愿望,跟商汤、周武王相同,但是商汤、周武王扩充他们的德行,六七百年而天下不丧失,秦王治理天下,十几年就大败。这中间没有其他缘故了,是商汤、周武王决定取舍慎重,而秦王决定取舍不慎重呀!

注释 1 将然:将要发生之事。 2 若夫:连词,表另提一事,可译为"至于"。 3 顾:反而。 4 眇(miǎo):通"渺",渺小。 5 迁:变易,向往。远:避开。 6 毋:原刻本作"吾",据《汉书》改。这三句话见《论语·颜渊》篇。 7 极:准则。 8 背:背叛。 9 道:通"导"。 10 广:扩充。

夫天下,大器[1]也。今之置器,置诸安处则安,置诸[2]危处则危。天下之情与器亡以异,在天子之所置之。汤、武置天下于仁义礼乐,而德泽[3]洽,禽兽草木广裕,德被蛮貊四夷[4],累子孙数十世,此天下所共闻也。秦王置天下

天下江山,是国家大器。现今人们添置器皿,把它放置在安全的地方则安全,把它放置在危险的地方则危险。天下的情况跟器物没有什么不同,在于天子怎么安置它。商汤、周武王把天下安置在仁义礼乐之中,恩惠和洽,禽兽充裕而草木宽广,大德覆盖南蛮北貊等四周少数民族,累计子孙为王几十代,这是天下所共知的。秦王把

于法令刑罚,德泽亡一有,而怨毒[5]盈于世,下憎恶之如仇雠[6],祸几及身,子孙诛绝,此天下所共见也。是非其明效大验邪!人之言曰:"听言之道,必以其事观之,则言者莫敢妄言。"今或言礼谊[7]之不如法令,教化之不如刑罚,人主胡不引殷、周、秦事以观之也?以上长太息之四。

天下安置在法令刑罚之中,恩惠一点也没有,可是极端怨恨的情绪充满世间,下边憎恶他好似仇敌,祸殃几乎降临自身,子孙被杀尽,这是天下所共同看到的。这不是充分证明了取舍不同后果就明显不同吗?人们说:"听一个人说话是否有道理,一定要按他所做之事的实情去观察,那么说话的人没有谁敢狂妄议论了。"现今有人说礼义不如法令,教化不如刑罚,皇上为什么不引用殷、周、秦三朝史事去观察呢?

【注释】 1 大器:《荀子》说:"国者,天下之大器也。"指重要宝贵的事物。 2 诸:"之于"的合音。 3 德泽:恩惠。 4 被:覆盖。貊(mò):古代对东北方少数民族之称。 5 怨毒:极端怨恨。 6 雠(chóu):作对。仇雠即仇敌。 7 谊:通"义"。

人主之尊譬如堂,群臣如陛[1],众庶如地。故陛九级,上廉[2]远地,则堂高;陛亡级,廉近地,则堂卑。高者难攀,卑者易陵[3],理势然[4]也。故古者圣王制为等列,内有公、卿、大夫、士[5],外有公、侯、伯、子、男[6],然后有官

人主的尊严譬如殿堂,群臣似台阶,众百姓似地。所以台阶有九级,上边的侧隅远远离开地面,那么殿堂就显得崇高;台阶没有级,侧隅靠近地面,那么殿堂就显得卑下。崇高的难于攀登,卑下的易于跨越,治理国家的形势就是这样子。所以古时的圣王制定等级差别,朝廷内有公卿、大夫、士,朝廷外有公、侯、伯、子、男,然后有官师小

师小吏,延及庶人,等级分明,而天子加焉,故其尊不可及也。里谚曰:"欲投鼠而忌器。"此善谕也。鼠近于器,尚惮不投,恐伤其器,况于贵臣之近主乎!廉耻节礼以治君子,故有赐死而亡戮辱。是以黥劓之罪不及大夫,以其离主上不远也。礼不敢齿君之路马[7],蹴[8]其刍者有罚;见君之几杖则起,遭君之乘车则下,入正门则趋;君之宠臣虽或有过,刑戮之罪不加其身者,尊君之故也。此所以为主上豫远[9]不敬也,所以体貌大臣而厉其节也[10]。今自王侯三公之贵,皆天子之所改容而礼之也,古天子之所谓伯父、伯舅也,而今与众庶同黥、劓、髡、刖、笞、骂、弃市之法[11],然则堂不亡[12]陛乎?被戮辱者不泰迫乎[13]?廉耻不行,大臣

吏,延伸至老百姓,等级分明,而天子更高一等,所以他的尊贵高不可攀。俗话说:"想要打老鼠,但又顾虑打坏器物。"这是很好的比喻。老鼠靠近器物,还害怕不敢投掷,恐怕打伤那器物,何况是靠近人主的贵臣呢!人主用廉耻节礼来统治君子,所以对臣子有赐死的而没有受辱遭杀戮的。因此黥、劓的罪刑不加至大夫,因为他们距离人主不远呀。按照礼的规定:臣子不能计算人主车驾马匹的年龄,用脚踢那些马的草料就有惩罚;看见君主的几杖就要起立,碰到君主的座车就要下车,进入正门就要小步疾走;君上的宠臣即使有罪过,也不对他施加杀戮之刑,这是尊重君上的缘故呀。这就是人主及早防止臣下有不敬行为的理由,就是以礼对待大臣并磨砺他们节操的理由。现在从诸侯王、列侯到三公等显贵,都是天子理应郑重地以礼相待的人物,是古时天子所谓的伯父、伯舅,但如今跟广大普通人一样同受黥、劓、髡、刖、笞、骂、弃市等刑罚,这样,不正如殿堂没有台阶了吗?被杀掉受辱的人不就是过分接近天子了吗?不讲廉

无乃握重权,大官而有徒隶亡耻之心乎[14]?夫望夷[15]之事,二世见当以重法者[16],投鼠而不忌器之习也。

耻伦理,那些手握大权的大臣,不是虽处于朝廷之上却有牢犯那种无耻之心吗?望夷宫事变,秦二世被判重罪的原因,是打老鼠而不顾忌器物的结果。

注释 1 陛:天子殿堂的台阶。 2 廉:堂屋的侧边。 3 陵:超越。 4 然:原刻本作"远",据《汉书》改。 5 公、卿:三公九卿,为朝中高官。大夫为次,士是官吏中最低等级。 6 据《礼记·王制》载,国君所封外臣爵位为公、侯、伯、子、男五等。 7 齿:按牙齿计算年龄。路马:亦称辂马,君主驾车之马的专称。 8 蹴(cù):踢。 9 豫:通"预"。豫远,指预先避免。 10 体貌:以礼相待。厉:磨砺。 11 今:《汉书》作"令"。髡(kūn):古代一种剃发之刑。刖(yuè):古代一种断足之刑。笞(chī):古代一种用竹板、荆条抽打脊、臀的刑罚。弃市:古代一种在闹市区杀头并暴尸街头之刑。 12 亡:通"无"。 13 泰:过甚,过分。迫:此指逼近天子。 14 无乃:岂不。徒隶:狱中服役的犯人。 15 望夷:秦代宫名,秦二世被阎乐杀于此处。 16 见:被。当:判决。秦代风气按制度可以不忌上,赵高谋杀二世后,又以法定其罪。

臣闻之:履虽鲜,不加于枕;冠虽敝,不以苴[1]履。夫尝[2]已在贵宠之位,天子改容而礼貌之矣,吏民尝俯伏以敬畏之矣,今而[3]有过,帝令废之可也,退之可也,赐之死可也,灭

我听说:鞋子虽然干净,但不能放到枕头上;帽子虽然破旧,但不能用作鞋垫。曾经处在贵臣宠臣位置上的人,天子正色以礼对待他们,小吏百姓曾经俯伏以敬重畏忌他们,现在他们如果有过失,皇帝下令罢免他们可以,摈斥他们可以,赐他们死可以,灭族也可以;至

之可也；若夫束缚之，系缍[4]之，输之司寇[5]，编之徒官[6]，司寇小吏詈骂而榜笞之[7]，殆非所以令众庶见也。夫卑贱者习知尊贵者之一旦，吾亦乃可以加此也，非所以习天下也，非尊尊贵贵之化也。夫天子之所尝敬，众庶之所尝宠，死而死耳，贱人安得如此而顿辱之哉！

于捆绑他们的身体，用长绳拴系他们的脖子，押送到刑罚机关，编入服刑做劳役的官员队伍里，司法小吏责骂并鞭笞拷打他们，大概是不能让普通百姓看见的吧。如果卑贱者都知道尊贵者一旦犯罪会被处刑，自己也就可以借此对官员施加这些侮辱，这不是教习天下的道理呀，也不是尊重尊位、珍视显贵的教化呀。天子曾经敬重，众百姓曾经以为荣耀的官员，死就死了，下贱人怎么能如此侮辱他们呢！

注释 1 苴（jū）：垫鞋底的草垫。 2 尝：曾。 3 而：通"如"。 4 缍（xiè）：同"绁"，用长绳系住。 5 司寇：古时主刑罚的官。汉时都司空令主管刑徒，此处袭用古职官名。 6 徒官：判刑服劳役的官员。 7 詈（lì）：骂。榜（bǎng）：捶打。

豫让事中行之君[1]，智伯[2]伐而灭之，移事智伯。及赵灭智伯，豫让衅面吞炭[3]，必报襄子[4]，五起而不中。人问豫子，豫子曰："中行众人畜我，我故众人事之；智伯国士遇我[5]，我故国士报之。"故此一豫让也，反君事仇，行

豫让侍奉中行之主，智伯讨伐并灭亡了中行氏，豫让转而侍奉智伯。等到赵襄子灭亡了智伯，豫让涂面吞炭改貌变声，一定要向襄子报仇，试了五次都没有成功。别人问豫子，豫子说："中行氏以普通人礼节收养我，所以我按普通人侍奉他；智伯以国士礼节对待我，所以我按国士报答他。"其实这是同一个豫让呀，违背人主侍奉仇敌，行

若狗彘,已而抗[6]节致忠,行出乎列[7]士,人主使然也。故主上遇其大臣如遇犬马,彼将犬马自为也;如遇官徒,彼将官徒自为也。顽顿[8]亡耻,𬯎诟[9]亡节,廉耻不立,且不自好[10],苟若而可[11],故见利则逝[12],见便则夺。主上有败,则因而挺[13]之矣;主上有患,则吾苟免而已,立而观之耳,有便吾身者,则欺卖而利之耳。人主将何便于此?群下至众,而主上至少也,所托财器职业者粹[14]于群下也。俱亡耻,俱苟妄[15],则主上最病[16]。故古者礼不及庶人,刑不至大夫,所以厉宠臣之节也。

为像猪狗,不久高举节操践行忠义,行为出于烈士之风,这是人主使他这样子的。所以人君对待他的大臣如像对待犬马一样,他们将会以狗马自比;如像对待犯罪的官员一样,他们将以犯罪的官员自比。愚笨没有节操是无耻,受辱骂而无志气是无节,廉耻不立,且又不自爱自重,苟且偷生认为可行,所以看见利益就奔往,看见便宜就夺取。人主若失败,就趁机窃取利益;人主若有祸患,就说自己苟且求生罢了,站在他处旁观事态发展,有方便自身的,就欺诈出卖人主利益来谋取好处。这样怎么会有利于人主?群臣人数众多,而主上人数最少,钱财器物等各方面的事情都得依靠群臣掌管。假如他们都无耻,都苟且狂妄,那么人主最为苦患。所以古时礼不施加于百姓,刑罚不上加于大夫,目的在于磨砺宠臣的节操。

[注释] 1 豫让:春秋战国间晋国人。中行(háng):晋文公时,荀林父被任命为中行将,即以中行为姓。豫让曾侍奉其后代中行寅。
2 智伯:又作知伯,晋国卿相。使变貌;吞炭则是使声音嘶哑。赵襄子联合韩、魏二家共杀智伯。
3 𬯎面吞炭:𬯎面指用漆等药物涂面,
4 襄子:晋国四卿之一。晋哀公四年,
5 国士:一国之杰。遇:待遇,对待。

6 抗：高举。　7 列：通"烈"。　8 顿：通"钝"。顽钝，即愚笨，没有节操。　9 詈（詬）诟（xǐ gòu）：受辱骂。　10 好（hào）：喜爱。
11 苟：苟且。若：助词，然。　12 逝：往。　13 挻（shān）：原刻本作"挺"，据《汉书》改。挻，窃取。　14 粹：通"萃"，集中于，依靠。
15 妄：原刻本作"安"，据《汉书》改。　16 病：苦患。

古者大臣有坐[1]不廉而废者，不谓不廉，曰"簠簋不饬"[2]；坐污秽淫乱男女无别者，不曰污秽，曰"帷薄不修"[3]；坐罢[4]软不胜任者，不曰罢软，曰"下官不职"。故贵大臣定有其罪矣，犹未斥然正以呼之也，尚迁就[5]而为之讳也。故其在大谴大何[6]之域者，闻谴何则白冠氂缨[7]，盘水加剑[8]，造请室而请罪耳[9]，上不执缚系引而行也。其有中罪者，闻命而自弛[10]，上不使人颈盭[11]而加也。其有大罪者，闻命则北面再拜，跪而自裁[12]，上不使捽抑而刑之也[13]，曰："子大夫自有过耳，吾遇子有礼矣。"

古时大臣有因不廉洁而被罢免的，不说贪赃，而称"簠簋没有整饬"；有犯了污秽淫乱、男女杂居罪的，不说污秽，而称"帷帘没有修饰"；有犯了疲沓软弱不能胜任职守的，不说疲沓软弱，而称"下官不尽职"。所以显贵的大臣被判定有某种罪行，尚且不做出斥责的样子，不堂堂正正呼喊他的官衔，还要迁就并替他们隐讳呀。所以那些被大声谴责大声呵斥的罪臣，听到谴责呵斥，就戴上白帽子和牦牛尾做的缨，捧上一盘水并放上刀剑，到请罪之室请罪罢了，皇上不派人捆绑牵引他在路上走。那些犯了中等罪行的人，听到命令就自己毁坏身体，皇上不叫人扭转他们的脖子砍掉脑袋。那些有大罪的，听到命令就向北面拜两拜，跪下自杀，皇上不叫人揪住他们的头发按住脑袋而用斩刑，并说："你自己有过失，我对待您有礼了啊。"

[注释] 1 坐：获罪的缘由。 2 簠（fǔ）簋（guǐ）：均是古代食器，前者方形，后者圆形。饬：整饬。 3 帷：帐幔。薄：帘子。 4 罢：同"疲"，疲沓，荒废职事。 5 迁就：降低标准将就。 6 何：通"呵"，呵斥。 7 氂（máo）：牦牛尾。缨本用线做，用牦牛尾做缨，则是丧服。 8 盘水加剑：在一盘水上放把剑，表示君主公平治罪，罪臣请求自刎。 9 造：至。请室：请罪之室。 10 弛：毁坏。 11 縶：古"戾"字，通"捩"，扭转。 12 自裁：自己裁决，即自杀。 13 捽（zuó）：揪住头发。抑：按住头。

遇之有礼，故群臣自憙[1]；婴[2]以廉耻，故人矜节行。上设廉耻礼义以遇其臣，而臣不以节行报其上者，则非人类也。故化成俗定，则为人臣者主耳忘身，国耳忘家，公耳忘私，利不苟就，害不苟去，唯义所在。上之化也，故父兄之臣诚死宗庙，法度之臣诚死社稷，辅翼之臣诚死君上，守圉[3]捍敌之臣诚死城郭封疆。故曰圣人有金城[4]者，比物此志[5]也。彼且为我死，故吾得与之俱生；彼且为我亡，故吾得与之俱存；

君主对待他们有礼，所以群臣自喜；君主以廉耻约束臣子，所以人们重视节操品行。皇上用廉耻礼义来对待他的臣子，而臣下不用节行来报答他的皇上的，则不是人呀！所以教化成而风气定，那么做人臣的就只会为主上而不顾自身，只会为国家而不顾自家，只会为公事而不念私利，见到私利不轻易沾取，见到危险也不轻易回避，全都按礼义的要求办事。皇上的教化成功，所以父兄臣子确实能为宗庙而死，执法的臣子确实能为国家而死，辅佐的臣子确实能为君上而死，守御捍敌的臣子确实能为城乡封地而死。所以说圣人都有金城，类比起来就是这层意思。他们尚且愿意为我而死，所以我应该跟他们同生；他们尚且愿意为我而亡，所以我应该跟

夫[6]将为我危,故吾得与之俱安。顾[7]行而忘利,守节而仗义,故可以托不御之权,可以寄六尺之孤[8]。此厉廉耻、行礼谊之所致也,主上何丧焉?此之不为,而顾[9]彼之久行,故曰可为长太息者此也!以上长太息之五。

他们共存;他们尚且愿意为我冒危险,所以我才会跟他们都安然。人人都顾惜品行,忘却私利,坚守节操,凭借义气,所以君主可以托付权柄给大臣而无须制御,可以委托臣子辅佐幼小的皇帝。这些是磨砺廉耻、施行礼义所获得的,皇上有什么丧失的呢?这些事不去做,反而长久去做那投鼠忌器致使无台阶的事,所以说这是值得深深叹息的啊!

注释 1 憙(xǐ):同"喜",心头喜悦。 2 婴:加。 3 圉(yǔ):此处指"御"。 4 金城:铜铁铸的城。指臣下效死取义,国家就会像金城一样牢固。 5 比物此志:物即类,志即意。 6 夫:夫人之省。夫人即彼人。 7 顾:顾惜。 8 六尺之孤:幼小的孤儿,此指小皇帝。 9 顾:反而。

匡衡·戒妃匹劝经学威仪之则疏

导读

匡衡,字稚圭,东海郡承县(今山东枣庄)人。家贫好学,东汉元帝时由郎中而官至太子少傅、丞相,封乐安侯。

此疏上于元帝去世、成帝即位之时,引经据典,劝诫新皇帝慎重婚配、多读经书和注重礼节法度。从"就文、武之业,崇大化之本"立言,以"立基、蒙化"作结,全以皇上国家为重。言虽直,然皇上能"敬纳其言"。曾氏认为此文陈义高远,着语不苟,渊懿笃厚,直与六经同风,意欲人们能像匡衡一样直言进谏,并希望后人也慎婚、好学和讲究言行举止。匠心所在,应宜深察。

原文

陛下秉至孝[1],哀伤思慕,不绝于心,未有游虞[2]弋射之宴,诚隆于慎终追远[3],无穷已也。窃[4]愿陛下虽圣性得之,犹复加圣心焉。《诗》曰"茕茕在疚"[5],言成王[6]丧毕思慕,意气未能平也,盖所以就文、武之业[7],崇大化[8]之本也。

译文

陛下您秉性特别孝顺,先帝去世时哀伤思慕的感情,在心中不能断绝,没有游乐打猎的逸乐,谨慎守丧不忘根本的思想的确很突出,并且没有止境呀。我私下里希望陛下您即使是天性自然所得,但还是要再增添心意啊。《诗经》说"久病中孤独忧伤",是讲周成王守丧完毕后思慕先帝之情,意气不能平静下来呀,这大概就是成就文王、武王的功业,崇尚人性变化的根本原因。

注释 1 陛(bì)下:臣下对皇帝的尊称。秉:秉性。 2 虞:通"娱"。 3 慎终:谨慎地待到守丧结束,即居丧时能遵守礼法。追远:追怀久远,即不忘本之意。 4 窃:私下。 5 茕茕(qióng):孤独无依而忧伤的样子。疚(jiù):久病。此句见《诗经·周颂·闵予小子》。 6 成王:周成王姬诵。 7 盖:大约。就:成就。文、武:周文王、周武王。 8 大化:人性的变化。

臣又闻之师曰:"妃匹之际,生民之始,万福之原。"婚姻之礼正,然后品

我又从老师那里听说:"成为配偶之时,是产生人类的开始,是种种幸福的根本。"婚姻的礼节端正,然后万物

物遂[1],而天命全。孔子论《诗》,以《关雎》[2]为始,言太上[3]者,民之父母,后夫[4]人之行,不侔[5]乎天地,则无以奉神灵之统而理万物之宜。故《诗》曰:"窈窕[6]淑女,君子好仇[7]。"言能致其贞淑,不贰[8]其操,情欲之感无介[9]乎容仪,宴私之意不形乎动静,夫然后可以配至尊而为宗庙主[10]。此纲纪之首,王教之端也。自上世以来,三代[11]兴废,未有不由此者也。愿陛下详览得失盛衰之效,以定大基[12],采有德,戒声色,近严敬,远技能[13]。以上戒妃匹。

顺利成长,天命周全。孔子论《诗经》,拿《关雎》章作首篇,说居尊上之位的人,是万民的父母,品行在众人之后,与天地不相等,那么就不能敬奉神灵的统纪并治理万物之所宜。所以《诗经》上说:"纯洁幽闲的好姑娘,是君子的好配偶。"是说能够招致贞洁善良,她的操行不会有变化,情感欲望在面容仪表上不会显现出来,私下逸乐的心思在一动一静中不会呈露出来,然后才可以许配给皇帝而成为宗庙的掌管人。这是纲纪的头等大事,是王教的开端呀。自从上古以来,三代的兴旺衰颓,没有不是因为这个原因啊。希望陛下您仔细观览得失盛衰的经验,用以安定国家大业,选择有德行的女子,戒除声色,接近庄严敬重的贤妃,排斥玩弄小把戏的女人。

[注释] 1 遂:成功,顺利。 2《关雎》:《诗经》第一篇,本写男女恋情,但经学家说是歌颂后妃之德。 3 太上:居尊上之位。 4 夫:助词,无义。 5 侔:相等。 6 窈窕:容颜美好。前人解为纯洁幽闲。 7 仇(qiú):配偶。 8 贰:有二心,变化。 9 介:显现。 10 夫:语气助词。至尊:至高无上,即天子。 11 三代:夏、商、周。 12 大基:大业。 13 技能:指奇技淫巧。古时儒家以农为本,以工商为末,因而轻视有技能之人。此处是指玩弄小把戏的女人。

窃见圣德纯茂,专精《诗》《书》,好乐无厌。臣衡材驽[1],无以辅相善义,宣扬德音。臣闻六经[2]者,圣人所以统天地之心,著善恶之归,明吉凶之分[3],通人道之正,使不悖于本性者也[4]。故审六艺之指[5],则天人之理可得而和,草木昆虫可得而育,此永永不易之道也。及《论语》《孝经》[6],圣人言行之要,宜究[7]其意。以上勤[8]经学。

我私下看到您圣德纯净美盛,专心精读《诗经》《尚书》,爱好乐礼不厌。我才能低下,不能辅助善义,宣扬德音。我听说六经,是圣人用来统一天下人心,著明善恶的归宿,明白吉凶的分限,通达人道的纯正,使之不违逆本性的呀。所以详审六经的意旨,那么天人感应之理可以和谐,草木昆虫可以生长发育,这是永久不会改变的道理呀。至于《论语》《孝经》,是圣人言行的总括,应当深究它们的本意。

[注释] 1 驽:才能低劣。 2 六经:《诗》《书》《易》《礼》《乐》《春秋》。 3 分(fèn):分限。 4 悖(bèi):违背。《汉书》此句"于"后有"其"字。 5 六艺:即六经。指:意旨。 6 《孝经》:宣扬孝道、孝治的儒家经典。 7 究:仔细推求。 8 勤:当作"劝"。

臣又闻圣王之自为动静周旋,奉天承亲,临朝飨[1]臣,物有节文[2],以章[3]人伦。盖钦翼祗栗[4],事天之容也;温恭敬逊,承亲之礼也;正躬严恪[5],临众之仪也;嘉惠和说[6],

我又听说圣王行礼、进退、揖让的一举一动,敬奉上天,顺承父母,驾临朝廷用酒食款待臣下,事物都有节制修饰,用以昭彰人伦。恭恭敬敬,畏惧而战栗的样子,是侍奉上天的容态;温良谦让,是顺承父母的礼节;端端正正,庄严敬肃,是应对大众的仪表;善美惠爱,

飨下之颜也。举错[7]动作,物遵其仪,故形为仁义,动为法则。孔子曰:"德义可尊,容止可观,进退可度,以临其民。是以其民畏而爱之,则[8]而象之。"《大雅》云:"敬慎威仪,惟民之则[9]。"诸侯正月朝觐天子,天子惟道德昭穆穆以视之[10],又观以礼乐,飨醴[11]乃归。故万国莫不获赐祉[12]福,蒙化而成俗。今正月初幸路寝[13],临朝贺,置酒以飨万方,传曰"君子慎始"[14],愿陛下留神动静之节,使群下得望盛德休[15]光,以立基桢[16],天下幸甚!

和颜悦色,是款待臣下的容颜。举止行为,事事要遵守那礼仪,所以形态显出仁义,行为成为法则。孔子说:"道德节义可尊敬,容态举止可观察,一进一退可估量,用以君临百姓之上。因此那些老百姓畏惧又敬爱他,效法并模仿他。"《大雅》有诗说:"行为举止庄重谨慎,是百姓的标准。"诸侯正月朝见天子,天子唯有以道德昭明、庄严肃穆来遍示他们,又使他们观看礼乐,用甜酒款待他们然后才回去。所以各诸侯没有谁不获得天子所赐予的幸福,蒙受教化而成为风俗。现今正月您初次巡幸正寝,临朝受贺,设置酒席来招待万方之臣,《礼记》说"君子在开始时就要谨慎",希望陛下您留心一举一动的礼节,使群臣能望见您光明美好的大德,用以树立根基支柱,那么天下就非常幸运了!

注释 1 飨(xiǎng):用酒食款待人。 2 节文:节制修饰。 3 章:昭彰。 4 盖:发语词,可不译。钦:钦敬。翼:恭敬。祗(zhī):亦是恭敬。栗:因畏惧而战栗。 5 严恪:即俨恪,庄严敬肃。 6 说:通"悦"。 7 举错:即举措,举止行为。 8 则:效法。孔子此段言论见《孝经》。 9 则:法则。此诗见《诗经·大雅·抑》。 10 昭:昭明。穆穆:天子肃穆的容貌。视:通"示"。 11 醴(lǐ):甜酒。

12 祉（zhǐ）：福。 13 路寝：君王处理政事的宫室。 14 此语出自《礼记·经解》。 15 休：美好。 16 桢：支柱。

诸葛亮·出师表

导读

诸葛亮,字孔明,琅琊阳都(今山东沂南)人。曾居隆中,为刘备所识拔,成为军师。后位居蜀汉丞相之位,封武乡侯,领益州牧。三国时代卓越的政治家、军事家。后主建兴五年(227),诸葛亮出师北上伐魏,临行表(古代臣下向帝王上书言事的一种文体)给刘禅。此《出师表》又叫《前出师表》,选自《诸葛亮集》,《三国志·诸葛亮传》亦载有此文。

诸葛亮在文中提出了"亲贤臣,远小人"这条基本治国路线,并表白自己的坚定忠贞。质朴的语言,字字从肺腑间流出,不假修饰,行文千回百转,叙事周密,议论恳挚,为历代所赞誉。

曾氏认为此文和匡衡前篇,是三代以下陈奏君上文章之冠。选用此篇作为范文,一是强调刑赏宜公,信任忠贤;二是表彰孔明忠诚不二之心志,使人们效忠封建王朝;三是学习记叙、议论、抒情紧密结合,扣人心弦的写作手法。读者自当留意。

原文

臣亮言：先帝[1]创业未半，而中道崩殂[2]。今天下三分[3]，益州罢弊[4]，

译文

臣诸葛亮上表说：先帝开创统一天下的大业还没完成一半，就中途去世了。现在天下三分,益州疲惫贫穷,这

此诚危急存亡之秋[5]也。然侍卫之臣不懈于内,忠志之士忘身于外者,盖追先帝之殊遇[6],欲报之于陛下[7]也。诚宜开张圣听[8],以光[9]先帝遗德,恢宏志[10]士之气,不宜妄自菲薄,引喻失义[11],以塞忠谏之路也。宫中、府中[12],俱为一体,陟罚臧否[13],不宜异同。若有作奸犯科及为忠善者[14],宜付有司[15]论其刑赏,以昭陛下平明之治[16],不宜偏私,使内外异法也[17]。以上言刑赏宜公。

确实是危急存亡的时刻!然而侍卫大臣在朝廷里不松懈,忠诚有志的将士在疆场上舍生忘死,是因为追怀先帝的特殊恩遇,想要报答陛下啊。圣上确实应该扩大自己的听闻,用以光大先帝遗留下的德行,发扬振作志士们的勇气,不应该过分看轻自己,言谈违背正道,因而堵塞忠臣进谏的道路。皇宫内、朝廷上的官员,都是一个整体,赏罚功过,评定好坏,不应该有什么不同。如果有做奸邪的事或违犯律条以及有做忠诚善良之事的人,应当交给有专职的官吏评定对他们的奖罚,用来昭示陛下公平清白的治理,不应当有偏袒私心,使得宫中府中赏罚不同。

注释 1 先帝:此指刘备。 2 崩殂(cú):死亡。古代帝王去世称崩。 3 三分:指魏、蜀、吴三国鼎立局面。 4 益州:现在四川、重庆,以及陕、云、贵部分地区。此指刘氏蜀汉政权。罢(pí):通"疲",疲劳。 5 秋:年代。这是以某个季节代表一个年岁的修辞手法。 6 盖:因为。追:追怀。殊遇:特殊待遇。 7 陛下:臣下对帝王的尊称。 8 开张圣听:即扩大圣上的听闻,广泛听取群臣意见。 9 光:光大。 10 恢宏:《三国志·诸葛亮传》作"恢弘",都是发扬振作的意思。 11 引喻:称引譬喻,指言谈。义:正义,正道。 12 宫中:皇宫中,此指侍奉后主的近臣。府中:丞相府中,此指朝廷官员。 13 陟(zhì):提升。臧:好的。否:坏的。 14 作奸:做奸邪的事。犯科:违犯科条法令。**15** 有司：职有专司，有专职的官吏。**16** 治：《三国志·诸葛亮传》作"理"，即治理。**17** 内：宫廷内。外：宫廷外，即朝廷中。

侍中、侍郎郭攸之、费祎、董允等[1]，此皆良实，志虑忠纯，是以先帝简拔以遗陛下[2]。愚以为宫中之事，事无大小，悉以咨之[3]，然后施行，必能裨补阙漏[4]，有所广益。将军向宠[5]，性行淑均[6]，晓畅军事，试用于昔日，先帝称之曰能，是以众议举宠为督[7]。愚以为营中之事，事无大小，悉以咨之，必能使行阵和穆，优劣得所[8]也。亲贤臣，远小人，此先汉[9]所以兴隆也；亲小人，远贤臣，此后汉[10]所以倾颓也。先帝在时，每与臣论此事，未尝不叹息痛恨于桓、灵[11]也。侍中、尚书、长史、参军[12]，此悉贞亮[13]死节之臣也，愿陛下亲之信之，则汉室之隆，可计日而待也。
以上言信任忠贤。

侍中、侍郎郭攸之、费祎、董允等人，他们都是善良诚实的大臣，志向思想忠贞纯洁，因此先帝将他们选拔出来，留给陛下。我认为皇宫内的事，不论大小，都可询问他们，然后施行，必定能够补救缺失，弥补疏漏，有所开拓，获得益处。将军向宠，性格品行善良公正，通晓熟悉军事，在过去已试用，先帝称赞他有才干，因此大家推荐他担任中部督。我认为军营中的事情，都可拿来询问他，必定能够使军队和睦，不同才能的人各得其所。亲近贤臣，疏远小人，这是西汉兴旺发达的原因；亲近小人，疏远贤臣，这是东汉衰败覆亡的原因。先帝在世时，每次跟我谈论这些事情，对于桓帝、灵帝没有不叹息和痛心的。侍中（郭攸之）、尚书（陈震）、长史（张裔）、参军（蒋琬），这些都是坚贞不屈以死相报的大臣，希望陛下亲近信任他们，那么汉室的兴隆，指日可待。

[注释] 1 侍中、侍郎：都是皇帝亲近的侍臣。郭攸之：南阳人，任侍中。费祎（yī）：字文伟，江夏人，任侍中。董允：字休昭，南郡人，任黄门侍郎。三人都有才德，是诸葛亮识拔的贤臣。 2 简拔：选拔。遗（wèi）：给予。 3 悉：都。咨：询问。 4 裨（bì）：补凑。裨补是动词并列词组。阙：此处指缺点。漏：疏漏。 5 向宠：刘备时为牙门将，故称将军。后主封他为都亭侯。 6 性行（xíng）：性格品行。淑均：善良公平。 7 督：武职。向宠后官中部督。 8 所：处所，职位。 9 先汉：西汉。 10 后汉：东汉。 11 桓、灵：东汉末年桓帝刘志、灵帝刘宏，他们都因宠信宦官，政治腐败，致使天下大乱。 12 尚书：此指陈震。长（zhǎng）史：此指张裔。参军：此指蒋琬。上述均用官名代指专人。 13 贞亮：《三国志·诸葛亮传》作"贞良"，坚贞。

臣本布衣[1]，躬耕于南阳[2]，苟全性命于乱世，不求闻达于诸侯，先帝不以臣卑鄙[3]，猥自枉屈[4]，三顾臣于草庐之中，咨臣以当世之事[5]。由是感激，遂许先帝以驱驰[6]。后值倾覆[7]，受任于败军之际[8]，奉命于危难之间，尔来二十有一年矣。先帝知臣谨慎，故临崩寄臣以大事也[9]。受命以来，夙夜[10]忧叹，恐托付不效，以伤先帝之明。故五月渡泸[11]，深入不毛[12]。今南

我本来是个平民百姓，在南阳亲身耕种，只想在乱世苟且保全性命，不求在诸侯之间显闻。先帝却不以我地位低下，降低身份亲自枉驾屈就，三次到茅舍拜访，把当今世上大事逐一向我询问。因此我受到感动鼓舞，就答应先帝全力奔走效劳。后来碰上大败，在败军之际接受重任，在危难之中奉命出使，自那时以来有二十一年了啊。先帝了解我做事谨慎，所以临终时托孤给我。接受遗命以来，我早晚忧虑叹息，唯恐托付没有成效，以致损伤了先帝的英明。所以五月渡过泸水，深入不长草木的荒

方已定,兵甲已足,当奖帅三军[13],北定中原。庶竭驽钝[14],攘除奸凶[15],兴复汉室,还于旧都[16]。此臣之所以报先帝,而忠陛下之职分也。以上自陈志事。

凉地方。现在南方已经平定,武器已经充足,应当鼓励、率领三军,北上平定中原。或许能竭尽我平庸的才能,扫除奸诈凶恶的敌人,兴复汉室江山,回到故都。这是我用来报答先帝,并效忠陛下的职责。

[注释] 1 布衣:平民百姓。 2 躬:亲身,亲自。南阳:郡名,治所在今河南南阳。作者当时居住的隆中属邓县(今河南南阳和湖北襄阳交接一带),汉时属南阳郡。 3 卑鄙:卑贱,地位低下,自谦之词。 4 猥(wěi):受辱,降低身份,表谦副词。枉屈:枉驾屈就。 5 这两句指刘备三顾茅庐向孔明请教建国大政之事。事见《三国志·诸葛亮传》,后人单摘为《隆中对》一文。 6 驰驱:奔走效劳。 7 倾覆:倾倒覆盖,吃败仗的意思。汉献帝建安十三年(208),刘备在当阳长坂坡被曹操打败。 8 此句指刘备兵败后,为图再起,作者奉命去江东联吴抗曹。 9 寄:托付。大事:指托孤之事。刘备临死时,把国家大事托付给诸葛亮,并对儿子刘禅说:"汝与丞相从事,事之如父。" 10 夙夜:早晚。 11 泸:泸水,即今雅砻江下游和金沙江汇流之后一段河流。 12 毛:苗,活用为动词。不毛即不生长草木庄稼,这个偏正词组又用作名词,指不长苗的地方。 13 奖:勉励。帅:《三国志·诸葛亮传》作"率",率领。 14 庶:庶几,或许。驽:劣马。钝:刀刃不锋利。驽钝是自谦之词,比喻才能平庸。 15 攘除:扫除,排除。奸凶:奸诈凶恶,此指曹氏政权。 16 旧都:指两汉都城长安和洛阳。蜀汉以汉氏宗亲自居,把攻取中原称为收还旧都。

至于斟酌损益[1],进尽忠言,则攸之、祎、允之任也。愿陛下托臣以讨贼兴复之效;不效,则治臣之罪,以告先帝之灵。若无兴德之言,则责攸之、祎、允之咎,以彰其慢[2]。陛下亦宜自谋,以咨诹[3]善道,察纳雅言[4],深追先帝遗诏[5]。臣不胜[6]受恩感激。今当远离,临表涕泣[7],不知所云。

　　至于斟情酌理,处理事务,掌握分寸,尽量提出忠诚的意见,那就是郭攸之、费祎、董允的责任了。希望陛下把讨伐汉贼兴复汉室的任务托付给我;如果没有成功,那么就治我的罪,用来告慰先帝的灵魂。如果没有振兴德行的建议,那么就责备郭攸之、费祎、董允等人的过失,用来揭示他们的过失。陛下也应该自行谋划,用以询问择取治国的好道理好方法,考察采纳忠言,深切追念先帝的遗诏。如此我就受恩感激不尽了。现在要远离陛下,对着表文眼泪纷纷,泣声不止,不知该说些什么。

[注释] 1 斟酌:斟情酌理。损:减少。益:增加。 2 咎:过失。慢:轻忽,怠慢。此句《三国志·诸葛亮传》作"则责攸之、祎、允等之慢,以彰其咎"。 3 咨诹(zōu):询问择取。 4 雅言:正言,忠言。 5 先帝遗诏:刘备给刘禅的遗诏,载《三国志·先主传》注引《诸葛亮集》,其中说道:"勿以恶小而为之,勿以善小而不为。惟贤惟德,能服于人。" 6 不胜:不尽。 7 涕泣:《三国志·诸葛亮传》作"涕零"。

书牍类

左传·叔向诒子产书

[导读]

《左传》,相传为春秋时鲁国左丘明所撰之编年体史书。叔向,是春秋时晋国大臣羊舌肸(叔肸)的字;子产,是春秋时郑国宰相公孙侨的字。此文选自《左传·昭公六年》,系我国传世最早的书牍之一,寥寥几笔,畅论刑律之弊。曾氏所归段意,点出了叔向以先王宽政治理百姓的思想。为避免祸乱,古往今来不得不讲法治;然而应以仁政治天下,待民以宽,亦不失为善议。

[原文]

始吾有虞[1]于子,今则已[2]矣。昔先王议事以制[3],不为刑辟[4],惧民之有争心也。犹不可禁御,是故闲[5]之以义,纠[6]之以政,行之以礼,守之以信,奉之以仁,制为禄位以劝其从[7],严断刑罚以

[译文]

开始我对您抱有希望,现在则破灭了。从前先王议定事情轻重来断定罪行,不先制定刑律,是害怕百姓有争夺之心呀。若还是不能禁止,就用道义来防备限制,用政令来纠察约束,用礼仪来实施行动,用诚信来保守稳定,用仁爱来遵从奉行,制定俸禄多少用来劝勉顺服的人,严厉地判定刑罚用来警戒

威其淫[8]。惧其未也,故诲之以忠,耸之以行[9],教之以务[10],使之以和,临之以敬,莅之以强,断之以刚。犹求圣哲之上、明察之官、忠信之长、慈惠之师,民于是乎可任使也[11],而不生祸乱。以上言古不为刑辟。

淫乱放纵的人。恐怕那些不能奏效,所以用忠诚教诲他们,用好的品行奖劝他们,用专业技能教导他们,以和颜悦色的态度使用他们,以严肃认真对待他们,用强力驾临他们,用坚决的态度判定他们的罪行。还要访求聪明神圣的高官、明白事理的下吏、忠厚诚实的长辈、慈祥和蔼的老师,老百姓在这种情况下才可以使用,而不会发生祸乱。

注释 1 虞:希望。 2 已:停止,破灭。 3 制:决断,定罪。 4 刑辟:刑法,刑律。 5 闲:防闲,即防备、限制。 6 纠:纠察约束。 7 制:制定。禄位:俸禄的多少、厚薄。劝:劝勉。从:顺从,此指顺从之吏民。 8 威:威胁,警戒。淫:淫乱,此指淫乱放纵的臣民。 9 耸:通"怂",怂恿,奖劝的意思。行:此指好的品行。 10 务:事务,事业,指专业技能。 11 于是乎:固定词组,可译为"于是(就)"。任使:任用,使用。

民知有辟,则不忌[1]于上。并[2]有争心,以征于书[3],而徼幸以成之,弗[4]可为矣。夏有乱政,而作《禹刑》[5];商有乱政,而作《汤刑》[6];周有乱政,而作《九刑》[7]。三辟之兴,皆叔世也[8]。今吾

老百姓知道有法律,就对上司不畏忌。人人普遍有争夺之心,征引刑书,而且徼幸成功,就不能治理了啊。夏朝有违乱政令的人,就制定《禹刑》;商朝有违乱政令的人,就制定《汤刑》;周朝有违乱政令的人,就制定《九刑》。三种刑法的出现,都是衰

子[9]相郑国,作封洫[10],立谤政[11],制参辟[12],铸刑书[13],将以靖民[14],不亦难乎?以上言刑书不足靖民。

世了呀。现在您做郑国宰相,划定田界水沟,颁布遭到指责的政令,制定三种刑罚,把刑书铸在鼎上,将要以此使百姓安定,不也是很困难吗?

注释 1 忌:顾忌,害怕。 2 并:并合、普遍之意。 3 征引。书:指刑书。 4 弗:不。 5《禹刑》:即相传的夏朝《赎刑》,不一定为禹所作。 6《汤刑》:相传为商汤所作的刑书。 7《九刑》:周初刑书。《吕刑》是以后穆王所作。 8 三辟:指《禹刑》《汤刑》《九刑》三种刑律。叔世:衰乱的晚世,与尧舜太平时世对比而言。 9 子:对男子的尊称。前加"吾"表示亲近。 10 作封洫:田界叫封,水沟叫洫。《左传·襄公三十年》记载子产为政,"田有封洫",指兴修农田水利之事。 11 立谤政:谤,指责。《左传·昭公四年》记载子产定"丘赋"(按丘出军赋),赋重贻害百姓,"国人谤之"。 12 参:同"叁(三)"。此处可能是说子产制定的三种刑罚。 13 铸刑书:子产把刑书铸刻在鼎上公布。 14 靖民:使百姓安定。

《诗》曰:"仪式刑文王之德,日靖四方。"[1]又曰:"仪刑文王,万邦作孚。"[2]如是,何辟之有[3]?民知争端矣,将弃礼而征于书,锥刀之末[4],将尽争之。乱狱滋丰[5],贿赂并行。终子之世,郑其[6]败乎?肸[7]闻之"国将亡,必多制",其[8]

《诗经》说:"法度格式效法文王颁布的典籍,使四方日益安定。"又说:"法度效法文王,天下开始信服。"像这样,有什么必要用刑法?百姓知道了争夺的依据,将会丢弃礼仪而征引刑书,对微小利益,将会尽力争夺。触犯法律的案件会猛增,贿赂到处施行。在您活着的时候,郑国恐怕会衰败吧?我听说"国家将灭亡时,必定

此之谓乎！以上言刑书足以兆乱。会广泛制定刑律"，大概就是说的这个吧！

[注释] 1 仪：法度。式：格式。刑：效法。德：《诗经》作"典"，典籍。四方：四邦，指天下。此诗出自《诗经·周颂·我将》。 2 作：开始。孚：诚信，信服。此诗出自《诗经·大雅·文王》。 3 何辟之有：即"有何辟"，通过结构助词"之"使宾语前置。 4 锥刀之末：指刑书的细枝末节处，可引申为微小的利益。 5 滋丰：增益繁多。 6 其：副词，表动作行为发生在未来，可译为"将"。 7 肸（xī）：叔向自称其名。 8 其：副词，表估计推测，可译为"大概"。

魏文帝·与吴质书

[导读]

魏文帝曹丕，字子桓，为建安文学集团领袖人物。吴质字季重，当时为朝歌令，才学通博，与曹丕交谊甚深。

书信措辞委婉谦逊，通过对昔日游乐的回顾，畅叙了友朋挚情，又通过对文友的怀念，公允评价了建安文学集团诸人创作之高下长短。此信不仅是中国文学批评史上重要的文献资料，而且在书信发展史上，也标志着内容由说理到抒情，形式由散文到骈体的过渡。

曾氏以此为范文，除希望子弟忠于友朋情谊外，还有"后生可畏""少壮真当努力"等激励。

原文

二月三日丕白[1]：岁月易得[2]，别来行[3]复四年。三年不见，《东山》[4]犹叹其远，况乃过之？思何可支[5]！虽书疏往返，未足解其劳结[6]。昔年疾疫，亲故多离[7]其灾。徐、陈、应、刘[8]，一时俱逝，痛可言邪！昔日游处，行则连舆[9]，止则接席[10]，何曾须臾相失？每至觞酌流行[11]，丝竹并奏[12]，酒酣耳热，仰而赋诗，当此之时，忽然不自知乐也。谓百年已分[13]，可长共相保，何图数年之间，零落略尽？言之伤心！顷[14]撰其遗文，都[15]为一集。观其姓名，已为鬼录[16]。追思昔游，犹在心目。而此诸子化为粪壤，可复道哉！以上追述昔游。

译文

二月三日丕告白：时光飞逝，分手后又快要四年了。三年不见面，《东山》一诗尚且还哀叹远离，何况我们竟超过了三年？思念之情又怎么能忍受得了！即使书信来来往往，还是不能解除我们心中的忧郁。前几年发生疾疫，亲朋故旧很多人遭受灾难，徐幹、陈琳、应场、刘桢，一时之间都去世了，悲痛又怎么能够言说呀！从前游览居住，行走时车子相连，休息时座席相接，何曾有片刻分离？每到敬酒传杯、音乐高奏时，酒兴正浓，耳根发热，于是抬头赋诗，如今，自己忽然不懂得其中的乐趣了。我以为百年之寿是命中所定，大家可以长期一块互相在一起，哪里料到在几年之间，这些好朋友差不多死光了呢？说起这些是多么令人伤心！不久前撰集他们的遗文，总共编成一卷。看到这些人的名字，已入死人名册。追忆从前游玩的情景，好像还在眼前，而这些先生已变作粪土尘埃，又还能再说什么呢！

注释 1 白：告白。 2 易得：容易得到，此指时光流逝得快。 3 行：副词，快要。 4《东山》：《诗经·豳风》中一首，内有"自我不见，于今三年"之句。 5 支：支撑，此处引申为忍受。 6 劳结：盘结在心中的忧郁。 7 离：通"罹"，遭受。 8 徐：徐幹，字伟长，任五官中郎将。陈：陈琳，字孔璋，归降曹操后为司空军谋祭酒，负责记室。应：应场，字德琏，曹操征召为丞相掾属，后为五官中郎将。刘：刘桢，字公幹，曹操丞相府掾属。四人均属建安七子。 9 连舆：座车相连。 10 接席：座席相接。 11 觞酌流行：传杯敬酒之意。 12 丝：弦乐。竹：箫笛一类管乐。 13 分（fèn）：名分，此指命中注定。 14 顷：顷刻，不久。 15 都：副词，总共。 16 鬼录：死人簿册。

观古今文人，类不护细行[1]，鲜[2]能以名节自立。而伟长独怀文抱质[3]，恬淡[4]寡欲，有箕山[5]之志，可谓彬彬君子者矣。著《中论》[6]二十余篇，成一家之言，辞义典雅，足传于后，此子为不朽矣！德琏常斐然[7]有述作之意，其才学足以著书，美志不遂，良[8]可痛惜！间者历览诸子之文，对之抆[9]泪，既痛逝者，行自念也。孔璋章表殊健，微为繁富[10]。公幹有逸气，但未遒[11]耳，其五言诗之

纵观古今文人，大抵不拘细节，很少能在名誉节操上有所建树。但只有徐幹怀抱文采品性，安静淡泊而少嗜欲，有许由隐居箕山的志趣，可以说是彬彬有礼的君子啊。著作《中论》二十多篇，成一家之言，辞义典重高雅，足以传给后世，这位先生会不朽啊！应场文采出众有写作的志向，他的才学足够用来著书立说，但他良好的志向没有实现，实在值得痛惜。近来遍观这些先生的文章，面对卷帙擦泪不已，既悲痛已死去的人，又怜念自己。陈琳的章表很有气势，但稍微繁杂冗长了一点。刘桢的文章有飘逸之气，却不够强劲有力，他五言诗中的优

善者，妙绝时人。元瑜书记翩翩[12]，致足乐也。仲宣续自善于辞赋[13]，惜其体弱，不足起[14]其文，至于所善，古人无以远过。以上评论诸子。

异篇章，在当代人中妙绝一时。阮瑀公文很有文采，读了使人特别愉快。王粲于辞赋接续两汉传统而写得很好，可惜他的文体纤弱，不足以振起文风，至于他所擅长的文辞，古人中没有能超过他很多的。

[注释] 1 类：副词，表推测，相当于"大抵"。护：回护，引申为讲求。 2 鲜（xiǎn）：少。 3 文：文采。质：品质。 4 恬（tián）淡：安闲淡泊，清静无为。 5 箕山：在今河南登封东南。帝尧时许由隐居在这里。 6《中论》：徐幹所著，今本二卷，主要是阐明儒家经义。 7 斐（fěi）然：有文采的样子。 8 良：副词，的确。 9 抆（wěn）：擦拭。 10 繁富：繁杂冗长。 11 遒（qiú）：强劲有力。 12 元瑜：建安七子阮瑀的字，曹操时任司空军谋祭酒，后为仓曹掾属。书记：指书牍奏记等公文。翩翩：形容风致或文采优美。 13 仲宣：建安七子王粲的字，初依刘表，后归曹操，任丞相府掾属，升侍中。续：接续。 14 起：振起。

昔伯牙绝弦于钟期[1]，仲尼覆醢于子路[2]，痛知音之难遇，伤门人[3]之莫逮。诸子但为未及古人，自一时之隽[4]也。今之存者，已不逮矣。后生可畏，来者难诬[5]，然恐吾与足下[6]不及见也。年行

从前钟子期一死伯牙便不再鼓琴，孔子一听到子路被斫成肉酱便把家里的肉酱倒掉不吃，这是哀叹知音难遇，悲伤学生没有谁能赶得上。这些先生虽然不及古人，但也是一时的俊秀。现在活着的，已经不如他们了。后生可畏，未来的人难于欺哄，然而我和您恐怕来不及见到了。我们已经人

已长大,所怀万端,时有所虑,至通夜不瞑。志意何时复类[7]昔日?已成老翁,但未白头耳。光武[8]言:"年三十余,在兵中十岁,所更[9]非一。"吾德不及之,年与之齐矣。以犬羊之质,服虎豹之文[10];无众星之明,假[11]日月之光。动见瞻观,何时易乎?恐永不复得为昔日游也。少壮真当努力,年一过往,何可攀援[12]?古人思炳[13]烛夜游,良有以[14]也。以上自慨。

到中年,心中怀绪万端,时时有所思虑,以至整夜不能入睡。志向意气什么时候能再像从前那样高远呢?我们已经变成老翁,只不过头发没有白罢了!光武帝说:"年纪三十多,在行伍间十来年,所经历的事物非同一般。"我的德行不及他,年岁却跟他相等。以犬羊的本性,却占据显赫的高位;没有众多星星的明亮,却假借日月的光辉。一举一动被当作瞻仰观察的表率,什么时候才能改变这种局面呢?恐怕永远也不能像从前那般畅游了。少壮时真当努力,年岁一旦过去,怎么能够再拉回来?古人想点燃蜡烛夜游,确实是有原因的呀。

注释 1 伯牙:春秋时琴师。钟期:即钟子期,春秋时楚人,精音律,相传子期死,伯牙以无知音,不再鼓琴。 2 仲尼:孔子的字。醢(hǎi):肉酱。子路:仲由的字,孔子学生。子路遇害后被斫成肉酱,孔子听到这个消息,便把家里的肉酱倒掉。 3 门人:学生。 4 隽(jùn):通"俊",俊秀。 5 诬:欺骗蒙哄。 6 足下:称代对方的敬辞。 7 类:类似。 8 光武:汉光武帝刘秀,通过连年征战,建立东汉。 9 更(gēng):经历。 10 虎豹之文:披上虎豹色彩斑斓的毛皮,谓占据显赫的高位。 11 假:借。 12 攀援:拉扯住,挽留。 13 炳:此指点燃。 14 以:名词,即原因。

| 顷何以自娱[1]？颇复有所述造不[2]？东望於邑[3]，裁书[4]叙心。愈白。 | 近来靠什么自娱自乐？您又有些新著作了吧？我向东而望，惆怅感伤，写下这封书信叙述心思。愈告白。 |

[注释] 1 顷：近来。何以："以何"倒装。 2 述造：著作。不（fǒu）：同"否"。 3 於（wū）邑：同"呜唈"，惆怅感伤的样子。 4 裁书：裁下信笺，即写信。

韩愈·与孟尚书书

[导读]

　　孟尚书即孟简，曾官检校工部尚书，笃信佛教，唐元和十五年(820)被贬为吉州司马。韩愈之前因谏迎佛骨，于元和十四年(819)贬谪潮州，时与潮僧往来，孟简以为韩归信佛氏，韩愈即答此书以明心志。

　　劳问之后，韩愈先交代与大颠交往始末，辩白排佛一如既往；接着推尊孟子驳斥杨、墨之功，然后表明自己继承孟子道统，辟佛卫道，虽死不变。文章批驳佞佛求福之妄，阐扬圣道之明，一气直趋，如贯江河。由于作者思想正大磊落，故文章理足气盛，雄浑变化，千转百折，极力顿挫。该文力量至伟，音吐至洪，是韩文中一流文章。后之学者，即使有此等手笔，但若无此种思想和气质，亦难写出如此文字。

[原文]

　　愈白：行官[1]自南回，过吉州[2]，得吾兄二十四日手书数番[3]，忻悚兼至[4]。未审入秋来眠食何似，伏惟[5]万福。

[译文]

　　韩愈禀白：我从南返归，过访吉州，得到吾兄二十四日亲笔信数回，高兴恐惧之情交加。入秋以来，不能详知您起居饮食怎么样，祈祷万福。

[注释] 1 行官：唐军镇、州府属官，受差遣至各地公干。 2 吉州：今江西吉安。当时孟简贬吉州司马。 3 番：量词，回。 4 忻：同"欣"。悚：恐惧。 5 伏惟：下对上陈述时表敬之辞，可不译。

　　来示云：有人传愈近少信奉释氏[1]。此传之者妄也。潮州[2]时有一老僧，号大颠[3]，颇聪明，识道理，远地无可与语者，故自山召至州郭。留十数日，实能外形骸[4]，以理自胜，不为事物侵乱。与之语，虽不尽解，要[5]自胸中无滞碍，以为难得，因与往来。及祭神至海上，遂造[6]其庐。及来袁州[7]，留衣服为别。乃人之情，非崇信其法，求福田[8]利益也。孔子云："丘之祷久矣。"[9]凡君子行己立身，

　　来信说：有人传言韩愈近来稍稍信奉佛教。这是传话的人胡说呀。我在潮州时有一个老和尚，号大颠，相当聪明，颇懂得道理，荒远之地没多少能够深谈的人物，所以把他从灵山召到州城来。留住十多天，他确实能将形体置之度外，以理性自胜，不被外界事物扰乱心性。跟他交谈，虽然不能完全理解，但总在内心深处没有什么滞留阻碍，我认为这样的人难得，因而与之来往。因为要到海边祭神，所以才前去造访他的庐舍。等迁来袁州，才留了些衣服作为纪念。这是人之常情，不是因为崇拜信奉他的教法，追求福田利益呀。孔子说："孔

自有法度,圣贤事业具在,方册[10]可效可师,仰不愧天,俯不愧人,内不愧心,积善积恶,殃庆自各以其类至。何有去圣人之道,舍先王之法,而从夷狄之教,以求福利也?《诗》不云乎"恺悌君子,求福不回"[11]?《传》又曰"不为威惕,不为利疚"[12]。假如释氏能与人为祸祟,非守道君子之所惧也,况万万无此理!且彼佛者,果何人哉?其行事类君子耶?小人耶?若君子也,必不妄加祸于守道之人;如小人也,其身已死,其鬼不灵,天地神祇[13],昭布森列[14],非可诬也。又肯令其鬼行胸臆,作威福于其间哉?进退无所据,而信奉之,亦且惑矣!以上辨己不信佛。

丘我祈祷很久了。"大凡君子修身养性使自己立身,自有法度,圣贤的事业都载入史册,典籍可以使人仿效学习,抬头不愧对天,俯首不愧对人,内不愧对心,或积善或积恶,灾殃吉庆自然各自按照其类别降临。为什么要离开圣人之道,舍弃先王之法,而听从夷狄的教化,用来寻求福报利益呢?《诗经》不是说过"和乐平易的君子,求福不违背先祖之德"吗?《左传》又说"不被威胁吓住,不因利益而忧虑不安"。假如佛教能给人祸害,就不是守道君子所害怕的了,何况万万没有这个道理!况且那佛祖,到底是什么人呢?他所做的事像君子,还是类似小人呢?若是君子,就必然不会胡乱加祸给守道之人;如果是小人,他的身子已死,他的鬼魂不灵,天神地神,昭然布列,庄严公正,不是可以欺骗的。又怎肯让那鬼魂胡作非为?进退去留没有什么依据,却要信奉它,这又让人迷惑不解了。

[注释] 1 来示云:原刻本有两"云"字,据《昌黎集》删其一。少:稍。释氏:释迦牟尼,后用作佛教泛称。 2 潮州:唐属岭南道,故治在

今广东潮州。元和十四年(819),韩贬潮州刺史。 3 大颠:俗姓杨(一说陈),法字宝通,潮州人。曾参南岳石头希迁大师,后在潮州灵山创建禅院,为曹洞宗派。 4 外:活用为使动词。形骸:人的形体躯壳。 5 要:总要。 6 造:往,去到。 7 袁州:唐属江南道,故治在今江西宜春。元和十四年十月,韩移刺袁州。 8 福田:佛家说积善可得福报,犹如播种福田,秋天会有收获。福田分报恩田、功德田、贫穷田等。 9 此句见《论语·述而》篇。 10 方册:典籍。 11 恺悌:和乐平易。回:违背。此诗见《诗经·大雅·旱麓》。 12 惕:畏惧。疚:忧虑不安。此二语分别见《左传·哀公十六年》和《昭公二十年》。 13 神:天神。祇(qí):地神。 14 昭:彰明。布:布列。森列:此指庄严公正。

且愈不助释氏而排之者,其亦有说。孟子云:"今天下不之杨[1],则之墨[2]。"杨、墨交乱,而圣贤之道不明,则三纲沦而九法斁[3],礼乐崩而夷狄横,几何其不为禽兽也?故曰:"能言距杨、墨者,圣人之徒也。"[4]扬子云云:"古者杨、墨塞路,孟子辞而辟之,廓如也[5]。"

而且我不是帮助佛教反而是排斥它的,自有我的道理。孟子说:"现今天下不归向杨子,就归向墨子。"杨、墨交相混乱,圣贤之道就不明,那么三纲就会沦没,九法就会败坏,礼乐就会崩坏,夷狄就会横行,人们堕落得几乎像禽兽一样。所以孟子说:"能够议论抵拒杨子、墨子的,都是圣人的门徒呀。"扬子说:"古时杨、墨之徒充塞道途,孟子责备并驳斥他们,终于澄清了人们思想上的混乱。"

[注释] 1 之:动词,往,引申为归向。杨:杨朱,魏国(一说秦国)人,战国初哲学家。 2 墨:墨翟,宋国人,春秋战国之际思想家。这两

句见《孟子·滕文公下》。　3　三纲：君为臣纲，父为子纲，夫为妻纲。九法：即九畴，禹治理天下的九类大法，分别是五行，敬用五事，农用八政，协用五纪，建用皇极，乂用三德，明用稽疑，念用庶征，向用五福，威用六极。　斁（dù）：败坏。　4　距：通"拒"，抗拒。此处见《孟子·滕文公下》。　5　辞：责备。辟：驳斥。廓如：开阔的样子。指澄清混乱。

夫杨、墨行，正道废，且将数百年，以至于秦，卒灭先王之法，烧除其经，坑杀学士[1]，天下遂大乱。及秦灭，汉兴且百年，尚未知修明先王之道。其后始除挟书之律[2]，稍求亡书[3]，招学士。经虽少得，尚皆残缺，十亡二三。故学士多老死，新者不见全经，不能尽知先王之事，各以所见为守，分离乖隔，不合不公。二帝三王群圣人之道[4]，于是大坏。后之学者，无所寻逐[5]，以至于今，泯泯[6]也。其祸出于杨、墨肆行而莫之禁故也[7]！孟子虽贤圣，不得位，空言无施，虽切何补？然赖

杨、墨学说流行，正道废弃了将近几百年，到了秦朝，全部毁灭先王之法，烧毁那些经典，坑杀学士，天下于是大乱。及至秦朝灭亡，汉朝建立又将百年，但还不懂得修治昌明先王之道。之后才开始取消挟书律，逐渐寻找亡佚之书，招集学士。虽然稍微获得一些经籍，但都残缺不全，十失二三。饱学之士老的老死的死，年轻的读书人不能看到全经，不能完全知晓先王之事，就各将自己所见奉为圣道，分崩离析，乖舛障隔，不合古义，又没有共同之处。二帝三王众圣之道，于是严重损坏。后来的读书人，没有什么可寻求追随的，以至于今，纷纷乱乱。这种大祸是因为杨、墨学说横行而没有谁去禁止它的缘故呀！孟子即使贤明聪睿，但不在其位，空言而无所实施，虽然切中时弊，又能补救什么呢？但也多亏他的言说，今天的读书

其言,而今学者尚知宗孔氏,崇仁义,贵王贱霸而已。其大经大法皆亡灭而不救,坏烂而不收,所谓存十一于千百,安在其能廓如也?然向[8]无孟氏,则皆服左衽而言侏离矣[9]!故愈尝推尊孟氏,以为功不在禹下者为此也。以上言孟子辟杨、墨。

人还能懂得以孔子为宗师,崇信仁义,看重王道而轻视霸道。圣贤的大经大法都被遗忘毁灭而未能抢救,朽烂残缺而不能收集保藏,所谓千百种典籍只存留下十分之一,还谈什么"澄清"的问题?可是从前若没有孟子,那么中原人都会穿着衣襟向左掩的衣服,说着难辨的语音成为夷狄了!所以我曾经推尊孟子,认为他的功劳不在大禹之下的原因,就在这里呀。

注释 1 秦始皇三十五年(前212),其在咸阳坑杀儒士四百六十多人。 2 挟:藏。律:秦律载,有敢于收藏书籍者灭族。汉惠帝四年(前191)废此律。 3 亡:亡佚。汉成帝时,曾令谒者陈农求遗书于天下。 4 二帝:尧和舜。三王:夏、商、周开国之君。群圣人:指周公、孔子、孟子等。 5 逐:追随。 6 泯泯:纷乱的样子。 7 莫之禁:即"莫禁之"。之,代杨、墨学说。 8 向:往昔。 9 衽(rèn):衣襟。侏离:形容方言、少数民族或外国的语言文字怪异,难以理解。此指少数民族的穿着和语言,带侮辱性。

汉氏已来[1],群儒区区[2]修补,百孔千疮,随乱[3]随失,其危如一发引千钧[4],绵绵延延,浸[5]以微灭。于是时也,而倡释、老[6]于其间,鼓天下之众而从之。呜

汉朝建立以来,虽然群儒辛辛苦苦修补经典,仍百孔千疮,随手整治好又随手遗失,那危险形势就如一根头发吊起千钧之物,靠着丝丝绵绵的联系,随时都可能坠亡。在这个时候,这种形势之下,却提倡佛教、道

呼!其亦不仁甚矣!释、老之害,过于杨、墨;韩愈之贤,不及孟子。孟子不能救之于未亡之前,而韩愈乃欲全之于已坏之后。呜呼!其亦不量其力,且见其身之危,莫之救以死也!虽然,使其道由愈而粗传,虽灭死万万无恨!天地鬼神,临之在上,质[7]之在傍,又安得因一摧折,自毁其道以从于邪也?以上言己辟佛,上承孟子之绪。

教,鼓动天下大众信从。唉!这是多么不仁啊!佛教、道教的危害,超过杨子、墨子学说;韩愈我的贤明,远赶不上孟子。孟子尚且不能在先王之道遗亡之前挽救经典,可韩愈我竟想在经典已败坏之后想要使它完备齐全。唉!我也是不自量力,况且没有别人的营救,我早已命丧黄泉了。虽然如此,若让这种大道由我粗略相传下去,即使死亡,也万无遗憾了!天地鬼神,驾临在上,评断在旁,又怎么能因一时挫折,就自毁正道而听从邪说呢?

注释 1 汉氏:汉朝。已:同"以"。 2 区区:本义为小,引申为辛辛苦苦。 3 乱:治。 4 钧:量词,三十斤为一钧。 5 浸:逐渐。 6 老:老子,此指道教。 7 质:评断。

籍、浞[1]辈虽屡指教,不知果能不叛去否。辱吾兄眷[2]厚,而不获承命,惟增惭惧,死罪死罪!愈再拜。

张籍、皇甫浞等人,我虽然多次予以指教,不知是否能够不背离圣道。承蒙吾兄特别关爱,只是不能接受您的意见,徒增惭愧畏惧,死罪死罪!韩愈再拜。

注释 1 籍:张籍,字文昌,和州乌江人,韩愈荐为国子博士。浞:皇甫浞,字持正,睦州新安人,元和间进士。 2 眷:关心。

韩愈·答李翊书

导读

李翊,唐德宗贞元间进士,本文是韩愈给李翊的回信。作者结合自己做人、读书和写作体会,在此信中提出了四说。"气盛言宜"说:强调文章形式取决于内容,内容又取决于作者气质,而气质又取决于作者修养;"陈言务去"说:语言力求创新;"无望速成"说:坚定信念,长期磨炼才会有所成;"文为后世法"说:强调创作功能。这些观点,对中唐反对形式主义文风,对古文运动之发展,起到了纲领性的指导作用。此文是韩愈文学理论之代表作,内容一层深入一层,由一线贯串,层出不穷,曲折尽致,周密多变;而气势盛大,以盘旋之笔,或顿挫生姿,或凝重精刻,精心撰写并现身说法,可谓字字绝伦。曾氏古文理论尊崇韩愈,作文亦处处学习,其挑选此文,可知清中叶湘乡派文风之一斑。

原文

六月二十六日[1],愈白李生足下:

生之书辞甚高,而其问何下而恭也[2]!能如是,谁不欲告生以其道[3]?道德之归也,有日矣,况其外之文乎?抑愈所谓望孔子

译文

六月二十六日,韩愈对李生足下回复:

你的书信文辞很好,而你请教问题的态度是多么谦下又恭谨呀!能够如此,谁不想把那仁义道德告诉你?道德的归属,指日可待了,何况是道德之外的文章呢?不过我只是

之门墙而不入于其宫者[4],焉足以知是且非耶?虽然,不可不为生言之。生所谓立言[5]者,是也。生所为者与所期者,甚似而几[6]矣。抑不知生之志,蕲[7]胜于人而取于人耶?将蕲至于古之立言者耶?蕲胜于人而取于人,则固胜于人,而可取于人矣;将蕲至于古之立言者,则无望其速成,无诱于势利,养其根而俟[8]其实,加其膏[9]而希其光。根之茂者,其实遂[10];膏之沃者,其光晔[11]。仁义之人,其言蔼如[12]也!以上徐徐引入而教之务实之学。

所谓望见了孔子的门墙却还没有登堂入室的人,哪里能够知晓对错呢?即使这样,我还是不能不替你解答问题。你所说的立言,是对的呀。你所做的和所期待的,很相似并也很接近了。不过我不知道你的志向,是祈求胜过别人而被取用呢,还是祈求达到古时立言者的境界呢?祈求胜过别人并被取用,那么固然可以胜过人,且能够被别人取用;祈求达到古时立言者的境界,那么不会希望自己速成,不会被势力财利所诱惑,而会像培养树木的根一样,等待那果实,像添加灯油一样,盼望那种光亮。根基繁茂的树,那果实才会成熟;油膏多的灯,那光芒才会明亮。仁义之人,他说话总是温顺和善。

注释 1 为唐贞元十七年(801)。 2 何:多么。下:谦下。 3 道:指仁义道德。 4 抑:转折连词,不过。宫:室,房屋。 5 立言:著书立说流传后世。 6 几(jī):接近。 7 蕲(qí):通"祈",祈求。 8 俟(sì):等待。 9 膏:点灯的油脂。 10 遂:成熟。 11 晔(yè):明亮。 12 蔼如:温顺和善。

抑又有难者。愈之所为,不自知其至[1]犹未

不过又有艰难的地方。我的所作所为,不知道自己达到了那古人立言者

也,虽然,学之二十余年矣。始者,非三代、两汉之书不敢观,非圣人之志[2]不敢存。处[3]若忘,行若遗,俨乎[4]其若思,茫乎其若迷[5]。当其取于心而注[6]于手也,惟陈言之务去,戛戛乎[7]其难哉!其观于人,不知其非笑[8]之为非笑也。如是者亦有年,犹不改。然后识古书之正伪,与虽正而不至焉者,昭昭然[9]白黑分矣。以上言始事之艰难。

的境界没有,即使这样,我还是学习了二十多年。开始时,不是三代、两汉的书籍不敢观看,不是圣人的意志不敢保存在心。居住时好像忘记了什么,行走时好像遗失了什么,俨然像在思索,茫然像有迷惑。当自己在内心抓住了文章的主旨并又在手头像流水一样把话写出来,陈词滥调务必别除,真是既费力又艰难啊!文章被人观看,不把那些非难讥笑放在心上。像这样子又有一些年头,我还是不改变态度。然后就知晓古书中的正确与不正确,以及虽然正确但没有达到立言顶点的,就像分辨黑白那样明晰。

注释 1 至:指达到"古之立言者"的境界。 2 志:意志,思想,道德。 3 处:居住。 4 俨(yǎn)乎:俨然,庄重的样子。 5 迷:迷惑。 6 注:灌注,此指像流水一样书写出来。 7 戛戛(jiá)乎:困难费力的样子。 8 非笑:非难讥笑。 9 昭昭然:明晰的样子。

而务去之,乃徐有得也。当其取于心而注于手也,汩汩然[1]来矣。其观于人也,笑之则以为喜,誉之则以为忧,以其犹有人之说[2]者存也。如

务必要去掉不正确和达不到顶点的文辞,才能慢慢有所收获。当自己在内心抓住了文章内容并又能传写出来,文思就会如同泉水般涌出。那时被人观看,受讥笑我就觉得高兴,受称赞就觉得忧伤,因为自己的文章还能引起争

是者亦有年,然后浩乎其沛然矣[3]。吾又惧其杂也,迎而距之,平心而察之,其皆醇[4]也,然后肆[5]焉。以上言继事之充沛。

论。像这样子又有一些年头,然后文思浩浩荡荡似水势汹涌。我又害怕文章杂芜,就迎着水势似的文思去阻挡它,心平气和地观察它,直到文思都很纯正了,然后就放肆去写作。

[注释] 1 汩汩(gǔ)然:水流冒出的样子,此处形容文思如泉涌。 2 说:争论。 3 浩乎:广大的样子。沛然:充沛的样子。这里形容文思宽广奔放。 4 醇:纯正。 5 肆:放肆,此指随心所欲去写作。

虽然,不可以不养也。行之乎仁义之途,游之乎《诗》《书》之源,无迷其途,无绝其源,终吾身而已矣。气[1],水也;言,浮物也。水大而物之浮者,大小毕[2]浮。气之与言犹是也,气盛,则言之短长与声之高下者皆宜。以上言终事在养气。

即使能这样,我不能因此就不修身养性了。行走在仁义的大道上,遨游在《诗经》《书经》的源流中,不迷失自己的道路,不断绝自己的源泉,一直到我一生结束才罢休。作者的气质,似流水;作者的言论,似水中漂浮物。水大,浮在水面上的物体,大大小小都能完全浮起来了。气势和言论,也是这样子,气质充沛,那么言语的长短和声调的高低就都能很恰当。

[注释] 1 气:指作者的气质。 2 毕:尽,完全。

虽如是,其敢自谓几于成乎?虽几于成,其用于人也奚[1]取焉?虽然,

即使像这样,谁敢自认为接近于成功了呢?即使接近于成功,那被人取用时又有什么可取的呢?即使这样,那么

待用于人者,其肖[2]于器耶?用与舍属诸人[3]。君子则不然,处心有道,行己有方,用则施诸人,舍则传诸其徒,垂[4]诸文而为后世法。如是者,其亦足乐乎?其无足乐也?有志乎古者希[5]矣,志乎古必遗乎[6]今。吾诚乐而悲之。亟[7]称其人,所以劝之,非敢褒其可褒而贬其可贬也。问于愈者多矣,念生之言不志乎利,聊[8]相为言之。愈白。

等待被人取用的,难道就类似器物一样吗?取用和舍弃都归属于别人。君子就不是这样,他内心深处有道德,行为有原则,被取用就能施惠于别人,不被取用就能将思想传授给自己的门徒,传下来的文章能成为万代的法则。像这样子,是值得高兴呢,还是不值得高兴呢?有志于效法古代的人很少了,有志于效法古代的必定被今人遗弃。我的确为此既高兴又悲哀。我屡次称扬那种人,所以劝勉他们,不敢随意褒奖那些值得褒奖并贬斥那些值得贬斥的事。向我韩愈询问的人很多了,顾念你的话不志于财利,所以我姑且为你讲了这些话。韩愈禀白。

[注释] 1 奚:什么。 2 肖:像。 3 属:归属。诸:"之于"之合音词。 4 垂:垂下,即传下来。 5 希:稀少。 6 乎:犹"于",被。 7 亟(qì):屡次。 8 聊:姑且。

哀祭类

书·金縢册祝之辞

[导读]

金縢(téng),指用金属绳链捆束的匣子,内藏符瑞之书。相传周武王战胜殷纣后,天下未定,而武王病重,于是周公为国为君,向上天祷告请以自身代死。史官记录在册,将祝辞藏在金縢之匣内。后来成王启金縢之书,深受感动,怀疑全消,对周公更加信任。此文体现的忠君爱国之心和亲人友爱之情,跃然纸上,深切感人,彰显了周公的美德。

[原文]

既克商二年[1],王有疾,弗豫[2]。二公[3]曰:"我其为王穆卜[4]!"周公曰:"未可以戚[5]我先王。"公乃自以为功[6],为三坛同墠[7]。为坛于南方,北面,周公立焉[8]。植璧秉珪[9],乃告太王、王季、文王[10]。史乃册[11]。

[译文]

武王既已战胜商纣两年后,武王有病,不能参与政事。太公、召公说:"我们应该替君王恭恭敬敬地卜卦!"周公说:"不可以因此使我们的先王忧伤。"周公就拿自己当作祭品,筑了三座祭坛并平整了空地。在南边设一坛面向北方,周公站立在那里。放置宝璧作为祭器,手里握着珪,于是向太王、王季和文王祷告。史官就记录在简册上。

[注释]　1 既克商二年：周武王十一年灭掉商纣，此后之"二年"，即周武王十三年。　2 弗：不。豫：安适。天子病曰不豫，即不能参与政事。　3 二公：指太公吕尚、召公姬奭。　4 其：表商量语气的副词。穆：恭敬。卜：占卜问吉凶。　5 戚：使……忧伤。　6 乃：就。功：人质，抵押品。　7 坛：祭坛。墠（shàn）：整平祭祀用的场地。　8 焉：于此，兼词。　9 植：通"置"，放置。秉：握着。珪（guī）：即圭，长条形玉器。　10 太王：即古公亶父，武王曾祖父。王季：即季历，武王祖父。文王：即姬昌，武王之父。　11 史：内史，史官。册：古代帝王祭告天地神灵的文书，此处活用为动词。

祝[1]曰："惟尔元孙某[2]，遘厉虐疾[3]。若[4]尔三王，是有丕子之责于天[5]，以旦[6]代某之身。予仁若考能[7]，多材多艺，能事鬼神。乃[8]元孙不若旦多材多艺，不能事鬼神。乃命于帝庭[9]，敷佑四方[10]，用能定尔子孙于下地[11]。四方之民，罔不祗[12]畏。呜呼！无坠天之降宝命[13]，我先王亦永有依归。今我即命于元龟[14]，尔之许我，我其以璧与珪归俟[15]尔命；尔不许我，我乃屏璧与珪[16]。"

周公祈祷道："你们的长孙某某，遭遇了危险凶恶的疾病，如你们三位先王，在上天实有保护子孙的责任，就用我去代替他的身体吧。我仁义温顺，灵巧有能力，多才多艺，能够侍奉鬼神。你们的长孙不像我多才多艺，不能够侍奉鬼神。他才开始在天帝之庭接受大命，广泛领有天下，因此在人世间能使你们的子孙安定。四方的臣民，没有谁对他不恭敬的。唉！上天降下的宝贵的大命不要失掉了啊，我们的先王也就因此永远有宗庙依靠归宿了。现在我就向大灵龟卜命，你们如果答应我，我将拿璧圭回到你们身边等待命令；你们如果不答应我，我就只能收藏好璧圭不再祈求了。"

注释 1 祝:读祭文祈祷。 2 惟:语首助词。元孙:长孙。某:指武王,此处是史官记录时讳名。 3 遘:遭遇。厉:危险。虐:凶恶。 4 若:如,像。 5 是:即"实"。丕子:《史记》作"负子"。负者,负荷也,引申为担负、保护。一说"丕子"通"布兹",张罗助祭之意。 6 旦:周公姓姬名旦。 7 仁:仁义。若:顺从,温顺。考:巧,灵巧。能:有才能。 8 乃:你们的。 9 乃:开始。命:受命。帝:天帝。 10 敷:通"溥",普遍,广泛。佑:通"有"。 11 用:因而。定:安定。下地:地上,即人世间。 12 祇(zhī):恭敬。 13 坠:坠落,失掉。降:降下。 14 元龟:占卜用的大乌龟。 15 俟:等待。 16 屏:收藏。藏璧圭,表示不再祈求了。

屈原·九歌

导读

　　先秦时,楚人集会喜用"九歌"这种乐章,来进行娱乐鬼神的宗教活动。屈原充分利用民间艺术形式,加工再创造,创作了充满浪漫主义气息的组诗《九歌》("九"为泛指,实为十一篇)。

　　《九歌》所表现的对象虽是神灵,然而都具有现实生活中人的特性,从中可见诗人愤叹时世、追求光明的爱国忧民情怀。诗句语言精练优美,画面鲜艳,情调庄重,想象力超群,有强烈的艺术感染力。

　　屈原,名平,战国时楚国贵族,曾做过三闾大夫、左徒等官,后被楚怀王放逐,投身于汨罗江。主要诗作有《离骚》《天问》《九章》《九歌》等。是我国伟大的爱国主义诗人,亦是世界重要文化名人。

东皇太一

导读

东皇太一,天之尊神。太一祠庙在楚东,故称东皇。有说法认为他就是伏羲。这是主祭者唱的一支迎神曲,陈设的酒菜丰盛,歌舞的场面盛大,香气扑鼻,气氛热烈欢乐,着重于渲染。

原文

吉日兮辰良[1],穆将愉兮上皇[2]。抚长剑兮玉珥[3],璆锵鸣兮琳琅[4]。

译文

吉祥的日子啊美妙的时光,恭恭敬敬地将要娱乐上皇。手按着长剑的宝石剑把啊,身上的美玉发出叮叮当当的声响。

注释 1 辰:时辰。辰良即"良辰"倒置,为押韵之故。 2 穆:恭敬。将:要,愿。愉:快乐,娱乐。上皇:东皇太一。 3 抚:按。珥(ěr):此指用宝石装饰的剑把。 4 璆锵(qiú qiāng):佩玉互相撞击的声响。琳琅:美玉。

瑶席兮玉瑱[1],盍将把兮琼芳[2]。蕙肴蒸兮兰藉[3],奠桂酒兮椒浆[4]。扬枹兮拊鼓[5],疏缓节兮安歌[6],陈竽瑟兮浩倡[7]。

蕙草席子用白玉压着啊,满把的玉色花朵。蕙草包着祭肉啊兰草当作垫子,祭奠则用桂花、花椒泡制的酒浆。举起鼓槌啊敲起鼓,慢慢合着节拍歌唱,吹竽鼓瑟啊歌声飞扬。

[注释] 1 瑶:通"藨"。藨席即用蕙草(香草)编织的座席。玉瑱(zhèn):用玉料制的压席之物。 2 盍:发语词。将:持,把。将把是动词并列词组。琼芳:美丽如玉的花朵。 3 蕙:香草。肴烝:指祭肉。藉:铺垫之物。 4 奠:放置酒食祭祀。浆:薄酒。桂酒、椒浆分别是用桂花、花椒浸泡的酒液。 5 扬:举起。枹(fú):鼓槌。拊(fǔ):击。 6 疏缓:稀疏缓慢。节:节拍。安歌:徐徐平稳唱歌。 7 陈:陈列。竽:乐器,属笙类,有三十六簧。瑟:乐器,属琴类,有二十五弦。浩:大。倡:即"唱"。

灵偃蹇兮姣服[1],芳菲菲[2]兮满堂。五音纷兮繁会[3],君[4]欣欣兮乐康。

巫师穿着鲜艳啊翩跹起舞,阵阵芬芳充满神堂。各种音调啊错杂交响,东皇太一安康乐洋洋。

[注释] 1 灵:祭神之巫,即代表所扮演的东皇太一。偃蹇:形容舞姿屈曲,蹁跹妖娆。姣:美好。 2 菲菲:芬芳阵阵。 3 五音:宫、商、角、徵、羽,乐曲音调。纷:丰盛。繁会:错杂。 4 君:指东皇太一。

云中君

[导读]

云中君即云神,云神名丰隆。全篇从云的特色描写云神种种可爱的情态,表达了世人对他的敬爱之情。"云行雨施",歌颂云神,盼望农业丰收,这是古人一种虔诚的心愿。思君长叹,是作者在其他作品中也经常抒发的对君主、国家之忧叹。

【原文】

浴兰汤兮沐芳[1]，华采衣兮若英[2]。灵连蜷兮既留[3]，烂昭昭兮未央[4]。

蹇将憺兮寿宫[5]，与日月[6]兮齐光。龙驾兮帝服[7]，聊翱游兮周章[8]。

【译文】

沐浴了芬芳馥郁的兰汤啊，穿上了如花朵一般的五彩衣裳。云中君在云雾中蹁跹起舞，他身上的灿烂光明没有穷尽。

他安详地下降神堂啊，和太阳月亮齐光。用龙驾车啊，身穿着帝王服饰，姑且在空中左右顾盼周游翱翔。

【注释】 1 兰汤：加进兰草烧的热水。沐：洗浴。芳：香水。 2 华采：五色花朵。若：像。英：花朵。英古音央。 3 灵：云中君。连蜷：长长相连回环曲卷。此处指轻快地起舞。留：停留不去。 4 烂：灿烂。昭昭：光明。未央：没有穷尽。 5 蹇：发语词。憺（dàn）：安定，安详。寿宫：供神的神堂。 6 日月：此指太阳神和月亮神。 7 龙驾：用飞龙驾驶的车子。帝：天帝。帝服，即天帝五彩的服饰。 8 聊：姑且。翱游：翱翔。周章：周游往来，左右顾盼。

【原文】

灵皇皇兮既降[1]，猋[2]远举兮云中。览冀州兮有余[3]，横四海兮焉穷[4]？思夫君兮太息[5]，极劳心兮忡忡[6]。

【译文】

光辉灿烂的云神啊已经降临，忽然又很快地远飞回云中。俯瞰华夏大地啊灵光照耀神州之外，你的踪迹横渡四海啊哪里才是止境？我想念您啊长长叹息，十分思念啊忧心忡忡。

【注释】 1 灵：云神。皇皇：煌煌，光明灿烂。 2 猋（biāo）：很快地。 3 览：俯瞰。冀州：《禹贡》因古代帝王多在冀州（今华北、东北及豫北一带），故为九州之首，亦就可作整个中国代称。有余：指云神不只看到中国（光辉不只照耀中国）。　4　横：横渡。四海：古称中国地处东南西北四海之内，泛指九州以外的天下。焉：疑问代词。穷：止境。
5　夫：语气助词，无义。君：云中君。屈原借此喻楚怀王。也有人认为此君指男女所爱的对方，此诗是写男女之间互相思恋的。太息：叹息。
6　劳心：思念之心。忡忡：忧愁的样子。

湘 君

[导读]

此篇和《湘夫人》是楚人祭祀湘水之神的乐歌。湘君为男神，湘夫人则为女神。《湘君》是巫师扮女神湘夫人迎湘君的独唱，她等待湘君却没有见到，于是上天入江，四处寻觅，最终未遇，无限彷徨而思恋幽怨。这种人神爱情，带有浓厚的神话色彩。屈原在这种追求爱情的字里行间，强烈地流露了忠君爱国的情感以及对楚王不讲信用的怨恨。两种感情交织在一起，产生了深刻的艺术魅力。

[原文]

君不行兮夷犹[1]，蹇谁留兮中洲[2]？美要眇兮宜修[3]，沛吾乘兮桂舟[4]。令沅湘[5]兮无波，使江[6]水兮安流。望夫君兮未来[7]，吹参差兮谁思[8]？

[译文]

你不前行啊犹豫不决，在洲中又因谁而等待延留？为你打扮好美丽的容颜，我乘着疾驶的桂舟在水中畅游。叫沅水湘江啊不起波涛，让长江水啊平静地流淌。盼望你来啊你却不来，吹着排箫啊我在想念谁呢？

[注释] 1 君：指湘君。夷犹：犹豫不前。 2 謇：发语词。留：停留，等待。"谁留"是疑问代词作宾语前置。中洲："洲中"倒置。 3 要眇：美好的容貌。宜修：善于修饰。 4 沛：船快速行进的样子。桂舟：桂木造的船。 5 沅湘：即今湖南的沅江和湘江，都注入洞庭湖。 6 江：长江。 7 夫：语助词。未：原刻本作"归"，今据《楚辞》通行本改。 8 参差：由竹管制成的排箫，因长短不一，故谓参差。谁思："思谁"之倒装。

驾飞龙[1]兮北征，邅吾道兮洞庭[2]。薜荔柏兮蕙绸[3]，荪桡兮兰旌[4]。望涔阳兮极浦[5]，横大江兮扬灵[6]。扬灵兮未极[7]，女婵媛兮为予太息[8]。横流涕兮潺湲[9]，隐思君兮陫侧[10]。

乘着龙舟啊向北出发，掉转船头又驶向洞庭。用薜荔贴满船舱壁啊用蕙草挂满帐，用荪蒲装饰船桨啊用兰草装饰旌旗。远望涔阳啊再远眺极远的水边，又横渡宽阔的长江显示精诚。显示精诚啊没有终止，侍女温柔多情地替我叹息。眼泪横流啊流个不住，暗暗地想念你啊内心伤悲。

[注释] 1 飞龙：桂舟飞驶似龙，亦称龙舟。 2 邅(zhān)：此指回转。洞庭：即今湖南洞庭湖。 3 薜荔(bì lì)：一种香草。柏：《楚辞》一本作"泊"，即樽壁，用席子贴在船舱壁上。绸：即"幔帐"。 4 荪：《楚辞》一本作"荪"，香草名。桡：船桨。旌：旗。 5 涔(cén)阳：战国楚地，在今湖南澧县东北。澧县涔水北岸有涔阳浦。浦：水边。 6 扬灵：显扬自己的精诚。 7 极：终止。 8 女：侍女。婵媛(chán yuán)：即"婵援"，牵引，连绵不断，引申为绰约婉转，温柔多情。予：《楚辞》一本作"余"，下同。 9 潺湲(chán yuán)：眼泪流个不停的样子。 10 隐：暗暗地。陫(fěi)侧：指内心悲伤。

桂棹兮兰枻[1],斲冰兮积雪[2]。采薜荔兮水中,搴芙蓉兮木末[3]。心不同兮媒劳[4],恩不甚兮轻绝[5]。石濑[6]兮浅浅,飞龙兮翩翩[7]。交不忠兮怨长,期[8]不信兮告予以不闲。

用桂木桨啊兰木舵,划开水波似凿除河冰堆积起雪。迎接湘君好似在水里采薜荔啊,在树梢摘荷花。心思不同啊媒人也徒劳,恩爱不深啊情易断绝。石滩上急流浅又浅啊,但龙舟却在翩翩飞驰。相交不忠啊就会使怨恨深长,约会不守信啊却告诉我没有空闲。

[注释] 1 棹:船桨。枻(yì):此指船舵。 2 斲:砍,划。积:堆积。 3 搴(qiān):摘取。芙蓉:荷花。木末:树梢。水里采薜荔,树梢摘荷花,比喻求爱没有希望。 4 劳:徒劳。 5 轻绝:容易断绝。 6 濑(lài):湍流。 7 翩翩:轻快飞行的样子。 8 期:约期,约会。

朝骋骛兮江皋[1],夕弭节兮北渚[2]。鸟次[3]兮屋上,水周[4]兮堂下。捐余玦[5]兮江中,遗余佩兮澧浦[6]。采芳洲兮杜若,将以遗兮下女[7]。时不可兮再得,聊逍遥兮容与[8]。

早晨飞驰在江边高地,傍晚就停在北渚。鸟儿栖宿在屋顶,河水在屋脚边环流。把我的玉玦丢进江里,把我的玉佩留在澧水边。在芳洲上采束杜若吧,我要把它送给侍女。时光不可能再来啊,我姑且逍遥自在地在江边漫步。

[注释] 1 朝:诸本作"晁"。晁同"朝",早晨。骋骛:奔走。江皋:江边高地。 2 弭节:即慢慢停下来不再前进。渚:小洲,水中小块陆地。 3 次:栖宿。 4 周:围绕环流。 5 玦(jué):一种如环但有缺的玉器。 6 佩:佩玉。澧:水名,流经湖南西北部,入洞庭湖。浦:水边。 7 遗(wèi):

赠予。下女：即前边所说的侍女。 8 容与：此处指悠闲漫步。

湘夫人

导读

《湘夫人》是巫师扮男神湘君迎湘夫人的独唱。湘君充满着希望与湘夫人约会，建筑了芬芳洁净的房屋，幻想着美满幸福的生活，可是久望而不见，无限惆怅迷惘。抒发了诗人幻想楚王召见却又不能晋见的忧愁之情。此诗想象力丰富，用白描手法描写三湘秋景，广为后人取法。

原文

帝子[1]降兮北渚，目眇眇兮愁予[2]。袅袅[3]兮秋风，洞庭波兮木叶下。登白薠兮骋望[4]，与佳期兮夕张[5]。鸟何萃兮蘋中[6]？罾何为兮木上[7]？沅有芷兮澧有兰，思公子[8]兮未敢言。荒忽[9]兮远望，观流水兮潺湲[10]。

译文

湘夫人降临北洲啊，远远张望使我忧愁心伤。秋风啊轻轻吹拂，洞庭湖泛起微波啊树叶纷纷凋落。脚踩白薠啊纵目远眺，跟夫人约期相会啊今晚要张设洞房。鸟儿啊为什么聚集在白蘋上？网儿啊为什么挂结在大树上？沅水有芷啊澧水有兰，思念湘夫人啊不敢开腔。神思迷惘啊远远眺望，只见眼前流水缓缓流淌。

注释 1 帝子：湘夫人。传说她是尧帝之女，故称帝子（古时儿女均可称子）。 2 目：眼望，活用为动词。眇眇（miǎo）：辽远的样子。愁：

使动用法,使……忧愁、痛苦。 3 袅袅(niǎo):微风轻轻吹动的样子。 4 登:脚踏。蘋(fán):秋天生长的一种草,多在江湖边,像莎草但要更大,大雁喜食。骋望:纵目远望。 5 佳:佳人,即湘夫人。期:约定,约会。张:张设布置卧房。 6 萃:聚集。蘋:白蘋,水草。 7 罾(zēng):捕鱼的网。木上:树上。 8 公子:即湘夫人。 9 荒忽:恍惚,思极神迷,看不清楚。 10 潺湲:流水缓动的样子。

麋何为兮庭中[1]?蛟何为兮水裔[2]?朝驰予马兮江皋[3],夕济兮西澨[4]。闻佳人[5]兮召予,将腾驾兮偕逝[6]。

麋鹿啊来到庭院中做什么?蛟龙啊爬上水边做什么?早晨我驰马在江东岸,黄昏时渡水来到江水西边。听说湘夫人要召见我啊,我将驾车奔驰和她的使者一同前往。

[注释] 1 麋(mí):似鹿而大的兽,即"四不像"。为:一本作"食"。 2 蛟:此指鳄鱼。水裔:水边。 3 予:一本作"余",下同。江皋:江边高地。 4 济:渡水。澨(shì):水边。 5 佳人:湘夫人。 6 腾驾:驾车奔腾。偕:一同。逝:前往。

筑室兮水中,葺之兮荷盖[1]。荪壁兮紫坛[2],播芳椒兮成堂[3]。桂栋兮兰橑[4],辛夷楣兮药房[5]。罔[6]薜荔兮为帷,擗蕙櫋兮既张[7]。白玉兮为镇[8],疏石兰兮为芳[9]。芷葺兮荷屋,缭之兮杜衡[10]。

在清洁的水面上建一所房子,覆盖房顶啊用荷叶做盖。用香草装饰墙壁啊用紫贝铺庭院,散布香椒啊装饰殿堂。用桂木做屋梁啊用木兰树做屋椽,用白玉兰树做门框啊用白芷叶铺房。编结薜荔草做成帐幔啊,剖开蕙草张挂在屋檐下。用白玉做成席镇,陈列石兰啊香气芬芬。白芷覆盖着荷叶屋顶,四周用杜

合百草兮实庭[11],建芳馨兮庑门[12]。九疑缤兮并迎[13],灵[14]之来兮如云。

蘅来缠上。会合百草啊充实庭院,放置香花让香气充满走廊。九嶷山众神纷纷降临啊一并迎接,神灵飘来啊似云一样。

[注释] 1 葺(qì):用茅草盖屋子。荷盖:以荷为盖(屋顶)。 2 荃(quán):一种香草。紫:紫贝。坛:庭院。 3 播:散布。堂:殿堂。 4 栋:屋梁。橑(liáo):屋椽。 5 辛夷:玉兰树,其花清香。楣:门框横木。药:白芷,香草。房:卧房。 6 罔:同"网",编织帷帐。 7 擗(pǐ):析,剖开。櫋(mián):屋檐板。 8 镇:即席镇。 9 疏:疏散陈列。石兰:香草。 10 缭:缠绕。之:指代屋。杜衡:香草名。 11 合:会合。实:充实。 12 建:放置。馨(xīn):散布得很远的香气。庑(wǔ):堂周廊屋,即走廊。 13 九疑:即九嶷山,在湖南宁远,相传舜死葬此为神。此处指九嶷山众神。缤:纷纷。 14 灵:众神灵。

捐予袂[1]兮江中,遗予褋兮澧浦[2]。搴汀洲兮杜若[3],将以遗兮远者[4]。时不可兮骤得,聊逍遥兮容与。

把我的罩衣丢进江里,把我的内衣留在澧水边。在小洲上采束杜若吧,把它送给远方的人。美好的时光不可多得,我姑且逍遥漫步在江边。

[注释] 1 袂(mèi):衣袖,此指男子有袖的罩衣。 2 褋(dié):单衣,此指内衣。澧:一本作"醴"。 3 搴:采集。洲:原刻本误作"州",今据《楚辞》通行本改。 4 远者:指遥远处未能会面的湘夫人。

大司命

导读

　　大司命是掌握人类生命的男性神灵。此篇诗句富于个性化。老、疏、愁、奈何等词,交织着诗人不能掌握自己命运而为国为民做一番事业的凄怆之情。此诗由男巫扮大司命与女巫所扮迎神者对唱。

原文

　　广开兮天门[1],纷吾乘兮玄云[2]。令飘风兮先驱[3],使涷雨[4]兮洒尘。君回翔兮以下[5],逾空桑兮从女[6]。纷总总兮九州[7],何寿夭兮在予[8]!

译文

　　大大打开天门啊,我将乘着浓浓黑云起程。令旋风做前导啊,叫暴雨洗涤灰尘。您盘旋而下啊,我越过空桑山跟随着你。天下的人纷纷攘攘啊,什么长寿短命都掌握在我手里。

注释　1 广开:大开。天门:神话中的南天门。　2 纷:众多,茂密。玄云:黑色云朵。　3 飘风:回旋之风,暴风。先驱:在前面引导。　4 涷(dōng)雨:暴雨。　5 君:指大司命。回翔:回旋。　6 逾:越过。空桑:神话中山名。《山海经》:"东曰空桑之山。"女:同"汝",指大司命。　7 总总:众多的样子。九州:中华大地,可泛指天下。　8 寿:长寿。夭:短命。

高飞兮安翔[1],乘清气兮御阴阳[2]。吾与君兮齐速[3],导帝之兮九坑[4]。

灵衣兮披披[5],玉佩兮陆离[6]。壹阴兮壹阳[7],众莫知兮予[8]所为。

高高地安然飞翔啊,乘着清气驾驭阴阳。我和您虔诚恭敬走在前方,引导天帝前往九冈。

神衣啊轻轻飘扬,玉佩啊闪闪发光。我的身影或隐或现啊,众人中谁也不知道我所掌握的职责。

注释 1 安翔:安然飞翔。 2 清气:天地间轻清之气,正气。御:驾驭。阴阳:指天地万物。 3 齐速:齐读"斋"。斋速即虔诚谨慎。 4 导:引导。帝:天帝。之:动词,往。九坑:即九冈,今湖北松滋有九冈山。 5 灵衣:神之云衣。披披:云衣被风吹动的样子。 6 陆离:美好众多而光彩闪耀的样子。 7 壹:同"一"。壹阴壹阳,即若有若无,或隐或现。 8 予:一本作"余"。

折疏麻兮瑶华[1],将以遗兮离居[2]。老冉冉兮既极[3],不浸近[4]兮愈疏。乘龙兮辚辚[5],高驰[6]兮冲天。结桂枝兮延伫[7],羌愈思兮愁人[8]。愁人兮奈何?愿若今兮无亏[9]。固人命兮有当[10],孰离合兮可为[11]?

折支神麻啊摘朵玉白色花朵,将要把它送给分开居住的他。老年已经渐渐来临啊,不稍稍亲近就会越发生疏。乘着龙车啊车声辚辚,他高举奔驰冲入天空。我编结桂枝条啊远远凝望,越是怀念越使人心愁。使人发愁啊又怎么办呢?但愿像现在一样不失礼敬。本来人的命运就各有定数,分离聚合啊谁又能有所作为?

注释 1 疏麻:传说中的神麻,常折以赠别。瑶华:玉白色花朵。

2 离居：此指分开居住的亲人，即大司命。　3 冉冉：渐渐。极：终至。　4 浸近：渐渐亲近，稍稍亲近。　5 龙：龙车。辚辚：车轮驶动之声。　6 高驰：高举奔驰。　7 延伫：指远远凝望。　8 羌：发语词。愈思：更加怀念。愁：使动用法，使……愁。　9 若今：似现今。亏：亏损，此指失礼。　10 当：常。有当，即有个定数。　11 孰：谁。离合：与神的分离聚合。可为：可以有所作为，即可以掌握。

少司命

导读

少司命是主宰幼儿生命的女神，所以人们亲近热爱她，诗人亦借此唱出了为民做主保护下一代的心声。在优美的笔调下，诗人写出了"悲莫悲兮生别离，乐莫乐兮新相知"等具有高度概括性的诗句，成为千古绝唱。

此诗为女巫扮迎神者独唱。

原文

秋兰兮麋芜[1]，罗生[2]兮堂下。绿叶兮素枝[3]，芳菲菲兮袭予。夫人自有兮美子[4]，荪[5]何以兮愁苦？

译文

秋兰开得十分灿烂，麋芜罗列生长在殿堂下。绿叶夹着白花，芬芳阵阵沁袭着我。人们自有好儿女啊，你为什么还要愁苦？

注释　1 秋兰：可能是泽兰。麋芜：亦作蘼芜，芎藭的幼苗，其香似白芷，茎叶靡弱而繁芜，故名。　2 罗生：罗列生长。　3 素枝：古本也作"素华"，即白色花朵。　4 夫：发语词。美子：好儿女。　5 荪：香草，此指少司命。

秋兰兮青青[1]，绿叶兮紫茎。满堂兮美人，忽独与予兮目成[2]。

入不言兮出不辞，乘回风兮载云旗[3]。悲莫悲兮生别离，乐莫乐兮新相知[4]！

荷衣兮蕙带，倏而来兮忽而逝[5]。夕宿兮帝郊[6]，君谁须兮云之际[7]？

秋兰啊茂盛生长，绿叶衬着紫茎。满堂都是美人啊，你忽然唯独对我眉目传情。

我进来不说话啊出去也不告辞，别时驾着旋风啊车上插着云旗。悲哀啊，没有比活生生的别离更令人伤悲，欢乐啊，没有比新交知己更令人欢喜！

穿着荷花衣裳啊系着蕙草带，我倏然驶来啊又忽然离去。晚上歇宿在天帝的郊野，你在云际等待谁？

[注释] 1 青青：茂盛的样子。 2 目成：眉目传情，表示爱悦。 3 回风：旋风。云旗：以云为旗。 4 相知：知交好友。 5 倏（shū）：急速。而：结构助词。忽：急速。 6 帝郊：天帝的郊野。 7 君：指少司命。谁须：即"须谁"，宾语前置。须，指等待。

与女沐兮咸池[1]，晞女发兮阳之阿[2]。望美人兮未来，临风怳[3]兮浩歌。

孔盖兮翠旌[4]，登九天兮抚彗星[5]。竦长剑兮拥幼艾[6]，荃独宜兮为民正[7]。

想跟你去咸池沐浴啊，在太阳升起的小山丘晒干你的秀发啊。期望着你啊你却不来，我临风怅惘放声高歌。

孔雀羽毛装饰车盖啊翡翠羽毛装饰旌旗，登上九天啊抚摸彗星扫除灾害。举起长剑啊保护幼儿，唯独你才配做人们命运的主宰。

注释 1 咸池：又称天池，古代神话传说太阳出来时先在咸池沐浴。 2 晞：晒干。阳之阿：神话传说太阳出来所升起的第一个山丘。 3 恍：怅惘失意。 4 孔盖：用孔雀羽毛装饰的车盖。翠旌：翡翠羽毛装饰的旗子。 5 彗星：古代传说彗星出现象征邪秽。抚彗星，意为少司命要为人间扫除灾难。 6 竦（sǒng）：举起。幼艾：幼小美好，泛指幼儿。 7 荃：一本作"荪"，指少司命。正：君长，引申为主宰。

东君

导读

东君即太阳神。全篇通过对东君形象的描绘与赞美，深深流露出诗人对于迷恋声色的楚王之叹息，以及对抵御秦国侵略之决心。摒弃黑暗，追求光明，不能不说是政治激情的寄托。

此诗由男巫所扮之东君领唱，众女巫所扮之迎神者在中间合唱。

原文

暾[1]将出兮东方，照吾槛兮扶桑[2]。抚予[3]马兮安驱，夜皎皎兮既明。驾龙辀兮乘雷[4]，载云旗兮委蛇[5]。长太息兮将上，心低徊[6]兮顾怀。羌[7]声色兮娱人，观者憺[8]兮忘归。

译文

太阳将在东方升起啊，照亮我的栏杆和扶桑。抚摸着我的马啊安然前驱，黑夜过去天已皎皎明亮。驾着龙辕雷轮的车啊，插载的云旗随风卷曲飘扬。长长叹息一声啊将要升上天空，心里徘徊迟疑啊又眷恋流连。下面的歌声倩影啊使人多么快乐，观看的人群安然自在都忘记了归去。

[注释] 1 暾(tūn)：初升的太阳。 2 槛：栏杆。扶桑：神话传说中的神树，是太阳出来的处所。 3 予：一本作"余"。 4 辀(zhōu)：车辕，此处泛指车。雷：以雷电为车轮。 5 委蛇：长长的旗子随风屈曲飘动的样子。 6 低徊：徘徊迟疑。 7 羌：发语词。 8 憺：原刻本作"澹"，今据《楚辞》通行本改。憺，即心里安然自在。

缒瑟兮交鼓[1]，萧钟兮瑶虡[2]。鸣篪[3]兮吹竽，思灵保兮贤姱[4]。翾飞兮翠曾[5]，展诗[6]兮会舞。应律兮合节[7]，灵[8]之来兮蔽日。青云衣兮白霓裳[9]，举长矢兮射天狼[10]。操予弧兮反沦降[11]，援北斗兮酌桂浆[12]。撰[13]余辔兮高驰翔，杳冥冥兮以东行[14]。

瑟弦紧奏啊交互击起鼓，敲打着钟啊钟架摇动。吹起篪和竽啊，想起太阳神贤良又美好。衣袖轻轻摆啊似翠鸟一样飞起，和着诗篇唱起歌啊又跳起舞。按着音律唱啊合着节拍跳，神灵们下来时遮天蔽日。我以青云为衣白霓为裳，举起长箭射向天狼。拿起我的弓啊阻止灾祸降临，取来北斗斟满桂花酒。手持我的缰绳啊高高地驰骋飞翔，从幽深黑暗的地方向东远行。

[注释] 1 缒(gēng)：此指紧急张弦，把弦绷紧。交鼓：交互击鼓。 2 萧：一本作"箫"，击。瑶：通"摇"，摇动。虡(jù)：悬挂钟磬的木架。 3 篪(chí)：亦作"篪"，竹管制成的横吹乐器。 4 灵保：指扮日神的巫。姱：美好。 5 翾(xuān)：此指衣袖轻巧飞舞。曾：通"翻"(zēng)，飞起。 6 展诗：和着诗篇唱歌。 7 律：音律。节：节拍。 8 灵：神灵，此指日神和随从。 9 霓(ní)：虹的一种。此句象征着太阳高照，晴空万里，云霓辉映。 10 长矢：长箭，此指太阳光芒。天狼：星名。古代传说它主侵掠之兆，其分野正当秦国地面。"射天狼"有抵御侵略、为民除害之意。 11 弧：星名。古代传说是天弓，由九星组成，在天

狼星东南。反：同"返"，太阳返身回归。沦：沉没。　12 援：引取。
北斗：星名。有七星，形如酒勺。桂浆：桂花酒。　13 撰：持。
14 杳：幽深。冥冥：黑暗。

河 伯

[导读]

　　河伯即冯夷，是黄河之神。此诗为祭祀黄河之神而作，由男巫扮河伯与女巫所扮水神对唱，描写了有关河神的爱情故事：他们相亲相爱，一道游玩在大河上下，最后告别，却又依依不舍。诗篇咏叹成功的约会，赞美和谐的爱情。此诗所写男性唱词，气势磅礴，景象开阔；女性唱词，美丽细腻，充满怜爱。

[原文]

　　与女游兮九河[1]，冲风起兮横波[2]。乘水车兮荷盖，驾两龙兮骖螭[3]。登昆仑[4]兮四望，心飞扬兮浩荡。日将莫[5]兮怅忘归，惟极浦兮寤怀[6]。

[译文]

　　跟你一道在黄河上游玩，暴风吹起啊水波汹涌。乘坐的水车以荷叶为盖啊，以两条龙为驾，两旁配上无角龙。登上昆仑四面眺望啊，心神飞扬浩浩荡荡。太阳快要下山啊怅然忘归，想着极远的水边啊触动了思念。

[注释]　1 女：通"汝"，指由女巫扮演的水神。九河：黄河的总名。古时其下游分九条支流入海，故名。　2 冲风：暴风。横波：一本作"水扬波"。　3 骖：古代四马驾车，两边的马叫骖。此处活用为动词，用……为骖。螭（chī）：无角龙。　4 昆仑：山名，中国西部山脉。　5 莫：

"暮"的古字。 6 寤:觉醒。怀:思念之情怀。

鱼鳞屋兮龙堂[1],紫贝阙兮朱宫[2],灵[3]何为兮水中?

乘白鼋兮逐文鱼[4],与女游兮河之渚,流澌[5]纷兮将来下。子交手兮东行[6],送美人[7]兮南浦。波滔滔兮来迎,鱼邻邻兮媵予[8]。

用鱼鳞装饰屋顶啊龙骨装饰殿堂,紫贝装饰门楼啊珍珠装饰宫廷,你为什么生活在水中?

我乘着白鼋啊追逐着文鱼,和你一道游玩在黄河的岛上,河水夹着冰块纷纷向下流淌。你跟我执手告别啊向东行,我送你啊来到南岸上。波浪滔滔啊前来迎候,鱼儿成群结队伴随着我。

[注释] 1 龙堂:以龙骨装饰的殿堂。 2 阙:宫室的门楼。朱宫:应作"珠宫",用珍珠装饰的宫殿。 3 灵:指河伯。 4 鼋(yuán):大鳖。文鱼:有文采的飞鱼。 5 流澌:解冻后随水流动的冰块。 6 子:指女神。交手:执手告别。 7 美人:即上句之"子",由女巫扮演的水神。 8 邻邻:即"鳞鳞",形容鱼多,一条挨一条。媵(yìng):陪从,伴随。

山 鬼

[导读]

山鬼即山神。本篇由女巫独唱,是楚人祭祀山神的乐歌。

诗人借山鬼塑造了一位美丽多情的神女形象。她强烈地追求爱情,渴望幸福,可是不能如愿以偿。秋风秋景,无限怅惘,写得娓娓动人。处在黑暗中追求光明,这是诗人一贯的思想,全诗无一不洋溢着人间之美。

【原文】

若有人兮山之阿[1],被薜荔兮带女萝[2]。既含睇兮又宜笑,子慕予兮善窈窕[3]。

乘赤豹兮从文狸[4],辛夷车兮结桂旗[5]。被石兰兮带杜衡,折芳馨兮遗所思。予处幽篁兮终不见天[6],路险难兮独后来。

【译文】

有个人啊住在山的弯曲处,披着薜荔衣裳啊系着女萝衣带。既含情脉脉啊又合宜地微笑,你十分爱慕我美丽的容貌。

我乘着赤豹啊身后跟着文狸,辛夷木车子上啊插着桂花扎的旗子。我披上石兰啊以杜衡为带,采摘香花送给所思念的人。我住在竹林深处啊整日见不着天,路途险阻艰难啊因此独自来得晚。

【注释】 1 若:发语词。山之阿:山的弯曲处。 2 被:披。带:名词活用为动词,以……作带。女萝:菟丝,蔓生植物。 3 子:你,指山鬼思念的情人。窈窕(yǎo tiǎo):指美丽的容貌。 4 赤豹:毛色赤褐而有黑斑的豹。文狸:有花纹的大野猫。湘方言谓五子猫。 5 辛夷车:用辛夷木造的车。桂旗:用桂花装饰的旗。 6 予:一本作"余"。篁:竹丛,竹林。

表[1]独立兮山之上,云容容[2]兮而在下。杳冥冥兮羌昼晦[3],东风飘[4]兮神灵雨。留灵修兮憺忘归[5],岁既晏兮孰华予[6]?

孤身一人伫立在山顶上啊,浮云飞扬在脚下。白天也漆黑一团,东风吹拂啊雨神下雨。等待灵修啊安然悦情忘记归去,年岁已老啊谁能使我再像花朵一样艳丽呢?

[注释] 1 表:指孤身一人。 2 容容:纷纷飞扬的样子。 3 羌:发语词。昼晦:白天变黑了。 4 飘:原刻本作"飘飘",今据《楚辞》通行本删一"飘"字。 5 留:等待。灵修:山鬼思念的情人。憺:安然。 6 晏:晚。孰:谁。华:即"花",使动用法。华予,即"使我像花朵一样"。

采三秀兮於山间[1],石磊磊兮葛蔓蔓[2]。怨公子[3]兮怅忘归,君思我兮不得闲。山中人兮芳杜若,饮石泉兮荫松柏,君思我兮然疑作[4]。

雷填填[5]兮雨冥冥,猿啾啾兮狖[6]夜鸣。风飒飒兮木萧萧,思公子兮徒离[7]忧。

在巫山间采摘芝草啊,石块磊磊葛藤蔓蔓。心怨公子啊怅然忘归,你在思念我吗?难道没有空闲前来。我这个山里人啊芳洁如杜若,饮石泉水啊住在松柏下,你思念我吗?我将信将疑百感交集。

雷声隆隆啊雨蒙蒙,猿猴啾啾日夜哀鸣。秋风飒飒树叶萧萧落下,思念公子啊徒自哀伤。

[注释] 1 三秀:芝草,一年开花三次结穗三次,故称。於(wū)山:即"巫山",在今重庆,战国时属楚国巫郡。有十二峰,神女峰传说为巫山神女所居之地。 2 磊磊:石头堆积的样子。葛:葛藤,蔓长数丈。 3 公子:即"灵修",山鬼所思念的情人。 4 然疑:并列反义词组,认为正确但又怀疑。作:情感交集。 5 填填:雷声。 6 狖(yòu):长尾猿。 7 离:通"罹",遭受。

国 殇

> 【导读】
>
> 国殇,是祭祀为国牺牲的将士所唱的乐歌。
>
> 诗人用直陈其事的手法,慷慨激昂地描写了楚国将士们在强敌压境时前仆后继、英勇搏斗、壮烈牺牲的场面,有力地歌颂了勇士们誓死卫国的大无畏精神。历史上,秦楚数次交战,楚国惨败,此诗就是对其战事的集中概括。诗人所描绘的环境,所塑造的英雄群像,所渲染的悲壮气氛,所形成的沉郁风格,构成了与用浪漫主义手法创作的《离骚》及《九歌》其他篇章等截然不同的现实主义基调,在中国诗史上产生了重大影响。

【原文】

　　操吴戈兮被犀甲[1],车错毂兮短兵接[2]。旌蔽日兮敌若云,矢交坠兮士争先。陵予阵兮躐予行[3],左骖殪兮右刃伤[4]。霾两轮兮絷四马[5],援玉枹兮击鸣鼓[6]。天时怼兮威灵怒[7],严[8]杀尽兮弃原野。

【译文】

　　手执吴戈啊身披犀甲,车轮交错啊短兵厮杀。战旗遮住了阳光啊敌军压来如云,飞箭交叉落下啊将士们奋勇争先。敌人侵凌我们的战阵啊践踏我们的行列,左边驾车的马倒下啊右边的一匹又被刺伤。两只车轮陷进泥里啊绊住了四匹马,操起玉饰的鼓槌啊擂起战鼓。天昏地暗啊鬼哭神号,士兵壮烈牺牲啊尸骨遗弃在原野。

[注释] 1 吴戈：当时以吴国出产的有长柄的平头戟为精良武器。犀甲：犀牛皮制的铠甲。 2 错：交错。毂（gǔ）：车轮安插车轴的中心部分。短兵：指刀剑一类的短兵器。 3 陵：一本作"凌"，侵凌。予：一本作"余"。陈：即"阵"，今《楚辞》通行本作"阵"。躐（liè）：践踏。 4 骖：古时四马驾车，两边之两马称骖。殪（yì）：死。 5 霾（mái）：通"埋"，陷没。絷：绊住。 6 援：拿起。玉枹（fú）：嵌玉为饰的鼓槌。 7 天时：天象。怼（duì）：怨恨。一本作"坠"。威灵：有威力的神灵。 8 严：壮烈。

　　出不入兮往不返，平原忽[1]兮路超远。带长剑兮挟秦弓[2]，首身离兮心不惩[3]。诚既勇兮又以武，终刚强兮不可陵[4]。身既死兮神以灵，魂魄毅[5]兮为鬼雄！

　　有出无入啊有去无还，平原渺茫啊路途遥远。死后还带着长剑啊挟着秦弓，身首分离啊却心无恐惧。确实既勇敢啊又英武，始终刚强啊不可侵犯。身子已经死了啊但精神永生，魂魄坚毅啊成为鬼中英雄！

[注释] 1 忽：渺茫无际。 2 秦弓：当时以秦地产的弓最为优良。 3 首身：原刻本作"首虽"，今据《楚辞》通行本改。惩：惩罚，引申为恐惧。 4 陵：一本作"凌"。 5 毅：勇毅，坚毅。

礼 魂

[导读]

　　这是祀神结束时的送神曲，由男女巫众合唱同舞，表达人们对神灵的虔诚祝愿。

【原文】

成礼兮会鼓[1],传芭[2]兮代舞,姱女倡兮容与[3]。春兰兮秋菊,长无绝兮终古[4]。

【译文】

祭礼完毕啊鼓乐齐鸣,传递鲜花啊轮番舞蹈,美女们唱歌啊悠闲从容。春祀供兰啊秋祭供菊,永久不断绝啊代代相承。

【注释】 1 成礼:即"礼成"的倒文,指祭祀圆满完毕。《礼魂》,魂即为神。前面所歌之东皇太一、东君、云中君、大司命、少司命是天神,河伯、山鬼是地神,湘君、湘夫人、国殇是人神。送神是祭祀中最后一个环节。会鼓:鼓声齐起而紧急。 2 芭:通"葩",初开的鲜花。 3 姱(kuā):美好。倡:即"唱"。容与:悠闲从容的样子。 4 无绝:不断绝祭祀。终古:永久。

韩愈·祭柳子厚文

【导读】

唐宪宗元和十四年(819)十一月,柳宗元卒于柳州任上。韩愈当时由潮州改任袁州,挥泪为挚友写下墓志铭和祭文。本篇起首六句,反复嗟叹,痛惜之情溢于言表;中间感慨柳宗元才高被斥,不为世用;末述两人生死相托相知之深。全文运用比喻、正笔、逆笔、衬托手法,一气承接,把不尽之哀思,渲染得极为沉郁恻怛,是悼词中之精品。

原文

维[1]年月日，韩愈谨以清酌庶羞[2]之奠，祭于亡友柳子厚之灵。嗟嗟子厚，而至然耶？自古莫不然，我又何嗟？人之生世，如梦一觉[3]，其间利害，竟亦何校[4]？当其梦时，有乐有悲；及其既觉，岂足追维[5]？以上言生死常理。

译文

某年某月某日，韩愈恭敬地以清酒美肴当作祭品，在亡友柳子厚的灵前致祭。唉！子厚啊，你竟死了吗？自古以来，没有谁不是这样的，我又嗟叹什么呢？人生在世，好似做梦醒来，这中间的利益与害处，究竟又有什么可计较的？在他做梦的时候，有欢乐，有悲哀；等到他醒悟过来，难道还值得追索思虑吗？

注释 1 维：句首发语词，无义。 2 庶羞：众多佳肴。羞即"馐"。 3 觉：睡醒，此指省悟。 4 校（jiào）：计较。 5 维：通"惟"，思虑。

凡物之生，不愿为材。牺樽[1]青黄，乃木之灾。子之中弃[2]，天脱羁[3]。玉佩琼琚[4]，大放厥[5]辞。富贵无能，磨灭谁纪[6]？子之自著，表表[7]愈伟。不善为斫，血指汗颜；巧匠旁观，缩手袖间。子之文章，而不用世；乃

凡是有生命的东西，都不愿成为被人利用的材料。木头被雕成酒杯，或漆上青色黄色，这是木头的灾难。你在中年时遭遇贬谪，似天马脱离绊索。文章如玉佩琼琚，充分抒发你心中那些文辞。虽富贵却没有才能的人，声名磨灭，谁又会去记载他们？你的名声自然显著，不同寻常，越来越伟大。不善于砍削的木工，指头被割破，流血不止，大汗满脸；而巧匠只站在旁边观看，双手缩在袖子里面。你的文章，

令吾徒,掌帝之制[8]。子之视[9]人,自以无前;一斥不复[10],群飞刺天[11]。以上言柳之才高不用。

不被世上推重;可是现在我们这群人,却执掌着考核官员的大权。拿你去与他人比较,自以为没有前例的了;你一朝被贬斥,就不再回京城,而一群凡鸟却飞上了九天。

[注释] 1 牺樽:亦作牺尊,木质酒器,上面刻有牛形。 2 中弃:指柳宗元中年被贬斥。 3 馽(zhí):也作"絷"。絷羁即绊索。 4 琼:美玉。琚:佩玉。玉琼比喻文章之贵,佩琚比喻文章音节优美。 5 厥:其。 6 纪:通"记",记录。 7 表表:卓异,不同寻常。 8 此指作者元和九年冬为考功员外郎知制诰。 9 视:通"示"。 10 斥:贬斥。此指柳宗元"永贞革新"失败后被贬永州、柳州,一直未回京城。 11 群飞:比喻无才之人。刺天:比喻取得高位。

嗟嗟子厚,今也则亡。临绝之音,一何琅琅[1]!遍告诸友,以寄厥子。不鄙[2]谓余,亦托以死。凡今之交,观势厚薄。余岂可保,能承子托?非我知子,子实命我。犹有鬼神,宁敢遗堕[3]?念子永归,无复来期。设祭棺前,矢[4]心以辞。呜呼哀哉!尚飨。以上述哀。

唉!子厚啊!现在你就这样去世了。临死时的声音,多么清朗!你广泛告知朋友,以托付你那位幼子。你不鄙弃我而对我说,又托付身后事宜。大凡现今的交往,都看着势力的大与小。我自己都难保,怎能接受你的嘱托呢?鬼神可鉴,我怎敢遗弃你的嘱咐?思念你啊,希望你永远回归大地,不会再有回来的日子了。在灵柩前设祭,用这篇文辞盟誓自己的心意。悲伤啊!请享用祭品吧!

[注释] 1 一何：多么。琅琅（láng）：玉声，形容声响清朗。 2 不鄙："不以我为鄙"的省略。 3 遗：遗弃。堕：落下。 4 矢：通"誓"。

韩愈·祭张员外文

[导读]

唐宪宗元和十二年(817)，韩愈随裴度南征。途中闻知挚友张署长逝，作文遥祭。

此文以大量篇幅回忆二人同官御史、同被南迁、湘粤州界期会、同游南岳洞庭、同掾江陵之事，足见深情厚谊。然后笔锋一转，京城相别，不复相见，再写死者末年之潦倒，流露出无穷的哀思。文笔有豪放，有诙诡，有悲怆，而笔力坚净。凄清之处独以健倔更出，以奇崛鸣其悲郁，层见叠峰，令人神眩，不愧为古文大家之手笔。

[原文]	[译文]
维年月日，彰义军行军司马、守太子右庶子兼御史中丞韩愈[1]，谨遣某乙[2]，以庶羞清酌之奠，祭于亡友故河南县令张十二员外之灵[3]。贞元十九[4]，君为御史[5]，余以无能，同	某年某月某日，彰义军行军司马、任职太子右庶子兼御史中丞韩愈，谨派遣小伙子某某，用众多佳肴清酒作祭品，在亡友、从前河南县令张十二员外的灵柩前祭奠。贞元十九年，您当御史，我本无能，却也同被诏拜一并任命。您的德行浑厚、刚毅，标帜崇高，显

诏并峙[6]。君德浑刚,标高揭[7]己,有不吾如,唾犹泥滓。余戆而狂,年未三纪[8],乘气加人,无挟自恃。

露自己,如果遇到不合意的人,唾弃他像对待泥渣一样。我愚直狂妄,年纪不到三十六,趁着血气总想将自己的想法强加于人,非常自负,不受挟制。

注释 1 彰义军:唐代方镇名,治所在蔡州(今河南汝南),元和十二年(817)改名为淮西节度使。行军司马:唐代为节度使属官,掌军政,权任较重。守:官阶低而所任职位高叫守。韩愈此时官阶朝议郎,正六品上,而右庶子为正四品下,御史中丞为正五品,故称。太子右庶子:即右春坊右庶子,掌侍从、献纳、启奏。御史中丞:御史大夫之副,掌监察。 2 某乙:对年轻下人之称。 3 河南县:又叫合宫县,治所在今河南洛阳西郊。张十二员外:张署,河间人,排行十二(疑为十一)。贞元中任监察御史,迁刑部员外郎,改河南县令。 4 贞元:唐德宗年号。贞元十九年,即公元803年。 5 御史:张署曾拜监察御史。 6 峙(zhì):又写作"跱",耸立,此处为任命之意。 7 揭:显露。 8 纪:十二年岁星一周为一纪。韩愈拜监察御史,即将三十六岁。

彼婉娈[1]者,实惮吾曹,侧肩帖耳,有舌如刀。我落阳山[2],以尹鳏獞[3];君飘临武[4],山林之牢[5]。岁弊寒凶,雪虐风饕[6],颠于马下,我泗君洮[7]。夜息南山[8],同卧一席,守隶防夫,抵顶交跖[9]。洞庭漫汗[10],粘天

那些小人,实际是害怕我们,侧肩贴耳,舌头好似刀子。我被流放到阳山,充当少数民族的官宰;您漂泊到临武,似掉进了荒山野林的牢圈。年终之际寒气刺骨,大雪肆虐,北风凛冽,我们跌倒在马下,都哭得涕泗交流。夜晚歇宿在南山,同睡一床草席,隶卒和挑夫,头抵触着,脚交叉着盘卧。洞庭湖水浩浩荡荡,水天相接没有边际。狂风恶浪互相冲击,

无壁。风涛相豗[11]，中作霹雳，追程盲进，帆船箭激[12]。南上湘水[13]，屈氏所沉[14]。二妃行迷[15]，泪踪染林。山哀浦思，鸟兽叫音。余唱君和，百篇在吟。

发出霹雳巨响，我们为赶路盲目疾进，帆船似箭一样疾飞。沿着湘水向南，到了屈原投江的地方。娥皇、女英在这里追赶虞舜迷了路，眼泪斑斑，染湿竹林。苍山悲伤，江畔哀思，飞禽走兽发出凄厉的叫声。我作诗您来和唱，写了很多很多诗章。

[注释] 1 婉娈：本指年少美好的样子，此处比喻小人。韩、张等同为御史时，曾因旱饥上疏乞宽民灾，被李实进谗言，当年冬，韩、张两人均贬至南方当县令。 2 阳山：连州属县，治所在今广东阳山。 3 尹：主。鼯猱：鼯鼠与猿猴，古时对南方少数民族的蔑称。 4 临武：郴州属县，治所在今湖南临武。 5 牢：牢圈。 6 饕（tāo）：贪，此指寒风凛冽。 7 泗：鼻涕，活用为动词，流涕。咷（táo）：号哭。 8 南山：即商山，在陕西商州之东南，韩、张同出长安，南赴湘、粤，从商山经过。 9 跖：足。 10 洞庭：湖南洞庭湖。漫汗：广大的样子。 11 豗（huī）：撞击。 12 激：急疾。 13 湘水：源出广西，由南向北流经湖南入洞庭湖。 14 屈氏：屈原，自投汨罗江而死。汨罗江是湘水支流，流经今湘北平江、汨罗。 15 二妃：帝尧之二女娥皇、女英，即舜之二妃。相传舜南巡去世而葬于苍梧之野，二妃追赶不上，相与痛哭，泪下沾竹，斑斑点点，是为湘妃竹。

君止于县，我又南逾[1]。把盏相饮，后期有无？期宿界上[2]，一又相语。自别几时？

您在临武县停下来，我却还要向南赶路。端起酒杯一同饮酒，以后不知可否相会？第二年冬在两州交界处相会住宿，到时又能互诉衷肠。自从分手已有几时？

遽变寒暑,枕臂欹³眠,加余以股。仆来告言,虎入厩处,无敢惊逐,以我騬⁴去。君云是物,不骏于乘,虎取而往,来寅其征⁵,我预在此,与君俱膺⁶。猛兽果信,恶祷而凭⁷?

暑去寒来很快就是一年,我们枕着手臂斜着睡下,您把大腿压到了我身上。仆人来告诉说,老虎闯入了马厩,因为不敢惊吓驱逐,它拖走了我的驴子跑开了。您说这只驴子,对于乘骑来说不是骏马,老虎叼走了,来年寅月大概有好兆头,我在这里预测,将会跟您一起去接受新职。猛兽如果可信,哪里还要祈祷依赖别的呢?

注释 1 南逾:韩愈去广东,必经郴州,故曰南逾。 2 湖南临武南至广东连州五十里,西南至连州仅三十五里。贞元二十年(804)冬,韩、张在州界上相会。 3 欹(qī):同"攲",倾斜。 4 騬(méng):驴子。 5 来寅:来年寅月。寅属虎,故说是征兆。来年实为顺宗永贞元年,韩、张均改为江陵府掾。 6 膺:受。 7 恶:即"乌",疑问代词。凭:依借。

余出岭¹中,君俟州下²。偕掾江陵³,非余望者。郴山⁴奇变,其水清写⁵,泊沙倚石,有邅⁶无舍。衡阳⁷放酒,熊咆虎嗥,不存令章⁸,罚筹猬毛⁹。委舟湘流,往观南岳¹⁰,云壁潭潭¹¹,穹林攸擢¹²。避风太湖¹³,七日鹿角¹⁴。钩登大

我从岭南出来,您在郴州等候。一同去当江陵的郡掾,这是我没有想到过的。郴山奇特变幻,郴水清冽宣泄,船停泊在沙洲边靠着岩石,只有相聚而不再离舍。在衡阳纵酒放歌,大声喧哗似熊虎咆哮,记不清酒令了,罚筹像刺猬毛一样多。驾船置身在湘江水上,去参观南岳,云雾深沉,旷林挺拔。在洞庭湖边避风,在鹿角住了七日。钓上了大鲇鱼,我欢喜得像杀猪时一样一阵狂叫。摆上一

鲇¹⁵,怒颊豕豞¹⁶。脔¹⁷盘炙酒,群奴余啄。 | 盘盘肉和一壶壶烫热的酒,奴仆们吃着我们剩下的酒食。

[注释] 1 岭:湘粤交界之五岭,郴州以南为骑田岭。 2 俟:等待。州:郴州,故治在今湖南郴州。 3 掾(yuàn):属官,此处活用为动词。江陵:府名,治所在今湖北荆州。韩为法曹参军,张任职功曹。 4 郴山:郴州之山。 5 写:"泻"的本字。清泻,即清冽宣泄。 6 遻(è):相遇,相聚。 7 衡阳:唐江南道衡州治衡阳,即今湖南衡阳。 8 令章:酒令。 9 猬毛:比喻众多。唐人会饮,以筹记罚。 10 南岳:衡山,五岳之一。 11 潭潭:沉沉,形容深沉。 12 穹:广大。攸:语助词。擢:挺拔,耸立。 13 太湖:指洞庭湖,去江陵必经之水路。 14 鹿角:洞庭湖滨镇名。 15 鲇(nián):鲇鱼,头大无鳞而滑。 16 豞(hòu):猪的嚎叫声。 17 脔(luán):切成小块的肉。

走官阶下,首下尻¹高。下马伏涂,从事是遭²。余征博士³,君以使已⁴,相见京师,过愿⁵之始。分教东生,君掾雍首⁶,两都⁷相望,于别何有?解手背面,遂十一年,君出我入,如相避然。生阔⁸死休,吞不复宣! 以上叙两人离合踪迹。 | 我们走马上任到了江陵府,头低着但屁股撅得很高。跳下马背伏身在路上,原来是碰上了从事官长。我被征召为国子博士,您却谢绝了御史的任命,在京城我们又一次相见,探访的愿望始得如偿。我分教东都国子监,您做京兆府属官,两都遥遥相望,跟分别又有什么不同?分手不再见面,又有十一年之久了,您几度外出府县,我几度回到京城,好像在相互回避一样。生时疏阔死后方休,我只有吞声含泪不再说了!

【注释】 1 尻（kāo）：脊骨末端，臀部。 2 从事：郡守的幕僚，比郡掾高。是：结构助词，使宾语前置。 3 征：征召。唐宪宗元和元年（806），韩愈被召为国子博士。 4 已：作罢。 5 过愿：探访的心愿。 6 雍：古九州之一。唐关中一带古属雍地，此指长安。张又为京兆府司录参军。 7 两都：唐以长安为西京，以洛阳为东都。 8 阔：疏阔。

刑官属郎[1]，引章讦[2]夺，权臣不爱，南昌是斡[3]。明条谨狱，氓獠户歌[4]，用迁澧浦[5]，为人受瘥[6]。还家东都，起令河南，屈拜后生，愤所不堪[7]。屡以正免，身伸事骞[8]，竟死不升，孰劝为善？以上叙张末年事迹。

您担任刑部所属的员外郎时，援引典章，勇于揭发当权者短处，所以权臣不喜欢，于是你被调到虔州。你在那里明示律条，谨慎断狱，百姓和蛮民户户歌颂，因而迁任澧水之滨，为百姓奔波而染上了疫病。回到东都老家，你又复起为河南县令，屈志跪拜后生，幽愤到了不可忍受的程度。你屡屡因为正直而被罢免，虽没有委屈自己的心志但事业被压抑，竟然到死也不能升官，哪个还会劝世人为善？

【注释】 1 张在任三原令后又改任刑部员外郎。 2 讦（jié）：揭发别人短处。其墓志铭说张"守法争议，棘棘不阿"。 3 南昌：疑为南康。张被权臣下放为虔州刺史。虔州，唐属江南道，又叫南康郡，故治在今江西赣州。斡（wò）：斡旋，调解。此句即"斡南康"之倒装。 4 氓：百姓。獠：蛮民，当时对南方少数民族的蔑称。 5 用：因。澧：唐江南道澧州，故治在今湖南澧县。州城之南有澧水流过，由澧江口注入洞庭湖。张由虔州改为澧州刺史。 6 人：民，唐避太宗李世民之讳改。瘥（cuó）：疫病。 7 张由澧州刺史改为河南县令，府尹是他平生不喜欢的后生，数月因病辞官。 8 骞：屈抑。

丞相[1]南讨,余辱司马[2],议兵大梁[3],走出洛下[4]。哭不凭棺,奠不亲斝[5],不抚其子,葬不送野。望君伤怀,有陨[6]如泻,铭君之绩[7],纳石壤中。爰[8]及祖考,纪德事功,外著后世[9],鬼神与通。君其奚[10]憾,不鉴予衷?呜呼哀哉!尚飨。以上述哀。

[注释] 1 丞相:指裴度。他为淮西宣慰招讨处置使兼彰义军节度使,南下平定淮西吴元济叛乱。 2 此句指裴请韩任行军司马。辱是谦辞。 3 大梁:即汴梁,今河南开封。 4 韩愈曾向裴度请求乘速入汴州城,说服韩弘同心协力平淮西。 5 斝(jiǎ):一种三足圆口酒器。 6 陨:坠落。 7 此指为张写墓志铭一事。 8 爰:于是。 9 后世:张有二子,一叫升奴,一叫胡师。 10 奚:疑问代词,什么。

传志类

史记·伯夷列传

[导读]

　　文章由伯夷、叔齐之饿死和颜渊之早夭,由盗跖的长寿并联系当时操行不轨者却富厚累世,谨慎公正者却祸灾不息,说明善人不一定有善报,恶人不一定有恶报。作者因而发出了"倘所谓天道,是邪非邪"的质问。从史事来考察判断"天道"这一传统观念之可疑,不能不说是司马迁批判精神的体现,闪耀着历史唯物主义的光辉。

　　全篇以一系列反问贯串,在零散材料中组织紧凑之结构。名为传,实为论;名为对伯夷之赞颂,实为作者自己积愤之宣泄,因而在朴实的语言中又饱含沉郁的风格。

[原文]

　　夫学者载籍极博,犹考信于六艺[1]。《诗》《书》虽缺[2],然虞、夏之文可知也[3]。尧将逊位[4],让于虞舜,舜、禹之间,岳牧咸荐[5],乃试之于位,典职数

[译文]

　　学者记载的典籍很多,仍然要以六艺来考求征信。《诗经》《尚书》虽然残缺,可是记录虞、夏两代的文字还是可以知晓的。尧将要退位,让位给了虞舜,舜要让位给禹的时候,四方诸侯、州牧都来推荐,才让他先试试代

十年[6],功用既兴,然后授政。示天下重器,王者大统,传天下若斯之难也。而说者曰:尧让天下于许由[7],许由不受,耻之,逃隐。及夏之时,有卞随、务光者[8]。此何以称焉?太史公曰:余登箕山[9],其上盖有许由冢云。孔子序列古之仁圣贤人,如吴泰伯[10]、伯夷之伦详矣。余以所闻由、光义至高,其文辞不少概见,何哉?以上言由、光事不载于《诗》《书》,不可信。

理职务,典守职务数十年,功绩既已显著,然后才授予政权。这表示天下是贵重的宝器,王位是重大的继承,传位天下是如此艰难呀。可是有人说:尧让天下给许由,许由不肯接受,并以此为耻,于是逃亡隐匿起来。到了夏朝的时候,又有卞随、务光两个人不接受王位。这些事又怎样解释呢?太史公说:我登上过箕山,山上大概有许由的坟墓。孔子论列古时的仁圣贤人,如吴泰伯、伯夷等人都论述得很详尽了。但依我所听到的,许由、务光节义德行至高,但有关他们的文字记载却连一点梗概也看不到,这是为什么呢?

【注释】 1 六艺:即六经,指《诗》《书》《易》《礼》《乐》《春秋》。 2 《孔子世家》称古诗有三千多篇,孔子删成三百零五篇,今《诗》又少五篇。《书纬》称古文三千三百多篇,孔子删成一百篇为《尚书》,十八篇为《中候》,但今《书》又亡四十八篇。 3 此指《尚书》中的《尧典》《舜典》《大禹谟》等虞、夏之文。 4 逊位:让位。 5 岳牧:指四岳和十二州牧。咸:都。 6 舜、禹都先做臣下多年,然后才接帝位。 7 许由:字武仲,相传不愿为君,逃至颍水、箕山一带。 8 卞随:夏末人,相传商汤欲让位与他,他不受而逃,投于桐水。务光:情况同上,负石自沉于卢水。这些传闻是《庄子·让王》篇所载。 9 箕山:因山峰形若箕,故名。 10 吴泰伯:又作吴太伯。周文王伯父,因弟季历贤,便与弟仲雍奔荆,使其父周太王能立季历为继承人。

孔子曰："伯夷、叔齐，不念旧恶，怨是用希[1]。""求仁得仁，又何怨乎？"余悲伯夷之意，睹轶诗[2]可异焉。其传曰：伯夷、叔齐，孤竹君之二子也[3]。父欲立叔齐，及父卒，叔齐让伯夷，伯夷曰："父命也。"遂逃去。叔齐亦不肯立而逃之。国人立其中子。于是伯夷、叔齐闻西伯昌[4]善养老，盍[5]往归焉？及至，西伯卒，武王载木主[6]，号为文王，东伐纣。伯夷、叔齐叩马而谏曰："父死不葬，爰[7]及干戈，可谓孝乎？以臣弑君，可谓仁乎？"左右欲兵[8]之，太公[9]曰："此义[10]人也。"扶而去之。武王已平殷乱，天下宗周，而伯夷、叔齐耻之，义不食周粟，隐于首阳山，采薇[12]而食之。及饿且死，作歌，其辞曰："登彼西山[13]兮，采其薇矣。以暴易暴

孔子说："伯夷、叔齐，不念别人过去的不是，怨恨他们的人因此很少。""追求仁义，得到仁义，又有什么可怨恨的呢？"我悲痛伯夷的心意，但看到逸诗，又感到诧异。他们的传记说：伯夷、叔齐，是孤竹君的两个儿子。父亲想要立叔齐，等到父亲去世，叔齐让位给伯夷，伯夷说："这是父亲的遗命呀。"于是逃走了。叔齐也不肯继承君位，因而也逃走了。国人就立孤竹君第二个儿子为君。在这个时候，伯夷、叔齐听说西伯姬昌善于供养老者，为什么不去归附呢？等他们到达那里，西伯已经去世，武王用车载着牌位，追谥他为文王，向东讨伐商纣。伯夷、叔齐拉住武王的马进谏说："父亲死了不安葬，甚至发动战争，能够叫孝吗？做臣下的却要弑杀君上，能够叫仁吗？"武王左右的人想要杀掉他们，姜太公说："这是大义之人呀。"便扶起让他们离去。武王已经平定殷纣的暴乱，天下朝宗周朝，但是伯夷、叔齐以此为耻，守义不吃周朝的粮食，隐居在首阳山，靠采野菜来充饥。等到快要饿死时，作了一首歌，歌词说："登上

兮[14]，不知其非矣！神农、虞、夏忽焉没兮，我安[15]适归矣？于嗟徂兮[16]，命之衰矣！"遂饿死于首阳山。由此观之，怨耶？非耶？以上言夷、齐事惟孔子之言可信，传及轶诗不可信。

那西山啊，采掘那薇菜呀。以暴臣取代暴君啊，还不知道自己的错误呢！神农、虞、夏时代很快湮没了，我们将要归向哪里呢？哎呀！我们将要死了，命运是如此衰薄啊！"于是便饿死在首阳山上。依这样看来，他们是怨恨呢，还是不怨恨呢？

[注释] 1 是：此。用：因。 2 轶诗：逸诗。指下文《采薇》诗，未编入《诗》三百篇中。 3 伯夷：名允，字公信。叔齐：名致，字公达。夷、齐为谥号。孤竹君：姓墨胎，商汤时封国于孤竹（今河北卢龙南）。 4 西伯昌：西伯姬昌。 5 盍：何不。 6 木主：木牌位。 7 爰：助词，可译为"甚而"。 8 兵：活用为动词，用兵器杀害。 9 太公：武王军师姜太公。 10 义：原刻本作"异"，据《史记》改。 11 宗：朝宗。 12 薇：蕨菜，一说巢菜。泛指野菜。 13 西山：应是首阳山之西的山。 14 前一"暴"指武王这个暴臣，后一"暴"指商纣这个暴君。 15 安：哪里。 16 于嗟：叹词。徂：通"殂"，死亡。

或曰："天道无亲，常与善人。"若伯夷、叔齐，可谓善人者非[1]耶？积仁絜行如此而饿死。且七十子[2]之徒，仲尼独荐颜渊[3]为好学，然回也屡空，糟糠不厌[4]，而卒蚤[5]夭。天之报施善人，其何

有人说："天道不分亲疏，常常给予好人好运。"像伯夷、叔齐，可以说是好人呢，还是不好的人呢？像他们这样积聚仁德，修洁品行，但还是饿死了。又比如孔子七十二位弟子中，孔子独独推荐颜渊好学，然而颜回也经常两手空空，连糟糠都吃不饱，最终早早夭亡。上天报偿好人，怎么竟像这样啊？

如哉？盗跖日杀不辜[6]，肝[7]人之肉，暴戾恣睢[8]，聚党数千人横行天下，竟以寿终，是遵何德哉？此其尤大彰明较著者也。若至近世，操行不轨，专犯忌讳，而终身逸乐，富厚累世不绝。或择地而蹈之，时然后出言，行不由径，非公正不发愤，而遇祸灾者，不可称数也。余甚惑焉[9]，傥[10]所谓天道，是邪？非邪？以上言天道难凭。

盗跖成天杀害无辜百姓，切人肝烤人肉而食，凶暴残忍，放纵无拘，聚集党徒几千人横行天下，可是竟以长寿而终，这又是遵循什么道德啊？这些都是特别重大又明显突出的例子。像到了近代，操行不循法度，专门犯法干坏事的人，却能终身安逸享乐，富贵丰厚，世世代代不断绝。有的人选择好地方才迈步，挑合适的时机才说话，从不走小路，不是公正的事不发愤去做，可是碰上祸灾的，数也数不清呀。我对这些相当迷惑不解啊，倘若这就是所谓天道，是正确呢，还是不正确呢？

[注释] 1 非："非善人者"之省。 2 七十子：孔子弟子有三千，其中七十二位称贤人。 3 颜渊：孔子高足，名回，字渊。 4 厌：通"餍"，饱。 5 蚤：通"早"。 6 盗跖（zhí）：黄帝时有盗名跖，春秋时柳下惠之弟是天下大盗，故人们称其为盗跖。事见《庄子》。不辜：无辜的百姓。 7 肝：活用为动词，切人肝而食。 8 恣睢：放纵无拘束。 9 焉：相当于"于是"，再带语气，可译为"对这些……啊"。 10 傥：倘若，或许。

子曰："道不同不相为谋。"亦各从其志也。故曰："富贵如可求，虽执鞭[1]之士，吾亦

孔子说："志向不同的人，不能在一起互相谋划事情。"也只能各自遵从自己的意志呀。所以孔子说："富贵如果可以追求到的话，即使是赶车子的贱

为之；如不可求，从吾所好[2]。""岁寒，然后知松柏之后凋。"举世混浊，清士[3]乃见，岂以其重若彼，其轻若此哉！"君子疾没世而名不称焉！"贾子[4]曰："贪夫徇[5]财，烈士徇名，夸者[6]死权，众庶冯[7]生。""同明相照，同类相求。""云从龙，风从虎，圣人作[8]而万物睹。"伯夷、叔齐虽贤，得夫子而名益彰；颜渊虽笃学，附骥[9]尾而行益显。岩穴之士，趋舍[10]有时，若此，类[11]名湮灭而不称，悲夫！闾巷之人，欲砥[12]行立名者，非附青云之士，恶[13]能施于后世哉？以上言己欲立名于后世，恨不得孔子为依归。

役，我也愿意去做；如果不能追求到的话，还是依从我自己的爱好去做。""天气寒冷了，然后知道松柏是最后才凋谢的。"整个世界混混浊浊，清高的人才会显现，这难道是因为那些世俗之人似那样重视富贵，那些清高之人似这样轻视富贵吗？"君子痛恨死后而名声不能称扬于世啊！"贾谊说："贪婪的人为财富而死，壮烈的人为名声而死，矜夸的人为权势而死，普通老百姓只靠自己生存。""同是光明互相映照，同一物类互相追求。""云片随着飞龙飘，狂风随着猛虎啸，圣人出现，万物就可看得清了。"伯夷、叔齐虽然贤明，得到孔子的赞扬，名声就更加昭彰；颜渊虽然好学，由于追随孔子，品行才更加显著。岩穴中的隐士，进取或退让有一定时机，似这样的人，大抵名声埋没而得不到称述，悲哀啊！乡间小巷的人，想要磨砺德行、树立名誉，若不是附在有齐天大志的人士身后，又怎么能够把名声传给后世呢？

【注释】 1 执鞭：驾驶车马。 2 好：喜好。 3 清士：道德纯洁的人。 4 贾子：指贾谊。 5 徇：死。 6 夸者：矜夸的人。 7 冯：通"凭"，凭借，依靠。 8 作：兴起，出现。 9 骥（jì）：千里马。 10 趋舍：

趋向舍弃,进取或退止。　11 类:大抵。　12 砥:磨刀石,引申为磨砺。
13 恶:疑问代词,相当于"怎么"。

史记·孟子荀卿列传

导读

　　此篇是司马迁为儒、墨、道、法、阴阳等活跃在战国时期的思想家所作传记。表面似乎混杂,但作者文思有如天马行空,居高临下,据所掌握之资料详记孟轲、荀卿生平史事,介绍驺衍天地九州学说及淳于髡之辩才,而对其他人物则往往惜墨如金。在文简意赅的笔调中,体现了"猎儒墨之异文,明礼义之统纪"这一主题,以及"利诚乱之始"这一作者所要反复表达的思想,泛泛无边的材料被这根主线所串连,因此散而不乱。其见深,其旨远,则其文就微而显,正而变,似有鱼龙之化,全以抒发情旨为上,非老手而难作。

原文

　　太史公曰:余读《孟子书》,至梁惠王问"何以利吾国"[1],未尝不废[2]书而叹也,曰:嗟乎,利诚乱之始也!夫子罕言利者,常防其原也。故曰"放于利而行,多怨"[3]

译文

　　太史公说:我读《孟子》,读到梁惠王问"怎样有利于我国"时,没有不放下书本叹息的,感慨道:哎呀,谋利的确是混乱的开端呀!孔子很少讲利,常常是想防备祸乱产生的根源。所以说"依据利益而行动,就

自天子至于庶人,好利之弊,何以异哉!

会招来很多怨恨"。从天子到庶民百姓,好利的弊病,有什么不同的呢!

注释　1 此句见《孟子·梁惠王上》。梁惠王:姓魏,名䓨,惠是其谥号,战国时魏国国君。因魏迁都大梁,故史书习称梁。　2 废:放下。　3 放:通"仿"。此句见《论语·里仁》。

孟轲,邹[1]人也,受业子思[2]之门人。道既通,游事齐宣王[3],宣王不能用。适梁,梁惠王不果所言,则见以为迂远而阔于事情。当是之时,秦用商君[4],富国强兵;楚、魏用吴起[5],战胜弱敌;齐威王、宣王用孙子、田忌之徒[6],而诸侯东面朝齐。天下方务于合从[7]连横,以攻伐为贤,而孟轲乃述唐、虞、三代[8]之德,是以所如[9]者不合。退而与万章之徒序《诗》《书》[10],述仲尼[11]之意,作《孟子》七篇[12]。以上孟子。

孟轲,是邹地人,受学业于子思的学生。大道既已通达,便向齐宣王游说,但宣王不能任用。到梁国,梁惠王不接受他的言论,反而认为其见解迂曲高远,远离实际。在这个时候,秦国重用商君,富国强兵;楚、魏重用吴起,战胜削弱了敌人;齐威王、宣王重用孙膑、田忌等人,各路诸侯向东朝贺齐国。天下正务求合纵或连横,以能攻善伐为贤能,可是孟轲却称述唐尧和虞舜,以及夏、商、周三代的德政,因此与所拜访的君主都不相合。于是他返回故乡,跟万章等人述评《诗经》《书经》大意,阐述孔子的学说,写成《孟子》七篇。

注释　1 邹:古国名,在今山东邹城一带。　2 子思:孔子的孙子孔伋的字。　3 齐宣王:妫姓,田氏,名辟疆,战国时齐国国君,谥号宣。　4 商君:商鞅。　5 吴起:战国时军事家。　6 齐威王:战国时齐国之君,

为齐宣王之父。孙子：孙膑，齐国军师。田忌：齐国大将军。 7 从：通"纵"。 8 三代：夏、商、周。 9 如：往。 10 万章：孟子学生。序：述评。 11 仲尼：孔子名丘，字仲尼。 12《孟子》七篇：《梁惠王》《公孙丑》《滕文公》《离娄》《万章》《告子》《尽心》。

其后有驺子之属。齐有三驺子：其前邹忌[1]，以鼓琴干[2]威王，因及国政，封为成侯而受相印，先孟子。其次驺衍，后孟子。驺衍睹有国者益淫侈，不能尚德，若《大雅》整之于身[3]，施及黎庶矣。乃深观阴阳消息，而作怪迂之变，《终始》《大圣》之篇十余万言。其语闳[4]大不经，必先验小物，推而大之，至于无垠[5]。先序今以上至黄帝，学者所共术[6]，大[7]并世盛衰，因载其祥[8]度制，推而远之，至天地未生，窈冥[9]不可考而原也。先列中国名山大川，通谷禽兽，水土所殖，物类所珍，因而

此后有驺子一班人。齐国有三个驺子：其中前一个是驺忌，他用弹琴求取齐威王的赏识，因而参与国政，被封为成侯并接受齐国相印，他生活的时代在孟子之前。其次是驺衍，生在孟子之后。驺衍看到掌握一国之权的诸侯日益荒淫奢侈，不能崇尚道德，不能用《大雅》倡导的王道来修身养性，并施加于黎民百姓。于是深入观察阴阳盛衰的变化，建立了怪异迂曲有关历史变迁的学说，写下《终始》《大圣》等文章十几万字。他的言语广阔宏大，不合常理，必然是先验证小事物，再推论而扩大它，以至于没有边际。他先叙说当今，再上溯至黄帝，其间学者所共同称述之事，大体是根据每朝盛衰而论说，因而记载了那时的吉凶征兆和制度法令，再推论到遥远之际，一直到天地没有形成、深远不可考究其原始的时代。先列出中国的名山大川、深谷和飞禽走兽，

推之及海外人之所不能睹。称引天地剖判[10]以来，五德转移[11]，治各有宜，而符应若兹。以为儒者所谓中国者，于天下乃八十一分居其一分耳。中国名曰赤县神州[12]，赤县神州内自有九州，禹之序九州[13]是也，不得为州数。中国外如赤县神州者九，乃所谓九州也。于是有裨海[14]环之，人民禽兽莫能相通者，如一区[15]中者，乃为一州。如此者九，乃有大瀛海[16]环其外，天地之际焉。其术皆此类也。然要其归[17]，必止乎仁义节俭，君臣上下六亲之施，始也滥[18]耳。王公大人初见其术，惧然顾化[19]，其后不能行之。

以及水土所养育的生物，万物中珍贵的东西，进而推广到人们看不到的海外。他称引天地开辟以来五行的循环变化，治理国家各有所适宜，而符瑞兆应又如此。他认为儒者所说的中国，在天下八十一份中只占一份罢了。中国名叫赤县神州，赤县神州之内也有九州，就是大禹所划分的九州，但不能算作他所说的州的数目。中国之外像赤县神州一样的地方有九个，这才是他所说的九州。在这里有小海环绕着，各州人民和飞禽走兽都不能互相交通，像一个区域之中独立的部分，才叫作一州。像这样的州有九个，还有大海环绕在它的外面，那就是天地交会的地方了。他的学术大都是这类理论。然而归纳他的要旨，一定要归到仁义和节俭，并在君臣上下六亲之间施行，开始时的述说只是泛滥些罢了。王公大人刚听到他的学说，惊奇向往，受到感化，但后来就不能施行推广了。

【注释】 1 邹忌：一作驺忌，貌美有辩才。 2 干：求取。 3 若：选用。这里指《大雅》所倡导的王道。整：整理。整身即修身养性。 4 闳：宏大。 5 垠：边际。 6 术：通"述"，述说。 7 大：大体。

8 机(jī)祥：吉凶的先兆。　9 窈冥：深远难见的情状。　10 剖判：开天辟地。　11 五德：金、木、水、火、土。转移：终而复始的循环变化。　12 赤县神州：中国的别称。为驺衍"九州"学说内容。13 九州：指冀、兖、青、徐、扬、荆、豫、梁、雍九州。　14 裨海：小海。　15 区：区域。　16 瀛海：大海。　17 要：要旨。归：归结。18 滥：泛滥无节制。　19 惧然：惊奇向往的样子。顾：回顾。化：受感化之意。

是以驺子重于齐；适梁，惠王郊迎，执宾主之礼；适赵，平原君侧行襒席[1]；如燕，昭王拥彗先驱[2]，请列弟子之座而受业，筑碣石宫，身亲往师之。作《主运》。其游诸侯见尊礼如此，岂与仲尼菜色陈、蔡[3]，孟轲困于齐、梁同乎哉[4]！故武王以仁义伐纣而王，伯夷饿不食周粟；卫灵公问陈[5]，而孔子不答；梁惠王谋欲攻赵，孟轲称太王去邠[6]。此岂有意阿世俗苟合而已哉！持方枘欲内圜凿[7]，其能入乎？或曰：伊尹负鼎而勉汤以王[8]，百里奚饭牛

因此驺子被齐国重视；到了梁国，梁惠王到郊外迎接，行宾主大礼；到了赵国，平原君侧身前行并用衣袖为他拂拭座位；到了燕国，燕昭王手拿扫帚为他清扫道路，自请摆列弟子的座位而接受学业，建筑碣石宫，亲自拜他为师。他写了《主运》篇。邹衍周游诸侯如此受尊重礼敬，难道跟孔子在陈、蔡挨饿，孟轲在齐、梁遭遇困境有相同的吗？所以周武王以仁义讨伐商纣而称王，伯夷宁可挨饿也不吃周朝粮食；卫灵公问战阵，可是孔子不回答；梁惠王想要攻打赵国，孟轲称述太王避夷狄而离开邠地去岐的历史。这难道是有意阿谀世俗、苟且求合就罢了的吗？手拿方榫头却想要套入圆凿眼里，它能套进去吗？有人说：伊尹背负鼎锅勉励商汤，商汤重用他而因之称王；百里奚在车下喂牛却

车下而缪公用霸[9],作先合,然后引之大道。驺衍其言虽不轨,傥亦有牛、鼎之意乎[10]!以上叙邹衍而及孔孟之不肯阿世。

被秦穆公重用,因而秦国称霸。他们的所作所为先使君主合意,然后引导他们走上大道。驺衍的言论虽然不合常轨,或许也有伊尹负鼎、百里奚在车下喂牛的意思吧!

注释 1 平原君:赵胜。襒(bié):拂拭。襒席,即不敢正坐而行宾主之礼,表示恭敬。 2 燕:古国名,在今北京、河北北部、辽宁西部一带。昭王:战国时燕国国君。彗(huì):扫帚。 3 菜色:饥饿。陈:古国名,妫姓,今河南东部、安徽一部分地区,春秋末被楚所灭。蔡:古国名,姬姓,今河南上蔡一带,春秋末被楚所灭。孔子在陈、蔡时,楚使人聘孔子,故被围绝粮。 4 此指孟子游齐、梁而不被任用。 5 卫灵公:姬元,春秋时卫国国君。陈:"阵"的古字。卫灵公曾问孔子军队阵列之法,孔子说没有学过。 6 太王:周文王祖父古公亶父。邠(bīn):今陕西彬县。太王居邠时,因狄人入侵,故迁往岐山。《孟子》书中此段是孟子对滕文公所言,与《史记》所记不同。 7 方枘(ruì):方榫头。内:纳。圜凿:圆凿孔。 8 伊尹:伊是名,尹是官,曾辅佐商汤灭夏桀,因而位至宰相。王(wàng):称王。伊尹曾劝说汤伐夏救民。 9 百里奚:春秋时虞国大夫。缪公:秦穆公,名任好,春秋五霸之一。用:因而。百里奚曾沦为奴隶,穿着破衣饲养牛,穆公闻其贤,以五张羊皮将其赎回,任用为相,他辅佐秦穆公成为霸主。 10 傥:相当于"或许"。牛:百里奚车下喂牛之事。鼎:伊尹负鼎之事。

自驺衍与齐之稷下先生[1],如淳于髡、慎到、环渊、接子、田骈、驺奭之

从驺衍到齐国的稷下先生,如淳于髡、慎到、环渊、接子、田骈、驺奭等人,各自著书,讲论治乱的大事,用以求

徒[2]，各著书言治乱之事，以干世主，岂可胜道哉？淳于髡，齐人也，博闻强记，学无所主。其陈说慕晏婴之为人也，然而承意观色为务。客有见髡于梁惠王，惠王屏左右，独坐而再见之，终无言也。惠王怪之，以让客曰："子之称淳于先生，管、晏[3]不及。及见寡人，寡人未有得也。岂寡人不足为言邪？何故哉？"客以谓髡，髡曰："固也。吾前见王，王志在驱逐，后复见王，王志在音声：吾是以默然。"客具以报王，王大骇，曰："嗟乎！淳于先生诚圣人也。前淳于先生之来，人有献善马者，寡人未及视，会先生至。后先生之来，人有献讴者，未及试，亦会先生来。寡人虽屏人，然私心在彼，有之。"后淳于髡见，壹[4]语

取国君赏识，难道能说得尽吗？淳于髡，是齐国人，学问渊博，善于记忆，所学又不专主一家。从他的陈说可知，他仰慕晏婴的为人，但是只以察言观色秉承人意为本。有客在梁惠王面前引见淳于髡，惠王屏退左右侍从，两次单独坐下接见他，淳于髡始终没有说话。梁惠王对此事非常奇怪，因此责备客人说："您称赞淳于先生，说管仲、晏婴都赶不上他。等到他见了我，我并没有收获呀。难道是我不配跟他说话吗？是什么缘故啊？"客人把这些话告诉淳于髡，淳于髡说："本来是的。我前一次会见大王，大王的心思在驱马追逐，后来再次会见大王，大王的心思在音乐声色：我因此沉默。"客人把这些话都报告给了惠王，惠王大为惊骇，说："哎呀！淳于先生的确是圣人呀。前一次淳于先生来时，有一个人献了一匹好马，我还来不及看，恰逢先生到了。后来先生再来时，有一个献歌伎的人，我还来不及试听，又恰巧先生来了。我虽然屏退了侍从，但心思却在好马与歌伎那边，的确是这么回事。"后来淳于髡再次拜见，两人一经相晤，说话一连三

连三日三夜无倦。惠王欲以卿相位待之，髡因谢去。于是送以安车[5]驾驷，束帛加璧，黄金百镒[6]。终身不仕。

日三夜没有倦意。惠王想要用卿相高位礼待他，淳于髡因而辞谢离去。当时梁惠王送他一辆四匹马驾的轻便小车，五匹缯帛加上玉璧，黄金一百镒。淳于髡一辈子都没有做官。

注释 1 稷（jì）：齐国城门。齐的学士集于稷门之下，故称稷下先生。 2 慎到：法家，战国时赵国人，有《慎子》十卷。接子：曹姓，接氏，真名失考，"接子"是世人对他的尊称，有《接子》二篇。田骈：齐国人，有《田子》二十五篇。驺奭（shì）：阴阳家，有《驺奭》十二篇。此处所列均为稷下学宫中最具影响力的学者。 3 管、晏：齐桓公宰相管仲，齐庄公、景公宰相晏婴，二人都是干才。 4 壹：一旦。 5 安车：可以安坐的小车。 6 镒（yì）：重量单位，二十两（一说二十四两）为一镒。

慎到，赵人。田骈、接子，齐人。环渊，楚人。皆学黄、老[1]道德之术，因发明序其指意。故慎到著十二论[2]，环渊著上下篇，而田骈、接子皆有所论焉。驺奭者，齐诸驺子，亦颇采驺衍之说以纪文。于是齐王嘉之，自如淳于髡以下，皆命曰列大夫[3]，为开第[4]康庄之衢，高门大屋尊宠之。览天下诸侯宾客，言齐能致

慎到，是赵国人。田骈、接子，是齐国人。环渊，是楚国人。他们都学黄、老讲求道德的学术，因而发抒阐明并叙述其旨意。所以慎到著有十二论，环渊著有上下篇，而田骈、接子都有所论著啊。驺奭，是齐国几位驺子之一，也较多采用驺衍的学说来著书。在这个时候，齐王嘉奖他们。从淳于髡以下，都任命为列大夫，并为他们在康庄大道上建造府第，建造高门大屋尊重宠爱

天下贤士也。以上杂叙淳于髡、慎到、田骈、环渊、驺奭五人。

他们。天下的诸侯宾客看到这些，都说齐国能招致天下的贤士。

[注释] 1 黄、老：黄帝、老子为道家代表人物，指代道家学说。
2 后来刘向所辑《慎子》有四十一篇，而《汉书·艺文志》著录四十二篇。
3 列大夫：位列同于大夫，是官衔名。　4 开第：建造府第。

荀卿[1]，赵人，年五十始来游学于齐。驺衍之术，迂大而闳辩，奭也文具难施。淳于髡久与处，时有得善言。故齐人颂曰："谈天衍[2]，雕龙奭[3]，炙毂过髡[4]。"田骈之属皆已死，齐襄王[5]时，而荀卿最[6]为老师。齐尚修列大夫之缺，而荀卿三为祭酒[7]焉。齐人或谗荀卿[8]，乃适楚，而春申君以为兰陵令[9]。春申君死而荀卿废，因家兰陵。李斯[10]尝为弟子，已而相秦。荀卿嫉浊世之政，亡国乱君相属，不遂大道而营于巫祝[11]，信机祥，鄙儒小拘，如庄周[12]等又滑稽乱俗，

荀卿，是赵国人，五十岁时才到齐国游说讲学。驺衍的学术，迂曲宏大而又善辩，驺奭的学说则文采具备却难于实施。与淳于髡长期相处，时常能得到一些善言。所以齐国人称颂说："谈天事数驺衍，雕镂文辞数驺奭，智慧无穷有如輠里润滑轮子的油脂，虽尽但有余液，则要数淳于髡。"齐襄王时，田骈等人都已经去世，荀卿算是最年长的老师了。齐国还在补充列大夫的缺额，于是荀卿曾三度担任祭酒。齐国有人谗毁荀卿，荀卿于是到楚国，春申君让他做兰陵令。春申君死后荀卿被罢官，就在兰陵安家。李斯曾是他弟子，不久就做了秦国丞相。荀卿痛恨混浊时世的政治，亡国暴君一个接一个地出现，不走大道而去钻营祈祷鬼神的事，相信吉凶征兆，而鄙陋的儒者又拘于小节，像庄周等人又滑稽可笑而败乱风俗，于是他

| 于是推儒、墨、道德之行事兴坏,序列著数万言而卒。因葬兰陵。以上荀子。 | 推究儒家、墨家和道家做事的兴盛与危败,写成数万字的著述便逝世了。于是便葬在兰陵。 |

[注释] 1 荀卿:名况,卿是尊称。汉称为孙卿,避宣帝讳之故。 2 驺衍之言,讲五德终始,谈天地广大,尽言天事,故称"谈天"。 3 驺奭修驺衍之文,饰若雕镂龙文,故称"雕龙"。 4 炙:烤。毂:车轮。过:即"輠",古时车上盛油膏用以润滑车轮的器具。此句意思是淳于髡智不尽,有如輠里润滑轮子的油脂虽尽,但有余液。 5 齐襄王:妫姓,田氏,名法章,战国时齐国国君。 6 最:最大,最长。 7 祭酒:宴飨时酹酒祭神的长者。 8 荀卿:《史记》此后又有"荀卿"二字。 9 春申君:楚人黄歇。兰陵:县名,治所在今山东兰陵。 10 李斯:楚人,入秦为客卿,辅佐秦始皇统一六国,任丞相。 11 遂:达。巫祝:装神弄鬼的巫师神汉。 12 庄周:庄子,战国时宋人,曾做过漆园小吏。

| 而赵亦有公孙龙[1],为坚、白同异之辩[2],剧子[3]之言;魏有李悝[4],尽地力之教;楚有尸子、长卢[5];阿之吁子焉[6]。自如孟子至于吁子,世多有其书,故不论其传云。盖墨翟[7],宋之大夫,善守御,为节用。或曰并孔子时,或曰在其后。以上附及公孙龙等七人。以孟子、荀子为主,而杂列周末诸子十四人,错综成文。 | 赵国也有个公孙龙,他提出坚石、白马有同有异的论辩,还有剧子的言论;魏国有李悝,他提出尽地力以教农的政策;楚国有尸子、长卢;齐国东阿有吁子。从孟子到吁子,世上多流传着他们的著作,所以不论其传。至于墨翟,是宋国大夫,善于守卫城池,提倡节省用度。有人说他跟孔子同时,有人说他在孔子之后。 |

[注释] 1 公孙龙:字子秉,赵国人,名家代表人物,战国时哲学家。 2 公孙龙辩论中有离坚白、白马非马等条。认为石头的坚硬和白两种属性可以分离;白马和马,有一般和特殊之差异,着重分析概念的规定性和差别性。 3 剧子:姓剧而尊称子,事迹不详。 4 李悝:战国时法家,魏文侯相,使之富国强兵。有《李子》三十二篇。 5 尸子:尸佼,有《尸子》二十篇。长卢:楚人,未详。有《长卢》九篇。 6 阿:齐国东阿,在今山东西部。吁子:吁婴,在孔子之后。有《吁子》十八篇。 7 墨翟:墨子,宋国人,墨家创始人,春秋战国时期思想家。有《墨子》五十三篇。

史记·魏其武安侯列传

[导读]

此传是古代正史中有关外戚擅权最早最完整的记载。田蚡全靠太后位至丞相,弄权贪婪;窦婴虽有功劳,但憨直无能;灌夫仗义勇为,放纵乡里。司马迁通过对这三个艺术形象的塑造,揭露了汉代上层集团勾心斗角的面目及世态炎凉之可憎。全文先分叙三人出身品行,再合述他们之间错综复杂的矛盾斗争,倾轧事件环环相扣,波澜起伏,富于戏剧性,故事引人入胜,从而把三人的传记融为一体。作者将深刻的社会内容和熟练的艺术手法高度结合起来,不但突出了人物特征的真实性,而且增强了历史描述的真实性,是传记文学中难得的精品。

【原文】

魏其[1]侯窦婴者,孝文后[2]从兄子也。父世观津[3]人,喜宾客。孝文时,婴为吴相[4],病免。孝景初即位[5],为詹事[6]。梁孝王[7]者,孝景弟也,其母窦太后爱之。梁孝王朝[8],因昆弟燕饮[9]。是时上未立太子,酒酣,从容言曰:"千秋[10]之后传梁王。"太后欢。窦婴引卮酒进上[11],曰:"天下者,高祖天下,父子相传,此汉之约也。上何以得擅传梁王?"太后由此憎窦婴,窦婴亦薄其官,因[12]病免。太后除窦婴门籍[13],不得入朝请[14]。

【译文】

魏其侯窦婴,是孝文皇后堂兄的儿子。父辈世世代代是观津人,他喜好结交宾客。孝文帝时,窦婴做吴王相,因病免职。孝景帝刚即位时,他充当詹事。梁孝王是孝景帝的弟弟,他的母亲窦太后很喜爱他。梁孝王来京朝见天子,以亲兄弟的身份与孝景帝一块私宴。这时皇上还没有立太子,酒喝得有点醉时,孝景帝不慌不忙地说:"我死后传位给梁王。"太后非常高兴。窦婴举起一杯酒献给皇上,说:"天下,是高祖的天下,父亲传位给儿子,这是汉代的约法。皇上怎么能擅自传位给梁王?"太后因此憎恶窦婴,窦婴也鄙薄自己官位小,借口有病请求免职。太后除去了窦婴出入宫门的簿籍,不准他进宫朝见天子。

【注释】 1 魏其(jī):汉置之县,治所在今山东临沂南。窦婴因功劳被封为魏其侯。 2 孝文后:汉文帝皇后窦氏,生景帝刘启,故后来被尊为窦太后。 3 观津:战国时赵邑,汉置为县,治所在今河北武邑东南。 4 吴相:吴王刘濞的相。 5 公元前157年汉景帝即位。 6 詹事:掌皇后、太子宫中事务的官员。 7 梁孝王:刘武,文帝次子,曾被封为代王,徙为淮阳王、梁王,死后谥孝。 8 朝:入朝觐见天子。 9 燕饮：私宴，可略去君臣仪节。 10 千秋：指君主辞世。 11 引：举起。卮（zhī）：酒器。 12 因：凭借，借故。 13 门籍：出入宫门的簿籍。 14 朝请：诸侯朝见天子，春天叫朝，秋季称请。

孝景三年，吴、楚反，上察宗室、诸窦，毋如窦婴贤，乃召婴。婴入见，固辞，谢病不足任。太后亦惭。于是上曰："天下方有急，王孙[1]宁可以让邪？"乃拜婴为大将军，赐金千斤。窦婴乃言袁盎、栾布诸名将贤士在家者进之[2]。所赐金，陈之廊庑[3]下，军吏过，辄令财[4]取为用，金无入家者。窦婴守荥阳[5]，监齐、赵兵[6]。七国[7]兵已尽破，封婴为魏其侯。诸游士宾客争归魏其侯。孝景时每朝议大事，条侯[8]、魏其侯，诸列侯莫敢与亢[9]礼。以上魏其破吴楚。

孝景帝三年，吴、楚等七国反叛，皇上考察刘姓宗室和窦姓诸人，没有一个像窦婴这样贤能的，于是召见窦婴。窦婴入宫拜见，坚决推辞，以患病不能任职谢罪。太后也感到惭愧。在这个时候皇上说："天下正当有急难，王孙你难道可以推让吗？"于是任命窦婴为大将军，赏赐黄金千斤。窦婴就向皇帝推荐袁盎、栾布等数名在家赋闲的将领和贤士。他把皇上赏赐的黄金，陈列在走廊穿堂之下，军吏过从拜见，就叫他们酌量领取作为开销，赏金没有拿回自家的。窦婴镇守荥阳时，监督齐、赵两路战事。七国叛兵都已被攻破，景帝就封窦婴为魏其侯。众多游士宾客都争相投归魏其侯。孝景帝时每当上朝议论大事，条侯、魏其侯居尊，各位列侯没有谁敢与之平礼相待的。

【注释】 1 王孙：窦婴的字，此处表示亲切。 2 袁盎：字丝，西汉楚人，曾为齐王、吴王相，景帝时官至太常。栾布：西汉梁人，文帝时为燕王相，因军功被封为鄃侯。 3 庑：穿堂。 4 财：通"裁"，酌量。 5 荥阳：

汉代县名。治所在今河南荥阳,地处南北要冲。 6 当时栾布带兵击齐,郦寄带兵击赵,窦婴为大将军而居荥阳这个要冲,故云监齐、赵兵。 7 七国:景帝时吴王刘濞、胶西王刘卬、胶东王刘雄渠、淄川王刘贤、济南王刘辟光、楚王刘戊、赵王刘遂联兵叛乱。 8 条侯:周亚夫,周勃之子,当时任太尉。 9 亢:通"抗"。

孝景四年,立栗太子[1],使魏其侯为太子傅。孝景七年,栗太子废,魏其数争不能得。魏其谢病,屏居蓝田南山之下[2],数月,诸宾客辩士说之,莫能来。梁人高遂乃说魏其曰:"能富贵将军者,上也;能亲将军者,太后也。今将军傅[3]太子,太子废而不能争,争不能得,又弗能死。自引谢病,拥赵女[4],屏闲处而不朝。相提[5]而论,是自明扬主上之过。有如两宫螫将军[6],则妻子毋类[7]矣。"魏其侯然之[8],乃遂起,朝请如故。桃侯[9]免相,窦太后数言魏其侯,孝景帝曰:"太后岂以为臣有爱不相魏其[10]?魏其者,沾沾[11]

孝景帝四年,立栗太子,派魏其侯当太子的师傅。孝景帝七年,栗太子被废弃,魏其侯屡次争辩,没有结果。魏其侯称病辞官,退职闲居在蓝田南山下,几个月中,许多宾客辩士劝说他,没有人能说服他出来。梁国人高遂于是劝说魏其侯道:"能使将军富贵的,是皇上;能使将军亲近朝廷的,是太后。现在您辅导太子,太子被废却不能力争,力争了也不能有所收获,又不能死。自己称病谢罪,拥着歌伎美女,屏居闲处而不入京朝见。把这些情况互相对照起来看,这明明是自己在张扬皇上的过错。假如皇上和太后要加害您,那么连您的妻儿老小都会被杀光了。"魏其侯认为他说得很对,于是就复起任事,像从前一样按时拜见皇上。桃侯被免去了丞相,窦太后屡次荐言魏其侯,孝景帝说:"太后难道以为我有所吝惜而不让魏其侯当

自喜耳,多易 [12],难以为相持重。"遂不用,用建陵侯卫绾为丞相。以上魏其屏废复起,不得为相。

丞相吗?魏其侯这个人,做事爱沾沾自喜罢了,轻浮易变,难以让他做丞相担当重任。"于是不任用他,而用建陵侯卫绾当丞相。

注释 1 栗太子:刘荣,景帝长子,栗姬生。因被废,故史书按母姓称呼。 2 屏(bǐng):退隐。屏居,即退职闲居。蓝田:秦所置县,治所在今陕西蓝田西。 3 傅:教导。 4 赵女:泛指歌伎美女。 5 提:举出,列举。 6 两宫:帝宫和太后宫,此指景帝母子。螫(shì):毒害。 7 毋类:没有遗类,即被诛灭殆尽。 8 然之:以此为然。然,正确。 9 桃侯:丞相刘舍被封为桃侯。 10 臣:帝在母后前的自称。爱:吝惜。相:活用为动词,使动用法。 11 沾沾:自得的样子。 12 易:轻易,轻浮。

武安[1]侯田蚡者,孝景后[2]同母弟也,生长陵[3]。魏其已为大将军后,方盛,蚡为诸郎[4],未贵,往来侍酒魏其,跪起如子侄。及孝景晚节[5],蚡益贵幸,为太中大夫[6]。蚡辩有口,学《盘盂》[7]诸书,王太后[8]贤之。孝景崩,即日太子[9]立,称制[10],所镇抚[11]多有田蚡宾客计策。蚡弟田胜,皆以太后弟,孝景后三年封

武安侯田蚡,是孝景皇后的同母弟弟,出生在长陵县。魏其侯已经做了大将军后,正当显赫,田蚡才是个郎官,并不显贵,往来侍候魏其侯饮酒,跪拜好像子侄晚辈。到了孝景帝晚年,田蚡逐渐显贵受到宠信,当了太中大夫。田蚡有辩才会讲话,学过《盘盂》等书,王太后认为他贤能。孝景帝逝世,同日太子即位,太后临朝代行政事,开展的弹压安抚行动大多采取了田蚡宾客的计策。田蚡和弟弟田胜,都因是太后弟弟,在孝景帝

蚡为武安侯，胜为周阳[12]侯。武安侯新欲用事为相，卑下宾客，进名士家居者贵之，欲以倾魏其诸将相。建元[13]元年，丞相绾病免，上议置丞相、太尉。籍福说[14]武安侯曰："魏其贵久矣，天下士素归之。今将军初兴，未如魏其，即上以将军为丞相，必让魏其。魏其为丞相，将军必为太尉。太尉、丞相尊等耳，又有让贤名。"武安侯乃微言太后风[15]上，于是乃以魏其侯为丞相，武安侯为太尉。以上魏其为相。

后元三年，封田蚡为武安侯，田胜为周阳侯。武安侯刚掌权很想当丞相，因此他谦卑地对待门客，引荐在家未任职的名士去当官，想以此压倒魏其侯等将相的势力。建元元年，丞相卫绾因病免职，皇上商议设置丞相、太尉。籍福劝说武安侯道："魏其侯显贵很久了，天下士子一向归附他。现在将军您势力才兴起，不如魏其侯强大，即使皇上用将军做丞相，您也必须让给魏其侯。魏其侯当丞相，将军您必然当上太尉。太尉和丞相，是同等尊贵啊，同时又有让贤的名声。"武安侯于是暗暗向太后透话，请她劝告皇上，于是皇上任用了魏其侯做丞相，武安侯做太尉。

【注释】 1 武安：战国赵邑，秦置县，治所在今河北武安。田蚡以外戚被封于武安为列侯。 2 孝景后：姓王名娡。 3 长陵：县名，治所在今陕西咸阳东北。王娡父王仲死后，其母臧儿改嫁长陵田侍郎，生田蚡、田胜兄弟。 4 诸郎：诸曹郎，包括议郎、中郎、郎中、侍郎等。 5 晚节：晚年。 6 太中大夫：掌管朝廷议论。 7《盘盂》：相传为黄帝史官孔甲书于盘盂等器物上的铭文，今佚。 8 王太后：即孝景后，与田蚡同母异父。 9 太子：即汉武帝刘彻。当为公元前141年立。 10 称制：代皇帝临朝。因当时刘彻仅十六岁，故王太后代行天子事。 11 镇抚：弹压安抚。 12 周阳：汉朝上郡属县，治所在今甘肃正宁。

田胜被封于周阳为列侯。　13 建元：武帝年号。元年即公元前140年。14 说（shuì）：劝说。　15 风（fěng）：通"讽"，劝告。

籍福贺魏其侯，因吊[1]曰："君侯资性喜善疾恶，方今善人誉君侯，故至丞相。然君侯且疾恶，恶人众，亦且毁君侯。君侯能兼容，则幸久；不能，今以毁去矣。"魏其不听。魏其、武安俱好儒术，推毂赵绾为御史大夫[2]，王臧为郎中令[3]。迎鲁申公[4]，欲设明堂[5]，令列侯就国，除关[6]，以礼为服制，以兴太平。举适[7]诸窦宗室毋节行者，除其属籍。时诸外家[8]为列侯，列侯多尚[9]公主，皆不欲就国，以故毁日至窦太后。太后好黄、老之言，而魏其、武安、赵绾、王臧等，务隆推儒术，贬道家言，是以窦太后滋不说魏其等[10]。及建元二年，御史大夫赵绾请无奏事东宫[11]，窦太后大怒，

籍福向魏其侯道贺，顺便提醒他说："君侯您本性喜善嫉恶，如今有好人称誉您，所以位至丞相。然而君侯又痛恨恶人，恶人众多，也将会诽谤您。您若能同时容下善人与恶人，那么便可以把相位保持得长久些；若不能，则马上就会因诽谤而离职了。"魏其侯不听他的话。魏其侯、武安侯都爱好儒术，推荐赵绾当御史大夫，王臧当郎中令。迎来鲁国的申公，准备设立明堂，让诸侯回归封土，取消关禁，按照古礼规定服制，用来兴起太平盛况。检举窦姓诸人和刘氏宗室中没有节操品行的，开除他们所属的宗籍。当时众多外戚是列侯，列侯又大多娶公主为妻，都不想回到封地去，所以诽谤的话天天传到窦太后耳中。太后喜好黄老学说，而魏其侯、武安侯、赵绾、王臧等人，致力于提倡儒家学说，贬斥道家言论，因此窦太后更加不喜欢魏其侯等人。到了建元二年，御史大夫赵绾请求皇帝不要向太后上奏国事，

乃罢逐赵绾、王臧等,而免丞相、太尉,以柏至侯许昌[12]为丞相,武强侯庄青翟[13]为御史大夫。魏其、武安由此以侯家居。以上魏其罢相。

窦太后大动肝火,于是罢免驱逐了赵绾、王臧等人,并且免除了丞相和太尉的职务,用柏至侯许昌做丞相,武强侯庄青翟做御史大夫。魏其侯、武安侯从此只以列侯身份闲居在家。

注释 1 吊:提醒。 2 推毂:折节谦下,引申为推荐贤才。赵绾:代人,鲁申公学生。御史大夫:主管监察等,与丞相、太尉合称三公。 3 王臧:兰陵人,鲁申公学生。郎中令:皇上侍卫长。 4 鲁申公:鲁国申培,著名经师。 5 明堂:天子宣明政教举行大典的殿堂。 6 除关:除去出入的关禁税收等。 7 适:通"谪"。举谪即指谪、检举之意。 8 外家:太后及皇后外戚系统。 9 尚:向上攀亲而为婚配。 10 滋:益,更加。说:通"悦"。 11 东宫:指长乐宫,窦太后所居。 12 许昌:高祖功臣许温之孙,袭祖封为柏至侯。 13 庄青翟:高祖功臣庄不识之孙,袭祖封为武强侯。

武安侯虽不任职,以王太后故亲幸,数言事多效,天下吏士趋势利者,皆去魏其归武安,武安日益横。建元六年,窦太后崩,丞相昌、御史大夫青翟坐丧事不办,免。以武安侯蚡为丞相,以大司农[1]韩安国为御史大夫,天下士、郡国、诸侯愈益

武安侯虽然不担任官职,但因王太后的缘故而受到皇帝的亲近宠信,屡次议论政事多有成效,天下官吏士子中趋炎附势的人,都离开了魏其侯而归附武安侯,武安侯一天比一天骄横。建元六年,窦太后逝世,丞相许昌、御史大夫庄青翟因丧事没办好获罪,被免职。皇上任用武安侯田蚡当丞相,用大司农韩安国做御史大夫,天下士子和郡国的官员以及诸侯王,就更加依附武安侯了。武

附武安。武安者,貌侵[2],生贵甚,又以为诸侯王多长[3],上初即位,富于春秋[4],蚡以肺腑[5]为京师相,非痛折节以礼诎[6]之,天下不肃。当是时,丞相入奏事,坐语移日,所言皆听。荐人或起家至二千石[7],权移主上。上乃曰:"君除吏已尽未[8]?吾亦欲除吏。"尝请考工[9]地益宅,上怒曰:"君何不遂取武库!"是后乃退。尝召客饮,坐其兄盖侯南乡[10],自坐东乡[11],以为汉相尊,不可以兄故私桡[12]。武安由此滋骄,治宅甲诸第,田园极膏腴,而市买郡县器物,相属[13]于道,前堂罗[14]钟鼓,立曲旃[15],后房妇女以百数,诸侯奉金玉狗马玩好,不可胜数。以上武安贵盛。

安侯这个人,容貌短小丑陋,出身特别显贵,又认为诸侯王很多年纪比他大,皇上刚即位,年富力强,田蚡凭极亲密的关系而当上了京城丞相,如不按礼法使他们屈服并严加约束自己,天下就不会肃敬。在这个时候,丞相入朝上奏国事,坐下说话就是一天,所说的皇上都采纳。他推荐的人,有的一起家就至二千石,把皇帝的权力转移到了自己身上。皇上于是说:"您除授官吏完了没有?我也想委任官吏了。"武安侯曾经申请考工衙门的地皮扩建私宅,皇上发脾气说:"您为什么不把武库拿去呢!"此后他才收敛一些。田蚡曾经召请客人饮酒,让他的哥哥盖侯面向南边坐,自己面向东边坐,认为汉朝丞相地位尊贵,不能因为是兄长的缘故就私下委屈自己。武安侯从此更加骄纵,所修整的住宅的规制在所有贵族府第之上,田土庄园极肥沃,派到各郡县购买器物的人,在路上络绎不绝,前堂罗列钟鼓,竖立曲柄长幡,后房妇女要按百来计算,诸侯奉送的金银玉器、狗马珍玩等,数也数不清。

[注释] 1 大司农：本治粟内史，掌谷货财政，九卿之一。 2 侵：形容人短小丑陋。 3 长：年长，年纪大。 4 春秋：年岁。 5 肺腑：比喻亲密关系。 6 诎：屈服。 7 二千石：秩俸二千石。汉秩分十五等，其中一等万石，三公；二等中二千石，九卿；三等二千石，太子太傅和三辅长官、郡国守相。二千石属高级官员。 8 除：除授，授职。未：完。 9 考工：少府所属的考工室，督造器械的官府。 10 盖侯：王太后兄王信，与田蚡同母异父。乡：通"向"。南向，即朝南坐。 11 古时坐席，以东向为尊。 12 桡：曲屈。 13 属（zhǔ）：连接。 14 罗：罗列。 15 曲旃（zhān）：用整幅帛制成的曲柄长幡。

魏其失窦太后，益疏不用，无势，诸客稍稍自引而怠傲¹，唯灌将军独不失故。魏其日默默不得志，而独厚遇灌将军。

灌将军夫者，颍阴²人也。夫父张孟，尝为颍阴侯婴舍人³，得幸，因进之至二千石，故蒙灌氏姓为灌孟。吴、楚反时，颍阴侯灌何⁴为将军，属太尉⁵，请灌孟为校尉⁶，夫以千人与父俱⁷。灌孟年老，颍阴侯强请之，郁郁不得意，故战常陷坚⁸，遂死吴军中。军法：父子俱

魏其侯失去了窦太后，更加被皇帝疏远不受重用，没有权势，诸宾客渐渐自行引退，并且懈怠傲慢，只有灌将军没有改变原来的态度。魏其侯每天郁郁不得志，唯独只厚待灌将军。

灌将军夫，是颍阴人。灌夫父亲张孟，曾经当过颍阴侯灌婴的家臣，很受宠信，因而推荐他官至二千石，所以冒了灌氏的姓称为灌孟。吴、楚七国谋反时，颍阴侯灌何做将军，隶属在太尉周亚夫部下，他请求让灌孟当校尉，灌夫带了一千人跟父亲一同前往。灌孟年纪老了，颍阴侯执意请求太尉让他当校尉，郁郁不得意，所以打起仗来，常常被派往冲陷敌军坚固的阵地，于是战死在吴国军中。军法规定：父子一起从军，

从军,有死事,得与丧归。灌夫不肯随丧归,奋曰:"愿取吴王若[9]将军头,以报父之仇!"于是灌夫被[10]甲持戟,募军中壮士所善愿从者数十人。及出壁[11]门,莫敢前,独二人及从奴十数骑驰入吴军。至吴将麾下[12],所杀伤数十人,不得前,复驰还,走入汉壁,皆亡其奴,独与一骑归。夫身中大创十余,适[13]有万金良药,故得无死。夫创少瘳[14],又复请将军曰:"吾益知吴壁中曲折,请复往。"将军壮义之,恐亡夫,乃言太尉,太尉乃固止之。吴已破,灌夫以此名闻天下。

其中一个为国而死,另一个能够跟丧骸回家。灌夫不肯随同父尸回去,激昂地说:"愿斩取吴国君王或将军的头,用来报杀父之仇!"于是灌夫披着战甲,持着戈戟,招募军队壮士中同他友好并又愿意跟从前去的人几十个。等到走出军营大门,没有一个敢上前,仅有两个壮士和属下奴仆十几骑奔驰冲入吴军。冲到吴将大旗下,所杀伤的有几十人,不能再向前,又奔回,跑入汉营,他的仆从都战死了,仅与一骑归来。灌夫身上所受的重伤有十几处,恰好有贵重的好药,所以才能不死。灌夫的创伤稍微好转,又向将军请求说:"我较之前更加知晓吴军营盘中道路的曲折,请求再次前往。"将军被他的壮义所感,恐怕灌夫战死,于是向太尉报告,太尉就坚决制止了他。吴军已经攻破,灌夫因此名声传遍天下。

【注释】 1 引:退却。怠傲:懈怠傲慢。 2 颍阴:汉县名,属颍川郡,故治在今河南许昌。 3 婴:灌婴,睢阳人,刘邦功臣,封为列侯,后官至太尉、丞相。舍人:家臣。 4 灌何:灌婴儿子,袭父侯。何,《史记·灌婴传》作"阿"。 5 属:隶属。太尉:三公之一,此指周亚夫。 6 校尉:将军手下分管兵马的官员。 7 俱:一道前往。 8 陷坚:冲击坚固的阵地。 9 若:或者,及。 10 被:通"披"。 11 壁:

营垒。　12 麾下：大将旗下。　13 适：恰好。　14 少：稍。瘳(chōu)：疾病减轻，病愈。

颖阴侯言之上，上以夫为中郎将[1]。数月，坐法去。后家居长安，长安中诸公莫弗称之。孝景时至代相[2]。孝景崩，今上初即位，以为淮阳天下交劲兵处[3]，故徙[4]夫为淮阳太守。建元元年，入为太仆[5]。二年，夫与长乐卫尉[6]窦甫饮，轻重不得，夫醉搏甫。甫，窦太后昆弟也，上恐太后诛夫，徙为燕相[7]。数岁，坐法去官，家居长安。以上灌夫得名位及去官始末。

颖阴侯把这事报告了皇上，皇上任命灌夫做中郎将。几月后，因犯法而免职。后来在长安家居，长安城内各位大人没有谁不称赞他的。孝景帝时官至代国相。孝景帝逝世，现在的皇帝即位，认为淮阳是天下交通会合、强兵驻扎之地，所以调迁灌夫当淮阳太守。建元元年，灌夫又回京当太仆。二年，灌夫跟长乐卫尉窦甫饮酒，说话没有轻重，灌夫醉酒，扭住窦甫打了起来。窦甫，是窦太后的亲兄弟，皇上恐怕太后杀掉灌夫，就调迁他当燕国相。几年后，因犯法丢了官职，又在长安家中闲居。

注释　1 中郎将：皇帝侍卫长。　2 代相：指代王刘登的相。　3 淮阳：郡名，故治在今河南周口淮阳区。交：交会。　4 徙：迁任。　5 太仆：掌管皇帝车马等，九卿之一。　6 长乐卫尉：掌管长乐宫门守卫的武官，秩与九卿的卫尉相同。　7 燕相：指燕王刘定国的相。

灌夫为人刚直，使酒，不好面谀。贵戚诸有势在己之右[1]，不欲加礼，

灌夫为人刚直，好借酒使气，不喜欢当面阿谀。对于贵戚和众多地位在自己之上的权势人物，他都不愿向他

必陵[2]之;诸士在己之左,愈贫贱,尤益敬,与钧[3]。稠人广众,荐宠下辈,士亦以此多[4]之。夫不喜文学,好任侠,已然诺[5]。诸所与交通,无非豪桀大猾。家累数千万,食客日数十百人。陂池田园,宗族宾客为权利,横于颍川,颍川儿乃歌之曰:"颍水[6]清,灌氏宁;颍水浊,灌氏族[7]。"灌夫家居虽富,然失势,卿相侍中[8]宾客益衰。及魏其侯失势,亦欲倚灌夫引绳批根[9]生平慕之后弃之者,灌夫亦倚魏其而通列侯宗室为名高。两人相为引重,其游如父子然。相得欢甚,无厌,恨相知晚也。以上窦、灌相得。

们表示敬意,而且必定要戏弄他们;诸多在自己地位之下的士人,越是贫贱,他就越是敬重,跟他们平礼。在人数众多的地方,推荐宠爱低下之人,士人也因此赞美他。灌夫不喜欢文学,爱好任侠,言出必行。众多和他交往的人,无非是豪杰和大奸巨猾。他的家产积累起来有几千万,食客每天有几十乃至上百人。筑池蓄水,扩建田园,其宗族宾客以此争权夺利,在颍川一带横行霸道,颍川的小孩子于是歌唱道:"颍水清清,灌氏安宁;颍水污浊,灌氏灭族。"灌夫闲居家里虽然富足,然而失去权势,卿相、侍中和往日的宾客更加冷落稀少了。等到魏其侯失去权势,也想要倚靠灌夫去追究那些生平仰慕自己,失势后又甩开他的人,灌夫也想要倚靠魏其侯去交结那些列侯宗室,以此抬高自己的名声。两人互相援引推重,他们一块交游好似父子。两人相得非常高兴,毫不疲倦,只恨相知太晚了。

注释 1 右:上位。古人以右为上位,左为下位。 2 陵:高出,压过。 3 钧:通"均",平均,平等。 4 多:推重。 5 已然诺:已经答应的一定办到,出言必信之意。 6 颍水:流经河南中部、东部,安徽西北部，注入淮河。 7 族：灭族。 8 侍中：皇帝近侍。 9 引绳批根：引为举，绳为木匠的绳墨，批为砍削，即木匠按规矩砍削木头。此处意思是追究，打击报复。

灌夫有服[1]，过[2]丞相。丞相从容曰："吾欲与仲孺[3]过魏其侯，会[4]仲孺有服。"灌夫曰："将军乃肯幸临况[5]魏其侯，夫安敢以服为解？请语魏其侯帐具[6]，将军旦日蚤临。"武安许诺。灌夫具语魏其侯如所谓武安侯，魏其与其夫人益市牛、酒，夜洒扫，蚤帐具至旦。平明，令门下候伺。至日中，丞相不来。魏其谓灌夫曰："丞相岂忘之哉？"灌夫不怿[7]，曰："夫以服请，宜往。"乃驾，自往迎丞相。丞相特前戏许灌夫，殊[8]无意往。及夫至门，丞相尚卧。于是夫入见，曰："将军昨日幸许过魏其，魏其夫妻治具，自旦至今，未敢尝食。"武安

灌夫有丧服在身，去拜访丞相。丞相淡淡地说："我想要跟您去拜访魏其侯，可惜恰好您在服丧期间。"灌夫说："将军您竟肯光临魏其侯家，灌夫我怎么敢因为服丧而推托？请让我通告魏其侯陈设器具准备酒食，请将军明晨早早光临。"武安侯答应了。灌夫就把武安侯所说的话详细地告诉了魏其侯，魏其侯和夫人特地买了牛肉和酒，夜里洒水打扫，提前准备酒食到天明。刚刚天亮，就叫门下人伺候。到了中午，丞相却没有来。魏其侯对灌夫说："丞相难道是忘记了这件事吗？"灌夫不高兴，说："我在服丧时约请的，应当前去迎他。"于是驾车，亲自去迎接丞相。丞相前一天只是开玩笑答应灌夫，其实没有打算前往。等到灌夫进了门，丞相还在睡觉。在这时灌夫进来拜见，说："将军您昨天答应拜访魏其侯，魏其侯夫妻准备酒食，从清晨到现在，不敢吃一点东西。"武

鄂[9],谢曰:"吾昨日醉,忽忘与仲孺言。"乃驾往,又徐行,灌夫愈益怒。及饮酒酣,夫起舞,属[10]丞相,丞相不起,夫从坐上语侵之。魏其乃扶灌夫去,谢丞相。丞相卒饮至夜,极欢而去。

安侯惊愕了一下,道歉说:"我昨天喝醉了,忽然忘记了跟您说的话。"于是驾车前往,又慢吞吞地走着,灌夫更加生气。及至饮酒很酣畅时,灌夫起舞,劝请丞相喝酒,丞相没有起身,灌夫便在座位上用话冒犯他。魏其侯于是扶灌夫离开,向丞相谢罪。丞相一直饮到晚上,极为高兴地离去。

[注释] 1 服:丧服。 2 过:过门拜访。 3 仲孺:灌夫的字。 4 会:恰逢。 5 贶:通"贶",赏赐。临贶即光临之意。 6 帐具:陈设器具办酒食。 7 怿(yì):高兴。 8 殊:很,特别。 9 鄂:通"愕",惊愕。 10 属(zhǔ):倾注,引申为劝酒。

丞相尝使籍福请魏其城南田,魏其大望[1]曰:"老仆虽弃,将军虽贵,宁可以势夺乎!"不许。灌夫闻,怒骂籍福。籍福恶两人有郤[2],乃谩自好谢丞相曰[3]:"魏其老且死,易忍,且待之。"已而[4]武安闻魏其、灌夫实怒不予田,亦怒曰:"魏其子尝杀人,蚡活之。蚡事魏其,无所不可,何爱数顷田?

丞相曾经派籍福向魏其侯请求要城南的田土,魏其侯极为怨恨地说:"我这个老家伙虽然被废弃不用,将军虽然显贵,难道可以借势强夺吗?"于是不答应。灌夫听到了,愤怒地痛骂籍福。籍福担心两人有嫌隙,于是自己编造了好话向丞相表示歉意说:"魏其侯年老将要死了,请稍加忍耐,暂且等待些日子吧。"不久,武安侯听说魏其侯、灌夫实际是发怒不给予田土,于是也发怒说:"魏其侯的儿子曾经杀了人,是我使他活了下来。我侍奉魏其侯,没有什么不

且灌夫何与⁵也！吾不敢复求田。"武安由此大怨灌夫、魏其。元光⁶四年春，丞相言："灌夫家在颍川横甚，民苦之，请案⁷。"上曰："此丞相事，何请？"灌夫亦持丞相阴事，为奸利，受淮南王⁸金与语言。宾客居间，遂止，俱解。以上灌夫与武安构衅而俱解。

可以的，为什么他竟吝惜几顷田？并且跟灌夫有什么相干呢！我不敢再要求这块地了。"武安侯因此对魏其侯、灌夫大为怨恨。元光四年春，丞相奏言："灌夫家在颍川横行霸道，百姓以此为苦，请求立案查办。"皇上说："这是丞相的职责，何必请示？"灌夫也抓住了丞相见不得人的勾当，如用不正当手段谋取财利，接受淮南王的金钱并且跟他说了一些话。宾客从中调解，于是停止了攻击，互相和解。

[注释] 1 望：怨恨。 2 郤（xì）：裂缝，嫌隙。 3 谩：欺蒙。自好：自己编造好话。 4 已而：不久。 5 与：参与。 6 元光：汉武帝年号，公元前134年至前129年。 7 案：查办。 8 淮南王：刘安。事详下文。

夏，丞相取燕王女为夫人¹，有太后诏，召列侯宗室皆往贺。魏其侯过灌夫，欲与俱。夫谢曰："夫数以酒失得过丞相，丞相今者又与夫有郤。"魏其曰："事已解。"强与俱。饮酒酣，武安起为寿²，坐皆避席伏。已³，魏其侯为寿，独故人避席耳，余半膝席⁴。灌夫不

夏天，丞相娶燕王的女儿为夫人，有太后的诏令，召请列侯、宗室都去贺喜。魏其侯拜访灌夫，想跟他一同前往。灌夫推辞说："我屡次因为醉酒失礼得罪丞相，丞相现今又跟我有嫌隙。"魏其侯说："事情已经和解了。"就勉强拉他一同前往。饮酒到酣畅时，武安侯起身敬酒，在座的人都离席伏地。一会儿魏其侯敬酒，只有老朋友离席，其他半数人只一膝跪

悦,起行酒,至武安,武安膝席曰:"不能满觞[5]。"夫怒,因嘻笑曰:"将军贵人也,属之[6]!"时武安不肯。行酒,次至临汝侯[7],临汝侯方与程不识[8]耳语,又不避席。夫无所发怒,乃骂临汝侯曰:"生平毁程不识不直[9]一钱,今日长者为寿,乃效女儿咕嗫[10]耳语!"武安谓灌夫曰:"程、李俱东、西宫卫尉[11],今众辱程将军,仲孺独不为李将军地乎[12]?"灌夫曰:"今日斩头陷[13]胸,何知程、李乎!"坐乃起更衣[14],稍稍去。魏其侯去[15],麾[16]灌夫出。武安遂怒曰:"此吾骄灌夫罪!"乃令骑留灌夫,灌夫欲出不得。籍福起为谢,案灌夫项令谢,夫愈怒,不肯谢。武安乃麾骑缚夫置传舍[17],召长史[18]曰:"今日召宗室,有诏。"劾灌夫骂坐不敬,系居室[19]。遂按其前事,遣

席。灌夫不高兴,起身行酒,到武安侯面前,武安侯一膝跪席说:"不能满杯了。"灌夫发脾气,便嬉笑着说:"将军是个贵人,喝干它吧!"当时武安侯不肯。敬酒依次序到临汝侯面前,临汝侯正跟程不识附耳说话,又不离席。灌夫没有什么地方能发泄怒气,于是就骂临汝侯道:"平时诋毁程不识不值一钱,今天长辈敬酒,竟仿效女孩子一样唧唧咕咕耳语!"武安侯对灌夫说:"程、李都是东、西两宫的卫尉,今天当众侮辱程将军,您难道不为李将军留余地吗?"灌夫说:"今日我被砍脑壳穿胸膛都不怕,哪知道什么程、李!"座上的客人于是起身更衣,悄悄地离开了。魏其侯也离开了,并挥手叫灌夫出去。武安侯于是发怒说:"这是我宠惯了灌夫的罪过!"于是命令骑士留住灌夫,灌夫想要出门已不可能了。籍福起身道歉,按住灌夫的脖子叫他赔罪,灌夫更加发火,不肯谢罪。武安侯于是指挥骑士捆绑灌夫,安置在客房里,叫来长史说:"今天请宗室,是有诏令的。"就弹劾灌夫辱骂宾客是大不敬,

吏分曹逐捕诸灌氏支属,皆得弃市[20]罪。以上魏其、灌夫往贺武安,遂构大衅。

把他囚系在居室衙门。于是查究他以前的犯罪行为,派遣各部门官吏追捕灌氏各支亲属,都判处弃市罪。

注释 1 取:通"娶"。燕王女:是燕敬王刘泽儿子燕康王刘嘉之女。 2 为寿:敬酒祝寿。 3 已:过了一会儿。 4 膝席:只一膝跪席,比避席简慢。 5 觞（shāng）:酒器。 6 属:倾注。"属之"即喝干酒。 7 次:按次序。临汝侯:灌婴孙灌贤。 8 程不识:太后长乐宫卫尉,当时名将。 9 直:通"值"。 10 咕嗫（chè niè）:唧唧咕咕,低声絮语。 11 李:指李广,当时名将,为皇帝未央宫卫尉。长乐宫在未央宫之东,故称东宫;未央宫在长乐宫之西,故称西宫。 12 李将军:即李广。地:余地。 13 陷:穿透。 14 坐:同"座",指座上宾客。更衣:上厕所,古人上厕所要更换衣服。此指客人因灌夫骂酒,托言上厕所而溜走。 15 去:原刻本缺,据《史记》补。 16 麾:通"挥",指挥。 17 传舍:客房。 18 长史:丞相府中主管文书的官吏。 19 居室:少府所属的衙门。 20 弃市:处死后抛尸于市井。

魏其侯大愧,为资使宾客请,莫能解。武安吏皆为耳目,诸灌氏皆亡匿,夫系,遂不得告言武安阴事。魏其锐身[1]为救灌夫,夫人谏魏其曰:"灌将军得罪丞相,与太后家忤[2],宁可救邪?"魏其侯曰:"侯自我得之,自

魏其侯非常惭愧,花钱叫宾客去求情,但没有人能解决。武安侯的属吏都是他的耳目,灌氏族人都逃亡躲藏起来,灌夫被囚禁,于是没有人能向朝廷告发武安侯那些见不得人的勾当了。魏其侯挺身要救灌夫,夫人劝告他说:"灌将军得罪了丞相,跟太后家的人作对,难道能救得了吗?"魏其侯说:"侯爵是我自己得来的,由我丢掉了,没有什么怨恨。况

我捐之,无所恨。且终不令灌仲孺独死,婴独生。"乃匿其家,窃出上书。立召入,具言灌夫醉饱事,不足诛。上然之,赐魏其食,曰:"东朝廷[3]辩之。"魏其之东朝,盛推灌夫之善,言其醉饱得过,乃丞相以他事诬罪之。武安又盛毁灌夫所为横恣,罪逆不道。魏其度不可奈何,因言丞相短。武安曰:"天下幸而安乐无事,蚡得为肺腑,所好音乐、狗马、田宅。蚡所爱倡优巧匠之属,不如魏其、灌夫日夜招聚天下豪桀壮士,与论议,腹诽而心谤,不[4]仰视天而俯画地,辟倪[5]两宫间,幸[6]天下有变,而欲有大功。臣乃不知[7]魏其等所为。"

且终究不能让灌仲孺一个人去死,我窦婴独生。"于是瞒着他的家里,偷偷地出来给皇帝上书。皇帝立即召他进宫,他详细说了灌夫酒醉失言的事,认为不足以论死罪。皇上认为他的看法正确,并且赐魏其侯饭食,说:"到东宫当廷辩论吧。"魏其侯到了东宫,极力推重灌夫的长处,说他因酒醉获罪,而丞相却用别的事诬陷加罪于他。武安侯又极力诋毁灌夫所为是横行霸道,犯了大逆不道之罪。魏其侯估计没有别的办法,就说丞相的短处。武安侯说:"天下幸而安乐无事,田蚡我能够作为皇上的亲信,所爱好的不过音乐、狗马和田宅。我所爱的不过是倡优、巧匠一类的人,不像魏其侯、灌夫日日夜夜招聚天下豪杰壮士,跟他们商量讨论,心里尽是诽谤,不是抬头仰观天象,就是低头谋划计策,窥视两宫之间,希望天下有变故,趁机去立大功。我实在不明白魏其侯等人的作为。"

注释 1 锐身:挺身而出。 2 忤(wǔ):逆,作对。 3 东朝廷:东宫,指王太后所居之长乐宫。 4 "不"字原刻本脱,据《史记》补。 5 辟倪:即"睥睨",斜眼偷偷看。 6 幸:希望。 7 知:原刻本作"如",

据《史记》改。

于是上问朝臣："两人孰[1]是？"御史大夫韩安国曰："魏其言灌夫父死事，身荷戟驰入不测之吴军，身被数十创[2]，名冠三军，此天下壮士，非有大恶，争杯酒，不足引他过以诛也，魏其言是也。丞相亦言灌夫通奸猾，侵细民[3]，家累巨万，横恣颍川，凌轹[4]宗室，侵犯骨肉[5]，此所谓'枝大于本，胫大于股，不折必披[6]，丞相言亦是。唯明主裁之。"主爵都尉[7]汲黯是魏其，内史[8]郑当时是魏其，后不敢坚对[9]。余皆莫敢对。

在这时皇上询问朝臣："两个人哪个正确？"御史大夫韩安国说："魏其侯说灌夫父亲战死一事，他自己身扛着戟冲入不可预测的吴军营垒，遭受了几十处创伤，名声为三军之首，这是天下壮士，不是有大罪，而是争执杯酒之事，不应当引用别的过错而处死，魏其侯的话是对的。丞相也说灌夫勾通大奸巨猾，侵害百姓，家产积累有巨万，横行颍川，凌辱宗室，侵犯骨肉利益，这就是所谓'枝叶大于根本，小腿粗于大腿，不是折断也必定破裂'，丞相的话也正确。希望英明的君主裁夺这件事。"主爵都尉汲黯认为魏其侯的话正确，内史郑当时也以魏其侯为是，但后来不敢坚持廷对。其他的人都不敢廷对。

[注释] 1 孰：谁。 2 创（chuāng）：创伤。 3 细民：指普通百姓。 4 凌轹（lì）：欺压。 5 骨肉：刘姓宗室。 6 披：裂开。 7 主爵都尉：主管侯国政事，后改名右扶风。 8 内史：掌京师行政的官员。 9 对：原刻本缺，据《史记》补。

上怒内史曰:"公平生数言魏其、武安长短,今日廷论,局趣[1]效辕下驹,吾并斩若[2]属矣!"即罢,起入,上食[3]太后。太后亦已使人候伺,具以告太后。太后怒,不食,曰:"今我在也,而人皆籍[4]吾弟,令我百岁[5]后,皆鱼肉[6]之矣!且帝宁能为石人邪?此特[7]帝在,即录录[8];设百岁后,是[9]属宁有可信者乎?"上谢曰:"俱宗室外家,故廷辩之。不然,此一狱吏所决耳。"是时,郎中令石建为上分别言两人事[10]。

皇上对内史发怒说:"你平时屡次说魏其侯、武安侯的长短,今天当廷辩论,却畏畏缩缩仿效那车辕下的马崽子,我要把你们这班人都斩了!"于是当即罢朝,起身入内,侍奉太后进食。太后也已派人在朝廷等候窥探,他们都把事情详告了太后。太后发脾气,不进餐,说:"现今我还在世,可是别人都糟踏我的兄弟,如果我死了,都会把他当鱼肉宰割了!况且皇帝怎么能做个石头人呢?此时皇帝独在,就随声附和,假设你死了,这班人难道有能够信任的吗?"皇上赔罪说:"都是宗室和外戚家,所以当廷辩论。不然,这种事一个狱吏就可决断了。"这时郎中令石建向皇上分别说了两人的事。

【注释】 1 趣:此处指局促,进退不由己。 2 若:第二人称代词。 3 食(sì):侍奉吃食。 4 籍:此处指糟踏。 5 百岁:死的忌讳称呼。 6 鱼肉:活用为动词。 7 特:独,只。 8 录录:随声附和。 9 是:此,这些。 10 郎中令:皇宫侍卫长,九卿之一。石建:万石君石奋之子,以孝谨闻名。

武安已罢朝,出止车门[1],召韩御史大夫载,怒曰:"与长孺共一老秃翁,

武安侯已经退朝下来,出了止车门,召韩御史大夫乘车,发脾气说:"我跟您共同对付一个老头子,为什么要

何为首鼠两端[2]？"韩御史良久谓丞相曰："君何不自喜[3]？夫魏其毁君，君当免冠解印绶归，曰：'臣以肺腑幸得待罪，固[4]非其任，魏其言皆是。'如此，上必多君有让，不废君。魏其必内愧，杜门齚[5]舌自杀。今人毁君，君亦毁之，譬如贾竖[6]女子争言，何其[7]无大体也！"武安谢罪曰："争时急，不知出此。"以上廷辩。

首鼠两端、犹豫不决？"韩御史过了很久才对丞相说："您为什么不自重自爱？魏其侯诋毁您，您应当摘下帽子解除印绶归还给皇上，说：'我是因亲信幸而能待罪相位，本来就不能胜任这个职务，魏其侯说的都正确。'如这样，皇上必然称赞您有谦让之风，不废弃您。魏其侯必然内心惭愧，闭门不出，咬舌自杀。现今别人诋毁您，您也诋毁别人，好像小商人、妇女吵架一样，是多么没有大体呀！"武安侯道歉说："廷争时性急，没有想到讲出这等话。"

[注释] 1 止车门：宫禁的外门，百官上朝到此下车步行。 2 首鼠两端：犹豫不决的样子。 3 喜：爱重。 4 固：本来。 5 齚（zé）：咬啮。 6 贾竖：小商人。 7 何其：多么。

于是上使御史簿责[1]魏其所言灌夫，颇不雠[2]，欺谩，劾系都司空[3]。孝景时，魏其尝受遗诏，曰："事有不便，以便宜论上。"及系，灌夫罪至族，事日急，诸公莫敢复明言于上。魏其乃使昆弟子上书言之，幸

在这个时候皇上派御史按文簿所记罪状核对魏其侯所说的灌夫之事，有很多不相符之处，这是欺骗君主，因此魏其侯被弹劾囚系在都司空狱中。孝景帝时，魏其侯曾经得到遗诏，说："如果你有什么事情不方便，凭此可简便奏上。"等到他被拘禁，灌夫被定罪要灭族，事情一天比一天紧急，各位大臣没有谁敢再向皇上明言。魏其侯于是派亲侄子上书诉

得复召见。书奏上,而案尚书大行无遗诏[4],诏书独藏魏其家,家丞封。乃劾魏其矫[5]先帝诏,罪当弃市。五年十月[6],悉论[7]灌夫及家属。魏其良久乃闻,闻即恚[8],病痱[9],不食欲死。或闻上无意杀魏其,魏其复食治病,议定不死矣。乃有蜚语[10]为恶言闻上,故以十二月晦[11],论弃市渭城。其春,武安侯病,专呼服谢罪。使巫视鬼者视之,见魏其、灌夫共守,欲杀之。竟死,子恬嗣。以上魏其、灌夫之戮,武安之死。

说这个情况,希望能被再次召见。奏书呈上,可是查尚书所管档案,先帝没有这份遗诏,诏书只收藏在魏其侯家,是由他的家丞盖印加封的。于是就弹劾魏其侯伪造先帝遗诏,罪行应当判处弃市。元光五年十月,灌夫及其家属全部被治罪。魏其侯过了很久才听说,听到后当即悲愤万分,得了中风,不吃东西,想死掉算了。有人听说皇上无意杀魏其侯,魏其侯这才恢复进食治病,朝议也不判死罪了。这时却有诽谤魏其侯的话使皇上风闻,所以在十二月最后一天,把魏其侯在渭城大街上斩首示众。这年春天,武安侯病重,总是叫喊谢罪不止。叫能看见鬼的巫师去观察,巫师看到了魏其侯、灌夫一块守着武安侯,想要杀掉他。没想到武安侯竟这样死了,儿子田恬承继了侯爵。

[注释] 1 簿责:即"以簿责",按文簿所记罪状来查究。 2 不雠:对不上,不符合。 3 都司空:主管皇帝交审的案件,是宗正府属官。 4 案:查。尚书:掌章奏文书的官员,此指尚书所管的官内档案。大行:指先帝。 5 矫:伪托。 6 五年十月:年月疑有误,因窦婴是武帝元光四年死,田蚡是元光五年春死。 7 论:治罪。 8 恚(huì):悲恨。 9 病痱:中风。 10 蜚语:诽谤人的话。 11 晦:阴历每月最末一天。

元朔[1]三年，武安侯坐衣襜褕入宫不敬[2]。淮南王安谋反觉，治。王前朝[3]，武安侯为太尉，时迎王至霸上，谓王曰："上未有太子，大王最贤，高祖孙，即宫车晏驾[4]，非大王立，当谁哉？"淮南王大喜，厚遗金财物。上自魏其时，不直武安[5]，特为太后故耳。及闻淮南王金事，上曰："使[6]武安侯在者，族矣！"

元朔三年，武安侯田蚡因犯了穿单衣入宫不敬的罪被除爵。淮南王刘安谋反事发，朝廷加以追查。淮南王以前来京朝见，武安侯当太尉，当时到霸上迎接淮南王，对淮南王说："皇上没有太子，大王最贤明，又是高祖孙子，一旦皇帝去世，不是大王被立为帝又当是谁呢？"淮南王听了非常高兴，送了很多的金银财物给他。皇上自从魏其侯事件发生时就不认为武安侯是对的，只因为太后的缘故才作罢。等听到淮南王送金一事，皇上说："假使武安侯在世，要被灭族了！"

注释　1 元朔：武帝年号，公元前128年至前123年。　2 衣：活用为动词。襜褕（chān yú）：一种长的单衣。　3 指武帝建元二年（前139）刘安进京朝见一事。　4 晏：晚，迟。皇帝每天早上驾车临朝，迟迟发车，表示变故。此处为死的忌讳说法。　5 不直武安：即不以武安为直。直，即正直、正确。　6 使：假使。

太史公曰：魏其、武安，皆以外戚重，灌夫用一时决策而名显。魏其之举以吴、楚，武安之贵在日月[1]之际。然魏其诚不知时变，灌夫无术而

太史公说：魏其侯、武安侯，都凭借外戚势力而被推重，灌夫因一时的决策而名声显扬。魏其侯被推举是由于平定吴、楚七国之乱，武安侯的显贵在于太后和皇帝的关系。可是魏其侯的确不懂得因时变化，灌夫没有谋略又不谦

不逊,两人相翼,乃成祸乱。武安负贵而好权,杯酒责望[2],陷彼两贤,呜呼哀哉! 迁怒及人,命亦不延,众庶不载[3],竟被恶言。呜呼哀哉! 祸所从来矣!

逊,两人互相庇护,于是酿成祸乱。武安侯倚仗显贵的关系而喜弄权术,因杯酒之事而怨恨别人,陷害那两位贤人,真是悲哀啊! 把怒气转移到别人身上,但自己性命也保不长久,不受众百姓爱戴,终究遭受坏评。唉,可悲啊! 祸乱是有所来源的啊!

注释 1 日月:日指汉武帝,月指王太后。 2 责望:怨恨。 3 载:同"戴",爱戴。

汉书·霍光传

导读

《汉书》是班固继承父亲班彪遗志所编写的我国第一部断代史著作,它仿照《史记》体例,分为十二纪、八表(班昭及马续续写)、十志和七十列传,记录了西汉一代至新朝王莽二百余年的历史。

《霍光传》在《汉书》中最具代表性。它以大量材料记叙霍光受武帝遗诏辅佐幼主、诛灭上官桀集团、废昌邑王、迎立宣帝等事,极力渲染霍光以社稷为重,忠直谨慎、大义凛然的品德与气概。但班氏述史,富有实录精神,所以《霍光传》也能客观反映汉代外戚内部、外戚与宗室的权力争斗,以及错综复杂的社会矛盾;亦隐约可见操生杀大权而威震主上的霍光之刚愎专制。其死后,妻儿子侄依然跋扈嚣张,最后导致灭族悲剧。《霍光传》运用白描手法,有很多活灵活现的细节描写。文章组织严密,语言繁缛富丽且凝练,实乃大家之史笔。

曾氏于七十传中独选此篇,即以史事告诫后人:前人有功,后人得谨守门庭。不无防微杜渐之意。

霍光,字子孟,票骑将军去病弟也[1]。父中孺,河东平阳人也[2],以县吏给事平阳侯家[3],与侍者卫少儿私通而生去病。中孺吏毕[4]归家,娶妇生光,因绝[5]不相闻。久之,少儿女弟子夫得幸于武帝[6],立为皇后,去病以皇后姊子贵幸。既壮大,乃自知父为霍中孺,未及求问。会[7]为票骑将军击匈奴,道出河东,河东太守郊迎,负弩矢先驱。至平阳传舍,遣吏迎霍中孺。中孺趋入拜谒,将军迎拜,因跪曰:"去病不早自知为大人遗体也!"中孺扶服[8]叩头,曰:"老臣得托命将军,此天力也。"去病大为中孺买田宅奴婢而去。还,

霍光,字子孟,骠骑将军霍去病的弟弟。父亲叫仲孺,是河东郡平阳人,凭着县吏身份服务于平阳侯家,跟侍女卫少儿私通而生了霍去病。仲孺供事完毕回到老家,娶了媳妇生下霍光,因而跟卫少儿母子断绝来往,互相不通音信。过了很久,少儿的妹妹卫子夫得到了武帝的宠爱,被立为皇后,去病因为是皇后姐姐的儿子而显贵并被宠幸。霍去病长大后,知晓自己父亲是霍仲孺,但没有来得及访求问安。这时恰巧他当上了骠骑将军去攻打匈奴,从河东经过,河东太守到郊外迎接,背着弓箭在前边开路。到了平阳县旅舍,霍去病派遣官吏去迎接霍仲孺。仲孺小步疾走进来拜见,将军迎上前行拜礼,并跪下说:"去病我早先不知道自己是大人遗留在外的儿子呀!"仲孺匍匐在地,叩头说:"老臣能够依靠将军您,这是上天之力啊。"霍去病大规模替仲孺购买了田地、房屋、奴婢才离去。他打仗回

复过焉,乃将⁹光西至长安,时年十余岁。任¹⁰光为郎,稍迁诸曹¹¹侍中。去病死后,光为奉车都尉、光禄大夫¹²,出则奉车,入侍左右。出入禁闼¹³二十余年,小心谨慎,未尝有过,甚见亲信。

来,又去拜访父亲,于是领着霍光西行到了长安,当时霍光只有十来岁。霍去病又保举他做郎官,不久升迁为左右曹侍中。霍去病死后,霍光当上了奉车都尉兼光禄大夫,外出就侍奉皇帝车驾,进宫就随侍皇帝左右。进出宫禁大门有二十几年,小心谨慎,未曾有过错,很受皇帝亲近信任。

[注释] 1 票骑将军:即骠骑将军,位次丞相,掌管征伐。去病:霍去病,汉武帝时六次出击匈奴,因战功拜骠骑将军,封冠军侯。 2 中孺:即"仲孺"。河东:郡名。平阳:县名,故治在今山西临汾市南。 3 给事:供事,服务于。平阳侯:汉初功臣曹参,此指其后人曹奇(或曹时)。 4 吏毕:供事完毕。 5 绝:断绝。 6 女弟:妹妹。幸:宠爱。 7 会:适逢。 8 扶服:即"匍匐",伏在地上。 9 将:带领。 10 任:保举。汉制规定二千石以上官员任职三年后可保举弟子一人为郎官。 11 诸曹:左右曹。 12 奉车都尉:掌皇帝车驾的侍从官。光禄大夫:掌顾问应对及宫廷宿卫的侍从官。 13 禁闼(tà):禁宫之小门。

征和二年¹,卫太子为江充所败²,而燕王旦、广陵王胥皆多过失³。是时,上年老,宠姬钩弋赵婕伃有男⁴,上心欲以为嗣,命大臣辅之。察群臣,唯光任⁵大重,可属⁶社稷。上乃使黄门⁷

征和二年,卫太子因为江充事件而自杀,而燕王刘旦、广陵王刘胥又都有很多过失。这个时候,皇上年纪老了,宠姬钩弋宫赵婕妤生有男孩,皇上心里想让他承继大位,命令大臣辅佐。遍察群臣,认为只有霍光能担当重任,可以把社稷嘱托给他。

画者画周公负成王朝诸侯赐光。后元二年[8]春,上游五柞宫[9],病笃[10]。光涕泣问曰:"如有不讳[11],谁当嗣者?"上曰:"君未谕[12]前画意邪?立少子,君行周公之事。"光顿首让曰:"臣不如金日䃅[13]。"日䃅亦曰:"臣外国人,不如光。"上以光为大司马大将军,日䃅为车骑将军,及太仆上官桀为左将军,搜粟都尉桑弘羊为御史大夫。皆拜卧内床下,受遗诏辅少主。明日,武帝崩,太子袭尊号,是为孝昭皇帝。帝年八岁,政事壹[14]决于光。以上事武帝,受遗诏,辅幼主。

皇上于是叫黄门画工画了幅周公背负成王接受诸侯朝见的图赐给霍光。后元二年春,皇上出游到五柞宫,病得很重。霍光哭着问道:"如果有不可避讳的事,哪一个是适合继位的人?"皇上说:"你没有明白以前图画的意思吗?继立少子,你行使周公的权力。"霍光头叩地推让说:"我不如金日䃅。"金日䃅也说:"我是外国人,不如霍光。"于是皇上任命霍光当大司马大将军,金日䃅当车骑将军,又任命太仆上官桀当左将军,搜粟都尉桑弘羊当御史大夫。他们都在皇帝卧室床下拜命,接受遗诏辅佐少主。第二天,武帝逝世了,太子承袭皇帝尊号,这就是孝昭皇帝。皇帝年纪才八岁,朝政大事一切都由霍光决断。

注释 1 征和:武帝年号,征和二年为公元前91年。 2 卫太子:武帝长子刘据,卫皇后所生,因有罪只用母姓称呼。又叫戾太子。江充:武帝直指绣衣使者。江充欲陷害太子,反被太子所杀,丞相刘屈氂领兵攻太子,太子兵败,逃到湖县自缢而死。 3 燕王旦:武帝第三子刘旦,封为燕王。因太子败死,二哥早死,自以为应当立为太子,上书请求入京,后又因隐藏亡命之徒而犯法,引起武帝憎恶。广陵王胥:武帝第四子刘胥,行为放纵,不守法度。 4 钩弋:长安宫名。倢伃:即"婕妤",

宫中女官名，位同上卿，爵比列侯。赵倢伃即昭帝刘弗陵之母。　5 任：担当。　6 属（zhǔ）：嘱托，委托。　7 黄门：官署名。有侍郎等官，专职宫廷事务。　8 后元：武帝最后一个年号。后元二年即公元前87年。　9 五柞宫：汉时行宫，在今陕西周至东南。　10 笃：病重。　11 不讳：不可避讳，死的忌讳说法。　12 谕：理解，明白。　13 金日䃅（mì dī）：本匈奴休屠王太子。武帝时归汉，任马监、侍中，因擒杀企图谋害武帝的莽何罗，封为秺侯，后又拜为车骑将军。　14 壹：一切。

先是，后元年[1]，侍中仆射莽何罗与弟重合侯通谋为逆[2]，时光与金日䃅、上官桀等共诛之，功未录[3]。武帝病，封玺书[4]曰："帝崩，发[5]书以从事。"遗诏封金日䃅为秺[6]侯，上官桀为安阳[7]侯，光为博陆[8]侯，皆以前捕反者功封。时卫尉王莽子男忽侍中[9]，扬语曰："帝崩，忽常在左右，安得遗诏封三子事？群儿自相贵耳。"光闻之，切让[10]王莽，莽鸩[11]杀忽。

当初，后元元年时，侍中仆射莽何罗跟弟弟重合侯莽通阴谋叛乱，当时霍光和金日䃅、上官桀等人共同诛灭了他们，并没有论功行赏。武帝生病时，封好玺书说："等我去世了，打开玺书依照指示办。"遗诏封金日䃅为秺侯，上官桀为安阳侯，霍光为博陆侯，都是因为从前捕杀造反者的功劳而受封。当时卫尉王莽的儿子王忽当侍中，扬言说："皇帝去世时，我曾在皇帝左右，哪里有遗诏加封三个人的事？只是一群毛孩子自相尊贵罢了。"霍光听到这些话，严厉地责备了王莽，王莽用毒酒杀死了王忽。

注释　1 后元年：后元元年（前88）。　2 侍中仆射（yè）：官名，侍中之长。莽何罗：本姓马，东汉明帝马皇后因厌恶先人谋反，因此据近音把马改为莽。重合：县名，故治在今山东乐陵西。马通被封于此。

3 录：录载行赏。　4 玺书：盖有皇帝印记的诏书。　5 发：打开。
6 秺（dù）：县名，故治在今山东成武西北。　7 安阳：县名，故治在今河南正阳西南。　8 博陆：故治在今北京平谷西北。霍光实际食邑是北海等三郡。　9 卫尉：九卿之一，掌管宫廷保卫。王莽：字稚叔，天水人。跟以后篡汉之王莽不是一个人。　10 切让：严厉责备。
11 鸩（zhèn）：毒酒。此处作动词用。

光为人沉静详审[1]，长财[2]七尺三寸，白皙[3]，疏[4]眉目，美须髯[5]。每出入，下殿门，止进有常处[6]。郎、仆射窃识视之，不失尺寸。其资性[7]端正如此。初辅幼主，政自己出，天下想闻其风采。殿中尝有怪，一夜群臣相惊，光召尚符玺郎[8]，郎不肯授光，光欲夺之，郎按剑曰："臣头可得，玺不可得也！"光甚谊之，明日，诏增此郎秩二等，众庶莫不多光。

霍光为人周详审慎，高七尺三寸，有着洁白的皮肤，疏朗的眉毛，清秀的眼睛，以及一把漂亮的胡须。他每次进出皇宫下殿门，无论停步和走路，都有固定的方位，郎、仆射暗暗观察记住他的行止，每次尺寸都丝毫不差。他生性就是如此端正严谨。刚开始辅佐幼主时，政令都由霍光颁发，天下百姓都欲闻知他的风采。殿里曾经有怪异的事情，有一夜，群臣互相惊扰不安，霍光召见尚符玺郎，郎官不肯把玉玺交给霍光，霍光想要夺取，郎官按住宝剑说："我的脑袋您可以得到，但玉玺却不可以抢得！"霍光认为他做得很正确，第二天，他便下诏令增加这个郎官二级俸禄，众百姓没有不称赞霍光的。

【注释】　1 详审：周详审慎。　2 财：通"才"。　3 皙（xī）：皮肤白。
4 疏：疏朗。　5 髯（rán）：两颊络腮胡子。　6 常处：固定的方位。

7 资性：天性。　8 尚符玺郎：保管皇帝凭证、玉玺的郎官。

光与左将军桀结婚相亲，光长女为桀子安妻，有女，年与帝相配，桀因帝姊鄂邑盖主，内安女后宫为婕妤[1]，数月，立为皇后。父安为票骑将军，封桑乐[2]侯。光时休沐[3]出，桀辄入代光决事。桀父子既尊盛，而德[4]长公主。公主内行[5]不修，近幸河间丁外人，桀、安欲为外人求封，幸依国家故事以列侯尚公主者，光不许；又为外人求光禄大夫，欲令得召见，又不许。长主大以是怨光，而桀、安数为外人求官爵弗能得，亦惭。自先帝时，桀已为九卿[6]，位在光右，及父子并为将军，有椒房中宫之重[7]，皇后亲安女[8]，光乃其外祖，而顾专制朝事，繇是与光争权。

霍光跟左将军上官桀结为儿女亲家，霍光长女是上官桀儿子上官安的妻子，生有一个女儿，年纪跟皇帝相当，上官桀通过皇帝姐姐鄂邑盖主帮助，把上官安女儿送进后宫当上了婕妤，几月后，立为皇后。她的父亲上官安当上了骠骑将军，被封为桑乐侯。每当霍光出宫休假时，上官桀就进宫代理霍光决断政事。上官桀父子得到尊贵的地位后，更感激长公主。公主私生活不检点，亲近宠幸河间丁外人，上官桀、上官安想要替丁外人求到封爵，希望能依照国家旧例中以列侯娶公主那一条来办，霍光不允许；上官桀父子又替丁外人求拜光禄大夫，想使他能被皇上召见，霍光又不答应。长公主因此非常怨恨霍光，而上官桀、上官安屡次为丁外人求取官爵却不能得到，非常惭愧。在先帝之时，上官桀已经是九卿，位在霍光之上，等到父子一并当上了将军，有皇后做靠山，皇后是上官安的亲生女，霍光只是皇后的外祖父，上官桀父子因而想独揽朝政，于是跟霍光争权。

注释 1 因：依靠。鄂邑盖主：武帝长女，封为鄂邑长公主，丈夫是盖侯，故称。鄂邑，今湖北鄂州。内：纳。 2 桑乐：所封食邑不明。 3 休沐：例行休假日。 4 德：活用为动词，感恩之意。 5 内行：私生活。 6 九卿：汉制九卿是奉常、郎中令、卫尉、太仆、廷尉、典客、宗正、大司农、少府。武帝后元二年（前87）之前，上官桀是太仆。当时霍光职务比他低。 7 椒房：香椒涂抹之房，指皇后居处。中宫：皇后之宫。此借指皇后。 8 亲安女：安之亲女。

燕王旦自以昭帝兄，常怀怨望。及御史大夫桑弘羊建造酒榷盐铁[1]，为国兴利，伐[2]其功，欲为子弟得官，亦怨恨光。于是盖主、上官桀、安及弘羊皆与燕王旦通谋，诈令人为燕王上书，言："光出，都肄郎、羽林[3]，道上称跸[4]，太官[5]先置。"又引[6]："苏武前使匈奴，拘留二十年不降，还乃为典属国[7]，而大将军长史敞亡功为搜粟都尉[8]。又擅调益莫府[9]校尉。光专权自恣，疑有非常。臣旦愿归符玺，入宿卫，察奸臣变。"候司[10]光出沐日

燕王刘旦自认为是昭帝哥哥而没有当上皇帝，心里经常怨恨。至于御史大夫桑弘羊，因建立酒业、盐铁专利法，为国兴利，自矜功劳，想替子弟们谋官职而不成，也怨恨霍光。于是盖主、上官桀、上官安和桑弘羊都跟燕王刘旦通谋，假冒叫人替燕王上书，说："霍光离开都城，总合操练郎官和羽林军，在路上超越本分传令清路，叫皇帝的膳食官先去预备吃食。"又说："苏武以前出使匈奴，被拘留二十年而不投降，回来后仅当了典属国，可是大将军长史杨敞没有功劳却当上了搜粟都尉。霍光又擅自选调增加幕府的校尉。霍光专权自我横行，我怀疑他有非常之举。臣旦愿意交还燕王的符节玉玺，入皇宫担任宿卫，纠察奸臣的谋变。"他们等待霍光休假之日向皇帝上奏。上官桀想要从

奏之。桀欲从中下其事[11]，桑弘羊当与诸大臣共执退[12]光。书奏，帝不肯下。

中让皇帝把奏章交给臣下处理，桑弘羊就可以跟各位大臣共同胁迫霍光退职。书已上奏，皇帝却不肯把它发给臣下处理。

注释 1 榷(què)：专利。此处指创立酒业专卖、盐铁专营之法。 2 伐：矜夸。 3 都：总。肄：习，操练。羽林：羽林军，宫廷卫队。 4 趯(bì)：即"跸"，帝王出行时清理道路，禁止行人往来。 5 太官：少府属官，掌管皇帝饮食。 6 引：称引。 7 典属国：官名，掌管属国事。 8 敞：杨敞。亡：通"无"。 9 莫府：幕府，即将军府。 10 司：通"伺"，伺机，等待。 11 下其事：把此事下交处理。 12 执退：胁迫去职。

明旦，光闻之，止画室[1]中不入。上问："大将军安在？"左将军桀对曰："以燕王告其罪，故不敢入。"有诏召大将军。光入，免冠顿首谢。上曰："将军冠[2]！朕知是书诈也，将军亡罪。"光曰："陛下何以知之？"上曰："将军之广明都郎[3]，属[4]耳。调校尉以来，未能十日，燕王何以得知之？且将军为非，不须校尉。"是时帝年十四，尚书左右皆惊。而上书者

第二天清晨，霍光听说了这件事，停留在画室里不上朝。皇上问："大将军在哪里？"左将军上官桀回答说："因燕王告发了他的罪行，所以不敢进宫。"于是下诏令召见大将军。霍光入宫，脱下帽子叩头谢罪。皇上说："将军您戴上帽子！我知道这封奏章是假的，将军您没有罪过。"霍光说："陛下您怎么知道下臣没有罪？"皇上说："将军去广明驿集合郎官，是近日的事罢了。调集校尉以来，没有十天，燕王怎么能够知道这些？况且将军若要做坏事，不需要调集校尉。"这时皇帝年龄仅十四岁，尚书及左右近侍听了都很

果亡,捕之甚急。桀等惧,白上:"小事不足遂[5]。"上不听。后桀党与有谮[6]光者,上辄怒曰:"大将军忠臣,先帝所属以辅朕身。敢有毁者,坐之[7]!"自是桀等不敢复言,乃谋令长公主置酒请光,伏兵格[8]杀之,因废帝,迎立燕王为天子。事发觉,光尽诛桀、安、弘羊、外人宗族,燕王、盖主皆自杀。光威震海内。昭帝既冠,遂委任光,讫十三年[9],百姓充实,四夷宾服。以上事昭帝,诛上官、桑、丁、燕王、盖主等。

惊诧。而那个上书的人果真逃亡了,朝廷追捕他非常紧急。上官桀等害怕了,便报告皇上说:"小事不值得根究。"皇上并不听纳。后来上官桀的党羽有再诬陷霍光的,皇上就发怒说:"大将军是忠臣,先帝嘱托他辅佐我。再有敢诋毁的人,就治他的罪!"从此上官桀等不敢再说了,于是密谋让长公主摆酒请来霍光,埋伏甲士击杀他,借此废掉皇帝,迎立燕王做天子。事情被发觉,霍光把上官桀、上官安、桑弘羊、丁外人家族都杀光,燕王、盖主都自杀了。霍光因此威震海内。昭帝既已成年,于是将政事委任霍光,前后十三年,百姓充足富有,四境少数民族臣服。

[注释] 1 画室:殿前西阁有历代帝王画像之室。 2 冠:活用为动词。 3 之:去。广明:长安城东都门外亭驿名。 4 属:近,近时。 5 遂:竟,根究到底。 6 谮(zèn):诬陷,中伤。 7 坐之:指诬谄人的罪。 8 格:击。 9 讫:终。昭帝在位十三年,霍光从头至尾主政。

元平元年[1],昭帝崩,亡嗣。武帝六男[2],独有广陵王胥在。群臣议所立,咸持[3]广陵王,王本以行[4]

元平元年,昭帝逝世,没有后嗣。武帝六个儿子,只有广陵王刘胥在世。群臣议论继位人的事时,都支持广陵王,广陵王本来因行为丧失正道,不受

失道,先帝所不用,光内不自安。郎有上书,言:"周太王废太伯,立王季;文王舍伯邑考[5],立武王。唯在所宜[6]。虽废长立少,可也。广陵王不可以承宗庙。"言合光意,光以其书视丞相敞等,擢郎为九江太守[7]。即日承皇太后[8]诏,遣行大鸿胪事少府乐成、宗正德、光禄大夫吉、中郎将利汉迎昌邑王贺[9]。

先皇帝重用,霍光内心自然不安。这时有个郎官上书,说:"周太王废除太伯,立王季;文王舍弃伯邑考,立武王。唯在选择适合的人。即使是废除年纪大辈分高的,立年纪小辈分低的,也是可以的。广陵王不能够继承皇位。"此言符合霍光的心意,霍光把那封信拿给丞相杨敞等人看,并提拔那个郎官当了九江郡太守。霍光当天奉了皇太后诏令,派遣兼管大鸿胪的少府史乐成、宗正刘德、光禄大夫丙吉、中郎将利汉迎接昌邑王刘贺进京。

[注释] 1 元平:昭帝年号。元平元年即公元前74年。 2 六男:指卫太子据、次子齐怀王闳、三子燕王旦、四子广陵王胥、子昌邑王髆、少子昭帝弗陵。 3 持:支持。 4 行:行为。 5 伯邑考:周文王长子。 6 宜:指适合做皇帝。 7 擢:提拔。九江:郡名,故治在今安徽寿县。 8 皇太后:上官安之女,即霍光外孙女。 9 大鸿胪:官名,掌管朝贺庆吊等大礼的司仪。乐成:姓史,当时兼摄大鸿胪事。德:刘德。吉:丙吉。昌邑:故城在今山东巨野东南。贺:刘贺,昭帝侄。

贺者,武帝孙,昌邑哀王子也。既至,即位,行淫乱。光忧懑[1],独以问所亲故吏大司农田延年[2]。延年曰:"将军为国柱石,审[3]此

刘贺,是武帝的孙子,昌邑哀王的儿子。刘贺到京后就即位,但行为淫乱。霍光忧虑而闷闷不乐,独自拿这个问题询问旧日僚属大司农田延年。田延年说:"将军是国家的柱

人不可,何不建白太后[4],更选贤而立之?"光曰:"今欲如是,于古尝有此不?"延年曰:"伊尹相殷,废太甲以安宗庙,后世称其忠。将军若能行此,亦汉之伊尹也。"光乃引延年给事中[5],阴与车骑将军张安世[6]图计。遂召丞相、御史、将军、列侯、中二千石、大夫、博士会议未央宫[7]。

石,深知这个人不行,为什么不向太后建议,另选贤人立为皇帝?"霍光说:"我现在想要这样做,在上古时曾经有过这种先例吗?"田延年说:"伊尹做殷商宰相,废除太甲来安定宗庙,后代称赞他忠心。将军假若能够这样做,也是汉朝的伊尹呀。"霍光于是推荐田延年任给事中,私下跟车骑将军张安世策划商议。然后召请丞相、御史、将军、列侯、中二千石、大夫、博士到未央宫开会商议。

[注释] 1 懑(mèn):烦闷不乐。 2 田延年:字子宾,曾是霍光幕府官吏。 3 审:深知。 4 建:建议。白:禀告。 5 给事中:宫中掌顾问应对之事的加官。 6 张安世:字子孺,封为富平侯。 7 大夫:属光禄勋。博士:属太常。

光曰:"昌邑王行昏乱,恐危社稷,如何?"群臣皆惊鄂[1]失色,莫敢发言,但唯唯而已。田延年前,离席,按剑曰:"先帝属将军以幼孤,寄将军以天下,以将军忠贤,能安刘氏也。今群下鼎沸[2],社稷将

霍光说:"昌邑王行为昏庸淫乱,恐怕会危害到社稷,怎么办?"群臣都惊愕失色,没有谁敢发言,只唯唯诺诺罢了。田延年上前,离开席位,按住宝剑说:"先帝把年幼的君主嘱托给将军,把天下寄托给您,是因为将军忠诚贤能,能够安定刘氏呀。现在臣民议论纷纷,人心不稳,国家将会有倾覆的

倾。且汉之传谥常为孝者，以长有天下，令宗庙血食[3]也。如令汉家绝祀，将军虽死，何面目见先帝于地下乎？今日之议，不得旋踵[4]。群臣后应者，臣请剑斩之！"光谢曰："九卿责光是也。天下匈匈[5]不安，光当受难[6]。"于是议者皆叩头曰："万姓之命，在于将军。唯大将军令[7]。"

危险。况且汉代传下来的谥号常常是'孝'，是为了长久保有天下，让宗庙能够享受子孙祭祀呀。如果使汉家断绝祭祀，将军即使死了，有什么面目到九泉下见先帝呢？今天的议论，不能再迟疑犹豫。各位迟疑不应允的，我请求用剑斩掉他！"霍光谢罪说："九卿责备我的话是正确的。天下纷扰不安，我应当接受责难。"于是参与会议的人都叩头说："天下百姓的性命，都在将军手里。我们都听从大将军的命令。"

[注释] 1 鄂：通"愕"，惊讶。 2 鼎沸：锅内水沸，比喻人心不安。 3 血食：杀牲祭祀鬼神，此指享祭。 4 旋踵：转动脚跟，此指犹豫。 5 匈匈：同"汹汹"，纷扰不安的样子。 6 受难：遭受责难。 7 此句即"唯大将军之令是听"的省略。

光即与群臣俱见白太后，具陈昌邑王不可以承宗庙状。皇太后乃车驾幸未央承明殿[1]，诏诸禁门毋内[2]昌邑群臣。王入朝太后还，乘辇欲归温室[3]，中黄门[4]宦者各持门扇，王入，门闭，昌邑群

霍光就跟群臣一道去拜见禀告太后，详细地陈述了昌邑王不能够继承宗庙的情况。皇太后于是乘车来到未央宫承明殿，下诏各宫门不准放昌邑王的众臣子进入。昌邑王进去朝见太后回来，乘辇车想要回温室殿，宫门内的宦官每人把持一扇门，昌邑王进来后，就关上门，昌邑王群臣就不能进来了。昌

臣不得入。王曰："何为？"大将军跪曰："有皇太后诏，毋内昌邑群臣。"王曰："徐之，何乃惊人如是！"光使尽驱出昌邑群臣，置金马门外。车骑将军安世将羽林骑收缚二百余人，皆送廷尉、诏狱，令故昭帝侍中、中臣侍[5]守王。光敕[6]左右："谨宿卫，卒有物故自裁[7]，令我负天下，有杀主名。"王尚未自知当废，谓左右："我故群臣从官安得罪，而大将军尽系之乎？"顷之，有太后诏召王，王闻召，意恐，乃曰："我安得罪而召我哉？"

邑王说："这是为什么呀？"大将军跪下说："皇太后有诏令，不准放入昌邑的众臣。"昌邑王说："可以慢慢来，为什么竟弄得这样吓人！"霍光派人把昌邑群臣都驱逐出去，安置在金马门外。车骑将军张安世带领羽林军把这二百多人绑起来，都送往廷尉和诏狱，霍光命令从前昭帝的侍中、中常侍看守昌邑王。霍光告诫左右的人说："你们要谨慎地守卫，仓促之间昌邑王如果发生什么意外自杀身亡，会使我对不起天下百姓，背有杀主之名。"昌邑王自己还不知道会被废黜，对看守他的人说："我的旧臣从官犯了什么罪，为什么大将军把他们全抓起来了？"过了一会儿，有太后诏令召见昌邑王，昌邑王听到召见，心里恐慌，就说："我犯了什么罪要召见我呢？"

注释 1 幸：到。承明殿：未央宫内皇帝召见儒生学士的地方。 2 内：纳，放进。 3 温室：未央宫中温室殿。 4 中黄门：汉代给事内廷的官员，多以宦者充任。 5 中臣侍：当作"中常侍"，皇帝侍从。 6 敕（chì）：告诫。 7 卒：同"猝"，仓促。物故：死亡。裁：裁决。

太后被珠襦[1]，盛服坐武帐[2]中。侍御数百人，皆持兵，

太后披着珍珠短袄，盛装坐在武帐内。侍从几百人，都手持

期门武士陛戟陈列殿下[3]。群臣以次上殿,召昌邑王伏前听诏。光与群臣连名奏王,尚书令[4]读奏曰:

"丞相臣敞,大司马大将军臣光,车骑将军臣安世,度辽将军臣明友[5],前将军臣增[6],后将军臣充国[7],御史大夫臣谊[8],宜春侯臣谭[9],当涂侯臣圣[10],随桃侯臣昌乐[11],杜侯臣屠耆堂[12],太仆臣延年,太常臣昌[13],大司农臣延年,宗正臣德,少府臣乐成,廷尉臣光[14],执金吾臣延寿[15],大鸿胪臣贤[16],左冯翊臣广明[17],右扶风臣德[18],长信少府臣嘉[19],典属国臣武[20],京辅都尉臣广汉[21],司隶校尉臣辟兵[22],诸吏文学光禄大夫臣迁、臣畸、臣吉、臣赐、臣管、臣胜、臣梁、臣长幸、臣夏侯胜[23],大中大夫臣德、臣印[24],昧死言皇太后陛下,臣敞等顿首死罪。

兵器,期门武士在台阶上执戟排列到殿下。群臣按次序上殿,召昌邑王上前伏地听诏。霍光跟群臣联名弹劾昌邑王,尚书令宣读奏章,念道:

"丞相臣敞,大司马大将军臣光,车骑将军臣安世,度辽将军臣明友,前将军臣增,后将军臣充国,御史大夫臣谊,宜春侯臣谭,当涂侯臣圣,随桃侯臣昌乐,杜侯臣屠耆堂,太仆臣延年,太常臣昌,大司农臣延年,宗正臣德,少府臣乐成,廷尉臣光,执金吾臣延寿,大鸿胪臣贤,左冯翊臣广明,右扶风臣德,长信少府臣嘉,典属国臣武,京辅都尉臣广汉,司隶校尉臣辟兵,诸吏和文学以及光禄大夫臣迁、臣畸、臣吉、臣赐、臣管、臣胜、臣梁、臣长幸、臣夏侯胜,太中大夫臣德、臣印,冒着死罪向皇太后陛下进言,臣敞等人顿首叩头,死罪死罪。

【注释】 1 襦(rú):短袄。 2 武帐:皇帝升殿时用的大帐,内置兵器。 3 期门武士:内廷卫士,执兵器随从皇帝。陛:宫殿台阶,名词作状语。

戟：活用为动词，拿着戟。 4 尚书令：官名，属少府，掌文书。
5 明友：范明友，霍光女婿，因击氐及乌桓有功，拜度辽将军，封平陵侯。 6 前将军：上卿，主征伐。增：韩增，袭父封为龙额侯。 7 充国：赵充国，因战功封为营平侯。 8 谊：蔡谊，后来代替杨敞为丞相，封为阳平侯。 9 宜春：县名，故治在今江西宜春。谭：王谭，袭父封。 10 当涂：县名，故治在今安徽怀远东南。圣：魏圣，袭父封。 11 昌乐：赵昌乐，袭父封。 12 杜：古国名，故治在今西安东南。屠耆堂：本胡人，袭祖封。 13 昌：苏昌，封为蒲侯。 14 光：李光。 15 执金吾：官名，负责京城治安。延寿：指李延寿。 16 贤：韦贤，昭帝老师，后为丞相。 17 左冯翊：官名，与右扶风、京兆尹共同治理长安，左辖东郊诸县。广明：田广明。 18 右扶风：右辖长安西郊诸县。德：周德。 19 长信少府：官名，管理皇太后宫（太后居长信宫）。嘉：傅嘉。 20 武：苏武。 21 京辅都尉：官名，属中尉。广汉：赵广汉。 22 司隶校尉：官名，巡察京师及周边地方的监察官。辟兵：不详。 23 迁：王迁。畸：宋畸。吉：丙吉。夏侯胜：字长公，以治《尚书》著名。 24 大中大夫：即太中大夫。卬（áng）：赵充国的儿子。

"天子所以永保宗庙、总壹[1]海内者，以慈孝、礼谊[2]、赏罚为本。孝昭皇帝早弃天下，亡嗣。臣敞等议，礼[3]曰：'为人后者，为之子也。'昌邑王宜嗣后。遣宗正、大鸿胪、光禄大夫奉节[4]，使征[5]昌邑王，典[6]丧。服斩缞[7]，亡悲哀之心，

"天子之所以能永久保住宗庙、统一海内的原因，是以慈孝、礼义、赏罚作为根本。孝昭皇帝过早丢弃天下，没有后嗣。臣敞等人商议，礼书说：'做人家后嗣的人，是人家的儿子辈。'昌邑王适合继承其后。于是朝廷派遣宗正、大鸿胪、光禄大夫捧着太后授予的符节，征召昌邑王，主持丧礼。昌邑王穿着重孝服，但没有悲哀的心情，又废

废礼谊,居道上不素食,使从官略[8]女子,载衣车[9],内[10]所居传舍。

弃礼义,在来京城的路上不吃素食,叫从官抢夺女子,载在衣车内,藏进所住的旅舍里。

注释 1 总壹:统一。 2 谊:通"义"。 3 礼:本应为《礼记》或《仪礼》,但下两句却出自《公羊传》。 4 节:太后授予的旌节。 5 征:征召。 6 典:主持。 7 斩缞(cuī):用最粗的生麻布做的重孝衣。 8 略:抢夺。 9 衣车:后面有帐幔遮蔽,前边有门可开关的车。 10 内:纳。

"始至谒见,立为皇太子,常私买鸡豚以食。受皇帝信玺、行玺大行前[1],就次发玺不封[2]。从官更持节引内昌邑从官、驺宰、官奴二百余人[3],常与居禁闼内敖戏[4]。自之符玺取节十六[5],朝暮临[6],令从官更持节从,为书曰:'皇帝问侍中君卿:使中御府令高昌奉黄金千斤[7],赐君卿取[8]十妻。'

"昌邑王刚到京城拜见太后,被立为皇太子,就经常买鸡和小猪用作荤食。在先帝灵前接受皇帝的信玺、行玺,就着座位打开印玺不封藏。侍从轮流手持旌节召昌邑王的从官、驺宰、官奴二百多人入宫,经常跟他们在禁门内游戏。自己去符节台取出凭节十六根,早晚两次哭临昭帝灵柩,叫从官轮流手持符节跟从,写纸条说:'皇帝问候侍中君卿:派中御府令高昌奉送黄金千斤,赏赐您娶十个妻子。'

注释 1 信玺、行玺:汉制皇帝有三玺,自佩天子玺,信玺、行玺存符节台。大行:指刚死去的皇帝。 2 次:所居之位。发:打开。 3 更:轮流更替。驺(zōu)宰:管马厩的吏。 4 敖戏:游戏。 5 之:动词,去。符玺:符节台,藏符玺的官署。 6 临(lìn):哭临,哭奠死者。
7 中御府令:管宫内库藏的官,属少府。高昌:宦官名。 8 取:通"娶"。

"大行在前殿,发乐府[1]乐器,引内昌邑乐人,击鼓歌吹作俳倡[2]。会下[3]还,上前殿,击钟磬。召内泰壹、宗庙乐人[4],辇道牟首[5],鼓吹歌舞,悉奏众乐。发长安厨三太牢具祠阁室中[6],祀已,与从官饮啖。驾法驾皮轩鸾旗[7],驱驰北宫、桂宫[8],弄彘[9]斗虎。召皇太后御小马车[10],使官奴骑乘游戏掖庭[11]中。与孝昭皇帝宫人蒙等淫乱,诏掖庭令[12]敢泄言,要[13]斩。"太后曰:"止!为人臣子,当悖乱如是邪!"王离席伏。

"先帝灵柩停放在前殿,昌邑王却拿出乐府的乐器,引进从昌邑带来的乐工,击鼓吹笛歌唱。刚下葬回来,登上前殿,敲钟击磬。召进祭祀太一、宗庙的乐工,从辇道到牟首池,吹吹打打,载歌载舞,把所有的乐器都演奏起来。从长安厨中拿出三份太牢祭品在阁室里祭祀,祭祀完毕,跟从官大吃大喝。乘坐法驾,使用皮轩鸾旗仪仗,奔驰在北宫、桂宫一带,玩猪斗虎作乐。招来皇太后乘坐的小马车,叫官奴乘马在掖庭内游戏。跟孝昭皇帝宫女蒙等人淫乱,诏令掖庭令有胆敢泄露此事的就腰斩!"太后说:"停一停!做人臣的竟会如此悖乱吗?"昌邑王离开席位伏倒在地。

[注释] 1 乐府:掌管音乐的官署。 2 俳倡:指俳优之唱。 3 下:昭帝的灵柩下葬。 4 泰壹:即太一神。此指祭祀太一神和宗庙的乐工。 5 牟首:上林苑中池名。 6 长安厨:供应宫中膳食的机关。太牢:牛、羊、猪三牲。具:指酒肴和食器,这里是指祭品。祠:祭祀。 7 法驾:皇帝坐的一种正式礼仪用车。皮轩:以虎皮为屏障的车。鸾旗:羽毛装饰的旗子。皮轩与鸾旗是先行仪仗。 8 北宫、桂宫:都是未央宫之

北的宫名。　9 彘(zhì)：猪。　10 小马车：小马所驾之车，仅供太后、皇后宫内乘着游玩用。　11 掖庭：宫殿中旁舍。　12 掖庭令：管理宫女的宦官。　13 要：即"腰"。

尚书令复读曰："取诸侯王、列侯、二千石绶及墨绶、黄绶以并佩昌邑郎官者免奴[1]，变易节上黄旄以赤。发御府金钱、刀、剑、玉器、采缯，赏赐所与游戏者。与从官、官奴夜饮，湛沔[2]于酒。诏太官上乘舆食如故[3]，食监[4]奏：'未释服[5]，未可御[6]故食。'复诏太官趣[7]具，无关[8]食监，太官不敢具，即使从官出买鸡豚，诏殿门内[9]以为常。独夜设九宾[10]温室，延见姊夫昌邑关内侯[11]。祖宗庙祠未举，为玺书使使者持节，以三太牢祠昌邑哀王园庙[12]，称嗣子皇帝。受玺以来二十七日，使者旁午[13]，持节诏诸官署征发

尚书令接着念道："将诸侯王、列侯、二千石官阶的绶带以及黑色、黄色绶带取来给昌邑王的郎官和众多被赦免的奴隶佩戴，用红旄替换符节上的黄旄。取出御府的金钱、刀、剑、玉器、彩色丝织品，赏赐给跟他游戏的人。跟从官、官奴整晚饮酒，沉溺在酒色里。诏令太官像平时一样进上皇帝的吃食，食监上奏说：'昌邑王没有脱去孝服，不能御用平时的食物。'又诏令太官火速准备食具，不要告诉食监，太官不敢准备食具，就叫从官出去买来鸡肉猪肉，诏令殿门守臣放进来，守臣们都把这事看得很平常。昌邑王一个人晚上在温室殿设置九宾大礼，邀请接见昌邑封的关内侯姐夫。祭祀祖先宗庙的仪式还没有举行，就封玺书派遣使者手持符节，用三副太牢祭品祭祀昌邑哀王陵庙，自称嗣子皇帝。他接受印玺以来二十七天，使者纷纷四出，持节诏令从各处官署征取财物共一千一百二十七次。文

凡千一百二十七事。文学、光禄大夫夏侯胜等及侍中傅嘉数进谏以过失,使人簿责胜,缚嘉系狱。荒淫迷惑,失帝王礼谊,乱汉制度。臣敞等数进谏,不变更,日以益甚。恐危社稷,天下不安。

学、光禄大夫夏侯胜等人及侍中傅嘉屡次对他的过失进行劝说,他却指使别人按簿记责备夏侯胜,又把傅嘉捆起来关进监狱。他荒淫无道,丧失帝王的礼义,扰乱汉朝的规制法度。臣敞等人屡次进谏,他不但不改变,而且日益严重。我们这些臣子都恐怕危害社稷,使天下不安定。

[注释] 1 汉制,皇子封为诸侯王,佩金印绿色绶带,列侯金印紫绶,二千石银印青绶,秩比六百石以上铜印黑绶,秩比二百石以上铜印黄绶。者:即"诸"。免奴:被赦免为良人的奴隶。 2 沔:通"湎",沉湎,沉溺。 3 上:呈上,进献。乘舆:称代皇帝。 4 食监:监督皇帝膳食制作的官员。 5 释服:除去丧服。 6 御:御用。 7 趣:急促。 8 关:通过,告诉。 9 内:纳入。 10 九宾:宫殿内有九个司仪官传呼导引的隆重典礼。 11 延:邀请。关内侯:位于列侯之下的封爵。 12 哀王:刘贺父亲刘髆封昌邑王,谥哀。园庙:陵庙。 13 旁午:错杂,此指纷纷四出。

"臣敞等谨与博士臣霸、臣隽舍、臣德、臣虞舍、臣射、臣仓议[1],皆曰:'高皇帝建功业,为汉太祖;孝文皇帝慈仁节俭,为太宗[2]。今陛下嗣孝昭皇帝后,行淫辟[3]不轨。《诗》云:'借曰未知,

"臣敞等谨跟博士臣霸、臣隽舍、臣德、臣虞舍、臣射、臣仓议论,都说:'高皇帝创建功业,成为汉朝始祖;孝文皇帝慈爱仁义,节省勤俭,尊为太宗。现在陛下继承孝昭皇帝大位后,行为淫乱邪僻不守法度。《诗经》说:"假使说没有知识,也已经是

亦既抱子。"[4] 五辟[5] 之属，莫大不孝。周襄王[6] 不能事母，《春秋》曰："天王出居于郑[7]。"繇不孝"出"之，绝之于天下也。宗庙重于君，陛下未见命高庙[8]，不可以承天序[9]，奉祖宗庙、子万姓[10]，当废。'臣请有司御史大夫臣谊、宗正臣德、太常臣昌与太祝[11]以一太牢具，告祠高庙。臣敞等昧死以闻。"皇太后诏曰："可！"

抱孩子的年纪了。"五刑之类，处罚最重的莫过于不孝。周襄王不能侍奉后母，《春秋》说："天子外出居住在郑国。"他是因不孝而被迫出奔，被天下人所抛弃。宗庙比君位重要，陛下没有被高祖英灵任命，不能够承继天命、侍奉祖宗之庙、统治百姓，应当废掉。'臣请负责宗庙的官员御史大夫臣谊、宗正臣德、太常臣昌跟太祝用一副太牢，告祭高庙。臣敞等冒着死罪以此上闻。"皇太后下诏说："可以！"

注释 1 此句"隽（juàn）舍""虞舍"述姓及名。其他人只述名。 2 太祖、太宗是庙号，高祖之"高"和文帝之"文"是谥号。 3 辟：通"僻"，邪僻。 4 借：假使。知：知识。这两句出自《诗经·大雅·抑》。 5 五辟：五刑。《孝经·五刑》说："五刑之属三千，而罪莫大于不孝。" 6 周襄王：周惠王之子姬郑。 7 天王：天子。此事见《春秋·僖公二十四年》，襄王生母早死，与后母不和，后母子叔带与狄人伐周，襄王逃往郑国，靠晋文公才恢复王位。 8 见：谒见。这是说还没有祭祀高庙。 9 天序：天命。 10 子万姓：以万姓为子。 11 太祝：太常属官，掌祭祀宗庙。

光令王起拜受诏，王曰："闻天子有争臣七人，虽亡道，不失天下。"[1] 光

霍光叫昌邑王起身再次跪拜接受诏书，昌邑王说："我听说天子有谏诤之臣七人，即使无道，也不会失去天

曰："皇太后诏废，安得天子！"乃即²持其手，解脱其玺组³，奉上太后。扶王下殿，出金马门，群臣随送。王西面拜，曰："愚戆⁴不任汉事。"起就乘舆副车，大将军光送至昌邑邸。光谢曰："王行自绝于天，臣等驽怯，不能杀身报德。臣宁负王，不敢负社稷。愿王自爱，臣长不复见左右。"光涕泣而去。群臣奏言："古者废放之人，屏⁵于远方，不及以政。请徙王贺汉中房陵县⁶。"太后诏归贺昌邑，赐汤沐邑二千户。昌邑群臣坐亡辅导之谊，陷王于恶，光悉诛杀二百余人。出死，号呼市中，曰："当断不断，反受其乱！"以上废昌邑王。

下。"霍光说："皇太后诏令废弃，你怎么还能自称天子！"于是就近扯住他的手，解下他的印玺绶带，交给太后。侍从扶昌邑王下殿，走出金马门，群臣随着相送。昌邑王向西跪拜，说："我愚笨不能担负汉朝大任。"他起身坐上皇帝副车，大将军霍光送到昌邑王在京城的官邸。霍光赔罪说："您的所作所为自绝于天，我们无能，不能杀身报德。我宁可负王，也不敢违背社稷。希望您多保重，今后我再也不能侍奉在您左右了。"霍光哭泣着离开了。群臣上奏说："古时废除流放的人，屏弃在远方，不让参与政事。请迁徙昌邑王到汉中房陵县。"太后诏令刘贺回到昌邑，又赐给封邑二千户。昌邑来的群臣由于犯了没有辅导的罪，让昌邑王陷于邪恶，霍光把二百多人都杀掉了。这些人出狱去刑场处死时，在街道上号叫呼喊，说："办事犹豫不决，反遭受祸害牵连！"

[注释] 1 争（zhèng）：通"诤"，直言规谏。这三句引自《孝经·谏诤》。 2 即：就近。 3 组：绶带。 4 戆（gàng）：愚笨。 5 屏：屏弃。 6 汉中：郡名。房陵：故治在今湖北房县。

光坐庭[1]中,会丞相以下议定所立。广陵王已前不用,及燕刺王反诛,其子不在议中。近亲唯有卫太子孙,号皇曾孙[2],在民间,咸称述焉。光遂复与丞相敞等上奏曰:"《礼》[3]曰:'人道亲亲,故尊祖;尊祖,故敬宗。'大宗[4]亡嗣,择支子孙贤者为嗣。孝武皇帝曾孙病已,武帝时有诏掖庭养视,至今年十八,师受《诗》《论语》《孝经》。躬行节俭,慈仁爱人。可以嗣孝昭皇帝后,奉承祖宗庙,子万姓。臣昧死以闻。"皇太后诏曰:"可!"光遣宗正刘德至曾孙家尚冠里[5],洗沐,赐御衣。太仆以軨猎车[6]迎曾孙,就斋宗正府。入未央宫,见皇太后,封为阳武[7]侯。已而,光奉上皇帝玺绶,谒于高庙,是为孝宣皇帝。明年,下诏曰:"夫褒有德,赏元功,古今通谊也。

大司马大将军光,宿卫忠正,宣德明恩,守节秉谊[8],以安宗庙。其以河北、东武阳益封光万七千户[9],与故所食凡二万户。"赏赐前后黄金七千斤,钱六千万,杂缯三万匹,奴婢百七十人,马二千匹,甲第一区。以上立宣帝。

赐有大功的人,是古今通义。大司马大将军霍光,宿卫后宫忠诚正直,宣扬光大皇上恩德,保守节操,秉持正义,以此安定国家。把河北、东武阳两县一万七千户加封给霍光,跟从前的食邑一共二万户。"前后赏赐黄金七千斤,钱六千万,各色缯三万匹,奴婢一百七十人,马两千匹,头等住宅一处。

【注释】 1 庭:此指宫殿掖庭。 2 皇曾孙:病已是武帝曾孙。 3 《礼》:指《礼记·大传》。 4 大宗:嫡系长子,此指帝系。 5 尚冠里:长安城南里弄名,为贵族聚居区。 6 軨(líng)猎车:一种轻便猎车。 7 阳武:县名,故治在今河南原阳。 8 秉谊:秉持正义。 9 河北:县名,故治在今山西芮城。东武阳:县名,故治在今山东莘县。

自昭帝时,光子禹及兄[1]孙云皆中郎将,云弟山奉车都尉侍中,领胡越兵,光两女婿为东西宫卫尉[2]。昆弟诸婿、外孙皆奉朝请[3],为诸曹大夫、骑都尉[4]、给事中。党亲连体,根据[5]于朝廷。光自后元秉持万机,及上[6]即位,乃归政,上谦让不受,诸事皆

从昭帝时起,霍光儿子霍禹和哥哥霍去病的孙子霍云都是中郎将,霍云弟弟霍山是奉车都尉侍中,统领胡越归附的兵卒,霍光两个女婿是东宫、西宫卫尉。霍光兄弟辈的女婿、外孙都能参与朝会,担任各曹大夫、骑都尉、给事中。霍光族党亲戚连成一体,像树根一样盘踞在朝廷。霍光从后元年间起,治理天下万事,一直到宣帝即位,才归还政事,皇上谦让不接受,各种事情都

先关白[7]光,然后奏御天子。光每朝见,上虚己敛容,礼下之[8]已甚。光秉政前后二十年,地节[9]二年春,病笃。车驾自临问光病,上为之涕泣。光上书谢恩曰:"愿分国邑三千户,以封兄孙奉车都尉山为列侯,奉兄票骑将军去病祀。"事下丞相御史,即日拜光子禹为右将军。

先禀报霍光,然后才奏进天子。霍光每次朝见,皇上都非常虚心,表情严肃,十分礼敬并屈居在他之下。霍光前后执政二十年,在地节二年春,病得很重了。皇上乘车亲自光临,问候霍光的病,并为之哭泣。霍光上书谢恩,说:"希望把我的食邑分出三千户,用以封给哥哥的孙子奉车都尉山为列侯,继承哥哥骠骑将军霍去病的祭祀。"皇帝把这件事交给丞相御史处理,当天就拜霍光儿子霍禹做右将军。

[注释] 1 兄:指霍去病。 2 范明友为未央宫卫尉,邓广汉为长乐宫卫尉。 3 奉朝请:朝廷有事时能参与朝会。 4 骑都尉:光禄勋属下统率羽林骑的官。 5 根据:似树根盘踞。 6 上:即汉宣帝刘询(原名病已)。 7 关白:请示。 8 礼下之:礼遇并屈居于其下。 9 地节:汉宣帝第二个年号,公元前69年至前66年。

光薨,上及皇太后亲临光丧,太中大夫任宣与侍御史[1]五人,持节护丧事,中二千石治莫府[2]冢上,赐金钱、缯絮,绣被百领[3],衣五十箧,璧、珠玑、玉衣、梓宫、便房、黄肠题凑各一具[4],枞木外臧椁[5]十五具,东园

霍光逝世后,皇上和皇太后亲临霍光丧典,太中大夫任宣和侍御史五人,持节护理丧事,中二千石官吏在坟墓上设置幕府临时办公,皇上赏赐金钱、缯絮,绣被百条,衣服五十箱,宝璧、珠玑、玉衣、梓宫、楩房、黄肠题凑各一套,枞木附加棺木十五块,用东园的温明,都如同皇帝的丧葬制

温明[6]，皆如乘舆制度。载光尸柩以辒辌车[7]，黄屋左纛[8]，发材官、轻车、北军五校士[9]，军陈至茂陵[10]，以送其葬。谥曰宣成侯。发三河卒穿复土[11]，起冢祠堂，置园邑三百家，长丞奉守如旧法。既葬，封山为乐平侯，以奉车都尉领尚书事。天子思光功德，下诏曰："故大司马大将军博陆侯，宿卫孝武皇帝三十余年，辅孝昭皇帝十有余年，遭大难，躬秉谊，率三公九卿大夫，定万世册[12]，以安社稷，天下蒸[13]庶，咸以康宁。功德茂盛，朕甚嘉之。复[14]其后世，畴[15]其爵邑，世世无有所与，功如萧相国。"以上光薨。

度。出葬时用辒辌车载着霍光的尸柩，车上盖着黄盖，左插大纛，调动材官、轻车、北军五营校官士兵，军队的行阵一直排到茂陵，以此来给他送葬。赐霍光谥号为宣成侯。皇帝调动河东、河南、河内三郡士卒掘土、覆土，起好坟墓祠堂，设置三百户的园邑，长史和丞奉守，一切按照旧例。既已葬毕，又封霍山为乐平侯，以奉车都尉头衔统管尚书台事务。天子追怀霍光功德，下诏令说："已故大司马大将军博陆侯，宿卫孝武皇帝三十多年，辅助孝昭皇帝十多年，碰上国家大难，亲身主持正义，率领三公九卿和大夫，定下万世不朽的计策，用以安定社稷，天下众百姓，都因此而安宁。功德盛大，我非常赞美他。免除他后辈子孙的劳役，划定他封邑的疆界，世世代代没有谁能与他相比，功绩如同萧相国。"

【注释】 1 侍御史：御史大夫属下的监察官。 2 莫府：幕府，以幕帐为临时办公处所。 3 领：条。 4 梓官：梓木棺材。便房：楩木椁榔。黄肠题凑：用黄心柏木累叠棺外，木头向内凑聚。 5 外臧椁：臧通"藏"。外藏椁，指附加棺，即棺外套椁再套椁，一棺两椁。 6 东园：少府属下专门制作丧事器物的官署，由将作大匠属官东园令掌管。温明：放在尸体上的方桶漆器，内中有明镜。 7 辒辌车：可温可凉的卧车。 8 黄屋左纛：天子之车，黄缯为盖，车子衡木左上方竖纛旗。 9 材官：将领手下的武弁。轻车：战车兵。北军：京城禁卫军。五校：五营。 10 陈：此指队形。茂陵：汉武帝墓。霍光墓在其东，今尚在。 11 三河：河东、河内、河南三郡。穿：掘土。复：堆土。 12 册：通"策"。 13 蒸：通"烝"，众。 14 复：免除劳役。 15 畴：划定地界。

明年夏，封太子外祖父许广汉为平恩侯。复下诏曰："宣成侯光宿卫忠正，勤劳国家，善善[1]及后世，其封光兄孙中郎将云为冠阳侯。"禹既嗣为博陆侯，太夫人显改光时所自造茔制而侈大之，起三出阙，筑神道，北临昭灵，南出承恩[2]，盛饰祠室，辇阁通属永[3]巷，而幽良人婢妾守之。广治第室，作乘舆辇，加画绣绚冯[4]，黄金涂，韦絮荐轮[5]，侍婢以五采丝挽[6]显，游戏第中。初，光爱幸监奴冯子都[7]，常与计事，及显寡居，与子都乱。而禹、山亦并缮治第宅，走马驰逐平乐馆[8]。云当朝请，数称病

第二年夏天，封皇太子外祖父许广汉为平恩侯。又下诏令说："宣成侯霍光宿卫忠诚正义，对国家勤勤恳恳，奖励好人应推及后代，加封霍光哥哥的孙子中郎将霍云为冠阳侯。"霍禹既已嗣位为博陆侯，太夫人显改变霍光在世时自己建造的坟墓规制，并且扩大增饰它，建起三重门楼，筑好墓前大道，北边临近昭灵馆，南边超出承恩馆，大规模修饰祠室，辇车阁道连通墓中长巷，幽禁良家婢妾守护墓庐。她还广泛整治住宅，修造皇帝车辇，增加绘有绣花的车垫和扶手，镀以黄金，用牛皮和丝絮包裹车轮，命侍婢用五彩丝拉着车辇，在府中游戏。起初，霍光宠幸家仆总管冯子都，经常跟他商议事情，到了显寡居时，她就跟子都淫乱。霍禹、霍山也一并大修住宅，在平乐馆纵马驰骋。霍云在应当上朝谒见

私出,多从宾客,张围猎黄山苑[9]中,使苍头奴[10]上朝谒,莫敢谴者。而显及诸女昼夜出入长信宫[11]殿中,亡期度[12]。宣帝自在民间闻知霍氏尊盛日久,内不能善。光薨,上始躬亲朝政,御史大夫魏相[13]给事中。显谓禹、云、山:"女曹[14]不务奉大将军余业,今大夫给事中,他人壹间[15],女能复自救邪?"后两家奴争道,霍氏奴入御史府,欲蹋大夫门,御史[16]为叩头谢,乃去。人以谓霍氏,显等始知忧。以上光家骄恣不法事。

皇帝的日子,却屡次称病而私自外出,带着众多宾客,在黄山苑内布网打猎,却派老奴上朝谒见皇上,没有谁敢谴责他。显和各位女儿日夜出入长信宫,没有时间限制。宣帝自从在民间时听说霍氏尊盛很久了,心里对此看不惯。霍光逝世后,皇上才开始亲自处理朝政,御史大夫魏相在宫中充当皇帝近臣。显对霍禹、霍云、霍山说:"你们不以奉承大将军余业为重,现在大夫充当皇帝宫中近臣,他们从中一离间,你们能再自相救助吗?"后来霍、魏两家的奴仆争夺过道,霍氏家奴闯入御史大夫府,想要踢倒他家大门,侍御史叩头赔罪,才离开。有人把此事告诉霍家,显等人开始忧愁了。

注释 1 善善:褒奖善人。 2 三出阙:墓庐是三重门出入的门楼。神道:墓前大道。昭灵:茂陵馆舍。承恩:亦茂陵馆舍。 3 永:长。 4 絪冯:即茵冯,车上的坐垫和扶手。 5 韦:指牛皮。絮:丝絮。荐:包裹。 6 挽:拉车。 7 监奴:监督家奴的头头。冯子都:名殷。辛延年《羽林郎》即写其事。 8 平乐馆:在上林苑中。 9 黄山苑:在今陕西兴平。 10 苍头奴:老奴。 11 长信宫:霍光外孙女上官太后所居。 12 亡:无。度:限度。 13 魏相:字弱翁,定陶人。后为丞相,封高平侯。 14 女:汝。女曹即你们。 15 间:离间。 16 御史:指御史大夫属下的侍御史。

会魏大夫为丞相，数燕见[1]言事。平恩侯与侍中金安上等径出入省中[2]，时霍山自若[3]领尚书，上令吏民得奏封事[4]，不关尚书，群臣进见独往来，于是霍氏甚恶之。宣帝始立[5]，立微时许妃为皇后。显爱小女成君，欲贵之，私使乳医[6]淳于衍行毒药杀许后，因劝光内成君，代立为后。语在《外戚传》。始许后暴崩，吏捕诸医，劾衍侍疾亡状不道，下狱。吏簿问[7]急，显恐事败，即具以实语光。光大惊，欲自发举，不忍，犹与[8]。会奏上，因署[9]衍勿论。光薨后，语稍泄。于是上始闻之而未察，乃徙光女婿度辽将军未央卫尉平陵侯范明友为光禄勋，次婿诸吏中郎将羽林监任胜出为安定[10]太守。数月，复出光姊婿给事中光禄大夫张朔为蜀郡[11]太守,群孙婿中郎将王汉为武威[12]太守。顷之,复徙光长女婿长乐卫尉邓广汉为少府,更以禹为大司马,冠小冠,亡印绶,罢其右将军屯兵官属,特使禹官名与光俱大司马者。又收范明友度辽将军印绶,但为光禄勋。及光中女婿赵平为散骑骑都尉光禄大夫将屯兵,又收平骑都尉印绶。诸领胡越骑、羽林及两宫卫将屯兵,悉易以所亲信许、史子弟代之[13]。以上宣帝裁抑光家。

[注释] 1 燕见:私下拜见。 2 平恩侯:许广汉,宣帝许皇后之父。金安上:金日䃅之侄,字子侯,后封都成侯,为建章卫尉。省:尚书省。 3 自若:照旧。 4 封事:密封的奏章。 5 始立:原刻本无"立"字,据《汉书》补。 6 乳医:产科医师。 7 簿问:按簿记审问。 8 犹与:即"犹豫"。 9 署:批。 10 安定:郡名,故治在今河北晋州与深州之间。 11 蜀郡:郡治在今四川成都。 12 武威:郡名,故治在今甘肃武威北。 13 许:宣帝许皇后外戚家。史:宣帝母舅史高一家。

禹为大司马,称病。禹故长史任宣候问,禹曰:

"我何病？县官[1]非我家将军不得至是，今将军坟墓未干，尽外我家，反任许、史，夺我印绶，令人不省死！"宣见禹恨望深，乃谓曰："大将军时何可复行[2]？持国权柄，杀生在手中。廷尉李种、王平、左冯翊贾胜胡及车丞相女婿少府徐仁皆坐逆将军意[3]，下狱死。使乐成[4]小家子得幸将军，至九卿封侯。百官以下但事冯子都、王子方等[5]，视丞相亡如[6]也。各自有时，今许、史自天子骨肉，贵正宜耳。大司马欲用是怨恨，愚[7]以为不可。"禹默然。数日，起视事。显及禹、山、云自见日侵削，数相对啼泣自怨。山曰："今丞相用事，县官信之，尽变易大将军时法令，以公田赋与贫民，发扬大将军过失。又诸儒生多篓人子[8]，远客饥寒，

禹说："我生什么病？天子若不是依靠我家大将军，就不能坐上皇帝这个位子，现在大将军坟墓新土还没有干，就全部疏远我们家人，反而任用许家、史家，夺去我们的印绶，使人死都不能理解！"任宣见霍禹怨恨很深，就说："大将军的时代怎么能够再重现？当初把持国家大权，生杀掌握在手里。廷尉李种、王平、左冯翊贾胜胡和车丞相女婿少府徐仁，都因犯了违抗大将军意旨的罪，下狱而死。乐成出身寒微，却得到大将军的宠信，位至九卿被封侯。百官以下，只知侍奉冯子都、王子方等人，视丞相好似没有一样。各自有时，现在许家、史家是天子的骨肉亲戚，贵显正是应该。大司马想因此而怨恨，我认为不行。"霍禹沉默不语。几天后，便出门上朝。显和霍禹、霍山、霍云看到自家势力日益被侵吞削弱，屡次相对哭泣自怨。霍山说："现今丞相办事，天子信任他，把大将军时的法令都改变了，用官家公田租给贫民，揭露大将军过去的不当。又因为众多儒生大多是穷人子弟，是远方食客，饥寒不已，喜好狂言妄说，不避忌讳，大将军常常

喜妄说狂言,不避忌讳,大将军常仇之,今陛下好与诸儒生语,人人自使书对事[9],多言我家者。尝有上书言大将军时主弱臣强,专制擅权,今其子孙用事,昆弟益骄恣,恐危宗庙,灾异数见,尽为是也。其言绝痛,山屏不奏其书。后上书者益黠,尽奏封事,辄下中书令出取之,不关尚书,益不信人。"显曰:"丞相数言我家,独亡罪乎?"山曰:"丞相廉正,安得罪?我家昆弟诸婿多不谨,又闻民间讙言[10]霍氏毒杀许皇后,宁有是邪?"显恐急,即具以实告山、云、禹,山、云、禹惊曰:"如是,何不早告禹等?县官离散斥逐诸婿,用是故也。此大事,诛罚不小,奈何?"于是始有邪谋矣。以上霍氏邪谋之所由萌。

瞧不起他们,现在陛下喜欢跟各位儒生交谈,人人皆可自行上书论事,很多是评论我们家的。曾经有人上奏章说大将军时君主孱弱大臣强大,专制擅权,现今他的子孙掌权,兄弟更加骄傲横行,恐怕危害宗庙,灾害怪异屡屡出现,都是因为这个原因。那些话讲得极为痛切,我丢开不敢奏进那些奏章。后来上书的人更加狡猾,都把奏章密封上报,皇上就叫中书令出来取奏书,不通过尚书,更加不信任人了。"显说:"丞相屡次说我家坏话,难道他自己没有罪过吗?"霍山说:"丞相清廉正直,怎么会得罪名?我家兄弟和众多女婿大都不谨慎,又听到民间到处传播霍氏毒杀了许皇后,难道真有这种事吗?"显恐惧紧张,当即把实情都告诉了霍山、霍云、霍禹,霍山、霍云、霍禹大惊,说:"像这样的事,为什么不早早告诉我们?天子离散斥逐众多女婿,就因这个缘故呀。这是大事,诛罚不轻,怎么办?"从这开始,他们有了图谋不轨的想法。

【注释】 1 县官:指天子。 2 复行:复得。 3 廷尉:九卿之一,掌管刑狱。逆：违背。 4 乐成：史乐成，霍光心腹。 5 事：侍奉。王子方：霍光家奴。 6 亡如：如同没有一样。 7 愚：自我谦称。 8 窭（jù）人子：贫家子，穷人。 9 对事：原刻本作"封事"，据《汉书》改。 10 谨（huān）言：哗言，喧哗。

初，赵平客石夏善为天官[1]，语平曰："荧惑守御星[2]，御星，太仆奉车都尉也[3]，不黜则死。"平内忧山等。云舅李竟所善张赦见云家卒卒[4]，谓竟曰："今丞相与平恩侯用事，可令太夫人言太后，先诛此两人。移徙陛下，在太后耳。"长安男子张章告之，事下廷尉，执金吾捕张赦、石夏等，后有诏止勿捕。山等愈恐，相谓曰："此县官重太后，故不竟[5]也。然恶端已见，又有弑许后事，陛下虽宽仁，恐左右不听，久之犹发，发即族矣，不如先也。"遂令诸女各归报其夫，皆曰："安所相避？"会李竟坐与诸侯王交通，辞语及霍氏，

起初，赵平门客石夏精通天象星文，对赵平说："火星侵犯御星，御星，就是太仆奉车都尉霍山，不是被废黜就是被处死。"赵平担心霍山等人。霍云舅舅李竟所善待的张赦看到霍云家匆忙慌张，对李竟说："现今丞相和平恩侯受重用，可叫太夫人告诉太后，先杀掉这两个人。使陛下态度转变，关键在于太后。"长安男子张章告发了这件事，案子下发廷尉，执金吾捕捉张赦、石夏等人，后来有诏令停止而不再捕捉。霍山等人更加恐慌，互相说："这是天子尊重太后，所以不追究到底罢了。然而恶端已经萌现，又有弑许后这件大事，陛下即使宽大仁慈，恐怕左右的近臣也不听从，时间长了还是要揭发我们，一旦揭发就要灭族了，不如先动手。"于是叫各位女儿回去报告她们的丈夫，都说："哪里能躲得掉？"正当李竟犯了与诸侯王勾通之罪，供词涉及霍氏，有诏令说霍云、霍山不宜再宿卫皇宫，免除职

有诏云、山不宜宿卫,免就第。光诸女遇[6]太后无礼,冯子都数犯法,上并以为让[7],山、禹等甚恐。显梦第中井水溢流庭下,灶居树上,又梦大将军谓显曰:"知捕儿不[8]? 亟[9]下捕之。"第中鼠暴[10]多,与人相触,以尾画地;鸮数鸣殿前树上[11];第门自坏;云尚冠里[12]宅中门亦坏。巷端人共见有人居云屋上,彻瓦[13]投地,就视,亡有,大怪之。禹梦车骑声正讙来捕禹,举家忧愁。

责回到原府。霍光众多女儿对待太后没有礼貌,冯子都屡次犯法,皇上以此一并进行了谴责,霍山、霍禹等人非常害怕。显梦见府中井水流到门庭下边,灶神住在树上,又梦见大将军对显说:"知道要抓儿子们了吗? 很快会下令逮捕他们了。"府第内老鼠突然增多,跟人接触,用尾巴画地;猫头鹰数次在高楼前的树上哭叫;府宅的大门无缘无故毁坏了;霍云尚冠里宅中的大门也毁坏了。巷端的人看见有人停留在霍云屋上,揭瓦片投到地上,就近一看,又没有人,非常奇怪。霍禹梦见车骑声喧哗前来捕捉自己,所以全家都很忧愁。

[注释] 1 天官:此指通晓天象星文者。 2 荧惑:火星。守:此指侵犯。 3 指霍山。 4 卒卒:通"猝猝",匆促、慌急的样子。 5 竟:推究。 6 遇:待遇。 7 让:责备。 8 不:否。 9 亟(jí):很快。 10 暴:突然。 11 鸮(xiāo):猫头鹰,古人认为是不祥之鸟。殿:此指高大房屋。 12 尚冠里:霍云在长安住宅的里巷。 13 彻瓦:揭瓦。

山曰:"丞相擅减宗庙羔、菟、蛙[1],可以此罪也。"谋令太后为博平君[2]置酒,

霍山说:"丞相擅自减少祭祀宗庙用的羔羊、兔和蛙,可以此问罪。"于是密谋让太后替博平君设酒宴,

召丞相、平恩侯以下，使范明友、邓广汉承太后制引斩之，因废天子而立禹。约定未发，云拜为玄菟[3]太守，大中大夫任宣为代郡太守[4]。山又坐写[5]秘书，显为上书献城西第，入马千匹，以赎山罪。书报闻[6]。会事发觉，云、山、明友自杀，显、禹、广汉等捕得。禹要斩，显及诸女昆弟皆弃市，唯独霍后废处昭台宫[7]，与霍氏相连坐诛灭者数千家。以上霍氏祸端之发。

召见丞相、平恩侯以下官员，让范明友、邓广汉假借太后的名义斩杀他们，趁机废除天子，立霍禹为帝。密谋后没有来得及行动，霍云被拜为玄菟太守，太中大夫任宣为代郡太守。霍山又因泄露秘密文书而犯罪，显为了此事上书献上城西的府第，进贡良马千匹，用来赎霍山的罪。皇上不允许。恰逢阴谋被发觉，霍云、霍山、范明友等自杀，显、霍禹、邓广汉等人被抓捕。霍禹被腰斩，显和姐妹们都被弃市，唯独霍皇后被废弃幽禁于昭台宫，跟霍氏有牵连被诛杀的有好几千家。

[注释] 1 羔：小羊。菟：通"兔"。这两样和蛙均是祭品。高后时规定，擅议宗庙者，弃市。 2 博平君：宣帝的外祖母。 3 玄菟：郡名，在今东北长白山一带。 4 大中大夫：即太中大夫。代郡：故治在今河北蔚县一带。 5 写：通"泄"，泄露。 6 书报闻：书上，皇帝回报"知道了"，意思是不准。 7 昭台宫：上林苑内之宫。

上乃下诏曰："乃者东织室令史张赦使魏郡豪李竟报冠阳侯云谋为大逆[1]，朕以大将军故，抑而不扬，冀其自新。今大司马博陆

皇上于是下诏令说："从前东织室令史张赦叫魏郡豪绅李竟传话给冠阳侯霍云，密谋做出大逆不道之事，我因为大将军的缘故，把事情压下来没有宣扬，希望他能悔过自新。

侯禹与母宣成侯夫人显及从昆弟子冠阳侯云、乐平侯山诸姊妹婿谋为大逆，欲诖误[2]百姓，赖宗庙神灵，先发得，咸伏其辜[3]，朕甚悼[4]之。诸为霍氏所诖误，事在丙申前未发觉在吏者，皆赦除之。男子张章先发觉，以语期门董忠，忠告左曹杨恽，恽告侍中金安上。恽召见对状[5]，后章上书以闻。侍中史高与金安上建发[6]其事，言无入[7]霍氏禁闼，卒[8]不得遂其谋，皆雠[9]有功。封章为博成侯，忠高昌侯，恽平通侯，安上都成侯，高乐陵侯。"以上霍氏诛戮，赏诸有功者。

现在大司马博陆侯霍禹跟母亲宣成侯夫人显以及堂兄弟子侄冠阳侯霍云、乐平侯霍山和各姐妹女婿策谋造反，想要牵连百姓，托祖宗的保佑，被事先揭发捕获，全部伏法受诛，我对这件事很难过。那些被霍氏蒙蔽而犯法的人，只要在丙申日以前尚未被官吏发觉而自首的人，都赦免不究。男子张章先一步发觉，告诉了期门武士董忠，董忠告诉左曹杨恽，杨恽告诉侍中金安上。杨恽被召见时当面证实了此事，后来张章又上书使我闻知。侍中史高和金安上揭发那件事，说不要让霍氏进入禁门，最终使他们的阴谋未能得逞，这些人功劳都相等。封张章为博成侯，董忠为高昌侯，杨恽为平通侯，金安上为都成侯，史高为乐陵侯。"

[注释] 1 乃者：从前。织室：汉代掌管皇室丝帛织造的官署，属少府，分东、西两室，设令、丞主管。报：传言。 2 诖（guà）误：贻误，连累。 3 辜：罪。 4 悼：痛心，难过。 5 对状：臣子向皇帝陈述事情。 6 建发：揭露。 7 入：纳，使……进入。 8 卒：终于。 9 雠：相等。

初，霍氏奢侈，茂陵徐生曰："霍氏必亡。夫

起初的时候，霍氏奢侈，茂陵人徐生说："霍氏必定败亡。奢侈就会不谦

奢则不逊,不逊必侮上。侮上者,逆道也。在人之右,众必害[1]之。霍氏秉权日久,害之者多矣。天下害之,而又行以逆道,不亡何待!"乃上疏言:"霍氏泰[2]盛,陛下即爱厚之,宜以时抑制,无使至亡。"书三上,辄报闻。其后霍氏诛灭,而告霍氏者皆封。人为徐生上书曰:"臣闻客有过[3]主人者,见其灶直突[4],傍有积薪,客谓主人更为曲突,远徙其薪,不者且有火患,主人默然不应。俄而[5]家果失火,邻里共救之,幸而得息。于是杀牛置酒,谢其邻人,灼烂者在于上行[6],余各以功次坐,而不录言曲突者。人谓主人曰:'乡使[7]听客之言,不费牛酒,终亡火患。今论功而请宾,曲突徙薪亡恩泽,燋[8]头烂额

逊,不谦逊必定侮辱皇上。侮辱皇上的人,是大逆不道之人。地位在人之上,众人必定嫉妒他。霍氏掌权的时间太久了,嫉妒他们的人太多了。天下人都嫉妒,而他们的行为又违反常道,不败亡还等待什么?"于是上疏说:"霍氏势力太盛,陛下即使厚爱他们,也应当及时加以抑制,不要使他家败亡。"奏章三次呈上,皇帝总批复说"知道了"。后来霍氏被诛灭,而告发霍氏的人都得到了封赏。有人替徐生上书说:"我听说有客人拜访主人,看见主人家灶屋是直烟囱,旁边堆有柴草,客人对主人说要改为弯烟囱,把那些柴草远远搬开,若不这样,将会有火灾,主人没有理睬。不久,主人家果真失火,邻居们一起救火,幸而大火得以扑灭。于是主人杀牛设酒,感谢他的邻居,被烧伤的人坐在上首,其余各人按功劳依次就座,但不请那个说要改变烟囱的人。有人对主人说:'从前假若听从了客人的话,就不必花费牛肉酒食,也不会有灾难。现今论功请客,为何要您改弯烟囱搬移柴草的人得不到酬谢,被烧得焦头烂额的人反而成为上宾呢?'主人这才恍然大悟,

为上客邪？'主人乃寤而请之。今茂陵徐福数上书言霍氏且有变，宜防绝之。乡使福说得行，则国亡裂土出爵之费，臣亡逆乱诛灭之败。往事既已，而福独不蒙其功，唯陛下察之，贵徙薪曲突之策，使居焦发灼烂之右。"上乃赐福帛十匹，后以为郎。以上补叙徐福事。

把那位客人请来。现在茂陵徐福屡次上书说霍氏将会有变故，应当提防及早杜绝这件事。从前假使徐福的说法能够施行，那么国家不会有裂土封侯的花费，臣下不会有叛乱诛灭的败亡。过去的事既已过去了，但徐福独独不受有功之赏，希望陛下明察，重视搬走柴草更换弯曲烟囱这样带预防性的计策，让提建议的人居于焦头烂额事后奔忙的人之上。"皇上于是赐给徐福帛十匹，后来让他做了郎官。

[注释] 1 害：嫉妒。 2 泰：太。 3 过：探望，拜访。 4 突：烟囱。 5 俄而：不久。 6 上行：上首，上座。 7 乡使：向使，从前假如。 8 燋：同"焦"。

宣帝始立，谒见高庙，大将军光从骖乘，上内严惮之，若有芒刺在背。后车骑将军张安世代光骖乘，天子从容肆[1]体，甚安近[2]焉。及光身死而宗族竟诛。故俗传之曰："威震主者不畜，霍氏之祸萌于骖乘。"至成帝[3]时，为光置守冢百家，吏卒奉祠焉。

宣帝刚即位时，拜见高庙，大将军霍光骑马随侍皇上车驾，皇上心里很害怕他，如同背上有针刺一般。后来车骑将军张安世代替霍光乘马随驾，天子从从容容，身体放松自如，非常安然亲近的样子。到了霍光死后，宗族竟然被诛灭。所以俗话相传说："威名震动君主的人不能被容忍，霍氏的祸根萌发在乘马随驾上。"到成帝时，替霍光设置守墓的人有一百家，吏卒在此

元始二年[4],封光从父昆弟曾孙阳为博陆侯,千户。

侍奉祭祀。元始二年,皇上封霍光叔伯兄弟的曾孙霍阳为博陆侯,食邑千户。

[注释] 1 肆:此指放松。 2 安近:安然亲近。 3 成帝:宣帝孙、元帝子刘骜。 4 元始:汉成帝之孙、哀帝之子汉平帝刘衎(kàn)的年号,公元1年至5年。元始二年,即公元2年。

韩愈·赠太尉许国公神道碑铭

[导读]

　　唐宪宗时,河南汴州发生五次兵乱,郓州、蔡州亦陆续反叛。宣武军节度使韩弘力治汴州,稳定根基,左拒郓,右拒蔡,打乱李师古、吴元济叛乱步骤,然后统率大军,先后平叛,廓清中原,安定百姓,有功于朝廷。作者以史家笔法叙述这一过程,并颂扬碑主胆识双全,才能超人,严谨庄重,忠于职守,富于治军治政之术。文章风格严毅老练,文字雄伟变化,颇具神采,恰与碑主其人相称。

　　韩愈系碑主之子同事,所写又为碑铭,故只盛推功德,而不加贬词,因而所记与史书稍有出入,此乃文笔体例不一之故,读者应有所鉴别。

[原文]

韩,姬姓,以国氏[1]。其先有自颍川徙阳夏者[2],其地于今为陈[3]之太康。太康

[译文]

韩,出自姬姓,因为有韩国而为姓。韩氏先祖有从颍川迁移到阳夏的,那地方在今天是陈州的太康县。

之韩，其称盖久，然自公始大著。公讳宏⁴，公之父曰海，为人魁伟沉塞⁵，以武勇游仕许、汴之间⁶，寡言自可，不与人交⁷，众推以为巨人长者，官至游击将军⁸，赠太师⁹。娶乡邑刘氏女，生公，是为齐国太夫人¹⁰。夫人之兄曰司徒玄佐¹¹，有功建中、贞元之间¹²，为宣武军¹³帅，有汴、宋、亳、颍四州之地¹⁴，兵士十万人。

太康的韩姓，他们扬名大概也很久了，可是从韩公开始才特别著名。韩公名弘，他的父亲叫作韩海，为人体格壮大，沉静笃实，凭着武功勇敢地在许州、汴州之间流动做官，寡言自许，不跟别人交往，大家推崇他是大人长者，官至游击将军，死后赠太师。他娶同乡刘姓女子，生下韩公，这就是齐国太夫人。夫人的哥哥是司徒刘玄佐，在建中、贞元之际立有功劳，任宣武军统帅，拥有汴、宋、亳、颍四州的地域，军队十万人。

注释　1 韩：出自周武王姬发子唐叔虞之后。叔虞被周公封于唐，其子迁居晋水旁而改国号为晋。后三家分晋，建韩国，故以姬为姓。　2 颍川：汉郡名，故治在阳翟（今河南禹州）。阳夏：汉属淮阳国，故治在今河南太康。　3 陈：州名，属河南道，故治在今河南淮阳。　4 宏：即"弘"。　5 魁伟：体魄壮大的样子。沉塞：沉静笃实。　6 游：流动。许：州名，故治在今河南许昌。汴：州名，故治在今河南开封。　7 交：一作"校"。　8 游击将军：武职散官，专事征伐。　9 太师：三师之一，正一品，为荣誉虚衔。　10 齐国太夫人：只是封号，非在齐。　11 司徒：三公之一，正一品，虚衔。玄佐：本名洽，滑州匡城（今河南长垣）人。　12 建中、贞元：唐德宗年号。　13 宣武军：军所在宋州，后移汴州。　14 宋：州名，故治在今河南商丘。亳（bó）：州名，故治在今安徽亳州。颍：州名，故治在今安徽阜阳。

公少依舅氏,读书习骑射,事亲孝谨;侃侃[1]自将,不纵为子弟华靡遨放事[2];出入敬恭,军中皆目[3]之。尝一抵京师,就明经[4]试,退曰:"此不足发名成业。"复去从舅氏学,将兵数百人,悉识其材鄙怯勇,指付必堪[5]其事。司徒叹奇之,士卒属心[6],诸老将皆自以为不及。司徒卒,去为宋南城将[7],比[8]六七岁,汴军连乱不定。贞元十五年,刘逸淮死[9],军中皆曰:"此军司徒所树,必择其骨肉为士卒所慕赖者付之。今见[10]在人莫如韩甥,且其功最大,而材又俊。"即柄授之,而请命于天子。天子以为然,遂自大理评事,拜工部尚书,代逸淮为宣武军节度使,悉有其舅司徒之兵与地,众

韩公小时跟着舅舅,读书同时还练习骑马射箭,侍奉父母孝顺谨慎;自己为人温文尔雅,不任性干那些纨绔子弟们浮华挥霍、嬉游放荡的事;进进出出,恭恭敬敬,军中都对他另眼相看。他曾到京城,进行明经科考试。未被录取便离开,说:"这个不足以扬名成就功业。"又去跟随舅舅学习军事,统领士兵几百人,完全熟知他们的才能高下和胆怯勇敢,指使交给他什么事,必定能胜任。司徒赞叹并认为他很奇特,战士们也心悦诚服,各位老将军都自认为赶不上他。司徒去世后,他离开汴州当上了宋州南城的守将,过了六七年,汴州连年战乱不安定。贞元十五年,刘逸淮死去,军中的士兵们都说:"这支军队是司徒所树立的,必定要选择他的骨肉并且又被士卒所仰慕信赖的人,才能把兵权交付给他。现在可举荐的人,没有谁比得上韩姓外甥,并且他的功劳最大,才能又超过别人。"当即把大权授予给他,并向天子请求诏命。天子认为军队之人做得正确,于是韩公从大理评事,拜工部尚书,代替刘逸淮任宣武军节度使,完全掌握了他舅舅司徒公的军队和领地,

果大悦便之[11]。以上许公所以得镇汴。

大众果然非常喜悦,并认为他是很适合的人选。

[注释] 1 偘偘:和乐的样子。 2 华:浮华。遨:嬉游。 3 目:注视。 4 明经:唐代科考中朝廷以经义取士者,称明经科。 5 堪:胜任。 6 属心:归心,表示心悦诚服。 7 去:指离开汴州。宋州州城有三处,南城一,北城二。 8 比:等到。 9 贞元十五年:即公元799年。刘逸淮:怀州武陟人,本宋州刺史,因宣武军节度使陆长源被乱军杀死,上诏其为节度使,赐名全谅,八个月后病故。 10 见:同"现",显露,引申为荐举。 11 便之:以之为便。"便"读pián,适宜,适合。

当此时,陈许帅曲环[1]死,而吴少诚[2]反,自将围许,求援于逸淮,啖[3]之以陈归汴,使数辈在馆。公悉驱出斩之,选卒三千人,会诸军击少诚许下,少诚失势以走,河南[4]无事。以上拒蔡。

在这个时候,陈许统帅曲环死去,吴少诚反叛,擅自带兵围攻许州,向刘逸淮求援,以把陈州归属汴州辖管来引诱他,派来几个人在客馆住着。韩公把他们全都驱赶出来并斩首,选拔士卒三千人,会合各路人马在许州城下攻击吴少诚,吴少诚失势逃走了,于是河南道没有战事。

[注释] 1 曲环:陕州安邑人。陈许节度使兼许州刺史,贞元十五年去世。 2 吴少诚:幽州潞县人,淮西节度使。 3 啖(dàn):引诱。 4 河南:唐道名,辖地今河南、山东两省黄河故道以南,江苏、安徽两省淮河以北地区,治所设于汴州城(今河南开封)。

公曰:"自吾舅没[1],五乱[2]于汴者,吾苗薅而发栉之几尽[3],然不一揃[4],不足令震骇[4]。"命刘锷[5]以其卒三百人,待命于门,数之以数与于乱,自以为功,并斩之以徇[6],血流波道。自是讫公之朝京师廿有一年,莫敢有謷[7]呶叫号于城郭者。以上治汴。

韩公说:"自从我舅父逝世,在汴州前后五次叛乱的人,我像对待杂草一样拔除,像对待头发一样梳理,几乎把他们杀尽。然而若不完全剪灭消除的话,就不足以令他们震惊害怕。"于是命令刘锷和他的士卒三百人,在衙门待命,把他们屡次参加叛乱并还认为自己有功的罪行列举出来,一并把他们斩首并当众宣示,鲜血横流到道路上。从这时起到韩公朝贺京城止的二十一年中,没有谁敢在州城喧哗号叫的。

注释 1 没:通"殁",死亡。 2 五乱:指李万荣、韩惟清、李迺、邓惟恭四人先后作乱,以及节度使董晋死后,乱兵又杀留后,共五次。 3 薅(hāo):拔除杂草。栉(zhì):梳头发。 4 一:全部。揃(jiǎn):剪断,分割。刘(yì):割。骇:同"骇",惊骇。 5 刘锷:韩弘手下郎将。 6 徇(xùn):对众宣示,示众。 7 謷:喧哗。

李师古[1]作言起事,屯兵于曹[2],以吓滑帅[3],且告假[4]道。公使谓曰:"汝能越吾界而为盗邪?有以相待,无为空言。"滑帅告急,公使谓曰:"吾在此,公无恐。"或告曰:"蔚棘夷[5]道,兵且至矣,请备

李师古造谣生事,在曹州屯集军队,用以威胁滑州主帅,并且向韩公通告要借路。韩公派人去对他说:"你能越过我的辖区去做强盗吗?我有准备等待你到来,不说空话。"滑州统帅告急,韩公派人去对他说:"我在这边,您不要恐慌。"有人禀告说:"李师古披荆斩棘,整平道路,军队将要到达了,请

之。"公曰:"兵来不除道[6]也。"不为应。师古诈穷变索[7],迁延旋军[8]。以上拒郓[9]。

少诚以牛皮鞋材遗师古,师古以盐资少诚,潜过公界,觉,皆留输之库,曰:"此于法不得以私相馈。"以上并拒蔡、郓。

防备他们。"韩公说:"士兵来了也不必修整道路呀。"韩公这边不作任何回应。李师古的欺骗手段要尽了,终于退却回军。

吴少诚把牛皮鞋料送给李师古,李师古用盐资助吴少诚,偷偷地越过韩公辖地边界,韩公发觉了,都扣留下来输送到府库里,说:"对于国法来说,这些是不能凭私情互相馈赠的。"

[注释] 1 李师古:平卢军节度使。唐德宗死后,杖打李元素使者,乘国丧欲侵夺邻境。 2 曹:唐州名,属河南道,归平卢军所辖,故治在今山东曹县西北。 3 滑帅:指永平军(后改义成军)节度使李元素。方镇驻滑州,州治在今河南滑县东。 4 假:借。 5 夷:平。 6 除道:修整道路。 7 索:尽,完。 8 迁延:退却。旋:返回。李师古闻顺宗即位,罢兵。 9 郓(yùn):唐州名,故治在今山东东平,平卢军节度使驻此。

田弘正[1]之开魏博,李师道[2]使来告曰:"我代与田氏约相保援,今弘正非其族,又首变两河事[3],亦公之所恶。我将与成德[4]合军讨之,敢告。"公谓其使曰:"我不知利害,知奉诏行事耳。若兵北过

田弘正开设魏博节度使所,李师道派人来转告韩公说:"我家代代和田氏结约互保互援,现在弘正不是田姓亲族,又为首改变河南、河北的版图,这也是您所痛恨的。我将要跟成德军联合去讨伐他。以此敬告。"韩公对他的来使说:"我不懂得利和害,只知奉诏令做事罢了。假若你们的军队向北

河,我即东兵以取曹。"师道惧,不敢动,弘正以济[5]。以上拒郓。

渡过黄河,我就立即向东发兵以攻取曹州。"李师道害怕了,不敢发动军队,田弘正因而成功了。

[注释] 1 田弘正:本名兴,字安道,魏博节度使。方镇驻魏州,州城在今河北大名东北。 2 李师道:李师古异母弟,兄死,权知平卢军节度事。 3 两河:指河南、河北。元和七年(812),田弘正将所属魏、博、相、卫、贝、澶六州版图归属朝廷,李师道恨而诬之。 4 成德:指成德军节度使王承宗。方镇驻恒州(今河北正定)。 5 济:成功。

诛吴元济[1]也,命公都统[2]诸军,曰:"无自行,以遏北寇。"公请使子公武[3]以兵万三千人,会讨蔡下,归[4]财与粮,以济诸军,卒擒蔡奸。于是以公为侍中[5],而以公武为鄜坊丹延[6]节度使。以上平蔡。

诛伐吴元济的时候,皇帝命韩公总领各路大军,韩公说:"我不能亲自巡行,用以阻止贼兵向北侵犯。"韩公就请求派遣儿子公武带兵一万三千人,会合讨伐,抵达蔡州城下,馈赠钱财和粮食,用以接济各路军队,最终擒获了蔡州奸逆吴元济。于是皇帝任命韩公为侍中,而用韩公武为鄜坊丹延节度使。

[注释] 1 吴元济:吴少阳子,自称知军事,据蔡州作乱。 2 都统:总领兵马,掌征伐。当时韩弘充淮西行营都统使。 3 公武:韩弘子,时为宣武行营兵马使。 4 归:通"馈",馈赠。 5 侍中:门下省长官。 6 鄜坊丹延:方镇辖四州,驻鄜州(今陕西富县)。

师道之诛,公以兵东下,进围考城[1],克之,遂进迫曹、

诛伐李师道的时候,韩公统兵东下,前进围攻考城,攻下了它,于

曹寇乞降,郓部既平。以上平郓。

于是又进军迫近曹州,曹州敌人乞求投降,郓州叛部就平定了。

注释　1 考城:故县治在今河南民权。

公曰:"吾无事于此,其[1]朝京师。"天子曰:"大臣不可以暑行,其秋之待。"公曰:"君为仁,臣为恭,可矣。"遂行。既至,献马三千匹,绢五十万匹,他锦纨绮缬[2]又三万,金银器千。而汴之库厩钱以贯[3]数者,尚余百万,绢亦合百余万匹,马七千,粮三百万斛,兵械多至不可数。初,公有汴,承五乱之后,掠赏之余,且敛[4]且给,恒无宿储。至是公私充塞,至于露积不垣[5]。册拜司徒兼中书令[6]。进见上殿,拜跪给扶。赞元经体[7],不治细微,天子敬之。

韩公说:"我在这里没有事情,将去京城朝见天子。"天子说:"大臣不可以在大热天行动,还是等到秋天吧。"韩公说:"君主仁厚,臣下恭敬,就可以了。"于是出发。抵达京城,向朝廷献马三千匹,绢五十万匹,其他各种细丝织品又三万匹,金银器皿千件。但汴州府库积存的钱是用贯来计算的,还剩下一百万,绢也合计剩有一百多万匹,马七千匹,粮食三百万斛,兵器多得不能计算。开始,韩公占有汴州,上承五次叛乱之后,在掠取赏赐之余,一边征收一边发给军饷,经常没有隔夜粮储。到这个时候,公私充实,以至露天堆积粮食,而不要用墙围起来。皇帝发文书拜他为司徒兼中书令。韩公上殿进见,跪拜时有人搀扶。辅佐元首,治理国体,不追究细枝末节,天子很敬重他。

注释　1 其:将。　2 缬(xié):以丝缚缯,染后,解开丝线,缯则成文采。绮和缬，都是指有花纹的丝织品。　**3** 贯：古时用绳子穿钱，一千文叫一贯。　**4** 敛：征收。　**5** 垣：墙，活用为动词。　**6** 中书令：中书省长官。　**7** 赞元：辅佐元首。经体：治理国体。

  元和十五年，今天子即位[1]，公为冢宰，又除河中[2]节度使。在镇三年，以疾乞归，复拜司徒、中书令。病不能朝，以长庆[3]二年十二月三日，薨于永崇里[4]第，年五十八。天子为之罢朝三日，赠太尉[5]，赐布粟，其葬物有司官给之，京兆尹[6]监护。明年七月某日，葬于万年县少陵原京城东南三十里[7]，楚国夫人翟氏祔[8]。子男二人：长曰肃元，某官；次曰公武，某官。肃元早死，公之将薨，公武暴病先卒[9]，公哀伤之，月余遂薨。无子，以公武子孙绍宗为主后。以上叙卒葬。

  元和十五年，现今皇帝即位，韩公任宰辅，又授为河中节度使。在方镇三年，因为得病乞求还朝，又拜司徒兼中书令。因病不能朝请，在长庆二年十二月三日，逝世于永崇里府第，时年五十八。天子因他逝世而停止朝贺三天，死后赠太尉，赏赐布匹粮食，他埋葬的物品由有关部门拨给，由京兆尹监护。第二年七月某日，埋葬在万年县少陵原京城东南三十里的地方，与楚国夫人翟氏一块合葬。儿子两人：长子叫肃元，做某官；次子叫公武，做某官。肃元早早去世。韩公将要逝世前，公武突然得病先死了，韩公哀伤儿子，一个多月后也逝世了。死后没有儿子，就以公武的儿子韩公的孙子绍宗主持后事。

[注释] **1** 元和：宪宗年号，公元806年至820年。今天子：指穆宗李恒。正月庚子宪宗死，丙午日穆宗即位。　**2** 河中：方镇驻蒲州，故治在今山西永济蒲州镇。　**3** 长庆：穆宗年号，公元821年至824年。

4 永崇里：长安皇城东第一街有永崇坊，韩弘宅此。 5 太尉：三公之一，正一品，虚衔。 6 京兆尹：京城长官，从三品。当时韩愈为吏部侍郎、御史大夫兼京兆尹，监护韩弘丧事。 7 唐京兆府属下有万年县，县南三四十里处即汉时鸿固原，汉宣帝、许皇后葬此，俗称少陵原，接咸宁县界。 8 祔（fù）：合葬。 9 长庆二年闰十月，韩公武死，十二月，韩弘死。

汴之南则蔡，北则郓，二寇患公居间，为己不利，卑身佞辞[1]，求与公好，荐女请昏[2]，使日月至。既不可得，则飞谋钓谤[3]，以间染我[4]。公先事候情，坏其机牙[5]，奸不得发，王诛以成。最功定次[6]，孰[7]与高下？以上明许公之功，即通篇意旨。

汴州的南边是蔡州，北边是郓州，两处强敌担心韩公处在中间，对自己不利，于是卑躬屈膝，花言巧语，乞求和韩公交好，进献女儿，请约婚姻，使者时常前来。他们既不能达到目的，就散布流言蜚语，用以离间诱使我公获取非法利益。韩公事先侦察敌情，破坏他们的关键点，使他们的奸计不能得逞，帝王的诛罚因而成功。积聚大功确定封赏等级，谁又能跟他比高低？

【注释】 1 佞辞：花言巧语。 2 荐：进献。昏：通"婚"。 3 飞谋钓谤：即散布流言蜚语之意。 4 间：挑拨离间。染：染指，诱使获得非法利益。 5 机牙：弩箭上的发动机关，比喻关键所在。 6 最：积聚。次：等级。 7 孰：谁。

公子公武，与公一时俱授弓钺[1]，处藩为将，疆土相望。公武以母忧去镇，

韩公儿子公武，跟韩公同时被授予征伐大权，居藩镇为统帅，疆土相接。公武因为母亲去世而离开方镇，韩公胞

公母弟充,自金吾代将渭北[2]。公以司徒中书令治蒲[3],于时弟充自郑滑节度平宣武之乱[4],以司空居汴[5]。自唐以来,莫与为比。公之为治,严不为烦,止除害本,不多教条。与人必信,吏得其职,赋入无所漏失,人安乐之,在所以富。公与人有畛域[6],不为戏狎[7],人得一笑语,重于金帛之赐。其罪杀人,不发声色,问法何如,不自为重轻,故无敢犯者。其铭曰:

弟韩充以金吾将军代理渭北节度使。韩公以司徒兼中书令治理蒲州,在这时,弟弟韩充从郑滑节度使任上平定宣武军叛乱,以司空之衔居汴州。从唐初以来,没有人能跟他们相比。韩公为政,严谨而不烦琐,只求清除祸害之根,不多设教条。他跟人相处必定讲究信义,官吏能忠于自己的职守,赋税收入没有什么遗漏丢失,人民安居乐业,所在之地都因此富裕起来。韩公与人相处有界限,不做嬉戏轻浮之事,人们能得到他一句笑话,比赏赐金银丝帛还宝贵。他要论罪处死人,不露声色,而询问法律如何规定,不自作重判轻判的主张,所以没有谁敢犯法。神道碑铭是:

[注释] 1 钺:大斧。 2 金吾:韩充曾为右金吾将军。渭北:节度使驻坊州(故治在今陕西黄陵)。元和十五年(820),韩充代侄子公武领渭北鄘坊节度使。 3 韩弘当时以河中节度使驻蒲州。 4 郑滑节度:治义成军,方镇驻滑州。宣武:宣武军,方镇驻汴州。当时节度使李愿被三军驱逐,帝命韩充节度义成、宣武两军平乱。 5 司空:三公之一,正一品,虚衔。长庆二年(822)八月,韩充胜利进入汴州城。 6 畛(zhěn)域:界限。 7 狎:轻浮。

在贞元世,汴兵五猘[1]。将得其人,众乃一

在贞元之时,汴州叛兵五次像疯狗一样发狂。由于将帅得其人选,所以兵

憩[2]，其人为谁？韩姓许公。磔其枭狼[3]，养以雨风，桑谷奋张，厥[4]壤大丰。贞元元孙[5]，命正我宇，公为臣宗，处得地所。河流两壖[6]，盗连为群，雄唱雌和，首尾一身，公居其间，为帝督奸，察其嚬呻[7]，与其睨眴[8]。左顾失视，右顾而跽[9]。蔡先郓锄，三年而墟，槁干[10]四呼，终莫敢濡[11]。常山幽都[12]，孰陪[13]孰扶？天施不留，其讨不遭[14]。许公预焉，其赉[15]何如？

众才得以休息，那个人是谁？是韩姓许国公。他割剥凶狼，以雨露与和风养育百姓，桑谷茂盛生长，那块土地获得大丰收。贞元皇帝长孙，下命整顿天下，韩公被臣下敬仰，所处州郡得其地望。黄河淮河两岸土地上，盗贼相连结群，此唱彼和，前后结成一体。韩公处在他们中间，替皇上督察奸逆，听到百姓痛苦的声音，和看到他们那斜视恍惚的目光。他左顾郓州，郓州统帅不敢正视，他右顾蔡州，蔡州统帅长跪帖服。蔡贼在郓贼之前铲除，三年战争而成为废墟，逆贼外强中干，四处诽谤，终究没有谁敢沾染。恒州和幽州，谁背叛朝廷，谁又扶助朝纲？皇天的恩施不留，对那里的讨伐也不能拖延了。许国公参与讨伐，那种赏赐又怎么样？

[注释] 1 狾（zhì）：此处指疯犬发狂。 2 憩（qì）：同"憩"，休息。 3 磔（zhé）：分裂身体。枭（xiāo）：骁勇。 4 厥：其。 5 元孙：长孙，此指德宗皇帝之孙宪宗。 6 壖（ruán）：此指河边土地。 7 其代百姓。嚬（pín）呻：此指疾苦之声。 8 睨（nì）：斜视。眴（xuàn）：目光摇动恍惚，眼睛昏花。 9 跽（jì）：长跪。 10 槁干：干枯。 11 濡（rú）：沾染。 12 常山：即恒州，指成德军，其节度使王承宗谋反。幽都：即幽州，指卢龙军，其节度使为刘总，上疏愿奉朝请。 13 陪：通"背"，背叛。 14 遭：拖延。 15 赉（lài）：赏赐。

悠悠四方，既广既长，无有外事[1]，朝廷之治。许公来朝，车马干戈，相乎将乎？威仪之多！将则是已，相则三公[2]，释[3]师十万，归居庙堂[4]。上之宅忧[5]，公让太宰[6]，养安蒲坂，万邦绝等[7]。有弟有子，提兵守藩，一时三侯，人莫敢扳[8]。生莫与荣，殁莫与令[9]，刻文此碑，以鸿[10]厥庆。

悠悠天下，既阔又长，再也没有外乱了，朝廷大治。许国公来朝贺，车马成队，干戈耀目，是封宰相还是大将呢？仪仗随从何其多！大将吗，本来就是了，宰相吗，则被封为三公，放下十万兵权，归居朝廷。皇上居丧，韩公辞让宰辅，到蒲州怡养，天下没有谁能相比。有弟弟有儿子，掌握军队镇守藩邦，三人同时封侯，别人莫敢攀比。生没有谁比他更光荣，死没有谁比他更美好，在这块石碑上刻上铭文，用以光大他的福庆。

[注释] 1 此指外已平蔡、郓。 2 此指册拜司徒。 3 释：放下。 4 庙堂：指朝廷。 5 上：指穆宗。宅忧：天子居丧之称。 6 让：谦让。韩弘在司徒、中书令职上，几次坚辞兼节度使领重镇之职。 7 绝等：超群越等，无人可比。 8 扳（pān）：通"攀"，攀比。 9 令：美。 10 鸿：通"洪"，扩大，光大。

韩愈·试大理评事王君墓志铭

[导读]

这是一篇奇文：从奇男子王适不应节度使卢从史之招，可见名节之奇；

从李将军栉垢爬痒,可见吏才之奇。虽怀奇负气,却不为世遇,故作者只突出王适平生不得意处,不再敷衍长文。末尾奇计娶妇,情节奇,语言奇,有声有色,极为活泼,颇有小说风味,在墓志铭中别具一格。

【原文】

君讳适,姓王氏。好读书,怀奇负气,不肯随人后举选[1]。见功业有道路可指取,有名节可以戾契[2]致,困于无资地[3],不能自出,乃以干[4]诸公贵人,借助声势。诸公贵人既志得,皆乐熟软媚耳目者,不喜闻生语[5]。一见,辄戒门以绝。上[6]初即位,以四科[7]募天下士,君笑曰:"此非吾时邪?"即提所作书,缘道歌吟,趋直言试[8]。既至,对语惊人,不中第,益困。

【译文】

君讳名适,姓王。喜好读书,怀抱奇志,恃其意气,不肯跟随在一般人之后去应考仕进。他看到建立功业有道路可循,而名声气节可以钻营谋求,但因于没有资格地位,自己不能显露,于是便拜求诸公贵人,想借助他们的声势。诸公贵人既已得志,都乐于听花言巧语和谄媚的好话,不喜欢听到生硬的话。这些人见到王君一次,就告诫门子下回拒绝接见。如今皇帝刚即位,设立四科来招募天下读书人,王君笑着说:"这不正是我的时运吗?"就提着所写的书,沿途歌唱,前往参加直言极谏科考试。到达京城,对语惊人,但没有考中,就更加困顿了。

【注释】 1 举选:以应考而仕进。 2 戾(liè)契:扭转歪倒,指钻营谋求。 3 地:地位。 4 干:拜求。 5 生语:生硬的话。 6 上:此指唐宪宗。 7 四科:唐代科举于进士、明经外,特开贤良方正直言极谏科、才识兼茂明于体用科、达于吏理可使从政科、军谋弘远堪任将帅科等。 8 趋:前往。直言试:即贤良方正直言极谏科的考试。

久之，闻金吾李将军年少喜事可撼[1]，乃踏门告曰："天下奇男子王适，愿见将军白事。"一见，语合意，往来门下。卢从史既节度昭义军[2]，张[3]甚，奴[4]视法度士，欲闻无顾忌大语。有以君生平告者，即遣客钩致[5]。君曰："狂子不足以共事。"立谢客。李将军由是待益厚，奏为其卫胄曹参军[6]，充引驾仗判官[7]，尽用其言。将军迁帅凤翔[8]，君随往，改试大理评事[9]，摄监察御史、观察判官[10]，枂垢爬痒[11]，民获苏醒。

很久以后，王君听说金吾卫李大将军年轻，喜爱助人做事，可以打动他，于是登门报告说："天下奇男子王适，希望能看到将军而陈述大事。"一见面，言谈合意，就在李将军门下往来。卢从史既已做了昭义军节度使，特别自高自大，像看奴仆一样看待遵纪守法的读书人，想要听到没有顾忌的大话。有人把王君生平事迹报告给他，他就派遣门客去招揽。王君说："狂妄的小子不值得和他共事。"马上谢绝了来客。李将军因此对待他更加厚道，奏请让他当自己的金吾卫胄曹参军，充当引驾仪仗判官，皇上都采纳了李将军的意见。李将军升迁为凤翔节度使，王君随同前往，改任大理评事，代理监察御史、观察判官，刬除弊病，老百姓才获得喘息。

【注释】 1 金吾：官名。左右金吾卫大将军，正三品，掌官中及京城日夜巡警之法。李将军：指李惟简，李宝臣儿子，元和初任检校户部尚书、左金吾卫大将军。 2 卢从史：由进士历御史、秘书监，拜节度使后益加骄恣，后被贬骧州司马，赐死。昭义军：方镇名，治所在相州（今河南安阳），后移潞州（今山西长治）。 3 张：大，自大。 4 奴：名词用作状语。 5 钩致：罗致，招揽。 6 卫胄曹参军：官名。金吾卫的胄曹参军，掌军戎器械及公廨兴造之事。 7 引驾仗判官：官名。引驾仪仗三卫六十人，左右金吾卫各有判官两名。 8 元和六年（811），李惟简任陇右节度使,驻凤翔府,故治在今陕西凤翔。 9 大理评事:大理寺属官,掌出使推案。 10 摄:代理。监察御史:官名,分察百官,巡按郡县,纠察刑狱。观察判官:观察使属下的支使判官。李惟简在贞元三年(787)以凤翔节度使领陇右支度营田观察使,王任其助手。 11 栉垢:用梳子梳去头上污垢。爬痒:搔痒。栉垢爬痒比喻剔除弊病。

居岁余,如有所不乐,一旦载妻子入阌乡[1]南山不顾。中书舍人王涯、独孤郁、吏部郎中张惟素、比部郎中韩愈[2],日发书问讯,顾不可强起,不即[3]荐。明年九月疾病,舆医[4]京师,其月某日卒,年四十四。十一月某日,即葬京城西南长安县[5]界中。曾祖爽,洪州武宁令[6]。祖征,右卫骑曹参军[7]。父嵩,苏州昆山丞[8]。妻上谷[9]侯氏,处士高女[10]。

王君任职一年多,好似有所不乐,一天早晨用车载着妻儿老小进入阌乡县南山,头也不回。中书舍人王涯、独孤郁,吏部郎中张惟素、比部郎中韩愈,每天写信问候,考虑不能强行任用,就没有立即推荐他。第二年九月王君患病,乘车送京城就医,这月的某日逝世,享年四十四。十一月某一天,葬于京城西南长安县界内。他的曾祖名爽,为洪州武宁县令。祖父名征,为右卫骑曹参军。父亲名嵩,为苏州昆山县丞。妻子是上谷的侯氏,是处士侯高的女儿。

【注释】 1 阌(wén)乡:旧县名,唐属河南道虢州,今并入河南灵宝。 2 中书舍人:官名,属中书省,掌侍奉进奏参议表章。王涯:字广津,太原人。元和七年(812),由吏部改兵部员外郎,知制诰,九年拜中书舍人。独孤郁:字古风,河南洛阳人,古文家独孤及之子。元和八年(813),驾部郎中、翰林学士,九年改秘书少监。吏部郎中:吏部有郎中二人,一掌考天下文官的班秩品命,一掌小选。张惟素:后在元和间任吏部侍郎。比部郎中：比部属刑部（刑部有四属，分别是刑部、都官、比部、司门），郎中只一人，掌百官俸禄公廨、赃赎等。元和八年，韩愈为此职。 3 即：往就，接受。 4 舆医：乘车就医。 5 长安县：唐属京兆府，今陕西长安。 6 洪州武宁：洪州之县名，故治在今江西武宁。 7 骑曹参军：分左右卫，掌外府杂畜、簿账、收养。 8 苏州昆山：苏州之县名，故治在今江苏昆山。 9 上谷：郡名，即易州，治所在今河北怀来。 10 处士：有才德而隐居不仕的人。高：侯高，字玄览。少为庐山道士，号华阳居士。后充当小官，因病而归庐山，途中卒。

高固[1]奇士，自方阿衡、太师[2]，世莫能用吾言。再试吏，再怒去，发狂投江水。初，处士将嫁其女，惩曰："吾以龃龉[3]穷，一女怜之，必嫁官人，不以与凡子。"君曰："吾求妇氏久矣，惟此翁可[4]人意，且闻其女贤，不可以失。"即谩[5]谓媒妪："吾明经[6]及第，且选，即官人。侯翁女幸嫁，若能令翁许我，请进百金为妪谢。"许诺，白翁。翁曰："诚官人邪？取文书来。"君计穷吐

侯高原来是位奇特之士，自比伊尹、姜太公，常说世人不能采用自己的言论。第二次做小吏时，再次怒气冲冲离开，发狂投进了江中。起初，处士打算把女儿嫁出去，告诫自己说："我因为与人意见不合而穷困，膝下只一女，我怜悯她，一定要让她嫁个官人，不把她许给凡夫俗子。"王君说："我寻求妻家很久了，只有这位老人家称人心意，况且听说他的女儿贤能，不可以丧失良机。"就骗媒婆说："我明经科及第，即将候选，很快就是官人了。侯翁女儿幸而出嫁，假若你能叫老人家把女儿许给我，我就用百金给你作谢礼。"媒婆答应了，告诉了老人家。老人家说："果真是官人吗？拿文书来。"王君计无计可施说了实话，媒婆说："不

实,妪曰:"无苦!翁,大人,不疑人欺。我得一卷书,粗若告身[7]者,我袖[8]以往,翁见未必取视。幸而听我,行其谋。"翁望见文书衔袖,果信不疑,曰:"足矣!"以女与王氏。生三子,一男二女,男三岁夭死,长女嫁亳州永城[9]尉姚侹,其季[10]始十岁。铭曰:

要苦恼!这位老人家,是个宽厚的人,不会怀疑别人欺骗他。我拿一卷书,粗略看上去像吏部的文书即可,我用衣袖笼着前去,老人家看到了未必会取出亲眼细看。他若侥幸听从了我的话,就能施行这个计策。"老人家望见媒婆衣袖裹着的"文书",果真相信不怀疑,说:"够了呀!"就把女儿许给了王氏。侯氏生下三个子女,一男二女,男孩三岁就早死了,大女儿嫁给亳州永城县尉姚侹,小女儿才十岁。铭文是:

注释 1 固:原来。 2 方:比。阿衡:殷商时官名,相当于后世宰相。商汤时伊尹曾为此官。太师:官名,三公之一。周武王时姜太公曾为此官。这里以官职代指贤臣伊尹、姜太公。 3 龃龉:牙齿不正,比喻和别人意见不合。 4 可:合宜。 5 谩:蒙蔽。 6 明经:唐代科举,分秀才、进士、明经、明法等科。考取了明经,就有机会任官职。 7 告身:授官的文书。候选人授官,吏部所发文书印有"尚书吏部告身之印"字样,故称。 8 袖:活用为动词。 9 永城:亳州县名,治所在今河南永城。 10 季:排在最末的儿女或兄弟等。

鼎也不可以柱车[1],马也不可使守闾[2]。佩玉长裾[3],不利走趋[4]。只系其逢[5],不系巧愚。不谐其须[6],有衔不祛[7]。

鼎是不能够支撑车子的,马是不能用来守门的。佩玉并穿长袖衣服,不利于小步疾走。人的命运只关系到遭遇,与聪明愚笨无关。不符合他人的需要,怀抱才能也无法施展。把这些话刻在石

鑱石埋辞[8]，以列幽墟。 ‖ 头上，将它埋于墓之深处。

[注释] 1 鼎：鼎锅，古时是食器和礼器。柱：通"拄"，支撑。 2 阃：里门。守门是狗的事。 3 裾：袖。 4 走：疾趋。趋：疾行。走趋，即小步快走。 5 系：关系。逢：遭遇。 6 谐：和谐，符合。须：需要。 7 衒：指有才能。祛（qū）：通"祛"，摆脱，引申为施展开。 8 鑱：刻。

欧阳修·泷冈阡表

[导读] 欧阳修，字永叔，自号醉翁、六一居士，谥文忠。祖籍吉州永丰（今江西吉安永丰县），出生于绵州（今四川绵阳）。宋天圣八年（1030）中进士，任洛阳留守推官，为人耿直忠诚，数次遭贬，在朝廷和各州从政四十多年。撰有《新五代史》《新唐书》。所为诗文，力主革新，为唐宋八大家之一。

作者皇祐年间写有《先君墓表》，是《泷冈阡表》初稿。二十年后，在青州任内精心修订此文，作者通过对日常琐事、家常对话的追述描写，颂扬了父亲之清廉、孝道和仁慈；赞美母亲之勤俭、贞节和安于贫贱；揭示自己不苟合时世，立志改革是基于父母之教诲。本文感情真挚，描写细腻，毫无雕琢夸饰之词，虽属墓表，实是一篇优秀小品。

曾氏选用此篇，除欲师法其技巧外，意欲使家人明白：牢记父母美德、教诲，使自身有成，以光宗耀祖。我们对这种保守观念，应有所鉴别；但对于欧阳修所颂扬的他父母的那种美德，也应有所继承和发扬。

原文

　　呜呼！惟我皇考崇公[1]，卜吉于泷冈之六十年[2]，其子修始克表于其阡[3]。非敢缓也，盖有待也[4]。

　　修不幸，生四岁而孤[5]。太夫人[6]守节自誓，居贫[7]，自力于衣食[8]，以长[9]以教，俾至于成人。太夫人告之曰："汝父为吏，廉而好施与[10]，喜宾客。其俸禄虽薄，常不使有余，曰：'毋以是为我累。'故其亡也，无一瓦之覆、一垄之植，以庇而为生。吾何恃而能自守邪？吾于汝父，知其一二，以有待于汝也。

译文

　　啊呀！我的先父崇国公，在泷冈占卜吉地安葬六十年之后，他的儿子欧阳修才能够在他墓道上立墓表。不是我敢迟延，究其原因是有所等待啊。

　　我不幸，出生后四岁丧父。母亲发誓守寡不再嫁，家境贫穷，只能依靠自己的力量谋生，以此养育我，教育我，使我长大成人。母亲告诉我说："你父亲为官清廉，乐于助人，又爱结交朋友。他的俸禄微薄，常常所剩无几，曾说：'不要因为这些俸禄成为我的包袱。'所以他死后，没有一间房屋、一块土地的遗产使后人可赖以生存。我依靠什么自守呢？我对于你父亲，有所了解，因而把希望寄托在你身上。

注释　1 惟：句首发语词。皇考：皇即美，光明伟大之意；父死称考。对亡父的这种尊称，南宋后只可用于皇室。崇公：作者父亲欧阳观只做过州的军事推官、判官等小职，因子贵，被追封为崇国公。　2 卜吉：占卜吉地吉时。泷（shuāng）冈：地名，在今江西永丰沙溪南凤凰山上。　3 克：能够。表：墓表（碑文），活用为动词。阡（qiān）：墓道。　4 盖：语气副词，有究其原因的意思。有待：有所等待，此为等待皇上封赠的意思。　5 孤：幼时丧父称孤。作者生于宋真宗景德四年（1007），其父逝于大中祥符三年（1010），当时作者仅四岁。　6 太夫人：夫人是皇上对官吏之妇的封号，父死，儿辈称母太夫人。 7 居贫：一本作"居穷"。 8 衣食：泛指生计。 9 长(zhǎng)：养育。 10 施与：施舍给予。

"自吾为汝家妇，不及事吾姑[1]，然知汝父之能养[2]也。汝孤而幼，吾不能知汝之必有立，然知汝父之必将有后也。吾之始归[3]也，汝父免于母丧[4]方逾年。岁时祭祀，则必涕泣曰：'祭而丰，不如养之薄也！'间御酒食[5]，则又涕泣曰：'昔常不足，而今有余，其何及也！'吾始一二见之，以为新免于丧适然[6]耳。既而其后常然，至其终身未尝不然。吾虽不及事姑，而以此知汝父之能养也。汝父为吏，尝夜烛治官书[7]，屡废而叹。吾问之，则曰：'此死狱也，我求其生不得尔！'[8]吾曰：'生可求乎？'曰：'求其生而不得，则死者与我

"自从我做了你家媳妇，没有赶上服侍我的婆婆，然而我知道你父亲很孝敬父母。你丧父时年幼，我不能断定你将来会有所成就，但我知道你父亲一定后继有人。我刚出嫁时，你父亲为他母亲守孝结束刚一年。岁末祭祀祖先他总是流泪说：'祭祀再丰富，也不如生前的微薄供养啊。'有时进用酒食，又会流泪说：'过去常常吃不饱，可是现在有节余，又怎么能赶得上供养双亲呢！'我开始看见一两回，认为他是刚脱下丧服偶然这样罢了。不久以后经常这样子，甚至到他去世前没有不是这样的。我虽然没赶上侍奉婆婆，却凭借这些事了解你父亲能够孝养双亲。你父亲做官，曾经深夜点烛处理官府文书，屡次搁笔叹息。我问他缘故，他就说：'这是死罪案，我想为他谋求一条生路却办不到啊！'我说：'生路可以谋求吗？'他说：'想为他谋求生路却无能为力，那么死者和我就都没有遗

皆无恨也,矧⁹求而有得邪!以其有得,则知不求而死者有恨也!夫常求其生,犹失之死,而世常求其死也。'

憾了,何况那些谋求生路并又办得到的呢!因为那些事办得到,所以懂得不去谋求而被处死的人是有遗憾啊。经常为死罪开条生路,还有失误被处死的,可是世人总想置犯人于死地。'

注释 1 事:服侍,侍奉。姑:古时妇人对婆婆称姑。 2 能养:能供养。古称孝有三:"大孝尊亲,其次弗辱,其下能养。" 3 归:古称妇女出嫁,见《诗》"之子于归"句。 4 免于母丧:脱下为母守丧所穿的丧服。古时双亲或祖父母亡故,子孙要谢绝人事守孝三年,称为守制,期满才能除去丧服。 5 间:间或,有时。御:进用。 6 适然:偶然这样。7 烛:掌烛,名词活用为动词。官书:官府文书。 8 此句意思是尽量为死囚谋条生路,免其死刑。 9 矧(shěn):何况。

"回顾乳者¹,抱²汝而立于旁,因指而叹曰:'术者谓我岁行在戌将死³。使其言然,吾不及见儿之立也,后当以我语告之。'其平居⁴教他子弟,常用此语,吾耳熟焉,故能详也。其施于外事,吾不能知;其居于家,无所矜饰⁵,而所为如此。是真发于中⁶者耶!呜呼!其心厚于仁者邪?此吾知汝父之必将有

"他回过头来看看奶妈,奶妈抱着你站立在一旁,因而指着你叹息说:'看相的说我岁逢戌年将会死去。假使他的话灵验,我就来不及看到儿子长大成人,以后应当把我的话告诉他。'他平时教育其他子弟,也常常用这些话,我平时听惯了,所以能够详记。他在外边所做的事,我不能够知道;他在家里居住,从不装腔作势,而所作所为都似这样。这是真正从内心深处迸发的感情呀!唉,他是很重视仁的啊!因此我知道你父亲一定会有

后也,汝其勉之!夫养不必丰,要[7]于孝;利虽不得溥[8]于物,要其心之厚于仁。吾不能教汝,此汝父之志也。"修泣而志[9]之,不敢忘。以上述母语,称父之德。

一个有出息的后代,你以此自勉吧!奉养父母不必丰厚,但重要的是孝敬;利益虽然不能广施于所有人,但重在有仁爱之心。我不能教导你,但这些是你父亲的意愿啊!"我哭着记住了这些话,不敢忘掉。

【注释】 1 乳者:奶妈。 2 抱:一本作"剑"。 3 术者:会星术之人,即专门以占卜算命赚钱的人。岁行在戌:指死亡的八字在戌年。古代以干支纪年,大中祥符三年为庚戌年。 4 平居:平时。 5 矜(jīn)饰:骄矜装饰。 6 中:中心,内心深处。 7 要:通"徼",求,取。 8 溥:一本作"博"。均是广大之意。 9 志:记住。

先公[1]少孤力学。咸平三年进士及第[2]。为道州判官[3],泗、绵二州推官[4],又为泰州[5]判官。享年五十有九,葬沙溪[6]之泷冈。以上崇公仕履。

先父年幼丧父,奋力学习。咸平三年中进士。父亲当过道州判官,泗、绵二州推官,又做过泰州判官。享年五十九岁,埋葬在沙溪泷冈。

【注释】 1 先公:作者对亡父的敬称。 2 咸平:宋真宗年号,咸平三年即公元1000年。及第:考中进士。因列榜有甲乙次第,故称及第。 3 道州:州治在今湖南道县。判官:州府长官僚属,主管文书事务。 4 泗:泗州,州治在今安徽泗县。绵:绵州,州治在今四川绵阳。推官:州府长官僚属,主管刑事。 5 泰州:州治在今江苏泰州。 6 沙溪:在今江西永丰。

太夫人姓郑氏,考讳德仪,世为江南名族。太夫人恭俭仁爱而有礼,初封福昌县太君[1],进封乐安、安康、彭城三郡太君[2]。自其家少微时[3],治其家以俭约,其后常不使过之,曰:"吾儿不能苟合[4]于世,俭薄所以居患难也。"其后修贬夷陵[5],太夫人言笑自若,曰:"汝家故贫贱也,吾处之有素[6]矣。汝能安之,吾亦安矣!"以上太夫人。

母亲姓郑,她的父亲名德仪,世代都是江南名门望族。母亲恭敬勤俭、仁慈宽爱又有礼节,开始时封福昌县太君,进而封乐安、安康、彭城三郡太君。在我们家贫贱卑微时,她勤俭节约治理家务,后来家境富裕了,也不许花费过多,说:"我儿子对于世俗不能苟且迎合,勤俭节省,是为了准备过患难生活啊。"后来我贬官夷陵,母亲谈笑自如,说:"你家本来就贫贱,我过这种生活已经习惯了。你能安心对待,我也就安心了啊!"

[注释] 1 福昌:故城在今河南宜阳。县太君:宋制,朝廷卿、监和地方知州之母,封县太君。 2 乐安:宋以乐安乡置乐安县,故治在今江西乐安。安康:晋改安阳为安康,唐改名汉阴,故治在今陕西汉阴。彭城:古城,当为今之江苏徐州。郡太君:宋制,朝廷侍郎、学士,地方观察、留后等官之母封郡太君号。上述县、郡之名,并非宋时实际县郡,只是赠封称号。 3 少微时:贫贱卑微时。 4 苟合:苟且迎合、附和。 5 贬夷陵:景祐三年(1036),欧阳修为范仲淹辩护,被贬为夷陵县令。夷陵故城说法不一,但皆在今湖北宜昌境内。 6 素:素来,向来。

自先公之亡二十年,修始得禄而养[1]。又十有二年,列

在先父去世二十年后,我才得到俸禄供养母亲。又过了十二

官于朝,始得赠封其亲[2]。又十年,修为龙图阁直学士[3]、尚书吏部郎中[4]、留守南京[5],太夫人以疾终于官舍[6],享年七十有二。又八年,修以非才,入副枢密[7],遂参政事[8]。又七年而罢[9]。自登二府[10],天子推恩,褒其三世[11]。盖自嘉祐以来[12],逢国大庆,必加宠锡[13]:皇曾祖府君累赠金紫光禄大夫[14]、太师[15]、中书令[16],曾祖妣[17]累封楚国太夫人;皇祖府君累赠金紫光禄大夫、太师、中书令兼尚书令[18],祖妣累封吴国太夫人;皇考崇公累赠金紫光禄大夫、太师、中书令兼尚书令,皇妣累封越国太夫人。今上初郊[19],皇考赐爵为崇国公,太夫人进号魏国。以上封赠。

年,我在朝廷做官,才得到赠号封自己的亲人。又过了十年,我当了龙图阁直学士、尚书吏部郎中、留守南京,母亲因病在官衙逝世,享年七十二岁。又过了八年,我以不相称的才能进入枢密院任副使,于是参与政事,又过了七年被罢免。自从晋升枢密院和中书省,天子施恩,褒奖我家三代宗亲。自从嘉祐以来,每逢国家大庆,朝廷必定重加恩宠赏赐:先曾祖父累赠金紫光禄大夫、太师、中书令,曾祖母累封楚国太夫人;先祖父累赠金紫光禄大夫、太师、中书令兼尚书令,祖母累封吴国太夫人;先父崇国公累赠金紫光禄大夫、太师、中书令兼尚书令,母亲累封越国太夫人。当今皇上初行郊祀礼,先父被赐爵为崇国公,母亲进号魏国太夫人。

注释 1 得禄而养:得到官俸迎养母亲。欧阳修于宋仁宗天圣八年(1030)中进士,授将仕郎,后充西京留守推官,始获俸禄。 2 赠封其亲:仁宗庆历元年(1041),欧阳修加骑都尉,改集贤校理,获得封赠父母之荣。 3 龙图阁:宋代管理典籍文献的官署。直学士:官名,班在学士下,待制上。 4 尚书:尚书省,下设吏、户、礼、兵、刑、工六部。

吏部：吏部掌管全国官员任免、考核、升降等，尚书为其长官，有郎中四人分管各司事务。 5 南京：宋真宗时，升宋州为应天府，建为南京，府治在今河南商丘。作者皇祐二年(1050)以龙图阁直学士知应天府兼南京留守司事，并转吏部郎中，加轻骑都尉。 6 皇祐四年(1052)，欧母病逝于南京留守司。 7 副枢密：枢密院副使。这是仁宗嘉祐五年(1060)事。枢密院是政府中枢。 8 参政事：嘉祐六年，欧阳修升户部侍郎，拜参知政事(副宰相)。 9 罢：罢免。作者在英宗治平四年(1067)被罢参知政事。被罢时英宗已卒，神宗即位。 10 二府：中书省和枢密院，一管政事，一管军事，为宋代最高权力机关。 11 三世：曾祖、祖、父三代。 12 盖：一本作"故"。嘉祐：宋仁宗年号，公元1056年至1063年。 13 锡：宠锡，即推恩赏赐爵位。 14 府君：子孙对祖先的敬称。金紫光禄大夫：汉武帝时，光禄大夫掌皇上顾问应对。宋代只是一种散官。 15 太师：商周所设辅佐帝王的高官，三公之一。唐宋以来，只作为封赠的官号。 16 中书令：中书省长官。宋代只是一种赠官。 17 曾祖妣(bǐ)：曾祖母。母死称妣。 18 尚书令：尚书省长官，魏晋以后，位极人臣。宋代只是一种加官封赠名号。 19 今上：即宋神宗赵顼。郊：郊祀，即祭天。熙宁元年(1068)十一月宋神宗初行郊祀礼。

于是小子修泣而言曰：呜呼！为善无不报，而迟速有时，此理之常也。惟我祖考，积善成德，宜享其隆。虽不克有于其躬[1]，而赐爵受封，显荣褒大，实有三朝之锡命[2]。是足以表见[3]于后世，

于是我流泪写道：唉！做好事没有不得到好报的，时间或迟或早，这是常理啊。我的祖先，积累善行成就大德，应当享受那隆重的报答。虽然他们在有生之年不能享受到，但赐爵受封，显示荣光，褒奖大德，确实享有三朝的赏赐诏令。这就足

而庇赖其子孙矣。乃列其世谱,具刻于碑。既又载我皇考崇公之遗训,太夫人之所以教而有待于修者,并揭[4]于阡。俾知夫小子修之德薄能鲜[5],遭时窃位[6],而幸全大节,不辱其先者,其来有自。

熙宁三年[7],岁次庚戌,四月辛酉朔,十有五日乙亥[8],男推诚保德崇仁翊戴功臣、观文殿学士、特进、行兵部尚书、知青州军州事、兼管内劝农使、充京东东路安抚使、上柱国、乐安郡开国公,食邑四千三百户,食实封一千二百户[9],修表。

够使其德行显扬于后世,并且庇护保佑他们的子孙了。于是我列上我家世谱,都刻在碑上。同时又记录我先父崇国公的遗训,母亲怎样教育并期待我的话,都写在阡表上。好让大家知道我德行薄、能力弱,因逢时才占据高位,而幸运地保全了大节,没有玷辱自己的祖先,这都是由于上述的原因。

熙宁三年庚戌岁,四月初一辛酉,十五日乙亥,男推诚保德崇仁翊戴功臣、观文殿学士、特进、行兵部尚书、知青州军州事、兼管内劝农使、充京东东路安抚使、上柱国、乐安郡开国公,食邑四千三百户,食实封一千二百户,欧阳修立表。

注释　1 躬:身体,亲身。　2 三朝:指宋仁宗、英宗、神宗三朝。锡命:赐命,赏赐诏令。　3 见:同"现"。　4 揭:此指记载。　5 俾(bǐ):使。鲜:少。能鲜即能力弱。　6 遭时窃位:古人为官之谦辞。　7 熙宁:宋神宗年号,公元1068年至1077年。三年即公元1070年。　8 朔:初一。熙宁三年四月初一干支属辛酉,十五日干支属乙亥。　9 观文殿学士:宋代一种荣誉头衔。特进:宋代文职散官,正二品。行:以高职位勋阶兼行低一级的职位。青州:今山东境内,宋称青州为北海郡。宋时朝臣出为知州,兼管军政民政,称权知军州事。内劝农使:劝勉农事之官。京东东路:宋行政单位。京东东路治青州,治所在今山东青州。

安抚使：路的长官，多以知州兼。上柱国：战国时楚国所设官名，位高权重。唐以后只作为勋阶之号。开国公：宋代爵号，德高望重。食邑：提供食禄的封地。宋代食邑从二百户加至一万户，实封一百户至一千户，有时可特加。上面是作者按资递加的全部官衔和封爵。

王安石·王深甫墓志铭

导读

王安石，字介甫，抚州临川（今江西抚州）人。官至宰相，曾积极改革时政，晚年因受阻而辞官居家，被封为荆国公。卒谥文。王安石是北宋著名政治家、文学家，为唐宋八大家之一。

深甫，是王回的字。王回在经术衰微时，奋然独起，于先王遗文，破去百家传注，反复辨析，开阐精粹。然而其学问不为世用，德行不为世重，寿年不为世长，本人也不求人知。王荆公此文就在"知""难知""不知"上做文章，知人论世，感慨百端，呜咽欲绝，无限痛悼，曲折尽致，故有沉郁之风。作者力追韩愈，有湛深之识，幽渺之思，故行文亦有倔强之气，跌宕之势。

原文

吾友深父[1]，书足以致其言，言足以遂其志。志欲以圣人之道为己任，盖非至于命弗止也。故不为

译文

我的朋友深父，他的书完全记录了他的言语，他的言语又足以表现出他的志向。他想以恢复圣人之道作为自己的大任，大概不到死是不会停止

小廉曲谨[2]，以投众人耳目，而取舍进退去就，必度[3]于仁义。世皆称其学问、文章、行治，然真知其人者不多，而多见谓迂阔，不足趣[4]时合变。嗟乎！是乃所以为深父也。令深父而有以合乎彼，则必无以同乎此矣。以上总括大意。

的。所以他不做委曲求全之事以使众人满意，他取舍的标准、行事的进退去就，一定要用仁义度量才去做。世人都称颂他的学问、文章和治理之才，可是真正了解他的人却不多，多数人以为他迂阔，不能趋附时俗而变通。哎呀！这就是深父之所以成为深父的道理啊。假使深父有意去迎合那些人，那么就不会有这样的他了。

[注释] 1 深父：即深甫。父通"甫"。 2 小廉曲谨：此指谨小慎微，委曲求全。 3 度（duó）：考虑。 4 趣：通"趋"，趋向，趋附。

尝独以谓天之生夫[1]人也，殆将以寿考成其才[2]，使有待而后显，以施泽于天下；或者诱其言，以明先王之道，觉后世之民。呜呼！孰以为道不任于天，德不酬于人，而今死矣！甚哉，圣人君子之难知也！以孟轲之圣，而弟子所愿，止于管仲、晏婴[3]，况余人乎？至于扬雄[4]，尤当世之所贱简[5]，其为门人者，一侯芭[6]

我个人认为，上天生下那个人，就会用寿命的长短来使之在后世彰显，把恩泽施于天下；或者诱导他著书立说，用以明确先王之道，使后世百姓觉悟。唉！谁料他的大道不被上天任用，大德不被人间酬谢，现在就去世了啊！圣人君子太难被人了解了！拿孟子这位圣人来说，他的弟子所倾慕的，也只有管仲、晏婴，何况其他人呢？至于扬雄，尤其被当时的人所轻贱怠慢，他的门生，只有一个侯芭罢了。侯芭称扬扬雄的书，认为

而已。芭称雄书[7]以为胜《周易》,《易》不可胜也,芭尚不为知雄者。而人皆曰:"古之人生无所遇合,至于没久,而后世莫不知。"若轲、雄者,其没皆过千岁,读其书,知其意者甚少。则后世所谓知者,未必真也。夫此两人以老而终,幸能著书,书具[8]在,然尚如此。嗟乎,深父!其智虽能知轲,其于为雄,虽几[9]可以无愧。然其志未就,其书未具,而既早死。岂特无所遇于今,又将无所传于后?天之生夫人也,而命之如此,盖非余所能知也。以上虑深父之无传。

超过了《周易》。《易经》是不能超越的呀,侯芭还是不了解扬雄。可是人们都说:"古人生时没有什么相逢契合的人,到了死后很久,后世没有谁不了解他的。"如孟轲、扬雄,他们逝世都已超过千年了,读他们的书,深知他们用意的人却很少。而且后世所谓了解的,未必是真实的。这两个人以年老而亡故,幸而能著书立说,书又完备存世,可还是如此。啊呀,深父!以他的聪明才智虽然能了解孟轲,他跟扬雄来比,虽然只是接近,但也可以是无愧的了。然而他的大志没有完成,他的书没有写完,就过早地逝世了。这难道不是于今世不被人了解,又不会流传于后世吗?上天降生这个人,可是命运却如此,因此他也就不是我所能了解的了。

[注释] 1 夫:那个。 2 殆:大概。考:老。寿考即长寿。 3 止:只。管仲:即齐相管子。晏婴:即齐相晏子。孟子批评公孙丑"诚齐人也",就只知道管仲、晏子。 4 扬雄:西汉文学家(见前文介绍)。 5 贱简:卑微简陋,此处活用为动词。 6 侯芭:西汉巨鹿人,曾从扬子学《太玄经》和《法言》。 7 雄书:此指扬雄拟《易经》而作之《太玄经》。 8 具:动词,完备。 9 几:接近。

深父讳回,本河南[1]王氏,其后自光州之固始迁福州之侯官[2],为侯官人者三世。曾祖讳某,某官;祖讳某,某官;考讳某,尚书兵部员外郎。兵部葬颍州之汝阴[3],故今为汝阴人。深父尝以进士补亳州卫真县主簿[4],岁余自免去,有劝之仕者,辄[5]辞以养母。其卒以治平二年七月二十八日[6],年四十三。于是朝廷用[7]荐者,以为某军节度推官[8],知陈州南顿县事[9],书下而深父死矣!夫人曾氏,先若干日卒。子男一人,某;女二人,皆尚幼。诸弟以某年某月某日,葬深父某县某乡某里,以曾氏祔[10]。铭曰:

深父名回,本属河南王氏,王氏后代从光州的固始迁到福州的侯官,作为侯官人已经三代。曾祖某,某官;祖某,某官;父亲某,尚书兵部员外郎。兵部员外郎埋葬在颍州汝阴,所以现今他成为了汝阴人。他父亲曾经以进士补亳州卫真县主簿,一年多后便自行辞官,有人劝他出来做官,他总是以供养母亲为由推辞。他死于治平二年七月二十八日,享年四十三岁。在这个时候,因为朝廷有人推荐,皇帝就任命他当某军节度使的推官,主持陈州南顿县县事,文书下来,深父却已死了啊!夫人曾氏,先他几天逝世。他有一个儿子,两个女儿,都还幼小。深父的几位弟弟在某年某月某日,将他埋葬在某县某乡某里,把曾氏与之合葬。铭辞说:

[注释] 1 河南:道名,治所在汴州(今河南开封)。 2 光州:唐武德三年(620)移治定城县,故治在今河南潢川。固始:县名,故治在今河南固始。福州:故治在今福建福州。侯官:县名,故治在今福建福州西北。 3 颍州:治所在汝阴。汝阴:县名,故治在今安徽阜阳。 4 亳州:故治在今安徽亳州。卫真县:故治在今河南鹿邑。主簿:负

责文书簿籍的属官。　5 辄：总。　6 治平：宋英宗年号，治平二年即公元1065年。　7 用：因。　8 某军：指许州忠武军。推官：节度使属官，掌勘问刑狱。　9 陈州：故治在今河南淮阳。南顿县：故治在今河南项城。　10 祔（fù）：合葬。

　　呜呼深父！维德之仔肩[1]，以迪祖武[2]。厥艰荒遐[3]，力必践[4]取。莫吾知庸[5]，亦莫吾侮。神则尚反[6]，归形此土。

　　啊呀深父！你承担大德，用以继承祖上的事迹。他艰难地生活在荒远的地方，必定要尽力实践争取。没有谁了解我能大用，也没有谁欺侮我。你的元神如果还会返回，请归聚在这一抔土中。

[注释]　1 仔肩：承担。　2 迪：继承。武：此指事迹。　3 厥：其。荒遐：荒远之地。　4 践：依循，实现。　5 庸：用。　6 反：通"返"，回归。

叙记类

左传·秦晋韩之战

导读

《左传》最善于以精练的语言描写复杂的战争。此文把韩原会战发生的原因、战前部署、战斗中力量变化、结局、胜败原因,以及战后媾和、人事处理等,叙述得有条有理,紧凑生动。围绕会战,通过人物行动和对话,勾勒出一个个鲜明的人物形象:晋惠公之荒淫昏乱、刚愎无能;秦穆姬之深明大义,又充满人情味;吕甥之深谋善虑、娴于辞令;尤其是将一代政治家秦穆公的宽厚仁义、高瞻远瞩刻画得栩栩如生,跃然纸上。《左传》笔意繁复,灵活多变,外交辞令柔而不屈、刚而不骄,在中国记叙体散文中,可以说是独一无二的。

原文

晋侯[1]之入也,秦穆姬属贾君焉[2],且曰:"尽纳群公子[3]。"晋侯烝[4]于贾君,又不纳群公子,是以穆姬怨之。晋侯许赂中大夫[5],既而皆背之。赂秦伯以河外

译文

晋惠公回国,秦穆公夫人把贾君嘱托给他,并且说:"把公子们都接回国。"晋惠公跟贾君通奸,又不接纳诸公子,因此穆公夫人怨恨他。晋惠公答应给中大夫馈送田土,不久又都背弃了诺言。他还答应把黄河以

列城五[6]，东尽虢略[7]，南及华山，内及解梁城[8]，既而不与。晋饥，秦输之粟；秦饥，晋闭之籴[9]，故秦伯伐晋[10]。以上构怨之由。

外五座城给秦伯，东边到虢略，南边至华山，黄河之内至解梁城，可是不久又不给了。晋国闹饥荒，秦国输送粮食到晋国；秦国闹饥荒，晋国却关闭粮食市场，所以秦伯讨伐晋国。

[注释] 1 晋侯：晋献公之子夷吾，因骊姬之乱逃亡在外，被齐、秦军队护送回国即位，是为惠公。 2 秦穆姬：即秦穆公夫人，晋献公女，惠公姐。贾君：晋献公太子申生之妻。一说晋献公妃。 3 此指献公之子。献公有子九人，除申生、奚齐、公子卓已死，夷吾立为君外，尚有流亡在外的重耳等五人。 4 烝：与母辈通奸。贾君是惠公亲长嫂，亦可用"烝"字。 5 中大夫：指里克和丕郑两人。惠公曾私下分别许诺给田百万亩和七十万亩。 6 秦伯：春秋五霸之一秦穆公。河外：黄河之西与南。因晋都绛城，而黄河自龙门至华阴，自北而南流，故称河西、河南之外。 7 虢略：在今河南嵩县。 8 内：即河东。解梁城：在今山西永济。 9 鲁僖公十四年（前646），秦饥，晋不与粟，反而乘机伐秦。 10 鲁僖公十五年（前645）冬，秦穆公反击晋国，使丕豹领兵讨伐。

卜徒父筮之[1]，吉："涉河，侯车败。"[2]诘之，对曰："乃大吉也。三败，必获晋君。其卦遇《蛊》[3]，曰：'千乘三去[4]，三去之余，获其雄狐[5]。'夫狐《蛊》，必其君也。

卜徒父占卜打仗的事情，是个吉卦，卦上说："渡过黄河，毁坏侯的车子。"秦伯追问，他回答说："这是大吉呀。打败他们三次，必定俘获晋国国君。这卦碰上了《蛊》，爻辞说：'千辆兵车三次驰驱，三次驰驱之后，猎获了那只雄狐。'那只雄狐，必定指的是他们的国

《蛊》之贞,风也;其悔,山也[6]。岁云秋矣[7],我落其实[8],而取其材,所以克也。实落材亡,不败何待?"三败及韩[9]。以上详叙卜人简叙三败。

君。《蛊》的内卦是风,它的外卦是山。到了秋天,我们的风吹落他们山上的果实,并且还伐取他们的木材,所以能战胜他们。果实落地木材丧失,他们不失败还等待什么?"晋国三次战败,退到了韩地。

[注释] 1 卜徒父:名徒父,秦国卜人。筮(shì):用蓍草占卦。 2 这是筮词内容。 3《蛊》:《易经》中卦名。 4 去:通"驱"。 5《蛊》卦是巽下艮上,艮为狐,主五爻,为君位,所以其象为雄狐。雄狐即君上。 6《蛊》卦内卦巽之贞为风,为秦象;外卦艮之悔为山,为晋象。 7 云:助词,无义。秋:指夏历九月。 8 实:果实。 9 韩:旧说在今陕西韩城西南。一说今山西芮城之韩亭,位于黄河之东。

晋侯谓庆郑[1]曰:"寇深矣,若之何?"对曰:"君实深之,可若何!"公曰:"不孙[2]!"卜右,庆郑吉,弗使。步扬[3]御戎,家仆徒[4]为右,乘小驷,郑入也。庆郑曰:"古者大事,必乘其产。生其水土,而知其人心;安其教训,而服习其道;唯所纳之,无不如志。今乘异产以从戎

晋侯对庆郑说:"敌人深入内地了,怎么办?"庆郑回答说:"是国君您诱使他们深入的,还能怎么办啊!"晋惠公说:"真是出言不逊!"占卜车右战将,庆郑得吉兆,但晋侯不使用他。步扬驾驭战车,家仆徒做车右战将,以小驷马驾车,马是从郑国送来的。庆郑说:"古代发生战事,必定要用自己产的马驾车。在自己的水土中生长,就能懂得自己主人的心思;安于主人的调教,就能适应熟悉那里的道路;随便把它放到什么地方使用,没有不如意的。现在用外地出产的马来驾车从事战

事,及惧而变,将与人易[5]。乱气狡愤[6],阴血周作,张脉偾兴[7],外强中干。进退不可,周旋不能,君必悔之。"弗听。

斗,等到一害怕而失去正常状态,就会不听指挥了。乱喷着气烦躁不安,血液在全身奔流,扩张血管兴奋不止,外表强壮但身体已经枯竭。要进要退都不行,要周旋回转也不能,国君您必定会后悔的。"晋侯不听。

注释 1 庆郑:晋大夫。 2 孙:通"逊",谦逊。 3 步扬:本姓姬,晋国大族郤氏之后,因食邑于步城,遂以为姓。 4 家仆徒:晋大夫。 5 易:此指马不听指挥。 6 狡愤:狡戾愤怒,烦躁乱动。 7 脉:血管。偾兴:兴奋。

九月,晋侯逆[1]秦师,使韩简[2]视师。复曰:"师少于我,斗士倍我。"公曰:"何故?"对曰:"出因其资[3],入用其宠[4],饥食其粟[5],三施而无报,是以来也。今又击之,我怠秦奋,倍犹未也。"公曰:"一夫不可狃[6],况国乎?"遂使请战,曰:"寡人不佞[7],能合其众而不能离也。君若不还,无所逃命。"秦伯使公孙枝[8]对曰:"君之未入,寡人惧之;入而未定列[9],犹吾

九月,晋侯要迎战秦军,派韩简去观察敌军情况。他回来报告说:"秦军比我们少,但士气却倍于我们。"惠公说:"这是什么缘故?"韩简回答说:"您逃出晋国是靠他们的资助,回到晋国也是由于他们的宠爱,饥荒时吃他们的粮食,三次施恩于您却没有报答,因此他们来了。现在又将迎击他们,我们懈怠,秦军振奋,斗志相差一倍还不止啊。"惠公说:"一个人尚且不能被侮辱,何况是国家呢?"于是派韩简去请战,说:"我们国君没有才能,能集合自己的部下却不能使他们离散。您若不回去,我们将没有地方可逃避你们打仗的命令。"秦伯派公孙枝回答说:"晋君没有回国时,我曾为

忧也。苟列定矣,敢不承命!"韩简退曰:"吾幸而得囚。"以上详叙庆郑、韩简之语。

他担忧;回国后没有定妥君位,我还是忧虑。如果战列已安排妥当,我们岂敢不接受作战的命令!"韩简退下去说:"我若有幸能被他们活捉囚禁就好了。"

[注释] 1 逆:迎,此指迎战。 2 韩简:晋大夫,韩万之孙。 3 此指夷吾逃亡时,奔梁求秦,因秦君资助才能活下来。 4 用:因。宠:宠爱。此指夷吾回国为君,是因秦君之宠爱。 5 此指鲁僖公十三年(前647)时,晋饥,秦国运去粮食救助。 6 一夫:匹夫。狃:被轻视狎侮之意。 7 佞:才能。 8 公孙枝:字子桑,秦大夫。 9 列:位,此指君位。下"列"指军队组织的行列。

壬戌[1],战于韩原。晋戎马还泞而止[2],公号[3]庆郑,庆郑曰:"愎谏[4]、违卜,固败是[5]求,又何逃焉?"遂去之。梁由靡[6]御韩简,虢射[7]为右,辂[8]秦伯,将止之。郑以救公误之,遂失秦伯,秦获晋侯以归。以上实叙战事。

十四日,秦晋在韩原会战。晋侯的战马在泥泞中盘旋,陷住不动了,惠公向庆郑呼号求救,庆郑说:"不听劝告,违抗占卜,本就是自取失败,又为什么要逃走呢?"于是就离开了。梁由靡驾着韩简的战车,虢射为车右战将,迎战秦伯的战车,想要活捉他。庆郑因为救援惠公而耽误,就使秦伯逃脱了,秦伯反而俘获了晋侯回国。

[注释] 1 壬戌:十四日。 2 还:通"旋",盘旋。泞:泥泞。 3 号:呼号求救。 4 愎谏:即固执地不接受劝告。 5 是:助词,使宾语"败"前置。 6 梁由靡:晋大夫。 7 虢射:晋大夫。 8 辂(yà):通"迓",迎上前去。

晋大夫反首拔舍从之[1],秦伯使辞焉,曰:"二三子,何其戚也[2]?寡人之从君[3]而西也,亦晋之妖梦是践[4],岂敢以至[5]?"晋大夫三拜稽首曰:"君履后土[6]而戴皇天,皇天后土实闻君之言,群臣敢在下风。"穆姬[7]闻晋侯将至,以太子罃、弘与女简璧登台而履薪焉[8],使以免服衰绖[9]逆,且告曰:"上天降灾,使我两君匪以玉帛相见[10],而以兴戎。若晋君朝以入,则婢子夕以死;夕以入,则朝以死。唯君裁之!"乃舍诸灵台[11]。

晋国的大夫披头散发拔起帐篷跟从晋侯,秦伯派使者辞谢,说:"你们几位为什么那样忧愁啊?寡人我跟随晋国君主西行,也只是践行晋国的妖梦,难道敢做得太过分吗?"晋国大夫三拜叩头说:"您脚踏着后土,头顶着皇天,天地确实都听到了您的话,小臣们谨在下边听候吩咐。"穆公夫人听说晋侯将要到来,把太子罃、儿子弘和女儿简璧带上高台,脚踩柴草,派使者免冠束发穿着丧服迎接秦伯,并且禀告说:"上天降下灾祸,使我两国君主不能用玉帛相见,因而兴起战事。假若晋国君主早上进入这里,那么我晚上就死;假若他晚上到达,那么我早上就死。请您裁夺这件事!"于是秦伯把晋侯安置在灵台住宿。

【注释】 1 晋大夫:指郤乞、庆郑等人。反首:头发蓬乱下垂。拔舍:拔起帐篷行军。一说拔草立帐篷而住。 2 二三子:诸位。戚:忧虑。 3 君:指晋君惠公。 4 亦:只。妖梦:鲁僖公十年(前650),太子申生的鬼魂对大臣狐突说:"夷吾无礼,余得请于帝矣,将以晋畀秦,秦将祀余。"践:践履,履行。 5 以:通"已",甚,太。至:甚,极端。 6 后土:大地。 7 穆姬:秦穆公夫人,即晋惠公姊。 8 太子罃:秦穆公儿子,以后之秦康公。弘:公子弘。二人均是穆公夫人所生。简璧:

穆公之女。履薪：脚踩积薪，以示自焚。　9 免（wèn）服衰绖（dié）：丧服中，初死则有免，服成则衰绖。免通"絻"，去帽括发。衰通"缞"，粗麻布丧服。绖指缠在丧服上的腰带。　10 匪：不。玉帛：诸侯会盟朝聘之礼物。　11 舍：活用为动词。诸："之于"之合音词。灵台：秦都长安郊外有灵台。

大夫请以入，公曰："获晋侯，以厚归也；既而丧归，焉[1]用之？大夫其何有焉？且晋人戚忧以重我，天地以要[2]我。不图晋忧，重其怒也；我食吾言，背天地也。重怒难任[3]，背天不祥，必归晋君。"公子絷[4]曰："不如杀之，无聚慝[5]焉！"子桑[6]曰："归之而质其太子，必得大成[7]。晋未可灭，而杀其君，只以成恶。且史佚[8]有言曰：'无始祸，无怙[9]乱，无重怒。重怒难任，陵[10]人不祥。'"乃许晋平[11]。以上叙秦获晋侯之事。

大夫请求把晋侯带入国都，穆公说："俘获晋侯，以此为丰厚的战利品回国；但顷刻间带丧而归，把他带进来又有什么用呢？大夫您又能得到什么呢？并且晋国人用忧愁来感动我，用天地来约束我。不考虑晋国人的忧愁，就会增加他们对秦国的愤怒；我如果不履行自己的诺言，是违背天地呀。增加愤怒则难于抵挡，违背上天则不吉祥，因此一定要归还晋国君主。"公子絷说："不如杀了他，免得积聚灾害。"子桑说："把他放回去而用他的太子作人质，必定会大有所成。晋国不能灭亡，若杀掉他们的君主，只能因此造成恶果。并且史佚曾说：'不要首先制造恶祸，不要凭恃别人的混乱，不要增加愤怒。增加愤怒则难于抵挡，侵凌别人是不吉祥的。'"于是允许晋国讲和。

注释　1 焉：疑问代词，哪里。　2 要：约束。　3 任：此指抵挡。

4 公子絷：秦公子，字子显。 5 慝（tè）：灾害。 6 子桑：即秦大夫公孙枝。7 大成：大有所成，此指结束战争恢复和平友好。 8 史佚：周武王时太史。 9 怙（hù）：凭恃。 10 陵：侵凌，侮辱。11 平：讲和。

晋侯使郤乞告瑕吕饴甥[1]，且召之。子金教之[2]言，曰："朝国人[3]而以君命赏，且告之曰：'孤虽归，辱社稷矣，其卜贰圉也[4]。'"众皆哭。晋于是乎作爰田[5]。吕甥曰："君亡之不恤[6]，而群臣是忧，惠之至也，将若君何？"众曰："何为而可？"对曰："征缮以辅孺子[7]，诸侯闻之，丧君有君，群臣辑[8]睦，甲兵益多。好我者劝，恶我者惧，庶[9]有益乎！"众说[10]，晋于是乎作州兵[11]。以上叙晋臣谋归其君。

晋侯派郤乞告诉瑕吕饴甥，并且召他前来。子金教郤乞讲话，说："将都城万民都召到宫门前朝拜，用君主的名义给予赏赐，并且告诉他们说：'我虽然回来了，但已经给国家带来了耻辱，还是占卜选吉日改立太子圉代理国君吧。'"郤乞回去照办，大家都哭了起来。晋国在这个时候改作爰田。吕甥说："国君逃亡在外不怜悯自己，反而担心群臣，是恩惠到了极点呀，我们应怎样对待君主呢？"大家说："怎样做才行？"吕甥回答说："征收赋税，修理兵器，用以辅助继承人，诸侯听到了这些事，认为晋国失去了国君又有了新国君，群臣和睦，武器更加充实。喜欢的会勉励我们，厌恶的会恐惧我们，也许会有益处吧！"大家很高兴，晋国便于此时在各州组建军队。

【注释】 1 郤乞：晋大夫。瑕吕饴甥：即吕甥，姓瑕吕，名饴甥，字子金。2 之：代郤乞。 3 朝国人：都城万民于宫门前朝拜。 4 卜：卜吉日。贰：储贰，指太子。圉：惠公太子子圉，即后来的晋怀公。此指改立晋君，以子圉代理。　5 爰田：即辕田，古代按休耕需要分配轮作的土地。
6 恤：忧。　7 征：征收财赋。缮：修整，此指修治兵器。孺子：将
立之子，此指子圉。　8 辑：和。　9 庶：大概。　10 说：通"悦"。
11 州兵：每州组织地方军队。当时五党为一州，合二千五百家。州是
民户编制，非行政区划。

初，晋献公筮嫁伯姬[1]于秦，遇《归妹》之《睽》[2]，史苏[3]占之，曰："不吉。其繇[4]曰：'士刲[5]羊，亦无衁也[6]；女承筐，亦无贶也[7]。西邻责言，不可偿也。《归妹》之《睽》，犹无相也[8]。'《震》之《离》，亦《离》之《震》[9]：'为雷为火[10]，为嬴败姬[11]。车说其輹[12]，火焚其旗[13]，不利行师，败于宗丘[14]。《归妹》《睽》孤，寇张之弧[15]。侄其从姑[16]，六年其逋[17]，逃归其国，而弃其家[18]。明年[19]，其死于高梁之虚[20]。'"

起初，晋献公为把伯姬嫁给秦国而占筮，得到《归妹》卦变成了《睽》卦，史苏解释占卦说："不吉利。这占辞说：'男子杀羊，不见血浆；女人拿筐，白忙一场。西邻责备，不能补偿。《归妹》变成了《睽》，好像没人帮助。'《震》卦变成《离》卦，也就是《离》卦变成《震》卦：'既是雷又是火，是嬴姓打败姬姓。车子脱落輹木，大火烧掉战旗，不利于出兵打仗，若开战便会败在宗邑之内。《归妹》嫁女而《睽》孤独，敌人张开了木弓。侄儿跟从他的姑母，六年后大概会逃归他自己的国土，但要抛弃他的家小。第二年，他大概会死在高梁那块废墟上。'"

注释　1 伯姬：即秦穆公夫人，因是晋惠公姊，故称。　2《归妹》：卦名，卦象是☱☳，兑下震上。之：动词，去，引申为变化。《睽》：卦名，卦象是☱☲，兑下离上。《归妹》上六爻由阴变为上九爻阳，即成了《睽》。
3 史苏：晋国卜筮之史官。　4 繇（zhòu）：通"籀"，卜兆的占辞。

5 刲（kuī）：割。 6 盍（huāng）：血。震为长男，故称士，兑为羊，杀羊是男子之职；而上六爻与六三爻正应，但《归妹》却是两阴相值，无复相应，故如杀羊无血，表示婚姻不吉。 7 贶（kuàng）：赐予。离为中女，故称女，女子承筐是其职；但离中虚，故为虚筐没有赐予之意，也是表示婚姻不吉。 8 相：助。《归妹》卦是女嫁之卦，《睽》卦是乖离之卦，所以说"无相"。 9《归妹》与《睽卦》，均是兑下，但一为震上，一为离上，即说震可变为离，离可变为震，二卦变而气相通。 10 震为雷，离为火。 11 嬴：秦国之姓。姬：晋国之姓。火动炽热害其母，女嫁反害其娘家，所以说秦会败晋。 12 说：应作"脱"。鞔（fù）：车厢下面钩住车轴的木头。震为车，上六爻在震则无应，所以车脱鞔。 13 上六爻在离则失位，所以火焚旗。 14 宗丘：宗邑，可能即是韩原别名。车败旗焚，不利行兵，火还害母，故败不出国，近在宗邑。 15《易·睽》上九爻辞云"睽孤"，上九处睽之极顶，睽有睽离之义，故曰孤。弧：木弓。寇张弓，抢婚之义。都是不吉之象。 16 侄：指晋惠公儿子子圉。姑：指秦穆公夫人。从：卦象变为他卦叫从，此指《震》卦变为《离》卦。侄从姑，指子圉被当作人质送到了秦国。 17 逋：逃亡。 18 家：指子圉在秦所娶之妻怀嬴。 19 明年：应指子圉逃归晋国的第二年（夏历）。 20 其：代晋怀公子圉。高梁：晋地，今山西临汾。此指因重耳返晋而杀怀公。

及惠公在秦，曰："先君若从史苏之占，吾不及此夫！"韩简侍，曰："龟，象[1]也；筮，数[2]也。物生而后有象，象而后有滋[3]，滋而后有数。先君之败德，

等到惠公在秦国，才说："先君如果听从史苏的占卜，我就不至于落到这个地步啊！"韩简在一旁侍候，说："龟甲，是观兆象；蓍草，是推数术。万物生成，以后才有形象，有形象以后才能滋长，滋长以后才有数字。先君败坏的德

及可数乎？史苏是占，勿[4]从何益？《诗》曰[5]：'下民之孽，匪降自天。僔沓背憎[6]，职竞由人[7]。'"以上详叙前此筮事。

行，是能够数得完的吗？史苏这个占卜，听从了又有什么益处？《诗经》说：'下界百姓的灾祸，并非从天上降下。当面群聚议论纷纷，背后诽谤中伤，只是由于人们互相倾轧。'"

[注释] 1 象：卜用龟壳，火灼后出现裂纹，称兆象。 2 数：筮用蓍草，由蓍策之数窥见祸福。 3 滋：生长繁衍。 4 勿：语首助词，无义。 5 此指《诗经·小雅·十月之交》。 6 僔(zǔn)：聚语。沓：杂沓。 7 职：只。竞：倾轧。

十月，晋阴饴甥会秦伯，盟于王城[1]。秦伯曰："晋国和乎？"对曰："不和。小人耻失其君而悼丧其亲，不惮征缮以立圉也，曰：'必报仇，宁事戎狄！'君子爱其君而知其罪，不惮征缮以待秦命[2]，曰：'必报德，有死无二。'以此不和。"秦伯曰："国谓君何？"对曰："小人戚，谓之不免；君子恕，以为必归。小人曰：'我毒[3]秦，秦岂归君？'君子曰：'我知罪矣，秦必归

十月，晋国阴饴甥会见秦伯，在王城订立盟约。秦伯说："晋国和睦吗？"饴甥回答说："不和睦。百姓以丧失国君为耻而哀悼他们死去的亲属，不怕征税修整兵器来扶立子圉，说：'必定要报仇，宁可因此去侍奉戎狄！'君子爱护他们的君主而知道他的罪过，不怕征税修整兵器以等待秦国命令，说：'一定要报答恩德，有必死之志而没有二心。'因此不和睦。"秦伯说："国人认为国君会怎么样？"回答说："百姓忧戚，认为他不会被赦免；君子宽容，认为他一定返回。百姓说：'我们得罪了秦国，秦国怎么会放我们国君回来？'君子说：'我们已经认罪了，秦国一定会放还国君。有二心就

君。贰[4]而执之,服而舍[5]之,德莫厚焉,刑莫威焉。服者怀德,贰者畏刑。此一役也,秦可以霸。纳而不定,废而不立,以德为怨,秦不其然[6]?'"秦伯曰:"是吾心也。"改馆晋侯,馈七牢焉[7]。以上叙秦晋之平。

抓住他,服了罪就释放他,德行没有比这更宽厚的了,刑罚没有比这更威严的了。服罪的怀念恩德,背叛的害怕刑罚。这一仗呀,秦国可以借此称霸。接受他住下而不使国内安定,废弃他而不立他为国君,使恩德变为怨恨,秦国大概不会这样做吧?'"秦伯说:"这是我的心意呀。"于是使晋侯改住到宾馆里,馈送了诸侯用的七牢食品。

注释 1 阴饴甥:即吕甥。王城:秦地,今陕西大荔东。 2 秦命:指秦国释放晋惠公的命令。 3 毒:此指得罪。 4 贰:二心,背叛。 5 舍:舍弃,引申为释放。 6 秦不其然:即秦其不然。其,副词,带有询问语气,大概,难道。 7 馈(kuì):赠送。七牢:款待诸侯之礼,用牛、羊、猪各一头和米禾刍薪等。

蛾析[1]谓庆郑曰:"盍[2]行乎?"对曰:"陷君于败,败而不死,又使失刑,非人臣也。臣而不臣,行将焉[3]入?"十一月,晋侯归。丁丑[4],杀庆郑而后入。是岁,晋又饥,秦伯又饩[5]之粟,曰:"吾怨其君而矜[6]其民,且吾闻唐叔[7]之

蛾析对庆郑说:"为什么还不逃走呢?"庆郑回答说:"使君主陷于失败,失败后又没有死,逃亡又会使国君丧失刑罚,不是人臣所应该做的,身为人臣而没有臣节,又能逃到哪里去呢?"十一月,晋侯回国。二十九日,杀掉庆郑,然后进入晋都。这一年,晋国又发生饥荒,秦伯又赠送粮食给晋国,说:"我怨恨他们的国君但哀怜他们的百姓,并且我听说唐叔受封的时候,箕子说:'他的后代必

封也,箕子[8]曰:'其后必大。'晋其庸可冀乎[9]?姑树德焉,以待能者。"于是秦始征晋河东[10],置官司焉[11]。

定光大。'晋国大概因此可以有希望了吧?我们姑且树立德行于此,来等待他们中有才能的人。"在这个时候,秦国开始在晋国河东地区征收赋税,设置官员管理。

注释 1 蛾析:晋大夫。 2 盍:何不。 3 焉:疑问代词,相当于"哪里"。 4 丁丑:为鲁僖公十六年(前644)正月二十九日。 5 饩(xì):赠送。 6 矜:哀怜,怜悯。 7 唐叔:周武王之子,名虞,晋国始封之君。 8 箕子:名胥余,商纣王之叔父(一云庶兄)。 9 其:副词,大概。庸:因而。冀:希望。 10 河东:黄河东边山西、河内境内。 11 司:掌管。焉:近指代词,即"于是"。

通鉴·赤壁之战

导读

《通鉴》即司马光主编的《资治通鉴》。全书共294卷,它记载了自战国初至五代1362年历史,是我国一部重要的编年体通史。司马光,字君实,北宋陕州夏县(今山西夏县)人,官至宰相,封温国公,谥文正。他政治偏于保守,是宋代著名史学家。

《赤壁之战》从《通鉴》卷六十五节选而来,题目乃后人所加。汉献帝建安十三年(208)冬,以孙权、刘备为一方,以曹操为另一方的赤壁大战,是我国历史上以少胜多、以弱胜强的著名战役之一。孙、刘针对北兵轻进骄傲的弱点,采取水战、速战、诈降、火攻等战略战术,大获全胜,从而奠定了魏、蜀、吴三国鼎立的局面。作者面对如此错综复杂的重大事件,取材适宜,详略得当,如:详于战前政治军事形势分析,略于战斗场面描写;详于孙刘结盟之战略外交,略于赤壁之具体战术;详于孙刘联军活动,略于曹操之部署;孙刘内详写东吴,略记刘备。文字简洁,结构严谨,酷似《左传》手法。通过言谈和行动,将一些重要人物刻画得栩栩如生,如诸葛亮之机智灵活、洞察全局,鲁肃之仁义忠厚、任劳任怨,周瑜之赤胆忠心、勇毅果敢,无一不活灵活现。此文不仅是重要的历史著作,也是优秀的文学作品,从历史经验及创作角度看,都永远值得后人借鉴。

原文

初,鲁肃闻刘表卒[1],言于孙权[2]曰:"荆州与国邻接[3],江山险固,沃野万里,士民殷富,若据而有之,此帝王之资也。今刘表新[4]亡,二子不协[5],军中诸将,各有彼此。刘备天下枭雄[6],与操[7]有隙,寄寓于表,表恶[8]其能而不能用也。若备与彼协心,上下齐同,则宜抚安,与结盟好;如有离违,宜别图之,以济[9]大事。肃请得奉命吊[10]表二子,并慰劳其军中用事者,及

译文

当初,鲁肃听说刘表去世,就对孙权说:"荆州跟吴地邻近相接,河山险要坚固,土地广阔肥沃,老百姓殷实富足,假若占有它,这就是开创帝王基业的资本啊。现在刘表刚刚过世,两个儿子不和睦,军队中各位将领,有的拥护这个,有的拥护那个。刘备是天下英豪,跟曹操有嫌隙,寄住在刘表处,刘表畏忌他的才能而不能重用。假若刘备与荆州方面同心,上下一致,那么就应当安抚,跟他们结成友好同盟;假若他们分裂不和,就应当另做打算,促使占据荆州的大事成功。请让我能够奉命去吊唁刘表两个儿子,并且去慰劳他们军队中的掌权人,以及劝说刘

说[11]备使抚表众,同心一意,共治曹操,备必喜而从命。如其克谐[12],天下可定也。今不速往,恐为操所先[13]。"权即遣肃行。

备安抚刘表的部下,同心合意,共同对付曹操,刘备一定会高兴地接受我们的意见。如果这件事能顺利实现,天下就可平定了。现在不迅速前去,恐怕被曹操抢先。"孙权当即派鲁肃前往。

[注释] 1 鲁肃:字子敬,临淮东城(今安徽定远)人,初为孙权谋士,后位至奋武校尉,接周瑜统率东吴军队。刘表:字景升,山阳高平(今山东邹城西南)人,汉末为镇南将军、荆州牧。 2 孙权:字仲谋,吴郡富春(今浙江富阳)人,建国吴,公元229年称帝。 3 荆州:辖八郡(今湖北、湖南及四川一部),故治在今湖北荆州。国:指孙吴所占据的地区。 4 新:刚刚。 5 二子:刘表儿子刘琦、刘琮。协:和睦。 6 刘备:字玄德,涿郡涿县(今河北涿州)人,建国蜀,公元221年称帝。枭(xiāo)雄:有野心的英豪。枭本为凶猛之鸟。 7 操:曹操,字孟德,沛国谯县(今安徽亳州)人,汉末丞相,死后追封为魏武帝。 8 恶(wù):厌恶。此指畏忌。 9 济:成功。 10 吊:吊唁,慰问死者家属。 11 说(shuì):劝说。 12 克:能。谐:和谐,顺利。 13 为……所:表示被动。

到夏口[1],闻操已向荆州,晨夜兼道[2],比至南郡[3],而琮已降。备南走,肃径[4]迎之,与备会于当阳长坂[5]。肃宣权旨,论天下事势,致殷勤之意。且问备曰:"豫州[6]今欲何至?"备曰:"与

鲁肃到夏口,听说曹操大军已向荆州开拔,就日夜兼程赶路,等到了南郡,刘琮已经投降了。刘备向南逃跑,鲁肃便直接前去迎接他,跟刘备在当阳县长坂坡相会。鲁肃转达了孙权的意旨,和他议论天下大事和形势,表示真挚恳切的心意。并且询

苍梧[7]太守吴巨有旧,欲往投之。"肃曰:"孙讨虏[8]聪明仁惠,敬贤礼士,江表[9]英豪,咸[10]归附之,已据有六郡[11],兵精粮多,足以立事。今为君计,莫若遣腹心自结于东,以共济世业。而欲投吴巨,巨是凡人,偏在远郡,行将[12]为人所并,岂足托乎!"备甚悦。肃又谓诸葛亮曰:"我,子瑜友也。"即共定交。子瑜者,亮兄瑾也,避乱江东,为孙权长史[13]。备用肃计,进住鄂县之樊口[14]。曹操自江陵[15]将顺江东下,诸葛亮谓刘备曰:"事急矣,请奉命求救于孙将军。"遂与鲁肃俱诣[16]孙权。以上鲁肃西上见刘备,约诸葛亮东下见孙权。

问刘备道:"豫州您现今想去哪里?"刘备说:"我跟苍梧太守吴巨有旧交,想去投靠他。"鲁肃说:"孙讨虏聪明仁惠,敬重贤能,礼遇才士,江南的英雄豪杰,都归附于他。他现在已经占据六个州郡,兵精粮多,以此足够建立大业。现在替您打算,不如派遣最亲信的人主动和东吴结交,用以共同成就当世的事业。可您却要去投奔吴巨,吴巨是平庸之人,偏安在边远之郡,将要被人吞并,哪里值得依靠呢!"刘备很高兴。鲁肃又对诸葛亮说:"我是子瑜的朋友呀!"两人当即定下交情。子瑜,是诸葛亮的哥哥诸葛瑾,因避乱去了江东,当了孙权的长史。刘备用鲁肃的计谋,进兵驻扎在鄂县的樊口。曹操从江陵将顺长江东下,诸葛亮对刘备说:"事情危急,我请求能奉命去向孙将军求救。"于是他跟鲁肃一道前往孙权那里。

注释 1 夏口:今湖北汉阳。 2 兼道:日夜兼程,加速赶路。 3 比:等到。南郡:荆州属郡,故治在今湖北江陵。 4 径:径直。 5 当阳:即今湖北当阳。长坂:即长坂坡,在当阳。 6 豫州:东汉治所在今安徽亳州,辖今河南及安徽一部。刘备曾当过豫州牧,故称。 7 苍梧:郡治在今广西苍梧。 8 讨虏:讨虏将军。孙权曾被授过此封,故称。

9 江表：江外，即长江以南。 10 咸：都。 11 六郡：指会稽、吴、丹阳、豫章、庐陵、新都六郡。大致在今江苏、浙江、安徽和江西一带。
12 行将：将要。 13 长史：汉丞相、三公和开府将军官署中属官之长。
14 鄂县：故治在今湖北鄂州。樊口：在鄂州西北。 15 江陵：故治在今湖北荆州。 16 诣（yì）：前往，拜见。

亮见权于柴桑[1]，说权曰："海内大乱，将军起兵江东，刘豫州收众汉南[2]，与曹操共争天下。今操芟夷大难[3]，略[4]已平矣，遂破荆州，威震四海。英雄无用武之地，故豫州遁逃至此，愿将军量力而处之。若能以吴越之众，与中国[5]抗衡，不如早与之绝；若不能，何不按兵束甲、北面而事之[6]？今将军外托服从之名，而内怀犹豫之计，事急而不断，祸至无日矣。"权曰："苟[7]如君言，刘豫州何不遂[8]事之乎？"亮曰："田横[9]，齐之壮士耳，犹守义不辱；况刘豫州王室之胄[10]，英才盖世，众士慕仰，若水之归海。若事

诸葛亮在柴桑拜见孙权，劝说孙权道："现在海内大乱，将军您在江东起兵，刘豫州在汉南聚集士卒，跟曹操共同争夺天下。现在曹操削平大患，大体已平定了中原，于是攻破荆州，威风震惊四海。英雄没有用武之地，所以刘豫州才逃到这个地方，希望将军量力处置这种情况。假若能用吴越士卒，与中原兵马对抗，不如早早跟曹操断绝关系；假若不能的话，为什么不止兵不动，裹起铠甲，面向北面称臣去侍奉他呢？现今将军表面假托服从的名义，可是内心怀着犹豫不决的想法，事情危急而不果断，离大祸降临就没有几天了。"孙权说："假使像您说的，刘豫州为什么不向曹操他臣服呢？"诸葛亮说："田横，不过是齐国的壮士，还能坚守道义不屈服受辱；何况刘豫州是汉朝王室的后代，英才盖世，广大士子仰慕他，好似水流归附大海。如果

之不济,此乃天也!安能复为之下乎?"

事业不成功,这就是天意了!怎么能再当曹操的下属呢?"

注释 1 柴桑:在今江西九江西南。 2 汉南:汉水以南。 3 芟(shān):铲除。夷:削平。 4 略:大略,大体。 5 中国:中原地区,即曹操所占据地区。 6 兵:兵器。北面:面向北。古时君主坐北朝南,臣子北面而朝拜。事:侍奉。此处指投降臣服的意思。 7 苟:假使。 8 遂:就。 9 田横:齐国贵族,秦末自立为王。刘邦统一天下后,率五百人逃入海岛。刘邦召他进京,走到离洛阳三十里处自杀,表示不屈服。 10 胄(zhòu):后代。刘备是汉景帝刘启之子中山靖王刘胜的后代,故称王室之胄。

权勃然[1]曰:"吾不能举全吴之地,十万之众,受制于人。吾计决矣!非刘豫州莫可以当曹操者,然豫州新败之后,安能抗此难乎?"亮曰:"豫州军虽败于长坂,今战士还者及关羽[2]水军,精甲万人;刘琦合江夏[3]战士,亦不下万人。曹操之众,远来疲敝,闻追豫州,轻骑一日一夜行三百余里,此所谓'强弩之末,势不能穿鲁缟'[4]者也。故《兵法》[5]忌之,

孙权大怒说:"我不能拿整个东吴土地,十万兵马,受别人控制。我的主意定了!除了刘豫州没有一个能和我一齐抵挡曹操的人,然而刘豫州刚打了败战,怎么能够抵御这场灾难呢?"诸葛亮说:"刘豫州的军队虽然在长坂坡打了败仗,但现在已回归的战士加上关羽的水军,精兵共有万人;刘琦集合江夏战士,也不少于万人。曹操的军队,远道而来,很是疲劳,听说为了追击刘豫州,轻骑一天一夜强行走了三百多里,这就是所谓的'强弩射出的箭飞到最末,连鲁国的薄绢也穿不透'了。所以《孙子兵法》忌讳这种情况,

曰：'必蹶上将军。'[6]且北方之人，不习水战；又荆州之民附操者，逼[7]兵势耳，非心服也。今将军诚[8]能命猛将统兵数万，与豫州协规[9]同力，破操军必矣！操军破，必北还。如此，则荆、吴之势强，鼎足之形成矣。成败之机，在于今日。"权大悦，与其群下谋之。以上诸葛亮说孙权。[10]

说：'一定会使主将受挫折。'并且北方人不习惯水战；而且荆州老百姓归附曹操，是被兵威所逼迫，不是发自内心服从。现今将军果真能下令派猛将统领几万军队，跟刘豫州合谋同力，攻破操军就是必然的了！曹操军队被打败，必定退回北方。假如这样，那么荆州、东吴的势力就强大了，三足鼎立的形势就形成了。成功和失败的关键，就在今日。"孙权非常高兴，便跟众部下谋划此事。

【注释】 1 勃然：发怒的样子。 2 关羽：字云长，是刘备结义兄弟。 3 江夏：荆州所属郡名，故治在今湖北武汉江夏区。 4 此语出自《史记·韩长孺列传》。鲁缟（gǎo）：鲁地出产的白色生绢，很薄。 5 《兵法》：指《孙子兵法》。 6 此语见《军争篇》。蹶（jué）：跌倒，使动词。上将军：先锋部队主将。 7 逼：迫于。 8 诚：果真。 9 协规：合作规划。 10 此曾所加段意原在"与其群下谋之"上，今据文意改。

是时，曹操遗[1]权书曰："近者奉辞[2]伐罪，旌麾[3]南指，刘琮束手。今治水军八十万众，方与将军会猎[4]于吴。"权以示臣下，莫不响震[5]失色。长史张昭[6]等曰："曹公，豺虎

这个时候，曹操送给孙权的书信说："近来我奉皇帝命令讨伐罪逆，大军南下，刘琮束手投降。现今治理水军，统率八十万人马，正想跟将军您在东吴共同打猎。"孙权把信拿给臣下看，没有谁不震惊失色。长史张昭等人说："曹公是豺狼虎豹。他凭天子的

也。挟[7]天子以征四方,动以朝廷为辞。今日拒之,事更不顺。且将军大势可以拒操者,长江也。今操得荆州,奄[8]有其地。刘表治水军,蒙冲斗舰[9],乃以千数,操悉浮以沿江,兼有步兵,水陆俱下,此为长江之险已与我共之矣。而势力众寡,又不可论。愚谓大计不如迎之。"

号令来征伐四方,动辄用朝廷名义作为借口。今日抗拒他,事情会更加不顺当。并且将军您大体上可以抵抗曹操的优势,是长江呀。现在曹操获得了荆州,完全占有了那块土地。刘表训练的水军,大小战船多达上千艘,把这些战船全部沿江摆开,同时还有步兵,水陆齐下,这就是长江天险已经与我们共同占有了。可是军事实力的强弱,又不能与他相提并论。我认为万全之计不如迎降。"

注释 1 遗(wèi):送给。 2 辞:此指天子诏令。 3 旌麾(huī):主将的旗帜,此代军队。 4 会猎:一起打猎。这里是外交辞令,表示打仗。 5 响震:被声响所震惊。 6 张昭:字子布,东吴文官首领。 7 挟:凭借,依仗。 8 奄:覆盖,包括。 9 蒙冲:蒙着牛皮的轻快的冲锋战艇。斗舰:一种大型战舰。

鲁肃独不言。权起更衣[1],肃追于宇下[2]。权知其意,执肃手曰:"卿[3]欲何言?"肃曰:"向[4]察众人之议,专欲误将军,不足与图大事。今肃可迎操耳,如将军不可也。何以言之?今肃迎操,操当以肃还付

鲁肃独自不说话。孙权起身上厕所,鲁肃追他到屋檐下。孙权知道他的用意,握着鲁肃的手说:"你想要说什么?"鲁肃说:"刚才仔细分析大家的议论,他们的主张只会耽误您,不值得与他们图谋大事。现今鲁肃可以迎降曹操,但将军您就不行。为什么说这句话?现在我迎降曹操,曹操当然

乡党[5]，品其名位，犹不失下曹从事[6]，乘犊车，从吏卒，交游士林，累官故[7]不失州郡也。将军迎操，欲安所归乎？愿早定大计，莫用众人之议也。"权叹息曰："诸人持议，甚失孤望。今卿廓开[8]大计，正与孤同。"

会把我交付乡里，品评我的名位，也不会失掉下曹从事之职，乘坐牛车，有吏卒跟从，同士大夫交游，然后积累资历升官，仍旧不会失去州郡长官的职位。将军您迎降曹操，想要得到什么结局呢？希望您早早确定大计，不要听从众人的议论。"孙权叹息说："众人所持议论，很令我失望。现在你阐明大计，正和我的想法一样。"

[注释] 1 更衣：换衣服，上厕所的客气说法。 2 宇下：屋檐下。 3 卿：此为帝王对臣下之爱称。 4 向：刚才。 5 乡党：乡里。古时一万二千五百户为一乡，五百家为一党。 6 下曹：下层职曹，分工办事的单位。从事：州县属官。 7 故：仍旧。 8 廓开：阐明，展示。

时周瑜受使至番阳[1]，肃劝权召瑜还。瑜至，谓权曰："操虽托名汉相，其实汉贼也。将军以神武雄才，兼仗父兄之烈[2]，割据江东，地方[3]数千里，兵精足用，英雄乐业，当横行天下，为汉家除残去秽！况操自送死，而可迎之邪？请为将军筹之：今北土未

当时周瑜接受使命到番阳，鲁肃劝孙权召他回来。周瑜来到后，对孙权说："曹操虽然托名是汉朝丞相，但他实际是汉朝贼臣。将军您凭借超人的武略和杰出的才干，又依靠父兄的功业，割据江东，土地方圆几千里，军队精锐，物资充足，英雄乐于建立功绩，应当横行天下，替汉朝扫荡奸邪，除去污秽！何况曹操是自己来送死，怎可向他迎降呢？请让我替您筹划这件

平,马超、韩遂尚在关西[4],为操后患;而操舍鞍马,仗舟楫,与吴越争衡。今又盛寒,马无稿[5]草,驱中国士众,远涉江湖之间,不习水土,必生疾病。此数者,用兵之患也,而操皆冒行之。将军禽[6]操,宜在今日。瑜请得精兵数万人,进驻夏口,保为将军破之!"权曰:"老贼欲废汉自立久矣,徒忌二袁、吕布、刘表与孤耳[7]。今数雄已灭,惟孤尚存,孤与老贼,势不两立!君言当击,甚与孤合,此天以君授孤也!"因拔刀斫[8]前奏案,曰:"诸将吏敢复有言当迎操者,与此案同!"乃罢会。

大事:现在北方还没有平定,马超、韩遂还在关西,是曹操的后患;而曹操舍弃鞍马,倚仗船只,跟吴越争夺抗衡。现在又是严寒时节,马没有草料,驱赶中原士卒,远道跋涉来到江湖地带,不习惯这里的水土,必然会滋生疾病。这几条,是用兵所忌讳的,可是曹操都冒失去做。您擒拿曹操,应该就在此时。我请求得到精兵几万人,进驻夏口,保证替将军您攻破曹军!"孙权说:"老贼想要废除汉帝自立已经很久了,只是顾忌袁绍、袁术、吕布、刘表和我罢了。现在那几位英雄已被消灭,只有我还在,我跟老贼,势不两立!您说应当迎击,很合我的心意,这就是上天把您赐给我呀!"因而拔出宝刀砍向面前放奏章的几案,说:"各位文武官员敢有再说应当迎降曹操的,结果跟这张几案相同!"于是停罢了会议。

【注释】 1 周瑜:字公瑾,庐江舒县(今安徽庐江)人,东吴统帅。番(pó)阳:即今江西鄱阳。 2 父兄:指孙坚、孙策。烈:功业。 3 地方:土地方圆。 4 马超:字孟起,马腾之子。韩遂:字文约,金城(今甘肃兰州西北)人。两人曾统率凉州兵马与曹操作对。关西:函谷关(今河南灵宝北)以西地区。 5 稿:麦、稻秆。 6 禽:通"擒"。 7 二袁:占据河北、河南的袁绍、袁术兄弟。吕布:三国时骁将,曾占据江苏北部。

这三人先后被曹操击败。 8 斫（zhuó）：砍。

是夜，瑜复见权曰："诸人徒[1]见操书言水步八十万，而各恐慑，不复料其虚实，便开此议，甚无谓也。今以实校[2]之，彼所将[3]中国人，不过十五六万，且已久疲；所得表众，亦极[4]七八万耳，尚怀狐疑。夫以疲病之卒，御狐疑之众，众数虽多，甚未足畏。瑜得精兵五万，自足制之，愿将军勿虑！"权抚其背曰："公瑾，卿言至此，甚合孤心。子布、元表[5]诸人，各顾妻子，挟持私虑，深失所望。独卿与子敬，与孤同耳。此天以卿二人赞孤也！五万兵难卒[6]合，已选三万人，船粮战具俱办。卿与子敬、程公[7]，便在前发，孤当续发人众，多载资粮，为卿后援。卿能办之者，诚决[8]；邂逅[9]不如意，便还就孤。孤当与孟德决

这天夜里，周瑜又去见孙权说："诸人只见曹操书信说水陆八十万，各个恐惧，不再去估料其中虚实，便展开此种议论，是很没有道理的。现在据实际情况核算，曹操所统率的中原士兵，不超过十五六万，并且久已疲劳；所得到刘表的士卒，也最多七八万罢了，还怀有猜疑之心。用疲劳生病的士卒，驾驭怀有二心的降兵，人数虽多，却不值得过多害怕。我若能领精兵五万，自然足够制伏曹军，希望将军您不要有顾虑！"孙权拍着周瑜的背说："公瑾，你说到这里，很合我心意。子布、文表几个人，各自顾念老婆孩子，夹杂着个人打算，很使我失望。只有你和子敬，跟我心意相同罢了。这是上天让你们二人辅助我呀！五万人马仓促之间难以集齐，我已经选拔了三万人，船只、粮食、兵器都已准备好了。你跟子敬、程公可先出发，我当继续派遣人马，大量装载物资粮食为你的后援。你能办得到的事，专诚去决断吧；假如偶然碰上不如意的

之！"遂以周瑜、程普为左右督[10],将兵与备并力逆[11]操,以鲁肃为赞军校尉[12],助画方略。以上孙权与吴臣廷议。

事,就回到我身边来。我必定跟曹孟德决战！"于是孙权任命周瑜、程普为左右都督,统率兵马和刘备并力迎击曹操,又任命鲁肃为赞军校尉,协助筹划策略。

注释 1 徒:只,仅。 2 校:校对,核实。 3 将(jiàng):统率。 4 极:极点,最多。 5 元表:应作"文表",秦松的字。 6 卒(cù):通"猝",仓促,一下子。 7 程公:孙权之父孙坚部下程普。 8 决:原刻本作"快",据《资治通鉴》改。 9 邂逅(xiè hòu):不期而遇,指偶然碰上的事。 10 左右督:正副统帅。 11 逆:迎,此指迎击。 12 赞军校尉:官名,职责为替统帅出谋划策。

刘备在樊口,日遣逻吏于水次[1]候望权军。吏望见瑜船,驰往白[2]备,备遣人慰劳之。瑜曰:"有军任,不可得委署[3]。傥[4]能屈威,诚副其所望[5]。"备乃乘单舸往见瑜,曰:"今拒曹公,深为得计。战卒有几?"瑜曰:"三万人。"备曰:"恨[6]少。"瑜曰:"此自足用,豫州但[7]观瑜破之。"备欲呼鲁肃等共会语,瑜曰:"受命不得妄[8]

刘备在樊口,每天派遣巡逻士兵到江边等候观望孙权军队。巡逻士兵看到了周瑜的船只,立即乘马回营报告刘备,刘备派遣官员慰劳他们。周瑜说:"我有军事任务在身,不能够委托别人代行职务。倘若刘公能够委屈前来,确实就符合我的希望了。"刘备于是乘坐一只小船去拜见周瑜,说:"现在抵抗曹操实在是很明智的决定。不知有多少战士?"周瑜说:"三万人马。"刘备说:"可惜太少了。"周瑜说:"这些就足够用了,您只管看我攻破曹军。"刘备想要招呼鲁肃等人一起会面

委署。若欲见子敬,可别过[9]之。"备深愧喜。以上刘备往见周瑜。

说话,周瑜说:"鲁肃奉命带领军队,不能擅离职守。您若要见子敬,可以改日拜访他。"刘备非常惭愧又非常高兴。

[注释] 1 水次:江边驻军处。 2 白:禀告。 3 委署:委托别人代行署事。此是不能离开岗位的委婉说法。 4 傥:倘若。 5 副:符合。其:代自己。 6 恨:遗憾。 7 但:只管。 8 妄:任意,随便。 9 过:过访。

进,与操遇于赤壁[1]。时操军众已有疾疫,初一交战,操军不利,引次江北[2]。瑜等在南岸,瑜部将黄盖[3]曰:"今寇众我寡,难与持久。操军方连船舰,首尾相接,可烧而走[4]也。"乃取蒙冲斗舰十艘,载燥荻[5]枯柴,灌油其中,裹以帷幕,上建旌旗,豫备走舸[6],系于其尾。先以书遗操,诈云欲降。时东南风急,盖以十舰最著[7]前,中江举帆,余船以次俱进。操军吏士,皆出营立观,指言盖降。去[8]北军二里余,同时发

周瑜进军,跟曹军在赤壁相遇。当时曹军已经感染了疾病,刚一交战,操军就失利,退军驻扎在江北岸。周瑜等人在南岸,他的部将黄盖说:"现在敌众我寡,难以跟他们长期相持。操军正钩连船舰,首尾相接,可以用火烧船舰,使他们逃走。"于是挑选艨艟斗舰十艘,装载干枯的芦苇柴草,并在其中浇灌油脂,四周用帐幕包裹,上面竖立旗帜,预先准备好轻快的小船,系结在大船尾部。黄盖先写信给曹操,欺骗说想要前来投降。当时东南风猛烈,黄盖用十只舰船排在最前边,到了江心升起风帆,其余的船按次序一齐进发。曹操军队的官兵,都出营站着观看,指着说黄盖来投降了。距离曹军只有两里多的时候,黄盖就下令同时点火,火烈风猛,船

火,火烈风猛,船往如箭,烧尽北船,延及岸上营落。顷之,烟炎张天[9],人马烧溺死者甚众。瑜等率轻锐继其后,雷[10]鼓大震,北军大坏。

像箭一样驶往曹军,把北面曹军的船只烧光了,还蔓延到岸上的军营。一会儿,浓烟火焰弥漫了天空,曹军人马被烧死、溺死的很多。周瑜等人率领轻装精锐部队紧跟在黄盖之后,擂动战鼓,奋勇前进,曹军彻底溃乱。

[注释] 1 赤壁:今湖北赤壁西北长江南岸之赤壁山。一说为今湖北武汉江夏区西南之赤矶山。 2 引:退。次:驻扎。 3 黄盖:字公覆,权父孙坚部下老将。 4 走:使逃跑。 5 荻:芦苇之类。 6 走舸:快艇。 7 著:居于。 8 去:距离。 9 炎:火焰。张天:遮满天空。 10 雷:擂动。

操引军从华容[1]道步走,遇泥泞,道不通,天又大风,悉使羸[2]兵负草填之,骑乃得过,羸兵为人马所蹈藉[3],陷泥中,死者甚众。刘备、周瑜水陆并进,追操至南郡。时操军兼以饥疫,死者大半。操乃留征南将军曹仁、横野将军徐晃守江陵[4],折冲将军乐进守襄阳[5],引军北还。以上赤壁战事。

曹操引着军队从通往华容的路上步行逃窜,遇上泥泞,道路不通,天又刮起大风,曹操命令疲弱之兵背草填路,骑兵才得以通过,老弱残兵被人马所践踏,陷入泥里,死去的有很多。刘备、周瑜水陆并进,追击曹操到南郡。当时曹军加之又饿又病,死亡的有一大半。曹操于是留下征南将军曹仁、横野将军徐晃守卫江陵,折冲将军乐进守卫襄阳,自己带领军队退回北方去了。

[注释] 1 华容：汉置县，故治在今湖北监利。 2 羸（léi）：瘦弱。 3 蹈藉：践踏。 4 征南：将军的称号。下文横野、折冲亦同。曹仁：字子孝。徐晃：字公明。 5 乐进：字文谦。以上三人均是曹军名将。襄阳：郡城在今湖北襄阳。

周瑜、程普将数万众，与曹仁隔江未战。甘宁请先径取夷陵[1]，往即得其城，因入守之。益州将袭肃举军降[2]，周瑜表以肃兵益横野中郎将吕蒙[3]，蒙盛称肃有胆用，且慕化远来，于义宜益，不宜夺也。权善其言，还肃兵。曹仁遣兵围甘宁，宁困急，求救于周瑜。诸将以为兵少不足分，吕蒙谓周瑜、程普曰："留凌公绩[4]于江陵，蒙与君行，解围释急，势亦不久，蒙保公绩能十日守也。"瑜从之，大破仁兵于夷陵，获马三百匹而还，于是将士形势自倍。瑜乃渡江屯北岸，与仁相拒。

周瑜、程普统率几万人马，跟曹仁隔江相拒还没交战。甘宁请求先径直夺取夷陵，他率部队前往，一到就占领了夷陵，于是入城防守。益州将领袭肃率领全军投降，周瑜上表请求把袭肃的军队补充给横野中郎将吕蒙，吕蒙盛称袭肃有胆识才干，且又仰慕教化远来投靠，从道义上来说应扩充他的兵力，不应当夺去兵权。孙权赞同吕蒙的话，就归还了袭肃的兵权。曹仁派遣军队围攻甘宁，甘宁被困，形势危急，向周瑜求救。各位将领认为兵力单薄，不能再分出援军去救甘宁，吕蒙对周瑜、程普说："留凌公绩在江陵，我跟您前行，解除围困，消除危机，也不需要太长的时间，我保证公绩能够守住十天。"周瑜听从他的意见，在夷陵大破曹仁的军队，俘获了战马三百匹回来，在这个时候将士们的士气成倍增长。周瑜于是渡过长江屯军北岸，跟曹仁相拒。

[注释] 1 甘宁：字兴霸，东吴名将。夷陵：县名，故治在今湖北宜昌东南。后改西陵，甘宁官拜西陵太守。 2 益州：故治在今四川成都。袭肃：人名，不详。 3 表：拜表，上表章。名词活用为动词。益：补充。中郎将：本为皇帝侍卫武官，位在将军下。建安后，地方割据势力亦以此官封部属。吕蒙：字子明，后为南郡太守。 4 凌公绩：凌统，年少成名，东吴勇将。

韩愈·平淮西碑

[导读]

唐宪宗元和九年(814)，吴元济在蔡州拥兵对抗中央。元和十二年(817)，裴度为淮西宣慰处置使兼彰义军节度使，平定叛乱，论功行赏，皇帝诏命韩愈撰写此文。作者审轻重，明顺逆，用特定的史笔记述叛乱、廷议、命将、战功、赦宥和论功，叙次出落，一字不苟；总归于天子明断，虽是表彰裴度功勋，实为推崇宪宗威德。碑文有《尚书》之光色声响，古雅顿挫，而出兵一段，文气尤为振拔，但不落窠臼，较《尚书》流畅。铭文似《诗经》风格，朴质坚实，但淋漓纵横、酣恣奋起的气势又大大超出《诗经》。"淮西功业冠吾唐，吏部文章日月光"，前人高度称赞此文是"秦以后大概无人能为之"者。

[原文]

天以唐克肖其德[1]，圣子神孙，继继承承，于千万

[译文]

上天因大唐能符合其道德，所以使神圣的子孙继承大位，在千万年

年,敬戒不怠,全付所覆,四海九州,罔有内外,悉主悉臣。高祖、太宗[2],既除既治。高宗、中、睿[3],休养生息。至于玄宗[4],受报收功,极炽[5]而丰,物众地大,孽牙其间[6]。肃宗、代宗[7],德祖、顺考[8],以勤以容,大慝[9]适去,稂莠不薅[10],相臣将臣,文恬武嬉[11],习熟见闻,以为当然。

中,谨慎教诫不怠懈,恩泽全部付与并覆盖四海九州,不分内外,全都因人主而臣服。高祖和太宗,扫除群雄治理天下。高宗、中宗和睿宗,休养生息。到了玄宗,受到报答,聚集功绩,国家极端繁荣,土地广阔,物产众多,孽种就在这中间萌芽。肃宗、代宗、德宗、顺宗,勤劳宽容,安禄山等大恶之徒刚被消灭,恶草未拔除,将相大臣,文官安闲,武将嬉戏,习以为常,都认为应该如此安享太平。

[注释] 1 克:能。肖:像,类似。 2 高祖:李渊。太宗:李世民。 3 高宗:太宗儿子李治。中:中宗,高宗儿子李哲(显)。睿:睿宗,高宗儿子李旦。 4 玄宗:睿宗儿子李隆基。 5 炽:盛。 6 孽:灾殃。牙:通"芽",萌芽,活用为动词。此指藩镇强大招致安史之乱。 7 肃宗:玄宗儿子李亨。代宗:肃宗儿子李豫。 8 德祖:唐宪宗祖父德宗,代宗儿子李适。顺考:唐宪宗已故父亲顺宗,德宗儿子李诵。 9 大慝(tè):大邪恶,大坏蛋。此指安禄山、史思明、朱泚、李希烈等叛逆。 10 稂莠:形似禾苗的野草。此处比喻安史余党降唐后仍为藩镇者。薅(hāo):除杂草。 11 恬:安闲。嬉:玩耍。

睿圣文武皇帝[1]既受群臣朝,乃考图数贡,曰:"呜呼!天既全付予有家,今传次在予,予不能事事[2],

睿圣文武皇帝既已接受群臣朝贺,考查地图之宽广,计算贡物进献次数,说:"哎呀!上天既已全部把天下付与我们李家,现在又传位到我,

其何以见于郊庙[3]?"群臣震慴,奔走率职[4]。明年平夏[5],又明年平蜀[6],又明年平江东[7],又明年平泽、潞[8]。遂定易、定[9],致魏、博、贝、卫、澶、相[10],无不从志。皇帝曰:"不可究[11]武,予其少息[12]。"以上叙前世及宪宗平诸路。

我不能办事,怎么能以此去拜见上天和祖宗?"群臣震动惊慑,四处奔走,遵循职责。第二年平定夏州,又在下一年平定蜀州,又在下一年平定润州,又在下一年平定泽州、潞州。于是安定易州、定州,招致魏、博、贝、卫、澶、相六州归服,没有什么不顺从心意的。皇帝说:"不能穷究武力,我大概要稍稍休息一下了。"

〖注释〗 1 睿圣文武皇帝:群臣给唐宪宗李纯即位时上的尊号。李纯是顺宗长子。 2 事事:办事。前一"事"字活用为动词。 3 郊庙:郊祭(祭天)和庙祭(祭祖宗)。 4 率职:遵循职责。 5 平夏:宪宗元和元年(806),夏州刺史、左神策行营节度使韩全义入京,其甥杨惠琳留后据城叛变。宪宗下诏发兵征讨,夏州兵马使张承金斩杨。唐夏州治所在朔方县。 6 平蜀:顺宗永贞元年(805),剑南西川节度使韦皋死,行军司马刘辟自称留后。宪宗元和元年,左神策行营节度使高崇文出兵讨伐,十月刘氏被诛。唐蜀州治成都县,今四川成都。 7 平江东:元和二年(807),浙西节度使李锜据润州谋反,润州大将张子良、李奉仙执李锜以献。唐润州治长江下游丹徒县,故称江东。 8 平泽、潞:元和五年(810),昭义军节度使卢从史屡不服朝廷,护军中尉吐突承璀用计擒拿,卢被贬雠州赐死。唐泽州治晋城县,今山西晋城。唐潞州治上党县,今山西长治。昭义军节度兼领泽、潞二州,故称。 9 定易、定:元和五年,义武军节度使张茂昭以易、定二州归附朝廷。易州,唐属河北道,治易县,今河北易县。定州,唐属河北道,治安喜县,今河北定州。 10 致魏、博、贝、卫、澶、相:元和七年(812),魏博节度使田兴以六州归附朝廷。唐魏州属河北道，为魏博节度使驻所，治贵乡县，在今河北大名东。唐博州治聊城县，在今山东聊城。唐贝州治清河县，今河北清河。唐卫州治汲县，今河南卫辉。唐澶州治顿丘县，在今河南清丰西南。唐相州治安阳县，今河南安阳。 **11** 究：穷究。 **12** 少：稍。息：安，休息。

九年[1]，蔡将[2]死，蔡人立其子元济以请，不许。遂烧舞阳[3]，犯叶、襄城[4]，以动东都[5]，放兵四劫。皇帝历问于朝，一二臣[6]外，皆曰："蔡帅之不廷授，于今五十年，传三姓四将[7]，其树本坚，兵利卒顽，不与他等。因抚而有，顺且无事。"大官臆决[8]唱声，万口和附，并为一谈，牢不可破。

元和九年，蔡州守将死了，蔡地人立他的儿子吴元济知军事，请求批准，皇上不答应。元济于是火烧舞阳，侵犯叶县、襄城，以此惊动东都洛阳，纵兵四处抢劫。皇帝在朝会时一个个询问，除一两个大臣以外，都说："朝廷不授予蔡州统帅，到今天有五十年了，传了三姓四将，那棵树根基很坚固，武器锐利，士卒顽固，跟别地不同。因此只宜安抚，就会顺畅而不会发生战事。"大官们主观臆断唱一个调，万口附和，合到一起成为一种观点，牢不可破。

注释 1 九年：元和九年，即公元814年。 2 蔡将：指彰义军节度使吴少阳。唐蔡州属河南道，州治汝南县，今河南汝南。彰义军治所在蔡州，故称蔡将。 3 舞阳：唐河南道许州属县，故治在今河南舞阳。 4 叶：唐汝州属县，故治在今河南叶县。襄城：唐汝州属县，故治在今河南襄城。 5 东都：唐朝河南洛阳之称。 6 一二臣：指武元衡、裴度等。 7 三姓：代宗广德元年（763），以李忠臣为淮西节度使，德宗贞元二年（786）四月以陈仙奇充当，十月以吴少诚充当，是为三姓。四将:代宗大历十四年(779),李忠臣被部将李希烈所逐,希烈自为节度,后吴少诚杀陈仙奇,彰义军节度使吴少阳系接其兄吴少诚之职,故两李两吴共为四将。 8 臆决:以己意决断,主观臆断。

皇帝曰:"惟[1]天惟祖宗所以付任予者,庶其[2]在此,予何敢不力?况一二臣同,不为无助。"曰:"光颜[3],汝为陈、许帅[4],维是河东、魏博、郖阳三军之在行者[5],汝皆将[6]之。"曰:"重胤[7],汝故有河阳、怀[8],今益以汝[9],维是朔方、义成、陕、益、凤翔、延、庆七军之在行者[10],汝皆将之。"

皇帝说:"上天和祖宗所以把大任交付给我的原因,大概就在这里吧!我怎么敢不努力?何况一二大臣看法和我相同,不会没有帮助。"于是下诏令说:"李光颜,你为陈、许两地的统帅,因此河东、魏博、郖阳三军在编制行列里的,你都去统率他们。"还说:"乌重胤,你原来有河阳、怀州,现在把汝州增加给你,因此朔方、义成、陕州、蜀州、凤翔、延州、庆州七军在编制行列里的,你都去统率他们。"

[注释] 1 惟:语助词。 2 庶其:大概。 3 光颜:李光颜,本河曲少数民族。元和九年(814),以洺州刺史改陈州刺史,忠武军都知兵马使,冬,又兼许州刺史、忠武军节度使。 4 陈:唐属河南道,州治宛丘县,今河南淮阳。许:唐州治长社县,今河南许昌。节度使所驻陈州。 5 河东:守将为王锷、张弘靖。魏博:节度使为田弘正,其子田布从李讨蔡。郖阳:唐关内道同州属县,今陕西合阳。当时守将为神策军索日进。行:行列。 6 将:统领。 7 重胤:乌重胤,原为昭义军都将,卢从史赐死后,为怀州刺史,河阳三城节度使。胤,原刻本因避清雍正皇帝讳而改为允,今据《韩昌黎集》改回,下同。 8 河阳:县治在今河南孟州西。怀:

唐州治河内县，今河南沁阳。 9 汝：乌兼汝州刺史。唐汝州属河南道，州治梁县，今河南汝州。 10 朔方：节度使所在关内道灵州，今宁夏灵武西南。义成：军所在河南道滑州，今河南滑县东。陕：陕虢节度使所在州治陕县，今河南三门峡陕州区。益：西川节度使所在州治为成都，今四川成都。凤翔：节度使所在府治天兴县，今陕西凤翔。延：属鄜坊节度使，州治肤施县，在今陕西延安。庆：属邠宁节度使，州治顺化县，今甘肃庆阳。

曰："弘[1]，汝以卒万二千，属而子公武往讨之[2]。"曰："文通[3]，汝守寿[4]，维是宣武、淮南、宣歙、浙西四军之行于寿者[5]，汝皆将之。"曰："道古[6]，汝其观察鄂岳[7]。"曰："愬[8]，汝帅唐、邓、随[9]。各以其兵进战。"

说："韩弘，你把一万二千士卒委托你儿子公武，让他前往讨伐吴元济。"说："李文通，你守御寿州，因此宣武、淮南、宣歙、浙西四军编制行列在寿州境内的，你都去统率他们。"说："李道古，你去当鄂岳团练观察使。"说："李愬，你当唐、邓、随三州统帅。各自带领军队前往作战。"

[注释] 1 弘：韩弘，镇守汴州，为淮西诸军行营都统。 2 而：你的。韩公武为宣武行营兵马使。 3 文通：李文通，左金吾卫大将军，代寿州团练使。 4 寿：属淮南道，州治寿春县，今安徽寿县。 5 宣武：军所汴州。淮南：节度使所扬州。宣歙（shè）：观察使所宣州，州治宣城县，今安徽宣城。 6 道古：李道古，嗣曹王李皋之子，由黔中观察使改鄂岳沔蕲黄团练观察使。 7 鄂：观察使所鄂州，属江南道，州治江夏县，今湖北武汉。岳：州治巴陵县，今湖南岳阳。 8 愬：李愬，字符直，由检校左散骑常侍为三州节度使。 9 唐：属山南道，州治比阳县，今河南泌阳。邓：州治邓州，在今河南邓州东南。随：今湖北随州。

曰:"度[1],汝长御史[2],其往视师。"曰:"度[3],惟汝予同,汝遂相[4]予,以赏罚用命不用命。"曰:"弘[5],汝其以节都统诸军[6]。"曰:"守谦[7],汝出入左右,汝惟近臣[8],其往抚师。"

说:"裴度,你当御史之长,前往视察军队。"说:"裴度,只有你的观点跟我相同,你就当我的宰相,以奖赏用命之将,处罚不服从命令之人。"说:"韩弘,你凭此符节都统各军。"说:"梁守谦,你在我身旁出出进进,你是近臣,可前往抚慰军队。"

[注释] 1 度:裴度,字中立,河东闻喜人。由中书舍人改御史中丞,兼刑部侍郎。 2 长御史:为御史之长。此指元和九年(814)裴改御史中丞一事。 3 裴度奉使蔡州行营宣慰诸军回朝,宪宗专任其平贼。 4 相:活用为动词,以……为宰相。 5 弘:韩弘。 6 其:助词,无意义。节:节度使。元和十年(815),韩弘充淮西行营兵马都统使。 7 守谦:梁守谦。 8 近臣:梁知枢密,为内侍,故称。

曰:"度[1],汝其往,衣服饮食予士,无寒无饥,以既厥事[2],遂生蔡人。赐汝节斧,通天御带[3],卫卒三百。凡兹廷臣,汝择自从[4],惟其贤能,无惮大吏。庚申,予其临门[5]送汝。"曰:"御史,予闵[6]士大夫战甚苦,自今以往,非郊庙祠祀,其无用乐。"以上命将伐蔡。

说:"裴度,你前往蔡州,把衣服分给军士穿,把食物分给军士吃,不要使他们受冻挨饿,从而完成那些大事,使蔡州人活命。赐给你符节斧钺和御用通天犀带,并拨给你三百骑侍卫官兵。这班朝内大臣,你自己选择随从属员,只要他贤能,不要顾忌是不是大官。庚申日,我亲自到通化门送你。"说:"御史们,我怜惜官吏军士打仗特别艰苦,从今以后,不是郊祀庙祭,一概不奏乐。"

【注释】 1 度：第三次提及裴度。元和十二年（817），裴为门下侍郎同平章事（相当于宰相职务）。 2 既：完。厥：其，代词。 3 通天御带：即皇帝用的通天犀（犀牛的一种）带。 4 汝择自从：裴度选择了刑部侍郎马总兼御史大夫充宣慰副使，太子右庶子韩愈兼御史中丞充彰义军行军司马，李正封、冯宿、李宗闵等为判官、书记，随同出征。 5 门：长安东通化门。 6 闵：同"悯"，怜惜。

颜、胤、武合攻其北，大战十六，得栅城县二十三，降人卒四万。道古攻其东南，八战，降万三千，再入申[1]，破其外城。文通战其东，十余遇，降万二千。愬入其西，得贼将[2]，辄释不杀，用其策，战比[3]有功。十二年八月，丞相度至师，都统弘责战益急，颜、胤、武合战益用命。元济尽并其众洄曲以备。十月壬申，愬用所得贼将，自文城[4]因天大雪疾驰百二十里，用[5]夜半到蔡，破其门，取元济以献，尽得其属人卒。以上战事。

李光颜、乌重胤、韩公武联合攻打蔡州北境，激战十六次，攻占栅城县邑二十三处，蔡州士兵有四万投降。李道古攻打蔡州东南境，战斗八次，来投降的士卒一万三千人，又进入申州，攻破它的外城。李文通在蔡州东境战斗，交战十多次，来投降的士卒有一万二千人。李愬攻入蔡州西境，俘虏了敌军将领，总是释缚不杀，运用他们的计策，打仗频频立有功劳。元和十二年八月，丞相裴度抵达军营，都统韩弘责成战事更加急迫，光颜、重胤、公武联合作战更加用命。吴元济把他的部众都合并到洄曲，用来防备王师。十月壬申日，李愬任用所俘的敌将，从文城因天下大雪，火速奔驰一百二十里，因而半晚就到达了蔡州城下，攻破蔡州城门，抓住吴元济向皇上献俘，得到了他部下全部官兵。

[注释] 1 申：唐州治义阳县，在今河南信阳。 2 贼将：如李祐、李宪、吴秀琳等。 3 比：频频。 4 文城：文城栅，在蔡州西一百二十里。 5 用：因而，于是。

辛巳，丞相度入蔡，以皇帝命赦其人。淮西平，大飨赉[1]功。师还之日，因以其食赐蔡人。凡蔡卒三万五千，其不乐为兵、愿归为农者十九，悉纵之。斩元济京师[2]。册功，弘加侍中，愬为左仆射[3]，帅山南东道[4]，颜、胤皆加司空[5]，公武以散骑常侍帅鄜、坊、丹、延[6]，道古进大夫[7]，文通加散骑常侍。丞相度朝京师，道封晋国公，进阶金紫光禄大夫[8]，以旧官相，而以其副总为工部尚书[9]，领蔡任。以上册功。

辛巳日，丞相裴度进入蔡州，用皇帝的命令赦免那些官兵。淮西平定，设宴赏赐有功之人。军队凯旋之日，就把那些军粮送给蔡州人。蔡州士兵总共三万五千人，当中不愿当兵而愿意当农民的有十分之九，裴度都放他们回去。在京师斩了吴元济。按册记功，韩弘加侍中衔，李愬为左仆射，统帅山南东道，李光颜、乌重胤都加司空衔，韩公武以散骑常侍统帅鄜、坊、丹、延四州军队，李道古进职御史大夫，李文通加散骑常侍职。丞相裴度回京城朝见，在路上就被封为晋国公，进阶金紫光禄大夫衔，仍因旧职做宰相。任用他的宣慰副使马总当工部尚书，领蔡州职任。

[注释] 1 飨赉(lài)：宴请与赏赐。 2 斩元济京师：吴元济被槛送京城，宪宗登兴安门受俘，斩吴氏于独柳树下。 3 左仆射(yè)：仆射是尚书省长官，有左、右之分。 4 山南东道：节度使所襄州，襄州故治在今湖北襄阳。 5 司空：勋官，正一品，非实职。 6 鄜：鄜坊节度使所，其州治洛交县，今陕西富县。坊：唐州治中部县，今陕西黄陵。丹：

唐州治义川县,今陕西宜川。　7 大夫：御史大夫。　8 金紫光禄大夫：光禄大夫加金印紫绶者,是文官的官阶,正三品,非实职。　9 副总：宣慰副使马总。工部：掌建筑水利等工程,尚书为一部之首长。

既还奏,群臣请纪圣功,被[1]之金石。皇帝以命臣愈,臣愈再拜稽首而献文曰：

唐承天命,遂臣万邦。孰居近土,袭盗以狂。往在玄宗,崇极而圮[2]。河北悍骄,河南附起[3]。四圣不宥[4],屡兴师征。有不能克,益戍以兵。夫耕不食,妇织不裳。输之以车,为卒赐粮。外多失朝,旷不岳狩[5]。百隶怠官,事忘其旧。帝[6]时继位,顾瞻咨嗟："惟汝文武,孰恤予家？"既斩吴蜀[7],旋取山东[8]。魏将首义,六州降从[9]。

既已凯旋上奏,群臣请求记载圣主功德,把它刻在金石上。皇帝因此命韩愈作记,臣我再拜叩头,献上碑文：

唐代奉承天命,于是使天下臣服。可是久居近土的藩臣,沿袭强盗行为而狂妄。从前在玄宗时,国基崇高到了极点但已崩塌。河北藩臣凶悍骄横,河南方镇附和起兵。四代圣主不宽恕他们,屡次发动军队征讨。又不能克敌,就继续增加士兵守卫。男子们耕种但没有吃的,妇女们纺织却没有穿的。是因为用车子输送军粮军衣,都给士卒送去了。外臣大多不再朝见天子,天子也很久没有去巡狩四岳了。官吏们对于公事懒散,对大事丧失了那些旧规。而今皇帝即时继位,看到这些情况忧叹说："你们这班文武百官,谁又悯恤我皇家？"既已平定吴、蜀,很快又夺回泽、潞。魏州大将首倡大义,六州归降。

【注释】　1 被：加及,此处引申为镂刻。　2 圮（pǐ）：坍塌。　3 河北悍骄，河南附起：河北指安史之乱及此后卢龙朱滔、成德王武俊、魏博田承嗣等谋反。河南指淄青李惟岳、李纳，淮蔡李希烈、吴少诚等谋反。　4 四圣：肃宗、代宗、德宗、顺宗四帝。宥（yòu）：赦罪。　5 岳狩："狩岳"之倒装，巡狩四岳。　6 帝：指当今皇帝宪宗。　7 斩吴蜀：指上文所说平江东、平蜀之事。　8 取山东：指上文所说平泽、潞之事。　9 魏将首义，六州降从：指上文魏博节度使以六州归有司之事。

淮蔡不顺，自以为强。提兵叫讙[1]，欲事故常[2]。始命讨之，遂连奸邻[3]。阴遣刺客，来贼相臣[4]。方战未利，内惊京师。群公上言，莫若惠来。帝为不闻，与神为谋。乃相同德，以讫[5]天诛。乃敕颜、胤、愬、武、古、通，咸统于弘，各奏汝功。三方分攻，五万其师。大军北乘，厥数倍之。常兵时曲，军士蠢蠢。既翦陵云[6]，蔡卒大窘。胜之邵陵[7]，郾城[8]来降。自夏入秋，复屯相望。兵顿不励[9]，告功不时。

淮蔡不顺服，自认为强大。掌握一支部队就叫喊喧哗，想要实行他淮西继职的故例。皇帝开始命令讨伐他时，竟牵引奸邻。暗地派遣刺客，来京谋害宰相。战斗正当不利，对内使京城震惊。群公上书说，不如惠赐其职。皇帝不听这些意见，跟神灵一道谋划。于是宰相也同心同德，终究对其施加上天的诛罚。就敕令李光颜、乌重胤、李愬、韩公武、李道古、李文通，都由韩弘统领，战后各自奏报你们的功劳。军队从三个方向分攻，动用了五万多士卒。大部队从北边追逐而下，他们的人数是敌人的一倍。曾驻兵在洄曲，军士们跃跃欲试。大军既已剪除陵云栅贼，蔡州兵非常窘急。我军在邵陵又战胜了他们，于是郾城守将前来投降。从夏天进入秋季，军屯重叠可以互相观望。但武器钝劣不锐利，不能按时使大功告成。皇帝哀怜出征

帝哀征夫,命相往釐[10]。士饱而歌,马腾于槽。试之新城[11],贼遇败逃。尽抽其有,聚以防我。西师跃入,道无留者。额额[12]蔡城,其疆千里。既入而有,莫不顺俟[13]。

战士,命令宰相前往整顿。于是军士们吃得饱饱的并且唱着歌,战马也在马槽边腾跃。丞相试刀新城,贼人遇到大军大败而逃。于是吴元济抽调所有的军队,聚集起来用以防备我军。李愬的西路军跃进,沿途敌军没有残留。高大的蔡州城,它的属地有千里。王师既已进入并将其占据,蔡人全部归顺待命。

注释　1 讙:喧哗。　2 故常:故例,指依吴少诚、吴少阳故事自立为节度使统兵。　3 奸邻:指郓州大都督府长史李师道烧王师粮仓、断王师桥梁,恒州王承宗请求赦免吴元济。　4 贼:害,谋杀。相臣:指武元衡和裴度。李师道、王承宗派刺客在武上朝途中刺杀了他,并在白天击伤裴。　5 讫:终竟。　6 陵云:栅名,在今河南商水西南。　7 郾陵:城名,在今河南漯河郾城区东。　8 郾城:唐许州县名,故治在今河南郾城。其守将邓怀金请降。　9 顿:通"钝"。励:通"厉",锐利。　10 相:指裴度。釐:釐正,整顿。　11 新城:在郾城沱口新筑之城。　12 额额:高大的样子。此二字原刻本误刻作"颔颔"。　13 俟:等待。

帝有恩言,相度来宣:"诛止其魁,释其下人。"蔡之卒夫,投甲呼舞;蔡之妇女,迎门笑语。蔡人告饥,船粟往哺;蔡人告寒,赐以缯

皇帝有恩旨,丞相裴度前来宣示:"只诛杀这里的罪魁祸首,释放那些部属。"蔡州城的士卒弃甲欢呼跳舞,蔡州城的妇女迎门谈笑。蔡州百姓将饥荒报给裴度,于是用船装粟米前往哺食;蔡州人告以寒冻,就赐给他们缯帛布匹。原先

布。始时蔡人,禁不往来;今相从戏,里门夜开。始时蔡人,进战退戮;今旰[1]而起,左飧[2]右粥。为之择人,以收余惫。选吏赐牛,教而不税。蔡人有言:"始迷不知,今乃大觉,羞前之为。"蔡人有言:"天子明圣,不顺族诛,顺保性命。汝不吾信,视此蔡方。孰为不顺,往斧其吭[3]。凡叛有数[4],声势相倚。吾强不支,汝弱奚[5]恃?其告而[6]长、而父而兄,奔走偕来,同我太平。"淮蔡为乱,天子伐之。既伐而饥,天子活之。始议伐蔡,卿士莫随。既伐四年,小大[7]并疑。不赦不疑,由天子明。凡此蔡功,惟断乃成。既定淮蔡,四夷毕来。遂开明堂[8],

的蔡州人,禁令不准来往;现在可互相玩耍,里门夜晚可以打开。原先的蔡州人,前进要战死,后退要被屠杀;现在晚上安睡,清晨起身,左右有饭食和稀粥。裴度替他们选择官吏,用以接收残余疲乏的百姓。选派官员赐予耕牛,教化百姓并且不征收赋税。蔡州人说:"起初迷惑不晓事,现在才大大觉醒,对以前的行为感到羞耻。"蔡州人还说:"天子英明神圣,不顺服的灭族,顺服的保全性命。你们若是不相信我所讲的,请看看这座蔡州城。谁要是干出不顺服的事,就前去用斧头砍他的喉咙。总计叛乱的只有数镇,不过是声势互相为倚靠罢了。我们势力强大尚且不能支撑,你们弱小得很,又凭借什么反抗朝廷?告诉你们的长官、你们的父辈和你们的弟兄,一块奔走前来,跟我们同享太平。"淮西蔡州作乱,天子讨伐他们。既已讨伐完毕又遇饥荒,天子赏粮使他们活了下来。原先议论讨伐蔡州时,公卿官吏没有谁愿随从。讨伐四年,大大小小的官吏一并都怀疑。不赦免吴元济不迟疑讨伐蔡州,皆由天子明断。总之这些平蔡大功,只因决断才会成功。既已平定淮西蔡州,四境民族都来朝贺。于是打开明堂,

坐以治之。　　　　　　皇上坐在宫殿上治理天下。

注释　1 旰（gàn）：天色晚。　2 飧（sūn）：饭食。　3 吭：喉。　4 数：指王承宗、李师道数镇。　5 奚：什么。　6 而：你的。　7 小大：泛指大大小小的官吏。　8 明堂：天子宣明政教的宫殿。

韩愈·柳州罗池庙碑

导读

此文非记罗池神之文，而是吊柳宗元之篇。作者先追叙柳宗元在柳州的实政，再记柳民口述，表明柳宗元生能泽其民，死能化为神。作者继承孔子宗旨，不语怪力乱神，而为文称颂神灵者，是痛惜柳宗元大材不为世用，替死者发泄不平而已。全文意旨沉郁，情韵绵绵，与韩文雄奇浑厚风格略异；而其迎送神诗，又和屈原风格相近，足见作者取精用宏、不拘一格的文风。

韩愈《柳子厚墓志铭》叙柳氏一生事迹，颂美其文章成就；《祭柳子厚文》感叹议论，寄托哀思；而此文则只写柳州事，可见作者因体裁不同而取舍各异，并非信手而就。

原文

罗池[1]庙者，故刺史柳侯庙也[2]。柳侯为州[3]，不鄙夷其民，动以礼法，三年民各自矜奋[4]："兹土虽

译文

罗池庙，是已故刺史柳侯的庙。柳侯治理柳州，不轻视那些百姓，按礼节法度行事，三年中百姓各个自尊奋发，说："这块土地虽然远离京城，我们

远京师,吾等亦天氓[5]。今天幸惠仁侯,若不化服,我则非人。"于是老少相教语,莫违侯令。凡有所为于其乡间及于其家,皆曰:"吾侯闻之,得无[6]不可于意否?"莫不忖度[7]而后从事。凡令之期[8],民劝趋之,无有后先,必以[9]其时。

也是天子之民。现在上天幸而惠赐仁义的柳侯前来,如果不服从教化,我们就不合人情了。"于是老老少少互相劝诫,不要违背柳侯的政令。凡是在乡村和在家里有所作为的人都说:"我们的柳侯听说这些事,莫非不会中意吗?"没有谁不思量后才去做那些事。凡是政令中所限期规定的,百姓都相互劝勉赶紧去完成,没有什么先后,必定按照时间规定完成。

注释 1 罗池:在今广西柳州城东。 2 故:亡故。柳侯:柳宗元为柳州刺史,因刺史和古代诸侯近似,故尊称为侯。 3 为:治理。柳宗元于唐宪宗元和十年(815)由永州司马迁柳州。 4 矜奋:自尊奋发。下省"曰"字。 5 氓:指百姓。 6 得无:莫非,表疑问。 7 忖度:思量。 8 期:限期规定。 9 以:按。

于是民业有经,公无负租,流逋[1]四归,乐生兴事。宅有新屋,步[2]有新船,池园洁修,猪牛鸭鸡,肥大蕃息[3]。子严父诏[4],妇顺夫指[5],嫁娶葬送,各有条法,出相弟长[6],入相慈孝。先时民

于是老百姓做事有原则,公家没有收不进的欠租,流散逃亡的人从四面八方回来,安居乐业兴办事业。住宅有新房,码头有新船,池塘园林修整清洁,猪牛鸭鸡,又肥又大,繁殖得很多。儿子尊重父辈的告诫,妇人顺从丈夫的意旨,嫁女娶妇,送葬送礼,各有条理法度,外出友爱同辈尊敬长辈,在家里慈爱子孙

贫,以男女相质[7],久不得赎,尽没为隶。我侯之至,按国之故,以佣[8]除本,悉夺归之。大修孔子庙[9],城郭巷道[10],皆治使端正,树[11]以名木。以上生能泽其民。

孝敬父母。以前百姓贫困,用儿女相抵押,若很久不能赎回,就都被没收充作奴仆。我们柳侯到达这里后,按照国家的故例,用工钱抵偿,把人质都赎回归还百姓。大规模修整孔子庙,里城外城,大道小巷,皆治理一遍,使其端肃齐整,并种植了名贵的树木。

[注释] 1 逋:逃亡。 2 步:渡船码头。 3 蕃息:茂盛生长。 4 严:形容词活用为动词,尊重之意。诏:诏告,告诫。 5 指:通"旨",意旨。 6 弟:同"悌",友爱同辈。长:孝敬长辈。 7 质:抵押。 8 佣:做雇工的工价。 9 大修孔子庙:修孔庙事在元和十年八至十月间。 10 郭:外城。巷:小路。道:大道。 11 树:种植,名词活用为动词。

柳民既皆悦喜,常与其部将魏忠、谢宁、欧阳翼饮酒驿亭[1],谓曰:"吾弃于时,而寄于此,与若等[2]好也。明年吾将死,死而为神,后三年,为庙祀我。"及期而死。三年孟秋辛卯[3],侯降于州之后堂,欧阳翼等见而拜之。其夕,梦翼而告曰:"馆我于罗池。"其月景辰[4]庙成,大祭。过客李仪醉酒,慢侮

柳州的百姓既而都高高兴兴,柳侯就经常跟他的部将魏忠、谢宁、欧阳翼在驿亭饮酒,对他们说:"我被时世抛弃,寄身到了这个地方,跟你们这些人交好。明年我将会死去,死了要做神灵,三年后,修庙祭祀我吧。"到期他就逝世了。三年后的孟秋月辛卯日,柳侯降灵在柳州后堂,欧阳翼等人看到后就向他跪拜。那天晚上,柳侯托梦给欧阳翼并告诉他说:"在罗池给我立馆。"那月丙辰日庙修成了,大大祭祀了一番。客人李仪喝醉了酒,在堂

堂上[5],得疾,扶出庙门即死。以上死能惊动祸福之。

上轻慢侮辱了神灵,得了疾病,扶着走出庙门后就立刻死去了。

[注释] 1 驿亭:柳州城南之东亭,其西和驿站相连。 2 若等:你们一伙人。 3 三年孟秋辛卯:此指死后三年,穆宗长庆二年(822)事。孟秋为农历七月。 4 景辰:即丙辰日,因避李世民祖父李昞讳而改"丙"为"景"。 5 慢:轻慢。侮:侮辱。

明年春,魏忠、欧阳翼使谢宁来京师,请书其事于石。余谓柳侯生能泽其民,死能惊动福祸之,以食其土[1],可谓灵也已!作《迎享送神诗》遗[2]柳民,俾[3]歌以祀焉,而并刻之。柳侯河东[4]人,讳宗元,字子厚。贤而有文章,尝位于朝,光显矣,已而摈不用。其辞曰:

荔子丹兮蕉黄,杂肴蔬兮进侯堂。侯之船兮两旗[5],度中流兮风泊[6]之。待侯不来兮,不知我悲。侯乘驹兮入庙,慰我民兮不嚬[7]以笑。鹅之山兮柳之水[8],桂树团团兮白石齿

第二年春,魏忠、欧阳翼遣谢宁来京城,请我把这些事迹写出来并刻到石碑上。我说柳侯生时能施恩于那些百姓,死后能以祸福惊动世人,因而在那块土地上享食,可说是灵验了啊!我写作了《迎享送神诗》送给柳州百姓,让他们歌唱用以祭祀啊,一并刻在石碑上。柳侯,是河东郡人,讳名宗元,字子厚。贤明又有文才,曾在朝中做官,很是光辉显耀,不久遭摈斥而不被重用。那歌词是:

荔枝红啊香蕉黄,杂陈佳肴菜蔬进入柳侯庙堂。迎柳侯的船啊插着两面旗,渡到河中啊因风浪而漂泊。等待柳侯啊没有来,不知我心中多么伤悲。柳侯乘着小马啊进入了大庙,慰问我们百姓啊不要皱眉头而要欢笑。鹅山啊柳江水,桂树枝叶密聚啊白石

齿[9]。侯朝出游兮暮来归，春与猿吟兮秋鹤与飞。北方之人兮为侯是非，千秋万岁兮侯无我违。福我兮寿我，驱厉鬼兮山之左。下无苦湿兮高无干，粳稌充羡兮蛇蛟结蟠[10]。我民报事兮无怠其始[11]，自今兮钦[12]于世世。

整整齐齐。柳侯早晨出游啊黄昏回归，春日跟猿猴长啸啊秋天跟仙鹤齐飞。北边的人啊说柳侯的是非，千秋万岁后啊柳侯不违弃我们。使我们幸福啊使我们长寿，驱赶凶鬼到山左。低处没有潮湿高处没有干旱，粳稻糯米充足有剩余啊使蛇蛟盘结潜伏。我们百姓祭祀侍奉啊开始就不敢懈怠，您从今以后啊被世世代代钦敬。

注释　1 土：原刻本作"上"，据罗池庙碑拓本改。　2 遗（wèi）：送给。　3 俾：使。　4 河东：郡名，故治在今山西永济。5 侯之船兮两旗：柳州土俗，迎神的船上插有两旗，船中放置木马木偶，音乐导前，迎而至庙。　6 泊：漂泊。　7 颦（pín）：皱眉头。　8 鹅之山：即峨山，在柳州城西。柳之水：柳江，在柳州城南门外。　9 团团：枝叶密聚而成圆团形。齿齿：像牙齿一样排列整齐。　10 稌（tú）：糯稻。羡：多余。蛟：民间传说中兴风作浪的怪龙。蟠（pán）：盘曲伏地。　11 报：祭祀。事：侍奉。　12 钦：钦敬。

典志类

书·禹贡

导读

大禹治水,是我国上古时代一则气势磅礴的神话传说。把这一神话改写成地理著作,则是周王朝史官创作的《禹贡》。禹贡,即禹功,全文以朴实的语言记载大禹治理水土之丰功伟绩,洋溢着人力胜天的唯物主义思想。人们不难从这一古老的地理著作中发现上古时代九州的划分,山川的方位和脉络,土壤物产,以及政治经济制度等方面的记录,足见先民们可贵的求是精神。

曾氏把此文分为九州、导山、导水和一统四个段落,开篇结尾,遥相呼应。全文以山水贯串,体系完整,组织严密,既突出了禹功,又加强了地理学的阐述。

原文

禹敷[1]土,随山刊木[2],奠高山大川。

冀州[3]:既载壶口[4],治梁及岐[5]。既修太原[6],至于岳阳[7]。覃怀

译文

大禹治理水土,随行登山削木为标记,奠定了高山大川的界域。

冀州:壶口的大河工程已经开始施工后,接着开凿梁山和它的支脉。太原一带河流已经修治后,又一直修到太岳

底绩[8]，至于衡漳[9]。厥土惟白壤[10]，厥赋惟上上，错[11]，厥田惟中中[12]。恒、卫既从[13]，大陆既作[14]。岛夷皮服[15]，夹右碣石入于河[16]。

山南面。覃怀一带工程取得了成绩，又一直修到横流的漳水。这里的土质白而柔细，赋税属第一等，夹杂第二等，田力属第五等。恒水、卫水既已从黄河入海，大陆泽一带可以整治耕作了。沿海地区夷人进贡皮服，靠近右边碣石进入黄河。

注释 1 敷：治理。 2 随：行。刊木：砍削木桩作为标记。 3 冀州：今山西、河北之地，相传为尧时政治中心，故九州以此冠首。 4 既：已经。载：开始施工。壶口：山名，位于今山西吉县西南。 5 梁：山名，位于今陕西韩城西北。岐：同"歧"，枝别，此指山之支脉。 6 修：修治。太原：今山西太原一带，汾水上游。 7 岳阳：岳即太岳山，位于今山西霍州东，汾水经此。山南水北为阳。 8 覃怀：地名，今河南武陟、沁阳一带。厎（zhǐ）：原本刻作"底"，二字通，今从《尚书》作"厎"。下同。厎，即致，获得。绩：功绩。 9 衡：通"横"。漳：水名，在覃怀北，东向横流入黄河。 10 厥：其，代冀州。白壤：指土白而柔细。 11 赋：田赋，税收。上上：古时九等中第一等。错：错杂，此指夹杂第二等赋税。 12 田：指田地高下肥瘠的功力，亦分九等。中中：九等中第五等。 13 恒：源出恒山，即滱水。卫：滹沱河支流，出今河北灵寿。从：从黄河入海。 14 大陆：泽名，位于今河北巨鹿西北。作：整治耕作。 15 岛：泛指沿海地区。夷：古代对东方边远地区人们的称呼。皮服：以皮服进贡。冀州近帝都，有赋无贡，其他地皆有赋有贡。 16 夹：靠近。碣石：山名，在今河北秦皇岛抚宁区、昌黎县二地界。此处说明岛夷来京进贡的水路。

济、河惟兖州[1]:九河既道[2],雷夏既泽[3],灉、沮会同[4]。桑土既蚕[5],是降丘宅土[6]。厥土黑坟[7],厥草惟繇[8],厥木惟条[9]。厥田惟中下,厥赋贞[10],作十有三载,乃同。厥贡漆丝,厥篚织文[11]。浮于济、漯[12],达于河。

济水与黄河间是兖州:黄河下游九道河疏通了,雷夏已汇聚为泽,灉水沮水汇合为一河同入雷夏泽。可种桑树的土地已经养蚕,百姓于是离开高地下徙平地居住。这里的土质黑而肥沃,草儿茂盛,树木修长。这里的田力属第六等,赋税第九等,耕作十三年,才和其他州的赋税相同。这里进贡漆和丝,以及用竹筐装着的锦绮。入贡道路由济水、漯河乘船顺流通达黄河。

[注释] 1 济:济水,源出今河南济源王屋山,其故道即今之小清河。河:黄河。兖州:今河北、山东一带。 2 九河:黄河下游分为九道河(徒骇、太史、马颊、覆釜、胡苏、简、洁、钩盘、鬲津),以分减水势。道:通畅。 3 雷夏:泽名,位于今山东菏泽东北。泽:活用为动词。 4 灉(yōng):亦作"灉""雍",俗称赵王河。沮(jū):也叫清水河,灉河支流。会同:汇合为一河同入雷夏泽。 5 蚕:活用为动词。养蚕。 6 是:于是。降:降下。丘:高地。宅:居住。土:此指平地。 7 黑坟:黑色而肥沃。 8 繇(yáo):茂盛。 9 条:长。 10 贞:下下,赋之第九等。 11 篚(fěi):圆形盛物竹器。织文:锦绮等丝织品。 12 浮:乘船顺流。漯:又名大清河,其故道从黄河南面东流入海。

海、岱惟青州[1]:嵎夷既略[2],潍、淄其道[3]。厥土白坟,海滨广斥[4]。厥田惟上下,厥赋中

渤海与泰山之间是青州:渤海地区既已治平,潍水、淄水也已疏通。这里的土质白而肥沃,海滨是广阔的盐卤地。这里的田力属第三等,赋税属第四等。这里进

上。厥贡盐绨[5]，海物惟错[6]。岱畎丝、枲、铅、松、怪石[7]。莱夷[8]作牧，厥篚檿[9]丝。浮于汶[10]，达于济。

贡盐、细葛布和海里种类繁多的物产。泰山丘陵地区进贡丝、大麻、锡、松树和奇异的美石。莱山地区的夷人耕作畜牧，他们进贡的是用竹筐装着的山桑和丝。入贡道路由汶水乘船顺流抵达济水。

[注释] 1 海：渤海。岱：泰山，岱、泰古音相近。青州：今山东半岛。 2 嵎（yú）夷：渤海地区之夷。略：治平。 3 潍：水名，源于山东莒县潍山，经昌邑入海。淄：水名，源于山东莱芜禹王山，与小清河汇合入海。道：疏通。 4 斥：盐卤地。 5 绨（chī）：细葛布。 6 错：错杂，即种类繁多。 7 畎（quǎn）：山谷。枲（xǐ）：大麻。铅：锡。 8 莱夷：莱山之夷。 9 檿（yǎn）：山桑，即柞树，可制弓。 10 汶：水名，源于山东莱芜，至东平入济水。

海、岱及淮惟徐州[1]：淮、沂其乂[2]，蒙、羽其艺[3]，大野既猪[4]，东原底平[5]。厥土赤埴[6]坟，草木渐包[7]。厥田惟上中，厥赋中中。厥贡惟土五色[8]，羽畎夏翟[9]，峄阳孤桐[10]，泗滨浮磬[11]，淮夷蠙珠暨鱼[12]，厥篚玄纤缟[13]。浮于淮、泗，达于河。

大海、泰山及淮河间是徐州：淮河、沂水既已治理，蒙山、羽山也已耕种，巨野既已汇聚成湖，东原一带获得治理。这里的土质红色，有黏性而肥沃，草木渐长丛生。这里田力属第二等，赋税属第五等。这里进贡的是五色土，羽山山谷的大野鸡尾，峄山南独特的桐木，泗水边可做磬的美石，淮水一带的珍珠和鱼，还有用竹筐装着的黑缯、绸和绢。入贡由淮河、泗水乘船顺流抵达黄河。

[注释] 1 淮：淮河。徐州：今江苏、安徽北部及山东南部。 2 沂：水名，

源于山东沂水西北。其:既已。乂:治理。 3 蒙:山名,在今山东蒙阴西南。羽:山名,在今江苏赣榆西南。艺:种植。 4 大野:即巨野泽,在今山东巨野县。猪:今作"潴",水停聚之深处。 5 东原:今山东东平境,汶、济之间。平:治平。 6 埴(zhí):黏土。 7 渐:渐长。包:丛生。 8 土五色:指青、黄、赤、白、黑五色土。古时帝王封诸侯仪式用五色土,使之立社。 9 羽:即羽山。夏:大。翟:野鸡长尾羽,可作旌旄装饰品。 10 峄(yì):山名,在今山东济宁,俗称距山,以产桐琴著名。孤桐:此处指独特的桐树。 11 泗:水名,源于今山东泗水境,流入淮河。浮磬(qìng):做乐器的美石,出于水似浮者。 12 淮夷:淮水之夷人。玭(pín)珠:蚌珠,珍珠。暨:与。 13 玄:黑缯。纤:细缯,即绸。缟:白缯,即绢。

淮、海惟扬州[1]:彭蠡[2]既猪,阳鸟攸居[3]。三江[4]既入,震泽[5]底定。筱簜既敷[6],厥草惟夭,厥木惟乔[7],厥土惟涂泥[8]。厥田惟下下,厥赋下上,上错。厥贡惟金三品[9],瑶琨[10]筱簜,齿革羽毛惟木[11],岛夷卉服[12]。厥篚织贝[13],厥包[14]橘柚,锡贡。沿于江、海,达于淮、泗。

淮河、大海间是扬州:鄱阳湖既已成湖,沿海岛屿也已安居。三江之水导流入海,太湖获得平定。小竹大竹已经普遍生长,这里的草儿美盛,树木高大,土质潮湿呈泥性。这里的田力属第九等,赋税是第七等,夹杂第六等。这里进贡金、银、铜三种金属,美玉、小竹、大竹,象牙、犀牛皮、鸟羽、旄牛尾以及楩楠等木材,东南沿海岛民进贡葛布衣料。那些用竹筐装着的贝锦,包装着的橘子柚子,也是贡品。入贡沿海循江,到达淮河、泗水。

注释 1 扬州:今苏南、安徽南部及江西东部等。 2 彭蠡:今江西鄱阳湖。　3 阳鸟：即阳岛，扬州附近海边各岛。一说为鸿雁等随阳之候鸟。攸居：安居。　4 三江：指注入长江之汉水、彭蠡与岷江。 5 震泽：即今江浙间之太湖。　6 筱（xiǎo）：此指小竹。簜（dàng）：此指大竹。敷：普遍生长。　7 夭：美盛的样子。乔：高。　8 涂泥：黏质湿土如泥。　9 金三品：金、银、铜三种金属。　10 瑶琨：美玉。 11 齿：象牙。革：犀牛皮。惟：与。木：指梗楠豫章等佳木。　12 岛夷：东南沿海各岛之夷民。卉服：缔葛一类的服装。一说蓑衣草鞋之属。 13 织贝：锦名，即贝锦。　14 包：包裹。

荆及衡阳惟荆州[1]：江、汉朝宗于海[2]，九江孔殷[3]，沱、潜既道[4]，云土梦作乂[5]。厥土惟涂泥，厥田惟下中，厥赋上下。厥贡羽毛齿革，惟金三品，杶幹栝柏[6]，砺砥砮丹[7]，惟箘簵楛[8]。三邦厎贡厥名[9]，包匦菁茅[10]，厥篚玄纁玑组[11]，九江纳锡大龟。浮于江、沱、潜、汉，逾于洛[12]，至于南河[13]。

荆山和衡山南边之间是荆州：长江、汉水像诸侯朝见天子一样注入大海，洞庭湖大大正定，沱水潜水已经疏通，云梦二泽可耕作治理。这里的土质潮湿呈泥性，田力属第八等，赋税属第三等。这里进贡鸟毛、旄牛尾、象牙、犀牛皮，金、银、铜三种金属，椿木、柘木、桧木、柏木，磨刀石、箭石、丹砂，以及箘竹、簵竹、楛木等。各邦进贡当地的名产，将杨梅用茅草包起来，竹筐盛着黑色帛、绛色帛、珠子丝带，洞庭湖进贡大龟。入贡由长江、沱水、潜水、汉水乘船，然后从陆路越过洛水，一直到达黄河。

[注释]　1 荆：山名，在今湖北南漳。衡：山名，在今湖南衡阳，俗称南岳。荆州：今湖北、湖南及江西西部等。　2 江：长江。汉：汉水。朝宗：诸侯朝见天子，春见叫朝，夏见叫宗。这里是比喻江、汉赴海

之状。　3 九江：湖南洞庭湖及其来注之水。此特指洞庭湖。孔：大。殷：正定。　4 沱、潜：分别为今湖北省境长江、汉水支流。　5 云土梦：即云、梦二泽名。作乂：耕作治理。　6 杶（chūn）：椿树。幹：同"榦"，柘木。栝（guā）：桧树。　7 砺砥：都是磨刀石，前者粗后者细。砮（nǔ）：可做箭头的石块。丹：朱砂。　8 惟：与。箘（jùn）竹名。簵（lù）：亦竹名。二竹皆可做箭杆。楛（hù）：一种可做箭杆的红色木材。　9 三邦：三应为虚数，表示荆州内各邦部落。名：名产。10 匦（guǐ）：古文作"朹"，即杨梅。菁茅：一种可过滤酒渣的有刺茅草。　11 纁（xūn）：浅红色。玑：珠类。组：丝带。　12 逾：越过。舍舟陆行叫逾。洛：水名,出今陕西渭南,经河南洛阳从巩义入黄河。洛、汉二水之间无水路可通。　13 南河：洛阳、巩义一带黄河之称。

　　荆、河惟豫州[1]：伊、洛、瀍、涧既入于河[2]，荥波既猪[3]。导菏泽[4]，被孟猪[5]。厥土惟壤，下土坟垆[6]。厥田惟中上，厥赋错上中。厥贡漆枲絺纻[7]，厥篚纤纩[8]，锡贡磬错[9]。浮于洛，达于河。

　　荆山、黄河间是豫州：伊水、洛水、瀍水、涧水都已注入黄河，荥波已经汇聚成湖。疏导菏泽，及至于孟诸泽。这里的土质柔细，低洼处土壤肥沃，是黑刚土。这里的田力属第四等，赋税是第二等交错第一等。这里进贡漆、麻、细葛布、粗麻布，竹筐装着的细纹绸、新丝绵，还要贡上磬及磨磬石。入贡由洛水乘船顺流抵达黄河。

[注释]　1 豫州：今河南及湖北北部地区。　2 伊：水名，源于今河南卢氏，入洛。瀍：水名，源于今河南孟津，入洛。涧：水名，源于今河南渑池，入洛。　3 荥波：即荥播，泽名，在今河南荥阳，汉代淤为平地。　4 菏泽：在今山东定陶，后湮没。　5 被：动词，及，至于。

孟猪：泽名，或作"孟诸"，在今河南商丘。　6 垆：黑色坚硬的土。
7 纻：麻类粗布。　8 纤：细纹绸。纩（kuàng）：新丝绵。　9 锡：读为"易"，亦也。错：磨玉之石。

华阳、黑水惟梁州[1]：岷、嶓既艺[2]，沱、潜既道[3]。蔡、蒙旅平[4]，和[5]夷厎绩。厥土青黎[6]，厥田惟下上，厥赋下中，三错[7]。厥贡璆、铁、银、镂、砮、磬、熊、罴、狐、狸织皮[8]。西倾因桓是来[9]，浮于潜，逾于沔[10]，入于渭[11]，乱[12]于河。

华山之南与黑水间是梁州：岷山、嶓冢山已经种植庄稼，沱水、潜水已经疏通。蔡山、蒙山整治平坦，溅水的夷民治理山水获得了功绩。这里的土青黑，田力属第七等，赋税第八等，间杂七等和九等。这里进贡美玉、铁、银、可镂刻的硬质金属、可做箭头的石块、磬，熊、罴、狐、狸等的皮毛制品。西倾山的贡物由白水运来，乘船经过潜水，舍舟陆行越过沔水，进入渭河，然后横渡黄河。

注释　1 华阳：华山之南，今陕西。黑水：即怒江上源哈拉乌苏河（哈拉直译为黑，乌苏直译为河），南流入海。梁州：今陕西南部、四川、云南与贵州北部地区。　2 岷：山名，在今四川北部，岷江发源地。嶓：嶓冢山，在今陕西宁强，汉水发源地。　3 沱：岷江支流，在今四川泸县入江。潜：嘉陵江北源，在今四川广元。此二水与荆州沱、潜二水名同实异。　4 蔡：山名，今四川峨眉山。蒙：山名，在今四川雅安。旅：治。　5 和：可能是溅水（今四川大渡河）。　6 青黎：黑色。　7 三错：错杂三等（即从上文杂出七、八、九三等）。　8 璆（qiú）：可做磬的美玉。镂：可镂刻的坚硬金属。织皮：皮毛制品。　9 西倾：山名，在今甘肃、青海交界处。桓：水名，即白水（今称白龙江），南入嘉陵江。是来：来此。　10 沔（miǎn）：汉水上游之名。　11 渭：水名，源于今甘肃渭源,至陕西潼关入黄河。　12 乱:横渡。

黑水、西河惟雍州[1]:弱水[2]既西,泾属渭汭[3],漆、沮既从[4],沣水攸同[5]。荆、岐既旅[6],终南、惇物[7],至于鸟鼠[8]。原隰[9]底绩,至于猪野[10]。三危既宅[11],三苗丕叙[12]。厥土惟黄壤,厥田惟上上,厥赋中下。厥贡惟球、琳、琅玕[13]。浮于积石[14],至于龙门、西河,会于渭汭。织皮昆仑、析支、渠搜[15],西戎即叙。以上九州。

黑水、西河之间是雍州:弱水已经疏通西流,泾水注入了渭河的弯曲处,漆水、沮水也已顺流而下,沣水同渭水汇合。荆山、岐山已经治理,终南山、惇物山一直到鸟鼠山的水利工程都已完工。从高原低地一直到猪野泽的工程,都取得了成绩。三危山已经能居住,三苗人大大地安定。这里的土黄而柔细,田力属第一等,赋税属第六等。这里进贡美玉、美石和宝珠。入贡由积石山下乘船顺流到达龙门、西河,汇集在渭水弯曲处。皮毛制品由昆仑、析支、渠搜贡上,西戎各国都安定了。

[注释] 1 黑水:今甘肃之党河。西河:今山西、陕西之间黄河一段别称。雍州:今甘肃、青海及陕西一带。 2 弱水:一名张掖河,先西后北流入居延海。 3 泾:水名,源自宁夏六盘山,东流至陕西入渭。属:注入。汭(ruì):河水弯曲处。 4 漆:水名,源于陕西铜川。沮:水名,源于陕西耀州。漆、沮汇合经富平入渭。从:顺从。 5 沣水:出陕西长安,北流入渭。攸:语助词。同:同于渭水。 6 荆:山名,在今陕西富平境。此称北条荆山,与湖北荆山有别。岐:山名,在今陕西岐山境。 7 终南:山名,在陕西境内。惇物:山名,即太白山,在陕西周至、眉县、太白等地之间。 8 鸟鼠:山名,在今甘肃渭源。 9 原隰(xí):高原及低湿地。 10 猪野:又作"都野",泽名,在今甘肃民勤。

11 三危：山名，在鸟鼠西、岷山北。宅：居住。 12 三苗：古国名，舜时南方民族，被迁至三危。丕：大。叙：安定。 13 球：美玉。琳：美石。琅玕（láng gān）：似珠美石。 14 积石：山名，在今青海西宁西南。 15 昆仑：西戎国名，在今青海西宁西。析支：西戎国名，在今青海西宁西南。渠搜：西戎国名，在大宛北葱岭西（一说今内蒙古乌拉特前旗附近）。

导岍及岐[1]，至于荆山，逾于河。壶口、雷首[2]，至于太岳[3]。厎柱、析城[4]，至于王屋[5]。太行、恒山[6]，至于碣石，入于海。西倾、朱圉[7]、鸟鼠，至于太华[8]。熊耳、外方、桐柏[9]，至于陪尾[10]。导嶓冢[11]，至于荆山[12]。内方[13]，至于大别[14]。岷山之阳，至于衡山，过九江，至于敷浅原[15]。以上导山四章。

治山开辟道路从岍山起，经岐山，到荆山，越过黄河。从壶口起，经雷首山，到太岳山。从厎柱山起，经析城山，到王屋山。从太行山起，经恒山，到碣石山，一直通到大海边。从西倾山起，经朱圉山、鸟鼠山，到达华山。从熊耳山起，经嵩山、桐柏山，到陪尾山。辟道再从嶓冢山起，到达荆山。从内方山起，到大别山。从岷山南面开始，到达衡山，越过洞庭湖，一直到达庐山。

注释 1 导：当作"道"，开辟道路。岍（qiān）：山名，在今陕西陇县南。 2 雷首：山名，在今山西永济东南。 3 太岳：山名，在今山西霍州东。 4 厎（dǐ）柱：山名，在今山西平陆东，处于黄河中流。一说在今河南三门峡。析城：山名，在今山西阳城西南。 5 王屋：山名，在今山西垣曲和河南济源间。 6 太行：山名，纵跨今河南、河北、山西等地。恒山：在今河北曲阳西北，为五岳中的北岳。 7 朱圉：山名，在今甘肃甘谷西南。 8 太华：山名，即华山，在今陕西华阴南，为五岳中的西岳。 9 熊耳：山名，在今河南卢氏东。外方：山名，在今河南登封北，即嵩山，为五岳的中岳。桐柏：山名，在今河南桐柏西南。 10 陪尾：山名，在今湖北安陆东北。 11 嶓冢：见前注。 12 荆山：在今湖北南漳西南。 13 内方：山名，在今湖北钟祥西南。 14 大别：山名，在今湖北、河南、安徽交界处。 15 敷浅原：即傅阳山（鄱阳山），亦即今之庐山，在江西九江。

导弱水,至于合黎[1],余波入于流沙[2]。导黑水,至于三危,入于南海[3]。导河积石,至于龙门,南至于华阴,东至于厎柱,又东至于孟津[4],东过洛汭,至于大伾[5],北过洚水[6],至于大陆[7],又北播[8]为九河,同为逆河[9],入于海。嶓冢导漾[10],东流为汉,又东为沧浪[11]之水,过三澨[12],至于大别,南入于江,东汇泽为彭蠡[13],东为北江[14],入于海。岷山导江,东别为沱,又东至于澧[15],过九江,至于东陵[16]:东迤北会于汇[17],东为中江[18],入于海。导沇水[19],东流为济,入于河,溢为荥[20],东出于陶

治水疏导弱水,通到合黎,余水流入沙漠。疏导黑水,通到三危,注入青海。疏导黄河起自积石山,通到龙门,南通到华山北,东通到厎柱山,又东通到孟津,往东经过洛水弯曲处,通到大伾山,往北经过洚水,通到大陆泽,又往北分散为九条支流,共同迎受黄河大水,一直流入大海。从嶓冢开始疏导漾水,向东流的为汉水,又向东的称为沧浪之水,经过三澨,通到大别山,向南流入长江,向东汇合为鄱阳湖,向东称为北江,流入长江进大海。从岷山开始疏导长江,向东别出支流沱水,又向东通到澧水,经过洞庭湖,通到东陵,向东斜流偏北与鄱阳湖汇合之水汇合,向东称为中江,流入大海。疏导沇水,向东流去称为济水,注入黄河,大水溢出成为荥泽,向东从陶丘北边流出,

丘[21]北，又东至于菏，又东北会于汶，又北东入于海。导淮自桐柏，东会于泗、沂，东入于海。导渭自鸟鼠同穴，东会于沣，又东会于泾，又东过漆沮，入于河。导洛自熊耳，东北会于涧、瀍，又东会于伊，又东北入于河。以上导水九章。

又向东通到菏泽，又向东北与汶水汇合，又向北偏东流入大海。疏导淮河从桐柏山开始，向东和泗水、沂水汇合，向东流入大海。疏导渭水从鸟鼠同穴山开始，向东和沣水汇合，又向东和泾水汇合，又向东经过漆水、沮水，流入黄河。疏导洛水从熊耳山开始，向东北与涧水、瀍水相汇，又向东与伊水相会，又向东北流入黄河。

注释 1 合黎：山名，在今甘肃张掖。 2 流沙：指宁夏居延海一带的沙漠。 3 南海：今青海省青海。 4 孟津：地名，在今河南孟津。 5 大伾（pī）：山名，在今河南浚县。 6 泽水：此指漳水、泽水合流的漳水，在今河北曲周、肥乡间，入黄河。 7 大陆：泽名，在今河北巨鹿西北。 8 播：分散。 9 逆河：迎着河水承受。 10 瀁：汉水上游名，发源于嶓冢山。 11 沧浪：汉水支流。 12 三澨（shì）：水名，在江夏、竟陵界，源出今湖北京山。 13 彭蠡：即鄱阳湖。 14 北江：指汉水。 15 澧：水名，源于今湖南桑植，流入洞庭湖。 16 东陵：地名，故庐江郡金兰县境（一说在今湖北黄梅境）。 17 迤（yǐ）：斜行。汇：指鄱阳湖所汇合之水。 18 中江：岷江至彭蠡一段江水。 19 沇（yǎn）水：一作兖水，源自今山西垣曲，为济水上游。 20 溢：大水奔流而出。荥：泽名，在今河南荥阳。 21 陶丘：在今山东定陶。

九州攸同[1]：四隩既宅[2]，九山刊旅[3]，

九州治水之功齐同：四方的土地已能居住，九条山脉都辟除了障碍，已经通达，九

九川涤源[4]，九泽既陂[5]，四海[6]会同。六府孔修[7]，庶土交正[8]，厎[9]慎财赋，咸则三壤成赋[10]。中邦锡土姓[11]，祗台德先[12]，不距朕行[13]。

列水系疏通了水源，九大湖泊已经筑好了堤防，四方臣民会合同朝京师。金、木、水、火、土、谷，得到了很好的治理，广阔的土地都有征取，然而必定要慎重地征收财赋，都以土壤等级为法则规定赋税。九州本土诸侯赐给土地及姓氏，敬重要以德行为先，不要抗拒我所施行的措施。

注释 1 攸：所。这句是总叙治理水土之功。 2 隩（yù）：又作"墺"，四方可居之地。宅：安居。 3 九山：即上文所列之九条山脉（岍至荆山，壶口至太岳，厎柱至王屋，太行至碣石，西倾至太华，熊耳至陪尾，嶓冢至荆山，内方至大别，岷山至衡山）。刊：辟除障碍。旅：通达。 4 九川："川"原刻本作"州"，今据《尚书》改。九川，即上文所列九条水道（弱、黑、河、瀁、江、沇、淮、渭、洛）。涤：疏达。 5 九泽：即上文所列大陆、雷夏、大野、彭蠡、震、云梦、荥、菏、孟猪九泽。陂：陂障，即堤防。 6 四海：指东夷、南蛮、西戎、北狄广大地区。 7 六府：古指金、木、水、火、土、谷。孔：甚，很。修：治。 8 庶：众。交：俱。正：征。 9 厎（zhǐ）：必定。 10 咸：都。则：准则，法则。三壤：据土壤肥力定为上中下三个等级。成：规定。 11 中邦：指九州本土。锡：赐。土姓：土地与姓氏。 12 祗（zhī）：恭敬。台（yí）：以。 13 距：抗拒。朕：我。行：施行。

五百里甸服[1]：百里赋纳总[2]，二百里纳铚[3]，三百里纳秸服[4]，四百里粟，五百里米。

距王城四周五百里以内叫甸服：其中近王都百里内的赋税是交纳带秸秆的谷物，第二百里内交纳割下的谷穗，第三百里内交纳没有芒尖却带稃壳的谷物，第

五百里侯服[5]：百里采[6]，二百里男邦[7]，三百里诸侯[8]。五百里绥服[9]：三百里揆[10]文教，二百里奋武卫。五百里要服[11]：三百里夷[12]，二百里蔡[13]。五百里荒服[14]：三百里蛮[15]，二百里流[16]。东渐[17]于海，西被[18]于流沙，朔南暨声教[19]，讫于四海。禹锡玄圭[20]，告厥成功。

四百里内贡上粟子，第五百里内贡上粟实。甸服以外五百里叫侯服：百里内为天子服差事，第二百里内为国家服差事，其他三百里内同为王室斥候。侯服以外五百里叫绥服：三百里内推行文化教育，又二百里内奋扬武功保卫中土。绥服以外五百里叫要服：三百里内遵守天子平常的政教，又二百里可以减少赋税。要服以外五百里叫荒服：三百里内是蛮荒地区，又二百里是流徙地区。东至大海，西及沙漠，北方和南方都受到教化，一直传到四海。大禹报告他治山治水成功，于是舜赐给他玄圭。

注释 1 五百里：指四周距王城五百里以内的范围。甸：王田，天子领地。服：服劳役。 2 纳：交纳。总：指禾麦总体（谷粒连同秸秆）。 3 铚（zhì）：割下的谷穗。 4 秸（jiē）服：没有芒尖但带稃壳的谷。 5 五百里：此指环甸外五百里。以下绥服、要服、荒服类推。侯：即"候"。侯服，即服事天子为斥候（侦察候望）。 6 采：事，为天子服差事。 7 男邦：即任国事，服公差.. 8 诸侯：同为王室斥候。 9 绥：安抚。绥服，即服事天子安抚治理百姓。 10 揆（kuí）：揆度，掌管。 11 要服：干受王室约束的差事。 12 夷：遵守平常之教令。 13 蔡：杀，即减少赋税。 14 荒：远。荒服，即服事天子镇守远方。 15 蛮：指蛮荒地区。 16 流：指人口流动不定的地区。 17 渐：入。 18 被：及。 19 朔：北方。暨：与。 20 锡：赐。玄圭：一种黑色的玉器，上尖下方，古代用以赏赐建立功绩之人。

史记·平准书

导读

本文着重记载货币制度之沿革，西汉政府控制商品流通，以及物价的均输、平准等政策，故以之名篇。此文叙述了汉初至武帝时一百余年间财政经济的发展过程，可以说是我国古籍中最早之经济史专门著作。

作者以史家特有的眼光，肯定了汉代发展工商业、搞活经济的政策，批评了武帝穷兵黩武、对工商业采取高压手段的错误做法，揭露了豪强兼并、贫富悬殊的社会现状。有褒有贬，有史有论，不失为经世致用之佳篇。

原文

汉兴，接秦之弊，丈夫从军旅，老弱转粮饷，作业剧而财匮。自天子不能具钧驷[1]，而将相或乘牛车，齐民[2]无藏盖。于是为秦钱[3]重难用，更[4]令民铸钱，一黄金一斤[5]。约法省禁，而不轨逐利之民，蓄积余业，以稽[6]市物，物踊腾粜[7]，米至石万

译文

汉朝建立，承接秦朝的弊端，男子从军打仗，老弱的人转送粮饷，兴办的事业众多导致财政缺乏。天子不能具备毛色纯一的四匹马驾车，而将相有的还要乘坐牛车，平民没有物件可收藏遮盖。在这个时候因为秦代铸钱重而难于使用，就令百姓改铸轻钱，以至于一万钱过去值二十四两，这时才值十六两。尽管高祖约法三章减少繁杂的禁令，可是不守法度追逐利益的刁民，囤积货物，用以

钱,马一匹则百金。天下已平[8],高祖乃令贾人不得衣丝乘车[9],重租税以困辱之。孝惠、高后时[10],为天下初定,复弛商贾之律,然市井之子孙亦不得仕宦为吏。量吏禄,度官用,以赋于民。而山川园池市井租税之入,自天子以至于封君汤沐邑[11],皆各为私奉养焉,不领于天下之经[12]费。漕转山东粟[13],以给中都[14]官,岁不过数十万石。

控制市场物价,物价上涨好似飞跳,米最高达到一石一万钱,马一匹则卖一百金。天下平定后,高祖就令商人不得穿丝绸乘马车,加重租税用以困顿、压抑、侮辱他们。直到孝惠帝、吕后时,因为天下刚刚安定,才又放宽了抑制商人的法律,然而商人的子孙还是不能做官为吏。朝廷通过估量官吏的俸禄,计算官府的费用,用以向百姓征取赋税。但是畿辅内的山川、园苑、池泽、市场租税的收入,从天子至王侯的封邑领地,都各自用私下收入来供养,不须向朝廷领取日常的费用。从水路陆路转运崤山以东的粮食,用以供给京师百官,每年不过数十万石。

注释 1 钧:通"均"。驷:古代同驾一辆车的四匹马。均驷,即毛色纯一的四匹驾车马。 2 齐民:平民。 3 秦钱:指秦始皇三十七年(前210)推行的半两(十二铢)钱。 4 更:变更。 5 "黄金"前原刻本缺"一"字,据《史记》补。黄金一斤为一金。秦代金以镒为单位,一镒重二十四两;汉代金以斤为单位,一斤仅重十六两。黄金与铜钱比价是一斤值一万钱。 6 稽:贮滞,引申为控制。 7 粜(tiào):当从《汉书·食货志》作"跃",腾跃,补充说明"踊"的程度。 8 天下已平:指高祖平定英布、彭越等叛乱。 9 贾(gǔ)人:商人。衣(yì):活用为动词,穿衣。 10 孝惠:刘邦儿子刘盈。高后:高祖之后吕雉。 11 封君:受封邑的诸侯、列侯。汤沐邑:周朝天子在王畿内,赐诸侯供朝见时住宿和斋戒沐浴的领地。 12 经:日常。

13 漕转：指由水路陆路转运粮食。山东：古时指崤山（位于今河南西部）以东地区。 14 中都：此指京城。

至孝文[1]时，荚钱[2]益多，轻，乃更铸四铢钱[3]，其文为"半两"，令民纵[4]得自铸钱。故吴[5]，诸侯也，以即山铸钱[6]，富埒[7]天子，其后卒以叛逆。邓通[8]，大夫也，以铸钱财过王者。故吴、邓氏钱布天下，而铸钱之禁生焉。匈奴数侵盗北边，屯戍者多，边粟不足给食[9]当食者。于是募民能输[10]及转粟于边者拜爵，爵得至大庶长[11]。孝景[12]时，上郡[13]以西旱，亦复修卖爵令，而贱其价以招民；及徒复作[14]，得输粟县官以除罪[15]。益造苑马以广用，而宫室列观舆马益增修矣。

到孝文帝时，荚钱越来越多，愈来愈轻，于是改铸四铢钱，钱面上文字为"半两"，放任百姓私自铸钱。所以吴王刘濞，虽是个诸侯，因靠近铜山铸钱，财富跟天子相等，后来终竟叛乱。邓通，是个大夫，通过铸钱，财产超过王侯。由于吴王、邓通的钱遍布天下，因而铸钱的禁令产生了。匈奴累次侵掠北疆，屯田戍守的军队众多，边地粮食不足以供军民消耗。于是招募能够献纳并转送粮食至边疆地区的百姓，并授给爵位，爵号能到大庶长。孝景帝时，上郡西部地区发生旱灾，又再修订卖爵令，并且降低价格招徕百姓；及至守边男囚和充作官奴的女徒，都可以通过献纳粮食给朝廷用来赎罪。又增添苑囿牧马备以广泛使用，而宫室、台榭及车马则增建得更多了。

[注释] 1 孝文：汉文帝刘恒，公元前180年至前157年在位。 2 荚钱：重三铢，其形如榆荚，故称。 3 四铢钱：孝文帝五年（前175）推行，钱文半两，实重四铢。 4 纵：放任。 5 吴：指吴王刘濞。 6 即：就。刘濞在豫章郡有铜山，招天下亡命之徒开矿铸钱。 7 埒（liè）：相等。

8 邓通：汉蜀郡南安人，文帝时为上大夫，被赐铜山，自行铸钱。 9 给食（sì）：供养。 10 输：献纳。 11 大庶长：爵位名，是汉制二十级中第十八级。凡纳粟六百石授上造（二级），纳四千石授五大夫（九级），纳一万二千石授大庶长。 12 孝景：汉景帝刘启，公元前157年至前141年在位。 13 上郡：郡治在今陕西榆林东南。 14 徒：囚徒。复作：罪轻女徒不守边，充作官奴，称复作徒。 15 县官：指朝廷。汉时不能直言，故以此代称。除罪：免罪。

至今上[1]即位数岁，汉兴七十余年之间，国家无事，非遇水旱之灾，民则人给家足，都鄙廪庾皆满[2]，而府库余货财。京师之钱累巨万，贯朽而不可校[3]；太仓之粟陈陈相因[4]，充溢露积于外，至腐败不可食。众庶街巷有马，阡陌[5]之间成群，而乘字牝者傧而不得聚会[6]。守闾阎者食粱肉[7]，为吏者长[8]子孙，居官者以为姓号。故人人自爱而重犯法，先行义而后绌耻辱焉[9]。当此之时，网[10]疏而民富，役财骄溢，或至兼并，豪党之徒，以武断于乡曲[11]。

到现今皇帝即位几年，在汉朝建立的七十余年里，国家没有发生什么大事，如果不是碰上水灾旱灾，老百姓则家家户户充足，京城边邑粮仓都是满满的，而国库中有剩余财货。京师的钱积累到万万，串钱的绳子都朽烂了，钱不能计数；太仓的粮食都陈旧了，又相沿倒进陈旧的，直至溢满出来，露天堆积在外边，以至腐坏不能吃。众百姓在街头巷尾有马，田野之间结队成群，但乘母马的人被排斥而不能聚会。守里门的差役吃上等的粮和肉，当小吏的可以在一个职位上久不调职养大子孙，居官位的久任其职就以官名为姓为号。所以人人自爱而看重法规，必定先行仁义而后避免耻辱。在这个时候，法律宽疏而百姓富有，富人利用财力盛气凌人，有的甚至互相兼并，豪强

宗室有土，公卿大夫以下争于奢侈，室庐舆服僭[12]于上，无限度。物盛而衰，固其变也。以上言先富盛而后渐贫。

大族，凭借势力横行乡里。受有封邑土地的皇室宗族，以及公、卿、大夫以下人物，争竞奢侈，居室房舍、车辆服饰僭越于上，没有限度。事物由盛而衰，其变化是必然的。

[注释] 1 今上：指汉武帝刘彻，公元前141年至前87年在位。 2 都：京都。鄙：边邑。廪庾（lǐn yǔ）：泛指储粮仓库。 3 巨万：万万，亿万。贯：串钱的绳索。每一千文串成一贯。校：计数。 4 太仓：京师粮仓。陈：陈旧。因：沿袭。 5 阡陌：田间小路，此处泛指田野。 6 牸牝（pìn）：母马。傧：通"摈"，排斥。时俗以乘母马为耻。 7 闾阎：里巷的门。梁肉：上等的粮食和肉。"梁"字原刻本误作"粱"。 8 长：生长，长大。 9 后：原刻本缺，据《史记》补。绌（chù）：通"黜"，摈弃。 10 网：此指法网。 11 乡曲：指乡里。 12 僭（jiàn）：僭越，超过规定。

自是之后，严助、朱买臣等招来东瓯[1]，事两越[2]，江、淮之间，萧然[3]烦费矣。唐蒙、司马相如开路西南夷[4]，凿山通道千余里，以广巴、蜀[5]，巴、蜀之民罢[6]焉。彭吴贾灭朝鲜[7]，置沧海之郡[8]，则燕、齐之间，靡然[9]发动。及王恢设谋马邑[10]，匈奴绝和亲，侵扰北

从此以后，严助、朱买臣等招徕东瓯人，在两越用兵，长江、淮河之间，烦支费用，冷落萧条。唐蒙、司马相如向西南地区开拓，凿山通路千余里，用以扩大巴、蜀的范围，当地老百姓也因此疲敝劳顿了啊。彭吴借路想灭掉朝鲜，设置沧海之郡，那么齐、燕之间，无处不被动员骚扰。及至王恢设计在马邑伏击单于，匈奴断绝和亲，侵扰北边，战事相连而不止，天下受到战争牵

边,兵连而不解,天下苦其劳,而干戈日滋[11]。行者赍[12],居者送,中外骚扰而相奉,百姓抏[13]敝以巧法,财赂衰耗而不赡。入物者补官,出货者除罪,选举陵迟[14],廉耻相冒[15],武力进用,法严令具。兴利之臣,自此始也。以上言因贫而进兴利之臣。

累的苦患,而战争日益增多。出征的人携带衣物食粮,留居的人也得输送打仗物资,全国上下受到骚扰寻求供应,老百姓因消耗贫敝只得巧行抵交之法,财货衰耗,国家供给不足了。于是捐货物的可补官,交钱的可免罪,选拔举荐名存实亡,廉耻不分互相假冒,进用武力,刑法严酷,政令罗织。兴谋财利的大臣,在这种情况下开始出现了。

注释 1 严助:汉武帝时中大夫,后拜会稽太守,因受淮南王厚赂被诛。朱买臣:家贫,因严助所荐,被武帝拜会稽太守,后为丞相长史。弹劾张汤,张自杀,朱亦被诛。东瓯:古族名,越族的一支,分布在今浙江南部,瓯江、灵江流域。 2 两越:即闽越和南越。 3 萧然:萧索冷落的样子。 4 唐蒙:汉番阳令,上书汉武帝通夜郎,拜为中郎将,与夜郎侯多同立约。司马相如:西汉辞赋家,汉武帝时用为中郎将,奉使西南。西南夷:今四川西南部及云南、贵州等地少数民族。 5 巴、蜀:两郡名,泛指今四川、重庆地区。 6 罢:通"疲",疲乏凋敝。 7 彭吴:汉武帝时人。贾:假,借。彭吴曾借路秽貊至朝鲜。 8 沧海之郡:西汉郡名,在今东北鸭绿江、图们江一带。 9 靡(mǐ)然:无处不的意思。 10 王恢:武帝时官拜大行(掌管宾客之礼),后为将军,因不敢出兵追击匈奴,下廷尉议当斩,乃自杀。马邑:汉置县名,今山西朔州。 11 干戈:喻战争。滋:增多。 12 赍(jī):携带衣食等物。 13 抏(wán):消耗。 14 陵迟:衰颓。 15 冒:假冒。

其后汉将岁以数万骑出击胡[1],及车骑将军卫青取匈奴河南地[2],筑朔方[3]。当是时,汉通西南夷道,作者数万人,千里负担馈粮,率十余钟[4]致一石,散币于邛、僰以集之[5]。数岁道不通,蛮夷因以数攻,吏发兵诛之,悉巴、蜀租赋不足以更[6]之,乃募豪民田[7]南夷,入粟县官,而内受钱于都内[8]。以上田南夷入粟,兴利之事一。

而后汉朝将每年率领数万骑兵出击匈奴,到了车骑将军卫青时,夺取河套地区,修筑了朔方郡。在这个时候,汉朝正在开通通往西南夷的大道,运粮的有几万人,千里外担运粮食,差不多耗费十几钟才能送达一石,于是在临邛、僰道散发钱币来征集粮食。修了数年道路都没有凿通,蛮夷于是借此多次进攻,官吏发兵诛伐,整个巴、蜀的租税不足以用来补偿那些开支,于是就招募豪民在南夷屯垦,所种粮食缴入当地官府,却向京都内府领取粮款。

注释 1 胡:此指匈奴。 2 卫青:字仲卿,卫皇后弟,河东平阳(今山西临汾)人,官至大将军,封长平侯。河南:武帝元朔二年(前127)取灵、夏三州,此河南即今内蒙古、宁夏河套地区。 3 朔方:郡名,武帝元朔二年置,治所在今内蒙古杭锦。 4 钟:古容量单位,一钟合六石四斗。 5 邛(qióng):临邛,古县名,属蜀郡,治所在今四川邛崃。僰(bó):僰道,古县名,属犍为郡,治所在今四川宜宾西南安边镇。 6 更:更改,补偿。 7 田:动词,屯田垦荒。 8 都内:京都。

东置[1]沧海之郡,人徒之费拟[2]于南夷。又兴十余万人筑卫朔方,转漕甚辽

东方新置沧海郡,人事上的费用和南夷相当。又发动十多万人建筑保卫朔方城,车船转运粮食非常

远,自山东咸被其劳,费数十百巨万,府库益虚。乃募民能入奴婢得以终身复[3],为郎增秩[4],及入羊为郎,始于此。以上募民入奴婢入羊,兴利之事二。

遥远,崤山以东的百姓都遭受这些劳累,耗费达数十百巨万,府库更加空虚。于是招募能贡献奴婢的百姓,可以终身免除徭役,做郎官的增加俸禄品级,至于献上羊也可做郎官,就是从这时开始的。

[注释] 1 置:《史记》作"至"。 2 拟:比拟,相当。 3 复:免除徭役。 4 郎:皇帝侍从官,分议郎、中郎、侍郎、郎中等。秩:俸禄,官职的等级。

其后四年[1],而汉遣大将[2]将六将军,军十余万,击右贤王[3],获首虏[4]万五千级。明年,大将军将六将军仍再出击胡,得首虏万九千级。捕斩首虏之士,受赐黄金二十余万斤;虏数万人,皆得厚赏,衣食仰给[5]县官。而汉军之士马,死者十余万,兵甲之财、转漕之费不与焉。于是大农陈藏钱经耗[6],赋税既竭,犹不足以奉战士。有司言:"天子曰:'朕闻五帝[7]之教不相复而治,禹、

此后第四年,汉朝派遣大将军卫青率领六位将军和十多万军队,攻击匈奴右贤王,斩获敌人首级一万五千级。明年,大将军又统率六位将军再度出击匈奴,获得敌人首级一万九千级。捕俘并斩割敌人首级的士兵,受赏赐的黄金有二十多万斤;被俘虏的几万匈奴士兵,都得到了重赏,穿衣吃饭全部依赖朝廷供给。可是汉军士兵和战马,死去的有十多万,兵器盔甲所需钱财、水陆运粮所需费用还不算在内。在这时,大司农的多年藏钱经常被消耗,租税也已枯竭,仍不足以供应打仗的士兵。负责的官吏说:"天子说:'我听说五帝的教化不相蹈袭却能治

汤之法不同道而王[8],所由殊路,而建德一也。北边未安,朕甚悼[9]之。日者,大将军攻匈奴,斩首虏万九千级,留滞无所食。议令民得买爵及赎禁固免减罪。'请置赏官,命曰武功爵[10]。级十七万,凡直三十余万金[11]。诸买武功爵官首[12]者试补吏,先除[13];千夫如五大夫,其有罪又减二等;爵得至乐卿:以显军功。"军功多用越等,大者封侯、卿、大夫,小者郎吏。吏道杂而多端,则官职耗废。以上买爵,兴利之事三。

理,夏禹、商汤的方法不同却能称王,他们所经由的道路有别,但建立的德绩是一样的呀。现在北方没有安定,我非常悲痛。近日,大将军攻打匈奴,斩敌人首级一万九千级,将士留滞在外没有什么粮食。商议让百姓能够用钱买爵位和赎囚禁使之免罪减刑。'因此请求设置赏官,命名为武功爵。初一级是十七万钱,总共值三十多万金。那些买武功爵中官首一级的试用为候补官吏,优先拜官;武功爵里千夫如官爵中的五大夫,他们有罪可减二等;买爵能高至乐卿:用这些显扬军功。"而军功大多越等授爵,大的封侯,拜卿、大夫,小的做郎官小吏。因此任用选拔官吏的路径杂乱纷繁,于是官职就被虚耗败坏了。

[注释] 1 此指汉武帝元朔五年(前124)。 2 大将:指卫青。下"大将军"同。 3 右贤王:匈奴单于所封之王爵。 4 首虏:敌人的头。 5 仰给:依赖他人供给。 6 大农:景帝时称大农令,武帝时改为大司农,掌管租税、钱谷、盐铁和财政开支。经:经常。 7 五帝:尧、舜、禹、汤和周文武两王的合称。 8 王(wàng):王天下。 9 悼:悲伤。 10 武功爵:分为造士、闲舆卫、良士、元戎士、官首、秉铎、千夫、乐卿、执戎、政戾庶长、军卫十一级。 11 直:通"值"。初一级需买爵钱十七万钱,以上每级加二万,至第十一级需买爵钱三十七万钱。

一金值万钱。　**12** 官首：武功爵第五级。　**13** 除：拜官。

自公孙弘以《春秋》之义绳臣下取汉相[1]，张汤[2]用峻文决理为廷尉，于是见知之法[3]生，而废格沮诽穷治之狱用矣[4]。其明年，淮南、衡山、江都王谋反迹见[5]，而公卿寻端治之，竟[6]其党与，而坐死者数万人，长吏益惨急[7]，而法令明察。当是之时，招尊方正[8]贤良文学之士，或至公卿大夫。公孙弘以汉相布被，食不重味，为天下先。然无益于俗，稍骛[9]于功利矣。以上因言利而峻法，文中枢纽。

自从公孙弘用《春秋》的义理当作为臣之道，因而取得汉朝丞相职位，张汤用严峻的法律判决狱案而当上廷尉，于是对于非法行为，若知晓但不举报，便也会犯"故纵罪"的法令产生了，而对于废弃阻隔皇上的命令和沮败诽谤朝政要穷加惩治的狱案也就成立了。第二年，淮南王、衡山王、江都王谋反的事迹被发现，公卿大臣寻找头绪来惩治，穷究他们的党羽，因而牵连致死者有几万人，官吏更加严刻峻急，法令愈发苛刻详细。在这个时候，朝廷招请品行端正贤良和有文采实学的才士，有的位至公卿大夫。公孙弘做汉朝丞相，却穿着粗布衣服，饮食没有丰厚的口味，成为天下的先导。可是这些对于时俗却没有助益，只是进一步使人急于追求功利罢了。

注释　**1** 公孙弘：齐地人，家贫牧猪，四十余岁学《公羊春秋》。汉武帝时被举为贤良，对策第一，拜为博士。后为丞相，封平津侯。绳：绳检，约束。　**2** 张汤：武帝时拜侍御史，再拜御史大夫，治狱严酷。后遭朱买臣等人构陷而自杀。　**3** 见知之法：官吏知晓非法之事而不举劾，也会犯故纵罪。　**4** 废：废弃。格：阻隔。沮：沮败。　**5** 淮南：淮南王刘安。衡山：衡山王刘赐，刘安弟。江都王：刘建。见：同"现"。

6 竟：穷究。　7 惨急：严刻峻急。　8 方正：端正。　9 骛（wù）：急于追求。

其明年，骠骑[1]仍再出击胡，获首四万。其秋，浑邪王[2]率数万之众来降，于是汉发车二万乘迎之。既至，受赏，赐及有功之士。是岁费凡百余巨万。初，先是往十余岁，河决观[3]，梁、楚之地固已数困，而缘河之郡堤塞，河辄[4]决坏，费不可胜计。其后番系[5]欲省砥柱之漕，穿汾[6]、河渠以为溉田，作者数万人；郑当时为渭漕渠回远[7]，凿直渠自长安至华阴，作者数万人；朔方亦穿渠，作者数万人。各历二三期，功未就，费亦各巨万十数。天子为伐胡，盛养马，马之来食长安者数万匹，卒牵掌者关中[8]不足，乃调旁近郡。而胡降者皆衣食县官，县官不给，天子乃损膳，解乘舆驷，出御

下一年，骠骑将军霍去病再次出击匈奴，斩获首级四万。那年秋天，匈奴浑邪王率领几万人来投降，于是汉朝发动二万辆车去迎接。他们到达后，领到赏金，赏赐遍及了有功的军士。这年费用总共有一百多万万钱。起初，在这以前几十年，黄河在观县决口，梁、楚等地本来已累次遭受水患，而沿黄河的郡县筑堤堵塞，黄河随即决坏，费用无法计算。后来番系想要节省经过砥柱的漕运费用，就凿穿汾水，修建渠道用来灌溉田地，作业的有几万人；郑当时认为经渭水漕运的渠道迂回遥远，就在长安到华山北面一段开凿一条直渠，作业的有几万人；朔方郡也开渠道，作业的又有几万人。各处经过两三年，功绩未成，可是费用也各达十多万万。天子为了讨伐匈奴，极力提倡养马，在长安饲养的马有几万匹，而关中牵缰钉掌的人不够，就从近旁诸郡调集。而投降的匈奴人穿衣吃饭都由

府禁藏以赡之。其明年，山东被水灾，民多饥乏，于是天子遣使者虚郡国仓廥以振贫民[9]，犹不足，又募豪富人相贷假[10]。尚不能相救，乃徙贫民于关以西，及充朔方以南新秦中[11]。七十余万口，衣食皆仰给县官。数岁，假予产业，使者分部护之，冠盖相望。其费以亿计，不可胜数。于是县官大空，而富商大贾或滞[12]财役贫，转毂百数，废居[13]居邑，封君皆低首仰给。冶铸煮盐，财或累万金，而不佐国家之急，黎民重困。以上凡伐胡、塞河、穿渠、养马、振灾，五者皆耗财之事。

朝廷供应，朝廷无法供给，天子就削减膳食，解去乘车驷马，拿出自己仓库的储藏用来赡养他们。第二年，崤山之东遭受水灾，百姓大多贫乏饥饿，于是天子派遣使者掏空了各郡各侯国的仓库来赈济贫民，仍旧不够，又招募富豪人家借贷给饥民。如此还不能相救，就将贫民迁徙到函谷关以西，或者充实朔方郡以南的新秦中。七十余万人，吃穿全都依赖朝廷供给。几年后，官府借给他们产业，使者分部照护，官吏往来不绝。那些费用以亿计算，数也数不清。在这时国库大大空虚，但富有的大商人积贮财物奴役贫民，动用运输车多达数百辆，贵卖贱买，在邑里囤积居奇，王侯们都低头依赖他们供给。商人们冶铜铸钱，烧水煮盐，财产有的累积万金，但不帮助国家解决急难，老百姓更加困顿了。

注释　1 骠骑：骠骑将军霍去病。　2 浑邪王：匈奴单于所封之王，武帝元狩二年（前121）降汉。　3 观：东郡县名。　4 辄：即。　5 番（pān）系：汉武帝时河东郡守。　6 汾：流经今山西中部，黄河第二大支流。　7 郑当时：汉武帝时大司农，好礼，闻人之善则进上。渭：流经今陕西中部，黄河最大的支流。　8 关中：此指函谷关以西长安地区。　9 廥（kuài）：储存柴草的房舍。振："赈"的本字，救济。

10 假：借。　11 新秦中：秦地名，汉时在朔方之南，长安之北。　12 滞：停滞，囤积。　13 废居：出卖贮存。货物贱价则积贮，高价则卖出。

于是天子与公卿议，更钱造币以赡用，而摧浮淫并兼之徒。是时禁苑有白鹿，而少府¹多银锡。自孝文更造四铢钱，至是岁四十余年，从建元²以来用少，县官往往即多铜山而铸钱，民亦间盗铸钱，不可胜数。钱益多而轻，物益少而贵。有司言曰："古者皮币，诸侯以聘享³。金有三等，黄金为上，白金为中，赤金为下⁴。今半两钱法重四铢，而奸或盗摩钱里取鋊⁵，钱益轻薄而物贵，则远方用币烦费不省。"乃以白鹿皮方尺缘以藻缋为皮币⁶，直四十万。王侯宗室朝觐⁷聘享，必以皮币荐⁸璧，然后得行。又造银锡为"白金"，以为天用莫如龙，地用莫如马，人用莫如龟⁹，

于是天子和公卿商议，改换旧币，制造新钱以使供给充足，挫败那些投机取巧兼并土地的人。这时天子的园苑有白鹿，并且少府有很多银锡。自从孝文帝更改铸造四铢钱，到如今有四十多年了，自建元年间以来，很少使用，各地官府往往在铜山多的地方铸钱，老百姓也趁机偷着铸钱，数也数不清。钱越多却越轻，货物越少却越贵。有关官吏说："古时的皮币，诸侯用来互相聘问奉献。金有三个等级，黄金是上等，白金是中等，赤金是下等。现在的半两钱实际只重四铢，可是有些奸民盗磨钱的里子，取铜屑再熔铸，于是钱越来越轻而物价越来越贵，那么边远地区使用钱币既麻烦又不节省。"于是用白鹿皮裁成一尺见方，用五彩丝绳绣绘做成皮币，价值四十万钱。王侯宗室朝见天子和聘问奉献，必须要用皮币垫着玉璧进呈，然后才能通行。又铸造银锡混成的"白金"，认为用于天没有比龙更适

故"白金"三品：其一曰重八两，圜之，其文龙，名曰白选，直三千；二曰以[10]重差小，方之，其文马，直五百；三曰复小，椭之，其文龟，直三百。令县官销半两钱，更铸三铢钱，文如其重。盗铸诸金钱罪皆死，而吏民之盗铸"白金"者，不可胜数。以上鹿皮币、白金三品，兴利之事四。

当的，用于地没有比马更适当的，用于人没有比龟更宝贵的，所以"白金"分三种：其一重八两，圆形，上面用龙纹，命名为白选，价值三千钱；其二重量稍轻（六两），方形，上面用马纹，价值五百钱；其三又小一些（四两），椭圆形，上面用龟纹，价值三百钱。命令各地官府销熔半两钱，改铸三铢钱，面值和实际重量相当。偷着铸造各种钱的罪犯都是死刑，但官吏和百姓偷着铸"白金"的，却数也数不清。

[注释] 1 少府：掌管山海池泽收入和皇家作坊，负责宫廷衣食起居等开销。 2 建元：汉武帝年号，公元前140年至前135年。 3 聘享：诸侯之间遣使访问时奉献的礼物。 4 此处黄金指金，白金指银，赤金指铜。 5 摩：通"磨"。鋊（yù）：铜屑。 6 藻：五彩丝绳。缋（huì）：通"绘"，绣五彩。 7 觐（jìn）：晋见天子。 8 荐：进献。 9《周易》有"行天莫如龙""行地莫如马"之句。《礼记》有"诸侯以龟为宝"，因为龟板是占卜的灵物。 10 以：原刻本缺，据《史记》补。

于是以东郭咸阳、孔仅为大农丞[1]，领盐铁事；桑弘羊以计算用事，侍中[2]。咸阳，齐之大煮盐，孔仅，南阳[3]大冶，皆致生累千金，故郑当时进言之。弘

此时，皇帝又任用东郭咸阳、孔仅做大农丞，主管盐铁事务；桑弘羊因为善于计算而被任命为侍中。咸阳是齐地的大盐商，孔仅是南阳的大冶金商，都积累了千金家财，所以郑当时向皇帝进言推荐他们。弘羊，是洛阳

羊,雒阳贾人子,以心计,年十三侍中。故三人言利事析秋毫[4]矣。法既益严,吏多废免。兵革数动,民多买复及五大夫,征发之士益鲜[5]。于是除千夫、五大夫为吏,不欲者出马;故吏皆通适令伐棘上林[6],作昆明池[7]。其明年,大将军、骠骑大出击胡[8],得首虏八九万级,赏赐五十[9]万金,汉军马死者十余万匹,转漕车甲之费不与焉。是时财匮,战士颇不得禄矣。有司言三铢钱轻,易奸诈,乃更请诸郡国铸五铢钱,周郭其下[10],令不可磨取鋊焉。大农上盐铁丞孔仅、咸阳言:"山海,天地之藏也,皆宜属少府,陛下不私,以属大农佐赋。愿募民自给费,因官器作煮盐,官与牢盆[11]。浮食奇民[12],欲擅管山海之货,以致富羡[13],役利细民,其沮[14]

商人的儿子,因为善于心算,十三岁就做了侍中。所以这三人讨论财利之事,分析得细微明白。法令既已更加严明,官吏大多被免除。数次发动战争,老百姓大多用钱买五大夫爵和逃避劳役,能征调的士兵更少了。于是召千夫、五大夫做小官,不愿意的便出马作抵;从前被免职的官吏都贬谪去上林伐木除草,开凿昆明池。第二年,大将军和骠骑将军大举出动攻击匈奴,获得敌人首级八九万级,赏赐用去五十万金,汉军被杀死的战马有十几万匹,水陆转运粮食和战车甲胄的费用还不算在内啊。这时财政匮乏,打仗的士兵常常领不到补助了。有关官吏说三铢钱轻,容易伪造,于是就请各郡国改铸五铢钱,钱面钱背周围都铸一道边,使之不能磨去铜屑再熔铸。大司农向皇帝奏上盐铁丞孔仅、东郭咸阳的言论:"山海的出产,是天地的宝藏,都应该属于少府,但是陛下不占为私有,以之归属大司农弥补赋税。希望能招募百姓自行供给经费,凭借公家器物用作煮盐之事,政府给予其大铁盆。大商人、贵族和游手好闲的

事之议,不可胜听。敢私铸铁器煮盐者,釱[15]左趾,没入其器物。郡不出铁者,置小铁官,便属在所县。"使孔仅、东郭咸阳乘传[16]举行天下盐铁,作官府,除故盐铁家富者为吏。吏道益杂,不选,而多贾人矣。以上举行盐铁,兴利之事五。

人,想要专擅占有山海的财物,变得富裕丰饶,奴役利用平民百姓,他们阻挠盐铁的议论,听也听不完。以后有敢私下铸造铁器煮盐的,就用铁镣锁左脚,没收他们的器物。郡有不出产铁的,设置小铁官,就便隶属于所在县。"皇帝就使孔仅、东郭咸阳乘传车巡行兴办全国的盐铁之事,开设官府,拜从前因办盐铁而发家致富的人做官吏。仕途更加混杂,官员不经由选举,而多有商人了。

注释 1 东郭咸阳:东郭为姓,咸阳是名,原是大盐商。孔仅:原是大铁商。 2 侍中:皇帝侍从,是郎中至列侯的加官。 3 南阳:郡名,治所在今河南南阳。 4 秋毫:鸟兽在秋天长出来的细毛,比喻极小的事物。 5 鲜(xiǎn):少。 6 適:贬谪。上林:汉天子长安苑囿。 7 昆明池:在长安内,周围四十里,元狩三年(前120)开凿。 8 大将军指卫青,骠骑指霍去病。事在元狩四年(前119)。 9 十:原刻本作"千",据《史记》改。 10 周:周匝。郭:铜钱的内框外圈处。 11 与:给予。牢盆:煮盐的大铁盆。 12 奇(jī)民:游民,不务农工的人。 13 羡:饶,富有。 14 沮:阻止,阻滞。 15 釱(dì):古代一种用镣锁脚的刑罚。 16 传:驿站传车,用以传达朝廷命令。

商贾以币之变,多积货逐利。于是公卿言:"郡国颇被灾害,贫民无产业者,募徙广饶之地。陛下

商人们趁货币改变,大多囤积货物追逐高利。于是公卿们说:"郡国常遭受灾害,没有产业的贫民,就招募他们迁徙到广阔富饶的地方。陛下减少

损膳省用,出禁钱以振元元[1],宽贷赋,而民不齐出于南亩[2],商贾滋众,贫者蓄积无有,皆仰县官。异时算轺车贾人缗钱皆有差[3],请算如故。"诸贾人末作贳贷买[4],居邑稽诸物,及商以取利者,虽无市籍[5],各以其物自占,率[6]缗钱二千而一算。诸作有租及铸,率缗钱四千一算。非吏比者三老[7]、北边骑士,轺车以一算;商贾人轺车二算;船五丈以上一算。匿不自占,占不悉,戍边一岁,没入缗钱。有能告者,以其半畀[8]之。贾人有市籍者,及其家属,皆无得籍名田[9],以便农,敢犯令,没入田僮。以上算缗钱,兴利之事六。

膳食,节省费用,拨出皇室私钱用来赈济百姓,宽免赋税,但老百姓不全部从事农业生产,大商人越来越多,贫困的人没有一点积蓄,都靠官府供给。过去计算轺车和商人的税收都有等级差异,请如往例征税。"那些商人末流赊贷买卖,在乡邑居住却稽查各种物价,及至经商获取高利,虽然没有市籍,也要各自以自己的货物估价申报,大抵缗钱两千就征税一算。那些经营手工业有出租的或铸造器物的,大抵缗钱四千就征税一算。不是官吏但要按官吏待遇相比的三老和北边骑士,轺车征税只一算;商人轺车征税二算;船身长五丈以上的征税一算。藏匿不估价申报,或申报不周悉的,罚戍守边地一年,没收财产。有能告发的,以没收的一半财产给他。商人有市籍的,及至他的家属,都不能占有田地,以便利农民,有敢违犯这条法令的,没收他的田土和奴仆。

【注释】 1 元元:百姓。 2 齐:齐同,都。南亩:泛指农业生产。 3 异时:昔时。算:按数征税,据《汉书》记载,当时一千钱出算二十。轺(yáo)车:一匹马驾驶的轻便车。缗(mín):钱贯。古时千文为一贯,也叫一缗。 4 末作:工商业。此处泛指商贾和高利贷者。

贳（shì）：赊给。　5 市籍：在市井营业的户籍，须向政府缴纳市租。
6 率：大抵。　7 三老：掌教化的乡官。　8 畀（bì）：给予。　9 籍
田是古代王侯征用民力耕种的田地。名田：以私人名义占有的田地。

天子乃思卜式[1]之言，召拜式为中郎[2]，爵左庶长，赐田十顷，布告天下，使明知之。初，卜式者，河南人也，以田畜为事。亲死，式有少弟，弟壮，式脱身[3]出分，独取畜羊百余，田宅财物尽予弟。式入山牧十余岁，羊致千余头，买田宅，而其弟尽破其业，式辄复分予弟者数矣。是时汉方数使将击匈奴，卜式上书，愿输家之半县官助边。天子使使问式："欲官乎？"式曰："臣少牧，不习仕宦，不愿也。"使问曰："家岂有冤，欲言事乎？"式曰："臣生与人无分争。式邑人贫者贷之，不善者教顺之，所居人皆从式，式何故见[4]冤于人？"

于是天子想起了卜式的话，召见卜式并拜他为中郎，赐爵左庶长，赏田十顷，布告全国，使大众明白知晓此事。起初，卜式是河南人，从事耕种畜牧。双亲死后，卜式有一个小弟弟，等到弟弟长大，卜式抽身摆脱财产并拿出自己那份，仅留下所畜养的一百多头羊，田土、房屋、财产都分给弟弟。卜式进山放牧十多年，羊多达千余头，他买下田土房屋，但他的弟弟把自己的家业都倾败了，卜式就再把家产分给弟弟好几次。这时汉朝正屡次派遣将军攻打匈奴，卜式上书，希望捐输家产的一半给朝廷以资助边疆。天子派使者询问卜式："你想做官吗？"卜式说："我从小牧羊，没有学习过做官，并不希望啊。"使者又问道："你家是否有冤仇，有想要申诉的话吗？"卜式回答说："我平生跟人没有纷争。我同乡的人，贫困的我借贷给他，不善良的我教化他，我所住的地方的人都跟我和睦

无所欲言也。"使者曰:"苟如此,何欲[5]而然?"式曰:"天子诛匈奴,愚以为贤者宜死节于边,有财者宜输委[6],如此而匈奴可灭也。"使者具其言入以闻,天子以语丞相弘。弘曰:"此非人情,不轨之臣,不可以为化而乱法,愿陛下勿许。"于是上久不报[7]式。数岁,乃罢式。式归,复田牧。岁余,会军数出,浑邪王等降,县官费众,仓府空。其明年,贫民大徙,皆仰给县官,无以尽赡。卜式持钱二十万予河南守,以给徙民。河南上富人助贫人者籍,天子见卜式名,识之,曰:"是固前而欲输其家半助边。"乃赐式外繇[8]四百人,式又尽复予县官。是时富豪皆争匿财,唯式尤欲输之助费。天子于是以式终长者,故尊显以风[9]百姓。初,式不愿为郎。上曰:

相处,有什么缘故被别人冤枉呢?我没有想要申诉的话呀。"使者又说:"假如这样,您有什么愿望而要这样子做呢?"卜式回答说:"天子诛伐匈奴,我认为贤能的人应该在边疆为国死节,有财产的应该捐献输送,像这样,匈奴就可以消灭呀。"使者把他的话都奏报天子,天子把这些话告诉公孙弘。公孙弘说:"这不是人的常情,可能是不法的臣民,不能以此作为教化而乱了法度,希望陛下不要允许。"于是皇上很久没有答复卜式。几年后,就把卜式捐献一事搁置了。卜式回去后又耕种放牧。一年多后,恰逢军队屡次出击,浑邪王等来投降,朝廷开支很广,仓库钱库空虚。第二年,贫民大迁徙,都靠朝廷供给,就无法全部供应了。卜式带了二十万钱捐给河南郡太守,用来发给移民。河南郡呈上富户救助穷人的文簿,天子看到卜式的名字,记得他,说:"此人从前想要捐献他家一半财产来资助边疆。"于是赏赐卜式十二万钱,卜式又全部把钱捐给官府。当时富豪人家都争着隐匿自己的财产,只有卜式特别想要捐输财产来资助国费。天

"吾有羊上林中,欲令子牧之。"式乃拜为郎,布衣屩[10]而牧羊。岁余,羊肥息[11],上过见其羊,善之,式曰:"非独羊也,治民亦犹是也:以时起居,恶者辄斥去,毋令败群。"上以式为奇,拜为缑氏[12]令试之,缑氏便之。迁为成皋[13]令,将漕最[14]。上以为式朴忠,拜为齐王[15]太傅。而孔仅之使天下铸作器,三年中拜为大农,列于九卿。而桑弘羊为大农丞,管诸会计事,稍稍置均输[16]以通货物矣。始令吏得入谷补官,郎至六百石。以上入谷补官,兴利之事七[17]。

子于是认为卜式的确是位有德的长者,所以使他尊荣显贵以劝谕百姓。起初,卜式不想做郎官。皇上说:"我有羊群在上林苑内,想请您放牧。"卜式就被拜为郎,穿着布衣草鞋牧羊。过了一年多,羊群肥壮繁殖,皇上过往时看见他放的羊,十分赞赏,卜式说:"不仅是羊,治理百姓也是这样:按时起居作息,见坏的就将其摈斥赶走,不要让他败坏大众。"皇上认为卜式是奇人,拜他当缑氏县令,想试试他的才干,卜式将缑氏县的事办得很便当。又改任成皋县令,他扶助漕运功劳最大。皇上认为卜式淳朴忠厚,于是拜他为齐王的太傅。孔仅令全国冶铸器具,三年内拜为大司农,位列九卿。而桑弘羊当大农丞,管理各种计算方面的事务,陆续设置均输令,用以流通全国的货物。这时开始下令小吏能够捐入粮食补授实官,郎捐谷可增秩至六百石。

[注释] 1 卜式:畜牧主出身的大富商,最后官至御史大夫、太子太傅。 2 中郎:皇帝近侍,隶属于郎中令。 3 脱身:抽身摆脱。 4 见:被。 5 "何欲"前《史记》有"子"字。 6 输:献纳。委:托付。 7 报:答复。 8 繇:通"徭"。外繇即戍边。当时可用三百钱代交戍边一人之役,故外繇四百人即十二万钱。 9 风(fēng):通"讽",劝告。 10 屩

（jué）：草鞋。　11 息：繁育。　12 缑氏：县名，故治在今河南偃师东南。　13 成皋：县名，故治在今河南荥阳西北。　14 将：扶助。最：功劳最大。　15 齐王：指汉武帝儿子刘闳。　16 均输：大司农有属官均输令，负责交通货物，平衡物价。　17 此句原无，据《经史百家杂钞》卷二十四补入。

自造"白金"、五铢钱后五岁，赦吏民之坐盗铸金钱死者数十万人，其不发觉相杀者，不可胜计，赦自出者百余万人。然不能半自出，天下大抵无虑皆铸金钱矣[1]。犯者众，吏不能尽诛取，于是遣博士褚大、徐偃等分曹循行郡国[2]，举兼并之徒守相为吏者。而御史大夫张汤方隆贵[3]用事，减宣、杜周等为中丞[4]，义纵、尹齐、王温舒等用惨急刻深为九卿[5]，而直指[6]夏兰之属始出矣，而大农颜异诛[7]。初，异为济南亭长[8]，以廉直稍迁至九卿。上与张汤既造白鹿皮币，问异，异曰："今王侯朝贺以苍璧[9]，直数

自铸造"白金"和五铢钱之后五年，赦免因盗铸金钱而判死罪的官吏百姓有几十万人，其中没有被发觉而互相残杀的，算也算不清，赦免自首的有一百多万人。但是自首的人不能达到一半，天下各地差不多都铸造"白金"和五铢钱了。犯法的人多，官吏不能全部捕杀，于是派遣博士褚大、徐偃等人分职曹循行各郡国，检举弹劾郡守、诸侯国相中的兼并之徒。御史大夫张汤正尊贵当权，减宣、杜周等人做中丞，义纵、尹齐、王温舒等人因执法残酷严厉、苛刻细密而位列九卿，同时绣衣直指夏兰这类人开始出现了，而大司农颜异就被杀。起初，颜异是济南郡的亭长，因为廉洁正直慢慢升到九卿。皇上跟张汤既已制造白鹿皮币，就询问颜异，颜异说："现今王侯拿着苍璧朝贺皇上，价

千,而其皮荐反四十万,本末不相称。"天子不说[10]。张汤又与异有郤[11],及人有告异以它议,事下张汤治异。异与客语,客语初令下有不便者,异不应,微反唇。汤奏异当九卿,见令不便,不入言而腹诽,论死。自是之后,有腹诽之法,以此而公卿大夫多谄谀取容矣。天子既下缗钱令而尊卜式,百姓终莫分财佐县官,于是杨可告缗钱纵矣[12]。以上杂叙时事,文亦失之芜杂。

值数千,但那垫着的鹿皮反要四十万,本末不相称。"天子不高兴。张汤又对颜异有意见,后来有人用别的事情告发颜异,案件下达给张汤审理。颜异和门客谈话,门客说诏令刚颁布,有些不便利的地方,颜异没有回答,只是微微动了动嘴唇。张汤上奏,称颜异身为九卿,见到诏令有不便利的地方却不向上进言,反而暗中诽谤,应按罪论死。自此以后,便有腹诽的法条,因此公卿大夫大多谄媚阿谀以求容身了。天子既已颁布缗钱令,并尊崇卜式,但老百姓终究没有谁分出财产佐助朝廷,于是像杨可那样告发商人匿报财产漏税的事便盛行了。

注释 1 大抵:大略。无虑:大概。二词重复,在修辞上有强调"差不多"的意味。 2 褚大:学《春秋公羊传》,官至梁王丞相。徐偃:鲁申公弟子,善《诗》学,征为博士,官至胶西中尉,因封禅事被武帝黜免。 3 隆贵:尊贵。 4 减宣:杨县人,为御史及中丞二十多年,米盐事大大小小都经手。杜周:杜衍人,为张汤廷尉史,当中丞十余年,以御史大夫终。中丞:御史大夫属官,受公卿奏事,举劾弹章。 5 义纵:河东人,曾为长安令,不避贵戚,迁南阳、定襄太守,多诛杀。后为武帝左内史,被杀。尹齐:茌平人,以刀笔吏迁御史,武帝时为中尉,杀伐不避权势。王温舒:阳陵人,为河内太守时,捕尽郡中豪猾。武帝时为中尉,因被人揭发而自杀。用:因。 6 直指:汉朝特使身穿绣衣,持节发兵,有权诛杀不法官员,称绣衣直指或绣衣使者。 7 颜异元狩四年(前119)被杀。 8 济南:汉初置郡,治所在今山东章丘。亭长:西汉乡村每十里为一亭,设亭长治理。 9 苍璧:青色玉璧。 10 说:通"悦"。 11 郤(xì):通"隙",嫌隙。 12 告:告发。纵:放纵。

郡国多奸[1]铸钱,钱多轻,而公卿请令京师铸钟官赤侧[2],一当[3]五,赋官用非赤侧不得行。"白金"稍贱,民不宝用,县官以令禁之,无益。岁余,"白金"终废不行。是岁也,张汤死而民不思[4]。其后二岁,赤侧钱贱,民巧法用之,不便,又废。于是悉禁郡国无铸钱,专令上林三官[5]铸。钱既多,而令天下非三官钱不得行,诸郡国所前铸钱皆废销之,输其铜三官。而民之铸钱益少,计其费不能相当,唯真工大奸乃盗为之。以上赤侧钱及输铜三官,兴利之事八。

郡国很多用奸诈之法铸造铜钱,钱大多很轻,于是公卿们请求下令在京城钟官铸造赤侧钱,以一枚赤侧抵五枚五铢,向官府交税以及公务开支不用赤侧钱就不准通行。"白金"慢慢贱价,百姓不珍惜使用,朝廷却用法令强制使用,但没有效益。一年多后,"白金"终于废止不流通了。这年,张汤自杀,但百姓不怀念他。此后两年,赤侧钱贬值,百姓用奸巧之法仿造使用,还是不方便,终究又废止了。于是朝廷全面下令郡国不得铸钱,专门令上林苑三官铸造。钱既已多,就下令天下不是三官钱不得通行,各郡国从前所铸的钱都被废止销毁,把那些熔化的铜输送给三官。这样百姓铸钱更加少了,铸钱的花费比所获利益还大,只有技艺高超的大奸之辈才偷偷铸钱。

注释 1 奸:奸巧,指铸钱杂以铅锡之类。 2 钟官:掌铸赤侧钱的京师机构。赤侧:以赤铜为钱边,俗称紫绀钱。 3 当:相等,相当。

4 张汤死于武帝元鼎二年（前115）。　5 三官：元鼎二年设水衡都尉，掌上林苑，属官为均输、钟官、辨铜令。

卜式相齐,而杨可告缗遍天下,中家[1]以上大抵皆遇告。杜周治之,狱少反[2]者。乃分遣御史、廷尉正监分曹往[3],即治郡国缗钱,得民财物以亿计,奴婢以千万数,田大县数百顷,小县百余顷,宅亦如之。于是商贾中家以上大率破,民偷[4],甘食好衣,不事畜藏之产业,而县官有盐铁缗钱之故,用益饶矣。益广关,置左右辅[5]。初,大农管盐铁,官布[6]多,置水衡[7],欲以主盐铁。及杨可告缗钱,上林财物众,乃令水衡主上林。上林既充满,益广。是时,越欲与汉用船战逐[8],乃大修昆明池,列观环之。治楼船[9],高十余丈,旗帜加其上,甚壮。于是天子感之,乃作

卜式做齐王相,杨可告发隐瞒家产的行为遍及天下,中等产业的人家大都被告发。杜周审理这些案子,很少有能翻案的。于是分别派遣御史、廷尉正监分职前往,就在郡国审理缗钱案,官府获得百姓的财物要用亿来计算,获得的奴婢要用千万来计算,田土在大县有几百顷,小县有一百多顷,房屋也如此。于是商人中等产业以上人家大抵都破产,百姓苟且偷安,讲求吃得好穿得好,不从事积蓄贮藏,可是朝廷因有盐铁和缗钱的缘故,开支就更加充裕了。又进一步扩大关中范围,设置了左右辅。起初,大司农管理盐铁,官钱多,设置了水衡都尉,想以此专管盐铁事务。等到杨可告发缗钱后,上林苑财物多了,就叫水衡都尉主持上林苑。上林苑既已充满,更加扩大。这时,南越想要和汉朝用船只战斗争逐,于是汉朝就大修昆明池,周围建起一排排台观。又建造楼船,高十几丈,旗帜悬挂在上头,非常壮观。于是天

柏梁台[10],高数十丈。宫室之修,由此日丽。乃分缗钱诸官,而水衡、少府、大农、大仆[11],各置农官,往往即郡县比没入田田之[12]。其没入奴婢,分诸苑养狗马禽兽,及与诸官。诸官益新[13]置多,徒奴婢众,而下河漕度四百万石,及官自籴乃足。以上即治郡国缗钱,兴利之事九。

子被此事感动,就建造了柏梁台,高有几十丈。宫室的修建,从此一天天壮丽。又把缗钱收入分给各官,而水衡、少府、大司农、太仆等署,各处设置农官,往往就其郡县从前所没收的田地耕种。那时所没入的奴婢,分派到各园苑养狗马和禽兽,或者分配给各官府。各官府更新设许多官职,京师迁来的奴婢很多,可是黄河水运的粮食总量只有四百万石,需要官府自行籴米才能满足粮食需求。

[注释] 1 中家:中等产业的家庭。 2 反:反过来,即翻案。 3 御史:皇帝近臣,其长为御史大夫,相当于副丞相。廷尉:掌管刑狱的官,属官有正、监等,都是司法官。曹:分科办事的官署。 4 偷:苟且偷安。 5 关:指函谷关。元鼎三年(前114),武帝迁函谷关到新安东界,扩大关中范围。辅:京城附近的地方。 6 布:泉布,钱币之代称。 7 水衡:官署,掌上林苑均输、赤侧钱等。 8 越:指南越,其相吕嘉想要和汉朝开战。 9 楼船:一种有楼的大船。 10 柏(bó)梁台:以香柏为梁的台,在长安城内,武帝元鼎二年(前115)筑。 11 大仆:即"太仆",掌皇上舆马及马政,九卿之一。 12 比没入田:从前没收的田土。此后一"田"字活用为动词。 13 新:《史记》作"杂"。

所忠[1]言:"世家子弟富人,或斗鸡走狗马,弋猎博戏,乱齐民[2]。"乃征诸犯令,相引数千人,命曰"株送徒"[3],入财者得补郎,郎选衰矣。以上株送徒入财,兴利之事十。

所忠说:"世世代代有俸禄的子弟和富人们,有的斗鸡跑狗跑马,有的打猎赌博,常常扰乱平民。"于是就取各种犯罪的法令作证验,相互引出几千人,称为"株送徒",但这些人捐入财产后却能补授郎官,于是郎官的选拔就衰败了。

[注释] 1 所忠:武帝宠臣,官至谏议大夫。 2 齐民:平民。 3 株送徒:即先抓几个罪犯为根本再引出其他罪犯。

是时山东被河灾,及岁不登数年,人或相食,方[1]一二千里。天子怜之,诏曰:"江南火耕水耨[2],令饥民得流就食江、淮间,欲留之处[3]。"遣使冠盖相属于道,护之,下巴、蜀粟以振之。其明年,天子始巡郡国。东渡河,河东守不意行至,不办[4]自杀。行西逾陇[5],陇西守以行往卒[6],天子从官不得食,陇西守自杀。于是上北出萧关[7],从数万

这时崤山以东地区遭受了黄河的灾害,好几年没有收成,有些地方的人甚至互相残食,周围一二千里都是如此。天子怜悯灾民,下诏说:"江南地区火耕水耨,让饥民能流徙到长江、淮河之间就食,谁想要留下来,就留下住着。"派遣的使者沿途络绎不绝,照护这些移民,并沿江运下四川的粮食用来赈济他们。第二年,天子开始巡行各郡国。东渡黄河,河东太守没有料到天子驾到,供应未及办理,自杀了。天子向西行越过陇山,陇西太守因为巡行的车驾来得仓促,天子随行官吏不能吃上饭,陇西太守也自杀了。于是皇上向北出萧关,随从几万骑,

骑，猎新秦中，以勒[8]边兵而归。新秦中或千里无亭徼[9]，于是诛北地[10]太守以下，而令民得畜牧边县，官假[11]马母，三岁而归，及息什一，以除告[12]缗，用充仞[13]新秦中。既得宝鼎，立后土、太一祠[14]，公卿议封禅[15]事，而天下郡国皆豫治道桥，缮故宫。及当驰道县，县治官储，设供具，而望以待幸[16]。

在新秦中打猎，借此约束边卒，然后回京城。新秦中有的地方千里之内没有候亭告警和守备巡边，于是杀掉了北地太守以下各官，增设边防后，使老百姓能够在边境之县畜牧，官府借给百姓母马，饲养三年后归饲主，繁殖后利息只要十分之一，废除了当地的告缗令，以充实新秦中的物资。天子既已获得了宝鼎，就建立了后土和太一祠，公卿们商议封禅的事，于是天下各郡国都预先修整道路桥梁，修缮旧有的宫殿。那些有驰道经过的县，县里治理官储，设置供奉天子的用具，盼望并等待着天子驾临。

注释　1 方：方圆，即范围。　2 火耕：一种在山坡上用火烧去杂草灌木种粮的方法。水耨：一种在稻田灌水除草的方法。　3 此句《史记》作"欲留留处"。　4 办：《史记》作"辨"。　5 陇：陇山，今六盘山一带。　6 陇西：郡治在今甘肃临洮南。卒：同"猝"，仓促。　7 萧关：今宁夏固原东南。　8 勒：约束。　9 徼（jiào）：徼巡，边塞巡查缉捕盗贼。　10 北地：郡名，治所在今甘肃庆阳。　11 假：借。　12 告：原刻本作"占"，据《史记》改。　13 仞：通"韧"，充满。　14 后土：祀土地神的社坛。太一祠：祭天的祠。　15 封禅：登泰山筑坛祭天叫封，在泰山南梁父山上辟基祭地叫禅。　16 幸：天子驾临。

其明年，南越反[1]，西羌侵边为桀[2]。于是天子为山

第二年，南越反叛，西羌侵犯边疆十分凶暴。在这个时候，天子因

东不赡,赦天下,因南方楼船卒二十余万人击南越[3],数万人发三河[4]以西骑击西羌,又数万人度河筑令居[5]。初置张掖、酒泉郡[6],而上郡、朔方、西河、河西开田官,斥塞卒六十万人戍田之[7]。中国缮道馈粮[8],远者三[9]千,近者千余里,皆仰给大农。边兵[10]不足,乃发武库工官兵器以赡之。车骑马乏绝,县官钱少,买马难得,乃著令,令封君以下至三百石以上吏,以差出牝马,天下亭亭有畜牸马[11],岁课息[12]。以上出牝马,兴利之事十一。

为山东地区没有供给,大赦天下,利用南方的楼船和兵卒二十几万人攻击南越,几万人从三河以西地区出发,用骑兵攻击西羌,又有几万人渡过黄河建筑令居城。开始设置张掖郡,扩大酒泉郡,而以上郡、朔方、西河、河西等郡开田官,开拓边塞的士卒六十万人戍守屯垦。中原地区修缮道路馈送粮食,路远的三千里,路近的也有千余里,都依赖大司农供给。边防兵器不够,就发出武库工官的兵器来供应补充。车和马极为缺乏,朝廷钱少,难以买到马,于是制定条令,命令封君以下至三百石俸禄以上的官吏,按等级出母马,全国亭亭都有畜养母马,每年按数征收利税。

【注释】 1 南越反:元鼎五年(前112),南越相吕嘉杀其王赵兴和汉使,谋反。 2 西羌:西汉时对羌(西部少数民族)人的称呼。桀:凶暴。 3 因:利用。事在元鼎五年秋至六年冬。 4 三河:即河东、河内、河南三郡,地处今内蒙古河套至山西、河南一带。 5 令(lián)居:县名,治所在今甘肃永登西北。 6 张掖:元鼎六年(前111年),分武威郡而置,治所在今甘肃张掖西北。酒泉:元狩二年(前121年)置,元鼎年间辖境。相当于今甘肃疏勒河以东、高台以西地区。治所在今甘肃酒泉。 7 斥:开拓。塞(sài):边塞。 8 中国:中原地带。缮:修缮。 9 三:原刻本作"二",据《史记》改。 10 兵:武器。 11 牝(pìn)马:母马,牸（zì）马：也指母马。　　**12** 课：按数征取赋税。息：利息。

齐相卜式上书曰："臣闻主忧臣辱。南越反，臣愿父子与齐习船者往死之。"天子下诏曰："卜式虽躬[1]耕牧，不以为利，有余，辄助县官之用。今天下不幸有急，而式奋愿父子死之，虽未战，可谓义形于内。赐爵关内侯[2]，金六十斤，田十顷。"布告天下，天下莫应。列侯以百数，皆莫求从军击羌、越。至酎[3]，少府省金[4]，而列侯[5]坐酎金失侯者百余人。乃拜式为御史大夫[6]。式既在位，见郡国多不便，县官作盐铁，铁器苦恶贾[7]贵，或强令民卖买之。而船有算，商者少，物贵，乃因孔仅言船算事。上由是不悦卜式。

汉连兵三岁，诛羌，灭南越，番禺以西至蜀南者，置初郡十七[8]，且以其故俗

齐相卜式上书说："我听说君主忧虑，这是臣下的耻辱。现在南越谋反，希望我们父子一块跟齐国善于驾船的战士前往死战。"天子下诏书说："卜式虽然亲身耕种畜牧，但不以此牟利，有余财，就资助朝廷的费用。现今天下不幸有急难，卜式奋起愿意父子死战，即使没有参战，但可说是在内心充满了忠义。赐爵关内侯，赏金六十斤，田十顷。"布告天下，可是天下没有谁响应。当时的列侯以百计算，都不主动请求从军攻打西羌和南越。到了皇上用酎酒祭祀的时候，少府省视侯爵们助祭的酎金，因为酎金短少质差而失去侯位的有一百多人。于是皇上就任命卜式为御史大夫。卜式既已在职，看到郡国有很多不便利处，官府管盐铁，铁器质量差到了极点，价格又昂贵，有的还强令百姓买卖。而船有税，商人船少，物价又贵，于是就由孔仅奏言船税之事。皇上因此不喜欢卜式了。

汉朝接连用兵三年，诛伐西羌，

治,毋赋税。南阳、汉中[9]以往郡,各以地比给初郡吏卒奉食币物[10],传车马被具。而初郡时时小反,杀吏,汉发南方吏卒往诛之,间岁万余人,费皆仰给大农。大农以均输调盐铁助赋,故能赡之。然兵所过县,为以訾[11]给毋乏而已,不敢言擅赋法矣。以上振饥、巡幸、击越、击羌、开边田、供初郡,六者皆耗财事。

灭亡南越,番禺以西到蜀郡以南地区新设置了十七郡,并又按当地原有风俗治理,不收赋税。南阳、汉中以南各郡,各因地方相邻近而供给新郡官吏士卒俸禄、粮食,以及传车、马匹等用具。可是新设郡时时有小反叛,杀害官员,汉朝派出南方官兵前往诛讨,一两年内调用一万多人,费用都靠大司农供给。大司农因有均输法征调盐铁补助赋税,所以能够供给。可是军队所经过的县,只求按估量供给不缺乏罢了,不敢侈言赋税的常规额度了。

注释 1 躬:亲身。 2 关内侯:爵位名,为二十等爵中第十九级,仅次于列侯。 3 酎(zhòu):醇酒。 4 省:省视。汉王子为侯,每年按户口在宗庙祭祀时献金助祭,如献金短少质差,则要免国。 5 列侯:爵位名,又叫彻侯、通侯,二十等爵中最高一级。 6 御史大夫:掌管监察、执法兼管文书图籍,与丞相、太尉合称三公。卜式元鼎六年(前111)任此职。 7 贾:通"价",价格。 8 番(pān)禺:地今广东番禺。元鼎六年汉朝平定南越后,置南海、苍梧、郁林、合浦、交趾、九真、日南、珠崖、儋耳九郡。定西南夷后置武都、牂柯、越巂、沈黎、汶山、犍为、零陵、益州八郡。 9 汉中:治所在今陕西安康西北。 10 比:比邻,靠紧。奉:通"俸",俸禄。 11 訾:估量。

其明年,元封元年,卜式贬秩为太子太傅,而桑弘

第二年,即元封元年,卜式被贬官为太子太傅,而桑弘羊当上了治粟

羊为治粟都尉[1]，领大农，尽代仅管天下盐铁。弘羊以诸官各自市[2]，相与争，物故腾跃，而天下赋输或不偿其僦费[3]，乃请置大农部丞数十人，分部主郡国，各往往[4]县置均输盐铁官，令远方各以其[5]物贵时商贾所转贩者为赋，而相灌输。置平准[6]于京师，都受天下委输。召[7]工官治车诸器，皆仰给大农。大农之诸官尽笼天下之货物，贵即卖之，贱则买之。如此，富商大贾无所牟[8]大利，则反本[9]，而万物不得腾踊。故抑天下物，名曰"平准"。天子以为然，许之。以上平准、兴利之事十二。

都尉，统属大司农官署，全部取代孔仅管理全国的盐铁。桑弘羊因为各官府各自开市交易，互相争利，导致物价上涨，而天下赋税和转输收入有时不够偿还雇工运费，于是就请求设置大司农部丞几十人，分别主持各郡国转输，各县处处设置均输盐铁官，令远地各取当地产品依仰贵时商人所转送贩卖的价格折算赋税，而互相调剂。在京城设置平准官，总领天下运送到京师的货物。召集工官建造车辆等各种器具，费用都靠大司农供应。大司农各属官完全控制天下的货物，价格高就将货物卖出，价钱低就买进。这样一来，富商大贾不能获取大利，那么百姓就会返本于农，则各种货物价格就不会猛涨了。所以平抑天下物价，起名叫平准。天子认为这些意见正确，允许他去实施。

[注释] 1 治粟都尉：管理盐、铁、粮食的财政官职。 2 市：交易。 3 僦（jiù）费：运输费。 4 往往：处处。 5 以其：有刻本作"其以"，据《史记》改。 6 平准：平准官，隶属大司农。 7 召：有刻本作"名"，据《史记》改。 8 牟：取。 9 反：同"返"。本：根本，古时以农为立国之本。

于是天子北至朔方,东到太山[1],巡海上,并北边以归。所过赏赐,用帛百余万匹,钱金以巨万计,皆取足大农。弘羊又请令吏得入粟补官,及罪人赎罪。令民能入粟甘泉[2]各有差,以复终身,不告缗。他郡国各输急处,而诸农各致粟。山东漕益岁六百万石。一岁之中,太仓、甘泉仓满,边余谷。诸物均输,帛五百万匹,民不益赋,而天下用饶。以上入粟得补官、赎罪、给复,兴利之事十三。

于是天子向北巡游到朔方郡,向东到泰山,巡行海上,又到北部边郡,然后归来。所过之处都有赏赐,用去一百多万匹帛,钱财以亿计,全由大司农支出。桑弘羊又请求允许吏卒通过缴纳粮食来补官,允许罪人纳粮赎罪。并下令百姓,若能向甘泉宫的仓库按等级缴纳粮食,可免除终身赋役,不受告缗令的影响。其他郡县的百姓则各自向急需处缴纳,而各处的农民都各自纳粮。山东漕运到京的粮食每年增加了六百万石。一年之中,太仓、甘泉宫粮仓装满粮食,边境有裕余的粮食。各种物品按均输法折合为五百万匹帛,百姓没有增加赋税而天下用度宽裕。

[注释] 1 太山:即泰山。 2 甘泉:宫名,故址在今陕西淳化西北甘泉山。武帝常在此避暑,接见臣下。

于是弘羊赐爵左庶长,黄金再[1]百斤焉。是岁小旱,上令官求雨。卜式言曰:"县官当食租衣税而已,今弘羊令吏坐市列肆[2],贩物求利。亨[3]弘羊,天乃雨。"

于是桑弘羊被赐左庶长爵,再次赏黄金一百斤。这年小旱,皇上下令官员求雨。卜式说道:"朝廷应当靠租税供应用度,现今桑弘羊叫官吏们坐在市井商肆行列中,贩卖货物追求利益。只有烹杀了桑弘羊,老天爷才会下雨。"

注释　1 再：二。　2 市列肆：市井商肆行列。　3 亨（pēng）："烹"的本字。

太史公曰：农工商交易之路通，而龟贝、金钱、刀布之币兴焉[1]。所从来久远，自高辛氏之前尚矣[2]，靡[3]得而记云。故《书》道唐、虞之际[4]，《诗》述殷、周之世，安宁则长庠序[5]，先本绌末[6]，以礼义防于利；事变多故，而亦反是。是以物盛则衰，时[7]极而转，一质一文，终始之变也。《禹贡》九州，各因其土地所宜，人民所多少而纳职焉。汤、武承弊易变，使民不倦，各兢兢所以为治，而稍陵迟衰微。齐桓公用管仲之谋，通轻重之权，徼[8]山海之业，以朝诸侯，用区区之齐显成霸名[9]。魏用李克[10]，尽地力，为强君。自是之后，天下争于战国，贵诈力而贱仁义，先富有而后推让。故庶人

太史公评论道：农、工、商互相交换的路子通畅了，于是龟板、贝壳、金、钱、刀、布等货币就产生了。这些事已经发生很久很久了，帝喾之前的事因为太久，不能记载。所以《尚书》称道尧舜的时候，《诗经》称述殷周的时代，天下安宁，崇尚教育，以根本为先，排斥末务，用礼义防范利欲；世事变化多端，也就反此道而行了。因此，事物盛极则转向衰落，衰败到了极点又会转为兴盛，一时质朴，一时花样繁多，自始至终都在变化呀。《禹贡》记载九州，各因其土地所适宜和人民收入多少来缴纳赋税。商汤、周武王继承前朝末世的弊病而改革，使百姓不倦，各人兢兢业业以为治理，和禹时相比只稍微败坏衰微。齐桓公采用管仲的谋略，平衡货物的丰歉和物价的高低，求取山海的资源产业，用以朝会诸侯，因而小小的齐国却成就了霸主的名声。魏文侯任用李克，完全发挥土地的效力，成为强国之君。

富者或累巨万,而贫者或不厌[11]糟糠;有国强者或并群小以臣诸侯,而弱国或绝祀而灭世。以至于秦,卒并海内。虞、夏之币,金为三品,或黄,或白,或赤;或钱,或布,或刀,或龟贝。及至秦,中[12]一国之币为二等:黄金以镒[13]名,为上币;铜钱识曰半两,重如其文,为下币。而珠玉、龟贝、银锡之属为器饰宝藏,不为币,然各随时而轻重无常。于是外攘[14]夷狄,内兴功业,海内之士力耕不足粮饷,女子纺绩不足衣服。古者尝竭天下之资财以奉其上,犹自以为不足也,无异故云,事势之流,相激使然,曷[15]足怪焉!

凡兴利之事十三,分条叙之;耗财之事十一,并作两处叙之。兴利之事,以桑弘羊[16]平准、均输为最失政体,故末引卜式之言以鸣其愤,而以"平准"名篇。

从此以后,天下在战国中竞争,看重巧诈武力而贱视仁义道德,以富有为先而以谦让为后。所以平民中的富豪有的积累财产巨万,可是贫困的人却连糟糠之食还不能满足;强大的国家有的吞并小国以使诸侯臣服,有的弱国断绝了祖宗祭祀而灭亡。一直到秦朝,终于吞并天下。虞舜和夏朝的货币,金分为三种,或者黄金,或者白银,或者赤铜;有的是钱币,有的是布币,有的是刀币,有的是龟板贝壳。到了秦朝,折中全国的货币分作两等,黄金以镒为单位,当作上币;铜钱上标记叫半两,重量和上面文字一样,当作下币。而珠玉、龟贝和银锡之类只作为装饰品珍藏,不当作货币。然而各自随时变化而没有一定的轻重。在这个时候,天子对外排除夷狄,对内兴建功业,天下的男子尽力耕作但粮食不足吃,女子尽力纺织但衣服不够穿。古时曾经竭尽天下的资源财富以供奉朝廷,天子还是自以为不够,没有别的缘故,是事情形势发展流变,互相激发致使成这样子的,有什么值得奇怪的呢!

[注释] 1 刀：金属钱，其形如刀，故名。布：金属钱，其形如镈（古时一种农具），镈、布音近，且布广用于民间，故名。 2 高辛氏：即古代传说中的帝喾。尚：久远。 3 靡：不。 4 唐：尧。虞：舜。 5 长（zhǎng）：崇尚。庠序：学校。 6 绌：通"黜"，排斥。本指农，末指工商。 7 时：一作"衰"。 8 徼：即"徼"，通"邀"，求取。 9 用：因。区区：小。 10 李克：子夏再传弟子，战国时魏国人，魏文侯（一说魏武侯）从平民中选拔，位至宰相。 11 厌：足。 12 中：居中，折中。 13 镒（yì）：古代重量单位。古以二十四两（或说二十两）为一金，又叫一镒。 14 攘：排除。 15 曷：何。 16 桑弘羊：原刻本作"桑宏羊"。

欧阳修·五代史职方考[1]

[导读]

　　职方，本意为掌管天下地图职贡。欧阳修撰《职方考》，详尽考究了唐末五代十国时期的地理沿革变迁。正如作者刻意述作《五代史》的各篇序、论一样，《职方考》前边的引文，即以确凿的史地事实，运用准确的语言和春秋笔法，针对时政，慨叹了三代至盛唐"虽万国而治"是因"得其要"，秦汉晚唐"虽一天下不能容"是因"失其守"，从而宣扬自己"一本于道德"的政治主张。曾氏简选此篇，除作品本身历史地理价值外，强调以道德治国也是其重要因素。

原文

呜呼！自三代以上[2]，莫不分土而治也。后世鉴古矫失，始郡县天下。而自秦、汉以来，为国孰与三代长短？及其亡也，未始不分，至或无地以自存焉。盖得其要，则虽万国而治；失其所守，则虽一天下不能以容。岂非一本于道德哉？

唐之盛时，虽名天下为十道[3]，而其势未分。既其衰也，置军节度[4]，号为方镇，镇之大者，连州十余，小者犹兼三四。故其兵骄则逐帅，帅强则叛上，土地为其世有，干戈起而相侵，天下之势自兹而分。然唐自中世多故矣，其兴衰救难，常倚镇兵扶持，而侵凌乱亡，亦终以此，岂其利害之理然欤？

译文

啊呀！自从三代以上，没有不分土而治理的。后世借鉴上古来矫正过失，开始建置郡县治理天下。可是从秦、汉以来，立国跟三代相比哪个长哪个短呢？及至他们危亡时，开头也不是没有分封，到最后有的却没有土地可以存身。大概能得到立国之要的，即使是万国也能治理；失去守国之本的，即使一统天下也不能容身。治国难道不应完完全全立足于道德吗？

唐朝兴盛时，虽然天下分为十道，但它的体势并没有分裂。及至已经衰败时，设置军和节度使，称之为方镇，大的方镇，连接州邑十多个，小的也兼有三四个。所以那时士兵骄横就驱逐将帅，将帅强大就背叛皇上，土地被他们世代袭有，战火燃烧，互相侵吞，天下形势从此就分裂了。然而唐朝自从中叶起就事故重重了，那时要兴衰救难，常常依靠各镇军队扶持，侵占凌辱混乱危亡频繁，国家也就因此而终结，难道那利害得失的道理就是这样子吗？

注释 1 原刻本有题注：数十年间，承正统者五代，偏安者前十国后七国，州之多少无定，得失无常，乃能一一清晰如此，故知能为文者亦须有经世之才。 2 呜：原刻本误作"鸣"。三代：夏、商、周三代。 3 十道：唐朝分天下为关内、河南、河东、河北、山南、陇右、淮南、江南、剑南、岭南等十道。道在唐朝为地方一级行政单位。 4 军节度：军，本是唐设于边兵戍守地的建制，安史之乱后，内地亦设。节度，即节度使，掌管一个地区的军民财政。节度使所辖地区多兼军号。

自僖、昭[1]以来，日益割裂。梁[2]初，天下别为十一，南有吴、浙、荆、湖、闽、汉[3]，西有岐、蜀[4]，北有燕、晋[5]，而朱氏[6]所有七十八州以为梁。庄宗初起并、代，取幽、沧[7]，有州三十五，其后又取梁魏、博等十有六州[8]，合五十一州以灭梁；岐王称臣，又得其州七[9]；同光[10]破蜀，已而复失，惟得秦、凤、阶、成四州[11]，而营、平二州陷于契丹[12]。其增置之州一[13]，合一百二十三州以为唐[14]。

自从唐僖宗、昭宗以来，国家日益分裂。朱温封梁王之初，天下分割为十一小国，南方有吴、浙、荆、湖、闽、汉六国，西方有岐、蜀二国，北方有燕、晋二国，朱温依所据七十八州称帝，建国号梁。庄宗李存勖开始从并、代两州起家，夺取了幽、沧两州，拥有三十五州，后来又夺取朱梁的魏、博等十六州，合计以五十一州的势力灭掉后梁；岐王李茂贞称臣，又获得他的七州；同光时大破蜀国，不久又失利，仅仅获得秦、凤、阶、成四州，而营、平二州却被契丹攻陷。他那时增置一个州，合计有一百二十三州，建国号唐。

注释 1 僖、昭：唐僖宗、昭宗。 2 梁：节度使朱温被封为梁王。 3 吴：淮南节使度杨行密被封为吴王。浙：镇海节度使钱镠被封为吴越王。荆：荆南节度使高季兴，后称王。湖：马殷据湖南被封为楚王。闽：威武军节度使王潮封闽王，后其弟王审知称帝。汉：清海军节度使刘隐，后其弟刘龑称帝。　4 岐：武定、凤翔节度使李茂贞被封岐王。蜀：王建据成都被封为蜀王。　5 燕：节度使刘守光，自称燕帝。晋：河东节度使李克用被封为晋王。　6 朱氏：朱温于公元907年弑唐哀帝，建国号曰梁（史称后梁），这是五代十国之始。　7 庄宗：李克用儿子李存勖，由晋王而称帝。并：州治在今山西太原。代：州治在今山西代县。幽：州治在今山西垣曲。沧：州治在今河北沧州。　8 魏：州治在今河北大名东北。博：州治在今山东聊城。　9 七州为岐、陇、泾、原、渭、武、乾。　10 同光：李存勖称帝时年号，公元923年至926年。　11 秦：州治在今甘肃天水。凤：州治在今陕西凤县。阶：州治在今甘肃陇南武都区。成：州治在今甘肃成县。　12 营：州治在今辽宁朝阳。平：州治在今河北卢龙。契丹：辽河流域少数民族，唐末建立辽朝。　13 增寰州。　14 李存勖于公元923年建国号曰唐（史称后唐），为庄宗。

石氏[1]入立,献十有六州[2]于契丹,而得蜀金州[3],又增置之州一[4],合一百九州以为晋[5]。刘氏[6]之初,秦、凤、阶、成复入于蜀[7],隐帝[8]时,增置之州一[9],合一百六州以为汉[10]。郭氏[11]代汉,十州入于刘旻[12],世宗取秦、凤、阶、成、瀛、漠及淮南十四州[13],又增置之州五[14],而废者三[15],合一百一十八

石敬瑭进入中原自立，向契丹奉献十六州，却获得了蜀国的金州，又增置一个州，合计有一百零九州，建国号晋。刘知远开始时，秦、凤、阶、成四州又被蜀主夺回，隐帝时增置一个州，合计有一百零六州，建国号汉。郭威代汉为帝，十州被刘旻夺去，世宗夺取了秦、凤、阶、成、瀛、漠六州以及淮南十四个州，又增置五个州，废除三个州，合计有一百一十八州，建国号周。宋朝建

州以为周[16]。宋兴因之[17]。此中国之大略也。

国时沿袭这个规制。这是中原地带的大概情况。

[注释] 1 石氏：后唐时河东节度使石敬瑭。 2 十六州为幽、蓟、瀛、漠、涿、檀、顺、新、妫、儒、武、云、寰、应、朔、蔚。 3 金州：州治在今陕西安康。 4 增威州。 5 石敬瑭勾结契丹灭后唐，于公元936年建国号曰晋（史称后晋）。 6 刘氏：河东节度使刘知远，镇太原。 7 蜀：指后蜀主孟昶。 8 隐帝：刘知远儿子刘承祐。 9 增解州。 10 公元947年，契丹灭后晋，刘知远在太原称帝，建国号曰汉（史称后汉）。 11 郭氏：后汉邺都留守郭威。 12 十州：并、汾、岚、石、辽、沁、忻、代、麟、宪。刘旻：北汉主。 13 世宗：郭威养子柴荣。瀛州治在今河北河间。漠：即莫州，州治在今河北任丘北。 14 增置济、滨、通、雄、霸五州。 15 废武、衍、景三州。 16 郭威于公元951年称帝，建国号曰周（史称后周）。 17 宋：指宋太祖赵匡胤。因：沿袭。

其余外属者，强弱相并，不常其得失。至于周末，闽已先亡，而在者七国。自江以下二十一州为南唐，自剑以南及山南西道四十六州为蜀，自湖南北十州为楚，自浙东西十三州为吴越，自岭南北四十七州为南汉，自太原以北十州为东汉，而荆、归、峡三州为南平。合中国所

其余外属，强弱互相兼并，其得失不一定。到了后周末年，闽国已经先被灭亡，而存在的有七国。从长江以下二十一州是南唐，从剑阁以南及山南西道四十六州是蜀国，从洞庭湖南到北十州是楚国，从浙江东到西十三州是吴越，从五岭南到北四十七州是南汉，太原以北十州是北汉，而荆、归、峡三州是荆南。合计中原地区一共有二百六十八州，但军这个建制不在内。

有二百六十八州,而军不在焉。

唐之封疆远矣,前史备载,而羁縻[1]寄治虚名之州在其间。五代乱世,文字不完,而时有废省,又或陷于夷狄,不可考究其详。其可见者,具之如谱:

唐朝的封疆辽阔,前人修的史书全都记载了,但羁縻府州和寄治只有虚名的州都在其内。五代是混乱的时代,史料文字不完整,还时有废弃省略,又或者陷落在外族人手里,不能够考究其中详情。那些可以见到的,都列在表谱上(表及考之注释、译文从略):

注释　1 羁縻:唐在边疆少数民族地区设置羁縻府州,为地方行政单位,其首领世袭。

州	梁	唐	晋	汉	周
汴	都	有(宣武)	都	都	都
洛	都	都	都	都	都
雍	有(永平)	都	有(晋昌)	有(永兴)	有
兖	有(泰宁)	有	有	有	有(罢)
沂	有	有	有	有	有
密	有	有	有	有	有
青	有(平卢)	有	有	有	有
淄	有	有	有	有	有
齐	有	有	有	有	有
棣	有	有	有	有	有
登	有	有	有	有	有

续上表

州	梁	唐	晋	汉	周
莱	有	有	有	有	有
徐	有(武宁)	有	有	有	有
宿	有	有	有	有	有
郓	有(天平)	有	有	有	有
曹	有	有	有(威信)	有(罢)	有(彰信)
濮	有	有	有	有	有
济					有(太祖置)
宋	有(宣武)	有(归德)	有	有	有
亳	有	有	有	有	有
单	有(辉州)	有(改曰单州)	有	有	有
颍	有	有	有	有	有
陈	有	有	有(镇安)	有(军废)	有(复)
蔡	有	有	有	有	有
许	有(匡国)	有(忠武)	有	有	有
汝	有	有	有	有	有
郑	有	有	有	有	有
滑	有(宣义)	有(义成)	有	有	有
襄	有(初曰忠义，后复为山南东道)	有	有	有	有
均	有	有	有	有	有
房	有	有	有	有	有

续上表

州	梁	唐	晋	汉	周
金	有 / 蜀(武雄)	有 / 蜀	有(怀德,寻罢)	有	有
邓	有(宣化)	有(威胜)	有	有	有(武胜)
随	有	有	有	有	有
鄂	有	有	有	有	有
唐	有	有	有	有	有
复	有	有	有	有	有
安	有(宣威)	有(安远)	有(罢军)	有(复)	有(罢)
申	有	有	有	有	有
蒲	有(护国)	有	有	有	有
孟	有(河阳三城)	有	有	有	有
怀	有	有	有	有	有
晋	有(初曰定昌,后曰建宁)	有(建雄)	有	有	有
绛	有	有	有	有	有
陕	有(镇国)	有(保义)	有	有	有
虢	有	有	有	有	有
华	有(感化)	有(镇国)	有	有	有(罢军)
商	有	有	有	有	有
同	有(忠武)	有(匡国)	有	有	有
耀	岐(义胜)/有(崇州、静胜)	有(复曰耀州,改顺义)	有	有	有(罢军)
解				有(隐帝置)	有

续上表

州	梁	唐	晋	汉	周
邠	岐(静难)/有	有	有	有	有
宁	岐/有	有	有	有	有
庆	岐/有	有	有	有	有
衍	岐/有	有	有	有	有
威			有(高祖置)	有	有(改曰环州,寻废)
鄜	岐(保大)/有	有	有	有	有
坊	岐/有	有	有	有	有
丹	岐/有	有	有	有	有
延	岐(忠义)/有	有(彰武)	有	有	有
夏	有(定难)	有	有	有	有
银	有	有	有	有	有
绥	有	有	有	有	有
宥	有	有	有	有	有
灵	有(朔方)	有	有	有	有
盐	有	有	有	有	有
岐	岐(凤翔)	有	有	有	有
陇	岐	有	有	有	有
泾	岐(彰义)	有	有	有	有
原	岐	有	有	有	有
渭	岐	有	有	有	有
武	岐	有	有	有	有

续上表

州	梁	唐	晋	汉	周
秦	岐(雄武)/(蜀天雄)	有	有	有	有
成	岐/蜀	有	有	有	有
阶	岐/蜀	有	有	有	有
凤	岐/蜀(武兴)	有	有	有	有
乾	岐(李茂贞置)	有	有	有	有
魏	有(天雄)/唐	有(邺都)	有(邺都)	有(邺都)	有(罢都)
博	有/唐	有	有	有	有
贝	有/唐	有	有(永清)	有	有
卫	有/唐	有	有	有	有
澶	有/唐	有	有(镇宁)	有	有
相	有(昭德)/唐	有	有(彰德)	有	有
邢	有(保义)/唐	有(安国)	有	有	有
洺	有/唐	有	有	有	有
磁	有(改曰惠州)/唐	有(复曰磁州)	有	有	有
镇	有(武顺)/唐	有(成德)	有(顺德)	有(成德)	有
冀	有/唐	有	有	有	有
深	有/唐	有	有	有	有
赵	有/唐	有	有	有	有
易	有/唐	有	有	有	有
祁	有/唐	有	有	有	有
定	有(义成)/唐	有	有	有	有

续上表

州	梁	唐	晋	汉	周
沧	唐(横海)	有	有	有	有
景	唐	有	有	有	有(废)
德	唐	有	有	有	有
滨					有(世宗置)
瀛	唐	有	契丹	契丹	有
漠	唐	有	契丹	契丹	有
雄					有(世宗置,寻废)
霸					有(世宗置)
幽	唐(卢龙)	有	契丹	契丹	契丹
涿	唐	有	契丹	契丹	契丹
檀	唐	有	契丹	契丹	契丹
蓟	唐	有	契丹	契丹	契丹
顺	唐	有	契丹	契丹	契丹
营	唐	有/契丹	契丹	契丹	契丹
平	唐	有/契丹	契丹	契丹	契丹
蔚	唐	有	契丹	契丹	契丹
朔	唐(振武)	有	契丹	契丹	契丹
云	唐(大同)	有	契丹	契丹	契丹
应	唐	有(彰国)	契丹	契丹	契丹
新	唐	有(威塞)	契丹	契丹	契丹
妫	唐	有	契丹	契丹	契丹

续上表

州	梁	唐	晋	汉	周
儒	唐	有	契丹	契丹	契丹
武	唐	有	契丹	契丹	契丹
寰		有(明宗置)	契丹	契丹	契丹
忻	唐	有	有	有	东汉
代	唐(雁门)	有	有	有	东汉
岚	唐	有	有	有	东汉
石	唐	有	有	有	东汉
宪	唐	有	有	有	东汉
麟	唐	有	有	有	东汉
府	唐	有	有(永安)	有(罢军)	有(永安)
并	唐(河东)	有(北都)	有	有	东汉
汾	唐	有	有	有	东汉
慈	唐	有	有	有	有
隰	唐	有	有	有	有
泽	唐	有	有	有	有
潞	唐(昭义)	有(安义)	有(昭义)	有	有
沁	唐	有	有	有	东汉
辽	唐	有	有	有	东汉
扬	吴(淮南)	吴	南唐	南唐	有
楚	吴	吴	南唐	南唐	有
泗	吴	吴	南唐	南唐	有

续上表

州	梁	唐	晋	汉	周
滁	吴	吴	南唐	南唐	有
和	吴	吴	南唐	南唐	有
光	吴	吴	南唐	南唐	有
黄	吴	吴	南唐	南唐	有
舒	吴	吴	南唐	南唐	有
蕲	吴	吴	南唐	南唐	有
庐	吴	吴	南唐	南唐	有(保信)
寿	吴(忠正)	吴	南唐(清淮)	南唐	有(忠正)
海	吴	吴	南唐	南唐	有
泰	吴	吴	南唐	南唐	有
濠	吴	吴	南唐	南唐	有
通					有(世宗置)
润	吴	吴	南唐	南唐	南唐
常	吴	吴	南唐	南唐	南唐
宣	吴(宁国)	吴	南唐	南唐	南唐
歙	吴	吴	南唐	南唐	南唐
鄂	吴(武昌)	吴	南唐	南唐	南唐
昇	吴	吴	南唐	南唐	南唐
池	吴	吴	南唐	南唐	南唐
饶	吴	吴	南唐	南唐	南唐
信	吴	吴	南唐	南唐	南唐

续上表

州	梁	唐	晋	汉	周
江	吴	吴	南唐	南唐	南唐
洪	吴(镇南)	吴	南唐	南唐	南唐
抚	吴	吴	南唐	南唐	南唐
袁	吴	吴	南唐	南唐	南唐
吉	吴	吴	南唐	南唐	南唐
虔	吴	吴	南唐	南唐	南唐
筠			南唐(李景置)	南唐	南唐
建	闽	闽	南唐	南唐	南唐
汀	闽	闽	南唐	南唐	南唐
剑			南唐(李景置)	南唐	南唐
漳	闽	闽	南唐(留从效)	南唐(留从效)	南唐(留从效)
泉	闽	闽	南唐(留从效)	南唐(留从效)	南唐(留从效)
福	闽(武威)	闽	吴越	吴越	吴越
杭	吴越(镇海)	吴越	吴越	吴越	吴越
越	吴越(镇东)	吴越	吴越	吴越	吴越
苏	吴越	吴越	吴越	吴越	吴越
湖	吴越	吴越	吴越	吴越	吴越(宣德)
温	吴越	吴越	吴越(静海)	吴越	吴越
台	吴越	吴越	吴越	吴越	吴越
明	吴越	吴越	吴越	吴越	吴越

续上表

州	梁	唐	晋	汉	周
处	吴越	吴越	吴越	吴越	吴越
衢	吴越	吴越	吴越	吴越	吴越
婺	吴越	吴越	吴越	吴越	吴越
睦	吴越	吴越	吴越	吴越	吴越
秀			吴越(元瓘置)	吴越	吴越
荆	南平(荆南)	南平	南平	南平	南平
归	蜀	南平	南平	南平	南平
峡	蜀	南平	南平	南平	南平
益	蜀(成都)	有/后蜀	蜀	蜀	蜀
汉	蜀	有/后蜀	蜀	蜀	蜀
彭	蜀	有/后蜀	蜀	蜀	蜀
蜀	蜀	有/后蜀	蜀	蜀	蜀
绵	蜀	有/后蜀	蜀	蜀	蜀
眉	蜀	有/后蜀	蜀	蜀	蜀
嘉	蜀	有/后蜀	蜀	蜀	蜀
剑	蜀	有/后蜀	蜀	蜀	蜀
梓	蜀(剑南、东川)	有/后蜀	蜀	蜀	蜀
遂	蜀(武信)	有/后蜀	蜀	蜀	蜀
果	蜀	有/后蜀	蜀	蜀	蜀
阆	蜀	有(保宁)/后蜀	蜀	蜀	蜀
普	蜀	有/后蜀	蜀	蜀	蜀

续上表

州	梁	唐	晋	汉	周
陵	蜀	有/后蜀	蜀	蜀	蜀
资	蜀	有/后蜀	蜀	蜀	蜀
荣	蜀	有/后蜀	蜀	蜀	蜀
简	蜀	有/后蜀	蜀	蜀	蜀
邛	蜀	有/后蜀	蜀	蜀	蜀
黎	蜀	有/后蜀	蜀	蜀	蜀
雅	蜀(永平)	有/后蜀	蜀	蜀	蜀
维	蜀	有/后蜀	蜀	蜀	蜀
茂	蜀	有/后蜀	蜀	蜀	蜀
文	蜀	有/后蜀	蜀	蜀	蜀
龙	蜀	有/后蜀	蜀	蜀	蜀
黔	蜀(武泰)	有/后蜀	蜀	蜀	蜀
施	蜀	有/后蜀	蜀	蜀	蜀
夔	蜀(镇江)	有/后蜀	蜀	蜀	蜀
忠	蜀	有/后蜀	蜀	蜀	蜀
万	蜀	有/后蜀	蜀	蜀	蜀
兴	蜀	有/后蜀	蜀	蜀	蜀
利	蜀(昭武)	有/后蜀	蜀	蜀	蜀
开	蜀	有/后蜀	蜀	蜀	蜀
通	蜀	有/后蜀	蜀	蜀	蜀
涪	蜀	有/后蜀	蜀	蜀	蜀

续上表

州	梁	唐	晋	汉	周
渝	蜀	有/后蜀	蜀	蜀	蜀
泸	蜀	有/后蜀	蜀	蜀	蜀
合	蜀	有/后蜀	蜀	蜀	蜀
昌	蜀	有/后蜀	蜀	蜀	蜀
巴	蜀	有/后蜀	蜀	蜀	蜀
蓬	蜀	有/后蜀	蜀	蜀	蜀
集	蜀	有/后蜀	蜀	蜀	蜀
壁	蜀	有/后蜀	蜀	蜀	蜀
渠	蜀	有/后蜀	蜀	蜀	蜀
戎	蜀	有/后蜀	蜀	蜀	蜀
梁	蜀(山南西道)	有/后蜀	蜀	蜀	蜀
洋	蜀(武定)	有/后蜀	蜀	蜀	蜀
潭	楚(武安)	楚	楚	楚	周行逢
衡	楚	楚	楚	楚	周行逢
澧	楚	楚	楚	楚	周行逢
朗	楚(武平)	楚	楚	楚	周行逢
岳	楚	楚	楚	楚	周行逢
道	楚	楚	楚	楚	周行逢
永	楚	楚	楚	楚	周行逢
邵	楚	楚	楚	楚	周行逢
全			楚(马希范置)	楚	周行逢

续上表

州	梁	唐	晋	汉	周
辰	楚	楚	楚	楚	周行逢
融	楚	楚	楚	南汉	南汉
郴	楚	楚	楚	南汉	南汉
连	楚	楚	楚	南汉	南汉
昭	楚	楚	楚	南汉	南汉
宜	楚	楚	楚	南汉	南汉
桂	楚(静江)	楚	楚	南汉	南汉
贺	楚	楚	楚	南汉	南汉
梧	楚	楚	楚	南汉	南汉
蒙	楚	楚	楚	南汉	南汉
严	楚	楚	楚	南汉	南汉
富	楚	楚	楚	南汉	南汉
柳	楚	楚	楚	南汉	南汉
象	楚	楚	楚	南汉	南汉
容	南汉(宁远)	南汉	南汉	南汉	南汉
邕	南汉(建武)	南汉	南汉	南汉	南汉
端	南汉	南汉	南汉	南汉	南汉
康	南汉	南汉	南汉	南汉	南汉
封	南汉	南汉	南汉	南汉	南汉
恩	南汉	南汉	南汉	南汉	南汉
春	南汉	南汉	南汉	南汉	南汉

续上表

州	梁	唐	晋	汉	周
新	南汉	南汉	南汉	南汉	南汉
高	南汉	南汉	南汉	南汉	南汉
窦	南汉	南汉	南汉	南汉	南汉
雷	南汉	南汉	南汉	南汉	南汉
化	南汉	南汉	南汉	南汉	南汉
韶	南汉	南汉	南汉	南汉	南汉
滕	南汉	南汉	南汉	南汉	南汉
白	南汉	南汉	南汉	南汉	南汉
廉	南汉	南汉	南汉	南汉	南汉
钦	南汉	南汉	南汉	南汉	南汉
广	南汉（清海）	南汉	南汉	南汉	南汉
横	南汉	南汉	南汉	南汉	南汉
宾	南汉	南汉	南汉	南汉	南汉
浔	南汉	南汉	南汉	南汉	南汉
惠	南汉	南汉	南汉	南汉	南汉
郁林	南汉	南汉	南汉	南汉	南汉
英		南汉（刘龑置）	南汉	南汉	南汉
雄		南汉（刘龑置）	南汉	南汉	南汉
琼	南汉	南汉	南汉	南汉	南汉
崖	南汉	南汉	南汉	南汉	南汉
儋	南汉	南汉	南汉	南汉	南汉

续上表

州	梁	唐	晋	汉	周
万安	南汉	南汉	南汉	南汉	南汉
罗	南汉	南汉	南汉	南汉	南汉
潘	南汉	南汉	南汉	南汉	南汉
勤	南汉	南汉	南汉	南汉	南汉
泷	南汉	南汉	南汉	南汉	南汉
辨	南汉	南汉	南汉	南汉	南汉

汴州：唐故曰宣武军。梁以汴州为开封府，建为东都。后唐灭梁，复为宣武军。晋天福三年，升为东京。汉、周因之。

洛阳：梁、唐、晋、汉、周常以为都。唐故为东都，梁为西都，后唐为洛京，晋为西京，汉、周因之。

雍州：唐故上都。昭宗迁洛，废为佑国军。梁初改京兆府，曰大安，佑国军曰永平。唐灭梁，复为西京。晋废为晋昌军，汉改曰永兴，周因之。

曹州：故属宣武军节度。晋开运二年，置威信军。汉初军废。周广顺二年，复置彰信军。

宋州：故属宣武军节度。梁初徙置宣武军。唐灭梁，改曰归德。

陈州：故属忠武军节度。晋开运二年，置镇安军。汉初军废。周广顺二年复之。

许州：唐故曰忠武。梁改曰匡国。唐灭梁，复曰忠武。

滑州：唐故曰义成。以避梁王父讳，改曰宣义。唐灭梁，复其故。

襄州：唐故曰山南东道。唐、梁之际，改曰忠义军。后以延州为忠义,襄州复曰山南东道。

邓州:故属山南东道节度。梁破赵匡凝,分邓州置宣化军。唐改曰威胜。周改曰武胜。

安州:梁置宣威军,唐改曰安远,晋罢,汉复曰安远,周又罢。

晋州:故属护国军节度。梁开平四年,置定昌军;贞明三年,改曰建宁。唐改曰建雄。

金州:故属山南东道节度。唐末置戎昭军,已而废之,遂入于蜀。至晋高祖时,又置怀德军,寻罢。

陕州:唐故曰保义,梁改曰镇国,后唐复曰保义。

华州:唐故曰镇国,梁改曰感化,后唐复曰镇国。

同州:唐故曰匡国,梁改曰忠武,后唐复曰匡国。

耀州:本华原县,唐末属李茂贞,建为耀州,置义胜军。梁末帝时,茂贞义子温韬以州降梁,梁改耀州为崇州,义胜曰静胜。后唐复曰耀州,改曰顺义。

延州:故属保大军节度。梁置忠义军,唐改曰彰武。

魏州:唐故曰大名府,置天雄军,五代皆因之。后唐建邺都,晋、汉因之,至周罢大名府。后唐曰兴唐,晋曰广晋,汉、周复曰大名。

澶州:故属天雄节度。晋天福九年,置镇宁军。

相州:故属天雄军节度。梁末帝分置昭德军,而天雄军乱,遂入于晋。庄宗灭梁,复属天雄。晋高祖置彰德军。

邢州:故属昭义军节度。昭义所统泽、潞、邢、洺、磁五州。唐末,孟方立为昭义军节度使,徙其军额于邢州,而泽、潞二州入于晋,方立但有邢、洺、磁三州,故当唐末有两昭义军。梁、晋之争,或入于梁,或入于晋。梁以邢、洺、磁三州为保义军。庄宗灭梁,改曰安国。

镇州:故曰成德军。梁初,以成音犯庙讳,改曰武顺。唐复曰成德，晋又改曰顺德，汉复曰成德。

应州：故属大同军节度。唐明宗即位，以其应州人也，乃置彰国军。

新州：唐同光元年置威塞军。

府州：晋置永安军，汉罢之，周复。

并州：后唐建北都，其军仍曰河东。

潞州：唐故曰昭义。梁末帝时属梁，改曰匡义。岁余，唐灭梁，改曰安义。晋复曰昭义。

庐州：周世宗克淮南，置保信军。

寿州：唐故曰忠正。南唐改曰清淮。周世宗平淮南，复曰忠正。

五代之际，外属之州：扬州曰淮南，宣州曰宁国，鄂州曰武昌，洪州曰镇南，福州曰武威，杭州曰镇海，越州曰镇东，江陵府曰荆南，益州、梓州曰剑南东、西川，遂州曰武信，兴元府曰山南西道，洋州曰武定，黔州曰黔南，潭州曰武安，桂州曰静江，容州曰宁远，邕州曰建武，广州曰清海。皆唐故号，更五代无所易，而今因之者也。其余僭伪改置之名，不可悉考，而不足道。其因著于今者，略注于谱。

济州：周广顺二年置，割郓州之巨野、郓城，兖州之任城，单州之金乡为属县，而治巨野。

单州：唐末以宋州之砀山，梁太祖乡里也，为置辉州。已而徙治单父。后唐灭梁，改辉州为单州。其属县置徙，传记不同。今领单父、砀山、成武、鱼台四县。

耀州：李茂贞置，治华原县。梁初改曰崇州，唐同光元年复为耀州。

解州：汉乾祐元年九月置，割河中之闻喜、安邑、解三县为属而治解。

威州：晋天福四年置。割灵州之方渠、宁州之末波、乌岭三镇为属，而治方渠。周广顺二年，改曰环州。显德四年，废为通远军（五代置军六，皆寄治于县，隶于州，故不别出。监者，物务之名尔，故不载于地理。皇朝军监，始自置属县，与州府并列矣）。

乾州：李茂贞置，治奉先县。

磁州：梁改曰惠州，唐复曰磁州。

景州：唐故置弓高。周显德二年，废为定远军，割其属安陵县属德州，废弓高县入东光县，为定远军治所。

滨州：周显德三年置，以其滨海为名。初五代之际，置榷盐务于海傍。后为赡国军。周因置州。割棣州之渤海、蒲台为属县，而治渤海。

雄州：周显德六年克瓦桥关置，治归义，割易州之容城为属，寻废。

霸州：周显德六年克益津关置，治永清，割漠州之文安、瀛州之大城为属。

通州：本海陵之东境，南唐置静海制置院。周世宗克淮南，升为静海军。后置通州，分其地置静海、海门二县为属，而治静海。

筠州：南唐李景置，割洪州之高安、上高、万载、清江四县为属，而治高安。

剑州：南唐李景置，割建州之延平、剑浦、富沙三县为属，而治延平。

全州：楚王马希范置，以潭州之湘川县为清湘县，又割灌阳县为属，而治清湘。

秀州：吴越王钱元瓘置，割杭州之嘉兴县为属，而治之。

雄州：南汉刘龑割韶州之保昌置，治保昌。

英州：南汉刘龑割广州之浈阳置，治浈阳。

开封府：故统六县。梁开平元年，割滑州之酸枣、长垣，郑州之中牟、阳武，宋州之襄邑，曹州之考城——更曰戴邑，许州之扶沟、鄢陵，陈州之太康隶焉。唐分酸枣、中牟、襄邑、鄢陵、太康五县还其故。晋升汴州为东京，复割五县隶焉。

雍丘：晋改曰杞，汉复其故。

长垣：唐改曰匡城。

黎阳：故属滑州，晋割隶卫州。

叶、襄城：故属许州，唐割隶汝州。

楚丘：故属单州，梁割隶宋州。

密州胶西：故曰辅唐，梁改曰安丘，唐复其故，晋改曰胶西。

渭南：故属京兆，周改隶华州。

同官：故属京兆府，梁割隶同州，唐割隶耀州。

美原：故属同州，李茂贞置鼎州而治之。梁改为裕州，属顺义军节度。后不见其废时。唐同光三年，割隶耀州。

平凉：故属泾州。唐末渭州陷吐蕃，权于平凉置渭州而县废。后唐清泰三年，以故平凉之安国、耀武两镇置平凉县，属泾州。

临泾：故属泾州。唐末原州陷吐蕃，权于临泾置原州，而泾州兼治其民。后唐清泰三年，割隶原州。

鄜州咸宁：周废。

稷山：故属河中，唐割隶绛州。

慈州仵城、吕香：周废。

大名府大名：唐故曰贵乡，后唐改曰广，晋、汉改曰大名。

沧州长芦、乾符：周废，入清池。

无棣:周置保顺军。

安陵:故属景州,周割隶德州。

澶州顿丘:晋置德清军。

博州武水:周废,入聊城。

博野:故属深州,周割隶定州。

武康:故属湖州,梁割隶杭州。

福州闽清:梁乾化元年,王审知于梅溪场置。

苏州吴江:梁开平三年钱镠置。

明州望海:梁开平三年钱镠置。

处州长松:故曰松阳,梁改曰长松。

潭州龙喜:汉乾祐三年马希范置。

天长、六合:故属扬州。南唐以天长为军,六合为雄州,周复故。

汉阳:故属鄂州,周置汉阳军。

汉川:故属沔州,周割隶安州。

襄州乐乡:周废入宜城。

邓州临湍:汉改曰临濑。

菊潭、向城:周废。

复州竟陵:晋改曰景陵。

监利:故属复州,梁割隶江陵。

唐州慈丘:周废。

商州乾元:汉改曰乾祐,割隶京兆。

洛南:故属华州,周割隶商州。

随州唐城:梁改曰汉东,后唐复旧,晋又改汉东,汉复旧。

雄胜军:本凤州固镇,周置军。

秦州天水、陇城:唐末废,后唐复置。

成州栗亭：后唐置。

自唐有方镇，而史官不录于地理之书，以谓方镇兵戎之事，非职方所掌故也。然而后世因习以军目地，而没其州名（若今永兴，本节度军名，而今命守臣遂曰"知永兴军府事"，而不言雍州、京兆是也）。又今置军者，徒以虚名升建为州府之重，此不可以不书也。州县凡唐故而废于五代，若五代所置而见于今者，及县之割隶今因之者，皆宜列以备职方之考。其余尝置而复废、尝改割而复旧者，皆不足书。山川物俗，职方之掌也。五代短世，无所迁变，故亦不复录。而录其方镇军名，以与前史互见之云。

曾巩 · 越州赵公救灾记

导读

赵公名抃，字阅道，人称"铁面御史"，以三品大员知越州，积极救荒，发廪平粜，使生者得食，病者得药，死者得敛，又下令修城，民食其力。此记起笔运用《管子·问篇》手法，极为古朴；中间叙救灾琐事，详而不俗，赵公之善心良法跃然纸上；结尾揭示作文之由，点明主旨。行文干净利落，不着闲笔，文风亦平易。全文紧扣"救灾"这一线索，以事实说话，颂扬赵公为仁政足以示天下，法足以传后世，是救荒应循之模范。曾氏简选此篇，意欲以仁政治民于水火，贯串其经世济民思想。

原文

熙宁八年夏[1]，吴越大

译文

熙宁八年夏天，吴越一带大旱。

旱。九月，资政殿大学士、右谏议大夫、知越州赵公[2]，前民之未饥，为书问属县：灾所被[3]者几乡？民能自食者有几？当廪[4]于官者几人？沟防构筑，可僦[5]民使治之者几所？库钱仓粟，可发者几何？富人可募出粟者几家？僧、道士食之羡[6]粟书于籍者，其几具存？使各书以对，而谨其备。以上先事之备。

九月，资政殿大学士、右谏议大夫、主持越州政事的赵公，在百姓没有遭受饥荒之前，写信问所属的县：所遭灾的有多少乡？百姓能自食的有多少户？应当由官府发给粮食的有多少人？沟渠城防等建筑，可雇佣百姓去治理的有多少处？府库的金钱和仓库的粮食，可以发放的有多少？富人可募捐出粟的有多少家？和尚、道士多余的粮食登记在名册中的，其中都还存了多少？使属县各用文书回答，谨慎地做好准备。

[注释] 1 熙宁：宋神宗年号，公元1068年至1077年。熙宁八年即公元1075年。 2 资政殿大学士：秩正三品。知：主持。越州：故治在今浙江绍兴。 3 被：遭受。 4 廪：指官府所发粮食。 5 僦（jiù）：租赁。 6 羡：多余。

州县吏录民之孤老疾弱不能自食者，二万一千九百余人以告。故事：岁廪穷人，当给粟三千石而止。公敛[1]富人所输，及僧、道士食之羡者，得粟四万八千余石，佐其费，使自十月朔，人受粟

州县官吏记录老百姓中孤老疾弱不能自食的人，上报有二万一千九百多人。按旧例：每年发粮食给穷人，会发出粟三千石就停罢。赵公收集富人输送的粮食，以及和尚、道士吃后多余的粮食，获得粟米四万八千多石，佐助赈饥的费用，使从十月初一起，灾民每人每天获得粮食一升，小孩得半升。他

日一升，幼小半之。忧其众相揉也，使受粟者男女异日，而人受二日之食；忧其且[2]流亡也，于城市郊野，为给粟之所，凡五十有七，使各以便受之，而告以去其家者勿给。计官为不足用也，取吏之不在职而寓于境者，给其食而任以事。不能自食者，有是具也；能自食者，为之告富人，无得闭粜[3]。又为之出官粟，得五万二千余石，平其价予民，为粜粟之所凡十有八，使籴[4]者自便如受粟。以上荒政大端。

忧虑灾民众多会互相拥挤踩踏，就令受粟的灾民分男女不同日领取，并且每人一次领取两天的口粮；忧虑灾民将会流亡，就在城市和郊区野外，设立授粟处所，总共五十七个，使各处灾民可以方便获得救济，同时通告已经离开家园的人不再发给粟米。估计官员不够用，就征取不在职但住在越州境内的吏卒，给他们粮食，任用他们干救济之事。因此不能自食的人，就有了这些食物；能够自食的人，为救济之事劝告富人，不得关闭出粜米市。赵公又为了救灾拨出官粮，共计五万二千多石，以平价卖给百姓，开设粜粮处所共十八个，使买口粮的人自己感到方便，好像是领取救济粮食。

[注释] 1 敛：收集。 2 且：将。 3 粜（tiào）：有刻本作"籴"，据《元丰类稿》改。粜，即卖粮。 4 籴（dí）：买粮。

又僦民完[1]城四千一百丈，为工三万八千，计其佣与钱，又与粟再倍之。民取息钱者，告富人纵予之，而待熟，官为责其偿。弃男女者，使人得收养之。明年

又雇佣百姓修治城墙四千一百丈，用工三万八千人，计算他们的劳力工钱，又成倍再给予粟米。百姓借取有利息钱的，通告富人尽量给予他们，等待庄稼熟了，官府责成偿还。被丢弃的童男幼女，派人收留抚养他

春,大疫,为病坊,处疾病之无归者。募僧二人,属²以视医药饮食,令无失所。时凡死者,使在处随收瘗之³。以上荒政余事。

们。第二年春,瘟疫大流行,开设病坊,使患病无归的人有地方居住。招募两个和尚,把巡视医药饮食的事托付给他们,使病人不流离失所。当时凡是死人,令各处随时收敛埋葬。

注释 1 完:修治。 2 属(zhǔ):通"嘱",请托。 3 在处:到处。瘗(yì):埋葬。

法廪穷人,尽三月当止,是岁尽五月而止。事有非便文¹者,公一以自任,不以累其属。有上请者,或便宜,多辄²行。公于此时,蚤³夜惫心力不少懈,事细巨必躬亲。给病者药食,多出私钱。民不幸罹⁴旱疫,得免于转死;虽死,得无失敛埋。皆公力也!是时旱疫被⁵吴越,民饥馑疾疠,死者殆⁶半,灾未有巨于此也。天子东向忧劳,州县推布⁷上恩,人人尽其力。公所拊循⁸,民尤以为得其依归。所以经营绥辑⁹,先

按法规发粮给穷人,满三个月就应当停止,这年满了五个月才停罢。事情有不方便行公文的,赵公则一切自理,不以此烦累他的部属。有向上请求的,有的方便适宜,多即施行。赵公在这个时候,起早摸黑,心力疲惫,但从不稍微松懈,事情不论大小,都必定亲自处理。发给病人的药物粮食,多出私钱。百姓不幸遭遇上大旱瘟疫,却能够免于流徙死亡;即使死了,也能够被收殓埋葬。这些都是赵公的力量呀!当时旱灾疾疫覆盖吴越地区,老百姓由于饥饿疾病,几乎死了一半,灾难没有比这次更大的了。天子为此勤于政务,州县官吏尊崇传布圣上恩德,人人尽自己的力量。赵公所抚慰之处,百姓尤其以为能得到依靠归附。筹划越州民众安顿,在先后始

后终始之际，委曲[10]纤悉，无不备者。其施虽在越，其仁足以示天下；其事虽行于一时，其法足以传后。

[注释] 1 文：行公文。 2 辄：即。 3 蚤：通"早"。 4 罹：遭遇。 5 被：覆盖。 6 殆：几乎。 7 推布：尊崇传布。 8 拊（fǔ）循：抚循，抚慰。 9 绥辑：安抚集聚。 10 委曲：底细原委。

盖灾沴[1]之行，治世不能使之无，而能为之备。民病而后图之，与夫先事而为计者，则有间[2]矣；不习而有为，与夫素得之者，则有间矣。余故采于越，得公所推行，乐为之识其详，岂独以慰越人之思？将使吏之有志于民者，不幸而遇岁之灾，推公之所已试，其科条[3]可不待顷而具，则公之泽，岂小且近乎？

公元丰二年[4]，以大学士加太子少保致仕，家于衢[5]。其直道正行，在于朝廷,岂弟[6]之实,在于身者,此不著。著其荒政可师者,以为《越州赵公救灾记》云。

的道德品行表现在朝廷,和易近人的事实体现在自身的,这篇文章并不著录。只著录他在荒年政绩可供后人师法的实迹,用以写成《越州赵公救灾记》一文。

注释　1 沴(lì):灾害。　2 间(jiàn):差别。　3 科条:法令条规。　4 元丰:宋神宗年号,公元1078年至1085年。二年即公元1079年。　5 衢:宋州名,属两浙路,故治在今浙江衢州。　6 岂弟:即"恺悌",和易近人。

杂记类

周礼·轮人

导读

《周礼》又称《周官》，记述周代及上古时代国家的官制和政典，近似现代之行政法典。它由《天官冢宰》《地官司徒》《春官宗伯》《夏官司马》《秋官司寇》《冬官司空》六篇组成，对研究我国上古社会制度、典章文物、审美习尚、工艺水平等，均有重要价值。

汉时《冬官司空》篇亡佚，河间献王刘德以《考工记》一书补足。《考工记》是先秦古籍中重要的科技著作，经清代学者江永考证，它是春秋末齐国人记录手工业技术的官书。刘歆改《周官》为《周礼》，《考工记》亦被称为《周礼·考工记》。它主要记述百王之事，分别对车舆、宫室、兵器、礼乐诸器及沟洫等详加记载，反映出上古时代中华民族手工业和科学技术水平达到了相当高度，为世界罕见。

《考工记》攻木之工，又分轮人、舆人、弓人、庐人、匠人、车人、梓人七种。《轮人》一篇，详尽记述了木工制作车轮、车篷的方法及技巧，一连串的排比句，使文章非常紧凑。

原文

轮人[1]为轮。斩三材，必以其时。三材既具，巧者

译文

轮人制造车轮。砍伐毂、辐、牙轮三种材料，必定要按季节时令。这

和之², 毂³也者, 以为利转也; 辐也者, 以为直指也⁴; 牙也者, 以为固抱也⁵。轮敝, 三材不失职, 谓之完⁶。望而视其轮, 欲其幎尔而下迆也⁷, 进而视之, 欲其微至⁸也, 无所取之, 取诸圜也⁹。望其辐, 欲其掣尔而纤也¹⁰, 进而视之, 欲其肉称¹¹也, 无所取之, 取诸易¹²直也。望其毂, 欲其眼¹³也, 进而视之, 欲其帱之廉也¹⁴, 无所取之, 取诸急¹⁵也。视其绠, 欲其蚤之正也¹⁶。察其菑蚤不齵, 则轮虽敝不匡¹⁷。

三种材料既已具备, 工艺巧妙的匠人将它们接合。制毂, 要使它转动灵活; 辐条, 要使它能笔直插入牙轮孔内; 牙轮, 要使它牢固环抱。即使车轮坏了, 这三种材料也不会丧失其功能, 这就可称为完美了。远远望着这车轮, 希望辐条均匀地向下倾斜, 走近瞧瞧这车轮, 希望它着地面积很小, 没有什么所取, 只取它很圆罢了。望望那辐条, 希望辐条从毂向牙轮处逐渐削小, 走近瞧瞧这辐条, 希望它粗细适宜, 没有什么所取, 只取它简易笔直罢了。望望那毂轮, 希望它如大眼突出醒目, 走近瞧瞧这毂轮, 希望包裹毂端的皮革蒙紧而无棱角, 没有什么所取, 只取它牢固罢了。瞧瞧那绠木, 希望那爪木插入牙轮端正。验察那菑爪插入部分没有不齐整, 则车轮即使坏了也不至于变形。

【注释】 1 轮人: 专门制造车轮、车盖的木匠。 2 巧者: 指工艺巧妙的轮人。和: 接合。 3 毂 (gǔ): 车轮中心用来贯穿车轴的圆木圈, 外接辐条。 4 辐 (fú): 车轮中一端接辋 (牙轮, 轮外周) 一端接毂的木条。直指: 笔直插入牙轮孔内。 5 牙: 即大圆轮, 与毂同心的大圆轮, 直接在地上滚动, 由数块木条弯曲拼合而成, 外常以铁包裹。固抱: 牢固环抱。 6 完: 完美, 完整。 7 幎 (mì): 均匀。尔: 形容词词尾(助词)。迆(yí):斜行。辐条由牙轮向毂凑聚,由稀而密,成倾斜角度。 8 微至:郑玄注曰"至地者少也"。轮子圆正,所以与地面接触面积很小。 9 诸:之于。圜(yuán):同"圆"。 10 揱(xiāo,又读shuò):削小削尖。凡辐,向毂处大,向牙处小。 11 肉称(chèn):郑玄注曰"弘杀好也"。肉,好。称,即适宜。 12 易:简易。 13 眼:郑玄注曰"出大貌也",即如大眼之突出醒目。 14 帱(dào):覆盖,指包裹毂端的皮革。廉:即廉隅,器具的棱角。 15 急:紧凑,牢固。 16 绠(gěng):辐条下端靠近插入牙轮的部分。蚤:即爪木,辐条下端插入牙轮的部分。 17 菑(zì):辐条上端插入毂中的部分。龋(yú):牙齿不正,比喻参差不齐。匡:枉,枉曲,变形。

凡斩毂之道,必矩其阴阳[1]。阳也者,稹[2]理而坚;阴也者,疏[3]理而柔。是故以火养其阴,而齐诸其阳[4],则毂虽敝不藃[5]。毂小而长则柞[6],大而短则挚[7]。是故六分其轮崇,以其一为之牙围[8]。参分其牙围,而漆其二[9]。椁其漆内而中诎之[10],以为之毂长,以其长为之围。以其围之阞捎其薮[11]。五分其毂之长,去一以为贤[12],去三以为轵[13]。容毂必

大凡砍伐毂木的方法,必须刻画标记木材是背阴还是向阳的。向阳的树木,纹理细密又坚硬;背阴的树木,纹理疏松又柔软。所以要用火烘烤那背阴的木材,使它跟那向阳的木质相等,那么毂轮即使坏了也不至于干枯缩形。毂小但辐长,那么辐条之间距离就很狭窄,毂大但辐短,那么就会摇摇晃晃。所以把轮子六等分,用其中之一为牙轮圈的宽度。把牙轮圈三等分,油漆靠内的两分。量度两漆之中折取其半,用来作为毂的长度,以毂的长度作为毂轮圈。剜除毂轮木心三分之一。把毂长分为五等分,去掉一分作为贤圈,舍去三分作为轵圈。整治毂轮的形状必定要平直,刻饰毂轮的花

直,陈篆必正[14],施胶必厚,施筋必数[15],帱必负干[16]。既摩[17],革色青白,谓之毂之善。参分其毂长,二在外,一在内,以置其辐。

纹一定要端正,敷涂胶泥一定要丰厚,安放筋条一定要繁密,帱革一定要紧贴毂干。覆盖毂端的皮革既已磨光,皮革便会现出青白色,这就是最好的毂了。把毂长分为三等分,两分在毂外,一分在毂内,用来装置辐条。

[注释] 1 矩:刻画标记。阴阳:树木背阴或向阳。 2 稹(zhěn):通"缜",细致,细密。 3 疏:疏松。 4 齐:齐整。诸:之于。齐诸其阳,即背阴的与向阳的相等。 5 蔽(hào):通"耗",缩耗,干枯缩形。 6 柞(zé):通"窄",狭窄。 7 挚(niè):危,不稳固,摇摇晃晃。 8 以其一:用轮子高度的六分之一。牙围:指牙轮内圈至外圈的宽度,不是牙轮周长。 9 漆其二:牙围接辐条三分之二的部位上漆,接触地面的那三分之一不上漆。 10 中诎之:两漆之中折取其半。诎,屈曲,折叠。 11 阞(lè):通"仂",余数,三分之一。 捎:破除,剸除毂中之木空出一圆洞。薮(sǒu):本指聚集的地方。辐条向毂中集中,毂中剸除木心为一圆洞以装轴,称薮。 12 贤:车毂内用以装轴的大圆洞。 13 轵(zhǐ):车毂外侧用以穿贯车轴的小圆洞。 14 容毂:郑玄注曰"治毂为之形容也"。用火烘毂木,以绳穿过毂心圆洞悬挂,毂木两侧都与绳子触及,则毂平直。陈:陈列。篆:篆刻花纹,以为装饰线条。 15 筋:筋条。数(cù):密。 16 负:依靠,紧贴。干:指毂干。 17 摩:摩擦。皮革覆毂后,用黍混合骨灰擦之,待干,有不光滑处,再用石磨,然后上漆。

凡辐,量其凿深,以为辐广[1]。辐广而凿浅,

大凡辐条要测量好凿眼的深度,就是辐条的宽度。若辐条宽了但凿眼浅了,

则是以大扤[2],虽有良工,莫之能固。凿深而辐小,则是固有余而强不足也。故竑其辐广以为之弱[3],则虽有重任,毂不折。参分其辐之长而杀[4]其一,则虽有深泥,亦弗之溓[5]也。参分其股围[6],去一以为骹围[7]。揉辐必齐,平沈必均[8]。直以指牙,牙得[9],则无槷而固;不得,则有槷必足见也[10]。六尺有[11]六寸之轮,绠参分寸之二,谓之轮之固。

那就会容易摇动,即使有能工巧匠,也没有谁能够使它坚固。若凿眼深了但辐条小了,那么虽坚固有余但强劲却不足了。所以要根据辐条宽度制成榫头,即使有很重的负载,毂轮也不会折断。把辐条厚度三等分,向内一侧逐渐削减其中之一,那么即使有深泥,车轮也不会被粘住。把股围三等分,舍去其中之一作为骹围。使辐条顺服必定要整齐,把它沉入水中,浮沉一定要均匀一掌平。辐条笔直指向牙轮,与牙轮相合,那么不要加木塞也会牢固;若不相称,那么要加木塞,木塞尖子也会显露出来。六尺六寸的车轮,绠有三分之二寸,可以说轮子牢固了。

注释 1 辐广:辐条宽度。 2 扤(wù):摇动。 3 竑(hóng):量度。弱:榫头,辐条插入毂中者。 4 杀:逐渐削减。辐条靠牙轮的内侧要比外侧窄小,不呈方形而成梯形。 5 溓(nián):通"黏",粘住。 6 股围:辐条靠近毂的圆圈部分。 7 骹(qiāo)围:指辐条靠近牙轮的圆圈部分。因辐条靠牙轮一端小,故以骹(小腿)命名,而靠近毂轮部分较粗,故以股(大腿)命名。 8 揉:引申为顺服,使动词。平沈:把辐条放进水里,沉浮要一掌平。沈同"沉",下同。 9 得:相称,相合。 10 槷(xiè):木塞,木楔。足见(xiàn):足,指木塞的尖端。见同"现",显露。辐条榫头插入牙轮凿眼内,若眼大榫小,则必补加小木塞,如插入榫头太松,则小木塞尖端透出凿眼外露。

11 有：又。

凡为轮，行泽者欲杼[1]，行山者欲侔[2]。杼以行泽，则是刀以割涂[3]也，是故涂不附。侔以行山，则是搏[4]以行石也，是故轮虽敝，不甐[5]于凿。凡揉牙，外不廉而内不挫[6]，旁不肿[7]，谓之用火之善。是故规[8]之以视其圜也，萭之以视其匡也[9]，县[10]之以视其辐之直也，水[11]之以视其平沈之均也，量其薮以黍[12]，以视其同也，权[13]之以视其轻重之侔也。故可规、可萭、可水、可县、可量、可权也，谓之国工[14]。

凡是造车轮，在沼泽地行驶的轮子，落地部分外侧要削薄，在山地行驶的轮子边沿要一样齐。削薄车轮边沿用以在沼泽地行驶，那么它就像刀一样割切路上的泥土，所以路上的泥土不会附在轮子上。车轮边沿一样齐，用来在山地行驶，那么就因轮子有厚度能在石头上滚动，所以即使轮子坏了，车轮凿眼处也不会松动。大凡用火烤弯车轮相衔接的木块，外侧不断绝而内侧又不折裂，两旁不鼓胀，这就是善于用火的了。所以人们用规来检测轮的圆度，用矩来检测牙辐之间的角度，用绳悬挂来检测辐条的直度，用沉水的方法来检测各根辐条是否一样平，用粟米来测量毂中大圆洞与轴相接的空当，以检测是否相同，用秤来称量两个轮子是否一样重。所以说制造车轮合乎规，合乎矩，沉水一样平，悬绳一样直，量一量相同，称一称相等，这样的工匠就叫作国工了。

[注释] 1 泽：沼泽地。杼（zhù）：削薄。 2 侔：相等。这两句指车轮的厚薄。 3 割涂：切割路上的泥土。 4 搏（bó）：郑玄注曰"圜厚也"，即车轮有厚度。据阮元校勘，此字当为"挎"字。 5 甐（lín）：

动也,松动,有毛病。 6 廉:郑玄注曰"绝也",断绝。挫:折裂。 7 肿:肿胀,凸突不平。 8 规:名词活用为动词,用规来测量。 9 萭(jǔ):通"矩",名词活用为动词,用矩来测量。匡:方。 10 县(xuán):同"悬",用绳悬挂。 11 水:名词活用为动词,放进水里检测。 12 黍:小米。轴与毂中圆洞相交处恰容一粒粟米。 13 权:权衡,用秤称。 14 国工:一国之巧工。

轮人为盖[1]。达常[2]围三寸,桯[3]围倍之,六寸。信其桯围以为部广[4],部广六寸,部长二尺。桯长倍之,四尺者二。十分寸之一,谓之枚。部尊一枚[5],弓凿[6]广四枚,凿上二枚,凿下四枚。凿深二寸有半,下直二枚,凿端一枚。弓长六尺,谓之庇[7]轵,五尺谓之庇轮,四尺谓之庇轸[8]。参分弓长而揉其一。参分其股围,去一以为蚤围[9]。参分弓长,以其一为之尊[10]。上欲尊而宇欲卑[11]。上尊而宇卑,则吐水疾而霤远[12]。盖已崇,则难为门

轮人制造车篷。篷柄上一节围长三寸,下一节围长加一倍,为六寸。伸出的桯的围长当作篷斗的直径,篷斗的直径也是六寸,篷斗连同达常长二尺。桯长是它的一倍,有两节都是四尺长。十分之一寸叫作枚。篷斗隆起突出一枚,装伞骨的凿孔宽四枚,凿孔上方两枚,凿孔下方四枚。凿孔深度两寸半,下边直径两枚,凿孔底只一枚。伞骨长六尺,叫作庇轵,长五尺叫作庇轮,长四尺叫作庇轸。把伞骨三等分,在靠斗之一分处用火烘烤。把股围三等分,舍去其中之一作为爪围。把伞骨三等分,用其中之一作为伞骨末尾至篷斗的高度。篷顶上端要高但篷沿要低。顶端高但篷沿低,那么沥水快速又斜流得远。车篷太高了,那么普通门就难于进去;车篷太低了,这样就会遮住车上人的视

也;盖已卑,是蔽目[13]也。是故盖崇十尺。良盖弗冒弗纮[14],殷亩而驰不队[15],谓之国工。

线。所以车篷高十尺。质量好的篷,不蒙布只连伞骨绳或蒙布不连伞骨绳,在田垄上驰骋也不会坠落下来,有此技艺的工匠就可叫作国工了。

【注释】 1 盖:车篷,可遮太阳挡风雨。 2 达常:古代车盖的柄,靠近篷的一节,较小。 3 桯(tīng):古代车篷下的柄,靠近车厢一节,较粗。达常即套在桯中。 4 信:通"伸"。部:即篷斗,在达常上端,用木削成,四周有孔,嵌入伞骨。部广:即盖斗的直径。 5 尊:高,突出隆起。枚:计量单位。 6 弓凿:盖斗四周的孔,用以嵌入伞骨。 7 庇:庇护,因覆盖而保护。 8 軫(zhěn):车箱底部四面的横木。 9 股围:伞骨上端插入凿孔的圆圈。蚤围:即爪围,伞骨下端套在篷柄上的一个木圆圈。 10 尊:高,高度。此指篷张开后,伞骨下端距篷顶的高度。 11 宇:屋檐,此指篷的边沿。卑:低下。 12 吐水:水向下向外流。霤(liù):屋檐流水,此指篷上流水。 13 蔽目:遮住视线。 14 冒:篷上蒙的布。纮(hóng):伞骨上连缀的绳。弗冒弗纮,意为蒙布而不联结伞骨上的绳或不蒙布而联结伞骨上的绳,为"冒而弗纮"和"不冒而纮"的省略句。 15 殷亩:田垄上。殷,宽广。队(zhuì):同"坠",坠落。

周礼·舆人

[导读]

《舆人》详尽记述了木工制造车厢的规矩和技巧。

[原文]

舆人[1]为车。轮崇车广衡长参如一[2],谓之参称[3]。参分车广,去一以为隧[4]。参分其隧,一在前,二在后,以揉其式[5]。以其广之半为之式崇[6],以其隧之半为之较[7]崇。六分其广,以一为之轸围[8]。参分轸围,去一以为式围[9]。参分式围,去一以为较围。参分较围,去一以为轵围[11]。参分轵围,去一以为轛围[12]。

[译文]

舆人制造车厢。车轮的高度,车厢的宽度,衡木的长度,三者都有一定的尺码,叫作参称。以三等分取车厢的宽度,舍去其一分作为车厢纵深的长度。又三等分取车厢纵深的尺寸,在三分之一的车厢前部,三分之二的车厢后部,使木条弯曲装上车厢的扶手板。用车厢宽度的一半,规制出轼的高度,用车厢纵深长的一半,规制出较的高度。又以六等分划分车厢的宽度,取其一分作为轸的围长。又三等分轸的围长,舍去一分作为轼的围长。又三等分轼的围长,舍去一分作为较的围长。又三等分较的围长,舍去一分作为轵的围长。又三等分轵的围长,舍去一分作为轛的围长。

[注释] 1 舆人：古代木工之一种，专门制造车厢。 2 崇：高。轮崇，即车轮的高度。车广：车本指整部车子，此仅指车舆（车厢）部分。车广即车厢的宽度。衡长：衡即车辕前的横木。衡长，指衡木的长度。参：三，此处指车轮、车厢、衡木三者而言。 3 参称：三者等长。唐陆德明《释文》谓三者都是六尺六寸的尺码。 4 去一：舍去三分之一，即舍去的二尺二寸。隧：即邃，深也，此处指车厢纵的深度。 5 揉：使木条弯曲。式：即轼，车厢前的横木。又叫扶手板，古人行军打仗，将帅等站在车厢里用手按在板上，表示敬意。 6 式崇：轼的高度。 7 较：车厢两旁板上的横木。 8 轸：车厢后面的横木。围：围长。 9 去一：舍去三分之一，即舍去轸围的三又三分之二寸。式围：轼的围长。 10 去一：舍去轼围的二寸四分多。 11 去一：舍去较围约一寸六分左右。轵：车厢左右两面横直交结的栏木。 12 去一：舍去轵围约一寸零八分多。轛（zhuì）：车轼下面横直交结的栏木。

圜者中规[1]，方者中矩[2]，立者中县[3]，衡者中水[4]，直者如生焉，继者如附焉[5]。凡居材[6]，大与小无并[7]。大倚小则摧，引之则绝。栈车欲弇[8]，饰车欲侈[9]。

所以圆形的符合圆规，方形的符合方矩，直立的符合悬下的绳墨，横卧的符合水平器，竖直的好像地里生长出来的样子，互相交结连缀的好像树枝依附于树干的样子。大凡处置材料，大的和小的不要拼凑装车。大木料依赖小木料着力，就会摧折；小木料伴着大木料组装，马一拉动车子，就会断裂。没有革挽的竹木车子不坚实，就要做得狭窄；有革挽有装饰的车子，可以制作得宽大阔气。

[注释] 1 圜者：圆形的。中（zhòng）：适合，符合。规：校正圆形的一种器具。 2 方者：方形的。矩：古代画方形的一种器具。 3 立者：

直立的。县:通"悬",此指木工悬下墨线在木材上弹线。 4 衡:通"横"。水:指工匠用的水平器。 5 继:前后相连缀,互相交结。附:依附。 6 居:居处,引申为处置。材:指木材。 7 并:并从,合并,拼凑。 8 栈车:古代没有革挽的竹木车子。弇(yǎn):狭窄。 9 饰车:有革挽有装饰的车子。侈:宽大。

周礼·梓人

[导读]

《梓人》详尽记述了木工制造钟磬架子、饮器、箭靶的规矩和技艺。其中包含丰富的想象力,运用比拟、比喻、夸张等修辞手法,当为说明文中之佼佼者。

[原文]

梓人为笱虡[1]。天下之大兽五:脂者、膏者、裸者、羽者、鳞者[2]。宗庙之事,脂者、膏者以为牲[3];裸者、羽者、鳞者以为笱虡。外骨内骨[4],却行仄行[5],连行纡行[6],以脰鸣者[7],以注鸣者[8],以旁鸣者[9],以翼

[译文]

梓人制造悬挂钟磬的木架。天下的大兽有五类:如牛羊一类有角的,猪熊一类无角的,虎豹一类短毛的,鹜鸟一类有羽毛的,龙蛇一类有鳞片的。宗庙的祭祀大事,用脂类、膏类的兽畜为祭牲;而裸类、羽类、鳞类只用来作为笱虡上的刻饰。外有甲壳的、内有甲壳的,倒行的、侧行的,连贯而行、屈曲而行的,用颈项鸣叫的,用口腔鸣叫的,用胁下发声

鸣者[10],以股鸣者,以胸鸣者,谓之小虫之属,以为雕琢。

的,用振动翅翼发声的,用振动双股发声的,从胸间发出声响的,统称为小虫一类的动物,用来当作祭器上的雕琢饰品。

[注释] 1 梓人:古代木工之一种,专造饮器、箭靶和钟磬的架子。笋虡(jù):古代悬挂钟磬的木架。笋即"栒",是悬挂钟磬的横木。虡,横木两侧的支柱。 2 脂者:指有角的兽类,如牛羊之属。膏者:指无角的兽类,如猪熊之属。裸者:指短毛的兽类,如虎豹之属。羽者:指有羽毛的禽类,如鹫鸟之属。鳞者:指有鳞片的爬虫类,如龙蛇之属。 3 牲:祭牲。 4 外骨:外有坚硬的甲壳。内骨:肉缘内有甲壳。 5 却行:可以倒行,如蚯蚓之属。仄行:横行,向旁行走,如螃蟹之属。仄,古"侧"字。 6 连行:连贯而行,如鱼之属。纡行:纡曲而行,屈曲而行,如尺蠖之属。 7 胆:颈项。胆鸣者,如蛙之属。 8 注:通"咮",本为鸟口,此处泛指口。咮鸣者,如鸟类之属。 9 旁:指胁下。膀鸣者,郑玄注《周礼》以为蝉属。 10 翼:翅翼。翼鸣者,郑玄注《周礼》以为蚨蝗属。

厚唇弇口[1],出目短耳,大胸燿后[2],大体短脰,若是者谓之裸属。恒有力而不能走,其声大而宏。有力而不能走,则于任重宜;声大而宏,则于钟宜。若是者以为钟虡[3],是故击其所县而由其虡鸣[4]。

厚嘴唇,深口腔,突出的眼睛,短小的耳朵,宽大的前胸,逐渐细小的后身,巨大的身躯,短短的颈项,像这样形状的称为裸属。它们通常有力但不能疾走,它们的叫声大而洪亮。有力气但不能疾走,那么对于担负重任就很适宜了;叫声又大又洪亮,那么就跟钟声相适应了。拿这类动物的形象当作钟虡的刻饰,因此敲击木架上所悬挂的钟就像从那钟虡发出鸣声一样。

[注释] 1 弇口：口腔深长。 2 大胸燿（shào）后：即身子前粗后细。 3 以为钟虡：用作钟虡支柱上的雕饰。 4 由其虡鸣：像从钟虡发出的鸣声。

锐喙决吻[1]，数目顾脰[2]，小体骞[3]腹，若是者谓之羽属。恒无力而轻，其声清扬[4]而远闻。无力而轻，则于任轻宜；其声清扬而远闻，则于磬宜[5]。若是者以为磬虡，是[6]故击其所县而由其虡鸣。

尖锐的喙，张开的口，细密锐利的眼睛，长长的颈项，细小的躯干，低陷的腹部，像这样形状的称为羽属。它们通常没有力气但又轻便，它们的叫声清晰悠扬并且很远都能听到。没有力气但又轻便，那么对于担任轻职就很适宜了；它们的叫声清晰悠扬传播得远，那么就跟磬声相适应了。拿这类动物形象制造磬虡的刻饰，所以敲击木架上所悬挂的磬就像从那磬虡发出鸣声一样。

[注释] 1 喙（huì）：鸟嘴。决：决裂，张开。 2 数（cù）目：细密锐利的眼睛。顅（qiān）：长颈。 3 骞（qiān）：原刻本作"骞"，据《十三经注疏》本改。骞，亏损，低陷。 4 清扬：《十三经注疏》本作"清阳"，即明晰悠扬。 5 则：《十三经注疏》本无，可能是曾氏据文意增添。宜：相宜，恰当。 6 是：《十三经注疏》本无，可能是曾氏据前文而增。

小首而长，抟身而鸿[1]，若是者谓之鳞属，以为笋。凡攫閷援簭之类[2]，必深其爪，出其目，作其鳞之而[3]。深其爪，出其目，作其

小小的脑袋很长，圆圆的身子很大，像这样形状的称为鳞属，可以用来作为横木的刻饰。大凡用爪夺取扑杀，用爪撕扯又一口吞噬的一类动物，必定是深藏它的脚爪，鼓出它的眼球，奋起它那鳞片和颊毛。深藏它的脚爪，鼓出它的眼球，奋起它那鳞

鳞之而，则于视必拨尔[4]而怒。苟拨尔而怒，则于任重宜，且其匪色[5]必似鸣矣。爪不深，目不出，鳞之而不作，则必颓尔如委矣[6]。苟颓尔如委，则加任焉，则必如将废措[7]，其匪色必似不鸣矣。

片和颊毛，那么对于注视它的动物就必定会弹拨一下似的发起怒来。如果弹拨一下似的发起怒来，对于担负重任也就很适宜了，并且它那调和的花纹也必定像要鸣叫的样子。如果脚爪不深藏，眼球不鼓出，鳞片和颊毛不奋起，那么就必定是颓丧不振，好像衰败的样子。假如颓丧不振好像衰败，即使再加以重任，也就必定会废弃顿挫，它那调和的文采也必定不再像鸣叫的样子了。

[注释] 1 抟身：好似成团的身躯，即圆形身体。鸿：大。 2 攻：通"杀"。攫杀，用爪夺取扑杀。援簭：用爪撕扯吞噬。这是讲凶猛的动物。 3 作：奋起，振起。之：连词，意为与、和。而：名词，颊毛。 4 拨尔：弹拨一下似的，兴奋的样子。 5 匪色：匪通"斐"，即花纹丰富且协调的颜色。 6 颓尔：即下垂不振的样子，颓丧的样子。委：通"萎"，枯萎，衰败。 7 废：废弃。措：顿挫。

梓人为饮器。勺一升[1]，爵[2]一升，觚三升[3]。献以爵而酬以觚，一献而三酬，则一豆[4]矣。食一豆肉，饮一豆酒，中人之食也。凡试梓饮器，乡衡而实不尽[5]，梓师罪之[6]。

梓人制造饮酒的器具。制造的酒勺可盛一升，制造的酒爵可盛一升，制造的觚可盛三升。献酒用爵而酬酒用觚，奉献一升却要酬答三升，就是一豆的容量。吃一豆肉，喝一豆酒，这是普通人的饮食。凡是试验梓人制的饮器，若横向放平酒器却仍有残酒倒不尽，那么梓师就认为梓人有罪过了。

【注释】 1 勺：用以舀酒的器具。升：古时一种计量单位，《汉书·律历志》云："十合为升，十升为斗。" 2 爵：古代酒器，多为青铜制，三足。 3 觚（gū）：古代酒器，多为青铜制，喇叭口，细腰圈足。郑玄注《周礼》，以为"觚当为觯"。觯（zhì）亦为古代酒器，形似尊而小，为饮酒之具。觯能盛三升，而觚只能盛两升，据文意，郑说正确。 4 豆：古代量器。《左传·昭公三年》："齐旧四量：豆、区、釜、钟。四升为豆。" 5 此句郑玄注《周礼》曰："衡，平也。平爵乡口，酒不尽，则梓人之长罪于梓人焉。"乡（xiàng）：通"向"，朝着。衡：横着放平。实不尽：饮器内酒倒不尽（还残留着余酒）。 6 梓师：管理梓人的官吏。罪之：加罪于梓人，意动用法。

梓人为侯[1]。广与崇方[2]，参分其广，而鹄居一焉[3]。上两个与其身三[4]，下两个半[5]之。上纲与下纲出舌寻[6]，緅[7]寸焉。张皮侯而栖鹄[8]，则春以功[9]。张五采[10]之侯，则远国属[11]。张兽侯[12]，则王以息燕[13]。祭侯之礼，以酒脯醢[14]，其辞曰："惟若宁侯[15]，毋或若女不宁侯，不属于王所，故抗而射女[16]。强[17]饮强食，诒[18]女曾孙诸

梓人制造箭靶。靶中的宽与高相等，为正方形，三等分靶的宽度，靶心就贴在正中三分之一的地方。箭靶的上舌是箭靶本身的两倍长，与之成三等分，它的下舌是箭靶的一倍半。上纲与下纲各出舌外八尺，结纲绳的环纽长一寸。张挂虎豹熊等兽皮做箭靶，并把靶心放在中央，在春天举行大射礼衡量群臣的功劳。张挂五彩箭靶，举行诸侯朝会时的宾射礼。张挂画着兽类的箭靶，周天子就与诸臣下饮酒行射礼。射箭时祭祀的礼节，用美酒、干肉和肉酱，那祭辞说："要像你们这些安顺的诸侯，不要有的像那些不安顺的诸侯，他们不到王庭来朝拜，所以要高举弓箭来射你们。大家大吃大喝一顿吧！会赐给

侯百福。" ‖ 你们和你们的子孙种种幸福,永世为诸侯。"

[注释] 1 侯:箭靶,一般用布做。 2 广:宽度。崇:高度。方:成正方形。 3 参:三。鹄:箭靶的中心。 4 个:张挂箭靶的布,又称"舌"。身:谓箭靶本身。 5 半:活用为动词,长出靶身的一半。 6 纲:系箭靶的绳子。箭靶左右各立一长木,叫作"植"。纲就横穿舌布,分别系于左右两植上以张挂。箭靶上边的绳子称上纲,下边的绳子称下纲。舌:即上文之"个"。寻:古时八尺为一寻。 7 縜(yún):环纽,笼纲。 8 皮侯:用虎豹熊的毛皮装饰的箭靶。栖鹄:兽皮靶心缀在箭靶中央,好似鹄之栖息。 9 春以功:谓天子春天举行大射礼来衡量群臣的功劳。 10 五采:用朱、白、苍、黄、黑五色饰。 11 远国:指京畿外的诸侯国。属:会。五采之侯用于诸侯朝会时的宾射礼。 12 兽侯:用画兽来装饰的箭靶。 13 燕:通"宴",饮酒。息燕,是射礼的一种。 14 脯(fǔ):干肉。醢(hǎi):肉酱。 15 宁侯:安顺的诸侯。宁,即安宁、顺从。 16 属:朝会、朝拜的意思。王所:周天子之京城。抗:高举。女(rǔ):第二人称代词,后作"汝"。射箭既是比武,又是一种游乐,箭靶之侯影射诸侯之侯,借射箭(射侯)来惩戒不顺之臣(诸侯),显示主上的威风。 17 强:努力的意思。 18 诒(yí):赠送。

周礼·匠人

[导读]
《匠人》详尽记述了泥水匠如何观测方向,如何营建都城的宫室、道路;还详尽记述了泥水匠按照井田制度,如何修筑田间纵横交织的水渠,

以利排水或灌溉。水利是农业命脉，上古先人就对此有高度认识。"凡沟逆地阞，谓之不行;水属不理孙,谓之不行","凡沟必因水势,防必因地势",这是前人对大自然客观分析后得出的朴素辩证观点。古朴的说明文字里,亦寓有深刻哲理。

[原文]

匠人建国[1]。水地以县[2],置槷[3]以县,视以景[4]。为规识日出之景[5],与日入之景。昼参诸日中之景[6],夜考之极星[7],以正朝夕[8]。

[译文]

泥水匠建造国都。用悬垂吊线的水平器测量土地,垂直安插一根木桩,以观察日影。认准太阳出来的影子和太阳落下的影子,画下圆圈。白天检验正午时的日影,晚上考察北极星的位置,用以端正确定南北和东西方向。

[注释] 1 匠人:本指工匠,此处专指泥水匠。国:国都。 2 水:指水平器,一种测量工具。县:悬垂吊线。 3 槷(niè):插在地上用来观测日影的木桩。 4 景:"影"的本字,即日影。 5 规:本指校正圆形的器具,这里引申为画圆圈。识:通"志",记住,认准。此处郑玄注《周礼》曰:"日出日入之景其端,则东西正也。"意思为:太阳从东出时物影指向西,太阳西落时物影指向东,若以插在平地上的木桩为圆心,用日出日入时影长为半径画一圆,影端都在同一水平面的圆圈上,就能得到正东正西的方向。 6 参:检验。诸:"之于"的合音词。日中:中午。正午时日影偏指北。 7 极星:北极星。这两句是说白天、夜晚测南北向的方法。 8 朝夕:早晨和黄昏。这里是指利用朝阳出山和夕阳西下时的日影测东西向。

匠人营国。方九里，旁三门[1]。国中九经九纬[2]，经涂九轨[3]。左祖右社[4]，面朝后市，市朝一夫[5]。夏后氏世室[6]，堂修二七[7]，广四修一[8]，五室，三四步，四三尺[9]。九阶[10]，四旁两夹窗[11]，白盛[12]，门堂[13]三之二，室三之一[14]。殷人重屋[15]，堂修七寻，堂崇三尺，四阿重屋[16]。

泥水匠营建国都。每方等长九里，每面三门。都城中南北向大路九条，东西向大路九条，南北向道路有九辆车宽。王宫左边是祖庙，右边是祭土地神的地方，前面是朝廷议事处，后面是集市贸易场所，朝和市方各一百步。夏后氏的宗庙，正堂南北向长十四步，广度增加三步半，分金、木、水、火、土五室，四室长三步，土室长四步，四室宽增加三尺，土室宽增加四尺。四向共九级台阶，四面的门各有两扇窗户夹着，墙壁用白灰粉饰而成。侧堂长广是正堂的三分之二，门堂上的室长广是正堂的三分之一。殷商王宫，正堂长七寻，堂基高三尺，有四栋二重屋。

注释　1 旁：城墙每一面。每旁三门，则城之四方共十二门。　2 国中：都城内。经：南北向大路。纬：东西向大路。　3 涂：通"途"，路途。轨：郑玄注《周礼》曰："轨，谓辙广。"古时乘车宽六尺六寸，每旁加七寸，一共八尺，即为辙广。九轨相当于七十二尺宽。　4 祖：祖庙，宗庙，古代帝王、诸侯等祭祀祖先的地方。社：古代祭祀土地神的地方。　5 朝：朝廷议事处。市：做买卖的场所。一夫：郑玄注《周礼》曰："方各百步。"当时一夫之田方百步，所以说市和朝各方一百步。　6 夏后氏：相传夏朝是夏后氏领袖大禹之子启所建立。世室：即宗庙。　7 堂：古代宫室，前者称堂，后者称室。修：南北向的长度。二七：即二乘七，共十四步。　8 广四修一：广度增加二七的四分之一，即增三步半，共十七步半。　9 五室：宫室中央称土室，东北向称木室，东南向称火室，西南向称金室，西北向称水室。三四步，四三尺：郑玄注《周礼》

曰："三四步，室方也。四三尺，以益广也。"金、木、水、火四室其方都是三步，其广都增加三尺，土室方四步，其广增加四尺。当时一步为六尺，则土室广为二十四尺加四尺，深为二十四尺，其余四室广都为十八尺加三尺，深为十八尺。这里行文极度省略。　10 阶：台阶。郑玄注曰："南面三，三面各二。"意思是宫室南面三级台阶，其余三面各两级台阶，故称九。　11 两夹窗：每一面正中有门，左右各有一窗夹之。　12 盛：郑玄注曰"成也"。白盛，即用白灰粉饰宫室。　13 门堂：门侧之堂，《尔雅》称为塾。按上述规制，正堂南北十四步，取三分之二，侧堂为九步二尺，正堂东西十七步半，取三分之二，侧堂为十一步四尺。　14 室：门堂上之室。三之一：其广与深分别为正堂的三分之一。　15 殷人：指成汤所建之商朝，商、殷一也。重屋：王宫正室。　16 四阿：四栋。重屋：二重屋。

周人明堂[1]，度九尺之筵[2]，东西九筵，南北七筵，堂崇一筵，五室，凡[3]室二筵。室中度以几[4]，堂上度以筵，宫中度以寻，野度以步[5]，涂度以轨[6]。庙门容大扃[7]七个，闱门容小扃参个[8]，路门不容乘车之五个[9]，应门二彻参个[10]。内有九室，九嫔居之[11]；外有九室，九卿朝焉。九分[13]其国，以为九分，九卿治之。王宫门

周朝明堂，以九尺长的竹席作为度，东西宽九筵，南北长七筵，堂基高一筵，也是五室，凡室长广都是二筵。室中以几三尺为度，堂上以筵九尺为度，宫中以寻七尺为度，野外以步六尺为度，道路以轨八尺为度。宗庙大门可以并容七个牛鼎，宗庙小门只能并容三个彤鼎，宫廷最里面的门容不下五辆乘车并行，王宫正门有三辆乘车宽。王宫内有九室，九嫔居住在这里；王宫外有九室，是九卿朝会治事的地方。把国家的职事分为九种，分别用九卿来治理。王宫屋栋高脊的规制是五雉，宫墙四角屏

阿之制五雉[14],宫隅[15]之制七雉,城隅[16]之制九雉。经涂九轨,环涂[17]七轨,野涂五轨。门阿之制,以为都城[18]之制。宫隅之制,以为诸侯之城制。环涂以为诸侯经涂,野涂以为都经涂。

障的规制是七雉,城墙四角屏障的规制是九雉。南北向道路宽九轨,环城道路宽七轨,郊野道路宽五轨。王宫屋栋高脊的规制,用作王子弟都城的规制。宫墙的规制,用作诸侯城墙的规制。王城环城道路的宽度用作诸侯国都南北向道路的宽度,王城郊野道路的宽度用作王子弟都城南北向道路的宽度。

注释 1 周人:指周武王姬发建立的周朝。明堂:明政教之堂。宗庙名称,夏叫世宣,殷叫重屋,周叫明堂。 2 度:测度单位。筵:竹席。古代筵长九尺。 3 凡:凡是。 4 几(jī):矮小的桌子。古时几长三尺。 5 野度以步:名词"度"作谓语,"野"作状语,介词词组"以步"作补语,此句即"野以步为度"。 6 涂:通"途"。轨:辙广。 7 大扃:郑玄注曰"牛鼎之扃,长三尺"。此鼎三足,每足以牛首刻饰,为最大之鼎。 8 闱门:宗庙的小门。小扃:肜(róng)鼎之属,长二尺。 9 路门:古代王侯官廷最里面的门。不容乘车之五个:即容不下五辆乘车。乘车宽六尺六寸,五辆当为三丈三尺。 10 应门:古代王官的正门。二彻:两个车轮之间的宽度,即一轨八尺。 11 内:路门内。嫔(pín):古代宫廷女官名。古时帝王有九嫔、二十七世妇,专掌妇学和礼事。 12 九卿:三孤六卿之统称。周之太师、太傅、太保为三公,位特尊;少师、少傅、少保次之,曰三孤;天官冢宰、地官司徒、春官宗伯、夏官司马、秋官司寇、冬官司空为六官,又曰六卿。 13 分:分别。 14 阿:屋栋。门阿,指屋栋高脊。雉(zhì):古代计算城墙面积的单位,长三丈、高一丈为一雉。 15 宫隅:宫墙四角的屏障。 16 城隅:城墙四角的屏障。 17 环涂:环城的道路。 18 都城:

指周王子弟的城邑。

匠人为沟洫。耜[1]广五寸,二耜为耦[2]。一耦之伐[3],广尺深尺,谓之甽[4]。田首[5]倍之,广二尺深二尺,谓之遂[6]。九夫为井[7],井间广四尺深四尺谓之沟。方十里为成[8],成间广八尺深八尺,谓之洫[9]。方百里为同[10],同间广二寻深二仞,谓之浍[11]。专达于川,各载[12]其名。

泥水匠修建沟洫。耜宽五寸,两耜并耕为耦。耦耕翻上土坯开成沟,宽一尺深一尺称作甽。地头则加一倍,宽两尺,深两尺,称作遂。九夫耕的田叫一井,井与井之间宽四尺深四尺的叫作沟。每方等长十里叫一成,成与成之间,宽八尺深八尺的叫作洫。每方等长百里叫一同,同与同之间宽一丈六尺深一丈四尺的叫作浍。浍水径直抵达至河川,各自记载有河流的名称。

[注释] 1 耜(sì):古代农具名。 2 耦(ǒu):即"甽"。两人各持一耜并肩耕作。 3 伐:通"垡",甽上高土。 4 甽(quǎn):即"甽"。古人耦耕时,开成宽深各一尺的小沟叫甽。 5 田首:即今所说的地头,田土的尽头。 6 遂:本指道路,可引申为水道,水中可以涉过的小路。 7 九夫为井:相传古代井田制,一夫受田百亩,故以百亩称夫。古制八家共耕一井,但在王畿之内,三夫为一屋,一井有三屋,所以称九夫之井。 8 方:长宽相等。成:古代计算土地的单位,长十里宽十里为一成。 9 洫(xù):相传古代土地井与井之间、成与成之间都修有水道以供排灌,这种水道叫洫。 10 同:古代土地的计算单位,长百里宽百里为一同。 11 仞:古代长度单位,七尺为一仞。浍(kuài):田间大水渠。 12 载:记载。

凡天下之地势，两山之间，必有川焉[1]。大川之上，必有涂[2]焉。凡沟逆地阞[3]，谓之不行[4]；水属不理孙[5]，谓之不行。梢沟[6]三十里而广倍。凡行奠[7]水，磬折以参伍[8]。欲为渊，则句于矩[9]。凡沟必因水势，防必因地势。善沟者，水漱[10]之；善防者，水淫[11]之。

大凡天下的地势，两山的中间，必定有河川流经于此。大河岸上，必定有道路通行于此。凡是修沟违背地脉，水就会不流通而横溢；水流不顺畅，也就难流而横溢。被冲刷而未开垦土地上的沟渠，以三十里为一段，下流比上流要增宽一倍。凡是导行滞流的水，要像磬一样弯曲多处。要想蓄为深潭，那么转弯处比曲尺直角角度还要弯曲。凡是水沟，必定要顺随水势；堤防，必定要顺随地势。善于开沟的人，会借水势冲刷沟洫；善于修堤的人，会借水的淤泥培护堤防。

[注释] 1 焉：于此，兼词。 2 涂：通"途"，道路。 3 逆：违逆。阞(lè)：土地脉理。 4 不行：水行不通，横溢。 5 属(zhǔ)：倾注，流注。理：通顺。孙(xùn)：通"逊"，顺畅。 6 梢沟：指被大水冲刷未曾开垦的土地旁的自然水沟。 7 奠：停放，滞留。 8 磬折：跟磬一样弯曲。参：三。伍：五。三五表示多的意思。 9 句(gōu)：同"勾"，弯曲。矩：曲尺。句于矩，即勾曲于矩，转弯处比曲尺直角角度还要弯曲，意谓使水势尽量回流。 10 漱：水冲击。 11 淫：荫庇，意思是用淤泥培护堤防。

凡为防，广与崇方，其閷[1]参分去一，大防外閷。凡沟防，必一日先深之

凡是修筑堤防，下基的广度与堤高相等，堤顶的厚度，向两旁逐渐削减三分之一，大堤则是向外的一旁逐渐削减厚度。凡是修沟筑堤，必定要先一天挖深或筑高用来作为样式，

以为式[2],里为式,然后可以傅[3]众力。凡任索约[4],大汲其版[5],谓之无任[6]。葺屋参分[7],瓦屋四分。囷窌仓城[8],逆墙六分[9]。堂涂十有二分[10]。窦[11],其崇三尺。墙,厚三尺,崇三之。

整治好了标准,从这以后就可以凭借它集聚民众的劳力。大凡筑墙筑堤用绳索要收紧,若牵引夹板太紧的话,就会没有作用了。盖茅屋,屋垛高是屋长的三分之一,盖瓦屋,屋垛高是屋长的四分之一。修建圆形仓、地窖、方形仓和城墙,从下至上减却厚度,墙顶厚度只有高度的六分之一。宫室前的砖路,正中比路边要高出中线至边线宽度的十二分之一。宫中的水道,它的堤要高三尺。宫墙,要厚三尺,高度是厚度的三倍。

[注释] 1 杀(shài):通"杀",减杀,削减。 2 式:样式,标准。 3 傅:通"附",附着,集聚。 4 约:紧缩。 5 汲:牵引。版:筑土墙用的夹板。 6 无任:没有作用。筑堤筑墙,用绳索牵引两块夹板过紧,则木板弓弯,土就筑不紧密。 7 葺(qì):吊茅草覆盖屋顶。参分:三分。此句即茅屋屋垛高是屋长的三分之一。 8 囷(qūn):圆形谷仓。窌(jiào):地窖。仓:方形谷仓。 9 逆:郑玄注曰"却也"。逆墙即减却土墙厚度。六分:土墙顶厚为高度的六分之一。据贾公彦疏,若土墙高一丈二,则墙顶厚二尺,墙基厚四尺,墙顶比墙基减却二尺。下厚上薄则牢固。 10 堂涂:宫室前的砖路。有:通"又"。十有二分即十二分之一,路的正中比路的边沿要高出中线至边线宽度的十二分之一,中间高两旁低,水就向两旁流。 11 窦:宫中水道。

韩愈·蓝田县丞厅壁记

> [导读]
>
> 人不能尽其才,才不能尽其用,乃古今一大憾事。崔斯立饱学多才,竟闲散在京畿属县蓝田做县丞,唐宪宗元和十年(815),韩愈借作记而抒发了强烈的愤懑之情:先以刻酷的语言极说县丞虽设,但不能有为;接着用戏谑的笔调叙说主人学问气节,欲有作为却不得施用;最后记修厅壁始末,有为者被陋习埋没而不能尽职。此篇为蓝田县丞厅壁所作记,题虽狭窄,但立意宽广,雄拔超俊。尤其以两句回话作结,戛然而止,此后欲加一语而不可,巧妙绝伦。

[原文]

丞之职,所以贰令[1],于一邑无所不当问。其下主簿、尉,主簿、尉乃有分职。丞位高而逼,例以嫌不可否事。文书行,吏抱成案诣丞,卷其前,钳[2]以左手,右手摘纸尾,雁鹜行以进,平立,睨[3]丞曰:"当署[4]。"丞涉笔占位,署惟谨,目

[译文]

县丞的职责,是县令的副手,对于一邑政事,没有什么不应当过问的。他的下边是主簿和尉,主簿和尉有分职。县丞位置高而又接近县令,照例为了避嫌而不能决断事之可否。文书下来了,衙吏抱了一堆整理好的案卷到县丞面前,把卷首卷起来,用左手捂着,再用右手翻出纸尾,像雁鸭一样排成行列,然后走上前,平立,斜视着对县丞说:"请签字。"县丞拈笔看了看位置,谨慎地签好

吏问可不可，吏曰："得。"则退，不敢略省，漫[5]不知何事。官虽尊，力势反出主簿、尉下，谚数慢[6]，必曰丞，至以相訾謷[7]。丞之设岂端[8]使然哉！以上讥谑丞之不可为。

名字，瞧着县吏问行不行，县吏说："可以啦。"那么县丞就退回来，不敢稍微省视一下案情，枉然不知道是什么事。官位虽然尊贵，但势力反在主簿和尉的下边，俗话列举散漫的冗员，必定要数到县丞，以至互相讥诮诋毁。朝廷设立县丞，难道本来就为了使其如此吗？

[注释] 1 贰：动词，佐助。令：唐代县设令一人，正六品上。贰令是副职。 2 钳：此指遮盖。 3 睨（nì）：斜视。 4 署：批。 5 漫：枉然。 6 数：计算。慢：散漫。 7 訾謷（zǐ áo）：非议，诋毁。 8 端：本来，真正。

博陵崔斯立[1]，种学绩文，以蓄其有。泓涵演迤[2]，日大以肆[3]。贞元初，挟其能战艺[4]于京师，再进，再屈千人。元和初，以前大理评事言得失黜官[5]，再转而为丞兹邑。始至，喟[6]曰："官无卑，顾[7]材不足塞职。"既噤[8]不得施用，又喟曰："丞哉！丞哉！余不负丞而丞负余。"则尽枿去牙角[9]，一蹑[10]故迹，破崖岸[11]而为之。以上叙崔为丞。

博陵崔斯立，积学能文，广泛积聚才华。他学问弘深，所作文章广为流布，日益光大显露。贞元初，斯立凭其本领，在京师应考，再进取博学宏词，再次超出众人。元和初，因以前在大理评事任上谈论政治得失而被罢官，再转做这个县邑的县丞。开始来时，他叹气说："官职没有卑下的，只是担心才干不足以胜职。"既已闭口不言不能施展本领，又叹息说："县丞啊县丞！我不辜负你，而你却辜负了我。"于是把全部棱角磨掉，一概蹈袭旧例，破除高傲去当他的县丞。

注释 1 博陵：郡名，治所在今河北定州。崔斯立：字立之。 2 泓涵：弘深，指学问。演迤：绵延不绝，指作文广为流布。 3 肆：显露。 4 战艺：以文争战，即应考。 5 大理：大理寺，掌刑法。评事：官名，决断疑狱。 6 喟：叹。 7 顾：不过，只是。 8 噤(jìn)：闭口不言。 9 枿(niè)：树木砍削后长出来的新枝条，此处活用为动词。牙角：牙和角，比喻人身上的锐气。 10 蹑(niè)：蹈袭。 11 崖岸：比喻高傲不易接近。

丞厅故有记，坏漏污不可读。斯立易桷[1]与瓦，墁[2]治壁，悉书前任人名氏。庭有老槐四行，南墙巨竹千梃，俨立若相持，水㶁㶁循除鸣[3]。斯立痛扫溉[4]，对树二松，日哦[5]其间。有问者，辄对曰："余方有公事，子姑[6]去。"以上叙厅壁。考功郎中知制诰韩愈记[7]。

县丞厅堂上原有一篇记，由于房屋败坏漏水，字迹污浊不能读了。斯立更换方椽和瓦片，涂饰修整墙壁，把前任者的姓名都写了上去。庭院中有老槐树四行，南边墙根有大竹千竿，俨然并立好像互相对峙，清水哗哗地沿着阶基流唱。斯立彻底打扫洗涤一番，在对面种了两棵松树，每天在其间吟诗。有人来问他，他总是回答说："我正有公事，你暂且回去吧。"

考功郎中知制诰韩愈记。

注释 1 桷(jué)：屋顶上的方椽。 2 墁(màn)：涂饰。 3 㶁㶁(guó guó)：水流声。除：阶基。 4 痛：彻底，极端。溉：洗涤。 5 哦：吟哦。 6 姑：暂且。 7 考功郎中：吏部考功司郎中，掌官吏考课黜陟。知制诰：官名，掌官廷起草诏令。

欧阳修·丰乐亭记

导读

宋仁宗庆历五年(1045)春,推行新政的杜衍、范仲淹、韩琦、富弼等相继罢去,欧阳修此时任河北都转运使,上书谏言:"正士在朝,群邪所忌,谋臣不用,敌国之福也。"因而触犯朝中守旧大臣,降知滁州。五代时,滁州殃于兵祸,经多年休养生息,民始聊生。本文主旨在宣扬宋太祖功德,颂美战乱后社会恢复安宁。亭以丰山可乐得名,文以丰年可乐成篇,作亭泉之小记,却归功大宋功德,抚今思昔,无限感慨,通过对比烘托,熔写景、记事、抒情于一炉,实为游记之上品。曾氏以此记为范文,除师欧阳公作文长技外,还着眼于"民之安乐原于上之功德",为官就要"宣上恩德,以与民同乐"。

原文

　　修既治滁之明年[1],夏,始饮滁水而甘。问诸[2]滁人,得于州南百步之近。其上丰山[3],耸然而特立[4],下则幽谷[5],窈然[6]而深藏;中有清泉,滃然而仰出[7]。俯仰左右,顾而乐之。于是疏泉凿石,辟地以为亭,

译文

　　我治理滁州的第二年,在夏天才喝到很清甜的滁水。向滁州百姓探问这泉水发源地,在州城南面百余步近处找到了它。泉上面是丰山,高耸而又独特地屹立着;下面是紫薇谷,幽远而又深深地隐藏着;中间有一股清泉,汩汩地从地底向外涌出。俯首抬头,左顾右视,很是快乐。于是疏浚泉水,凿开

而与滁人往游其间。以上叙山川。

石块,开辟出一块地基来建造亭子,跟滁州百姓来这里游玩。

注释 1 滁（chú）：州名,宋属淮南东路,治所在今安徽滁州,因滁水而得名。明年：即宋仁宗庆历六年（1046）,欧阳修于庆历五年被贬知滁州。 2 诸："之于"之合音。 3 丰山：在滁州城西。此句也有作"其上则丰山"。 4 耸然：高高耸立的样子。特立：独特地矗立。 5 幽谷：幽深的峡谷,指紫薇谷。 6 窈（yǎo）然：幽远的样子。 7 滃（wěng）然：流水盛大的样子。仰出：由地底向外冒出。

滁于五代[1]干戈之际,用武之地也。昔太祖皇帝[2],尝以周师破李景兵十五万于清流山下[3],生擒其将皇甫晖、姚凤于滁东门之外[4],遂以平滁。修尝考其山川,按其图记,升高以望清流之关,欲求晖、凤就擒之所。而故老皆无在者,盖天下之平久矣。以上吊古咏叹。

滁州在五代战火纷飞之时,是用兵打仗的地方。从前太祖皇帝,曾经率领后周军队在清流山下击破李璟十五万人马,在滁城东门外活捉李璟大将皇甫晖、姚凤,于是平定了滁州。我曾经考察这里的山川,按照有关图画和记载资料,登上高处瞭望清流之关隘,想要寻找皇甫晖、姚凤被擒之地。但是经历此事的故旧父老都不在世了,大概这是因为天下太平已经很久了啊。

注释 1 五代：唐朝于公元907年灭亡后,中原地区相继建立了梁、唐、晋、汉、周五个短命王朝,历时仅共五十四年,史称五代（为和以前朝代相别,相沿谓为后梁、后唐、后晋、后汉、后周）。 2 太祖皇帝：宋太祖赵匡胤,为后周殿前都虞候,领宋州归德军节度使,公元960年发动陈桥兵变,即帝位,改国号为宋。　3 周师:后周(世宗柴荣)军队。李景:即南唐中主李璟。清流山:在滁州西北,上有一关,是江淮地区重要关隘。　4 皇甫晖:魏州人,为人骁勇,后唐明宗拜为陈州刺史。后仕江南,李璟拜为奉化节度使、同平章事。姚凤:南唐常州团练使。周世宗南征,皇甫晖为南唐应援使,姚凤为应援都监。周世宗显德三年(956)二月,命赵匡胤袭击清流关,皇甫晖等退入滁州,欲断桥自守,《资治通鉴·后周纪三》记载:"太祖皇帝拥马颈突陈而入,大呼曰:'吾止取皇甫晖,他人非吾敌也!'手剑击晖,中脑,生擒之,并擒姚凤,遂克滁州。"

自唐失其政,海内分裂,豪杰并起而争,所在为敌国者,何可胜数[1]?及宋受天命,圣人出而四海一[2]。向[3]之凭恃险阻,铲削消磨[4]。百年之间,漠然[5]徒见山高而水清,欲问其事,而遗老[6]尽矣。今滁介于江、淮[7]之间,舟车商贾,四方宾客之所不至。民生不见外事,而安于畎亩[8]衣食,以乐生送死[9],而孰知上之功德[10],休养生息,涵煦[11]百年之深也?以上民之安乐原于上之功德。	自从唐代丧失政权,天下分裂,豪杰同时而起争夺天下,所处之地成为敌对国家的,怎么能够数得尽?等到宋朝禀承天命,太祖一出而四海统一。从前凭借险要的豪杰,都被铲除消灭了。百年间,人们只寂静无声地望见山峰高峻,流水清清,我想要问问那时的战争,但遗老们已死尽了。现在滁州地处长江、淮河的中间,是坐船乘车者、做生意的商人和四方宾客不经常来往的地方。老百姓一生看不到外面的事情,却安心在田地间耕种求得衣食,以养活一家人,能为父母送终,哪个又懂得皇上的功德,使百姓休养生息,在百年之间受滋润教化深之又深呢?

【注释】 1 胜：尽。数(shǔ)：计算。 2 圣人：对帝王尊称，此指赵匡胤。一：统一。 3 向：从前，过去。 4 铲削：铲除，诛杀。消磨：此指消灭。 5 漠然：漠通"寞"。寞然，寂静无声。 6 遗老：经历世变的老者。 7 江、淮：长江和淮河。 8 畎（quǎn）亩：田地。 9 乐生：即乐于生计，指养活一家人。送死：指为父母送终。 10 孰：疑问代词。上：皇上。 11 涵煦（xù）：滋润教化。

修之来此，乐其地僻而事简，又爱其俗之安闲。既得斯泉于山谷之间，乃日与滁人仰而望山，俯而听泉。掇[1]幽芳而荫乔木，风霜冰雪，刻露[2]清秀，四时之景，无不可爱。又幸其民乐其岁物之丰成，而喜与予游也。因为本其山川，道[3]其风俗之美，使民知所以安此丰年之乐者，幸生无事之时也。夫宣上恩德，以与民共乐，刺史[4]之事也，遂书以名其亭焉。

我来到这里，喜欢其地偏僻而公事简易，又爱好这里安宁清闲的风俗。既已在山谷之间找到了这股泉水，就每天跟滁州百姓来此抬头眺望山峦，低头倾听流泉。采摘清香的花草，在树荫下歇凉，秋风秋霜，冬冰冬雪，水落石出，草枯木现，四季不同景色，没有一时不可爱。又幸好这里的百姓因年岁丰收而喜悦，所以很高兴跟随我来游玩。因此根据这里的山水形胜，称道这里风俗的纯美，老百姓之所以懂得安然于这种丰年快乐的原因，是幸运地生活在太平无事的时代啊！通过宣扬皇上的恩德，用来与百姓共享欢乐，这是我做官的职事啊，于是写了这篇记并且将这个亭子取名为丰乐。

【注释】 1 掇（duō）：拾取，采摘。 2 刻露：即秋冬水落石出、草枯木现之象。 3 道：称道。 4 刺史：宋代对知州的称呼。

曾巩·宜黄县学记

导读

此篇名为学记，实为教化之论。通过宜黄县学之兴办，宣扬了古今"人人学其性""进之于中"的教学纲领，论说了"风俗成、人材出"的教育效果。李详只是一县令，但于天下废学之颓风中能在小小县城毅然办学，可见其心力之厚，眼力之高，亦从而显示了教育对于"鼓舞天下"的重要性。本篇从议论入手，以勉励作结，中间证以鲜明突出之事例，深化主旨，完全摆脱了阿谀奉承、烦琐记录的陋习，充满了浑雄博厚之气，从而使文章流传千古。

原文

古之人，自家至于天子之国，皆有学[1]。自幼至于长，未尝去于学之中。学有《诗》《书》六艺[2]，弦歌洗爵[3]，俯仰之容，升降之节，以习其心体、耳目、手足之举措[4]。又有祭祀、乡射、养老之礼，以习其恭让；进材、论狱、出兵、授捷之法，以习其从事。师友

译文

古时候的人，从诸侯立家到天子建国，都设有学校。人从小到大，都没有离开学校。学校设有《诗经》《尚书》及六艺等课，弹琴唱歌洗爵，俯首仰身的容态，登堂升座、降阶迎宾的礼节，以使生徒的身心、耳目和手脚等举动养成习惯。又有祭祀、乡射和养老等礼仪，以使生徒学会恭谨谦让；荐举才能之士，掌握刑狱、出兵和授捷的方法，用以使生徒熟悉办事流程。有师友解

以解其惑,劝惩以勉其进,戒其不率[5],其所以为具[6]如此。以上教学之具。

答疑惑,通过劝导惩罚来勉励长进,劝诫生徒中不遵循教义的人。学校教的内容就是这些。

[注释] 1 学:学校。据《礼记·学记》所载,古时"家有塾,党有庠,术有序,国有学"。 2 六艺:指礼、乐、射、御、书、数六种技艺。 3 洗爵:古时乡射、乡饮都在学校举行,其中主人都有洗爵(清洗酒杯)酬宾之礼。 4 举措:举动措置,即举动。 5 不率:即"不率教者"之省。不率教者即不能遵循教义的学生。 6 具:供设,备办,此指教学内容。

而其大要,则务使人人学其性,不独防其邪僻放肆也。虽有刚柔缓急之异,皆可以进之于中,而无过不及。使其识之明,气之充于其心,则用之于进退语默之际,而无不得其宜;临之以祸福死生之故,而无足动其意者。为天下之士,而所以养其身之备如此。以上修己之学。

则又使知天地事物之变,古今治乱之理,至于损益废置、先后终始之要,无所不知。其在堂户之上,而

学校的大体要旨,就是务必使人人学习修养自己的心性,不只防备那些邪僻放纵的行为。即使有刚强柔弱和缓急的不同,但都可以借此提升到中庸的境界,而没有过之或不及的。使生徒见识明了,其内心充满生气,那么运用在进退、言说或沉默的时候,没有什么不适宜的;面对祸福、生死等事,没有什么足以动摇他的意志。作为胸怀天下的士子,要修养自己的身心,使之完备如此。

于是又使他们懂得天地事物的变化,古今大治大乱的道理,甚至于损益废置、先后始终的要点,没有什么不知晓的。他们在家里,四海九州

四海九州之业、万世之策皆得;及出而履天下之任,列百官之中,则随所施为无不可者。何则？其素所学问然也[1]。以上治人之学。

[注释] 1 素：平素,平常。然：这样子。

盖[1]凡人之起居饮食动作之小事,至于修身为国家天下之大体,皆自学出,而无斯须[2]去于教也。其动于视听四支[3]者,必使其洽[4]于内;其谨于初者,必使其要[5]于终。驯之以自然,而待之以积久。噫！何其[6]至也！故其俗之成,则刑罚措[7];其材之成,则三公[8]百官得其士。其为法之永[9],则中材可以守;其入人之深,则虽更衰世而不乱。为教之极至此,鼓舞天下而人不知其从之,岂用力也哉！以上兴学之效。

|注释| 1 盖:发语词。 2 斯须:须臾,一会儿。 3 支:通"肢"。 4 洽:和洽,协调。 5 要(yāo):相约。 6 何其:多么。 7 措:搁置。 8 三公:周以太师、太傅、太保为三公,此泛指最高大臣。 9 永:长久。

及三代衰,圣人之制作尽坏。千余年之间,学有存者,亦非古法。人之体性举动,唯其所自肆[1],而临政治人之方,固不素讲。士有聪明朴茂之质,而无教养之渐[2],则其材之不成固然[3]。盖以不学未成之材,而为天下之吏,又承衰敝之后,而治不教之民。呜呼!仁政之所以不行,盗贼刑罚之所以积,其不以此也欤!以上废学之弊。

到了三代衰亡,圣人所制定的纲纪尽坏。在一千多年时间里,学校即便存在,也不遵循古时的法则了。人身体性情的一举一动,唯听任其放纵不拘,而对于治理政事、管理百姓的方法,本来一向就不讲求。士人有聪明、诚实、厚重的品质,可是教养得不到逐步引导,那么他的就一定难以成材。凭着不学未成之材却去做天下的官吏,又承继在衰败的时代之后,而去治理没有受过教育的百姓。唉!仁政之所以不能施行,盗贼刑罚之所以累积,不就是因为这些原因吗!

|注释| 1 肆:放肆。 2 渐:逐渐,步步引导之意。 3 固然:一作"夫然"。《经史百家杂钞》作"夫疑固然",曾国藩校注"似当作固然无疑";而《经史百家简编》则径作"固然"。

宋兴几百年矣[1]。庆历三年[2],天子图当世之务,而以学为先,于是天下

宋朝兴起几乎有百年了。庆历三年,天子图谋当世要务,以兴学为第一,于是天下的学校才得以建立。但在

之学乃得立。而方此之时，抚州之宜黄[3]，犹不能有学。士之学者，皆相率[4]而寓于州，以群聚讲习。其明年，天下之学复废，士亦皆散去。而春秋释奠[5]之事，以著于令，则常以庙祀孔氏，庙废不复理。皇祐元年[6]，会[7]令李君详至，始议立学，而县之士某某与其徒，皆自以谓得发愤于此，莫不相励而趋为之。故其材不赋而羡[8]，匠不发[9]而多。其成也，积屋之区[10]若干，而门序正位、讲艺之堂、栖士之舍皆足；积器之数若干，而祀饮寝食之用皆具；其像孔氏而下，从祭之士皆备。其书经史百氏、翰林子墨[11]之文章，无外求者。其相基会作之本末，总为日若干而已。何其周且速也！当四方学废之初，有司之议，固以谓学者人情之所不乐。及观此学之作，在其废

这个时候，抚州的宜黄县，还是不能建立自己的学校。士子中的读书人，都互相督率寄住在州学里，群聚讲学诵习。第二年，天下的学校又废除了，士子们也都分散离开。但春秋祭奠先圣先师的大事，因为已写在法令上，就常在文庙祭祀孔子，但文庙荒废后又不进行修复管理。皇祐元年，恰逢县令李君详到任，开始商议兴立学校，县里读书人某某和他的学生，都认为自己在这件事情上值得努力，所以没有谁不互相勉励并且奔赴前来赞助兴学的。因此那些建筑材料没有去收取也能充足有余，工匠没有去征发却来得众多。学校建成，修建有房屋若干处，而门墙正位、讲学的讲堂和士子的宿舍都很充足；积聚器物若干种，而祭祀、饮食、睡觉的用具也都具备；壁上画像从孔子以下，从祭的贤士先儒也都齐备。学校经史百家书籍和文墨之士的文章，没有什么要向外求取的。学校从择地下基到建成的前后始末，总计若干天罢了。是多么周到而迅速啊！当四方学校废弃之初，有关官吏议论，坚定认为修

学数年之后，唯其令之一唱[12]，而四境之内响应，而图之如恐不及。则夫言人之情不乐于学者，其果然也欤！以上宜黄学之成。

建学校是人情所不乐为的。等看到这所学校的兴建，是在废学几年之后，只因那里的县令一声倡议，四境之内都起来响应，图谋办学如恐不及。那些说人情不乐于办学的，难道果真是这样子吗！

注释 1 几：几乎。从宋太祖建隆元年到仁宗皇祐年间，将近一百年。 2 庆历：宋仁宗赵祯年号，公元1041年至1048年。庆历三年即公元1043年。 3 抚州：宋府名，属江南西路，故治在今江西抚州临川区。宜黄：故治在今江西宜黄。 4 相率：相互督率。 5 释奠：置爵于神灵之前祭祀。古时学校在春秋两季都要祭奠先圣先师。 6 皇祐：宋仁宗年号，公元1049年至1053年。皇祐元年即公元1049年。 7 会：恰逢。 8 赋：赋税，此处活用为动词。羡：羡余，充足有剩余。 9 发：征发。 10 区：处。 11 翰林子墨：指文墨之士。 12 唱：通"倡"，倡导。

宜黄之学者，固多良士，而李君之为令，威行爱立，讼清事举，其政又良也。夫及良令之时，而顺其慕学发愤之俗，作为宫室教肄[1]之所，以至图书器用之须，莫不皆有以养其良材之士。虽古之去今远矣，然圣人之典籍皆在，其言可考，其法可求，使其相

宜黄县的学校，本来优秀的读书人就很多，李君作为县令，威信施行，慈爱树立，狱讼清明，大事毕举，那里的政治又很优良。及至良令当权之时，又能顺从那里慕学发愤的风俗，兴建宫室作为教学学习的场所，以至备办图书、器用等必需品，全都能用来培养那些优材生。虽然古代距离今天很遥远，但是圣人的经典著作都还存在，他们的言论可以考索，他们的方法可以

与学而明之。礼乐节文之详,固有所不得为者。若夫²正心修身,为国家天下之大务,则在其进之而已。使一人之行修移之于一家,一家之行修移之于乡邻族党,则一县之风俗成、人材出矣!教化之行,道德之归³,非远人也,可不勉欤!以上总收,文气平衍。

县之士来请曰:"愿有记。"故记之,十二月某日也。

寻求,使学生们相互学习并明了。礼乐礼节仪文种种规定,其中确有不能施行的。至于正心修身,治理国家天下的大事,那么就在自己的进步成长罢了。假使一个人的品行修养能够影响一家,一家人的品行修养能够影响同乡邻近、亲族朋党中,那么一县的风俗就能形成,人才就能辈出了。如此,教化的施行,道德的归向,不会使人感到遥远,可不勉励吗!

县里的士子请求我,说:"希望有篇学记。"所以我写了这些,十二月某日。

注释　1 肄(yì):学习。　2 若夫:连词,至于。　3 归:趋归,归向。

图书在版编目(CIP)数据

经史百家简编/(清)曾国藩编;梅季坤注译. —长沙:岳麓书社,2021.9
(古典名著全本注译文库)
ISBN 978-7-5538-1410-0

Ⅰ.①经… Ⅱ.①曾…②梅… Ⅲ.①中国文学—古典文学—作品综合集②《经史百家简编》—注释③《经史百家简编》—译文 Ⅳ.①I212.01

中国版本图书馆 CIP 数据核字(2020)第 194615 号

JINGSHI BAIJIA JIANBIAN

经史百家简编

编　　者:〔清〕曾国藩
注　　译:梅季坤
责任编辑:李郑龙
责任校对:舒　舍
封面设计:罗志义

岳麓书社出版发行

地址:湖南省长沙市爱民路47号
直销电话:0731-88804152　0731-88885616
邮编:410006

版次:2021 年 9 月第 1 版
印次:2021 年 9 月第 1 次印刷
开本:890mm×1240mm　1/32
印张:16.5
字数:415 千字
书号:ISBN 978-7-5538-1410-0
定价:58.00 元

承印:长沙超峰印刷有限公司

如有印装质量问题,请与本社印务部联系
电话:0731-88884129